Heberto Morales

JOVEL

(serenata a la gente menuda)

edición crítica
Flor María Rodríguez-Arenas

 - STOCKCERO -

ii

Set in Linotype Granjon font family typeface
Printed in the United States of America on acid-free paper.

Published by Stockcero, Inc.
3785 N.W. 82nd Avenue
Doral, FL 33166
USA
stockcero@stockcero.com

www.stockcero.com

Heberto Morales

JOVEL

(serenata a la gente menuda)

HEBERTO MORALES

ÍNDICE

IDENTIDAD NARRATIVA Y CULTURAL EN
Jovel: serenata a la gente menuda

FLOR MARÍA RODRÍGUEZ-ARENAS
COLORADO STATE UNIVERSITY-PUEBLO

1. HEBERTO MORALES CONSTANTINO: VIDA Y OBRAS

El doctor Heberto Morales Constantino nació en Venustiano Carranza, Chiapas el 25 de noviembre de 1933.[1] Entre sus ascendientes paternos se encuentra un nombre reconocido en la historia chiapaneca: José Pantaleón Domínguez (1821-1894). El bisabuelo paterno, Juan María Morales León, nació en 1845; mientras que su abuelo paterno fue José Crescenciano Morales Ancheyta, nacido en Socoltenango, quien contrajo matrimonio con Elvira Avendaño, hija del destacado maestro escultor Otilio Avendaño, cuya esposa, Filadelfia, fue hija del general José Pantaleón Domínguez y de Mercedes Mederos. El padre del escritor Heberto Morales Constantino fue Segundo Juan María Morales, conocido para su familia como Don Juanito, quien nació en San Bartolomé de los Llanos, actual Venustiano Carranza, el 6 de marzo de 1907; él, a su vez, contrajo matrimonio con Josefa Constantino, hija de Francisco Constantino Borraz y nieta de Celedonio Constantino Gómez y de Josefa Borraz.

> Estudié la primaria en Venustiano Carranza; mi papá no creía en la escuela; los primeros años solamente me mandaba a presentar exámenes, él me enseñaba; para cuando llegué al cuarto año a presentar los exámenes, yo iba con mucho miedo porque me acaba de hacer leer la Odisea, pensaba que me iban a hacer preguntas sobre la obra. A mi hermana y a mí nos tocó esta forma de enseñanza impartida por mi padre. Al terminar la primaria, yo había leído los libros que él tenía (en Rodríguez-Arenas 1999b, 227).

A edad muy temprana, 7 u 8 años, el futuro escritor, sufrió un accidente donde casi se ahoga al pasar un río, cuando regresaban de un viaje en que el padre lo había llevado al rancho del abuelo al otro lado del Río Grande, en Grijalva. Además, poco después, jugando con otros niños en la Plaza del Señor del Pozo se partió una pierna y el hueso roto le desagarró el músculo;

---

1   Esta sección de la vida del autor está tomada de recuerdos plasmados en un manuscrito que el escritor Morales Constantino redactara sobre su familia para sus hijos y sus descendientes; texto que amablemente me facilitó.

mientras esperaban por la llegada de uno de los mayores, los amiguitos trataron de trancar la sangre tapándole con tierra la herida. Se curó en medio de desmayos sufridos por el dolor, gracias a la suerte, a los cuidados familiares, a don Fermín, el huesero del pueblo, y a don Chime, un señor que, según los recuerdos, le puso muchas inyecciones. Poco tiempo después de curado, su padre lo llevó a estudiar a San Cristóbal de las Casas, población que él rememora como:

> [U]na pequeña ciudad de calles enlajadas, sin carros y sin bullicio. Más grande, por supuesto, que mi pueblo, pero igual en su tranquilidad y la apacibilidad de su gente. Comenzaba de poniente a oriente en la Portañuela, allá en el barrio de San Ramón, y terminaba con unas cuantas casas atrás de Guadalupe. De sur a norte apenas si abarcaba San Diego y San Antonio, por el sur, y Mexicanos, Santo Domingo y el Cerrillo, por el norte. San Felipe, Cuxtitali y El Ojo de Agua (Moxviquil) eran poblados independientes y lejanos, adonde la gente iba de paseo o en ocasión de sus fiestas respectivas. Muy de mañana salían los hombres a las esquinas, enchamarrados, a esperar que saliera el sol. Algunas mujeres todavía salían a las entradas de la ciudad a ejercer su oficio de atajadoras. Los indios llegaban con sus cargas de mercancía por la calle de Guadalupe (de Tenejapa, Cancuc, Huixtán), o por la calle de San Ramón-La Merced (de Tzinacantán, de Chamula, de Chenalhó y hasta de San Miguel y Santa Catarina); casi nunca se quedaban en la ciudad; si lo hacían, buscaban posada en casas de sus conocidos. Vendían por las calles o de casa en casa, pues no existía mercado; algunos llegaban a sentarse en la plaza y allí exponían las cosas que traían de sus pueblos y parajes (Morales, manuscrito).

Entró así a recibir su educación en el Seminario de la ciudad. De ese lugar lo enviaron a: Puebla (México), luego a Montezuma (Las Vegas, New México, Estados Unidos) y, a los diecisiete años, a Roma. Este viaje debió hacerlo solo por tierra, aire y mar. El trayecto por mar, hecho en el Queen Elizabeth, lo condujo a Inglaterra, en lugar de Cherbourg, Francia, donde desembarcó por equivocación debido a hallarse completamente mareado. Gracias a la época en que esto sucedió, su pasaporte «que pedía protección y apoyo para el portador, que viajaba por "diversos países de Europa"» y la ayuda de alguien, le permitieron alcanzar Londres, donde pasó varios días «atormentado por el problema de cómo volver a Francia y llegar a Roma» (Morales Constantino, manuscrito). Como pudo, viajó a París, donde permaneció unos días conociendo la ciudad; de allí finalmente tomó su «maleta que era una enorme caja de cuero con fuelle a los lados. Tío Carmen me la había hecho especial en su talabartería, y la recuerdo como si la viera, igual que recuerdo a Tío Carmen.

Era primo hermano de papá Juanito (hijo de Tío Adrián Avendaño, el más Avendaño de la familia: Avendaño quiere decir terco a morir)» (Morales, manuscrito), y así alcanzó su destino, el Collegio Pìo Latinoamericano.

En Roma permaneció:

> [S]iete años, interrumpidos sólo por las salidas obligatorias de verano. Asistí a la universidad gregoriana, una institución brotada de la Edad Media pero, para Roma, una institución joven, de apenas unos quinientos años... (Morales, manuscrito).

Allá: «estudié italiano, alemán, historia del arte, filosofía, derecho romano, filosofía del derecho, hebreo, teología. Posteriormente en Ummeln/Westfallen, Ebersberg, Muenchen (Alemania) estudié en los veranos de 1956, 1958 y 1959: literatura alemana: los románticos alemanes. En París (verano de 1954) estudié: francés. En Londres (veranos de 1955 y 1957) estudié inglés» (en Rodríguez-Arenas 1999b, 228). En medio de la anterior instrucción, desarrolló su afición por la música que había comenzado en 1946. De los inicios de estos estudios recuerda:

> Cuando empecé a aprender a leer la notación moderna, el P. Carlos hizo que me aprendiera de memoria el himno del que Guido D'Arezzo tomó el nombre de las notas, que hasta la fecha recuerdo:
>> Ut queant laxis
>> Resonare fibris
>> Mira gestorum
>> Famuli tuorum
>> Solve reatum
>> Labii polluti,
>> Sancte Iohannes.
>
> Nos explicó que Guido D'Arezzo tomó la primera sílaba de cada verso para dar nombre a cada uno de los siete sonidos básicos de la música moderna occidental. Ut se volvió "do" con el tiempo; "si" salió de S(ancte) I(ohannes). En el examen de música tenía uno que dar la traducción del himno y la explicación de cómo se llegó al nombre de las notas actuales. ¡No se me ha olvidado! (Morales, manuscrito).

Con estas clases, posteriormente de regreso a Chiapas, llegó a ser director de coro. «Y el coro se hizo famoso, pues ensayábamos y ejecutábamos obras que no se habían presentado localmente nunca; y lo hacíamos con un gran interés, aunque con enormes dificultades, ya que mi formación musical fue fundamentalmente autodidacta, como muchas otras cosas» (Morales, manuscrito).

Al final de sus años de estudio en Roma, recibió el doctorado en Filosofía y Teología en 1967. Regresó a Chiapas. Después viajó a Ciudad de México donde trabajó como traductor en una armería. Con ayuda de su amigo Jim Burke, supo que en Lorain, Ohio, había una vacante para un maestro de francés; solicitó y obtuvo la posición. Viajó a ese lugar en compañía de su esposa, Zoila del Carmen Moreno Ballinas en el verano de 1967. En Elyria, Ohio en Kent State University (verano de 1968), estudió pedagogía. Para 1969, tuvo que cambiar de residencia a causa de la salud de su hija Susie, nacida el 5 de junio de 1968; por eso viajó a trabajar en el Southern Colorado State College, en Pueblo, Colorado. Ya allí, nació su hijo Marcos (15 de diciembre de 1970).

En 1974 fundaron la Universidad Autónoma de Chiapas (UNACH) y lo invitaron a participar en ella. Regresó con su familia a México en 1975 y en ese mismo año empezó su trabajo en la Universidad donde fue encargado de programar y fundar y luego dirigir el Centro de Desarrollo de Recursos Humanos. El 2 de noviembre de 1982, fue nombrado Rector de la misma universidad. Gracias a sus gestiones se construyó y se inauguró la Biblioteca Central de la Universidad en 1985, posteriormente el Centro de Estudios Indígenas, hoy Instituto de Estudios Indígenas. Bajo su rectorado se llevaron a cabo 17 proyectos de investigación por parte de los profesores; antes de esto no se hacía investigación docente en la UNACH. Entre los proyectos editoriales se produjo la publicación de la edición: *Los Códices Mayas*, libro que por primera vez en la historia de los estudios mayas contenía todos los códices conocidos, en un solo volumen. También, durante su rectorado se dotaron todas las escuelas de bibliotecas (muy pocas las tenían), y se estableció la librería de la UNACH en Tuxtla.

Al renunciar después del primer año de su segundo periodo como rector de la UNACH (1986), postuló a una vacante que se abrió en Colorado State University y después de aceptado, comenzó su labor como profesor universitario nuevamente en 1987. Allí, al ser forzado a presentar algo, que no se le había pedido a ningún otro profesor en las mismas circunstancias, propuso «un proyecto para recorrer y reconstruir la historia de una región»: Chiapas. Pero ante la respuesta sarcástica y socarrona de: «No sabía yo que perteneciera Ud. al departamento de historia», emitida por la Decana que había hecho la exigencia inusitada e irregular del proyecto, surgió el novelista.

Desde entonces ha escrito las siguientes novelas: *Jovel, serenata a la gente menuda* (1992), *Yucundo: lamento por una ribera* (1ª ed. 1994; 2ª 2008), *Ciudad Real en México: del origen castellano al siglo XVIII: relato histórico* [versión de su primera novela] (1998), *Canción sin letra* (1999), *Cántaros* (2006), *Sangre en la niebla* (2006). Esperan publicación: «Zotzchoj», visión de la cultura maya y «Secretos»; ésta última, continuación de *Jovel*, trescientos años después; además, en este momento se halla escribiendo su novena novela: «Nahuyaca» sobre las fincas cafetaleras de Soconusco, Chiapas.

Heberto Morales Constantino se jubiló de Colorado State University en el verano de 1999 y regresó a San Cristóbal de las Casas - Chiapas a residir. En el año 2000, recibió el honor de ser nombrado Profesor Emérito en Colorado State University. El 4 de mayo de 2005 le fue otorgado el Doctorado Honoris Causa en La Universidad Autónoma de Chiapas. Desde ese año, es Miembro del Consejo Directivo de la Universidad Intercultural de Chiapas y Miembro del Consejo Social de la Universidad Politécnica de Chiapas.

2. Chiapas: literatura y sociedad

A mediados del siglo XX en México predominó un discurso sobre la identidad nacional que intentaba forjarla a partir de símbolos colectivos que habían comenzado a emerger a finales de la década del 30 y que se habían intensificado en la década del 60. De esta manera, empezó en todo México una reflexión crítica sobre el pasado, el presente y las implicaciones para el futuro. Surgió un despertar de la conciencia, en este caso de los mexicanos en general y de los chiapanecos en particular y, con ello, la necesidad de recuperar sus orígenes y sus historias para proyectarse como colectividad hacia el futuro.

Se produjo así un vuelco total para subsanar el olvido de determinados grupos de población, engendrando una cosmovisión más pluralista con la intención de amalgamar la cultura popular, especialmente la indígena, que se representó con más asiduidad en la narrativa. De ahí que, con relación a la recuperación de las historias, exista una tradición literaria establecida, que toma un fuerte impulso en las décadas finales del siglo XX en Chiapas, que abarca no sólo la ficción, sino también la poesía, el teatro y el ensayo; esfuerzo conjunto que se ha realizado tanto para consolidar e impulsar la literatura del área, como para ofrecer una base para el descubrimiento de las raíces identitarias del chiapaneco.[2]

Los retos de los escritores chiapanecos de final del siglo XX comenzaron a manifestarse bajo circunstancias históricas diferentes; de ahí que los intelectuales y los nacionalistas difundieran sus propios puntos de vista sobre lo que debía ser y cómo se debía concebir el imaginario regional. Particularmente, según fueran escritores indígenas o no indígenas, el acercamiento a una misma problemática sobre la manera de reconstruir la memoria y de representar las historias se diferencia según la procedencia étnica de los autores; ya que ambos grupos se proponen forjar una conciencia colectiva re-

---

2   Véanse entre otros: Flores Mason 1988, Flores 1994, Morales Bermúdez 1994, 1996, 1997; Pineda del Valle 1995, Rodilla 1993. Este es un grupo de escritores, editores y compiladores que han hecho un intento por dar a conocer literatura de Chiapas.

gional, propagando su propia idea de cultura, de nacionalismo y por tanto de identidad.

Los escritores no indígenas finiseculares chiapanecos miran al indígena con ojos diferentes; ya que no es lo mismo contar las experiencias cuando se sufren y se experimentan, que cuando se las observa desde fuera porque la formación ha sucedido en otro contexto sociocultural. Para subsanar el desequilibrio de visión, el escritor ajeno étnicamente a la problemática indígena emplea la integración del mito, de la tradición oral y de la memoria; además conoce las diversas culturas del área, lo que proporciona verosimilitud a su texto. De esta manera, las investigaciones antropológicas, arqueológicas y sociológicas se aúnan con la creación literaria para ofrecer relatos que se acercan más a una representación más verosímil de la realidad circundante. Situación que ratifican las palabras de O'Connell:

> Lo que distingue los trabajos de estos escritores de esfuerzos anteriores, según informan los críticos, es el conocimiento más íntimo de los autores de las culturas indígenas y de la incorporación del mito y de la tradición literaria (tanto escrita como oral) dentro de sus relatos, junto con las observaciones que efectúan al vivir y al trabajar en comunidades indígenas, a menudo como si fueran antropólogos (61) [Todas las traducciones son nuestras].

No obstante, este fuerte impulso efectuado por diversos escritores finiseculares para propiciar un eficaz y firme jalonamiento a la literatura chiapaneca, especialmente a la ficción, actividad considerada como productora de «una nueva narrativa» de Chiapas (Morales Bermúdez 1997, 172), en México, los críticos e historiadores de la literatura mexicana siguen sin prestar mayor atención a la producción literaria del área de Chiapas, especialmente a la novela, continuando la marginación de esta literatura del canon mexicano.

Mientras esto sucede con esta creación literaria dentro del contexto mexicano, en el estado de Chiapas se dan una serie de circunstancias socioculturales y políticas que marcan el contexto chiapaneco y con esto la identidad cultural de su pueblo, fenómeno que explica en parte su situación presente de marginalidad. En las cifras aportadas por el Consejo Nacional de Población se señala en los «Índices de marginación del año 2005» que en un área de 73.887 km, Chiapas posee una población de 4.293.459 habitantes censados; de los cuales el 21.35% de su población de 15 o más años de edad es analfabeta y el 42.7% no terminó la primaria; mientras, el 8.07% de habitantes ocupa viviendas sin drenaje ni servicios sanitarios exclusivos; además, 6 de cada cien habitantes reside en viviendas sin energía eléctrica y el 25.90% de su población no posee agua entubada. Del mismo modo, casi 7 de cada 10 habitantes ocupan viviendas en condiciones de hacinamiento y 33 de cada cien ocupan viviendas con piso de tierra. Asimismo, 78.14% de la población ocupada gana máximo dos salarios mínimos y 58.46% vive en localidades con menos de cinco mil habitantes, donde la dispersión y el aislamiento vulnera las condiciones de vida de quienes residen, sobre todo, en las localidades de menor tamaño. Esta situación social ubica a Chiapas en un grado muy alto de marginación, el segundo lugar en la nación, después de Guerrero (véase: CONAPO 2005). Del mismo modo, Chiapas es el estado con la taza de crecimiento demográfico más alta de México.

Además de esta condición social extrema, al ser frontera con Guatemala (país del que voluntariamente se disgregó en 1824), el estado de Chiapas tiene una ubicación geográfica también marginal. Sin embargo, a pesar de la situación sociocultural de sus habitantes, la región posee inmensos recursos naturales: agropecuarios, petroleros, forestales, turísticos, etc., que podrían servir para beneficio tanto de la región como del resto del país.

Carlos Fuentes explica causas y consecuencias de esta contradicción:

> Un Estado que podría ser próspero, con tierras fértiles y abundantes para la mayoría de sus hombres y mujeres, no lo es porque los Gobiernos locales, con la complicidad o, peor aún, la indiferencia de los Gobiernos federales, están coludidos con los poderes de la explotación económica. Cacao, café, trigo, maíz, bosques vírgenes y pastos abundantes: sólo una minoría disfruta de la renta de estos productos. Y esa minoría, provinciana, sin nombre ni membrete nacional, hace lo que hace porque el Gobierno local se lo permite. Y cuando alguien protesta, el Gobierno local actúa en nombre de la oligarquía local; reprime, encarcela, viola, mata, para que la situación no cambie (El País [09-01-1994]).

El estado de marginalidad, de aislamiento y de crisis social produce una mezcla e imbricación entre los conflictos políticos, económicos, sociales y culturales que inciden directamente en la identidad del chiapaneco, en el que la marca de las castas continúa vigente (blancos, mestizos [caxlán: individuos con mezcla étnica de europeo e indígena, criado con mentalidad blanca], ladinos [indios aculturados, que han aprendido a vivir como blancos] e indígenas) (véanse: García 117, Arizpe 21).

A los anteriores problemas y circunstancias se suma el hecho de que casi una tercera parte de la población es indígena; muchos de ellos se concentran en la zona conocida como Altos de Chiapas que ocupa casi el 5.1% de territorio del estado; situación que ofrece una gran complejidad lingüística en esa área por la coexistencia de 12 lenguas indígenas: Tzetzal, Tzotzil, Chol, Tojobal, Mame, Kakchiquel, Lacandón, Zoque, Mochó, Jacalteco, Chuj y Kanjobal. A estas comunidades, se han sumado los Kekchí, grupos indígenas inmigrados de Guatemala en la década del 80 del siglo XX. Así, cada grupo posee códigos culturales propios que se observan explícitamente en el comportamiento de las comunidades.[3]

De esta manera, aunque el mundo externo condicione el universo de la imaginación, el surgimiento de nuevas tendencias en la literatura de Chiapas interpreta la forma en que las historias, algunas borradas y casi olvidadas, pero aún recordadas, y otras reinterpretadas crean representaciones sociales que son una forma particular de enfocar la construcción ya no sólo de la realidad, sino de de la cultura y de la identidad chiapaneca actual.

La novelística, además de rescatar estas historias señala la base donde se afirma la identidad de la mayoría de sus pobladores, a quienes hasta ahora se los ha marginado, casi negándoles su existencia y la función que poseen en la identidad chiapaneca; de esta manera, pretenden demostrar una nueva visión del hombre como producto del conocimiento, como sujeto activo ante las inquietudes de su medio y en la búsqueda de explicaciones ante lo que se observa.

Esta identidad colectiva que plasman los novelistas, la fundan y la transmiten a partir de los relatos. Ya sea que se trate de la identidad de una persona, de un grupo social, de un pueblo o del Estado de Chiapas, el relato es el medio que permite el encuentro y la fusión de elementos heterogéneos. Los lugares, los hechos, las sensaciones, las prácticas, las peculiaridades, todos variados, se transforman en acontecimientos, personajes o acciones de un relato homogéneo. Esa homogeneidad permite atribuir un sentido a las prácticas sociales y a las costumbres. A su vez, esa fusión autoriza la construcción de un imaginario, ya sea personal o del grupo, para que pase a convertirse en memoria y, finalmente a través de cambios múltiples, en la elaboración y en la continuación, de una identidad cultural chiapaneca.

Un pueblo que no tiene memoria de su propia historia no puede ubicarse, no puede entender lo que son, quiénes son, ni asumir ninguna relación con los otros. De ahí que los relatos de ficción de los escritores permitan la permanencia de la persona o del grupo a través del tiempo, y posibiliten a las agrupaciones humanas reconocerse en una temporalidad. Las continuidades y las rupturas que se manifiestan en esos relatos han posibilitado gradualmente a que diversos sectores de Chiapas conozcan algunas de las diversas circunstancias que los une; ya sean creencias, rituales, costumbres, lo cual es una manera de proyectarse en el porvenir.

La construcción de la identidad y del patrimonio colectivo que Morales Constantino ha representado en sus novelas se explicita por medio de técnicas,

---

3   «La experiencia chiapaneca involucra tres regiones: la zona de los Altos, tzotziles y tzeltales, que tiene como eje a San Cristóbal de las Casas; la zona Norte, zoques y tzotziles; la zona cho'l tzeltal, que tiene como centro a Palenque y ciudades del norte; Ocosingo y parte de la Selva. La Selva se nutre de las poblaciones altas, tanto de la parte chol como de la tzeltal-tzotzil, y este movimiento es particular en el caso de las cañadas, en donde hay migración hacia tierras nuevas, con una fuerte carga de llegar a la tierra prometida. (...) La diferencia entre los pueblos de la Selva y los de los Altos se encuentra en que los primeros aparentemente no tienen una enorme ritualidad y complejidad en las ceremonias religiosas, como los de los Altos; sin embargo, subsisten la religiosidad, los ritos en la vida cotidiana, en las formas de gobierno, en el trabajo y en la vida familiar. Esto los vincula con las tierras altas». (http://www.cdi.gob.mx/ini/perfiles/estatal/chiapas /index.html).

de procesos y de estructuras que emplea en su comunicación. Esta actividad muestra la capacidad del escritor para aprehender y diseminar mediante la escritura, las líneas de fuerza del mundo chiapaneco complejo y múltiple; de ahí que esas identidades interpretadas y apoyadas en la memoria del escrito le permitan la elaboración y la difusión de textos comunes que tributan referentes que gradualmente van aportando capas de significado para contribuir a constituir la identidad cultural de Chiapas. Esta creación ideológica ofrece las conexiones necesarias mediante una dimensión comunicativa que es pertinente en la medida en que se destina a hacer circular sentidos expresos para que los diversos componentes de la sociedad chiapaneca se identifiquen y reconozcan aspectos que los vinculan ya desde el pasado; además, proporciona elementos para reestructurar una nueva identidad social sacada de actitudes muy dispares que permiten establecer un sistema común de valores que se perciben como superiores.

En el escondido pasado histórico tanto europeo como indígena, Morales Constantino encuentra modelos que se pueden enfatizar y exaltar; del mismo modo, filtra el trasfondo histórico de los diversos grupos culturales y étnicos tanto para enaltecer los valores regionales y territoriales que se han soslayado o malentendido, como para eliminar posibles componentes que han contribuido a contradecirlos. De esta forma, condiciona y estructura la información para forjar una comunicación que depende, en última instancia, del manejo estético con el que produce su mensaje, el cual esta matizado con una gran carga de novedad.

Todo esto le permite la reconstrucción de una memoria colectiva apropiada que se pueda considerar chiapaneca y que en definitiva sirva para que sus miembros componentes puedan identificarse como valiosos individuos integrantes de una sociedad. De ahí que, uno de los mensajes centrales de *Jovel: serenata a la gente menuda* explicite que el Estado de Chipas posee un sólido y valioso patrimonio cultural compuesto de variadas identidades grupales que deben ser fuente de un diálogo enriquecedor y positivo entre las diversas comunidades étnicas que existen en el área.

3. Jovel: serenata a la gente menuda

La aseveración de O'Connell, antes mencionada, sobre la labor de investigación que efectuaron los escritores chiapanecos en las últimas décadas del siglo XX, la declara de diversos modos Heberto Morales Constantino como factor determinante para la construcción de sus mundos de ficción:

> He recorrido muchas partes del estado de Chiapas a pie, a caballo y de otras formas; he viajado por algunos de sus ríos. He visitado detenidamente las ruinas mayas de Palenque, Yaxchilán, Toniná, Chincultik, Santotón, Chiapa de Corzo (...) el elemento más decisivo ha sido el contacto directo (con la geografía, las situaciones, las personas); en el caso de Jovel, por ejemplo, visité uno por uno los lugares de España que fueron de interés para mi relato; platiqué largas horas con indígenas mayas-tzotziles que me proporcionaron muy valiosa información y reacciones; visité varias veces las ruinas de Toniná, que tienen un papel importante en mi visión del complejo maya desde más de un punto de vista (en Rodríguez-Arenas 1999b, 229).

Al hacer una investigación seria para la representación de una visión plural integradora del mundo ficcional en el caso específico de *Jovel: serenata a la gente menuda*, ésta no se limitó a la proyección de una visión del mundo de los indígenas únicamente. Su composición narrativa fue más allá; ya que la elaboración de ese universo de ficción se centró en la representación de la mayoría de los miembros de esa sociedad: la «gente menuda», que comparten características de clase, políticas, culturales, étnicas, etc., cuyos aspectos esenciales en la consolidación de la sociedad y de su economía se muestran por medio de sus correspondientes actividades: agrícola, ganadera, minera, mercantil y laboral (oficios artesanales y profesiones); pero este gran conglomerado, equivocadamente, se lo considera de menor importancia en la población.

En su representación, la perspectiva de la voz narrativa se hizo más inclusiva para determinar un tipo de identificación del ser humano con la vida a partir del trabajo por la subsistencia diaria. De esta manera, se reveló la preservación de las comunidades, el poder que éstas alcanzaban frente a otras y los aspectos de la vida cotidiana que las afligían, aquellos que las conmovían, con los que se enfrentaban y que controlaban o marcaban las condiciones de vida de los componentes de los grupos:

> Lo que yo hacía al escribir era completar una forma de representación; la mayor parte de Chiapas no son los indios; los indios son un porcentaje elevado comparativamente con los otros estados de México; Chiapas y Oxaca son los estados con mayor número de indígenas; pero aún así ni son la totalidad ni siquiera son la mayoría; entonces la mayoría está formada por esa otra gente o soslayada o maltratada en el resto de la novelística; lo que quiero es darle a esa gente una imagen; y quiero que la imagen sea buena (en Rodríguez-Arenas 1999b, 238).

De esta manera, los personajes representados están ligados al trabajo que surge como una realidad autónoma, pero que con el transcurrir del tiempo, en un momento decisivo del proceso, los va marcando con algunos de los rasgos sustanciales que manifiestan una toma de conciencia de la identificación entre trabajo y vida y de su repercusión en la producción de riqueza, primero personal y, luego, de la comunidad.

En esta identificación se manifiestan una serie de disposiciones psicológicas y de factores sociales y culturales que interactúan para conformar la identidad personal, que es una construcción individual, a su vez moldeada por la comunidad; esto produce un estado de conciencia, producto dinámico de transformaciones y adaptaciones previas, que forjan lo que el ser gradualmente va elaborando como su identidad (véase: Castiñeira, 41).

Los personajes representados en *Jovel: serenata a la gente menuda* explicitan características personales que unidas a los factores sociales y culturales van configurando a lo largo de la historia una serie de propuestas y de modelos que se aclaran a medida que la narración avanza. Los fenómenos sociales que se representan: fundación de poblaciones, guerras, conquistas, invasiones, derrotas, supervivencias, emigraciones, consolidaciones familiares, fracasos mercantiles, abusos de los poderosos, etc., crean, por medio del contexto discursivo e ideológico, un imaginario, una identidad y una cultura compartidos.

En la propuesta que se ofrece en *Jovel: serenata a la gente menuda*, las familias puestas en escena establecen a través de las generaciones un ideal que figura y configura el patronímico familiar, a partir de la apropiación o asimilación de cualidades o atributos obtenidos de la diversidad de modelos que una sociedad ofrece; aunque en este mundo novelístico, los modelos de familia pueden tener algunos tintes negativos, por lo general, son positivos para la comunidad. Mediante esta figuración se dimensionan y tipifican los fenómenos históricos, para que en la ficción se perciban los lugares y los espacios que ocupan esas manifestaciones generadas en el decurso de las sociedades.

Así, mediante esta colectividad de identidades que se ofrece en la novela, se erige una narrativa que quiere dar sentido mediante vidas relatadas a una identidad más general, en la que se reflejan dispositivos simbólicos que pueden servir de paradigma para que las comunidades logren readquirir un sentido de pertenencia y puedan fortalecer el orgullo de ser parte de esa unidad territorial que es Chiapas. De esta forma, la novela reproduce patrones de comportamiento en los que se reflejan ideas específicas que ayudan a estructurar la satisfacción de ser y de pertenecer a una patria.

Esos patrones de comportamiento explicitados ofrecen reglas y convenciones que modelan las prácticas y permiten que las acciones de los personajes, posteriormente asimiladas, lleguen a tener un sentido. La valoración positiva de miembros y de aspectos de la sociedad, también como la del ambiente, reproducen aspectos característicos de lo territorial activando en el ámbito de la interpretación ideológica un sentido de conciencia, de autoridad y de responsabilidad sobre lo que es ser «chiapaneco».

Jovel: serenata a la gente menuda trabaja explícitamente a través de textos históricos para proponer la interpretación y la reconstrucción de momentos fundamentales de la historia de Chiapas, sin distanciarse del mundo social o de las fuerzas políticas del presente del escritor, para pensar y expresar de nuevo el mundo chiapaneco, su tiempo y los sucesos acaecidos; ya que, las culturas se modifican con el tiempo y «la delimitación de "cultura" como conjunto de rasgos culturales es igualmente problemática» (Pinxten y Verstraete, 14).

La novela muestra lo regional para producir un efecto que repercuta en el presente de la sociedad y ayude a consolidar estructuras de legitimación que gradualmente lleguen a convertirse en un proceso de «universalización cultural»; con el objetivo de reprimir voces hegemónicas que históricamente han ido en contra de identidades colectivas de la «gente menuda», en quienes se hallan rasgos de lo que significa ser chiapaneco. Esta es una forma específica de tomar de los estratos de ideología y de los sistemas conceptuales lo que se considera un proceso de legitimación (véase: Jameson, 87).

3.1. Hibridez

Este concepto múltiple indica fenómenos de cruce similares que se ocupan en diferentes disciplinas:

> La hibridez es entendida como la difícil y compleja conjunción de culturas, religiones y etnias (...). Hibridez como el entrecruce de sistemas antropológicos y sistemas discursivos (...). Hibridez como un tipo de ciencia "transversal", esto es, como una actividad transdisciplinaria (...). Hibridez significa un movimiento nómada de fenómenos culturales con respecto al "Otro" y a la "Otredad", es un movimiento recodificador e innovador entre lo "local" y lo "externo" (de Toro 2006b, 22).

Es decir, bajo esta noción se estudian los signos y los símbolos que culturalmente se han intercambiado a lo largo de los siglos; los cuales entraron en contacto en los territorios americanos ya en la época del Descubrimiento y la Conquista: encuentros de etnias, de culturas, producciones de discursos sobre lo propio y lo ajeno en un esfuerzo por explicar lo acontecido, la visión y la percepción del "otro", etc. En esa época, lo perteneciente a cada cultura comenzó una transformación y una reapropiación y pasó a formar un espacio híbrido en la vida cotidiana, las creencias y el lenguaje (véase: Toro 2006a).

Así, la hibridez que se halla en la vida diaria de los chiapanecos es resultado de un cruce de culturas, como sucede en todos los países latinoamericanos, que surge del encuentro ya no sólo inicial, sino del constante intercambio que ocurre en la vida diaria y que interpreta lo ajeno y lo adapta para
poderlo considerar propio o para poder entenderlo. Esta proceso también
plantea maneras particulares de descifrar la tensión que genera el encuentro
de esa nueva vida heterogénea, donde las diferentes culturas se desafían, pero
se asocian; se oponen, pero adaptan e intercambian situaciones y aspectos.
De ahí que García Canclini haya afirmado:

> Los países hispanoamericanos son actualmente el resultado de la se-
> dimentación, yuxtaposición y entrecruzamiento de tradiciones in-
> dígenas (sobre todo en las áreas mesoamericana y andina), del his-
> panismo colonial católico y de las acciones políticas, educativas y
> comunicacionales modernas. Pese a los intentos de dar a la cultura
> de élite un perfil moderno, recluyendo lo indígena y lo colonial en
> sectores populares, un mestizaje interclasista ha generado forma-
> ciones híbridas en todos los estratos sociales. Los impulsos secula-
> rizadores y renovadores de la modernidad fueron más eficaces en
> los grupos «cultos», pero ciertas élites preservan su arraigo en las
> tradiciones hispánico-católicas y en zonas agrarias, también en tra-
> diciones indígenas, como recursos para justificar privilegios de
> orden antiguo desafiados por la expansión de la cultura masiva (71).

El encuentro de culturas requirió un desarrollo histórico donde se produjo
la intersección de las diferentes temporalidades que operan en cada uno de
los territorios. En la misma medida, Homi Bhabha indicó que las relaciones
de poder que se instalan en los discursos interculturales están mediadas por
procesos inconscientes, en donde el manejo de paradigmas de una cultura a
la otra se legitima por la acción de una de esas culturas en donde aparecen
ideologías camufladas de manera inconsciente, que llegan a justificar la dominación. De esta manera, cuando las culturas periféricas interiorizan modelos ideológicos de las culturas dominantes contribuyen a que la otra cultura
legitime sus estructuras de poder (1994, 85-92).

Ahora en *Jovel: serenata a la gente menuda,* la hibridez se explicita en diversos niveles; por un lado, a nivel de la historia, en la «Tercera parte: gente
del valle» se entrelazan y se mezclan las diversas culturas indígenas que
pueblan este mundo ficcional desde la «Segunda parte: a través de la selva»
con las europeas, híbridas ya, que se representan en la «Primera parte: en las
llanuras de La Mancha». Estos cruces culturales múltiples conforman un tipo
de cultura nuevo que interpreta y piensa el mundo en forma que se va dife-
renciando de las originales que la conformaron; pero todavía guarda alguna
memoria, deformada ya, de la tradición pasada. Ahora, este conglomerado

humano posee una historia compartida y produce una sociedad que organiza la vida de un modo distinto al inicial de cada grupo étnico y cultural.

Al nivel del discurso, ocurre un entrecruzamiento de sistemas novelísticos: el histórico, el indigenista y el neoindigenista; mientras que ideológicamente se transmite un tipo de cultura específico para crear una constelación de rasgos culturales colectivos representativos que contribuyan a formar un nuevo imaginario social con el que el chiapaneco se identifique.

En el breve esbozo sobre la situación sociocultural chiapaneca que se señaló antes, se destacan diversos aspectos que contextualizan la literatura, en este caso la novela, que se ha producido en las últimas décadas en el área de Chiapas. De ahí que para entender la representación que se efectúa en *Jovel: serenata a la gente menuda*, se necesita, además de comprender el contexto cultural, tener en cuenta los procesos de hibridación que actuaron en la composición miscelánica de esta ficción mediante elementos provenientes de diferentes tradiciones y metagéneros literarios. Al efectuar esto, se observa que la historia relatada se adscribe tanto a la novela histórica como a la novela de representación del indígena en sus diversas etapas, imbricando en la composición de su universo ficcional también los detallados estudios e investigaciones que Morales Constantino efectuó sobre las culturas indígena y popular que, por un lado, contribuyen a formular hipótesis estéticas sobre la realidad social y cultural de la región chiapaneca y, por el otro, proporcionan dimensiones que explican situaciones y percepciones culturalmente existentes.

Mediante el trabajo literario, esta novela explora la problemática de la identidad del chiapaneco en diversos niveles y variadas dimensiones en donde lo mítico es un componente como tantos otros de lo representado; mientras que los metagéneros novelísticos evidentes en su discurso: la novela histórica, la novela de referente indígena, forman el tejido estructural que permite exponer la problematización sobre la hibridez identitaria del chiapaneco en donde la historia cultural y étnica de mestizos, indígenas y europeos, muchos de ellos también mestizos, se incorpora.

Estructura y técnicas narrativas que poseen los evidentes objetivos de rescatar las raíces chiapanecas y de reconstruir una memoria colectiva regional que facilite la integración de las sociedades de la región. Circunstancias, éstas que el escritor Morales Constantino ha afirmado en su proceso de creación:

> [E]n su mayoría, mis personajes son más bien representantes de grupos que personas individuales. Quién sabe si esto pueda explicarse por la supervivencia en mí de tradiciones indígenas de orientación francamente comunitaria (...). Creo (a ratos espero) que la gente que puede interesarse en lo que escribo será gente de Chiapas, a la que me debo por decisión personal, y me encantaría aportar algo a la creación de aquellos mitos que esa gente necesita para sobrevivir como sociedad individual (perdón por la paradoja) en el

mundo de México, un México que nos ha colonizado en casi todos
los sentidos de la palabra, sin excluir el lingüístico (en Rodríguez-
Arenas 1999b, 231-232).

De esta forma, el mundo representado en *Jovel: serenata a la gente menuda*
se instala en la realidad de la gente común, considerada desde ciertos niveles
hegemónicos, gente de segunda importancia, que ha llegado a través de las
centurias y de muchas generaciones a conformar la sociedad chiapaneca para
intentar señalar las circunstancias que desde el origen deben destacarse. En
este caso, no se refiere a la profundidad de los problemas de los pueblos del
área, sino, basándose en el mundo de ideas y creencias propio de la pluralidad
de comunidades de la región, pretende encontrar y acentuar la manera en que
las formas de vida provenientes de las diferentes sociedades culturales y étnicas
se han constituido y han surgido en momentos de crisis para producir identidad, mostrando que con el tiempo las líneas divisorias iniciales se han borrado y han resurgido en diversas formas dentro de las nuevas comunidades;
lo cual lenta y gradualmente estructura y traza características identitarias colectivas, que son resultado de la suma de las experiencias comunitarias.

Ahora, como efecto de las historias nacionales impuestas –como sucede
en todos los países–, la identidad colectiva que surge de la adhesión a una «comunidad imaginada» gradualmente se persuade a que se vuelva progresivamente individualizada, fragmentada y escindida (véase: Berger, Berger y
Kellner 1979). Esas formas de vida descritas confeccionan una biografía colectiva de los diversos protagonistas involucrados en los procesos históricos y
del modo en que ellos se asocian a un tipo de oficio o trabajo informal,
primero y especializado, después. Esta forma de caracterización construye un
retrato de generaciones de familias en sus diversas facetas (relaciones familiares, negocios, vinculaciones comunitarias, maneras de diversificación de
actividades, etc.); todo ello centrándose en el espacio regional constituido de
donde provienen o se consolidan los grupos étnicos.

Al seguir a los personajes y los trabajos informales o las ocupaciones con
los que se representan en la historia, comienza a verse un hilo conductor que
permite examinar y comprender aspectos concretos de las sociedades que
pueblan este mundo novelístico y que gradualmente van a incidir en las culturas de las épocas referidas. Estas actividades humanas marcan con rasgos
pertinentes la construcción del imaginario social que se efectúa en *Jovel: serenata a la gente* menuda; ya que organiza mediante familias dedicadas a una
específica labor el tejido humano, para poder explicar la movilidad y la re-
producción social de los oficios; así indaga en las circunstancias de los comportamientos sociales, económicos, políticos, mentales, culturales y religiosos
que han configurado el mestizaje cultural y étnico del chiapaneco.

En esta preocupación social, económica y cultural que se explicita en la
novela, se observa el hilo de Ariadna que guió a Morales Constantino como

investigador en el laberinto de los archivos. De ahí que no se quedara su intento en la descripción de personajes aislados, sino que lo impulsara el estudio prosopográfico e, incluso, biográfico (reconstrucción del proceso vital o ciclo de vida) de unos nombres insertos en familias y grupos sociales (biografías colectivas) e indagara en «las líneas que convergen sobre el nombre, y que parten de él» (Ginzburg y Poni, 68); es decir, en las redes de relaciones sociales que esos nombres fueron conformando y llegaron a caracterizar.

3.1.1. LA NOVELA HISTÓRICA

Una de las concepciones más básica sobre la novela histórica considera que ésta es una obra de imaginación, en cuyo relato se representa un universo diegético, donde se encuentra la coexistencia de la invención y de la historia con sus respectivos personajes, acontecimientos y lugares inventados e historiográficos (textos documentados y codificados previamente o textos culturales considerados históricos). Además, localiza la diégesis en un pasado histórico concreto y reconocible, gracias a la representación de espacios, ambiente cultural y estilos de vida característicos de una determinada época; pasado que es verificable; pero que, por medio de la estructura en la que está imbricado y en que se intersectan historia y ficción se establecen nexos que permiten representar facetas insospechadas de lo histórico al insertar experiencias alternativas que modifican el concepto del acontecimiento histórico (véanse: Aínsa 1991, Menton, 1993, 1999, Fernández Prieto, 1996). El hecho histórico se puebla así de detalles insignificantes, de aspectos de lo cotidiano, de lo que semeja no ser vital para la Historia; de esta manera, lo relatado destaca lo individual y lo local en la historia (véase: Foucault 1984, 1997).

Partiendo de estas concepciones, *Jovel: serenata a la gente menuda* señala evidentemente un hito en la narrativa chiapaneca, tanto por la intención de la escritura como por examinar la historia e interpretarla a la luz de la ficción señalando la relación entre las colectividades sociales que conforman el actual Chiapas, su identidad cultural y las mediaciones ideológicas que el distanciamiento temporal de los hechos impone. Para Heberto Morales, los acontecimientos reales del pasado no son sino un punto de partida para su imaginación que, liberada de las limitaciones del discurso histórico, se desplaza creando visiones y alejándose de las reproducciones:

> Para bien o para mal mío y de mi gente, he participado en la vida pública de un estado mexicano hecho mexicano por propio deseo; creo que a pesar de mí, he aprendido cosas que han tenido influjo en el cambio de la apariencia externa de ese estado, y me siento con una relativa obligación de expresar mi opinión respecto a lo que está pasando, aunque para expresarla tenga que proyectarla desde un pasado solamente en parte ficticio (en Rodríguez-Arenas 1999b, 235).

Jovel: serenata a la gente menuda es, como dije en otra oportunidad, «una novela, que sigue muy de cerca documentos históricos para relatar las circunstancias de salida de la Península Ibérica en el siglo XVI del grupo de españoles que colonizó, fundó y se estableció en Ciudad Real de Chiapas; además de algunos hechos históricos sucedidos durante la colonia hasta 1712» (Rodríguez-Arenas 1999a, 15). Estos acontecimientos representan, por un lado, a esta vertiente española que llegada de la Península Ibérica pasó a establecerse en el área de Chiapas y a incidir en todos los aspectos de la vida social; esta es la única fracción componente de este conglomerado humano que mantuvo documentos escritos (en el sentido europeo) antes de su llegada al nuevo territorio. Mientras que la porción de la población oriunda de ese espacio americano poseedora de otras culturas, carente de la escritura fonética europea; pero maestra en el arte pictográfico consignado en los códices o libros pintados, en los glifos grabados dejados en sus construcciones y en la tradición oral está representada en una diégesis que da prioridad absoluta y centra la atención en los personajes indígenas y sus conflictos. De esta forma, esta obra como novela histórica se construye teniendo en cuenta el pasado de las culturas componentes que llegan al presente conformando una sociedad en crisis, apertura y cambio constante; de esta manera, se destacan las fuerzas sociales que condicionan a las comunidades.

Para intentar dilucidar en parte la constitución y el encuentro de esos mundos y de esas culturas etnográficamente diferentes, la narración se interna en espacios y tiempos remotos tanto para destacar las raíces de la identidad y de la cultura popular del chiapaneco, como para mostrar la historia heterogénea que estructura el pasado, la cual al ser comprendida debe arrojar una luz sobre el presente y sobre el carácter fragmentado e inconcluso de los pueblos latinoamericanos en general y del chiapaneco en particular.

El relato de *Jovel: serenata a la gente menuda*, dividido en tres partes que siguen un desarrollo espacio-temporal progresivo, se inicia en la «Primera parte: en las llanuras de La Mancha», en un pasado ubicado hacia el siglo XIII donde se produce en la historia española la fundación de poblaciones, las circunstancias que obligan a esos hechos y las consecuencias que se producen en la península Ibérica en los campos de La Mancha desde donde salen los españoles que en el siglo XVI llegarían al área del actual San Cristóbal de las Casas en Chiapas.

Partiendo de las premisas sentadas por Morales Constantino sobre la estructuración de los personajes de esta novela como «representantes de grupos [más] que personas individuales» y de conceptos de la teoría literaria que indican que:

> [U]n personaje es un actor con características humanas distintivas (...). Es una unidad semántica completa. (...) La gente a la que concierne la literatura no es gente de verdad. Son imitación, fantasía,

criaturas prefabricadas: gente de papel, sin carne ni hueso. (...) *El personaje no es un ser humano sino que lo parece. No tiene una psique, ni personalidad, ni ideología o competencia para actuar; pero sí detenta rasgos que posibilitan una descripción sicológica e ideológica. (...) [se debe] trazar una clara línea divisoria entre la persona humana y el personaje.* (...) [además] todos sabemos que una historia contiene otra información que, aunque conecta menos directamente con un personaje, contribuye igualmente a la imagen del personaje que se ofrece al lector. [Énfasis agregado], (Bal 1985, 79-80).

En la representación[4] que se efectúa en la novela se parte de la base de que ninguno de sus personajes, en cualquiera de las tres partes que estructuran la historia, es un retrato directo de un ser humano, sino fabricación hecha con palabras; construcciones que tienen un complejo significado, porque el referente que ofrecen es una unidad semántica, cuyo propósito es transmitir algún mensaje; en este caso contribuir al forjamiento del imaginario chiapaneco. A pesar de que la representación que se efectúa de los personajes posee determinados rasgos psicológicos, que ayudan a entender, cómo y por qué realizan ciertas acciones que los distinguen de otros; muchos de ellos no llegan a ser «sujeto»[5] en el sentido estricto del psicoanálisis debido al papel emblemático que detentan en el relato.

Así, a lo largo de la narración se encuentran personajes con apellidos: Mazariegos, Muñoz, Fáñez, Álvarez, González, Fernández, Morales, Moreno, etc., que ayudan a la ubicación de situaciones y al desciframiento de rasgos del mundo ficcional. Se sabe que la función de los nombres propios es una manera económica de identificación que responde a necesidades de diferenciación social que, a su vez, posee consecuencias sociopsicológicas, porque recorta a los individuos de la masa anónima; pero que a la vez les permite integrarse socialmente (véase: González 2004).

Así, el nombre constituye un elemento determinante en el mecanismo de la figuración y en la construcción del personaje, que lo marca y diferencia de los demás. Foucault recuerda que el nombre propio «funciona como una articulación horizontal que agrupa a los individuos que tienen entre sí cierta identidad y separa a los que son diferentes» (1966, 102).

En el nombre como sustituto de alguien se integran atribuciones y connotaciones adheridas a tales signos, que permiten posteriormente analizar ese significante. Esto es lo que sucede en *Jovel: serenata a la gente menuda*, los apellidos de las familias designan, connotan y atribuyen para ir a través de las generaciones separando y reafirmando características que finalmente son privativas de la estirpe que lleva ese determinado apellido.

---

4   «Por medio de la representación (por ejemplo, la descripción) el artista quiere lograr un efecto de realidad, que cause la participación del lector, que ha de creer por consiguiente, en la "verdad" del mensaje como copia de lo real por medio de la escritura» (Marchese y Forradellas 1994, 347).

5   [Sujeto]: «Término corriente en psicología, filosofía y lógica. Es empleado para designar al individuo en tanto es a la vez observador de los otros y observado por los otros, o bien como nombre de una instancia con la cual se relaciona un predicado o un atributo» (Roudinesco y Plon 1998, 1043).

En general lo que comienza a diferenciar a esos personajes y a caracteri-
zarlos en la representación es el oficio que desempeñan y el tesón para ser que
demuestran y que se convierte en una marca distintiva de la familia que lleva
el apellido a través de las generaciones. Así, en la «Primera parte: en las llanuras de La Mancha», en medio del motivo del viaje y de la fundación, se
pueden seguir los actos y las motivaciones del tejero Pedro Morales oriundo
de «Pampliega, junto al Arlanzón». Poco después, su hijo Beltrán tiene un
papel más completo, al ser el protagonista de un hecho que permanece en la
memoria y que pasa a la Historia junto con el oficio de su padre y que se pre-
serva en los recuerdos de la familia a través de los tiempos. El joven traba
amistad con el moro Abú ibn Yusuf, tejero de profesión, y para mejorar el
oficio lo sigue hasta Moclín (Granada, actual Andalucía). Las características
que lo señalan como diferente a los otros de su grupo son: la decisión, la constancia, el esfuerzo, la intrepidez, la obstinación y el orgullo. Rasgos de su personalidad que le permiten conquistar a la mora Zoraya, hija del alfaquí de
Moclín, llevarla a vivir a Ciudad Real, hacerla recibir bautismo y contraer
matrimonio en una religión ajena a la suya. Logrando con esto, en el relato,
el comienzo del mestizaje étnico y de la hibridez cultural entre los personajes
que poblarán las páginas de la «Primera parte» de la novela, porque la joven
mora acepta las costumbres castellanas, pero después «muchas villarrealengas
habían terminado adoptando las costumbres de la bella mora» (Morales, 34).[6]
Mezclas de razas y de culturas, sobre las que el autor construye el mundo novelístico:

> [A]un los casos más ficticios son ficcionalizados, es decir, hay algo
> de que yo tengo conciencia como realidad, que revisto de elementos
> ligeramente ficcionales. Un ejemplo de esto, si se necesita, es el
> pasaje inicial de la mora Zoraya en Jovel (el capítulo entero): en ese
> caso, lo que sabemos de las relaciones constantes de mezcla racial y
> de colaboración cultural entre hispanorromanos y moros, se con-
> vierte en un pasaje romántico en el cual no conté con fondo docu-
> mental relacionado con los personajes y las acciones llevadas a cabo
> (en Rodríguez-Arenas 1999b, 230).

De esta manera, la representación de los personajes que pueblan el mundo
ficticio de *Jovel: serenata a la gente menuda* es veloz y esquemática; el paso de
una generación a otra se plantea por lo general abruptamente: «Y se fueron
del brazo, por casi otro medio siglo, los Morales y los Franco y los Mazariegos
y los Díaz y los Moreno y los Moya y los Chinchilla...» (Morales, 64); mientras
que el pasado se teje por medio de recuerdos que cada familia transmite a su
descendencia para conservar la importancia que tuvo su linaje en la consolidación social: «De por esas sierras vino un día la mora Zoraya, suspiró Juan
Morales. En mi casa todavía la recuerdan. Su marido, que fue Dios sabe qué

---

6   Todas las citas del texto de la novela se tomarán de la presente edición.

de mi padre, pintó su cara en un ladrillo pulido que todavía guardamos en la casa» (Morales, 70). De ahí que, casi como una información sin importancia, se sepa que en la línea de sucesión, un nuevo Morales: Juan, agrega a su oficio de tejero, el de albañil y reparador de imágenes religiosas por decisión de su madre, para subsanar una carencia y una necesidad de la comunidad:

> Nunca se imaginó la buena señora las repercusiones que esa decisión, tomada al calor de su devoción de cristiana vieja, habría de tener en la vida de Juan muchos años después y en tierras tan lejanas y tan extrañas, que ella jamás comprendería. Menos se imaginaba su nieto, Cristóbal, lo que el trabajo con su padre en la ermita de Nuestra Señora de Alarcos habría de significar para él y para muchos otros cuando, en otras tierras, tuviera que alzar los muros de otros templos y otras casas... (Morales, 80).

Con esos seres, con sus actitudes y con sus oficios, la voz del narrador ofrece opiniones, reacciones personales y críticas sociales, a la vez que demuestra penetración psicológica y astuta observación sobre las sociedades representadas en este mundo de ficción. Sin embargo, el lector, no puede identificarse con personajes específicos, pero el apellido que designa el conjunto que compone cada familia lo atrapa y lo guía en la lectura e interpretación de lo relatado; así se adquiere la certeza de que en cada estirpe existe una sustancia compleja de naturaleza humana. Cada generación va aportando detalles al retrato descriptivo de la familia que detenta un apellido, a medida que se manifiestan las acciones y reacciones de diversos miembros de una generación a otra; para ellos el presente es parte del pasado y viceversa; de esta forma, ellos ofrecen perspectivas retrospectivas por medio del recuerdo y de la ensoñación. Esto hace que sean verosímiles y convincentes; ya que son consistentes dentro del mundo ficcional y viven de acuerdo a sus leyes.

Con la novela histórica, el novelista se aleja de las limitaciones metodológicas y asume espontáneamente la historicidad y la afectividad de las comunidades representadas para elaborar una exposición mediante la literatura; de ahí que tengan importancia el mito, las leyendas y los relatos populares donde lo subjetivo, lo afectivo y lo irracional se unen para articular en una realidad coherente y significativa factores tan heterogéneos como las interacciones, los medios y los fines que representan los personajes, tomando momentos de la historia, inventando situaciones para llenar lagunas, como se observa en esta novela.

No debe olvidarse, que:

> [C]ada escritor es libre de hacer el uso que quiera con la realidad, la ficción y la verdad al construir una novela histórica. Así, cuando emplea nombres de seres históricos en sus novelas para designar a personajes de ese mundo creado, la relación que éstos últimos

guardan con la realidad, con la Historia es el nombre únicamente (Rodríguez-Arenas 1999a, 16).

Ahora, en tiempos pasados, los grupos sociales: familia, gremio o institución, poseían un honor colectivo, que los simbolizaba (véase: Guillamon, 9). Pero la noción de honor era un concepto complejo que tenía varios aspectos que se identificaban como privativos según los casos.

En el plano de la inmanencia difieren los valores de empleo de honor y honra según los fundamentos de la excelencia. Los filósofos la vinculan con la virtud, pero la complejidad de la noción de virtud no facilita la visión clara del fundamento de tal excelencia. Virtuosa es la mujer casta, virtuoso el que cumple con los deberes de su estado, virtuoso el caballero valeroso. Frecuentemente el honor-excelencia consiste en la sangre o en el linaje, términos que pueden designar tanto la nobleza como la limpieza. Otra excelencia es la que confiere el nuevo linaje del tener y que se ve subrayada por asociaciones de honra y honor con dinero, hacienda, interés, provecho o riquezas. También la excelencia del individuo se relaciona con el poder que posee, y mando, autoridad, dignidad, preeminencia indican una forma superior del honor inmanente. /// Cualquiera que sea el fundamento de la excelencia, la metonimia de la manifestación a la causa opera una interiorización de la noción de honor. El papel ajeno se silencia, y lo sustituye una especie de exigencia interna que incita a obrar en conformidad con su virtud, su sangre, su estado social o su poder (Chauchadis 1982, 81-82).

El concepto que se impuso en España fue el honor-estima frente al honor-virtud individual, característico de una actitud de origen señorial, pero que se desarrolló y se asumió entre todos los grupos sociales. De esta manera, el honor se convirtió en requisito imprescindible para la viabilidad y el avance social. Así, para los siglos XV y XVI, junto con el dinero, el honor era indispensable; por tanto, adquirir fama, de alguna forma positiva, era primordial (véase: Bennassar, 190-210).

Para ser tenido en cuenta en los niveles sociales que se formaban en torno a las comunidades había que poseer un capital material, pero también simbólico, como el prestigio, que era fuente de riqueza y fuente de honra; sin patrimonio no había consideración social, y tanto el patrimonio como el honor se adquirían con esfuerzo o se compraban; el honor era, además de un ideal o forma de vida, una mercancía, como podía serlo su formación o su oficio (véase: Chauchadis 1984, 131-133).

En esta manera de ver el mundo, la noción de honor, se unía a la de posición social y hacía que cada estado personal tuviera un particular concepto de honorabilidad. Así, su función era doble: era una causa discriminadora de grupos y de comportamientos, y era un principio que proporcionaba el reconocimiento social de privilegios (véase: Maravall Casesnoves, 41). Cada grupo tenía que construirse un paradigma social distinto, basado en la dignidad social, que se cimentaba tomando como referente tanto el prestigio del grupo que precedía en la escala de la fama, como el grupo que se consideraba inferior. Todo servía en la lucha por el honor.

En la representación de las familias y en su diferenciación por medio del oficio o de la ocupación que se explicita en la novela, en mundos eminentemente agrarios como los de la «Primera parte: en las llanuras de La Mancha» se observa cómo el honor-excelencia adquirido mediante el linaje o la limpieza va dando paso, con el cambio de generaciones y de lugares geográficos, al honor por excelencia, bien en el comportamiento o bien en el desempeño del oficio.

Villa Real, la posterior Ciudad Real medieval de La Mancha, era un poblado predominantemente agrario; había propietarios de tierras y ganados que gradualmente se fueron consolidando como un grupo con relativo poder; tampoco faltaban los que habiendo sido partidarios del trueque se habían vuelto pequeños comerciantes, hasta casi empezar a ser mercaderes adinerados, como los Chinchilla. Lo que hacía descollar dentro del grupo a algunos era tanto su habilidad en el oficio, como la reputación externa que adquirían.

Del mismo modo, su trabajo les permitía conseguir lentamente una riqueza que progresivamente los facultaba para ascender en esa sociedad y los colocaba en posiciones de poder y puestos de mando; ya que la riqueza era una fuente de consideración asegurada. Así, la presencia de los Chinchilla está marcada por la posesión, la habilidad para el intercambio y la sagacidad para crear o suplir la carencia o la necesidad:

> Al pescante de su carreta venía don Juan. La curvatura de su nariz y el pícaro jugueteo de sus ojos lo señalaban a la vista como judío; pero el contenido de su carreta no dejaba dudas: Allí había de todo, todo lo que nunca había hecho falta en Villa Real: Adornos de oro y plata, sayas de seda, birretes de colores, anillos, pulseras; ollas majas, ricamente adornadas, toricos de Cuenca, dagas, peinetas de Albacete... Y también, todo lo que siempre había hecho falta: Dinero. Monedas de Aragón y de Castilla, de Francia, de Venecia, y hasta monedas tudescas, que sólo Dios sabía cómo habían ido a dar a las manos de este rico judío de apariencia tan pobre (Morales, 26).

Hasta mediados del siglo XIV, en España debido a la Reconquista todavía se permitía la coexistencia de gente de credos distintos: moros, cristianos y judíos, como se representa en los capítulos de la Primera parte *de Jovel: serenata a la gente menuda*. Para ese momento, los judíos habían establecido un rasgo cultural que los relacionaba con las finanzas en diversas formas y con la economía de los diferentes lugares. Con el tiempo, por sus relaciones con la economía de los lugares y de los estados se los detestaba, pero los toleraban laboralmente, porque eran necesarios para la administración y la hacienda pública; sin embargo para el siglo XVI se los denigraba individualmente y como grupo.

En el otro extremo estaba el resto de la población trabajadora, entre los que había una variedad de oficios artesanales, relacionados con la alfarería, los tejidos, el cuero, el metal, la madera, el trabajo de la piedra, la construcción, el transporte de mercancías, de granos, etc., dedicados a la administración de las poblaciones (alcaldes, alcaides, alférez, etc.); también había pastores, labradores, esquiladores, aparceros, arrieros, caldereros, cesteros, confiteros, enjalbegadores, hiladores, jornaleros, etc. Los propietarios de tierras y ganado progresivamente formaban el grupo dominante. Mientras que las mujeres, dedicadas a los oficios domésticos, empezaban a descollar como comerciantes de sus productos culinarios, en el oficio de hilar, tejer y hacer vestuarios, como también en el trueque de mercancías, lo que las situaba como comerciantes al lado de los hombres.

De ahí, que *Jovel: serenata a la gente menuda* como novela histórica tome de la memoria histórica elementos para recrear una remembranza colectiva, constituyendo una forma de resistencia a la versión oficial que socava los cimientos de la identidad del chiapaneco. El desmantelamiento de la memoria histórica se explicita en la intriga de la novela por medio de una serie de estrategias textuales como el paralelismo temporal de episodios y personajes y el desarrollo de las sociedades en una secuencia temporal lineal, lo que permite mostrar esas técnicas en un proceso de desarrollo hacia un futuro. Otra estrategia estructural destaca que la relación con las fuentes históricas únicamente sirve para evidenciar la dificultad de una biografía tradicional de los personajes, lo que señala cómo la construcción del referente deja paso a la imaginación; pero a la vez, enfatiza que éste no es tan transparente como parece percibirse. Por todo lo anterior, el proyecto social que alimentó la escritura de esta novela reivindica la posición social de la «gente menuda» y la actuación primordial que han tenido en la estructuración ya no sólo de Chiapas sino de la identidad chiapaneca.

3. 1. 2. La novela de referente indígena

En México al finalizar la revolución sucedida entre 1910 y 1917, el estado revolucionario promovió el indigenismo como una forma de acallar los reclamos de diversos grupos indígenas en espera de cambios y modificaciones sociales. Para rehacer la imagen del indígena abusado y hambriento se impulsó la idea del indígena como representativa de lo nacional. A partir de la década del veinte de ese siglo, se lo consideró el fundamento de la nación; pero fue hasta el siguiente decenio que la literatura se ocupó de la representación de las comunidades indígenas en el ensayo y después en la copiosa novela indigenista que, aunque al principio no ayudó realmente al indígena, sirvió para alertar a la sociedad sobre esta situación y sus problemas.

El indigenismo estatal no defendía los intereses de estas comunidades, sino que era la táctica para organizar al país con la noción europea de la nación como una estructura homogénea. Aunque se presentaba al indígena como el primero en México, se lo consideraba antecedente del mestizo y no era importante por sus propios valores culturales; puesto que era un obstáculo para la modernización.

El nacionalismo originó un doble movimiento: a la vez que inscribía, borraba el pasado (véase Bhabha 1990, 291-322). De ahí que en el caso de México, el nacionalismo creara una genealogía ficticia que ubicaba los orígenes de la nación en las culturas indígenas, pero demandaba que éstas borraran las huellas de su identidad que las diferenciaba. Así surgió la superioridad del mestizo y del mestizaje como base de la identidad nacional.

Culturalmente se hizo una escisión mental en el imaginario social entre el indígena precolombino y el indígena a partir de la Colonia; imagen, ésta última, que continúa hasta el presente y que nada tiene que ver con la gloria y el orgullo patrio; ya que, al indígena todavía se lo sigue considerando el problema de las sociedades.

Esta situación políticosocial pasó a la literatura en la novela indigenista; género que afirma verdades que reflejan una situación o doctrina que existe fuera del texto; de este modo, significa las representaciones de la realidad para comunicar eficazmente su mensaje. Cornejo Polar señala que el indigenismo es una creación de sello occidental; dado que la tradición literaria europea determina el contenido de la narrativa, como también su forma estética. Por esto, considera la novela indigenista como representante paradigmático de la heterogeneidad latinoamericana; puesto que es un conjunto discursivo que circula en una cultura, pero cuyo referente es otra. De ahí la tendencia a la inserción de explicaciones y elementos costumbristas en las obras (véase: 1980, 5-10).

Estas realidades históricas: la marginación política, social y cultural de los indígenas, se convirtieron literariamente en el contexto histórico de la narrativa con referente indígena. Para ser indigenista una novela, según Escajadillo, debe poseer tres características fundamentales: 1. El sentimiento de reivindicación social, 2. Ruptura con el pasado. 3. Suficiente proximidad con relación al mundo recreado (véase: 2004). A estas condiciones debe agregarse: 4. La superación del sentimentalismo y el romanticismo provenientes de la novela indianista.

Con el tiempo, en la novela indigenista se comenzó a repetir una misma estructura novelística donde en un determinado contexto cultural, se desarrollaba la vida de los personajes, pero sin ningún tipo de esperanza para sobrevivir las dificultades que sufrían en la vida. Normalmente, ese mundo de ficción era presentado por una voz externa omnisciente y heterodiegética que mostraba personajes carentes de individualidad mediante estructuras repetitivas. «Al receptor (lector) se le transmite una imagen distorsionada de la realidad, y al acabar la lectura, la concepción del mundo novelado es la misma que la del emisor» (Nagy-Zekmi 1995, 36).

Ahora, el mismo Escajadillo señala junto a las etapas ya consagradas por la crítica literaria sobre el desarrollo de la novela con referente indígena: indianismo e indigenismo, una nueva forma más «refinada y sutil» (1994, 161), que se ha denominado: «nuevo indigenismo». Las novelas indianistas presentan un mundo indígena exótico, con personajes idealizados y alejados de la realidad; textos centrados estéticamente en el Romanticismo. Las novelas indigenistas se basan en la estética realista, que rechaza la idealización romántico sentimental y manifiesta el descontento social que se siente hacia las condiciones sociales imperantes: pobreza, maltrato, violencia, usurpación, retraso sociocultural, injusta distribución de la tierra, etc.

Mientras que la etapa del nuevo indigenismo se entiende como producto del estancamiento del indigenismo ortodoxo incapaz de ofrecer soluciones al problema indígena. Esta última fase está caracterizada por diversas técnicas que no necesariamente están presentes en todas las novelas que ofrecen esta nueva forma de representación: en varias de ellas se emplean los procedimientos artísticos del «realismo mágico» o de lo «real-maravilloso» para examinar el universo mítico del indígena; se intensifica el lirismo de la representación y algunas veces se utiliza el relato en primera persona en lugar de la voz habitual en tercera persona de la novela indigenista (véase: Cornejo Polar 1984); también se expande la manera de tratar el tema indígena al dejar de ser una preocupación racial o regional, para pasar a ser parte integral de la creación de una nación; del mismo modo, existe mayor complicación en el empleo de recursos técnicos (véase: Escajadillo 1994, 161-177). En este tipo de novela ya se deja de lado lo que hacían las novelas del indigenismo tardío que era: «repetir las mismas quejas de las anteriores con respecto a la condición económica y social del indígena» (Nagy-Zekmi 1997, 8). Así, se innova el estilo y la forma de representar el mundo indígena.

Ahora, junto a esta clasificación sobre la manera de representar al indígena en la literatura, existen acercamientos teóricos que intentan entender la constitución del «otro» y que dan voz al subalterno, al «otro» que antes no formaba parte del canon literario, mostrando de esta manera a un nuevo «sujeto» del discurso. Este sujeto indígena formará parte, con variaciones de representación, posteriormente de la narrativa indigenista y del nuevo indigenismo.

Lacan señala que hay un diferencia entre el «Otro» (escrito con mayúscula), el colonizador que se establece como figura central y determina y condiciona al subalterno, y el «otro» (escrito con minúscula), el subalterno que reconoce su identidad de tal, sabe su posición en la estructura social e imita para sentirse aceptado (véase: 1968). Al ser representado el indígena como el «Otro» se posiciona a este sujeto como parte de un sistema establecido que controla y donde dispone; además, los hechos de su mundo se ofrecen desde su propio punto de vista.

Desde esta perspectiva, en *Jovel: serenata a la gente menuda*, en la «Segunda parte», la representación del indígena se aleja de ser la del subalterno para corresponder psicológicamente a la del «Otro». En este mundo ficcional se señala un cambio en la manera de percibir la constitución de la identidad de este hombre americano; puesto que no es el ser humano oprimido y sin redención como lo presenta el discurso europeo, sino una figura central que vive, lucha, se defiende y participa en la toma de decisiones sobre su vida y su comunidad; lo cual lo marca como poseedor de su propia identidad y como parte integrante de la constitución de lo que posteriormente será la nación; de ahí que sea productor de un discurso que lo designa como sujeto que toma decisiones e implementa formas de vivir y pensar y se diferencia de otros como él:

> Nunca más volvieron a atacar aquellos hombres de negro tupé que vivían desperdigados entre montes y llanos, más allá de la agreste serranía donde los zotziles se habían aposentado. (...) Eran gente altiva, de mirar desconfiado, enamorada de su libertad y de su soledad (Morales Constantino, 141).

Este discurso de alteridad e identidad ya existía en tiempos prehispánicos y permitía a las diversas sociedades referirse a sí mismas y a las otras; había noción de distinción; de esta manera se relataban las identidades propias en oposición a las ajenas. Pero la concepción que se tiene en el presente de que los pueblos indígenas poseían un sistema único para expresar su identidad y su alteridad se debe a la visión y a la escritura española que por incomprensión y desconocimiento unificó todos los relatos de las diversas regiones y los rescribió mostrando su versión como la «única» y «verdadera» (véase: Martínez 2004). Es decir, dentro de Chiapas existe y ha existido una concepción indígena de diferencia entre yo y el otro; porque a pesar de ser los indígenas originarios del mismo espacio geográfico, ellos se saben de origen y de cultura diferente a otros indígenas (tzotziles de mexicas, etc.).

De esta manera, en la «Segunda parte» de la novela se relata la formación de los tzotziles, pueblo indígena de la antigua cultura maya y el viaje que emprendieron desde Guatemala hasta llegar al actual valle de Jovel en Chiapas, donde hasta ahora existen y conservan sus costumbres y tradiciones, que dan sustento a su cultura e identidad. «El vocablo tzotzil, gentilicio que se utiliza también para designar la lengua que hablan, deriva de sots´il winik que significa "hombre murciélago"» (Obregón Rodríguez, 5). Aunque esta cultura indígena fue conquistada por los mexicas, no fueron sus tributarios, al parecer porque el centro de México tenía interés en los objetos de lujo con los que comerciaban los tzotziles; situación que hizo de ellos uno de los pocos señoríos autónomos que quedaron en el área (véase: Obregón Rodríguez, 5). Situación que históricamente destaca la identidad que ha poseído tradicionalmente este grupo humano.

Narrativamente, este capítulo, como la «Primera parte», se halla marcado por el viaje y el desplazamiento humano en una determinada geografía: ahora del sur al noroccidente de Chiapas, hasta llegar al valle de Jovel. Mediante el viaje se construye una representación cultural convincente que deja ver un «efecto de lo real» en el sentido barthiano (véase: Barthes 1994) y permite figurar mentalmente al grupo de personajes que sigue a Tzotz, el dios del cuarto mes, en un movimiento de transformaciones y alteridades donde la comunidad define su esencia y su identidad como seres humanos y como cultura. Del mismo modo, esa travesía permite reducir lo exótico a lo familiar; ya que el movimiento del relato incide en el horizonte de expectativas de la comunidad de lectores, para quienes al concluir el capítulo, estos personajes son tan concretos como los de la «Primera parte» y sus viajes permiten cotejar y oponer las realidades y las circunstancias de ambos grupos.

De este modo, los indígenas precolombinos como protagonistas dejan de ser exóticos y se convierten en sujetos de lo relatado. En su inicio, desde la salida de este grupo indígena de Yax, se observa la historia del ser humano por descubrir, tanto el espacio externo, como el interno. En el primero, se produce la búsqueda del hombre por lo desconocido, lo que se puede explorar y posiblemente conquistar. Cada llegada a un lugar fija las experiencias adquiridas durante el trayecto y abre nuevas posibilidades de comprensión y exploración. En el segundo espacio se produce el viaje hacia la conciencia y el comienzo de la memoria. De esta manera, el desplazamiento da cuenta de una realidad y de maneras de percibir esa realidad; de los momentos vividos y de la forma como el tiempo forja o deteriora el recuerdo.

Esta variación en el discurso sobre el sujeto tzotzil deja de lado las múltiples teorías con las que se ha visto al indígena antes de la conquista y la colonización europea, durante esas épocas y como resultado posterior a ellas. En este capítulo se explican las circunstancias mediante el comportamiento de los personajes, los cuales ofrecen sus propias versiones sobre las relaciones de la comunidad y las transformaciones que como cultura viven a lo largo del tiempo. Para legitimar su identidad, ellos no necesitan de bulas papeles que justifiquen sus acciones, como sucedió históricamente con la manera en que los europeos legitimaron su poder sobre las nuevas tierras y sus habitantes. Esta representación del mundo indígena Tzotzil precolombino se caracteriza por ser una comunicación destinada a mostrar lo genuino y justificado de esta agrupación humana; cultura con los mismos defectos y cualidades como la europea del capítulo anterior.

Ahora, en *Jovel: serenata a la gente menuda* este grupo indígena se halla representado líricamente para mostrar una realidad todavía controlable:

> El Jalach Vinik se sintió como tomado por sorpresa; volvió la vista a un ah kin viejo que lo seguía respetuoso. Al ver el ah kin la pregunta angustiada en los ojos de su señor, se atrevió a intervenir y le dijo en voz muy queda:
> —Pruvok, la tortolita.
> Se volvió entonces Ah Chon Vinik a la muchacha, abrió los ojos y los labios y, para la maravilla de sus ah kines que ya lo conocían como el Jalach Vinik triste, esbozó una sonrisa diciendo, como si con la palabra se le saliera también el corazón.
> –¡Ix–Mukuy! (Morales, 118).

En este nuevo universo geográfico y étnico se efectúa una exposición lingüística, cultural y social a través de descripciones detalladas, producto de la investigación etnográfica; mientras que por medio de una simultaneidad de espacios y de imbricaciones del realismo, de lo mítico-religioso, del historicismo y de los recuerdos se expone una relación moderna y postmoderna entre ficción y realidad de los pensamientos íntimos, de los mundos inaccesibles y de las perspectivas que se representan.

Gradualmente se ofrece una visión de la gente seguidora del dios del cuarto mes: Tzotz, desde un punto de vista narrativo dentro de la sociedad; así hay ausencia de juicios y se expresan de manera sencilla los valores, las vidas y las tradiciones de la comunidad; todo lo cual contribuye a presentar una visión más íntima de una cultura que conoce, aprende, se establece, se consolida y florece y avanza.

En el universo ficcional, este grupo humano sale de Yax, atraviesa la selva (Selva Lacandona) hacia el oriente y llega a Tonil-ná, donde se instala por un lapso extenso de tiempo, hasta que debe buscar nuevas tierras para subsistir.

> Los últimos en abandonar aquel lugar fueron los zotzil vinik, casi veinte katunes[7] después de su llegada. Por las torres y los templos se habían metido los bejucales. De la hermosa Muc' Ná, que tenía patios enlajados y jardines, y corrales llenos de aves, no quedaba ni el recuerdo. Éstos eran otros zotzil vinik, que veneraban a Ix–Chel[8] en su pequeño templo sobre una colina, bajo la cual crujían los restos de la gran pirámide. Todavía los regía un hijo de Tuluk–spukuj, que guardaba en su casa la capa blanca con búho en el pecho, y la piedra de Zotz, y que obligaba a los muchachos a jugar por las tardes en el campo de pelota.

---

7   *1 katun*: 7200 días.

La tierra ya no daba nada. Ya hacía mucho que no daba nada. La gente que no había muerto en las guerras se había escapado a buscar otras tierras y a adorar otros dioses (Morales, 137).

En la misma forma que en la «Primera parte», en este capítulo los personajes se conocen a través de las generaciones. Aquí ya no es una familia específica sino el grupo de los seguidores de Tzotz, dios del cuarto mes, cuyas familias se presentan en medio de una vertiginosa rapidez: «El Hijo de Tuluk–spukuj había muerto, y otro le había sucedido y luego otro y otro más, y cada uno conservaba en su ch'ulel los recuerdos y la fuerza» (Morales, 137). Algunas de las características que los distingue como agrupación en este universo de ficción son: inteligencia, tenacidad, cooperación en el trabajo en grupo, decisión para avanzar, constancia para superarse, aceptación de otros, adaptación, alegría, esperanza.

Estas particularidades de su raza, les permite la fundación de localidades con deseos de alcanzar un mejor futuro; de ahí que al llegar al Valle de Jovel hagan lo mismo que los seres humanos representados en la «Primera parte»:

> [S]upieron que, junto al valle encantado, las serranías serían de ellos y de sus hijos para siempre, y entonces empezaron a dar nombres a las cosas y a los lugares y a las aves. Y así, trinando entre los cipreses y los abetos, el pajarillo rojo supo que su nombre sería tsajal–mut, y el soberbio pavo de las llanuras que los acompañó para ser su amigo y su alimento en las montañas, entendió que seguiría siendo tuluk, y el roble que les dio los horcones para sus jacales sintió que lo llamarían batsi–té, y aun la gran montaña detrás de la cual se escondía por las tardes ya cansado el sol, se sintió orgullosa de que la llamaran Muc'tavits, el cerro grande que serviría de guía y de recuerdo a incontables generaciones dentro y fuera del valle. ¡Ah, pero el valle! Su inigualable belleza juntada a los rumores de su magia causaba asombro y miedo. Los hombres se sentaban en cuclillas antes de anochecer, mientras sus mujeres bajaban temerosas al manantial que cantaba en murmullos allí cerca. En la lejanía, los tulares simulaban grandes brochazos sobre el verde claroscuro (Morales, 138).

Al presentarlos designando, denominando, estableciendo, demarcando; en esencia, lo que se observa es la forma en que los Tzotziles fueron solidificando tanto su identidad personal, como su identidad como comunidad. Ya que al recibir un nombre, el objeto reafirma u obtiene un nuevo significado de acuerdo al contexto. En este universo ficcional los nombres están conectados con un pensamiento mítico y una conciencia que por su caracterización proporciona una oportunidad mejor para entender las peculiaridades de ese mundo. En esta novela, como históricamente en la realidad, los Tzotziles se

---

8   *Ix-Chel*: diosa de la fecundidad.

destacan como comunidad por la inventiva para obtener objetos y materias deseados en otros lugares, por el desarrollo de ese comercio y por la fama que alcanzaron sus productos en las otras sociedades.

Pero como todo cambia y evoluciona en la vida, llega el momento en que esta cultura debe enfrentar nuevas condiciones de existencia, ante la presencia y el control, primero de los mexicas, quienes antecedieron y posteriormente, ayudaron a los españoles a dominar las tierras.

> En Zotzleb se reanudó el comercio. Volvieron a entrar de todos los caminos las cargas de plumas, de maíz, de frijol… que en buena parte iban a dar a manos de los mexicas. (...) De pronto se dieron cuenta de que sus pueblos habían ido cambiando: Chi'ixil–teclum se había convertido en Huixtlán; Xamit–jo en lo alto de los picos era ya Xamulatl; y Zotzleb, el pueblo grande de los comerciantes, se había vuelto Zinacantlan; el pequeño pueblo donde se producía la sal era ya Ixtatl–pan; y sus sierras y sus valles habían perdido el ritmo antiguo de sus nombres: el valle misterioso frente al cerro se había vuelto Huey–zacatlán, y el Muc'tavits ya se llamaba Huey–tepetl. (...) ok'il se hizo coyotl, y turumpukuj comenzó a lamentarse como un simple tecolotl. Y aun el ul se hizo atoli, y el pek mecapali y el pop, aquella estera amiga donde reposaban sus cansancios y acariciaban sus sueños, se tornó petatli (Morales, 166).

Cultura orgullosa de sus decisiones y de sus logros; que fue conquistada pero que no perdió la esencia innata que los vinculaba como comunidad y que hizo lo que sus medios le permitieron para subsistir independientemente.

4. Conclusiones

Históricamente, en 1527:

> [L]legó a Chiapas otro grupo de conquistadores encabezado por Diego de Mazariegos. Antes de alcanzar la región de los Altos, en el pueblo zoque de Xiquipilas, dicho capitán ratificaría la alianza entre españoles y zinacantecos. (...) Mazariegos decidió imponer un control más directo sobre los conquistados, cuyo número para entonces había disminuido notablemente debido a las epidemias y hambrunas, y aplicó la política de reducción de pueblos, concentrándolos en poblaciones compactas. Muchos grupos tzotziles

fueron reubicados (...). Como la edificación y abastecimiento de la Villa Real requería mucho trabajo, Mazariegos decidió que no convenía que los pueblos de la región tributaran a los españoles residentes en otra zona, y reasignó dichos pueblos en encomienda a sus soldados. (...) Desde mediados de 1531, la Corona española ordenó la formación de una nueva provincia con capital en Ciudad Real, que abarcaba, a partir de los límites de la provincia de Chiapan, los territorios habitados por zoques, tzotziles, tzeltales y tojolabales de Chiapas. Esta nueva entidad político-administrativa quedaría sujeta a la autoridad de la Capitanía General de Guatemala, gobernada entonces por Pedro de Alvarado (Obregón Rodríguez 2003, 10).

Con base en este referente, en la «Tercera parte» se expone en toda su realidad la situación de los dos grupos humanos viviendo y mezclándose en el área; y las relaciones que entre ellos se dan en este universo ficcional. El énfasis narrativo se explicita en dos tipos de novela; en la hibridez de presentación de una realidad mediante la fantasía y la imaginación para comunicar un mensaje, con diversos grados de ideología: «En el relato ficticio en tercera persona, (...) el narrador omnisciente puede perfectamente entrar en la subjetividad de sus personajes y orientarles según su parecer» (Bertrand de Muñoz, 241).

Como novela histórica/novela de referente indígena, *Jovel: serenata a la gente menuda* explicita un discurso postmoderno en el sentido de su voluntad descentralizadora y cuestionadora de los discursos absolutistas hegemónicos, donde con una perspectiva totalmente sesgada tradicionalmente se siguen marginando diversas capas sociales sin darles la posibilidad de una representación más objetiva.

En esta novela, hay un deseo de imaginar poéticamente la historia, exponiendo una fisura entre la memoria histórica hegemónica y la memoria colectiva de las comunidades implicadas. De esta manera, esta historia se constituye en una forma de resistencia de la versión oficial de los acontecimientos representados; además contribuye al desmantelamiento de la memoria histórica, lo que se observa tanto en la división de los capítulos, como en el nivel de la intriga de la novela que corresponde a la Segunda y a la Tercera partes.

En la «Segunda parte» la perspectiva de la cultura Tzotzil es la médula de lo relatado, mientras que en la «Tercera parte» se explicita mediante una serie de estrategias textuales la construcción del referente como un proyecto social que incorpora y valora los aportes de las culturas chiapanecas y ayuda a conformar una memoria colectiva inclusiva y positiva, reivindicando a través de un área de Chiapas, todos los sectores sociales marginados hasta ahora en la novelística mexicana; de ahí que figuras históricas de segundo y tercer rango convivan con otros personajes sin relevancia histórica para crear este mundo de ficción y para reinterpretar hechos y circunstancias.

En este último capítulo, el papel de la iglesia se pone en entredicho mediante la representación de religiosos y de comunidades. Una de estas representaciones, la de los frailes dominicos como agiotistas es específica. Histórica-
camente se sabe que todas las comunidades religiosas adquirieron bienes
raíces al llegar al Nuevo Mundo, bien cedidos o bien dejados como herencia
por personas ricas y piadosas de la época o por todos aquellos que los desti-
naban para pagar a perpetuidad las misas por su alma y así asegurarse el cielo.
Con el tiempo, la posesión cambió el celo religioso y los misioneros dominicos
adquirieron en México mayor suma de bienes y de comodidades y absoluta
independencia sobre el manejo de sus posesiones y dinero. Este es el referente
desarrollado en esta parte, donde «ladinos y caxlanes» necesitados empeñan
sus propiedades, pero por los réditos que deben pagar terminan por perderlas;
sin embargo, el fraile agiotista celebra el suceso. Con representaciones como
la del obispo y los dominicos, la iglesia no resuelve los problemas de los pobladores ni los ayuda; por el contrario, el capítulo muestra los abusos de los
miembros de la institución y la manera en que ejercen su poder sobre «la
gente menuda».

Ahora, en este capítulo (como también en el primero) se transparenta el
proceso de escritura al hallarse insertados textos externos al mundo novelístico, pero que describen el desarrollo de la investigación con la que se forjó
y reconstruyó este universo de ficción. Esta estrategia narrativa de intertex-
tualidad proporciona veracidad a lo narrado; situación que describe Morales:

> La mayor parte de estas personas es gente real que encontré en los
> archivos; la gente de la tercera parte de Jovel, nombres y algunos
> de los hechos son reales. También provienen de las historias escritas
> por historiadores chiapanecos, que espero que hayan estado en con-
> tacto con archivos que se han perdido; porque se han quemado los
> archivos de Chiapas en más de una oportunidad. Cuando digo ar-
> chivos, me refiero no solamente a fechas de nacimientos, matri-
> monios, etc., me refiero especialmente a archivos de pleitos y
> quejas, que es donde he encontrado la mayor parte de las posibili-
> dades de conflicto, para una novela, que es más bien una narrativa
> sin fin. Los momentos de conflicto los he encontrado en las quejas,
> los pleitos de archivos, llevadas a tribunales religiosos; porque los
> archivos civiles desaparecieron casi completamente o no tuve
> acceso a ellos. Son pleitos llevados a las manos religiosas, pero son
> parte de la historia, como el capítulo del chapulín: la peste de in-
> sectos que asoló la región -en varias ocasiones, pero yo tomé una
> ocasión-; toda la narrativa que bordo sobre esos hechos está basada
> en los documentos históricos que se conservan en los archivos, que
> no se han publicado como parte de la historia, porque a hechos in-
> significantes como el chapulín, no se les da cabida en la historia;

pero esa es la verdadera historia que pasó (en Rodríguez-Arenas 1999a, 245).

Todos estos aspectos estructuran esta narrativa con una mezcla de ficción y de realidad que los lectores deben descifrar al interpretar lo leído. De esta manera, el receptor se da cuenta de la triple posición que la voz narrativa toma al presentar la historia: como narrador omnisciente heterodiegético, como productor de ficción y como lector y transmisor de numerosos textos extra-diegéticos que dan testimonio de hechos cotidianos desconocidos en la historia oficial.

En el capítulo final de la novela se observa la profunda percepción de las complejas mutaciones y cambios de las culturas; no es únicamente la indígena la que se transforma; la europea también sufre metamorfosis; ya que hay un intercambio entre lo hispánico-occidental y lo indígena, no sólo en la visión del mundo sino en aspectos tradicionales de lo cotidiano.

Sobre esta situación, en este capítulo se ofrece una representación que ex-plicita una visión sobre algunas de las causas y diversas consecuencias del en-cuentro de las dos culturas: primero el establecimiento del imperio español en las nuevas tierras, las subsecuentes mezclas de raza y de culturas y, poste-riormente, aspectos de la búsqueda de la independencia del régimen colonial impuesto, que en este mundo de ficción se evidencia con el levantamiento indígena de Cancuc y la represión gubernamental dirigida por Thoribio de Cosío, Presidente de la Real Audiencia y Capitán General de Guatemala.

La hibridez histórica que se efectuó en la realidad, se expone en el nivel intratextual (dentro de la historia) y en el nivel intertextual (entre los dife-rentes textos: los históricos y el ficcional), con el propósito de emitir un dis-curso que reproduce en diferentes niveles, discursos narrativos de resistencia que se oponen a las versiones hegemónicas dominantes que han ofrecido una visión unilateral sobre los hechos.

Ya en la «Segunda parte» se presenta una polifonía de voces (véase: Bakhtin, 279) que se manifiesta mediante la expresión de dos lenguajes que cuentan una misma historia; la lengua dominante que se convierte en tra-ductora de la lengua indígena, idioma que se haría ininteligible para los his-panohablantes si no tuviera esta correspondencia; no obstante, la lengua do-minante se muestra limitada para expresar el lirismo y los aspectos culturales que transmite la lengua tzotzil: «–Xak, el dios del agua, y Zotz, el dios del cuarto mes, protegen a Ah Zotz Chon, nuestro futuro Jalach Vinik. Así como están estos batabes de Yax, amarrados y humillados, se encontrará dentro de poco el mismo Ah Kukul Balam, el pájaro jaguar» (Morales, 135).

Esta circunstancia genera una narrativa multivocal donde diversas voces se imbrican: la voz narrativa y las voces de los personajes; del mismo modo, existe hibridez en la mezcla de la oralidad de los indígenas y la escritura eu-ropea en que se transcribe esa oralidad. Estas relaciones textuales conflictivas

de las expresiones culturales representadas revelan las diversas tensiones y
puntos de vista que se transparentan en la «Segunda parte».

Esta situación tiene su correspondencia y su continuación en la «Tercera
parte» en el mestizaje racial y cultural que trasciende todos los intersticios
de las dos culturas, pero que en la historia desarrolla aspectos de las relaciones
de hegemonía y subordinación en el mundo colonial entre españoles e indígenas, que algunas veces se invierten, como en el caso de Leonardo y Mariana
y de Salvador y Mariana. Esta «caxlana» es maltratada, menospreciada y re-
pudiada por su esposo; por la golpiza que recibe de él estando en avanzado
estado de embarazo pierde no solo su bella faz, al quedar convertida en una
«cara atormentada y triste, de boca desdentada y nariz rota» (Morales, 306),
sino también la razón.

Posteriormente, al huir de su casa, es violada por Salvador, un indígena,
quedando nuevamente embarazada. Esta vez, dentro de sus limitadas posibilidades, Salvador responde ayudándola a subsistir y luego a dar a luz a su
hijo, comenzado entre ellos el mestizaje/hibridez racial con la vio-
lencia/protección del indio hacia la española:

> El niño tenía los ojos celestes de su madre y el cabello dorado de la
> niñez de Mariana. Salvador lo contempló maravillado. Entonces
> vio que los pómulos altos y recios eran los de su padre. Bajó los ojos
> y murmuró una oración bendiciendo a los Señores de la Tierra (Mo-
> rales, 306).

Este hecho se ofrece al lector por medio de diversas voces: la narrativa y
las históricas, que dan cuenta de lo sucedido, al ser dejado el niño en la iglesia:
Después de bautizarlo, el padre cura escribió en su libro:

> «Francisco, español, botado. En cd rl de Chiapa a siete dias del mes
> de marzo de mill y quinientos y noventa y cuatro años baptize y
> puse oleo y chrysma a Frco hijo de la iglesia. Fue su madrina doña
> Isabel de Velasco. Y para que conste lo firme y puse mi signo. P.
> Felipe Santiago» (Morales, 307).

Este incidente funciona como pretexto para exponer el intertexto mítico
de Xpak'inté que, en la escritura, es una estrategia literaria principal que representa un tópico presente en diversas culturas: Xpak'inté/Yehualtzíhuatl/la
llorona/la picullén/la madre en pena. De esta manera se hacen explícitos los
diversos modos mediante los que el texto moderno (la novela) se interrela-
ciona, interactúa o establece un diálogo con otros textos anteriores sean literarios o no, para hacer presente un contexto cultural en el cual, la voz narrativa, como el lector, quien encuentra los vínculos entre el texto y el contexto
construyen la referencia intertextual. Situación que el autor destacó sobre un
taller que dirigió:

(...) la leyenda de la llorona, es en uno de los capítulos de la tercera parte: «Xpak'inté», que para los indígenas es una mujer fantasma que grita y pierde a los hombres. En el libro es una española, llegada de España. A los estudiantes les impresionó el tratamiento, la forma en que se involucró una española, la manera en que se involucraron las costumbres locales, el modo en que se involucraron los indios de dos diferentes razas, el lenguaje empleado, las visiones de la española, que en lugar de ver el cerro donde está, ve las grandes nevadas de los Cantábricos y el mar del otro lado de las montañas y otras cosas por el estilo. Este es el único caso del que se directamente sobre la recepción de mi texto (en Rodríguez-Arenas 1999b, 247).

Al recurrir a estas técnicas, la historia no sólo logra mostrar aspectos de la «transculturación narrativa» (véase: Rama, 32-56) que se evidencia en su escritura, sino que al nivel de lo relatado, las intertextualidades de la cultura y de la escritura destacan la ideología que se halla en la estructura narrativa, la cual se opone a los discursos oficiales sobre hechos y resultados sucedidos. De ahí que se hallen divergencias de interpretación con la «verdad histórica». La novela como narración transmite la perspectiva cultural ya no sólo de los indígenas, sino de los mestizos y de otros miembros componentes de la población acerca de sucesos históricos, como la oposición abierta que rechaza la matanza de los indígenas que planea el Presidente de la Audiencia y gobernador:

[C]uando el chapulín se comió nuestras sementeras, cuando empezamos a sacrificar nuestras bestias de carga para sobrevivir, ellos, los indios, se treparon a los riscos y nos trajeron yuyos y bellotas y raíces para comer. Nadie, señor Presidente, ni los cañones de sus soldados, hará que vayamos a sus pueblos a matarlos (Morales, 432).

Con este tipo de representación, en *Jovel: serenata a la gente menuda* se configura gradualmente un imaginario social para que sirva como referente y llegue a convertirse en memoria colectiva y, así finalmente, incida en la elaboración y la permanencia, a través de cambios múltiples, de una identidad cultural chiapaneca, en la que la gente sin renombre pueda sentirse orgullosa de haber colaborado y participado en la consolidación de su estructura.

Mediante la representación de situaciones olvidadas, de hechos considerados irrelevantes y de textos que han pasado inadvertidos en los archivos, este mundo de ficción destaca el aporte vital que ha tenido «la gente menuda» de los diversos sectores de Chiapas en la vida de la comunidad. La invención de una nación presupone la existencia de una memoria común (Anderson 1983); esto es lo que Heberto Morales Constantino ha realizado en *Jovel serenata a la gente menuda*. Pero efectuar esta labor, encontró un medio eficaz que le permitiera armonizar polos tan disímiles como eran las diferencias de raza, de clase, de género, la oralidad y la escritura que caracterizan a las culturas que conforman el tejido humano y cultural del Estado de Chiapas; conjunto que ofrece diversos rasgos identitarios esenciales y vitales del chiapaneco actual.

FLOR MARÍA RODRÍGUEZ-ARENAS

5. BIBLIOGRAFÍA

AÍNSA, FERNANDO. «La reescritura de la historia en la nueva narrativa latinoamericana». Cuadernos Americanos 4-28 (julio-agosto,
1991): 13-31.

ANDERSON, BENEDICT. Imagined Communities: Reflections on the Origin
and Spread of Nationalism. London - New York: Verso,
1983.

ARIZPE, LOURDES. «Chiapas: los problemas de fondo». Chiapas: Los problemas de fondo. David Moctezuma Navarro (Comp).
Cuernavaca: UNAM, 1994. 19-32.

ARTIGAS, JUAN B. La arquitectura de San Cristóbal de Las Casas. México:
Gobierno del Estado de Chiapas - Universidad Nacional
Autónoma de México, 1991.

ARZÁPALO MARÍN, RAMÓN. Calepino de Motul. Diccionario maya-español. 3
Vols. México: Universidad Nacional Autónoma de
México, 1995.

BAKHTIN, MIKHAIL. The Dialogic Imagination. Austin: University of Texas
Press, 1981.

BHABHA, HOMI. «DissemiNation: Time, Narrative, and the Margins of the
Modern Nation». Nation an Narration. Homi Bhabha
(Ed.). New York: Routledge, 1990. 291-322.

—————————. «Of mimicry and man: The ambivalence of colonial dis-
course». The Location of Culture. London-New York:
Routledge, 1994. 85-92.

BAL, MIEKE. Narratology: Introduction to the Theory of Narrative. Trans.
Christine van Boheemen. Toronto, Buffalo, London:
University of Toronto Press, 1985.

BARTHES, ROLAND. «El sentido de lo real». El susurro del lenguaje.
Barcelona: Paidós, 1994.

BENNASSAR, BARTOLOMÉ. Los españoles: actitudes y mentalidad. Barcelona:
Argos, 1976.

BERGER, PETER L., BRIGITTE BERGER y KELLNER HANSFRIED. Un mundo sin
hogar. Modernización y conciencia. Santander: Sal Terrae,
1979.

BERTRAND DE MUÑOZ, MARISE. «Historia y ficción, historia y discurso: doble dualismo. Análisis narratológico de tres novelas de la guerra civil española». Actas de XI Congreso de la Asociación Internacional de Hispanistas (AIH): (De historia, lingüísticas, retóricas y poéticas). 1 (1984): 239-248.

BRADING, DAVID. A. Los orígenes del nacionalismo mexicano. Trad. Soledad Loaeza Grave. México: SEP, 1973.

CABRERA, EDGAR. El calendario maya. Su origen y su filosofía. San José, Costa Rica: Editorial La Jornada, 1995.

CASTIÑEIRA, ÁNGEL. «Naciones imaginadas. Identidad personal, identidad nacional y lugares de memoria. Casa encantada: Lugares de memoria en la España constitucional 1978-2004. Joan Ramon Resina (Ed. e introd.); Ulrich Winter (Ed. e introd.). Frankfurt, Germany; Madrid, Spain: Vervuert; Iberoamericana; 2005. 41-77.

CHAUCHADIS, CLAUDE. Honneur, morale et societé dans l'Espagne de Philippe II. Paris: C.N.R.S., 1984.

————.«Honor y honra o cómo se comente un error en lexicografía». Criticón 17 (1982): 67-87.

CONAPO (Consejo Nacional de Población). Índices de marginación 2005. Archivos PDF y XLS para descargar. http://www.conapo.gob.mx/publicaciones/indice2005.htm #

COLOMBÍ NICOLIA, BEATRIZ. «El viaje y su relato». Latinoamérica 43 (2006): 11-35.

CORNEJO POLAR, ANTONIO. Literatura y sociedad en el Perú. La novela indigenista. Lima: Editora Lasontay, 1980.

————. Sobre el 'neoindigenismo' y las novelas de Manuel Scorza». Revista de Crítica Litreraria Latinoamericana 50.127 (1984): 549-557.

CIUDAD RUIZ, MANUEL. «Catálogo provisional de la Orden de Calatrava (Edad Media)». 25-26 Cuadernos de estudios manchegos (2003): 215-283.

DE CERTEAU, MICHEL. La invención de lo cotidiano. (1979) México: Universidad Iberoamericana, 1999.

ESCAJADILLO, TOMÁS G. «Aves sin nido ¿novela "indigenista"?». Revista de Crítica Literaria Latinoamericana XXX.59 (2004): 131-154.

————. Narradores peruanos del siglo XX. Lima: Editorial Lumen, 1994.

FERNÁNDEZ PRIETO, CELIA. «Poética de la novela histórica como género literario». Signa: Revista de la Asociación Española de Semiótica 5 (1996): 185-202.

FLORES, MALVA (Ed.). Chiapas: voces particulares: poesía, narrativa, teatro (siglos XIX-XX) México: Consejo Nacional para la Cultura y las Artes, 1994.

——————————. «Prólogo». Chiapas: voces particulares: poesía, narrativa, teatro (siglos XIX-XX) México: Consejo Nacional para la Cultura y las Artes, 1994. 15-26.

Flores Mason, Luis (Ed.). Cuentario, muestra de narrativa coleta. Chiapas: Patronato Fray Bartolomé de las Casas: Programa Cultural de Fronteras, 1988.

Flores Ruiz, Eduardo. La catedral de San Cristóbal de las Casas Chiapas 1528-1978. Chiapas: Universidad Autónoma de Chiapas, 1978.

Foucault, Michel. La arqueología del saber. Buenos Aires: Siglo XXI, 1997.

——————————. Las palabras y las cosas. Una arqueología de las ciencias humanas. Trad. Elsa Cecilia Frost. Buenos Aires: Siglo XXI, 1968.

——————————. The Foucault Reader. Paul Rabinow (Ed.). New York: Pantheon Books, 1984.

Fuentes, Carlos. «Chiapas, donde hasta las piedras gritan». El País. (9-1-1994). http://www.elpais.com/articulo/opinion/ MEXICO/CHIAPAS/MEXICO/TRATADO_DE_LIBRE_CO MERCIO/Chiapas/piedras/gritan/elpepiopi/19940109elpe piopi_8/Tes?print=1

García Canclini, Néstor. Culturas híbridas. Estrategias para entrar y salir de la modernidad. Buenos Aires: Editorial Sudamericna, 1992.

García de León, Antonio. Resistencia y utopía: Memorial de agravios y crónica de revueltas y profecías en la provincia de Chiapas en los últimos quinientos años de su historia. México: Ediciones Era, 1985.

Genette, Gerald. Nuevo discurso del relato. Madrid: Cátedra, 1998.

Ginsburg, Carlo y Carlo Poni. "El nombre y el cómo: intercambio desigual y mercado historiográfico". Historia Social 10 (1991): 63-70.

González, Diana. «Algunas consideraciones en torno al nombre propio». Lengua y Sociedad 7.2 (oct., 2004): 103-108.

Guillamón Álvarez, Francisco Javier. Honor y honra en la España del siglo XVIII. Madrid: Universidad Complutense, 1981.

Haviland, John Beard. Sk'op Sotz'leb: El Tzotzil De San Lorenzo Zinacantan. Universidad Nacional Autonoma de Mexico, 1981. http://www.famsi.org/mayawriting/dictionary/boot/tzotzil_based-on_haviland1981.pdf

Jameson, Fredric. The Political Unconscious: Narrative as a Social Symbolic Act. Ithaca: Cornell University Press, 1981.

Kaufman, Terrence. El Proto-tzetzal-tzotzil. Fonología comparada y diccionario reconstruido. México: UNAM Centro de Estudios Mayas, 1972.

—————————. «A Preliminary Mayan Etymological Dictionary». (with the assistance of John Justeson). October 5, 2003. 1535pp. http://www.famsi.org/reports/01051/pmed.pdf

LACAN, JACQUES. The Language of the Self. Trad. Anthony Wilden. Baltimore & London: The John Hopkins University Pfress, 1968.

LEFERE, ROBIN. «Del pensar de la novela histórica». Cuadernos Hispanoamericanos 643 (ene., 2004): 43-50.

LÓPEZ PITA, PAULINA. «La sociedad manchega en vísperas del descubrimiento». Espacio, Tiempo y Forma IV.7 (1994): 349-366.

MARAVALL CASESNOVES, JOSÉ ANTONIO. Poder, honor y elites en el siglo XVII. Madrid: Siglo Veintiuno de España, 1979.

MARTÍNEZ C., JOSÉ LUIS. «Discursos de alteridad y conjuntos significantes andinos». Chungara: Revista de Antropología Chilena 36.2 (2004): 505-514.

MENTON, SEYMOUR. La nueva novela histórica de la América Latina, 1979-1992. México: Fondo de Cultura Económica, 1993.

MOLINA CHAMIZO, PILAR. De la fortaleza al templo. Arquitectura religiosa de la Orden de Santiago en la provincia de Ciudad Real (siglos XV-XVIII). Ciudad Real: Diputación de Ciudad Real, 2006.

MOLINER, MARÍA. Diccionario de uso español. Versión electrónica. Madrid: Gredos, 2001.

MORALES BERMÚDEZ, JESÚS. Aproximaciones a la poesía y la narrativa de Chiapas. Chiapas: Universidad de Ciencias y Artes del Estado de Chiapas, 1997.

—————————. «Breve panorama de la poesía en Chiapas». Chiapas: una radiografía. María Luisa Armendáriz (Comp). México: Fondo de Cultura Económica, 1994. 264-309.

—————————.. «La narrativa en Chiapas». Anuario 1995. Centro de Estudios Superiores de México y Centroamérica. Tuxtla Gutiérrez: Universidad de Ciencias y Artes del Estado de Chiapas, 1996. 550-724.

MORALES CONSTANTINO, HEBERTO. Ciudad Real en México. Del origen castellano al siglo XVIII (relato histórico). Ciudad Real: Biblioteca de Autores Manchegos - Diputación de Ciudad Real, 1997.

—————————. Jovel: serenata a la gente menuda. México: Gobierno del Estado de Chiapas, 1992.

—————————. «Familia». [Recuerdos y memorias personales] (Manuscrito).

NAGY-ZEKMI, SILVIA. «Introducción. Algunas consideraciones sobre el neoindigenismo». Identidades en transformación. El discurso neoindigenista de los países andinos. Silvia Nagy-Zekmi (Ed.). Quito: Ediciones Abya-Yala, 1997.

—————————. «Los ilegítimos de Pérez Huarancca y la legitimidad del neoindigenismo». Chasqui. Revista de literatura latinoamericana XXIV.2 (1995): 33-39.

Nájera Coronado, Martha Ilia. La formación de la oligarquía criolla en Ciudad Real de Chiapa: El caso Ortés de Velasco. México: Universidad Nacional Autónoma de México, 1993.

Obregón Rodríguez, María Concepción. Tzotziles. México: CDI : PNUD, 2003. http://www.cdi.gob.mx

O'Connell, Joanna. Próspero's Daughter: The Prose of Rosario Castellanos. Austin: University of Texas Press, 1995.

Peñalosa Esteban-Infantes, Margarita. La fundación de Ciudad Real. Antología de textos históricos. Ciudad Real: Instituto de Estudios Manchegos - Patronato «Quadrado», del Consejo Superior de Investigaciones Científicas, 1955.

Pérez López, Enrique y Nicolás Huet Bautista (Comp). Lo'il maxil: relatos tsetzales y tzotziles. Antología de cuentos. Chiapas: Gobierno del Estado de Chiapas, 1996.

Pineda del Valle, César. (Ed.). Antología del cuento chiapaneco. Chiapas: UNACH, 1995.

—————————. «Introducción». Antología del cuento chiapaneco. Chiapas: UNACH, 1995. 1-9.

Pinxten, Rik y Ghislain Verstraete. «Culturalidad, representación y autorepresentación». Revista CIDOB d'Afers Internacionals 66-67 (2004): 11-23.

Quadrado, José María y Vicente de la Fuente. Toledo y Ciudad Real. Barcelona: Ediciones El Albir, 1978.

Rama, Ángel. Transculturación narrativa en América Latina México, D.F.: Siglo XXI Editores, 1982.

Rodilla, José María (Comp). Tierra vegetal: poetas y narradores de la frontera sur. Chiapas: Gobierno del Estado de Chiapas, 1993.

Rodríguez-Arenas, Flor María [Coord. y Ed.]. Chiapas: la realidad configurada (La novelística de Heberto Morales). Centro de Estudios Superiores de México y Centroamérica. Tuxtla Gutiérrez, Chiapas, México: Universidad de Ciencias y Artes del Estado de Chiapas, 1999.

—————————. «La (re)invención de la identidad chiapaneca: algunas convenciones narrativas en la novelística de Heberto Morales». Chiapas: la realidad configurada (La novelística de Heberto Morales). Flor María Rodríguez-Arenas [Coord. y Ed]. Tuxtla Gutiérrez, Chiapas, México: Centro de Estudios Superiores de México y Centroamérica - Universidad de Ciencias y Artes del Estado de Chiapas, 1999a. 15 - 48.

——————. «Realidades y ficciones: Entrevista a Heberto Morales». Chiapas: la realidad configurada (La novelística de Heberto Morales). Flor María Rodríguez-Arenas [Coord. y Ed]. Tuxtla Gutiérrez, Chiapas, México: Centro de Estudios Superiores de México y Centroamérica - Universidad de Ciencias y Artes del Estado de Chiapas, 1999b. 223-255.

ROUDINESCO, ÉLIZABETH y MICHEL PLON. Diccionario de psicoanálisis. Buenos Aires: Paidós, 1998.

SANTIAGO CRUZ, FRANCISCO. Breve historia del Colegio de la Compañía de Jesús de Ciudad Real de Chiapas 1681-1767. México: Editorial Tradición, 1977.

TEJERA GAONA, HÉCTOR. Identidad, formación regional y conflicto político en Chiapas. México: Instituto Nacional de Investigación Antropológica, 1997.

TORO, ALFONSO DE. «Escenificaciones de la hibridez en el discurso de la conquista. Analogía y comparación como estrategias translatológicas para la construcción de la otredad». Atenea (Concepción, Chile) 493 (2006a): 87-149.

——————. «Hacia una cultura de la teoría de la hibridez como sistema científico transrelacional, tranversal y transmedial». Cartografías y estrategias de la posmodernidad y la postcolonialidad en Latinoamérica: Hibridez y globalización. Alfonso de Toro (Ed. E Introd.). Madrid - Frankfurt: Iberoamericana; Vervuert, 2006b. 195-242.

TORRE, TOMÁS DE LA (FRAY). Diario de viaje de Salamanca a Ciudad Real de Chiapa. 1544-1545. Caleruega (Burgos-España): Editorial Ope, 1985.

TRENS, MANUEL B. Historia de Chiapas: desde los tiempos más remotos hasta la caída del Secundo Imperio. I. México: Impresora, 1957.

VELASCO PALACIOS, Antonio. Historia de Chiapas. [S.l: s.n.], 1987.

VILLANES CAIRO, CARLOS. «El indigenismo en Vallejo». Cuadernos Hispanoamericanos: Revista Mensual de Cultura Hispánica 456-457 (junio-julio, 1988): 751-760

ZEBADÚA, EMILIO. Breve historia de Chiapas. México: El Colegio de México, Fideicomiso Historia de las Américas, Fondo de Cultura Económica, 1999.

JOVEL

(serenata a la gente menuda)

A MI ESPOSA, ZOILA, Y A MIS HIJOS, SUSIE Y MARCOS, FUENTE DE INSPIRACIÓN EN TODOS MIS TRABAJOS, Y DON JUANITO, MI PAPÁ, QUE EN MI NIÑEZ SUPO ENSEÑARME EL AMOR POR EL RECUERDO DE NUESTROS ANTEPASADOS.

H. M.

A LA MEMORIA DE ALFREDO GUTIÉRREZ,
INOLVIDABLE AMIGO A QUIEN SEPULTAMOS
AL COMENZAR UNA DE LAS GRANDES TEMPESTADES
EN EL VALLE DE JOVEL.

H. M.

Primera parte [*]

En las llanuras de La Mancha

La villa

Eran los días del buen rey Don Alfonso[1] en Castilla. Por los yermos y las sierras todavía se recordaban las andanzas de aquel gran caballero que había clavado sus lanzas en el corazón de España.

En más de un viejo pueblo, al oír los cascos de los caballos que entraban por la tarde, las mozas asomaban la cabeza por los ventanucos suspirando la antigua canción:

«¡Dios, qué buen vasallo si oviese buen señor!».[2]

Pero en el sur de Castilla las fronteras no eran seguras. Los moros de Granada sabían cómo entrar al galope y sacar de los pueblos y aun de algunas ciudades, sus ganados y sus conservas y, algunas veces, hasta la virtud de sus mozas...

El buen rey Don Alfonso, a quien decían el Sabio,[3] se percataba de que su reino había menester de una protección fuerte en las regiones del sur para dormir en paz. Y cuando las insidias de la corte y las maquinaciones de su hijo[4] le permitieron un respiro, montó a caballo al frente de cien caballeros y cabalgó rumbo a Granada.

---

[*]   N.B.: Para las notas se emplearon las siguientes fuentes: Arzápalo Marín, 1995; Cabrera, 1995; Kaufman, 1972, 2003; López Pita, 1994; Molina Chamizo, 2006; Moliner, 2001; Peñalosa Esteban-Infantes, 1955.

[1]   *Alfonso VI*: (1040?–1109). Rey de León desde el 27 de diciembre de 1065 y de Castilla desde el 6 de octubre de 1072, fue apodado el Bravo. Hijo de Fernando I el Magno, rey de León y de Castilla (1035-1065) y de Doña Sancha de León.

[2]   *¡Dios, qué buen vasallo si oviese buen señor!*: *Poema del Cid*. Cantar Primero.

[3]   *Alfonso el Sabio*: Rey de Castilla y de León (Toledo, 1221 – Sevilla, 1284). Hijo primogénito de Fernando III, a quien sucedió en 1252. Creó la Escuela de Traductores de Toledo, donde coexistían árabes, judíos y cristianos. Autor de: *Crónica General* y la *Grande e general Storia*, que incluye poemas épicos medievales. Escribió numerosos poemas como las 402 *Cantigas de Santa María*, en lengua gallego–portuguesa. También dirigió la elaboración de una obra capital, *Las siete partidas*, código legal escrito por primera vez en una lengua moderna.

[4]   *Sancho IV, el bravo*: (1257–1258?–1295). Segundo hijo de Alfonso el Sabio, contra quien sostuvo una guerra civil oponiéndose a la creación de un reino en Jaén para su sobrino, Alfonso de la Cerda, hijo de Fernando, verdadero heredero del trono.

Más allá de Orgaz cruzó los Montes de Toledo y, al ir descendiendo por el paso de Los Yébenes, contempló emocionado en lontananza las vegas del Guadiana. Absorbió la visión en su alma de poeta, y esa noche mandó que se escribiera en el diario que siempre conservaba:

> Et toda esta tierra es deleitosa de fructas, viciosa de pescados, lena de venados et de caza, segura et bastida de castiellos, rica de metales, estaño, de argent vivo, de plomo, de fierro, et dotros mineros muchos; et es tierra briosa de sirgo, dulce de miel, alumbrada et alegre de azafrán.[5]

Pero vio también que en la ribera sur del río se alzaban las fortalezas de los belicosos monjes caballeros de Calatrava,[6] en quienes poco podía fiar, y que por todos lados, allende las sierras, se extendían las tierras de moros, buenos pagadores de parias,[7] pero siempre enemigos de la gente cristiana.

Entonces soñó con un pueblo de castellanos viejos y de bien probada lealtad, que se asentara en las vegas del río, y que tuviera su corazón más allá de los montes, en las soleadas pueblas de Castilla.

Volvió de inmediato a la corte y convocó a caballeros e hijosdalgo que quisieran tornar al Guadiana con él, y tener tierras labrantías y armas, sin pagar tributos ni tener por señor más que al rey.

Corrió la voz de pueblo en pueblo.

Junto a los hogares, en las frías noches de Ávila y de Segovia y de Burgos y de Urrez, los barbados castellanos, cansados de impuestos y de guerras civiles, hablaban de la proclama con entusiasmo. ¿Cómo sería tener una tierruca donde levantar una buena cosecha de trigo? ¿Cómo sería fincar una casa amplia de patios y espaciosa en corredores donde jugaran alegres los niños? ¿Cómo sería criar una manada de ovejas benimerinas y vender su lana a los comerciantes judíos y comernos la carne de los corderos, bien bañada en nuestro propio vino castellano?

Corrió la voz de pueblo en pueblo.

En las polvorientas encrucijadas de los caminos se paraban los viejos a ponderar. ¿Y si dieran los moros en atacarnos? ¿Y si tuviéramos que volver con las manos vacías? ¿Y si pasáramos la vergüenza de ver nuestra honra mancillada?

Corrió la voz de pueblo en pueblo.

Junto a los hornos, mientras amasaban el pan, se afanaban las mujeres. Pero allá, donde todo fuera de ellas, serían como reinas. Y en la corralada tendrían sus gallinas. Quién sabe si no vacas lecheras. Y sería un banquete de ver

---

5   Sección perteneciente a la obra *Loor de Espanna* de Alfonso X.
6   *Orden de Calatrava:* Una de las órdenes más importantes de caballeros que surgió en España. Originalmente en 1158 para proteger la villa de Calatrava, sitio estratégico para detener el avance árabe hacia Toledo. En 1164 una bula del Papa Alejandro III aprobó la orden de los Caballeros que adoptó la constitución del Císter. Se distinguieron por su hábito blanco y su emblema: una cruz griega roja y flordelisada.
7   *Parias:* tributo que pagaba un soberano a otro.

la comida del domingo. Y habría frutas y conservas para endulzar las tardes y aligerar las noches.

Y así, corrió la voz de pueblo en pueblo.

El día fijado por don Alfonso, había más de cincuenta familias en la iglesia de Santa Gadea, prestas a empezar la jornada al despuntar el alba.

Allí estaba Martín Álvarez, de Colmernar Viejo, con su mujer, su hija y sus dos hijos. Llevaba dos carretas de bueyes, cinco vacas y dos caballos.

Allí estaba Nuño Fáñez, bisnieto de Álvar. Tenía más de cincuenta años; pero en sus venas corría la sangre de todas las aventuras de su venerable bisabuelo.

Con ellos iba el joven Julián, de Mazariegos. Sus padres no se decidieron a emprender la jornada, pero le dieron al muchacho, que se moría por ir, un caballo y una carreta cargada de tesoros: semilla de trigo, de cebada, una colmena con sus abejas…

Antes de amanecer sonaron las trompetas anunciando la llegada del rey.

Sin mucha ceremonia, tomó su lugar don Alfonso en el presbiterio de Santa Gadea. Inició el obispo la gran misa de despedida, y al evangelio les habló don Alfonso, con su voz de poeta y su pasión de soñador.

Fue un discurso breve pero lleno de emoción.

Generaciones después, a pesar de las vicisitudes que le sobrevinieron al buen rey, los descendientes de estos atrevidos hijosdalgo habrían de recordar sus palabras y, a pesar de pesares, mantener la lealtad al trono de sus tataranietos.

Levantó al fin Don Alfonso la espada por encima de su cabeza, y se les quedó viendo. Cada cual sintió que sus ojos se clavaron en los suyos y que en su alma prendió fuego la de él.

—Hijosdalgo, caballeros castellanos: do vais, va con vos el alma de esta Castilla vuestra, tierra amasada con sangre de cristianos y con la lealtad del Cid. Cuando desfalleciereis, recordad que con vos está el de Castilla, que es también vuestro rey.

—Amén, dijeron todos, solapada la voz. Y recibieron luego la bendición del obispo.

Y al salir de Santa Gadea, había ya brillado el sol.

* * *

Las semanas de viaje desde Burgos habían sido difíciles. Las carretas eran lentas. A mediodía los bueyes no podían dar un paso y tenían que encontrar una sombra para sestear.

Cruzar la Sierra de Guadarrama había sido un tormento: el frío del invierno amenazaba con dejarlos ateridos. Las carretas cargadas de forraje iban quedando vacías, y en más de un par de ojos se había pintado el terror. Por eso, los días de descanso en Toledo habían sido como un rocío primaveral. El rey había previsto que allí se tuviera posadas listas y refacción de alimentos para cristianos y bestias. Algunos caballeros se quedaron allí, pero el rey proveyó una selecta guardia de a caballo que los habría de acompañar hasta que pudieran valerse por sí mismos.

Al descubrir desde la altura las vegas del Guadiana, se llenaron de gran emoción y quisieron llegar al río esa misma tarde. No recordaban cuán engañosas suelen ser las llanuras. De todas maneras, los más animosos se adelantaron a caballo; pero el paso de las carretas no permitió que acamparan más allá de las últimas estribaciones de los Montes de Toledo.

Y por la tarde del siguiente día apenas estaban pasando frente al castillo de Malagón. Un estremecimiento frío recorrió las espaldas de los peregrinos cuando divisaron la polvareda de un tropel de caballos que, saliendo del castillo, se dirigía hacia ellos. Momentos más tarde contemplaban sobrecogidos las rojas cruces floreteadas que ondeaban sobre las capas blancas de los adustos caballeros: eran los monjes guerreros de Calatrava, que esa tarde habrían de seguirlos amenazadoramente hasta su campamento, y que con el tiempo habrían de ocasionarles más terror y desasosiego que los mismos moros de Granada. Para los Calatravos, como habrían de llamarlos por siglos, la presencia de estos castellanos no era más que una intrusión injustificada e indeseada de Alfonso, el rey de Castilla, en los territorios que desde hacía más de un siglo ellos había defendido y reclamado como suyos.

Fernán Muñoz llevaba en una de sus carretas el mayor tesoro de todos: la carta puebla,[8] firmada por don Alfonso el 20 de febrero del año del Señor de 1255. Cuatro caballeros se turnaban guardando esa carreta de día y de noche. Allí iban sus privilegios, sus fueros, su orgullo y sus ilusiones.

Horas antes de que alumbrara el sol aquel día de finales de marzo, estaban ya todos en pie; los bueyes uncidos, los caballos enjaezados. Las mujeres habían encendido fuegos, al amor de los cuales preparaban los frugales alimentos antes emprender la última jornada.

Sonó Nuño Fáñez el cuerno heredado de su tatarabuelo, el gran amigo de Mio Cid y, con un respingo del corazón, todos se pusieron en marcha: adelante, la guardia provista por el rey. En la retaguardia, los caballeros. En medio, las pesadas carretas cargadas de alimentos, animales y semillas. Infantes y mujeres caminaban sosegadamente a los lados de ellas.

Finalmente empezaron a vadear el río. La guardia real lo había traspuesto ya y esperaba en la margen izquierda, cuando de repente se oyó un grito estremecido y se inició un gran tumulto: la carreta de Fernán Muñoz se había ladeado. Un buey había resbalado y tenía una pata rota. Y el agua empezaba a penetrar en los tesoros del vehículo. Se arremolinaban infantes y caballeros tratando de salvarla. Acudieron unos con troncos, otros con pedruscos para tratar de contenerla. Pero todo era por demás. La corriente del Guadiana era fuerte y nadie tenía experiencia de batallar contra aguas bravas.

---

8   *Carta puebla*: documento en que se contenían las concesiones y privilegios concedidos por un soberano a los que iban a poblar un lugar recién conquistado o fundado.

—¡Amarradla a la carreta que sigue!, gritó Nuño Fáñez.

Sacaron cuerdas y así lo hicieron; pero los otros bueyes empezaron a moverse desesperados, y la carreta se inclinó más, amenazando incluso a la de atrás.

—¡Tenedme el caballo!, se oyó que acezaba una voz juvenil.

Y ante el asombro de todos, Julián, el de Mazariegos, había trepado por la empinada carreta y asomaba ya con la caja del tesoro, la carta puebla firmada por el rey.

En la algarabía que siguió, nadie se dio cuenta de que la carreta perdió fondo y se volcó casi totalmente, llevándose por el lado de la corriente a Nuño Fáñez, que había desmontado para contenerla.

—¡Don Nuño, don Nuño!, gritaban las mujeres, hasta que Gonzalo Fernández se percató, espoleó su caballo y llegó adonde Nuño estaba ahogándose. Presto tiró de él y lo hizo virar, en momentos en que los dos grandes bueyes eran finalmente vencidos por la corriente.

Llevaron entre varios hombres a Nuño Fáñez a la orilla, donde su mujer y su hija improvisaron un fuego para calentarle, mientras terminaba de pasar el río el resto de las carretas. Cinco hombres se quedaron para destazar los animales ahogados. Julián, que desde Burgos se había conservado en la cercanía de la familia de Fáñez, se esperó para hacerle compañía.

Finalmente, la columna entera estaba en movimiento, comentando algunos como mal agüero el incidente de la carreta, y otros como bueno el trance de Nuño Fáñez.

Empezaba a caer la tarde.

Los caballeros de mayor edad se detuvieron a la vuelta de un castañar y pidieron consejo al capitán de la guardia real. Éste, conocedor de la región, les declaró:

—Aquí es el Pozuelo Seco de don Gil, buen lugar, por la cercanía del río, que dejamos no ha más de cinco mil varas. Más allá está el sitio de la batalla de Alarcos, de espantable memoria. Continuar hacia el mediodía es llegar a tierra de moros o a posesiones de Calatrava. Esto es parte del alfoz[9] que el rey nos señaló en su carta puebla.

—Pues debemos hacer alto, antes de decidir con seguridad, le contestó a nombre de los demás Gil González, el de Urrez.

Alcanzaron al grupo de Nuño Fáñez, que avanzaba con lentitud, y le rogaron que sonara el alto; mas él no se encontraba con fuerzas para hacerlo, y con una seña pasó el cuerno a Julián. El joven tomó el instrumento y lo sonó con alegría, para marcar aquel que habría de ser el último alto de su larga y penosa peregrinación. Muchísimos años después, sus descendientes conservarían la memoria, juntamente con el cuerno que Nuño le regaló en tan recordable ocasión.

Cayó la noche sobre el campamento. De las carretas empezaron a salir botijos de vino añejo.

---

9 *Alfoz*: (ant.) Distrito con varios pueblos que forman una sola jurisdicción. Alhoz, foz.

En el centro, rodeada por más de cien carretas, ardía una alegre lumbre de troncos de castaño.

Por encima de todo se elevaba un tenue olor a carne asada y el murmullo de voces solapadamente contentas. Aunque dura y correosa, la carne de los bueyes significaba un agradable cambio en la dieta y una promesa de mejores días.

Las conversaciones se fueron apagando con el fuego.

Lejos, en el monte, se escuchaba el acompasado ulular de los mochuelos en busca de su presa.

Julián, con el cuerpo adolorido y la ropa todavía un poco mojada, se había tendido sobre los sudaderos de su silla de montar. De pronto su cuerpo se tornó liviano y ágil. Sus alas lo elevaban en vuelo majestuoso. Sus ojos buscaban algo por el horizonte. Volaba hacia allá; pero al llegar, no había nada. Su pico de mochuelo hurgaba entre árboles y rocas; pero volvía a su lugar sin nada. Y sentía una gran ansiedad, una dolorosa intranquilidad; y entonces ensanchaba de nuevo sus ojos redondos y emprendía otra vez el vuelo. En su cara sudorosa se prensaba la noche como tratando de convertirse en alborada.

De repente, el relincho de un caballo se desdobló entre los repliegues del amanecer. Julián se restregó la cara, y se dio cuenta de que, junto a los rescoldos de la hoguera conversaba un grupo de caballeros. Allá fue él, dispuesto a unirse a los preparativos para continuar el viaje.

—Hay encinares en los montes, decía en ese momento Germán Fernández, el de Burgos. Podemos acarrear madera con los bueyes.

—Si los de Calatrava no nos los vedan, apuntó Jerónimo Robles, el de Villatoro.

—Tenemos la carta puebla de Su Majestad y la protección de la guardia real, insistió Fernández.

—El lugar no es malo, aunque de tristes recuerdos, dijo el capitán Salcedo. Si os place, podemos empezar por fortificarlo. De esto responden nuestras espadas.

—Más tiempo de viaje sería duro para todos, señaló pausadamente Nuño Fáñez. Además, ya debemos preparar la tierra para sembrar. Los alimentos que traemos no van para mucho, y el rey no habrá de mantenernos para siempre.

—Yo os propongo que congreguemos a todos los caballeros y entre todos tomemos un acuerdo. Hemos viajado juntos y hemos venido en nombre del rey. Todos juntos debemos resolver lo que más convenga a nuestro compromiso.

Éstas fueron las palabras de Gil Moreno, un viejo hidalgo de Nebreda, a quien solían escuchar con atención, no solamente por su edad, sino porque parecía tener el don de percibir y concretar lo que otros discutían. Su presencia y su opinión, siempre cauta y guardada, habría de tener gran importancia a lo largo de toda aquella empresa.

Congregáronse, pues, los caballeros y, entre la algazara de toda la compañía, decidieron quedarse allí. Levantaron estandartes, y sembraron una cruz como seña. Nombraron luego a su alcalde, y en medio de grandes muestras de alegría, lo llevaron junto a la cruz para que en nombre de todos y del rey, diera por terminado el viaje y por comenzada la villa.

Los cortijos

La repartición de los solares dentro de los límites señalados para el cerco de la villa fue toda una fiesta. Pero la repartición de las tierras fuera del cerco fue realmente el cumplimiento de todas las ilusiones y las esperanzas. ¡Con cuánta alegría se acogieron las familias a las yugadas[10] que, en nombre del rey, les asignaba su alcalde para trabajarlas! ¡Y con cuánta devoción y rapidez se entregaron a las labores del campo!

Nuño Fáñez recibió su tierra a una corta distancia de lo que pronto sería la Puerta de Granada. Al registrar su nombre ante el escribano, pidió que a Julián, el joven de Mazariegos que había sido su compañero de viaje, le señalaran la suya en el mismo lugar.

—Yo puedo enseñarle algunas cosas a este mozo, le explicó al escribano, que, como era su amigo, le contestó:

—Y otras más podrá enseñarle a Julián la hermosa Jimena.

—Yo estoy ya bastante entrado en años, aceptó pensativo Nuño. Y a mi Jimena no he de encontrarle mejor partido sin tener que salir de estas soledades.

—Haces bien, Nuño. Quién sabe si no nuestros hijos tengan que buscar sus mujeres en tierras de calatravos, suspiró el escribano, don Juan Ruiz.

—Si no es que en tierra de moros.

—¡Calla, Nuño, y que tu boca no sea de profeta!

Claro que al astuto viejo no le habían pasado desapercibidas las furtivas miradas que entre el joven montañés y su hija se habían cruzado a lo largo del camino; y le parecía bien que cuando él faltara, se unieran las tierras que habría de heredar la hermosa Jimena con las de aquel decidido mocetón.

La mayoría de los nuevos pobladores había venido arreando pequeños rebaños de borregas y corderos; algunos habían traído unas cuantas vacas también. Y todos veían complacidos la enorme extensión de la llanura, por donde su fantasía imaginaba ya los grandes pastizales donde apacentarían sus animales. ¡Qué lejos estaban de sospechar las tremendas dificultades que tendrían que afrontar!

La tarea de establecerse fue ardua. Tuvieron que levantar sus casas en la villa al mismo tiempo que iniciaban las labores en el campo. Así que todos tuvieron que dar la mano, los hombres, las mujeres y hasta los niños. Pero no

---

10 *Yugada*: (de «yugo»); extensión de tierra de labor que puede arar una yunta en un día. En algunos sitios, medida de tierra de labor equivalente aproximadamente a 32 hectáreas. Superficie.

todos tenían la fuerza de voluntad y la entereza que se necesitaban para iniciar una vida como la de aquella villa de frontera. Y, aunque los caminos eran entonces inseguros para grupos pequeños, algunas familias decidieron regresar a la comodidad de sus lugares en la vieja Castilla de sus antepasados. Así fue como don Damián Guillén, a instancias de su mujer, doña Catarina, decidió recoger su rebaño y su carreta, y volver a Villahoz, su pueblito cerca de Lerma, y seguirle pagando al duque para que le permitiera levantar una pequeña cosecha de trigo y apacentar su rebaño. Y así, una buena madrugada salieron por el camino de Toledo, y se dirigieron a su lugar.

A los dos días, el pastor Gonzalo de Miranda entró a la villa con la terrible noticia: había encontrado los restos de aquella infeliz familia regados por unas cuevas en los Montes de Toledo, a donde había llevado sus ganados a pacer. Entre las pocas cosas que habían quedado, encontró un envoltorio con un niño casi muerto de hambre y se había apresurado a conducirlo a la villa.

—Esto es obra de calatravos, insinuó llena de temor doña Juana Fernández.

—O de salteadores, la contradijo doña Sebastiana Ruiz. Bien se sabe cómo son esos caminos, por donde no se debe ir sin la gracia de Dios y una buena guardia.

—O pudieron ser lobos, atajó María, la mujer de Lope de Velasco. Si a veces los oímos aullar aquí en la mismísima villa, qué no ha de ser en esos montes.

—¿Y qué ha de ser de ese niño?, preguntó doña Antonia Díaz, arreglándose la túnica.

—Esto debe decidirlo el alcalde, señalaron varias voces casi al mismo tiempo.

Mientras tanto, la voz había llegado hasta las alquerías, donde los hombres se encontraban trabajando, y empezaron a llegar, algunos ya arreando su rebaño, aunque era pleno día, temiendo que en realidad se tratara del temido ataque calatravo, otros cargando todos sus aperos, que constituían toda su riqueza.

—¡Id a buscar al alcalde!, gritaba doña Sebastiana en ese momento. Si esto es hechura de calatravos o de salteadores o de lobos, él debe tomar una decisión.

—Pero, mujer, si lo más importante es el niño, aseguraba dulcemente doña Antonia. Yo me lo llevo, que mi marido puede conseguir leche en el cortijo de don Fernando.

En esos momentos, y entre la multitud ya envalentonada, se presentó el alcalde, y tomando su lugar y su importancia en medio de toda la gente, declaró:

—Señores: Don Damián volvió al camino sabiendo lo que era. Nosotros no podemos ir a buscar a los bandidos en los Montes ni desafiar a los señores de Calatrava, que están mejor armados que nosotros. Y si se ha tratado de lobos, lo único que nos queda es vigilar nuestros ganados. En verdad, lo importante es el niño. Y si doña Antonia está dispuesta a recogerlo y cuidarlo en su casa, me parece que todos juntos podemos hacerle entrega pública, con tal que el niño siga llevando el apellido de su padre.

—¡Bien dicho!, gritaron todos, sintiendo que al tomar el alcalde la decisión, se le quitaba a cada uno de ellos la responsabilidad.

Fue la primera vez que toda la gente se dio cuenta de que la vida en aquel lejano lugar habría de ser muy difícil. Y esa noche, en los rudos hogares de Villa Real hubo pláticas muy serias en las familias. Y en más de uno las discusiones llevaron al arrepentimiento y a las reclamaciones.

Solamente en la casa de don Álvaro Díaz no se hablaba de los peligros ni de las acechanzas de los enemigos: La Providencia les había regalado algo que llenaba su vida de felicidad y se dedicarían a cuidarlo como si fuera propio.

Aquel niño habría de vivir. Habría de crecer, delgaducho y débil, pero habría de crecer. Mas la tragedia de su familia habría de marcarlo para siempre. Habría de haber en él una lejanía y un mirar desconfiado y reticente, como si viera en cada rostro los ojos de un enemigo; y ni las caricias de doña Antonia ni la amistad de los villarrealengos de su edad habrían de cambiar su espíritu, que parecía asomar por el color verdoso y casi transparente que con el tiempo fue tomando su piel. Sus ojos saltones y asustadizos serían la seña de su familia, generaciones y generaciones después. Lo único que le interesaría sería trabajar; mas como sus padres habían tenido que traspasar su tierra, solamente podría trabajar como jornalero. Pero lo haría tan bien y con tanta ansia de conseguir su recompensa, que con el tiempo tendría dinero hasta para establecer su propio negocio de venta de carnes.

—¡Parece judío!, habrían de decir de él.

Fue en ocasión de la muerte de los Guillén que a don Gil Moreno se le ocurrió la idea de que los jóvenes aprendieran las artes de la guerra, aparte de cumplir con su obligación principal, la de labrar la tierra. Así, por acuerdo de todos, hubo quienes se dedicaron a la arquería, otros al manejo de la espada, y aun algunos al disparo de la ballesta.

—Estas ballestas, plantadas en las partes altas, pueden ayudar muy bien a la defensa. Pero debemos encontrar la manera de hacer que los dardos lleguen más lejos, comentó una tarde el viejo nebredeño.

—Para eso se necesita que tengamos herreros, don Gil, le contestaron casi en coro sus compañeros.

—Pues entonces debemos mandar a algún mozo a Toledo para que aprenda. Necesitaremos herraduras para nuestros caballos y rejas para nuestros arados...

—¿Quién puede ir, don Gil, si todos estamos ocupados levantando casas y labrando campos?

—Mi Germán irá, y que no se hable más, terminó don Gil.

* * *

El rey quería que aquella fuera una gran villa e bona, y no solamente había firmado su carta puebla y dado fueros y privilegios a sus vecinos, sino que ayudó en el trazado de las calles y en el señalamiento del cerco, que muy pronto se habría de convertir en una fuerte muralla con buenas puertas. ¡Y hasta autorizó a que bajaran de los montes toda la madera que necesitaran, sin tener que pagar ningún tributo a nadie, pues era la villa del rey!

Dejaron calles amplias y rectas. Y apartaron un bello espacio para su plaza principal, que ya desde el principio y con orgullo anticipado llamaron la Plaza Mayor. Allí pronto organizaron carreras de caballos, principalmente para la diversión de la gente joven. También desde el principio habían señalado plazuelas alargadas dentro del cerco, junto a las puertas, a fin de que pudieran resguardar sus animales en la villa en caso de dificultades, principalmente con los de Calatrava.

A los bueyes, que tan buen servicio habían prestado durante el viaje desde Burgos, les uncieron los arados que desde allá habían llevado, y empezaron la labranza de las mejores tierras para la siembra del trigo y las verduras.

* * *

Por la salida en el camino de Toledo se había establecido don Lope de Velasco. Sus tierras recibían la humedad del Guadiana y habrían de producir grandes cantidades de frutas y verduras.

Para el sur, buscando la humedad del Jabalón, había solicitado sus tierras Álvaro Díaz. A casi todos les pareció ésta una mala elección, por la lejanía respecto a la protección dentro del cerco de la villa. ¿Qué haría allá aislado en caso de un ataque de enemigos? Pero don Álvaro no se había dejado convencer, soñando ya en un cortijo cerca de las aguas de aquel pequeño río, que talvez nunca se atrevería a inundarle sus sembradíos. Y con la ayuda de sus hijos, hombres grandes ya, habría de establecer un hermoso lugar en la llanura. ¡Qué lástima que aquel niño no fuera su hijo de verdad!

Hacia el rumbo de Alarcos había recibido unas buenas yugadas don Fernando Núñez.

—Con las tres mancuernas de bueyes que trajimos podemos arar más de una buena yugada al día, y en cuanto terminemos nuestra tierra podremos ayudar a otros, le comentaba una tarde a su hijo Remondo, niño de diez años a la sazón, pero muy despierto para los asuntos del campo.

—Pero las rejas se romperán con tanto uso, padre, respondió Remondo, dándose cuenta de la dificultad que eso ocasionaría para el próximo año.

—Se romperán también en nuestras manos, señaló don Fernando, y tendremos que repararlas. Pero si se rompen en manos de nuestros vecinos, deberán repararlas ellos y todavía quedarán en deuda de nuestro favor.

—¿Y los bueyes, padre?

—Mira que hemos traído ese toro padre y esas vacas ya preñadas. Siempre nacen más becerros que becerras. Guardaremos uno para padre, y los demás serán castrados, y hasta podremos vender bueyes a los que no los tengan. Y la gente vendrá a buscarnos y a estar con nosotros por los favores...

Don Fernando era un viejo zorro que sabía muy bien lo que buscaba. No tardó en tener a su disposición personas que con mucho gusto acudían a ayudarle en las faenas de sus campos con el interés de obtener de él el uso de los bueyes o de los aperos en las labores de sus propios campos.

A los pocos años, don Fernando tenía ya una buena vacada en corrales construidos con piedras encimadas, y pronto empezó a utilizar grandes cantidades de estiércol en los campos de trigo y de cebada, que subían como espuma cuando llegaban las lluvias.

Pero lo que llegó a ser la admiración de la comarca fue su cortijo: lo fue construyendo él personalmente, por supuesto que con la ayuda de todos aquellos amigos que se interesaban en el uso de sus bueyes y sus aperos, como si fuera a vivir allá en el campo y no dentro del cerco de la villa: primero levantó un muro grande y fuerte, como si fuera a levantar un castillo, y dentro de este cerco, que tenía una sola entrada, construyó un hermoso edificio.

—En la parte de abajo debemos guardar todo lo que nos sirve para el trabajo, lo mismo que los granos cosechados. Nunca debes quedarte esperando la cosecha del año que sigue, pues si el año es malo, puedes pasar hambres, le comentaba una tarde a Remondo.

—Así ha de ser, padre, respondió el muchacho. Pero, ¿por qué estás construyendo las gradas por fuera de la casa? ¿No sería mejor pasar de los graneros a la alcoba por el interior?

—Ven acá, hijo, fue la respuesta del viejo. Mira: conforme vas subiendo las gradas, puedes volver la vista hacia donde quieras y maravillarte ante toda la belleza de los campos de esta gran llanura. ¿No se te llena el corazón de alegría?

—¿Y si a los calatravos se les ocurre atacarnos?

—Ellos, hijo, no quieren que exista nuestra villa. Por eso debes aprender a defenderla. Mas si algún día la perdemos, a ellos les interesará mantener estos cortijos que podrán convertirse en fortalezas.

—No entiendo, padre, por qué te gusta vivir en esta soledad si tanto te interesa la villa.

—Algún día lo entenderás, Remondo, cuando sea tu responsabilidad. Y si no tú, mis nietos.

Cuando terminó don Fernando la construcción, el cortijo podía verse desde lejos, pintado de blanco, recortado frente al horizonte como una hermosa nube preñada de ilusiones.

ZORAYA

Cerca del camino de Alarcos se estableció también don Pedro Morales. Su mujer y sus dos hijos, Beltrán, de 10 años, y Sebastián de 7, le ayudaron a levantar un cobertizo rumbo a la ciénaga que formaba la humedad del río. Con mucho trabajo logró armar un horno hecho con piedras y barro, y luego empezó a hormar y cocer aquellas tejas y ladrillos que le darían a la villa su personalidad particular. De su lejano pueblito de Pampliega, junto al Arlanzón, no había podido traer ni borregas ni vacas, ni semillas, sino que había desarmado cuidadosamente sus moldes y los había empacado y cargado en su único caballo, y había acudido a Burgos en pos de la ilusión. En cuanto el horno estuvo seco y resistente, don Pedro inició el trabajo de su oficio. Beltrán, que parecía tener la misma gracia de su padre, le ayudaba acercando el barro, apisonando, a veces hasta desenmoldando.

Y empezaron a llegar las carretas en busca de sus tejas, pues la construcción de casas marchaba con rapidez en la villa. Y a doña Beatriz de Morales le encantaba ir llenando su pequeña morada con las cosas que en trueque le dejaban: carne salada, pan, vino o hasta algunas semillas que ella se dio maña para cultivar cerca de la tejería.

El negocio fue creciendo con las necesidades de la villa. Había ya hidalgos que querían instalar pisos de ladrillo en sus cocinas y hasta en sus corredores. Y los Morales eran los únicos tejeros. Tuvieron, pues, que ampliar el cobertizo y levantar otro horno, y hasta buscar ayuda entre algunas amistades, que en diciembre y enero poco tenían que hacer en los campos.

Beltrán aprendió bien el oficio de su padre, pero conforme fue creciendo, algo empezó a hurgarle en la cabeza: como que aquellas tejas planas y casi cuadradas carecieran de encanto; como que algo más vivo e imaginativo pudiera crearse con aquel mismo barro y en aquellos mismos hornos. Y se pasaba buenos ratos platicando con los pocos viajeros que acertaban a pasar por el lugar; pero nadie parecía interesarse mucho en las cavilaciones de aquel muchacho un poco huraño, que para entonces iba ya sobre los 16 años de edad.

Una tarde, sin embargo, mientras sacaba los últimos ladrillos de una hornada, vio que alguien se acercaba con decisión a los cobertizos. A Beltrán no le sorprendió que alguien llegara, pero sí le llamó la atención la traza del visitante: Sobre su cara morena se levantaba un envoltorio de tela blanca, y bajo la túnica parecía llevar calzas que le cubrieran todo el cuerpo. A pesar de la extraña figura del moro, el joven Morales no se alarmó, sino que adivinó un gesto de interés y de bondad en el recién llegado; así que, suspendiendo su labor, le salió al encuentro y lo convidó a pasar.

—Yo también soy tejero, dijo el visitante, como si le costara trabajo hablar. Pero mis tejas no son como las tuyas, que parecen tablas.

—¿Cómo son las tuyas?, inquirió Beltrán.

—Diferentes. Mis hornos también.

Y en lo que hablaban, se paseaban por la tejería; el moro contemplaba y pulsaba ladrillos y tejas, y Beltrán lo seguía con gran interés, casi con miedo de que aquel sueño se le esfumara por entre las hendijas de sus hornos.

—Si quieres, puedo mostrarte lo que hago, dijo finalmente el moro.

—¿De verdad? ¿Dónde vive su merced?, contestó Beltrán, vivamente entusiasmado y dando muestras de respeto hacia quien esperaba ya que fuera su maestro.

—En Moclín.

—¿Y dónde es Moclín?

—Al otro lado de la sierra, casi frente a Granada...

—¡Pero eso es en tierra de moros!, exclamó el mozo con tristeza y desilusión.

—Si vas conmigo, yo puedo...

—¡Voy!, gritó Morales con decisión y firmeza.

Que fuera estaba por verse. A su padre le preocupaba quedarse sin su brazo derecho; a doña Beatriz le horrorizaba pensar que su Beltrán se fuera a tierra de enemigos, que lo fueran a vender como esclavo o que ... tantas atrocidades que se decían de aquellas gentes de color tan oscuro...

Volvió Beltrán al lado de Yusuf a suplicarle que se quedara un día más, que él ocuparía en convencer a los viejos y en hacer los preparativos para el viaje. Y habló con Sebastián, su hermano, y con don Benito, el cura de Santa María, y con algunos de sus pocos amigos, y en toda la villa se supo que Beltrán se iba a tierra de moros, y a don Pedro Morales y a doña Beatriz casi ya no les quedó remedio, y accedieron a regañadientes al viaje de su obstinado hijo. Cuánta razón llevaran en querer evitarlo no pudieron imaginárselo en aquel momento.

Un día más habría de pasar antes de que emprendieran la marcha, pues a doña Beatriz se le ocurrió llenar una alforja con cosas que a su hijo le harían falta. Don Pedro decidió darles a los caminantes un caballejo que tenía y una albarda. Y al moro no le corría el tiempo, pues imaginaba la envidia que causaría en Moclín el que tuviera él como aprendiz, casi como esclavo, a un orgulloso castellano.

Por fin salieron esa mañana, mucho antes que el sol.

Llevaba Beltrán una muda de ropa, alimentos para la jornada, un botijo de vino, unas cuantas monedas que le dio su padre, y un tumulto de cataratas en su corazón, como si presintiera lo que habría de acontecerle.

Después del amanecer empezaron a seguir la margen del Jabalón y así se fueron, buscando a veces trillas de rebaños, a veces sombras, hasta que ya cerca del castillo de Calatrava decidió el moro torcer hacia el oriente y, caminando sin parar, llegaron por la noche a Almuradiel. Allí se quedaron a descansar en el patio de unos amigos de Yusuf, y salieron de nuevo al día siguiente.

A poco andar se metieron por el desfiladero de Despeñaperros. El alma de Beltrán se sintió sobrecogida ante el imponente espectáculo de roquedas y peñascales por donde el moro lo iba conduciendo. Acostumbrado al paisaje horizontal de su llanura manchega, el muchacho sentía que entraba en un mundo nuevo, cortante, como aquel terrible tajo entre las sierras por donde habría de escalar pausadamente, dolorosamente, antes de que pudiera llegar a Jaén.

El moro observaba a Beltrán, de rasgos como forjados a hachazos; acostumbrado a leer en las facciones de su gente, miraba con atención los ojos escondidos, la frente amplia y el delgado labio superior de su nuevo amigo, y se hacía conjeturas, sin que entre ellos hubieran de mediar muchas palabras.

De Jaén, Moclín estaba casi a un tiro de piedra, pero Yusuf no quiso continuar esa noche a fin de no ocasionar sospechas entre los vigías de la fortaleza a su llegada. Y mientras se preparaban para echarse a dormir sobre unas esterillas, le insinuó a Beltrán:

—Mañana, antes del medio día, llegaremos a Moclín. Para no tener dificultades, diremos que te compré en Villa Real...

—¡A mí no me compra ni me vende nadie!, respondió el joven fuera de sí. Y de aquí me torno por donde vine, por mucho que haya soñado aprender de su merced.

Quedó espantado el moro ante la violenta respuesta de su amigo y, tratando de endulzar su expresión, le explicó las dificultades que preveía en su llegada a un pueblo de moros acompañado de un castellano; pero no hubo manera de convencer a Beltrán de que aceptara pasar como esclavo, aunque fuera de mentira.

—Como aprendiz voy, señor Yusuf, pero castellano libre soy, y eso seré siempre o no seré nadie ni nada.

—Pues que tan altanero sois, así será. ¡Ojalá que no tengamos demasiadas dificultades por vos!

—Tráteme su merced de tú, como lo ha hecho ya, que soy su aprendiz, dijo Beltrán, suavizando su áspero acento.

Y sobre las esteras de la venta se echaron los dos a soñar cada uno sus sueños de las cosas que no habrían de ser.

Al otro día temprano, con los rayos del sol reflejados desde la Sierra Nevada, divisaron Moclín: cobijado y celosamente guardado por la temible fortaleza, se escurría el pequeño caserío, que llamaban los moros «el escudo de Granada».[11]

Y antes de que el sol diera de lleno sobre los tejados, fueron entrando: ade-

---

11   *"El escudo de Granada"*: el castillo de Moclín, a cinco leguas de Granada, tenía la posición perfecta para guardar el valle del río Velillos y la entrada a la vega de Granada.

lante Yusuf y, detrás, jalando su caballejo, Beltrán de Morales, castellano de Villa Real. Mozos y mozas se asomaron a ver el extraño espectáculo de un castellano siguiendo mansamente las pisadas de un moro.

La tejería de Yusuf se encontraba al otro lado del pueblo, al borde de la montaña. Cerca de ella, el arroyo de Moclín se desbarrancaba cantando zéjeles[12] hacia las tibias riberas del Genil. Por entre las colinas de la vega podía adivinarse el escarceo de luz y sombra de las rojas tejas de Granada. Apoyado en la pared de un horno, Beltrán se quedó absorto contemplando el maravilloso paisaje; y vio cómo rodaban alborotados los torrentes entre las canaletas, saltando de teja en teja en el terrible aguacero de media tarde, y cómo se alzaban a millares las columnas de vapor arrancadas por el sol poniente, y cómo se descolgaban en gotas de llovizna, finas cortinillas de gasa prendidas de los aleros sobre las blanqueadas paredes de la ciudad.

—Un día las harás tú, le murmuró Yusuf, casi con devoción.

Avergonzado de su estado de ensueño, se excusó el castellano y siguió a su maestro para iniciar de inmediato su trabajo de aprendiz de tejero.

Con extraordinaria atención seguía los movimientos y las indicaciones de su maestro: cómo colocar los moldes sobre la mesa, cómo llenarlos, cómo retirar las jóvenes tejas recién desenmoldadas y cómo colocarlas, casi con ternura, sobre el piso del secadero.

Por las tardes, sin que nadie se lo pidiera, se echaba al hombro un cántaro, y bajaba al arroyo a coger agua para las tinajas de la casa de Yusuf, quien invariablemente después del trabajo se metía a reposar en una bañera de agua tibia que él mismo había construido.

Una de esas tardes, ya cayendo el sol, topó con un grupo de muchachas que, con música de risas, bajaba también al arroyo por agua para sus casas. A Beltrán le daba la luz sobre los ojos, pero al pasar la última mora le entró curiosidad y volvió la vista hacia ella, y entre los arcos de la arboleda la vio como entre brumas desaparecer cadenciosamente, rítmicamente, como la última nota de una canción de amor.

Se apresuró a vaciar su cántaro de agua, y volvió de inmediato por otro, sin que hubiera necesidad. Y se quedó sembrado junto a la curva del sendero, por donde divisaba al fondo los techos de Granada. Y la vio asomar allí: su cara de un moreno de tierra rica envuelta en un borbollón de cabello negro, reluciente y perfecto, se afianzaba sobre un cuello recio y firme; sus ojos cafés recibían de lleno los últimos esplendores del ocaso y sonreían al horizonte y ella entera, con el cántaro apoyado en la cintura, parecía desprenderse de la tierra y flotar sobre los tejados y las colinas y deslizarse al ras de las empedradas callejas de Moclín.

Cuando abrió los ojos se había ocultado el sol.

---

12 *Zéjel*: composición estrófica de la metrica española, de origen mozárabe. En los primeros cancioneros recibía el nombre de «estribote». Se compone de una estrofilla inicial temática, o estribillo, y de un número variable de estrofas compuestas de tres versos monorrimos seguidos de otro verso de rima constante igual a la del estribillo. Lo de estribote viene porque el poema se apoya en el estribillo (que significa punto de apoyo).

Por una que otra puerta asomaba temeroso el destello de alguna lámpara de aceite.

Levantó Beltrán su cántaro y se lo echó o al hombro y volvió lentamente a la casa del maestro tejero. Por encima de su corazón aleteaba un nuevo sueño que no podía comprender.

Pasaron tardes y tardes, mas la mora de ojos café claro no volvió a aparecer.

Con los pies sembrados en el barro, preparando el material para las tejas, Beltrán levantaba la cabeza al infinito: temblaba en su pupila el lejano pico de Mulhacén, pero no lograba formar su imagen, como no lograba el sol secar el sudor que le rodaba por dentro de la piel.

—¿Qué te pasa, castellano?, le preguntó Yusuf una mañana, mientras prendía fuego a la leña del horno.

—Nada. Me atormentan los recuerdos. Nada más.

—Puedes volver a tu villa cuando quieras.

—No me llama la villa.

Pero esa misma tarde, mientras Beltrán levantaba su cántaro para ir por agua, alguien llamó a la puerta y él salió a abrir. Le dio el sol del poniente sobre los ojos, pero sin duda no veía visiones: estaba allí, y era ella, la mora del arroyo. Se quedó parado sin saber qué hacer, y entonces tomó ella la iniciativa y le dijo:

—Hazme pasar.

—¿Quién eres?, se atrevió a preguntar el hijo de don Pedro.

—Soy Zoraya, la hija del alfaquí.[13]

Todavía se quedó Beltrán sin reaccionar, y entonces la mora se le acercó y tomándole el brazo le dijo con naturalidad:

—Yo sé quién eres tú. ¡Eres el castellano esclavo de Yusuf!

Murió en los labios de Beltrán la sonrisa espantada y de su pecho brotó como en tropel de peñascos un aullido:

—¡De nadie soy esclavo yo, ni lo seré jamás! Soy Beltrán Morales, hijo del más honrado hidalgo de Villa Real.

Luego se quedaron viendo, con los ojos brillantes, como tanteando entre abismos, pero entró Yusuf y con sus exclamaciones y sus preguntas derritió la magia de aquel primer momento.

Siguió corriendo el tiempo. En los oídos de Beltrán continuaba sonando con campanilleos de cristal el nombre de Zoraya: ¡Lucero de la mañana!

Beltrán aprendía con rapidez: cómo hacer un horno en que se aprovechara todo el calor de la madera o el carbón, cómo colocar ladrillos y tejas entre las cuatro paredes sin exponerlos a romperse, cómo cubrir la gran boca del horno con barro débil para impedir que se apagara el fuego, cómo determinar el punto de coloración del ladrillo y de la teja...

Sus compañeros de trabajo, aprendices lentos comparados con él, lo observaban con recelo, menos Abú ibn Yusuf, quien desde los primeros días lo

---

13   *Alfaquí* (del ár. and. «alfaquí»): doctor o sabio de la ley del Corán. Faquí.

trató con amistad, y hasta le ofreció llevarlo a Granada si llegara a interesarle.

Pero ya a Beltrán no le interesaba nada más que la mora Zoraya, la de los ojos cafés. Y la veía en todas partes, hasta en los curvos moldes que ya tan diestramente cubría de aquel dócil barro que algún día habría de flotar sobre las techumbres de Illora, o más allá de las almenas de Loja, o hasta sobre los regios aleros de Granada.

Entonces decidió ir a verla.

Y se fue al arroyo sin nada.

Pronto escuchó la catarata de risas por el camino. Se ocultó tras un risco, y cuando ya volvían con sus cántaros llenos se plantó frente a la mora más bella y le dijo sin ceremonia:

—Espera, Zoraya, que quiero hablarte.

Se detuvieron en seco las bullangueras muchachas y se quedaron viendo a Zoraya, entre alarmadas y comprensivas, y al ver que ella asentaba su cántaro sobre la hierba, siguieron presurosas cuesta arriba hacia Moclín.

—¿Qué quieres?, inquirió la moza. Había en sus ojos y en su voz un fuego vibrante y decidido, casi un reto.

—Quiero decirte algo que no acierta a salir de mi garganta.

—Por haberme detenido pueden cortarte las manos.

—Quiero decirte que eres bella.

—Y pueden encerrarte en los calabozos del castillo de Moclín.

—Quiero decirte que no hay moza en el mundo tan hermosa como tú.

—Y pueden llevarte a Málaga a venderte como esclavo.

—Quiero decirte que te has metido en mí, en mis ojos y en mis oídos y en mi alma, y que por ti ya no pienso ni hablo ni quiero, ni siento el cansancio ni el calor.

—Y pueden colgarte del torreón hasta que te coman los cuervos.

—Y quiero decirte que te veo en las nubes por las tardes y en las estrellas por la noche, y en el agua que vengo a coger y en las nieves de la sierra y en las sombras de las tejas...

—¡Eres tonto!, le interrumpió la mora. Y levantando su cántaro se encaminó al caserío. Al doblar la cuesta volvió sus ojos al castellano, y había en ellos tanta dulzura, que Beltrán corrió tras ella y la alcanzó, y la tomó de las manos, y ya no le dijo nada, porque comprendió que en el alma de ella se arremolinaba su misma tempestad.

Se soltó Zoraya, y se fue caminando rápidamente hasta perderse en las callejas de Moclín. Beltrán se la quedó viendo en la espesura de la noche hasta que no era ya más que un retazo de nubes en el monte.

Abú, el hijo de Yusuf, fue el primero en avisarle del peligro en que se encontraba. Con gran paciencia le hizo entender que en todo Moclín se comentaba el incidente del arroyo.

—No vuelvas allá. Hasta los aprendices de la tejería han jurado matarte si tocas a Zoraya. Debes volver a tu villa a olvidar a esta mora que sólo puede causarte daño.

Pero en el alma de Beltrán no había ya ni espacio ni tiempo que no estuviera ocupado por la imagen de aquella moza garrida de ojos penetrantes, de labios carnosos, de andar en cadencia de guitarras...

Yusuf se lo llevó una tarde al monte con el pretexto de recoger un trozo de roble que había puesto a secar. Caminaban en silencio llevando sobre sus hombros la pieza de madera. De pronto el maestro interrumpió la marcha para descansar y para comentarle a Beltrán:

—Hace ya seis meses que estás conmigo y has aprendido todo lo que puedo enseñarte. Solamente me falta mostrarte cómo hacer los moldes. Para eso llevamos este roble. Es madera fuerte y durable. En tu villa podrás hacerlos de arce o de castaño o de encino. Es importante que tengas varios moldes iguales para que todas tus tejas lleven la misma curvatura.

Beltrán lo había estado escuchando en silencio. Cuando se calló, se quedó también él callado por un breve tiempo; luego, como volviendo de otro mundo, le preguntó:

—Y cuando su merced me haya enseñado a hacer moldes, ¿qué haré?

—Volverás a Villa Real.

—No me eche su merced de estos montes, que en la llanura ya no podría vivir.

Se agachó a meditar unos momentos el buen moro, y luego, moviendo de un lado a otro la enturbantada cabeza, se dirigió al cristiano para decirle con delicadeza:

—Beltrán, hijo, ella no es para ti. Ella es como una cabra del monte, acostumbrada a saltar de risco en risco y a vivir sin amarres. Tú tienes el alma recia, pero soñadora de tu raza...

—Sin ella no podré vivir, no quiero vivir.

—Deberás irte de aquí. Mi gente no entiende lo que te pasa. Cuando los ánimos se hayan calmado, volverás. Abú ibn Yusuf es tu amigo; él te mostrará cómo volver, si decides regresar a que te maten.

—No puedo irme sin verla.

—Ya veremos.

Siguieron su camino y llegaron al pueblo cargando la pesada troza de roble. Sentía Beltrán que tras de cada puerta alguien atisbaba sus pasos, y la ira castellana se le atrancaba en la garganta, pero no perdió el aplomo y llegó en paz a la tejería.

Los últimos días en Moclín fueron terribles. Beltrán oía risitas entre los aprendices y sabía que entre ellos se cambiaban miradas burlonas, que tenía que soportar.

Dos días antes de su salida, Abú ibn Yusuf lo llevó al monte para ir por más madera. Pasaron a un lado de la fortaleza y se internaron por los breñales. Llegaron a un montecillo, y allí le mostró a Beltrán una laja que so-sobresalía. La removió él solo, y apareció un agujero en la peña.

—Solamente mi padre y yo conocemos este paso y guardamos su secreto, le explicó. ¡Entremos!

Entraron, y luego le enseñó la manera de cerrar por dentro y de esperar a que sus ojos se hicieran a la oscuridad. A tentones fueron siguiendo la pared de la caverna y salieron al otro lado de Moclín. Desde allí se divisaba el sendero de Colomera.

—Aquí estamos a más de una legua de Moclín, dijo Abú.

—¿Puedo llegar a Almuradiel por allí?, preguntó Beltrán.

—Puedes, si de Colomera te vas a Jaén.

—Ya conozco por allí.

Volvieron a la cueva y al rato salieron de ella por el lado de Moclín. De frente se veía un torreón de la fortaleza. Se lo mostró a Beltrán, mientras le decía en tono de conspirador:

—Si alguna vez vuelves, puedes pasar por aquí y entrar de noche a Moclín sin que nadie te vea, y entonces llegar a la tejería, que yo saldré a hablar contigo.

Hizo una pausa y luego, como sin darle importancia, añadió:

—Allí, pegada al portón y vestida de negro te esperará ella esta noche. Tendrás solamente unos momentos, en lo que regresa el vigía. Y mañana te irás, a la vista de todos, jalando tu caballo, como entraste.

A las primeras luces de su último día en Moclín, se despidió Beltrán de sus amigos y benefactores, Yusuf y su hijo, y jalando su caballo atravesó las calles y emprendió el regreso a Villa Real.

Nadie supo qué expresiones mediaron entre él y la mora esa noche de luna sin estrellas.

* * *

Una crecida de las aguas había casi destruido la tejería de don Pedro de Morales por el lado de Alarcos. Agradeció Beltrán al cielo que eso hubiera pasado, pues tenía la oportunidad de reconstruir todo a su nueva manera. Y se entregó al trabajo con tal dedicación, que suscitó la curiosidad en su familia. El muchacho antes huraño se había convertido en un hombre adusto y taciturno, como si algo le carcomiera los huesos del alma.

Pronto comprendió doña Beatriz que algo le había sucedido a su hijo, y comenzó una callada labor de hurgar y atisbar; pero nada pudo poner en claro.

La villa, mientras tanto, iba creciendo.

Por los campos se alzaban ya las alquerías, y había corraladas de ganado. Y junto a los cortijos habían establecido los villarrealengos sus colmenas, que habrían de producir la mejor miel de la comarca.

A los tres meses había reconstruido Beltrán la tejería de su padre, con la ayuda de su hermano Sebastián y la de su único verdadero amigo, Baltasar, el hijo de don Lázaro Guerra, aquel caballero toledano que se había unido al grupo en Almonacid.

Baltasar tenía apenas dos años más que Beltrán, pero era un mocetón alto, fuerte y ágil. Desde niño había aprendido a montar a caballo y a usar la espada y la daga toledana. Pero en la villa se le conocía principalmente por su habilidad para tocar la guitarra. No había fiesta grande o pequeña sin que estuviera Baltasar, que parecía saberse de memoria todos los romances y todas las cantigas de Castilla.

Pero a Beltrán le encantaban sobre todo los zéjeles que su amigo cantaba en la tejería después del trabajo. Al amor del rescoldo que quedaba en los hornos, con su hogaza de pan y su trozo de queso que bajaban con vino, los amigos se ponían a cantar, hasta que la noche y el cansancio los obligaban a volver a la villa, o a echarse a dormir en un rincón de la tejería. Una de esas noches se arriesgó Beltrán a contarle a Baltasar lo de Zoraya.

—Pero tú, castellano, ¿te casarás con una mora?, preguntó incrédulo el amigo.

—Nos casará don Benito.

—¿Le has hablado ya?

—No.

—¿Vendrá ella a hacerse cristiana?

—He de traerla un día.

—¿Y don Pedro y doña Beatriz? ¿No habrán ellos pensado en una moza castellana para ti?

—No hay nadie para mí más que Zoraya.

—¿Y la dote? ¿Cómo hablarán tus padres y los de ella sobre la dote?

—¿Quién la necesita?

—Vosotros no sois tan ricos...

—Yo trabajo.

—La gente no querrá ya tratar contigo, por despreciar las costumbres castellanas.

—Mis tejas no son castellanas.

—¿Y si ya no las quieren?

—Pues que vayan por ellas a Toledo o a comprarlas con los calatravos.

—Eres porfiado.

—Soy castellano, libre.

Baltasar no salía del asombro, ni sabía cómo aconsejar a su amigo, el más obstinado de los mozos de Villa Real.

* * *

Pocas noches después, de la caverna junto a Moclín salían dos hombres embozados, de capa negra, con los pies calzados en alpargatas de lana para no hacer ningún ruido. Debajo de la capa, Baltasar llevaba su guitarra y su espada, mientras que Beltrán empuñaba una daga.

Silenciosamente se escurrieron por el pueblo. Frente a la tejería, Beltrán lanzó al aire el ululato del mochuelo, que tantas veces había ensayado con su amigo moro, y en pocos momentos, como si los esperara, Abú ibn Yusuf estaba frente a ellos.

Se retiró Baltasar para que Abú y Beltrán se dijeran sus secretos. Beltrán había traído una ajorca que él mismo había diseñado en barro cocido y que en su interior tenía inscrito el nombre de Zoraya y una fecha.

—Dile que son sólo unos meses más, recomendó Beltrán. Que esté junto al torreón a la misma hora. ¡Y que se acuerde de mí!

Se despidieron los castellanos y Abú volvió a su alcoba en la tejería; pero no se había recostado todavía, cuando la escarcha de la madrugada se quebró en arpegios de guitarra, y luego se escuchó, como si naciera en el vientre de la montaña, un sentido lamento castellano que decía:

> ¡Ay, de mi Zoraya!
> No hay moza como tú
> por la montaña.

> ¡Ay, Zoraya del alma!
> Si te pudiera ver,
> una ensarta de besos yo te pondría
> sobre la sien.

De pronto se encendió un farol en lo alto del torreón, y de las casas y por las callejas empezaron a correr candiles que saltaban como luciérnagas, y se alzó una gran algarabía y se escuchó el rasgueo de alfanjes y cimitarras entre los gritos y las maldiciones. Pero de los atrevidos juglares no se encontró un rastro.

En los labios de Abú ibn Yusuf se dibujó una sonrisa antes de que se quedara dormido pensando en la laja que acababa de tapar la entrada de su cueva favorita, mientras que el corazón de Zoraya se mecía de la ilusión a la esperanza y del amor al terror. ¿Qué haría su padre, el alfaquí? ¿Qué haría la multitud de sus hermanos? ¡Ah! ¡Cómo despedazarían las carnes de Beltrán si lograran alcanzarlo!

* * *

Ese año llegaron a Villa Real unos extraños monjes que predicaban la humildad y la pobreza. Llamaban hermanos a todos, y a ellos pronto los llamaron también hermanos los villarrealengos. El Concejo de la villa les concedió un solar, por la Puerta de Granada, para que allí levantaran una capilla, que sería después la iglesia de San Francisco. Estos buenos y simples frailes planearon la primera fiesta popular que habría de celebrarse en la villa. Y fue algo singular: con barro del Guadiana formaron figuras de pastores y corderos, de ángeles y de aldeanos con que, decían ellos, habrían de representar el nacimiento de Jesús en Belén.

El hermano Ambrosio llegó a la tejería de don Pedro a pedir permiso para cocer en su horno sus figuras. Todos se sintieron felices de colaborar con los buenos hermanos y en hacer de su fiesta un verdadero acontecimiento. Más aún, Baltasar Guerra se ofreció a preparar con sus amigos y con los pastores de las cercanías, una serie de canciones. Para ellas, fray Ambrosio, que entonces era un joven fraile lleno de entusiasmo y de iniciativa, propuso las letras en versos sencillos, como:

> En la cuna está el Niño.
> ¡Cantemos Todos!
> ¡Vengan los pastorcillos
> a saludarle,
>
> que se muere de frío
> en los portales!
>
> En el portal de Belén
> hay estrellas, sol y luna,
> la Virgen y San José
> y el Niño Dios en la cuna.
>
> En el portal de Belén
> hacen fuego los pastores
> para calentar al Niño
> que ha nacido entre las flores.

Y Baltasar les acomodó la música de unas cantigas que ya corrían entre la gente, y que era fama que habían sido compuestas por el buen rey don Alfonso en loor de Santa María.

Pero unos días antes de la fiesta desaparecieron, sin que nadie pudiera dar razón, Baltasar Guerra, Beltrán Morales y su hermano Sebastián. Los buscaron por todas las alquerías, sin hallarlos en ninguna parte. Preguntaron a los pastores que todavía no habían salido con sus rebaños a regiones más benignas esa temporada, pero tampoco ellos los habían visto ni en los montes ni en la llanura. Y la villa entera se afligió ante la pérdida de sus hijos. Hasta los buenos frailes franciscos, siempre alegres y entusiastas, suspendieron sus preparativos para la Noche Buena, en que con tanto interés habían participado los desaparecidos.

* * *

Después de algunos días de febril actividad, las cosas habían vuelto a cierta nerviosa normalidad en Moclín.

A Yusuf y a su hijo Abú los habían tenido encerrados en la fortaleza por más de una semana, como presuntos cómplices de los atrevidos castellanos que habían insultado con sus canciones el honor de toda la población.

A Zoraya la puso su padre en confesión. Pero ella misma no tenía la más remota idea de cómo hubiera podido Beltrán burlar la vigilancia de los soldados; además, había estado allí, en la casa de sus padres, cuando se encendieron las luces a media noche y se armó todo aquel gran alboroto y nada sabía ni podía decir y no era culpa suya que un tonto castellano se hubiera prendado de ella. Así que, convenientemente amenazada de muerte, la dejaron en paz. Y como pasaron las semanas y luego los meses sin que nada sucediera, el alfaquí también bajó la guardia y dejó de pensar en el enojoso asunto.

Así estaban las cosas, cuando junto a la tejería de Yusuf se oyó ulular un mochuelo en medio de la noche. Instantáneamente abrió la puerta Abú y en señas le indicó a Beltrán el camino hacia el torreón. Comprendió el castellano, le dio un fuerte abrazo de despedida a su entrañable amigo moro, y se echó a caminar rumbo a la temible fortaleza de Moclín.

Al llegar junto al torreón, sintió más que vio la forma de la muchacha pegada a la muralla. Se acercó, y sin decir palabra le tocó el hombro suavemente y echó a andar. Zoraya lo siguió con el sigilo de una sombra, y no se hablaron ni se detuvieron hasta que Beltrán hubo colocado la tapa de la cueva. Entonces se abrazaron y se besaron y gritaron sus nombres y se rieron a carcajadas en la intimidad de la noche amiga, y se habrían quedado allí siempre si la mora, práctica y más realista que el soñador Beltrán, no hubiera interrumpido para preguntar:

—¿Dónde estamos, Beltrán?

—Dentro de una caverna junto a tu pueblo, respondió el castellano, sin volver todavía completamente a la realidad.

—¿Adónde vamos?

—A Villa Real.

—Nos alcanzarán en cuanto el alfaquí se dé cuenta de que no estoy. Sus amigos, los soldados de la fortaleza, tienen caballos rapidísimos.

—Cógete de mi mano y sígueme, que ahora yo sé lo que hago, contestó Beltrán, haciendo alarde de seguridad.

Cuando salieron al otro extremo, frente al camino de Colomera, todavía era de noche y apenas se distinguían entre las peñas las sombras de unos caballos enjaezados que allí esperaban. Lanzó Beltrán su señal y al instante dos hombres se pusieron en movimiento llevando los animales de las bridas.

—Es más de media noche, dijo Baltasar. La mora y tú…

—Se llama Zoraya, interrumpió Beltrán.

—Zoraya y tú iréis por delante. Sebastián y yo os seguiremos.

—Debemos pasar Jaén antes del amanecer, insinuó Beltrán.

—Pues a correr, mandó Baltasar, saltando sobre su caballo.

Corrieron todo el resto de la madrugada. Los caballos eran fuertes y briosos, aunque no tan ágiles como los de los moros. Eran los animales que don Lázaro criaba en su alquería, y que un día habrían de prestar un servicio memorable en los anales de la villa. Para esta ocasión, los sacó Baltasar sin el conocimiento de su padre, mas, en la tristeza por la desaparición de los jóvenes, nadie realmente echó de menos los caballos.

Pasado el medio día columbraron en la lejanía los meandros del Guadalquivir, más allá de Mengíbar. Cuando empezaron a vadear el río, todos sintieron el alivio del éxito y de la libertad; pero al ir saliendo, mientras sus cabalgaduras bebían cerca de la orilla, Zoraya reprimió apenas un gemido de espanto y desesperación: por la otra orilla divisaron la silueta de un moro montado a la jineta que entraba al agua a carrera abierta. A la señal de Baltasar, se pusieron los amigos en movimiento, mientras Zoraya volvió los ojos hacia el jinete, tratando de reconocerlo.

—Podríamos detenernos y hacerle frente, comentó a gritos Baltasar. Pero arriesgamos que nos alcancen sus compañeros, y no podemos saber cuántos nos persiguen.

Siguieron por el camino de Bailén. El moro los seguía; pero no se podía ver que vinieran otros con él. Entonces Baltasar aconsejó:

—Echad por el monte sin camino. Buscad después de la ciudad el sendero que va rumbo a Despeñaperros. Yo os alcanzaré a la entrada del desfiladero, aunque sea ya noche.

—No debemos separarnos, protestó Beltrán.

—O lo hacemos, o corremos el mismo riesgo todos, contestó Baltasar. Piensa que, si vienen por Zoraya, os seguirán a vosotros y no a mí.

Comprendió Beltrán el razonamiento de su amigo y, apretando el galope de sus caballos, aprovecharon una curva del camino para echarse por el monte sin que el moro pudiera darse cuenta de la división del grupo. Baltasar siguió por el camino, espoleando con fiereza su caballo, que parecía volar por enfrente de la polvareda. Mas, en cuanto se le presentó una oportunidad, se escondió en unos peñascales y dejó pasar al moro. Luego se echó tras él, pero pronto se dio cuenta de que el jinete no llevaba mucha prisa. Lo siguió a su paso, hasta que lo vio entrar sosegadamente a Bailén.

Cayó la noche.

Beltrán, Sebastián y Zoraya detuvieron su carrera junto a unas rocas que podrían ofrecerles protección, y se apearon para descansar. Aflojaron los frenos y las monturas de sus caballos y se apoyaron en un peñasco para reposar. Y así pasó un largo rato. Zoraya fue la primera en escuchar el paso rítmico y seguro del caballo de Baltasar. Los dos muchachos le pidieron que se escondiera por detrás de la peña, mientras ellos se adelantaban con las espadas desenvainadas. Momentos después escucharon el repetido ulular de un mochuelo solitario, y todos se pusieron a saltar y a reír y a gritar. En las roquedas del desfiladero rebotó maravillado el eco de su alegría y de su felicidad.

MERCADERES

El nieto de Julián de Mazariegos tenía un encargo especial: apenas asomado el sol entre la maraña de torres y puertas que ya se delineaban en la villa, debía llevar a la alquería de su padre el pan recalentado que su madre, la bella toledana Leonor de Talavera, le preparaba para sostenerle las fuerzas en el duro trabajo del campo.

Julianillo se detenía unos momentos a saludar al vigía de la Puerta de Granada y luego corría por el campo, llano, seco e infinito que se extendía más allá de las murallas. ¡Cuántas veces soñó que podía ver las torres de Almagro! Y hacía pequeños sus ojos para lograr divisar hasta la infinita lejanía las montañas de donde bajaban, torvos y lentos los temidos caballeros de Calatrava, o ágiles y ruidosos los imprevisibles guerreros moros, que todavía, allá de tarde en tarde, amenazaban la difícil paz de los villarrealengos.

Esa mañana le pareció ver, casi como un fantasma entre la ligera bruma del amanecer en lontananza, algo como el avanzar de una sombra muda y siniestra. Un mundo de imaginaciones llenó de inmediato su cabecita infantil. ¡Cuántas veces no había soñado ser él quien sonara el viejo cuerno de su abuelo para avisar del gran peligro! El cuerno se escucharía por la llanura hasta el Guadiana, y de todas las alquerías y labores del alfoz correría aterrorizada la gente mayor, arreando apuradamente sus ganados y cargando sus aperos, para esconderlos en las plazuelas junto a las puertas. Y luego se oiría por las calles el tropel de caballeros tomando sus posiciones, y el griterío de las mujeres atrancando los ventanucos de sus blancas casas, y las órdenes de «¡Al arma, al arma!», roncamente tronadas por los señores de la villa. Y al final, después de la batalla, todos se llegarían a él para decirle: «Ca, si no ha sido por ti, Julianillo, menuda tunda nos habrían dado los calatravos».

Entre soñando y despierto, corrió a la alquería de su padre, le entregó la alforja de pan y salió de nuevo con gran prisa. Nadie podría ganarle aquella ocasión singular. Y llegado a su casa, hurgó en los cofres de ropa y encontró el famoso cuerno, aquel antiguo tesoro de la familia.

De inmediato se dirigió a la puerta de Granada y empezó a subir a la torre del vigía, su amigo. Éste, al reconocerlo, se estiró para ayudarle y le dijo:

—Pues vaya que estás libre tan temprano, Julianillo.

—De prisa, don Pedro, que tengo que sonar el cuerno para avisar la retirada.

—Anda, que algo te pasa, hijo. ¿Qué tienes? ¡Y traes el cuerno de tu abuelo! Mira que si lo rompes, el culo te romperá tu padre.

—Mire allá, don Pedro, que o son moros o son calatravos, pero nada bueno.

Alzó entonces la vista don Pedro hacia donde el niño le señalaba y vio hacia el rumbo de Miguelturra la polvareda que levantaba una lenta carreta tirada por enormes bueyes y que avanzaba pesadamente hacia la villa. Tomó a Julianillo del brazo y en silencio le mostró el camino de Almagro. El sol había borrado ya la niebla y brillaba desde el cegador azul del cielo manchego sobre la parda tierra. Ahora Julianillo de Mazariegos podía ver con toda claridad al grupo de personas que para ese medio día habrían de pasar por la puerta de Granada para cambiar, en gran parte, la historia de su villa, y la de muchas otras villas a donde los vendavales del tiempo habrían de llevar a los villarrealengos.

Al pescante de su carreta venía don Juan. La curvatura de su nariz y el pícaro jugueteo de sus ojos lo señalaban a la vista como judío; pero el contenido de su carreta no dejaba dudas: Allí había de todo, todo lo que nunca había hecho falta en Villa Real: Adornos de oro y plata, sayas de seda, birretes de colores, anillos, pulseras; ollas majas, ricamente adornadas, toricos de Cuenca, dagas, peinetas de Albacete ... Y también, todo lo que siempre había hecho falta: Dinero. Monedas de Aragón y de Castilla, de Francia, de Venecia, y hasta monedas tudescas, que sólo Dios sabía cómo habían ido a dar a las manos de este rico judío de apariencia tan pobre.

La entrada de don Juan a Villa Real no estuvo exenta de peripecias. Don Pedro, el vigía de la Puerta de Granada, no sabía qué hacer con él, ni menos con Julianillo, quien mientras tanto había sonado ya el cuerno de su abuelo, sin que, afortunadamente, lo oyeran más que las vecinas de la puerta. Para don Pedro, este hombre, a quien acompañaba toda una familia de a pie, no era ni moro ni calatravo; así que no tenía razón para vedarle la entrada; pero tampoco era un castellano avecindado, ni tenía títulos de tierra, ni parientes ni amigos en la villa. ¿Qué hacer con él?

—¿Qué busca su merced en este pueblo?, le preguntó al fin, antes de decidirse a abrirle el paso.

—Vengo con mi familia, señor, contestó el judío. Quiero encontrar un lugar para quedarme a vivir.

—Pues aquí todas las tierras están repartidas y todas las casas ocupadas.

Pero, siga su merced por el sendero junto a la muralla y al otro lado encontrará el camino real para Toledo; ésa es ciudad grande, con muchos judíos negociantes. Vaya su merced para allá, por el amor de Dios, que aquí sólo somos campesinos y pastores...

Don Juan ya estaba acostumbrado a estas situaciones. Desde que había dejado su casa-cueva en el lejano pueblito de alfareros de Chinchilla, había errado de pueblo en pueblo: Había aprendido las artesanías en Albacete; se había aposentado en Mota del Cuervo, donde había encontrado a una afanosa judía cantarera, con quien se casó y con quien había tenido ya cuatro hijos; y había vivido años en Puerto Lápice, donde había establecido una casa de mercader cerca de la famosa venta, donde tantos viajeros se detenían a descansar. En todas partes había enfrentado la misma dificultad: no era de allí, y tenía que recurrir a los trucos de los miles de años de su tradición para hacerse aceptar.

La gente, mientras tanto, había salido a la plaza, a averiguar la algarabía. Una turba de mujeres se asomaba a la puerta y urgía a don Pedro a que les informara sobre la situación.

—¡Nada se ha de perder con que pasen, que mañana pueden seguir su jornada!, insinuó una señora que, evidentemente había reconocido como judíos a los recién llegados.

—¡En mi casa pueden quedarse, si don Pedro tiene miedo!, gritó otra.

De repente dos mujeres, la de don Antón Ramírez y la de don Sebastián de Burgos, se adelantaron y empezaron a departir con la judía. Ésta, que en asuntos de relaciones era más despierta que don Juan, el de Chinchilla, empezó por mostrarles las sayas de seda que llevaba en un bargueño en la carreta.

Corrió la voz por toda la villa.

Algunas mujeres enviaron mensajeros a sus maridos, atareados a esas horas en las labores de sus alquerías. Y para media tarde ya habían encontrado un rinconcillo cerca de los torreones de San Pedro para acoger allí aquella inesperada bendición: una tienda de judíos. Nadie se imaginaba entonces el impacto que ese pequeño establecimiento habría de tener en la evolución de su villa.

Don Juan de Chinchilla, como se le nombraría de allí en adelante, sabía ya muchas cosas acerca de Villa Real. Conocía las costumbres que ya se iniciaban y estaba enterado de cuáles eran las relaciones del poder. Así que, una vez encontrado el pequeño lugar donde vivir, decidió visitar al alcalde don Remondo Núñez. Una circunstancia imprevista le dio el pretexto para la visita: Martín Álvarez, el dueño del lugar que habría de ocupar como negocio y habitación, le presentó un documento que el escribano le había preparado para legalizar el contrato; pero necesitaba el sello de la autoridad.

Vivía don Remondo cerca de la Plaza Mayor, no muy lejos de las casas consistoriales. Era una de las contadas casas entonces en Villa Real que tenían zaguán para entrada de carros. A la muerte de don Fernando, Remondo había dedicado a la casa en la villa las mismas energías que su padre había puesto en la construcción del cortijo en la llanura, y había logrado levantar una de las más hermosas mansiones de la comarca. Pero, sobre todo, había logrado un lugar eminente entre los villarrealengos, siguiendo los consejos de su padre:

—Nunca deben faltar granos en tus graneros, ni amigos en tu cocina.

Al fondo del gran patio estaban los corrales, donde don Remondo en ese momento acariciaba un rollizo alazán árabe. Se acercó don Juan de Chinchilla respetuoso y, con zalamería de judío, lo saludó:

—Mi señor, el señor alcalde, vengo para presentar mis respetos a su señoría, de quien tantos elogios escuché antes de llegar a esta grande y honrada villa.

—Al grano, contestó el castellano, admirado de tan largo parlamento.

El judío, acostumbrado a los duros golpes de la vida, no se inmutó, sino que lentamente fue desatando una taleguilla que llevaba entre los pliegues de su capote. De ella sacó una ajorca preciosa trabajada en oro, e inclinando la cabeza hizo gesto de entregársela a don Remondo, mientras decía, entre sonrisas que nadie supo interpretar en ese momento:

—Esta ajorquilla, señor, fue dote de mi mujer; pero me pidió que os la trajera como prenda de respeto a doña Blanca, vuestra esposa. Al mismo tiempo, hay un asuntillo que quisiera tratar con vos a solas, si puedo atreverme a pedir tanto.

Quedó el castellano nuevamente aturdido; pero la ajorca había ya abierto camino en su voluntad, así que sin decir palabra, le enseñó al judío el regreso a su morada. Subieron por unas gradas de madera a una salita en la segunda planta, desde cuya ventana cuadrada podía verse la calle de Toledo, amplia y recta, terminada en una de las grandes puertas de la villa.

Don Remondo sabía ya, por supuesto, del judío recién llegado; pero todavía no se imaginaba en qué forma su llegada habría de afectar su propia vida.

No hubo mucha amistad en esta primera entrevista. Pero se estableció un entendimiento entre ambos hombres. El judío podría apoyar el poder militar y económico de don Remondo; éste habría de respetar la expansión comercial de don Juan.

—Mis dineros, señor, están a la disposición de su señoría. Sé que a su señoría le hacen falta armas y caballos para protegerse contra los señores de Calatrava. Yo puedo ver que las armas os lleguen de Toledo y los caballos os los manden los mismos señores desde Almagro si no es que desde la Calzada...

—¿Cómo voy a pagarte, judío?

—Cada vez que haya necesidad, haremos algún contrato.

—No me fío de ti.

—Ponedme a prueba, señor.

—Y si en una batalla con estos malditos calatravos pierdo la vida, ¿quién habrá de pagarte?

—Siempre habrá alguna forma de entendimiento entre nosotros, señor.

La zalamería y la huidiza manera del judío exasperaban a don Remondo; pero algo había en el ambiente que no le permitía echarlo a golpes de su casa.

Volvió don Juan a su tugurio, contento de su encuentro con el alcalde, y feliz de que le hubiera sellado el contrato, por el cual Martín se comprometió a dar alojamiento a los judíos y su negocio durante un año, a cambio de veinticinco reales en moneda castellana y el privilegio de tener la primera opción sobre todas las cosas nuevas que pusieran a la venta.

Poco tardaron todos, sin embargo, en darse cuenta de que había una dificultad seria: los judíos tenían bellezas en su establecimiento, pero casi nadie tenía con qué comprárselas. Un simple trueque resolvió las cosas al principio, ya que los judíos aceptaban a cambio de su mercancía los productos del campo, tan necesarios para su subsistencia: cereales, carne seca, pan, miel y queso de cabras. Pero poco a poco fueron teniendo más carne seca guardada y más miel de la que podían necesitar en varios años.

Fue entonces que se le ocurrió a la judía Ester mandar a su hijo mayor a Almagro, para ver si en esa villa de calatravos, dedicados a los asuntos de la guerra, pudieran necesitar las cosas de comer o de beber, o algunas más.

Armaron nuevamente la carreta, y la llenaron de cueros curtidos y de odres de vino, de aquel vino que habría de convertirse en la gloria de La Mancha, y cargaron costales de trigo, y grandes ruedas de queso de cabra.

Salió David de madrugada.

Su madre le aconsejó:

—No des nada sin trueque. Consigue todas las monedas que puedas; y trae caballos, que los calatravos los tienen, y buenos. Pero sobre todo, hazles sentir que pueden tratar con nosotros, aunque sigan en guerra con los castellanos.

David tenía ya sus veinte años, y era un mozo fuerte y hecho a las andanzas por tierras de La Mancha. Sabía uncir los bueyes y montar a caballo. Pero, más que todo, sentía la misma pasión que sus padres por los tratos bien logrados y ventajosos.

Salió, pues, por la Puerta de la Mata, llevando en su carreta el tesoro de la familia. Poco se imaginaba que estaba abriendo una ruta que con el tiempo habría de ramificarse por todos los confines de la región.

Al ir acercándose a Almagro, sintió como un hormigueo que le recorriera la espalda, mas no quiso volver la mirada, porque sabía que detrás de él se cernía aquel peligro de que sus padres lo ponían siempre sobre aviso:

—Cuando sientas que el temor te lo producen los cristianos, sigue adelante, como si nada pasara, y los desconcertarás.

De repente oyó el galopar de pesados caballos y el espoleo de metal y el cascabeleo de las riendas. Supo instintivamente que no tardarían en rodear su carreta, pero no titubeó, y sin ninguna muestra de vacilación, se quedó viendo las rojas cruces floreteadas sobre las capas blancas cuando al fin lo alcanzaron. Más aún, sin detener su marcha les habló a los caballeros diciendo:

—Vengo en busca del gran maestre, el señor de Padilla, pues me han dicho que se encuentra en Almagro. ¿Podrían vuestras mercedes señalarme la entrada?

Ligeramente desconcertados, los caballeros se detuvieron, como lo hizo también David en seguida, pero luego se dirigieron a él como quien está acostumbrado a mandar:

—Síguenos.

Traspusieron la puerta, sin que nadie se atreviera a detener a David, pues lo flanqueaban las imponentes figuras de los monjes guerreros, mas para su desventura, lo llevaron, no a la presencia del maestre, sino a un hediondo calabozo, donde lo encerraron sin decirle palabra.

Pasaron las horas y tal vez llegó la noche. Le llevaron un mendrugo de pan con queso y una bota de vino con agua, que se llevó a la boca con avidez.

No supo David a qué hora se quedó dormido, ni a qué hora se despertó. De repente oyó un grito que lo sobresaltó:

—¡Judío!

—Señor!, contestó, por la fuerza del instinto.

Alguien que entró llevando una lámpara de aceite, lo asió del brazo y se lo llevó sin miramientos.

En su ropa de viajero parecía todavía más pobre. Pero el maestre de Calatrava sabía que en un judío podría encontrar un aliado y un servidor. Así que entró sin más al asunto:

—Sé que vienes de la villa de Don Alfonso, el rey. ¿Qué te trae?

—Señor, mi padre es un pobre comerciante, que come mal y poco de los negocios que puede hacer. Pero en mi carreta tengo una pequeña caja de madera negra que contiene un presente mandado por él a vuestra señoría.

Sin darle lugar a continuar, el maestre tronó los dedos, y de inmediato un guardia salió de la gran sala cuadrada y sin adornos en que se encontraban, para volver luego con la caja. A una señal del maestre, se la entregó a David, quien la abrió con deliberada lentitud, y a la vista de los caballeros que rodeaban al señor, sacó para ofrecérsela, una daga toledana increíblemente hermosa: adornos de oro y plata acicalaban el mango, pero en la hoja brillaban el filo y la dureza que significarían la muerte para cualquiera a quien lograra rozar.

Tomó el maestre en sus manos el arma y le acarició el filo; hizo una seña al judío para que se le acercara, lo tomó del pelo y le acercó la finísima hoja al cuello. Gruesas gotas de sudor asomaron al rostro de David, pero ni siquiera parpadeó.

—Grandes señores han perdido la vida y la hacienda cuando me han traicionado, le dijo pausadamente. No mancharía mis manos con la sangre de un judío. Pero traicióname, y morirás como un perro apedreado en la plaza mayor.

—¡Amén!, fue el ronco eco de los monjes a su lado.

David sintió que la presión en su cabello había cedido. Vio que ahora el gran señor jugaba con la daga, y supo que había pasado la prueba. Con fingida serenidad fue levantando la cabeza y, encontrando los ojos del maestre, le sonrió tímidamente, y luego le dijo, como si estuviera acostumbrado a tratar con los grandes:

—También he venido, señor, para tratar con vos a solas algunos asuntos que pueden interesaros a vos como a mi padre.

No podía creer el Maestre que un hombre como aquel pudiera atreverse a hablarle de esa manera; sin embargo, cediendo a la curiosidad, hizo una señal para que se retiraran todos, sin dejar de sostener en su mano la nueva prenda.

Cuando hubieron terminado de conversar, el judío sintió que era otro hombre. Salió hasta el espacioso corredor acompañado del poderoso señor de Calatrava y vio en la mirada incrédula de los arrogantes monjes y sus servidores, que podría llegar a Almagro cuando mejor le pareciera y siempre habría de merecer el respeto de toda la gente. No por eso, sin embargo, se olvidó de distribuir algunos favores, en forma de telas, dagas, botas de vino y otras cosas más de su carreta, entre las personas que su perspicacia le señalara como de importancia.

Se quedó David en Almagro un buen par de semanas. Y luego emprendió el regreso. Atados a su carreta corrían varios potrillos y una yegua, y en las talegas del fondo pesaban alegres más monedas de las que él había visto juntas en su vida. Pero, sobre todo, llevaba amarrada a su jubón una carta del maestre a su padre, que había de convertirse en historia no mucho tiempo después.

Flanqueando la carreta cabalgaban dos adustos monjes, armados de lanzas y espada. Lo habrían de acompañar hasta más allá de Miguelturra, pero luego seguirían a Malagón, y volverían a todos los territorios del Campo de Calatrava, anunciando la buena voluntad del señor maestre hacia estos judíos de Chinchilla, que en adelante, y ayudados de muchos colaboradores que en pos de ellos irían llegando a Villa Real, habrían de extender por todos los confines de la comarca una red de pequeños negocios a donde llegarían los productos del esfuerzo de la buena gente de Villa Real y de otros muchos lugares circunvecinos.

PASTORES

Poco a poco la villa había ido creciendo.

Por los campos, antaño secos y peligrosos, los viñedos empezaban a cantar la verde esperanza de las fiestas y danzas, mientras que sobre los trigales se mecía rítmica la marcha de la vida y de sus ilusiones.

Las pocas borregas y los aún menos corderos que habían acompañado a los castellanos veinticinco años antes, se habían convertido en crespos cobertores que acariciaban con su blancura las faldas de los cerros vecinos y que a veces se aventuraban por los senderos de la gente de Calatrava.

Gonzalo Fernández había aprendido el arte de conservar las pieles en sal, para luego curtirlas. Se le ocurrió hacer unos estanques a la orilla del río, y allí, junto a unos grandes cobertizos que también levantó, fue recogiendo piedras calizas que había de utilizar para quemarlas y producir cal viva.

Un día pasó un viajero de Cuenca que iba a Córdoba; al ver las galeras, le pidió posada para descansar esa noche. Gonzalo accedió gustoso, pues había pensado quedarse esa noche para terminar unos trabajos, y le pareció mejor tener compañía.

De la cabaña donde a veces se quedaba a dormir sacó Gonzalo una pieza de pan y unos trozos de queso y una gran bota de vino castellano que los judíos le habían traído de Orgaz. Y se pusieron a beber y charlar. Y así resultó que el viajero sabía más de tenerías que el propio Gonzalo, y en vez de seguir rumbo a Córdoba al día siguiente, se quedó junto al Guadiana, y pocas amistades y empresas de negocios duraron más en la comarca que las de este aventurero de Cuenca, Hernán Pérez, y el ilusionado castellano de Ledesma, Gonzalo Fernández.

Con paciencia y gran dedicación fueron ampliando las tenerías. Si al principio curtían solamente pieles de borregas, con el tiempo empezaron a recibir grandes cueros de vacas, de bueyes y de toros. Los salaban, y luego los guardaban en cal. En seguida los conservaban por semanas en los estanques, llenos de corteza de alerce. Y al fin los raspaban cuidadosamente hasta adelgazarlos y ensuavecerlos, de modo que podían entregarlos en rollos de fácil transportación a los hijos de don Juan de Chinchilla, que se los llevaban en su carreta pagando sin protestar.

Un día el mismo don Juan se presentó en las tenerías, para observar el trabajo y tratar de negocios. Sabía que no había en la comarca pieles de mejor aceptación y de más fácil venta que las curtidas allí junto al Guadiana. Y así se lo aseguró a los buenos curtidores.

—Pero no quiero seguir vendiendo cueros, don Gonzalo, dijo al fin el judío, como pensativo.

—Señor, contestó Gonzalo sobresaltado, si nuestro producto es bueno, ¿por qué hemos de abandonar el negocio?

—No es eso lo que pienso. Pero tengo un amigo en Albacete que quisiera trabajar en la villa.

—Puede trabajar con nosotros, que bien necesitamos ayuda.

—Pero él no sabe de curtir.

—¿Qué es lo que queréis decirme, don Juan?

—Que él es peletero, don Gonzalo. Y que podemos hacer un negocio redondo, si vos os comprometéis a entregarnos todas las pieles, sin vender a nadie más. Luis Franco, mi amigo, mandará por ellas, pero yo os pagaré.

—Si me permitís una palabra, interrumpió Hernán Pérez. ¿Es este Luis Franco, judío?

—A mucha honra, señor.

—¿Es, por ventura, el que lee los libros a los judíos?

—Rabino fue su padre, sí, señor.

—Yo rebajaría una parte de lo que me corresponde si él quisiera hacerme un gran favor.

—¿Cuál es el favor, señor Pérez?, contestó un poco receloso el judío.

—Mi hijo quiere aprender a escribir...

—No comerá de escribano.

—Otras artes podrá también aprender.

—¿Como las de la guerra?

Rieron alegremente los tres hombres, pues bien sabían que nadie pensaría en combinar cosas tan diferentes. Habrían de pasar siglos para que un villarrealengo fuerte, valiente y de gran inteligencia demostrara con su espada y con su pluma las hazañas de que sería capaz un humilde escribano.

A las pocas semanas de esta conversación llegó Luis Franco a Villa Real con su familia, y se inició la primera peletería, que había de dar tanta fama a la villa. Los Franco llamaron a otros judíos que pusieron una buena zapatería ... y así, bajo la vigilancia de don Juan de Chinchilla, y frecuentemente con su dinero dado al interés, fue creciendo un buen grupo de hábiles artesanos en las cercanías de la Puerta de la Mata.

Mientras tanto, allá por el camino de Alarcos, la antigua tejería de don Pedro y sus hijos se había convertido casi en un lugar de reunión para los nietos de los Guerra y los González y, por supuesto, de los Morales. Hasta los buenos hermanos franciscos se llegaban a veces por las tardes a la tejería, para pedir que les ayudaran a cocer sus imágenes de terracota para los nacimientos de cada año. Y ya sólo de vez en cuando alguien comentaba el gran escándalo que había sido en la villa la llegada del difunto Beltrán con su novia mora: cómo nadie quería verlos casados; cómo don Benito había cerrado por una semana las puertas de Santa María, negándose a recibir a los pretendientes; y cómo, al fin, la tarde del sábado de gloria, vestida de blanco, flanqueada por todos los hermanos franciscos, la mora Zoraya había sido bautizada en pública ceremonia por don Benito:

—Y ahora sí podré casaros, había dicho el buen cura.

—No nos caséis, don Benito, y tendréis en Villa Real, junto a Santa María, a vuestros primeros amancebados, había replicado el testarudo hijo de don Pedro.

Pero todo esto no era ya más que leyenda. Después del matrimonio de Beltrán, los mozos de Villarreal se habían sentido en libertad para buscar a sus mujeres donde mejor les pareciera. Y muchas villarrealengas habían terminado adoptando las costumbres de la bella mora.

Zoraya había sido una mujer extraordinaria. Hasta doña Beatriz había llegado a quererla entrañablemente, a pesar de todas las maldiciones que le había arrojado cuando Beltrán se la presentó al otro día de aquella famosa Nochebuena.

En la casa que Beltrán le construyó cerca de la Puerta de Alarcos, Zoraya había plantado un jardín de rosas que era la admiración de la comarca: blancas, tintas, amarillas, bellísimas, olorosas flores que después habrían de conocerse como rosas de Castilla. Y también había hecho que su marido le construyera una bañera donde lo obligó a él y luego a sus hijos a que se bañaran por lo menos una vez por la semana.

Pero lo que más recordaban todos era la dedicación con que ella misma había abierto las acequias por las que llevaba agua para sus verduras y para sus árboles frutales allí a un lado de la tejería, donde su marido había muerto sentado junto a un horno, mirándola esfumarse entre la bruma como un sueño del que no quisiera consentir en despertar...

* * *

A pesar de las alquerías y de los buenos sembradíos de trigo y de avena y centeno, los más de los villarrealengos eran pastores que habían recibido con mucha alegría la noticia de que don Alfonso, el rey, había establecido una gran asociación de pastores, que llamó la Mesta.[14]

La lana que se producía en Villarreal era buena y abundante, pero no había todavía quien la trabajara bien, de manera que se pudiera obtener telas buenas que trajeran fama y maravedíes a la villa.

La carreta de los judíos llevaba a veces hasta Toledo cargas de lana para vender. Un día David se aventuró a llegar hasta el hermoso y activo pueblo de Talavera, donde las hilanderías producían bellísimas telas que se vendían hasta fuera de Castilla. Como había oído hablar del hilandero Gonzalo de Moya, fue a buscarlo y, después de una larga discusión, logró venderle toda su carga de lana, y, siendo ya casi de noche, se quedó a pasarla en la casa que esos judíos alquilaban. Por supuesto, no tardaron en empezar a hablar de lana.

—Allá no tenemos todavía hilanderías, dijo David, refiriéndose a la villa, que consideraba ya su lugar de permanencia.

---

14   *La Mesta*: Creada en 1273 por Alfonso X el Sabio, reunió a todos los pastores de León y de Castilla y les otorgó prerrogativas y privilegios especiales sobre otros ciudadanos para poder desarrollar los campos.

—Aquí tengo yo familia, repuso el de Moya, y un negocio de telas en que no me va mal. Pero talvez a mi mujer le interesara ir a un lugar donde podamos aprovechar los precios más bajos de la lana. Pero no tengo ni carretas para transportar mi telar, ni dineros suficientes para recomenzar el negocio.

—Acabo de vaciar mi carreta, casi le atajó David. Si verdaderamente quieres ir allá, puedo esperar unos días para que me acompañes en el regreso.

—¿No tienes mercancía para llevar?

—No la buscaré si tú vas conmigo.

—¿Y los reales?

—Estoy seguro de que mi padre te los prestará con gusto.

—¿A qué usura?

—Ya platicarás con él.

En esos momentos David vio pasar por el corredor frente a la cocina a la más hermosa judía que jamás hubiera encontrado en todas sus correrías. Dándole vuelcos el corazón, continuó su charla con Gonzalo:

—También tengo yo algunas monedas mías, que desde este momento son tuyas si decides viajar conmigo a Villarreal.

—¿Mías dices?

—Por un tiempo, mientras puedes pagarme. Sin usura.

Se le agrandaron los ojos al judío de Moya. No podía creer ni creía que otro judío pudiera ser tan generoso sin razón. Pero decidió esperar para enfrentarse con la razón que fuera, con tal de aprovechar la oportunidad de poner a trabajar esos dineros sin usura. La vida en toda la comarca de Toledo empezaba a tornarse difícil para los de su raza. ¿No sería mejor probar suerte en ese nuevo pueblo en el campo de Calatrava?

Así, una buena tarde fueron entrando a la villa los nuevos comerciantes.

—¡Bendito sea el Señor de los Ejércitos que nos manda a estos hermanos para que nos hagan compañía!, exclamó don Juan de Chinchilla al verlos llegar a su casa.

—Más de una bendición es esto, le susurró al oído su hijo.

—¿Qué quieres decir?

—Ya lo sabrás, padre, ya lo sabrás, fue la enigmática respuesta de David.

* * *

La llegada de los Moya fue una bendición también para los pastores de la villa, pues muy pronto establecieron una hilandería, que con el tiempo habría de vender paños de excelente calidad. Y, claro, de inmediato empezaron a comprar la lana de todos aquellos rebaños que pintaban de blanco la llanura.

Todo esto no era bien visto por los calatravos, que no desperdiciaban ocasión para hacer que los villarrealengos se sintieran mal y a disgusto. Pasaban en tropel entre los rebaños, gritando:

—¡Ea, gañanes! ¡Abrid paso a los señores!

Y en más de una ocasión quedaron las borregas desangrándose en la llanura por las acometidas a lanzazos o a espadazos de aquellos malos monjes. Los veían venir los amedrentados pastores, y arreaban apresuradamente sus rebaños para evitar el encuentro; y a veces solamente les quedaba ardiendo en la sangre el eco de las grandes carcajadas con que los malditos guerreros celebraban los sustos ocasionados a los campesinos.

Una tarde en que Juan González juntaba su rebaño para volverlo al redil, se dio cuenta de que sus perros ladraban de manera inusitada. Temiendo que se tratara de lobos, corrió por su bastón, fuerte y grande como una lanza, y se dirigió hacia donde los perros parecían embestir. Entonces vio que se trataba de un tropel de calatravos. Cansado de tanto huir de ellos, decidió esperarlos y hablarles. Pronto se escuchó el grito de los enardecidos monjes:

—¡Abre paso a tus señores, gañán!

—¡Señores!, respondió Juan, reprimiendo a duras penas su ira y plantado frente a los guerreros. Mi rebaño está fuera del camino y no os estorba. Pero mirad que vosotros sí vais en terrenos del rey.

Sin responder palabra, los corpulentos caballeros se lanzaron sobre él, lo sujetaron con amarres y lo echaron sobre uno de sus caballos y, torciendo el rumbo hacia el sur, arrancaron a galope tendido.

Todo esto lo observó, escondido en la espesura de un encinar, otro pastor de Villarreal, el amigo de Juan, Gonzalo de la Tovilla, quien a esas horas juntó los dos rebaños y los volvió a sus rediles cerca de la villa, rumiando para sus adentros lo que podría hacer para rescatar a su amigo y compañero de trabajo.

En cuanto llegó a la villa, buscó al hijo del difunto Baltasar Guerra, le explicó lo sucedido, y decidieron salir a esa hora en busca de Juan, por quien ya temían lo peor, y se lanzaron al camino.

Los calatravos habían pasado la noche en una puebla, cerca del Jabalón. Se habían levantado tarde y habían continuado a su destino sin prisas; de modo que los villarrealengos pudieron fácilmente dar con ellos, especialmente porque varios pastores que habían madrugado con sus rebaños, pudieron informarles del paso de los calatravos y su prisionero. Los siguieron de lejos sin mostrarse, hasta que, por la tarde, los perdieron de vista cerca del caserío conocido como Calzada de Calatrava. Rodearon el pueblo sin ser observados, y fueron a dormir junto al arroyo seco de Peñapalomera.

De madrugada empezaron a moverse cautelosamente entre los matorrales de las colinas, y al amanecer divisaron el enorme edificio. El hijo de Baltasar fue el primero en verlo y exclamar:

—¡Qué tremendo castillo! ¡Y allí han de tener a Juan!

—Nunca podremos hacer nada por él, comentó afligido Gonzalo.

—Tendremos que esconder los caballos como primera cosa, aconsejó Guerra.

Después de lograrlo, ellos mismos se situaron en una gruta desde donde podían observar. Y quedaron espantados de la vista que se presentaba ante sus ojos: las torres y las murallas almenadas, escalonadas en rudas plataformas, parecían nacer y casi crecer de la roca viva, sobre aquel monte que se alzaba como si hubiera sido levantado para servir de atalaya de los cristianos. Desde su rincón, los villarrealengos podían ver con claridad la enorme puerta de acceso, donde terminaba un camino ancho y bien cuidado, que ascendía rodeando la colina.

Poco después de amanecer, se abrió el portón. A los amigos les corrió un sudor frío por la espalda; pero, en vez de un tropel de calatravos, salió de la fortaleza un juguetón rebaño de ovejas seguido por su pastor. Un torrente de ideas pasó por la mente de los villarrealengos, pero el primero en hablar, sin dejar de observar lo que pasaba, fue Gonzalo, para comentar:

—Al medio día este rebaño tendrá que buscar agua.

—Que nosotros hemos de encontrar antes, completó el hijo de Baltasar Guerra.

Corrieron por el cauce del arroyo seco, hasta que, tras no mucho andar, dieron con unas pozas, cuyas orillas estaban profundamente marcadas por los cascos de un rebaño. Buscaron un escondrijo en el ribazo, y se echaron a esperar la llegada de los animales y de su pastor.

El cansancio y el calor del medio día los tenían ya casi adormilados, cuando oyeron el tintinear de los cencerros. Poco tardó el pastor en llegar y sentarse a descansar cerca del escondrijo. Sin hacer ruido, cayeron sobre él, tapándole la boca para evitar que alguien se diera cuenta de lo que pasaba.

Entre Gonzalo y Alejandro lograron sacarle a tirones la verdad sobre su vida en el castillo y convencerlo, no muy a las buenas, de que colaborara con ellos en el plan que se habían ya propuesto con la ayuda de su información.

Alejandro Guerra se vistió la rústica indumentaria del pastor de Calatrava. Se armó de su bastón y de un temerario valor que no imaginaba tener, y empezó a juntar el ganado para volverlo al redil de la fortaleza, repasando en su memoria todos los detalles que Polonio, el pastor, le había revelado. Durante la tarde habían estado todos jugando con los perros, a fin de que éstos no resintieran el cambio. Y para cuando Alejandro sonó el cuerno a la entrada del castillo, era ya de noche, y nadie se dignó mirarlo siquiera cuando entró llevando las ovejas al aprisco y los corderos a sus encierros separados. Y nadie levantó la cabeza cuando entró a la cocina, como era la costumbre del pastor, a sacar su mendrugo y su jarro de vino aguado, que empezó a beber en lo que salía, sin fijarse en la presencia de nadie en particular.

Desde que Julián de Mazariegos lo había hecho popular en los primeros días de la villa, hacía ya tantos años, el canto del mochuelo se había convertido en el santo y seña de todos los villarrealengos en peligro. Corriéndole por la frente un sudor de terror, comenzó Alejandro aquel dolorido ululato que le había enseñado su padre. Lo repitió varias veces, y estaba por desesperar, cuando sintió que entre los montones de paja junto a un calabozo algo se movía. Se quedó quieto, pegado al muro de las almenas, y luego, temblando de miedo, inició nuevamente el ulular. Se calló de nuevo. Luego oyó, como si brotara de la paja, el inconfundible cantar del mochuelo de su tierra. Paso a paso fue acercándose al montón y acababa de recostarse sobre él, como se lo había enseñado Polonio, cuando resonaron como truenos a un lado de su cabeza las pisadas de un enorme calatravo que le gritó.

—¡Ea, zagal!

—¡Señor!

—Duermes temprano hoy.

—Es el cansancio, señor.

—Por allí está un rufián de los de don Alfonso, se oyó que decía, como entre dientes, el monje al alejarse, rechinando sus botas sobre las baldosas mientras hacía su ronda asomando la cabeza de vez en cuando por las almenas.

Sin entender lo que el calatravo le quiso decir, Alejandro sintió que le dio un vuelco el corazón. Por primera vez en aquella loca aventura sabía que saldría con la suya. Así que, sin pensarlo más, murmuró en medio de la noche:

—¡Juan!

—Aquí estoy, le contestó casi en sus oídos una voz que parecía venir de adentro de la paja.

Ya no durmieron, sino que se pasaron el resto de la noche madurando el plan que habrían de seguir. Y se llegó la madrugada. Se vistió Juan, amarrándosela apretadamente Alejandro, una gran piel de oveja que sacaron del cubil de Polonio. Luego se fueron cautelosamente al aprisco; púsose Juan en cuatro patas, se mezcló con el rebaño, y empezaron a salir de la fortaleza, después de que Alejandro había sonado el cuerno para que le abrieran.

Todo habría terminado allí si a la mente de Alejandro Guerra, que nunca podía estar en paz, no se le hubiera ocurrido dejar en la prisión unas brasas vivas, al fondo de los montones de paja. Todavía no acababan de llegar a la hondonada donde los otros pastores estarían esperándolos, cuando Alejandro volvió la mirada hacia el castillo. Entonces se dio cuenta de que por uno de los torreones se escapaba un chiflón de humo negro. Lleno de espanto por lo que había ocasionado, sólo pensó en gritar:

—¡Levántate, Juan, y huyamos!

No se lo hizo repetir Juan, y los dos jóvenes volaron por entre las ovejas y llegaron acezando al escondrijo donde Gonzalo y Polonio los esperaban con los caballos ensillados. Saltó sobre uno de ellos Alejandro, alzó a Juan para llevarlo en ancas y, espoleando su cabalgadura les gritó a los demás:

—¡A correr! Si los calatravos nos alcanzan, sin duda nos matarán.

La llegada de los mozos causó un gran revuelo en la villa. Todos se dieron cuenta de que habían finalmente llegado al momento tantas veces sospechado y temido. Y desde luego empezaron a prepararse, empezando por establecer un severo cuidado de las puertas y de las murallas. Los hombres más fuertes y los mejores ballesteros habrían de estar constantemente dispuestos a tomar su lugar en las almenas. De ninguna forma se debía permitir que los calatravos pusieran un pie dentro de la villa. Y se mandó aviso a todas las alquerías para que, al toque del cuerno, corrieran con sus ganados a resguardarlos en las plazuelas junto a las puertas.

Se juntaron los más viejos en la plaza, cerca del prado de Santa María, para deliberar sobre las obligaciones y las maneras de defender esta tierra, por la que sus padres habían dejado sus hogares en la vieja Castilla. Entre todos escogieron al joven Germán Moreno para que se hiciera cargo de la defensa de las murallas; conocían de la destreza que tenía en el manejo de la ballesta; pero, sobre todo, confiaban en el don de este joven para trabajar con el hierro, arreglar y rediseñar, según se necesitara, las armas que Shamuel Chinchilla les había traído de Toledo.

En la conmoción de los preparativos, nadie se fijó en que el nieto de don Juan de Chinchilla había salido con su carreta en dirección de Almagro. Cierto que lo detuvieron en la puerta de Calatrava; cierto, también, que le revisaron la carreta, pues a nadie se le debía confiar, dadas las peligrosas circunstancias; pero no se le encontró más que lo de siempre: cueros curtidos, odres de vino, costales de harina... A nadie se le ocurrió registrar el fondo de la carreta; si lo hubieran hecho, habrían encontrado que el pérfido judío había practicado un doble fondo, y allí llevaba todo un arsenal de puntas de lanza, espadas, mazas y otras armas menores, con las que el taimado mercader pensaba cumplir la palabra dada por David, su padre, tantos años antes a Garci López de Padilla, Maestre de Calatrava.

Don Remondo Núñez se ofreció para dirigir la batalla fuera de los muros; pero su oferta se perdió en medio de la gritería de los jóvenes, que clamaban casi en coro:

—¡Alejandro! ¡Alejandro! ¡Alejandro!

Don Remondo no se molestó, sino que se acercó al muchacho y le dio un fuerte abrazo, diciéndole:

—Si nos sacas de ésta como sacaste a Juan de la misma cueva de los calatravos, me sentiré feliz de haber peleado bajo tu bandera.

—Gracias, don Remondo, contestó el hijo de Baltasar. Me sentiré seguro viendo a su merced cabalgar a mi diestra, y a Julián al otro lado.

Julián, que se encontraba cerca, no pudo menos de sentirse halagado, y pasó de inmediato a ponerse a las órdenes de su improvisado pero astuto y valiente capitán. Sería el primero de una larga serie de muchachos de su familia que empuñaran las armas para defender la tierra o para conseguirla para los reyes de Castilla.

Pero pasó más de una semana y nada sucedió. Volvió Shamuel de sus correrías de negocios por Almagro, y no informó acerca de ningún movimiento guerrero de los de Calatrava. Y algunos empezaron a expresar reservas en cuanto a los preparativos que tanto Alejandro como Germán estaban llevando a cabo. En efecto, Alejandro había hecho levantar lo más que se pudiera de la cosecha de trigo, y había encerrado dentro de las murallas la mayor parte de los caballos de silla, entre los cuales se encontraban más de cincuenta que su padre había heredado de aquellos que su abuelo había empezado a seleccionar y criar con tantísimo esmero; mientras que Germán había reunido a los herreros, en su mayoría judíos, para obligarlos a realizar ciertas modificaciones a las ballestas, de modo que lanzaran sus flechas más lejos y con mayor fuerza. Y los dos, acompañados de unos pocos amigos, salían todas las tardes y se iban, sin decir nada a nadie, en misteriosas cabalgatas por el rumbo de Alarcos.

Una mañana amanecieron ardiendo varios trigales por la parte del poblado calatravo de Miguelturra. Corrieron muchos amigos a tratar de salvar los cortijos, pero se encontraron frente a los caballeros de Alejandro Guerra, que de modo amable pero firme los obligaron a encerrarse dentro de las murallas:

—Han sido los calatravos, que de seguro esperan que salgamos sin armas, les gritaban desde sus caballos.

Rezongando maldiciones obedecieron los villarrealengos, jurando venganza para sus adentros. Pero todavía habrían de pasar varios días de este juego de nervios con que los calatravos estaban llevando a la inquietud, a la desconfianza y a la desesperación a los habitantes de la villa.

Hasta que una mañana Julián, plantado junto al vigía de la Puerta de Granada, divisó la polvareda que levantaba aquel pavoroso tropel de calatravos. Sonó ávidamente el cuerno de sus antepasados, y saltaron como por ensalmo los hombres de Alejandro sobre sus caballos, mientras que la gente de Germán ocupaba silenciosamente su lugar junto a las almenas, como lo habían planeado todas aquellas tardes de impaciente espera.

En un movimiento de combinada rapidez se abrió completamente la Puerta de Granada, salieron los hombres de Alejandro y se volvió a cerrar. Mientras tanto ya se escuchaban por la llanura los gritos, los silbidos y las trompetas de los renombrados monjes guerreros de Calatrava que en marcha de impasible decisión se acercaban dispuestos a destruir para siempre la *villa grande e bona* que don Alfonso había soñado.

Gritó Alejandro sus últimas instrucciones. Y cuando los calatravos se encontraban ya a distancia de lucha, sonó vibrante el cuerno de Julián de Mazariegos, y, en vez de arremeter, los villarrealengos emprendieron una velocísima fuga replegándose hacia la villa y torciendo luego rumbo a la tejería de don Pedro.

Desconcertados, los calatravos se lanzaron tras ellos, incrédulos de tan fácil victoria.

—¡No huyáis, cobardes, no huyáis!, gritaban.

Y a penas se enteraron de que no había defensores sobre las murallas junto a la Puerta de Granada.

A los toques del cuerno de Julián, la gente de Alejandro se acercaba o se alejaba de los muros de la villa. De repente viraron totalmente los villarrealengos en dirección a la Puerta de Alarcos. Tras ellos se lanzaron seguros ya los hombres de don Garci López de Padilla. Pero cuando se alejaban de la muralla, confiados en que toda la defensa de la villa corría delante de ellos, se alzaron sobre las almenas los terribles ballesteros de Germán Moreno y empezaron a disparar sus armas sobre la retaguardia calatrava.

—¡Traición! ¡Traición!, se oyó que gritaban al caer los monjes.

Se detuvo descontrolado el de Padilla, y en esos momentos se levantaron de las zanjas que Alejandro había mandado cavar durante sus excursiones vespertinas, más de treinta arqueros que empezaron a flechar sobre los flancos de los de Calatrava. Se lanzaron entonces éstos hacia el sur, huyendo rumbo a la Puerta de Granada; pero ya corría tras ellos la fuerte y ágil caballería de Alejandro Guerra. El estrago que les hacían desde las almenas los ballesteros era más de lo que podían soportar, y entonces se lanzaron por la llanura en franca y desorganizada fuga. Rápidamente Alejandro hizo cabalgar a algunos de sus arqueros, luego, en velocísima carrera, se lanzaron todos en persecución de sus eternos enemigos, los monjes guerreros de Calatrava.

Dos o tres veces trataron los calatravos de reorganizarse y hacer frente, pero los de Villarreal, emocionados con la victoria, no se detenían, y seguían causándoles costosas bajas. Y ya bien dentro del camino de Almagro, Alejandro, viendo que llevaban herido al Maestre de Calatrava, hizo sonar el alto, que sus gentes obedecieron a regañadientes.

—La victoria es nuestra, gritó Alejandro. Pero no sabemos qué fuerza puedan ellos tener en Almagro. Volveremos a la villa para protegerla si se atreven a atacarla de nuevo.

—¡Bien!, gritaron casi todos, menos don Remondo Núñez, que hacía furiosos gestos para lograr que lo escucharan.

—¡Señores! ¡Señores!, se le oyó decir al fin. La mayoría de las injusticias que los calatravos nos han hecho se han originado en Miguelturra. Yo digo: Volvamos por Miguelturra y enseñemos una lección a esa canalla.

Se hizo un silencio nervioso entre la gente. Lo que decía don Remondo era verdad; pero no todos estaban de acuerdo en iniciar un ataque, sobre todo ignorando lo que pudiera esperarles en ese lugar, donde los maestres de Calatrava habían levantado ya una fortaleza. La decisión quedaba en manos de Alejandro Guerra, quien, a sus treinta y nueve años, era más joven que varios de sus subordinados.

—Vuelva su merced por Miguelturra, dijo luego Alejandro, como titubeando, y hágase acompañar de cincuenta hombres que quieran seguirlo, y de los arqueros.

El espanto y el terror que ocasionó don Remondo en su entrada a Miguelturra habrían de ser recordados con horror por generaciones. No sólo quemó el castillo, sino que destruyó los hogares de muchas personas y hasta hizo matar a los pocos que opusieron alguna resistencia. Pero se ensañó especialmente contra el pobre viejo don Antolín de Piedrabuena, padre de un guerrero a quien don Remondo había reconocido entre los soldados de Calatrava.

Pero estas duras acciones no entraron en la consideración de los villarrealengos esa tarde, al retorno de los triunfadores. Bailaban las mujeres agitando tocas blancas y algunas hasta panderos, trepadas sobre las torres que flanqueaban las puertas. Y gritaban los niños y sonaban sus chirimías los pastores. Y se organizó una gran fiesta para celebrar la victoria. Y cuando los hornos no se dieron a basto para preparar los corderos que los pastores habían regalado, hicieron agujeros en la tierra, los calentaron con leña escogida, y allí metieron las ollas de carne, que al día siguiente, cocida bajo tierra, habrían de paladear los vencedores, bañándola con generosas libaciones de aquel vino manchego que los habría de hacer más famosos que sus hazañas en la guerra.

Por todas las casas de la villa, hasta en las de los judíos, se comentaban las intrépidas acciones de los hijos del pueblo; y no faltó quien compusiera un romance para cantarlo después, al acompañamiento de la guitarra, en las veladas que los jóvenes organizaban al amparo de la luna, allá junto a la vieja tejería de don Pedro, junto con los zéjeles heredados de los antiguos cuentos de Beltán y Zoraya, que los tejeros se complacían en mantener vivos de generación en generación.

Aquel, por supuesto, no habría de ser el último encuentro armado entre Calatrava y Villa Real. Pero la villa nunca jamás volvería a vivir bajo el temor. Sus hombres habían descubierto su propio valor y su entereza, y los habrían de demostrar a lo largo de los tiempos en inmortales aventuras, muchas veces muy lejos de la Puerta de Granada, o de Toledo o de Santa María.

Blanca

La villa todavía había de sufrir muchos sinsabores esos años.

Las cosechas se pudrieron en los campos, pues el Guadiana se desbordó y corrió bufando por todos los trigales dejándolos convertidos en pantanos por un tiempo. Muchas familias tuvieron que recurrir a los Chinchilla, y aun a otros de los judíos, para poder sustentarse mientras venía la cosecha del año siguiente. Y más de una familia hubo de deshacerse de su rebaño o hasta de su tierra, para poder sostenerse por una temporada.

Luego comenzó a correr el rumor de que los calatravos se preparaban para atacar nuevamente. Que habían reconstruido el castillo de Miguelturra.

Que habían trasladado la guarnición de Salvatierra a Almagro. Que habían recibido un misterioso cargamento de armas de Toledo...

Y los villarrealengos empezaron a gastar más en armas y caballos que en borregas o en semillas; y empezaron a pasar más tiempo haciendo ejercicios de caballerías que preparando los campos y sembrando sus sementeras.

Mientras tanto, los judíos eran cada vez más ricos y numerosos, y habían establecido toda una aljama[15] en las cercanías de la Puerta de la Mata, donde se reunían para celebrar sus fiestas y sus ceremonias, sin ningún respeto por la gente cristiana.

Don Remondo Núñez, heredero de la gran alquería por el lado de Alarcos, había ampliado el cortijo que tenía casi a medio camino entre la villa y Miguelturra, pues a su hija le encantaba pasar días enteros, y a veces hasta pasar la noche allí, donde, extrañamente, la soledad la hacía sentirse tan feliz.

Blanca Núñez era la flor de la villa.

—Ha salido a su madre, comentaban los viejos, los hombres lo mismo que las mujeres, que habían conocido a la difunta esposa de don Remondo.

—Tiene los mismos ojos, las hermosas trenzas y hasta la misma gracia.

Una tarde estaba Blanca sentada en el patio del cortijo, observando cómo unos labriegos de su padre trillaban el trigo, cuando se llegó hasta ella un mozo talvez poco mayor que ella, quien, apeándose de su hermoso rocín, la saludó y le preguntó:

—¿Podría su merced decirme cuál es el camino de Yébenes sin pasar por la villa?

Levantó los ojos la bella castellana. Entre todos los mozos de la villa que la habían cortejado, no había conocido a nadie que, hasta para hacer una pregunta, tuviera tanta hidalguía y tanta seguridad. Se le acercó sin recelo, y sin temblarle la voz le respondió:

—Si su merced me sigue, yo podría mostrárselo.

Y, ante la mirada desconcertada de labriegos y pastores, se fueron los dos juntos platicando como viejos amigos, hasta llegar al camino. Y todos pudieron ver cómo, luego que el mozo montó su caballo y arrancó al galope, la bella villarrealenga se lo había quedado contemplando hasta que se perdió en las sombras que marcaban el paso del Guadiana.

Por la mañana la noticia había cundido no sólo en Villa Real, sino también en Miguelturra, de donde había salido aquella tarde rumbo a Yébenes el hijo de Alvar Gómez de Piedrabuena. Con esa misteriosa rapidez con que se tejen las tragedias, la trama de ésta había empezado a urdirse.

* * *

En las tenerías junto al Guadiana, los hijos de Gonzalo Fernández y de Hernán Pérez habían encontrado la manera de curtir pieles tan finas y deli-

---

15 *Aljama*: sinagoga.

cadas, que ni en Toledo ni en Talavera las había iguales. Después de tener por semanas los cueros rellenos de corteza de alerce o de algarrobo, los secaban y los raspaban pacientemente hasta dejarlos tan delgados, que parecían telas de lino o algodón.

Las dos familias se habían mantenido unidas en aquella amistad iniciada por sus antepasados. Los Fernández habían engalanado su casa con un hermoso jardín, a la manera de la mora Zoraya; y los Pérez, que habían añadido «del Pulgar» a su apellido, habían levantado una planta más en su casa, muy cerca de Santa María, y habían continuado la tradición de que el hijo mayor aprendiera a leer y escribir. Sobre la entrada del zaguán habían mandado grabar en piedra la inscripción:

> Tal debe el hombre ser
> cual quiere parecer.

Por la Puerta de la Mata, en el centro de la judería, los hijos y los nietos de Luis Franco habían desarrollado una excelente peletería donde confeccionaban toda clase de prendas con las pieles curtidas que les llegaban de las tenerías del Guadiana. Pero lo que mejor resultado les daba y lo que mejor se vendía tanto en la villa como en la comarca, eran sus guantes. Los hacían tan ajustados a las manos, que los que podían reunir las monedas para comprarlos, sentían que no tenían en ellas ningún estorbo, sino que podían servirse de ellas como si las tuvieran descubiertas, pero protegidas con un agradable calor natural y con la suavidad de quien estuviera acariciando seda.

Brillando el sol de medio día entró una vez a la villa un mozo que a las claras venía de Miguelturra. Iba montado en un rocín ricamente enjaezado; llevaba la cabeza cubierta con un gorro de piel, y sobre el apretado jubón no llevaba más que una capa blanca sin insignias. Pasó por la Puerta de la Mata, y se fue directamente a la peletería de los Franco, a cuya puerta se apeó despreocupadamente.

Por detrás de los ventanucos desde donde atisbaban curiosamente las mujeres, corría un vientecillo del sur que se descompuso en murmullos:

—¡Dios, y qué buen mozo es!

—¡Ah, la pareja que harían!

—¡Vaya, que entrar a la villa con ser su padre calatravo!

—¡Que lo vea don Remondo y de aquí no saldrá vivo!

Mas, en el fondo, toda la villa se moría por ver a Sancho casado con Blanca. ¿No significaría esto el fin de la desastrosa enemistad entre sus pueblos?

Pero ni don Remondo lo sabía ni Álvar Gómez se había dado por enterado de aquellos amores imposibles. ¿No había don Remondo asesinado al abuelo de Sancho? ¿No había jurado Álvar Gómez vengar con sangre la muerte de su padre y la destrucción de su casa?

Y mientras montaba nuevamente el muchacho su caballo, guardando junto a su pecho los finísimos guantes de mujer que acababa de comprar, volvían los ojos de las villarrealengas a ocupar su lugar tras las ventanas y sus labios a murmurar a solas los susurros que habrían de rebotar de puerta en puerta en las dos enemistadas villas:

—¡Ah, si él no fuera el hijo del de Piedrabuena!

—¡Ah, si ella no fuera la hija del asesino rico!

* * *

En el Convento de San Francisco, cerca de la Puerta de Granada, vivía un buen viejo, que por viejo había llegado a ser prior. Todos lo conocían como el hermano Ambrosio. Y era viejo; tan viejo, que cuando ya nadie recordaba nada de algo que pensaran que había pasado allí, acudían a él para que, en la triste cadencia de su voz tan cansada les contara lo que había sucedido tantísimos años antes en la villa. Mas el buen fraile no siempre atinaba a distinguir las épocas ni los temas a que se referían sus jóvenes interlocutores. Como esa vez que lo detuvieron frente a la puerta de su convento y él sin más se lanzó por el camino de su recuerdo favorito:

—¡Cómo no voy a recordar a Zoraya! ¿Quién no habría de recordarla? De que la trajo Beltrán, toda la villa se prendó de ella. ¡Mujer tan hermosa!... Un día hasta pensamos que toda la morisma se nos echaba encima por culpa de ella...

—Pero no, hermano Ambrosio, lo interrumpieron con respeto y firmeza. Queremos saber otra cosa. Ya nos ha contado su merced lo de la mora muchas veces. Ahora queremos saber si alguna vez un calatravo se ha atrevido a cortejar a una de nuestras mozas.

—¡Ah!, los hermanos de Calatrava siempre se han atrevido a todo.

—¿A entrar a la villa sin ninguna vergüenza también?

—Cuando las puertas están sin guardar a nadie se le veda la entrada, respondió sentencioso el buen viejo.

* * *

En los primeros tiempos de la villa no había más que un horno para cocer el pan, el horno del rey, a donde todas las mujeres acudían con su masa preparada. Pero no había mucha harina tampoco; ni tampoco mucha gente. Mas los tiempos habían cambiado. Y ya había hornos por diferentes partes de la villa. Y habían llegado panaderas de muchas partes de Castilla, que cocían un pan tan delicioso, que los judíos lo llevaban en sus correrías y lo usaban en lugar de moneda en los pueblos de la comarca.

Doña Elvira de Velasco tenía un horno en su casa. Su marido cosechaba buen trigo que le molían en el nuevo molino de los Mazariegos. Y llevaba a su casa la harina más limpia que se podía encontrar en toda la llanura de La Mancha. Y llevaba también cántaros de miel de sus colmenas. Nadie como él había aprendido a cuidar las abejas; tanto que en la villa lo apodaban el pastor de abejas, porque las cuidaba tanto, que él mismo fabricaba las colmenas de madera, y hasta seleccionaba las abejas reinas.

Muchas mujeres se reunían en casa de doña Elvira para aprovechar el rescoldo de su horno y para comentar lo que pasaba y hasta lo que podía pasar en las calles de Villa Real.

Cuando se acercaba la Nochebuena, doña Elvira gozaba preparando una golosina especial que ella había inventado para esas fiestas y que la habían hecho famosa: amasaba su harina con huevos y leche y con generosas porciones de manteca de cerdo y la ponía a reposar; luego la adelgazaba con un rodillo pesado, y en vez de hornear esas delgadísimas hojas, que ella dio en llamar hojuelas, por falta de otro nombre, las ponía a freír en manteca bien calentada.

En cuanto doña Elvira empezaba con los preparativos de sus hojuelas, don Rodrigo de Velasco, gran amigo de monjes como lo había sido su padre, se iba al convento de San Francisco y volvía del brazo con el hermano Ambrosio, que nunca se hacía rogar. Instalaban al viejo en un rincón de la cocina, lo envolvían en un cobertor de lana, y luego le pasaban un gran vaso de leche caliente y una cesta de hojuelas, que le servían rociadas con miel. Y estaban listos para una deliciosa velada, en que el buen fraile recontaba a la familia y a sus amistades, la historia, las vicisitudes y hasta las ilusiones de su villa.

En una de estas veladas empezaron a escarbar la conciencia del fraile con respecto a lo que ya era la comidilla del pueblo y se había convertido, hasta cierto punto, en una preocupación de la gente madura:

—¿No podría su merced hablar con los padres de los mozos? Cierto que ellos escucharían con respeto su consejo, insinuó don Rodrigo, al final de una larga charla sobre el asunto.

—Ya soy viejo para estos menesteres. El hermano Remondo y el hermano Álvar tienen tristes recuerdos de cosas que han pasado entre sus familias, y es difícil que quieran olvidar.

—Pero, hermano Ambrosio, interrumpió doña Elvira, tratando de evitar que el buen fraile se encarrerara por el camino de la historia, todos sabemos que este matrimonio podría traer la paz y la amistad a toda esta llanura...

Pero por más razones que amontonaron en la cabeza del pobre viejo, no pudieron convencerlo, sobre todo porque conforme fueron pasando las horas de la noche, él empezó a parpadear y a cabecear hasta que se quedó completamente dormido, envuelto en aquella gran cobija de lana que doña Elvira había mandado a tejer especialmente para él.

—¡Es un santo!, exclamaron las visitas cuando lo vieron quedarse derrumbado sobre su sillón.

* * *

Acababan de pasar las fiestas de Nochebuena y todavía quedaban sobre las puertas del convento algunos de los adornos que habían colocado los hermanos franciscos, cuando, muy de mañana, se oyó el repiqueteo impaciente de la campanilla que los comunicaba con la calle. Salió un lego a abrir, y se encontró de frente a aquella muchacha de quien todos hablaban, pero que él nunca había visto, la hija de don Remondo, que le espetó bruscamente aunque en tono de súplica:

—Debo hablar con el hermano Ambrosio.

—¿A estas horas y una mujer?, respondió espantado el lego.

—No puedo esperar más, atajó la joven, mirándolo con aquellos ojos de mar que volvían locos a los villarrealengos.

—¡Imposible!

—Os lo suplico, insistió Blanca, ya casi decidida a pasar por encima del hermano portero, cuando en medio de un arco del claustro se dibujó la silueta inclinada del viejo prior.

—Dejadla pasar, hermano, se oyó que resonaba la gastada voz de Fray Ambrosio.

—Pero, hermano Ambrosio...

—Bastantes penas ha de sufrir su alma para que venga en busca de un viejo como yo. ¡Dejadla pasar!

Entró Blanca Núñez lentamente, casi incrédula de que aquel santo varón quisiera recibirla. Pero dentro de su corazón se incubaba un volcán que ya le oprimía las entrañas y, muerta su madre, no tenía a nadie en el mundo a quien pudiera encomendarle ese dolor. Siguió al seco fraile hasta una celda, donde tomó asiento en una silla de respaldo alto y recto, y cuando él hubo entrado, se arrojó ella a sus pies y le lloró:

—¡Padre!

—Todos me llaman hermano, atajó dulcemente Fray Ambrosio.

—Soy la hija de Remondo Núñez.

—Sé quién eres, hermana.

—Tengo amores con el hijo de Álvar Gómez, el de Miguelturra. Y él quiere tomarme en matrimonio.

—¡Bendito sea Dios!, exclamó sin mucho entusiasmo el fraile.

—Pero su merced sabe que no se puede, por lo de mi padre y por lo del padre de él.

—Los pecados de los padres...

—No es eso, hermano Ambrosio. Es que de sólo saberlo nos matarán.

—¿A qué has venido, Blanca?

—A decirle a su merced que Sancho quiere llevarme a tierra de moros, donde nadie nos conozca.

—¡Santo Dios!, exclamó el buen prior. Por su mente pasó como una sombra la figura de Beltrán, llegando a este mismo convento, hacía ya tanto tiempo, llevando a cuestas de su alma la carga de una mora enamorada. Él era joven entonces, y vio en la aventura del mozo un arranque de locura muy propio de sus años. ¿No lo había hecho despés también el hijo de Martín, y el de Alonso...? Toda la historia de la villa se le vino encima; pero logró sobreponerse y añadió, con infinita dulzura, luego de la involuntaria pausa:

—¿No hay mozos en Villa Real, que has tenido que buscar en otra villa?

—No lo he buscado yo. Ni tampoco él a mí. Nos hemos encontrado de repente, hermano; y hemos venido arrastrando esta carga sin poder arrojarla de nuestras espaldas.

—Pues en el pecado lleváis la penitencia.

—¿Es pecado que dos mozos se enamoren, Fray Ambrosio?

—Blanca, ¿por qué vienes con esas preguntas a un viejo que nunca ha tenido que hacérselas?

—¿Nunca ha tenido su merced que preguntarse qué es el amor? ¿Cómo nos habla tanto de él en esta misma iglesia de San Francisco?

Se le nublaron los ojos al viejo por una fracción de tiempo, y volvieron a su mente aquellas mismas angustiadas preguntas que con tanto afán había tratado de arrancarse del alma sin contestarlas. ¿Era verdad, al fin de su vida, que el amor de un fraile debía ser para todos sin que fuera para nadie? ¿Había sentido amor hacia alguien a lo largo de toda esa interminable seguidilla de años en Villa Real? Levantó la huesuda mano, sin que Blanca pudiera comprender si para bendecirla o para alejar de la maraña de sus terrores un fantasma, y le dijo, como pesando cada palabra:

—¿Qué quieres de mí, hija?

—Su hermana soy, respondió la muchacha.

—¿Qué quieres de mí, hermana?

—Que me salve o me dé por condenada. Y sepa su merced que nada se resuelve con decirme que Sancho no es para mí.

Ante el asombro de los simples frailes franciscos, mucho tiempo después salieron de la celda, llevando el viejo de la mano a la más bella moza que alguna vez hubiera traspuesto la puerta de su venerable claustro. Pero mayor fue el espanto cuando el prior, despedida la muchacha a la salida del convento, pidió su bastón y compañía para ir a Miguelturra.

* * *

Los hermanos franciscanos, los monjes más humanos y alegres de toda la cristiandad, habían llevado a la villa otra fiesta que habría de durar por siglos y se habría de extender a todos los lugares a donde se aventuraran a ir los hijos de Villa Real, aun cuando ya nadie a ellos los recordara. Y era la fiesta de la epifanía, en que los frailes habían logrado que los padres hicieran nacer en sus hijos la ilusión de algo nuevo siempre, por pequeño que fuera: sacaban los niños sus zapatos o sus alpargatas o incluso sus zuecos a la ventana, y se entraban a dormir y a soñar que los mismos reyes que al Santo Niño habían llevado regalos, se los llevarían a ellos también. Y ya no había niño en la comarca que no creciera con la ilusión de que un buen rey algún día habría de traerle algo nuevo, algo bello, algo que de alguna manera se confundiera con los sueños.

Era ya más del medio día de ese 6 de enero cuando Fray Ambrosio traspuso la puerta de Miguelturra. En el alma del viejo todavía se bamboleaba la ilusión. Se fue pues el fraile directamente a la casa de Álvar Gómez de Piedrabuena. Las callejas del pueblo conservaban las señas del incendio y la destrucción que allí habían sembrado los hombres de Villa Real, y mientras el monje caminaba, las paredes, los techos, y hasta las baldosas le hablaban de angustia, de tristeza y de rabia, pero no de resignación.

Cuando pasó finalmente el zaguán de los Gómez de Piedrabuena, el hermano Ambrosio sudaba copiosamente, tanto por la caminata como por la nerviosidad. No se imaginaba cómo podría iniciar esta peligrosa plática con un enemigo jurado de su villa. Pero tampoco tenía idea de la imponente aura con que su vejez y su bondad se le habían adelantado. El calatravo, que se encontraba al fondo del gran patio, se acercó a saludarlo con deferencia y lo invitó a pasar al corredor, junto a una mesa.

—Lo que a su merced le faltaba para ser santo, le dijo tratando de besarle la mano, era hacer un milagro. Pero veo que ya lo ha hecho, visitando a los pobres de Miguelturra.

—Regálame un vaso de agua, hermano Álvaro, atajó nervioso el franciscano.

—Con vino y queso manchego he de festejar la ocasión, respondió el de Miguelturra.

—Agua, hermano, sólo agua, por favor.

—Pues que así lo quiere su merced...

La tarde empezaba a caer y había refrescado bastante cuando la plática entre aquellos dos hombres tan desiguales terminó. En las arrugas del rostro el hermano Ambrosio llevaba pintada su profunda preocupación. Junto al zaguán lo despidió Álvar Gómez, pero ya sin muestras de cordialidad. Salió el fraile cabizbajo. Apenas fuera del poblado lo esperaba Sancho.

—No conviene que veas a tu padre ahora, le aconsejó. Talvez no estaría mal que te ocultaras por un tiempo.

—¿Adónde voy, hermano?

—A donde sea, pero ni en Miguelturra ni en Villa Real puedes estar.

Arrancó él joven hacia el sur y el fraile siguió con su compañero hacia la villa. Cuando ya faltaba poco para que llegaran, los pasó la carreta de Shamuel que también llegaba de Miguelturra.

* * *

La nevada de ese año fue especialmente copiosa. No era frecuente que nevara en la villa, pero cuando esto sucedía, era motivo de júbilo para todos. Sentían que el aire frío que penetraba en sus pulmones les renovaba la sangre, y salían todos a recibir aquella bendición blanca que tanta humedad honda dejaba en las entrañas de sus campos. Pero los que más gozaban eran los niños, que salían a las calles a correr y saltar y a tratar de atrapar en sus manos uno por uno aquellos lentos copos que se balanceaban ante sus ojos como melodías de cristales juguetones que solamente ellos pudieran comprender. ¿No llevarían en sus venas estos pequeños villarrealengos los recuerdos de las frías montañas de donde un día habían bajado a pelear por su tierra los tatarabuelos de sus padres?

Entre la nieve salieron los pastores a resguardar sus rebaños; y así salieron también los hijos de don Rodrigo Velasco; y de igual manera salieron los nietos de don Pedro Morales, y los de Gonzalo Fernández y los de Hernán Pérez, cada quien a velar por las cosas de su oficio.

En la iglesia de San Francisco se encerraron los frailes a rezar: el prior les había suplicado que, postrados en el suelo, entonaran un miserere por su alma pecadora y por una necesidad muy especial de la villa. Apenas terminaban cuando se oyeron como truenos en la paz de la nevada los golpes con que alguien aporreaba la puerta de la calle. Se levantó persignándose el hermano portero, mas el prior lo detuvo con una señal, y él mismo se dirigió a la puerta. Abrió, y frente a él se erguía, envuelto en una gran zamarra y tocada su cabeza con un gorro de piel de conejo, don Remondo Núñez.

—Pasa, hermano, le dijo fray Ambrosio, y que sea la paz contigo en esta casa.

—Ninguna paz puedo yo tener si no me explica su merced qué razón puede tener un honrado vecino de esta villa para estar de visita con nuestros enemigos.

—Los hermanos menores no tenemos más que hermanos.

Se quedó unos momentos pensativo don Remondo, talvez para aplacar las blasfemias y maldiciones que se galopaban ya sobre su lengua, y luego, como haciendo un esfuerzo supremo para cambiar de tema, preguntó:

—¿Es verdad que Blanca, mi hija, estuvo aquí a ver a su merced?

Sin titubear ante la esperada y tan temida pregunta, el fraile contestó:

—Es la verdad.

—¿A confesión?

—No.

—¿Podemos hablar, entonces?

—Nuestro secreto no cubre solamente la confesión sacramental.

Aquí encontró el buen fraile la ocasión de tomar la iniciativa. Y así continuó:

—Dime, hermano, ¿de verdad eres cristiano?

—¡Vaya pregunta!

—¿Lo eres?

—Por la fe cristiana vinieron de Castilla mis mayores a estos lugares que no eran más que yermos expuestos al peligro de los moros.

—¿Por qué, entonces, guardas odio y rencor para otros cristianos?

—Lo que hice en Miguelturra fue marcar un alto. Desde entonces nos han dejado en paz.

—Pero los sigues odiando.

—¡No es verdad!

—Dime, hermano, aquí, en la paz de este sagrado claustro, ¿cómo verías el matrimonio de una hija de Villa Real con un mozo de Miguelturra?

Se agachó don Remondo y se tomó la cabeza entre las manos. Cuando al fin contestó, había un fuego maligno en su mirada:

—¡Solamente un fraile puede pensar en algo tan horrible! ¡Guárdese su merced de andar metido en algo que pueda llevarnos a todos al infierno!

Un frío helado recorrió la espalda del hermano Ambrosio; se levantó para acompañar a Núñez a la puerta, mas éste ni siquiera volvió la mirada para despedirse. Sobre la nieve que seguía cayendo, quedaron sus huellas hondamente marcadas.

* * *

No tardó mucho en comenzar el deshielo. De los aleros, las tejas arrojaban cascadas de carámbanos que en complicados arpegios las amarraban al suelo. El frío arreció. En los establos fue necesario prender fogatas, donde los vaqueros calentaban agua para entibiar las ubres antes de ordeñar, con las manos ateridas; pero al terminar, salían a respirar aquel aire helado que convertía sus narices y sus bocas en alegres chimeneas, mientras comentaban entusiasmados:

—¡Ah, qué bien se siente este hielo dentro de las venas!

—Se aviva el seso aunque se duerman los pies.

Y siguieron entrando a la villa los cántaros de leche, las cargas de quesos, y hasta los odres de vino.

Don Rodrigo de Velasco mandó a sus hijos que pusieran depósitos de miel diluida en agua frente a sus colmenas.

—Las abejas se mueren de hambre en este tiempo, y no de frío, les explicó. No hay flores. Pero si les damos su comida, vivirán.

—La gente se ríe de nosotros, padre.

—El que ríe al último, ríe mejor.

Hasta que al fin, volvió la primavera, aquella breve y agresiva primavera de la llanura. Volvió con su explosión de hojas y de flores y de canciones.

Pero al cortijo de los Núñez, Blanca ya no volvió. Su padre, aprehensivo y receloso, le había puesto como prisión las murallas de la villa. Y allí languidecía la joven, recordando y cavilando. Cada relincho, cada trote, cada raspón de cascos sobre la calle de Toledo la hacía estremecerse; corría a la ventana o al portón para atisbar. Pero cada salida solamente aumentaba su tormento.

Una mañana, acabando de salir su padre para la diaria cabalgata por sus alquerías, sonó con furia el aldabón del zaguán. Corrió Blanca, haciendo señas a su ama para que se quedara en la cocina; abrió el portón, y apenas reconoció a un hijo de Shamuel de Chinchilla que le decía:

—Mi padre trajo esto para su merced. Me dijo que esperara a que saliera don Remondo.

—Espera, respondió la moza, tomando en sus manos aquel objeto que no parecía más que un papel doblado. ¡Espera!

Corrió a la alcoba de su padre, presa de profunda agitación. Luego volvió al portón y, poniendo en la mano del niño una moneda, le rogó:

—¡No digas nada a nadie!

—No diré nada, contestó, y ya se encaminaba a la judería, cuando la muchacha lo alcanzó para pedirle, agitada pero cautelosa:

—Ven mañana, a la misma hora.

—Aquí estaré.

Se encerró Blanca en su habitación y se puso a descifrar aquellos garabatos que con tanta paciencia le había enseñado Antonio Pérez. Cuando logró comprender el contenido de la fatal misiva, se puso una toca negra en la cabeza y salió volando para San Francisco, donde pidió confesarse con el prior. Mientras esperaba, repasaba suavemente las yemas de sus dedos sobre la magia de aquella última palabra: Sancho.

Pronto apareció por el lado de la sacristía la espigada figura del hermano Ambrosio, quien, sin detenerse para nada, pasó junto a Blanca y se escurrió por la puerta del confesionario. Se levantó presurosa la joven y siguió al fraile, secándose las lágrimas.

Luego de la introducción de rutina, habló el hermano Ambrosio, temblándole la voz:

—¿Cuáles son tus pecados, hija de Dios?

—Acúsome, padre, de haber dudado de su merced. De haber pensado que me hubiese traicionado con mi padre.

—Los pecados son contra el Señor, no contra sus servidores, cortó en seco fray Ambrosio.

—Acúsome, padre, de seguir enamorada de Sancho, a pesar de que mi padre me ha encerrado por él.

—¿Lo sabes, hija?

—Lo siento en sus pasos, en sus vueltas, en sus miradas.

—No hay desobediencia en lo que no te han mandado.

—Acúsome, padre, de que va a casarme su merced con Sancho sin la voluntad de mi padre.

—¿Qué dices?

—Me ha escrito, hermano. ¡Me ha escrito! Y vamos a escaparnos de aquí, pero casados. ¡Y va a casarnos su merced!

—¡Santo Dios! ¿Te has vuelto loca?

—No, hermano, aquí junto a mi pecho tengo la carta. Y si su merced no nos casa, nos iremos a vivir en pecado para siempre.

—¡Calla, que estás en la casa de Dios!

—¿Lo hará su merced?

—¿Cuándo?

—El Domingo de Resurrección.

—¡Imposible! ¿Qué no sabes que es fiesta? ¿Y que tengo que estar con todos los hermanos en la Misa Mayor?

—Nos casará en la madrugada, apenas más allá de la tejería en el camino de Alarcos. Estará a tiempo de vuelta.

—¿Y si tu padre se entera?

—No se enterará.

Ya no replicó el buen fraile, sino que se puso a murmurar fórmulas en latín.

Blanca sabía que el prior de San Francisco tenía a esa hora levantada la huesuda mano; y esta vez estaba segura de que era para bendecirla.

Salió Blanca atropelladamente, haciendo una reverencia ante el altar de San Francisco, cuya imagen se encontraba cubierta, como todas, por la celebración de la cuaresma, y se fue a su casa tan rápidamente como pudo y se encerró en su cuarto, y allí sobre el pedazo de papel que habría de dar al hijo de Shamuel, escribió, como si fuera una sentencia, una sola palabra: Sí.

* * *

Era Domingo de Resurrección, mas las campanas de San Francisco doblaban a muerto. La gente corría alarmada por todas las calles de la villa, sin comprender el sentido de aquellas campanadas tan dolorosamente tristes en la fiesta más grande de la cristiandad. Cada quien trataba de escuchar de la mejor manera las explicaciones que saltaban de boca en boca mientras se acercaban al convento de los hermanos menores.

—Que Blanca se escapó de su casa para irse con Sancho.

—Y que los judíos le avisaron a don Remondo.

—Que no, que él la vio y la siguió.

—Que el hermano Ambrosio los casó en la tejería.

—Que no, que iba a casarlos y no pudo llegar.

—¿Y dónde está el hermano?

—En el convento. Muerto.

—¿Por qué?

—Don Remondo iba a atravesar a la hija con la espada, y se interpuso el hermano, y los mató a los dos.

—¡Ah, maldito, mil veces maldito demonio!, se oyó que gritaba en la puerta del convento doña Elvira de Velasco.

—¿Y qué fue del cobarde calatravo, que no fue capaz de defenderlos?, preguntó un muchacho.

—¡Se habrá ido a refugiar a Miguelturra con su padre!

—Que no, que está muerto él también. Que lo mataron los hombres de don Remondo.

El murmullo de la multitud fue creciendo, y ya era una gritería que daba miedo, cuando de repente se hizo un gran silencio: de por el rumbo de San Pedro apareció un jinete blandiendo en su mano una espada empapada en sangre. Se abrió la muchedumbre para darle paso, y se llegó lentamente el caballero hasta la puerta del convento, se apeó y se arrojó al suelo, y por toda la villa se oyó su pavoroso lamento:

—¡Ay, Blanca, hija! ¡Ay, hermano bueno! ¡Maldita sea mi alma para siempre!

Al reconocerlo, doña Elvira de Velasco hizo un movimiento como para lanzarse sobre él, pero al verle los ojos salidos en un gesto de suprema desesperanza, se detuvo, y volvió la cabeza para reclinarla sobre el brazo de su marido y llorar en silencio.

La multitud, como si la moviera un impulso uniforme, empezó a desfilar hacia la Puerta de Alarcos, y por allí siguió, hasta llegar a la tejería, de donde sacaron dos vigas que sembraron en forma de cruz sobre la gran mancha de sangre. Allí habría de quedar ese recuerdo por incontables generaciones.

Del hombre que había quedado a la puerta del convento, nadie volvió a saber nada, ni a nadie volvió a importarle. Y en aquella tejería de don Pedro y de Beltrán, nunca volvió a encerderse la alegre llama de los hornos ni volvió a escucharse una sola canción.

Ratas

En el calor abrasador de aquel mes de junio de 1348, la carreta de Joaquín de Chinchilla era un horno insoportable; pero su avara alma venía regocijada: por vez primera, desde la muerte de su abuelo, había logrado extender su negocio hasta la mora ciudad de Granada, y ahora volvía más rico que nunca, trayendo seda fina para las señoras, y productos del mar, tan raros para las mesas de Villa Real.

Mas, sin él darse cuenta, viajaba en el bajo fondo de la carreta, entre los restos del queso, una vieja rata negra, que a Granada había llegado desde Málaga y que había de sembrar el espanto y la desesperación en la triste villa, que tantas penas había pasado ya para sobrevivir.

Cantando alegremente bajó los despeñaderos de la sierra de Madrona y se encaminó hacia la llanura con la intención de pasar una vez más por las tierras de Calatrava y visitar a sus amigos y clientes de Valdepeñas y, sobre todo, de Almagro, que tan generosamente pagaban sus favores.

Todavía pudo recoger unas monedas que le adeudaban los Carrión de Almagro y vender unas cuantas libras de pescado seco; pero no sentía deseos de detenerse más; algo le empujaba desde adentro para aligerar el paso y llegar a la villa cuanto antes, como si llevara un mensaje de urgencia o como si transportara uno de los tantos objetos vedados que sus abuelos habían escondido entre las mercancías en aquellos azarosos tiempos de su pasado.

—¡Quédate, Joaquín, le pedía su amigo Gabriel de Molina, en cuya casa había pasado la noche.

—Tengo un presentimiento que no me deja, contestó Joaquín. No sé si algo pasa allá en la villa o en mi casa.

—¿Quieres que mi hijo te acompañe?

—No, pero te lo agradezco, hermano, contestó el de Chichilla, y, en una rarísima muestra de afecto, le tendió la mano y luego, como si no pudiera evitarlo, le dio un abrazo.

Se lo quedó mirando el judío de Molina, profundamente extrañado de las acciones de su amigo y, lleno de solicitud, lo ayudó a acomodarse al pescante de su carreta. No habría de llegar el de Chinchilla a Villarreal sin que Gabriel empezara a sentir en su cuerpo el desasosiego que su amigo creía llevar en el alma.

Llegando Joaquín a la villa, se dirigió de inmediato a su casa, junto a la puerta de la Mata. Pasó sin detenerse por el ancho zaguán y entró hasta el patio de las bodegas.

Corrieron a ayudarle a descargar hijos y nietos, mientras él se dirigía a la alcoba, a cuya puerta lo esperaba su mujer, la infatigable Judit. Esta se lo quedó viendo, y reconoció de inmediato que algo extraño le sucedía a Joaquín, y quiso sonsacárselo, pero el marido no hacía más que rascarse con fuerza la espalda y el pecho, como si los tuviera llenos de chinches o de pulgas.

—Pareces afiebrado, le dijo Judit.

—Los desfiladeros y los años se llevan mal, replicó el judío, tratando de esbozar una sonrisa. Pero no le faltaba razón a la mujer: Joaquín realmente sabía que algo se le deshacía por dentro.

—Voy por una saya humedecida para atártela en la cabeza.

—¡Quédate conmigo, señora, que pardea la tarde!, fue la enigmática respuesta del hombre, mientras se la quedaba viendo desde unos ojos ligeramente vidriados por la temperatura que le aumentaba casi visiblemente.

Le tocó Judit la frente, y sintió un escalofrío de terror: a través de las gruesas gotas de sudor, la piel de su marido ardía como una brasa. Y no se dejó convencer más, sino que salió precipitadamente a pedir una olla de agua fresca del pozo y unos lienzos para refrescarle la frente. Y volvió junto a él con pasos apurados, mientras en el gran patio de las bodegas se oía la algazara de la chiquillería:

—¡Que se escapa, que se escapa!

—¡Que ha trepado por la tapia!

—Ahora estará en la cocina de Ana.

—¡Vamos a atraparla allá!

Asomó entonces la cabeza Judit para pedir que guardaran silencio, pero su natural curiosidad le cambió la expresión en la boca, y así les dijo, como no queriendo indagar:

—¿Qué es tanta gritería, hijos? ¡El abuelo está enfermo!

—¡Que ha llegado entre la carga una rata que parece un jabalí!

—¡Pues matarla!, contestó la vieja, perdiendo interés.

Entró nuevamente a la alcoba y recibió de una nieta la aljofaina con agua y empezó a tratar de detener la fiebre. Pero el viejo luchador iba poco a poco cambiando de color y empezando a torcer los ojos, mientras hablaba como entre dientes:

—Se hace noche, noche. Y no hay nadie... ¡Nadie! Búscalas en el fondo de la carreta o en los falsos toldos. Allí. ¡Ah!

—Sosiégate, Joaquín. Sosiégate y prométeme que éste ha de ser el último viaje por esos breñales y por tierras de moros. Tu Shamuel conoce ya todos esos andurriales, y es tan hábil como tú para escoger mercancías y clientes. Y aquí te necesitan para explicar los libros. Esa torre cuadrada que tanto te ha costado, está vacía casi todos los sábados, cuando tú debías atender a la gente que nos quiere y respeta...

Joaquín trató de levantar la cabeza y detener aquel torrente de razones nacidas del temor, o talvez también del amor, pero sintió que algo duro y doloroso le rozaba en el cuello. Hizo señas, y la mujer siguió el movimiento de su mano, para percatarse de que algo le había crecido al viejo por detrás de la nuca y en el cuello, y, con un gran esfuerzo lo levantó, para averiguar qué pasaba, y vio que en las axilas le salían enormes hinchazones, que al tocárselas parecían herir de puñaladas al enfermo.

Salió corriendo la mujer a buscar auxilio y a dar órdenes para que se consiguiera al barbero. En entrar y salir de la alcoba parecía que se le escapaban el aliento y la razón y se le hacía difícil entender el farfullar a veces incoherente de Joaquín:

—Noche. Ya. Queda. Todo queda. Y no hay nada, al fin y al cabo. ¡Vanidad de vanidades!... Y los hijos harán igual. Y nada queda. La sierra queda y el monte y el río y la noche...

—¡Sosiégate, Joaquín, por el Dios de Israel!

Pero la noche había entrado ya, efectivamente, y entre las sombras proyectadas por las candelas, se notaba el jadear cada vez más rápido en el pecho del enfermo, que retorcía los músculos de su debilitado cuerpo, entre los calambres del dolor ya casi sin sentirlo.

Fue una larga madrugada, cuajada de carreras, de gritos y de lágrimas.

Alumbrando el sol del nuevo día, Joaquín, sin volver a verlo, entregó su espíritu, sin saber a quién. ¿A los duendes del camino? ¿A los castaños y a los robledales? ¿A los dueños de las noches en vela contando monedas venecianas? ¿A la remota memoria de Don Juan de Chinchilla...?

Serían las cinco de la tarde, cuando finalmente salió el cortejo fúnebre por la Puerta de Toledo. Acompañaban a Joaquín de Chinchilla no solamente sus gentes de la judería y los amigos de la Puerta de la Mata, sino aun graves castellanos viejos, que para su capote iban pensando cuántos maravedíes se estarían ahorrando con la muerte intempestiva de aquel que por buena parte de su vida los había tenido bajo su poder.

Nadie prestó atención a que Judit de Chinchilla no se encontrara en el cortejo. Se había quedado en casa con dolores en la espalda y en la nuca, que en su familia atribuyeron al cansancio de la terrible noche pasada en vela. Sola en su habitación rumiaba pensativa las últimas palabras de aquel buen viejo con quien por tantos años había compartido la vida. En el calor de la tarde de junio no le extrañó sentirse ella también acalorada. Pero sí le sorprendió escuchar como un lejano gemido en la casa de Ana, su vecina, la de Luis Franco. Creyó que todos sus vecinos, por lo menos los judíos, habrían participado en el sepelio de Joaquín. Quiso ir a investigar, pero no estaba arreglada; y además, sentía un extraño dolor en las axilas, y pensó:

—Anoche no debí estar levantando a mi marido. Viejo estaba, pero todavía pesaba para mis brazos.

Fue a recostarse, escuchando todavía los gemidos en la casa vecina. Y así la encontraron al volver del sepelio sus hijos y sus nietos: recostada en un gesto de infinito dolor, con los ojos salidos de sus órbitas, el cabello empapado en sudor y el color de su semblante ennegrecido y con horribles manchas. Judit ya no hablaba, pero en señas quería hacer que se alejaran, que se retiraran de la alcoba, que se fueran. Y empezó una nueva cacofonía de gritos y lamentos, sin que nadie tomara ninguna acción, hasta que entró la mujer de Diego Moya a poner orden, pidiendo que todos se alejaran de la alcoba.

Una vez fuera todos, Jezabel empezó a cuchichearle al oído:

—Todos los hombres se van algún día, Judit. Y nosotras nos quedamos para seguir la vida, que solamente nosotras podemos sostener.

Pero Judit no estaba para escuchar, y trabajosamente se tocaba las axilas y la nuca y la ingle, mientras en su cara se dibujaba una raya quebrada de indecible sufrimiento, y de sus ojos cansados rodaban cuajarones de luz envuelta en pena. Le tomó la mano y sintió que le quemaba, y al mismo tiempo oía como el rumor de alaridos en la casa vecina.

Salió presurosa al patio de las bodegas, y allí, junto a la carreta descargada el día anterior vio a su propio hijo, encorvándose de dolor, y a Shamuel de Chinchilla tratando de levantarlo y empaparle la frente con un lienzo húmedo. Lanzó Jezabel un gemido de irracional horror, pues en ese momento sintió que la casa entera estaba maldita, que los antiguos demonios de su raza habían allí tomado asiento, y salió corriendo, y se llegó a su hijo, y lo sacó a tirones y lo arrastró por el zaguán y, en su desgarradora desesperación, lo metió a la casa de Ana, donde por todo consuelo se encontró con que Ana, la vieja Ana, la judía más vieja y más sabia de Villa Real, estaba muriendo a consecuencias de la mordedura de una rata que había penetrado a su cocina.

Corrió el rumor por toda la judería esa noche, y antes del alba se organizaron para sepultar a sus difuntos, de modo que los cristianos no se percataran y fueran a pensar mal de ellos.

Pero no estaban los cristianos para estarse fijando en lo que les pasaba a los judíos, pues bien atareados estaban ellos con sus propias penas. En el viejo alcázar de Don Ferrando de la Cerda todo era gritar y lamentarse: cinco de sus gentes, entre ellas el venerable viejo Don Martín Muñoz de Toledo, se hallaban presa de los horribles sufrimientos y las espantosas transformaciones de una dolencia que nadie conocía: su cuerpo se había llenado de lunares gangrenosos y de tumores de todos tamaños, y en derredor de sus ojos sólo había una mueca de humanidad espantada, que ni el físico, ni el prior de San Francisco se podían explicar.

Al ocultarse el sol habían fallecido ya tres castellanos del alcázar, y entre sus amigos y deudos se podía palpar el frío de una muerte que se cernía por momentos sobre la villa. Y entre la gente empezó a escucharse la conseja de que en el alcázar algo extraño estaba sucediendo. Así que al día siguiente, fue una verdadera multitud la que, más por curiosidad que por respeto, se congregó cerca de la Puerta de Granada para acompañar a aquellos castellanos importantes que eran conducidos en féretros un poco improvisados hacia la iglesia de San Francisco.

La ceremonia fue breve, pues al P. Prior le avisaron que otras dos personas requerían su presencia para administrar la extrema unción en el alcázar. Así, dejó a los diáconos a cargo del responsorio y se apresuró a ir a prestar sus servicios a los nobles señores que con tanta urgencia lo reclamaban.

—¡Aparta!, les gritó el fraile a unos chiquillos que con palos y piedras corrían tras una rata que huía a toda su velocidad del rumbo de la judería.

—¡Mientras unos mueren otros se divierten!, suspiró el buen padre francisco, mientras sacudía su pardo sayal por el que se había cruzado el escurridizo animal.

Mas cuál no sería su sorpresa al darse cuenta de que en el alcázar ya nadie le escuchaba. La servidumbre había huido aterrorizada y las puertas abiertas le mostraban que en el interior ya a nadie le interesaría su palabra.

Así, en vez de volver a su iglesia, se encaminó a la casa del alcalde, a fin de comentar los sucesos con él. Y no tuvo que caminar mucho, pues a la vuelta de la iglesia de San Pedro se lo encontró, que venía silencioso y preocupado, ya que de toda la villa estaban llegándole ominosos rumores.

—Es el contagio, padre, y algo muy fuerte debemos hacer.

—En este momento he pensado organizar rogativas...

—Algo que sirva ya, bendito padre, algo que pueda detener esta mortandad. No son solamente los señores del alcázar: a todo lo largo de la muralla de levante no se oye más que gemidos. El joven Víctor de Mazariegos ha venido a decirme que cerca de la puerta de Granada hay enfermos casi en todas las casas. ¡Es el contagio, buen padre!

—Pues yo he de volver a San Francisco, y de allí saldremos en rogativas y en penitencia. Vos haced lo que mejor os parezca, señor alcalde, que el tiempo no va para perdido.

No había mucho que pudieran hacer.

El alcalde conjuró a unos pocos vecinos y, con temor de ofender a muchos y no aplacar a nadie, decidió prender fuego al alcázar, ya que en su fantasía había llegado a creer que todo el mal se había originado allí, entre las mohosas sombras del adusto edificio.

Para cuando las llamas se alzaron contra el azul de aquel cielo de junio, a nadie le importaba ya que el mundo entero ardiera, pues por toda la villa se sentía la presencia de algo malo, atroz y siniestro, algo que se abatía, como las alas de una gárgola gigantesca que hubiera de borrar del firmamento aquel clarísimo sol de la llanura.

Al ir cayendo la noche, ante el aumento de brotes de enfermedad por otras partes de Villa Real, los buenos frailes de San Francisco empezaron lo que habría de ser su diario recorrido a lo largo de las murallas.

A morte aeterna...

Libera nos, Domine...

La gente asomaba a las puertas o a las ventanas a ver pasar la procesión de aquellos hombres, que se azotaban las espaldas mientras entonaban las tristes letanías, heredadas de siglos de impotencia, y muchos jóvenes los seguían empuñando hachas encendidas para encontrar su camino.

* * *

Las tareas de los campos y de los negocios se suspendieron para dedicar el tiempo a los enfermos, a los agonizantes y a los muertos. Y éstos fueron siendo cada día más, de manera que comenzaron a enterrarlos amortajados en sus capas y ya sin cajas y a veces hasta sin la bendición de los sacerdotes, pues ellos también estaban siendo barridos en la misma polvareda que su amedrentada grey.

Julián de Mazariegos tenía 36 años. Pero no se sentía viejo, pues lo alentaba la ilusión de aquellos campos que, finalmente, le estaban respondiendo: había trigo en el granero y una buena manada de borregas en la alquería, y ya negreaban las uvas en el viñedo. Pero esa tarde, después de ayudar a sepultar a unos vecinos de la Puerta de Granada, sintió como una oleada de frío en pleno junio, y decidió reposar un rato antes de ir a encerrar las ovejas en el redil. Mas no tardó mucho en acometerle una fiera punzada en la axila derecha, como si algo se le hubiera roto por dentro, y llamó a su mujer para que le aplicara una untura de sebo de vaca para aliviar la tensión del cansancio.

El dolor no cedió, antes al contrario, fue en aumento; luego fueron aflorando las terribles manchas y los tumores. Detrás del cortijo, donde Julián había empezado a cavar para abrir un pozo, ahora brotaba un arroyuelo de agua tan limpia que se veían las piedrecillas del fondo. Arrojó a un lado el azadón, y se puso a beber de aquella agua tan fresca, y luego se le ocurrió llevarla en acequias por todo el campo de trigo, que ya levantaba las orgullosas espigas de oro bajo el sol del estío. Y de repente brotó de lo hondo de su pecho un grito desgarrador:

—¡Dile que se vaya! ¡Que se vaya de aquí! ¡Dile a Víctor que se vaya! ¡Que no me toque! Dile por favor que no me toque. ¡Víctor!

Solícita y asustada se acercó su mujer y trató de secar con su delantal el torrente de lágrimas que rodaba por aquellos surcos de su cara, tan empardecidos ahora como los de su tierra.

—Descansa, Julián…

—No. Mándalo a Mecerreyes, más allá del Duero. Allá en los montes queda la casa de mis antepasados ... y unas cuevas y un arroyo que me contaba mi abuelo...

—Descansa, Julián, que tu frente está ardiendo.

—Dile que no pierda la tierra. Que le pague a Shamuel de Chinchilla lo de las borregas y lo de la semilla. Pero que no pierda la tierra, que es de él.

—Tu hijo tiene doce años, Julián.

—¡Que no me toque!

Apretó dolorosamente los ojos como para alejar una visión que le espantara, pero ya no los pudo abrir. Y Clara empezó a sollozar casi en silencio, porque sabía que también ella estaba condenada a morir, talvez ese mismo día, pero antes tenía que cumplir el encargo de Julián.

Víctor era ya un mocetón bien desarrollado, curtido en los trabajos de los campos, donde su padre le había enseñado todo lo que él sabía. Aunque apenas pasaba de los doce años, sabía ya de responsabilidades y de compromisos. En ese momento estaba en el gran patio que sus abuelos y su padre, y sus bisabuelos antes que ellos, habían ido poco a poco arreglando para hacer de ella la casa que el primer Julián había venido persiguiendo desde las montañas de Mazariegos.

Se detuvo un momento Clara a meditar. Lo quedó viendo, allá, sentado sobre el brocal del pozo, y sintiendo que en la tardanza podría heredarle la muerte, le gritó desde la ventana de su alcoba:

—No subas, Víctor, y escucha lo que tengo que decirte.

—Voy, madre.

—Te he dicho que no.

—Quiero ver a mi padre.

—Donde estás, escúchame, que es la voluntad de tu padre. Has de ir a la alquería. Allí, antes de entrar al cortijo, desvístete de todo y quema toda tu ropa. No te dejes nada encima. ¡Nada! Ve en seguida al pozo, saca agua, mucha agua, y lava todo tu cuerpo, fregándolo con arena o con tierra o con guijarros. Entra luego al cortijo y vístete la ropa que allí guarda tu padre, aunque te quede mal.

—Madre, yo quiero hablar con mi padre.

—No me interrumpas, Víctor, y haz como te digo, antes que empiece a faltarme el aliento. Al fondo del cortijo hay una piedra negra; arráncala, que debajo de ella ha guardado tu padre las monedas para pagar al judío. Amárratelas pegadas al jubón.

—Madre, tú por algo lloras, y está entrando ya la noche y no me dejarán pasar la puerta.

—Nadie la guarda ahora, hijo. ¡Ya no hay puertas en Villa Real!

—¿Cómo podré ver en la oscuridad dentro del cortijo?

—Lleva unas velas de sebo de mi fogón. Y carga en la mula del molino todas las cosas de comer que puedas. Duerme allí en la alquería y mañana, al alborear, monta el caballo de tu padre y huye, hijo, huye. Que no te vea nadie. Que no te alcance nadie.

—¿Adónde voy, madre, sin mi padre y sin ti?

—Hacia los Montes de Toledo. Pero no entres a los pueblos. Y sigue huyendo lejos, lejos, hijo. Y no vuelvas, hasta que no seas grande. Entonces, ven y recupera tu tierra, la tierra de tu padre, y vuélvela a hacer buena, como la hizo él.

—Dile a mi padre que le digo adiós.

—Ya se lo he dicho, hijo. Pero él no puede hablarte.

—Voy a darte un abrazo.

—No hijo, que llevo dentro de mí la muerte. Anda, empieza a moverte, y por amor de tu padre, no olvides la tierra.

Agachó Víctor la cabeza, como la agachan las gentes que han vivido ya mucho. Apagó con violencia un rugido que le salía del corazón. Y se puso a caminar tras su destino.

* * *

En el aire caliente del anochecer se sentía ya la cadencia derrotada de los hermanos franciscos:

> A peste et metu.
> Libera nos, Domine.
> Peccatores.
> Te rogamus, audi nos.

Lejos, junto a la Puerta de la Mata, en el gran patio de sus bodegas, Shamuel de Chinchilla estaba quitándole a su carreta el toldo para darle amplitud y facilidad para cargar y descargar. Al amanecer del día siguiente empezaría su nueva tarea: por una moneda, o una túnica, o un odre de vino o por cualquier cosa que la gente pudiera darle, cargaría en su carreta los engangrenados cuerpos de los villarealengos y los sacaría a tirar al campo, en las zanjas que sus hermanos y sus hijos irían abriendo y cubriendo sin más ceremonia.

* * *

Por las puertas de la villa empezaba ya la gente a abandonarla, sólo para encontrarse con otras gentes que venían por los caminos a buscar refugio del terrible mal. Los tristes ojos de unos trataban de soslayar las angustiosas miradas de los otros, y de engañarse pensando que no habían visto a nadie. Y Villa Real se fue muriendo poco a poco.

Ya ni siquiera había quien avisara de los muertos. A los vivos les causaba terror pensar en la tremenda soledad en que los muertos los iban dejando.

Por las calles correteaban las ratas...

Una tarde, un romero que iba de Malagón a Santa Cruz de Mudela se detuvo a las afueras de la villa para contemplar cómo dos viejas se jaloteaban empeñadas en apoderarse de algo. Se acercó, y vio que trataban de arrancarle las monedas que un judío, muerto al pescante de su carreta, llevaba amarradas en el capote. El romero suspiró, y siguió su camino.

* * *

Para noviembre empezaron a soplar los vendavales. Y a principios de diciembre llegaron las heladas.

El frío del aire y la necesidad de un poco de sol obligó a los sobrevivientes de la villa a salir a los campos. Y entonces se dieron cuenta de que, aunque pocos, todavía tenían un lugar donde vivir y unos cuantos compañeros con quienes compartir lo que les quedara para compartir.

Por la Puerta de Calatrava salió don Alfonso Moreno con su hijo Pedro. Caminaron sin ton ni son, para conocer los estragos que en los campos hubiera hecho la peste, y así, fueron llegando a la alquería de su amigo, el difunto Julián de Mazariegos. Sin pedir permiso, se acercaron al cortijo, y bien grande fue su sorpresa al darse cuenta de que algo o alguien vivía en el lugar: había estiércol fresco en el redil y de la chimenea parecía salir humo. Así, pues, se acercaron más, y habrían traspuesto la cerca de no escuchar por detrás de ellos el ruido amenazador del roce de metal. Se volvieron, y se encontraron de cara a un joven serio y adusto que les cubría con un espadón.

—Perdonará su merced, pero ésta es la tierra de mi padre y nadie puede entrar sin mi permiso.

—Pero si eres tú, Víctor, atajó el menor de los Moreno.

—¡Don Alfonso!, gritó Víctor, entre alegre y temeroso.

La peste había enseñado a todos a respetar ciertas distancias, y aunque Víctor no sabía con detalle cómo ni por qué se había salvado él o cualquiera de sus interlocutores, repiqueteaba en sus oídos el mandato de su madre: «Que no te alcance nadie».

Le ardían en la punta de su lengua las preguntas, pero había aprendido a callar y a estar atento. Vio cómo Don Alfonso observaba todo con cuidado, como queriendo poner cada cosa en su orden y lugar.

—¿Mis padres?, arriesgó al fin Víctor.

—Podrás vivir con nosotros...

De repente se dio cuenta de que todo era verdad. Que los meses de congoja y de meditación solamente le podían haber traído esta respuesta. Y entonces supo que era un hombre ya.

—¿Cómo está la villa, don Alfonso?

—Muerta, hijo. Pero la podemos levantar otra vez. Los que quedamos. ¿Qué has hecho aquí?

—Mi madre me mandó a los Montes de Toledo, pero me dolieron las borregas y me quedé a cuidarlas. Y he cuidado también un poco el campo; y algo de queso he podido hacer también... de las cabras. Y todos los días he hecho lo que ella me dijo.

—¿Qué te dijo?

—Lavar mi cuerpo y fregarlo.

Quedose meditando unos momentos don Alfonso. Poco a poco se le fueron aclarando los recuerdos de todos esos tristes meses, y volviendo lentamente la cabeza, se dirigió a su hijo, como para hallar confirmación de sus cavilaciones, y le preguntó:

—¿Qué es lo que ha estado diciendo tu madre, Pedro?

—¿Sobre qué, padre?

—Hombre, pues sobre lo que hemos de hacer todos los días.

—Ca, padre, que lo mismo. Que lavar todo; que lavar hasta los pisos de la casa.

—¡Y vaya que ha llevado razón! ¡Bendita sea! Ahora pienso una cosa. Y tú has de ayudarnos, hijo de Mazariegos.

En el prado, junto a la iglesia de Santa María, lograron reunir a todos los sobrevivientes. Y, como un siglo atrás su antecesor, les habló don Alfonso Moreno a sus compañeros de aventura. Y tan bien les habló, que les devolvió la ilusión de su villa. Y esa tarde se levantaron de las calles y por las puertas las columnas de humo con que los villarrealengos despedían el pasado y se encaraban nuevamente con el porvenir.

Lavaron las puertas y las ventanas, las ropas y los utensilios; quemaron las camas, las sillas y casi todas las cosas de madera. Lloró doña Elvira de Morales al ver arder en la plazuela de la Puerta de Alarcos el antiguo bargueño de su abuela. Y se aferraba a su mantón de seda doña Catalina de Álvarez; pero lo que podía arder, ardía, y solamente dejaban aquellos implacables testaferros de don Alfonso las prendas más necesarias para reiniciar la vida. Y se pusieron a blanquear las paredes de las casas y el interior de las murallas. Y en esto trabajaron todos, niños y viejos, hombres y mujeres, cristianos y judíos.

* * *

Volvieron los pastores a arrear sus rebaños por la gran llanura, hasta los Montes de Toledo.

Se llenaron de miel otra vez las grandes tinajas traídas de Chinchilla y de Mota del Cuervo.

Desde los hornos del rey volvió a poblar el aire el aroma del pan que horneaban las González y las Fernández.

Y volvió a escucharse el tableteo de los zapateros judíos, y las canciones que acompañaban las vueltas del huso de las tejedoras de lana, y el ritmo de martillos sobre el yunque de los herreros que habían aprendido sus oficios en Toledo...

Y los campos, sembrados de trigo, aprendieron una nueva canción.

Y se fueron del brazo, por casi otro medio siglo, los Morales y los Franco y los Mazariegos y los Díaz y los Moreno y los Moya y los Chinchilla ... Después de la gran peste eran hombres nuevos, fuertes como los troncos de sus montes, y recios como la infinita llanura, que no acababa hasta comenzar a treparse por la Sierra Morena...

* * *

Por otras lejanísimas montañas pobladas de verdes pinares, al otro lado del gran mar, de ese mar que los villarrealengos todavía no conocían, llegaba entonces un pequeño grupo de hombres morenos, de ojos pequeños y relampagueantes, a las orillas del valle que había dejado lleno de embrujos y misterios un antiguo lago. Su guía llevaba pintada sobre el pecho la silueta de un búho. Al contemplar el ensueño de la gran hondonada entre cerros, se amarró con sus amigos a los troncos de los robles, para anunciar al mundo que allí sería su casa para siempre... Un día sus hijos mezclarían su sangre con la de aquellos recios castellanos que perdonaran las ratas a orillas del Guadiana...

La reina

Hacía más de cincuenta años que el rey don Juan había dado a la villa un nuevo título: el de muy noble y muy leal ciudad de Ciudad Real.[16] ¡Finalmente había llegado a ser ciudad! Pero, en medio de tantas tristes vicisitudes, muy pocos habían pensado mucho en el orgullo y la satisfacción que el nuevo título comportaba.

Mas ahora corrían vientos nuevos en Castilla, y la ciudad estaba llena de agitados comentarios. Acababa de morir el rey Enrique[17] y la mayoría de los pueblos de Castilla se había adherido a su media hermana, la princesa Isabel,[18] para proclamarla reina. Y, según los mensajeros que a diario entraban a la ciudad, ésta sí que era toda una reina. Para celebrar su coronación, se adornaron las calles con ramas y flores, y se echaron a vuelo las campanas y se cantó el *Te Deum* en todas las iglesias.

Mas luego se supo que el rey de Portugal había invadido las tierras de Castilla para deponer a la reina; y que el rey don Fernando estaba sosteniendo una tremenda batalla en Toro... y que la reina, su reina, necesitaba ayuda.

Sin pérdida de tiempo se reunieron los jóvenes en la plaza junto al prado de Santa María y decidieron mandar un centenar de caballeros en auxilio de doña Isabel. Ofrecieron los Guerra los mejores caballos de su alquería; don Gil Moreno ofreció un arsenal de ballestas que guardaba en su casa, herencia de sus bisabuelos; Pedro de Mazariegos, dos mulas cargadas de víveres; Alonso de Velasco, tres carretas...

Cuando todas las promesas estuvieron cumplidas, se presentó un imponente panorama frente a la Puerta de Toledo: allí estaban los más aguerridos

---

16 *Ciudad Real*: en 1420, Juan II le otorga a la villa el rango de «Muy Noble y Leal Ciudad Real», pasando desde entonces a llamarse Ciudad Real.

17 *Enrique IV de Trastámara*: (1425 – 1474). Rey de Castilla y de León entre 1454 y 1474, hijo de Juan II y de María de Aragón, y hermanastro de Isabel la Católica.

18 *Isabel I de Trastámara o Isabel la Católica*: (1451 - 1504). Hija de Juan II de Castilla y de su segunda mujer, Isabel de Portugal (1428-1496). Reina de Castilla y León desde 1474 hasta 1504, también reina consorte de Sicilia desde 1469 y de Aragón desde 1479.

mozos de Ciudad Real, armados de lanzas, espadas, picas y mazas, dispuestos a lanzarse a la batalla por su reina; y con ellos marchaban pastores y labriegos convertidos en boyeros y asistentes de a pie, todos con el mismo ímpetu y la misma decidida determinación: defender a Isabel.

A la cabeza de la columna iba Hernán Pérez del Pulgar, el hijo mayor de Antonio. Sobre su escudo, que empuñaba como un estandarte, había mandado grabar las palabras: «Tal debe el hombre ser, como quiere parecer». Sus antepasados lo habían ido preparando para este momento: era diestro en la carrera a caballo y en el manejo de las armas; era decidido y arriesgado; había aprendido a leer desde niño, y tenía una verdadera pasión por escribir. De hecho, en cuanto se supo en Ciudad Real de las dificultades de los reyes, le escribió a la reina ofreciéndose, aun antes de conocerla, a ser su defensor infatigable.

Esa mañana, frente a las murallas de su ciudad, y ante la mirada orgullosa de sus coterráneos que atestaban las torres y las almenas, le tocaba a él dar la señal de partida. Apoyándose en los estribos de su montura, alzada la visera del morrión, levantó en la diestra la espada y en la siniestra el escudo y exclamó con un grito emocionado:

—¡Por la reina!

—¡Por la reina!, contestó la multitud de guerreros y espectadores.

Luego hizo una seña a su compañero de la derecha, y entonces Pedro de Mazariegos se quitó el antiguo cuerno que llevaba prendido al pecho, y lo hizo resonar con tanta gallardía, que pareció traspasar el azul de aquel cielo de su tierra, como si fuera la hora de la victoria. Y entonces se pusieron los guerreros en marcha rumbo a las fronteras.

* * *

Era entonces maestre de Calatrava el joven Rodrigo Téllez Girón, y se encontraba en Almagro en una reunión con sus comendadores. Los había convocado con motivo de la guerra que en ese momento los reyes de Castilla sostenían con don Alfonso de Portugal.[19] Después de largas deliberaciones, el maestre pidió silencio para presentar una propuesta, que astutamente se había guardado para el momento en que su decisión de aliarse con los enemigos de la reina estuviera en peligro de ser rechazada.

—¡Señores! Por siglos los reyes de Castilla han sostenido en territorio nuestro una villa que debería pagarnos tributos y rendirnos homenaje. Últimamente hasta la han convertido en ciudad. Ahora está sin defensores, pues sé de seguro que han mandado refuerzos a Isabel y Fernando. Yo os digo: ¡Ataquemos y tomémosla ahora, y serán los ciudadrealengos nuestros vasallos para siempre!

Un estruendoso aplauso retumbó en la sala. La idea de penetrar en

---

19   *Alfonso V de Portugal*: apodado el Africano (1432 - 1481) duodécimo rey de Portugal. Fue el hijo mayor del rey Eduardo I y de su esposa, la infanta Leonor de Aragón.

Ciudad Real y cobrarse la humillación sufrida tiempo atrás, cuando ardió el castillo de Miguelturra, no podía haber caído en corazones más dispuestos a aceptarla. Y buen trabajo le costó al maestre acallar sus vociferaciones para continuar con su propuesta. Cuando al fin hubo silencio, Téllez Girón prometió:

—Para ayudarnos estará la guarnición del Castillo de Calatrava.

—Pero, señor, no podemos dejar desguarnecido ese lugar, que es nuestra fortaleza contra los moros, señaló el comendador de Caracuel.

—Podéis tener razón, replicó el maestre. Enviaremos mensajeros para ordenar que se redoble la vigilancia, mientras la mitad de sus caballeros está con nosotros en la toma de Ciudad Real.

* * *

No habían pasado más de dos semanas de la partida de los mozos ciudadrealengos al campo de la reina, cuando el vigía de la Puerta de Granada divisó la ominosa columna de calatravos por la llanura.

—¡Al arma, al arma!, se puso a gritar espantado.

Se apresuraron los que pudieron a tomar posiciones en las torres y junto a las almenas y a cerrar las puertas. Mas el pánico y la consternación se apoderaron de toda la ciudad, y solamente al viejo don Gil Moreno se le ocurrió que se enviara mensajeros con los caballos más veloces que quedaran, para llevar la noticia del ataque a los campamentos junto al Duero.

Pero ya era demasiado tarde. Aunque los dos mozos lograron escapar milagrosamente por la Puerta de Toledo, la ciudad quedó rodeada por todas partes, sin que los ciudadrealengos pudieran hacer nada para encontrar socorro.

Resistieron valerosamente, sin embargo; y no cesaron de causar bajas en el campo calatravo sus afamados ballesteros y los pocos arqueros que no habían partido con Pérez del Pulgar.

Mas una noche se abrió casi imperceptiblemente la Puerta de la Mata, y por la hendija se escurrió una figura encorvada, que se dirigió, levantando una saya blanca, a los primeros vigías que encontró. Éstos lo condujeron a la tienda del maestre, firmemente resguardada frente a la Puerta de Santa María. Téllez Girón se levantó molesto; pero al saber de quién se trataba, se interesó de inmediato y ordenó que lo hicieran pasar. Al terminar la breve conversación, el visitante se despidió cortésmente del maestre, no sin repetir el motivo más importante de su plática:

—Os aseguro, señor, que si atacáis ahora, la puerta se os abrirá sin ninguna dificultad.

—No me traiciones, judío, que esta batalla la tengo ganada; y no quedará vivo uno solo de los de tu raza si lo que me dices es mentira.

—No, señor, que es la verdad. Sólo os ruego que seáis clemente con mi aljama, allí junto a la Puerta de la Mata.

A esa misma hora reunió el maestre su consejo de guerra, y sin más averiguaciones, levantaron el campo con el mayor sigilo y arremetieron sobre la desdichada puerta, que cedió sin resistencia. Y entre la gritería y el llanto, se escucharon los insultos de los calatravos a la ciudad y a la reina, y por todas partes empezaron a levantarse gigantescas lenguas de fuego, mientras los enardecidos vencedores acometían a lanzadas a mujeres y viejos que correteaban apurados tratando de esconderse como pudieran y de resguardar lo que quedara de sus propiedades.

El sol de la mañana encontró una ciudad vencida y escarnecida. Por sus calles se paseaban los calatravos jactándose de su triunfo y lanzando miradas amenazadoras a cuantos por necesidad se atrevían a salir de sus casas.

* * *

Cuando los mensajeros de Ciudad Real llegaron al campamento de los castellanos frente a Toro, la noticia se regó por todas las tiendas y llegó hasta don Fernando y, aunque su necesidad de guerreros era grande, pensó que era importante dar una lección a los rebeldes monjes de Calatrava y, luego de consultar por carta con la reina, llamó de urgencia al conde de Cabra para decirle:

—Señor conde: mucho os necesito aquí; mas ya habréis sabido de la gran traición del maestre de Calatrava, que se ha aliado a don Alfonso. Id, pues, os lo suplico, a auxiliar a esa ciudad que él tomó y que es nuestra, y llevad con vos a esos valientes caballeros que de allá vinieron para valernos.

—Vuestro deseo es un mandato, respondió el conde, inclinándose respetuosamente, y abandonó de inmediato la tienda del rey.

La rabia y la alegría se alternaban en los corazones de los ciudadrealengos cuando el conde les habló y exhortó a nombre de sus majestades a emprender el regreso a su ciudad. Con los hombres de Cabra formaron una imponente compañía que sin tardanza se echó a andar por el camino de Toledo.

Avanzando a marchas forzadas, cruzaron el Guadiana pocos días después y se presentaron ante Ciudad Real y la cercaron y comenzaron el asedio. El conde llamó a su tienda a Hernán Pérez del Pulgar, a quien todos los ciudadrealengos reconocían por capitán, y le pidió sugerencias para el plan de batalla.

—Si me lo permite su merced, me haré acompañar de quince amigos de mi ciudad, y esta noche abriremos dos puertas. Le prenderemos fuego a la de Toledo, pero ataque su merced por la de Alarcos, para confundirlos. Mis hombres y yo nos replegaremos hasta la de Granada y allí caeremos sobre ellos con la ayuda de los que están adentro.

—Me parece todo bien; pero, ¿por qué quince compañeros?

—Son mis amigos, señor conde, y hemos jurado ayudarnos unos a otros y seguir juntos en las guerras de la reina, respondió Hernán, perdiendo momentáneamente el aplomo y acusando una mancha de rubor en las mejillas.

Bien oscura la noche, empezó a oírse por varias de las puertas de la ciudad el quejumbroso ulular de los mochuelos. Y como por encanto, resurgió la esperanza y la valentía entre la derrotada gente de la ciudad. En las cocinas empezaron las mujeres a calentar ollas de aceite, que luego trepaban con mil dificultades a las paredes de sus casas. Los hombres aprestaron las armas que les quedaban, y se pusieron en guardia detrás de sus portones, que esa noche dejaron entreabiertos.

De pronto se inició un incendio en la Puerta de Toledo; corrieron hacia allá los vigías calatravos, agitando en su carrera las blancas capas de su orden; pero los mochuelos ululaban por otra parte, y la gente de Ciudad Real no se movió, hasta que no se oyó el grito entusiasmado de don Gil Moreno, quien, viendo saltar al del Pulgar por la Puerta de Granada, exclamó:

—¡Hernán, hijo! ¡A ellos!

—¡A ellos!, contestó Hernán Pérez, mientras se descolgaban por la muralla sus inseparables compañeros. Mientras tanto, por la Puerta de Alarcos, abierta de par en par por los ciudadrealengos, se precipitó la bien entrenada caballería del conde de Cabra, y se inició una cruentísima batalla por todas las calles y las plazas de la ciudad. Las mujeres arrojaban las ollas de aceite hirviendo sobre toda capa blanca que miraban pasar, y parecían tener más furia que los mismos hombres. Al amanecer, las fuerzas de Téllez Girón, enloquecidas y desorientadas, sólo querían encontrar una puerta por donde pudieran salir en vergonzosa retirada.

Cuando todo hubo terminado, llamó nuevamente el conde a Hernán Pérez del Pulgar, con quien habría de mantener una larga y afectuosa amistad, para felicitar en él la audacia y el valor de los ciudadrealengos, y luego procedieron a coronar las torres de toda la ciudad con estandartes de la reina más grande que pasó por el mundo, la Reina Católica, doña Isabel de Castilla. Y aunque había habido tanto dolor y sufrimiento, y aunque todavía tenían que salir a sepultar a los caídos, surgieron de las casas los odres de vino, y se celebró en la plaza y junto a las puertas la gran victoria, que todos atribuían a la sagacidad de aquel que con el tiempo conocerían como Pérez del Pulgar, «el de las hazañas».

* * *

Volvieron los trigales a cubrir las llanuras fuera de Ciudad Real. Y volvieron los pastores a empujar sus rebaños por los montes. Y volvió el olor del tomillo y del azafrán. Y volvieron los aires del sur a acarrear en susurros las canciones de las montañas, más allá de los plateados olivares que ya se extendían hasta alcanzar el horizonte.

—¡La reina está en Jaén!, murmuró una tarde el viento.

—¡La reina está en Jaén!, repitieron los rosales en los jardines de Ciudad Real.

—¡La reina está en Jaén! ¡La reina está en Jaén!

Como impulsados por un mismo afán, los quince amigos saltaron sobre sus caballos y, guiados por Hernán, que acababa de volver de Alhama, tomaron el camino de la Sierra Morena.

Atravesaron el campo de Calatrava y empezaron a subir por aquellos tristes roquedales. ¡Cuántos villarrealengos habían pasado por allí! Cuando empezaron a enfilar rumbo a Jaén, los recuerdos de incontables tradiciones familiares se agolparon en la mente de estos jóvenes, que se adentraban ya en las primeras páginas de una nueva historia, que habría de cambiar la faz de la tierra.

—De por esas sierras vino un día la mora Zoraya, suspiró Juan Morales. En mi casa todavía la recuerdan. Su marido, que fue Dios sabe qué de mi padre, pintó su cara en un ladrillo pulido que todavía guardamos en la casa.

Sus palabras se perdieron en el viento caliente de la tarde. Cada quien llevaba los ojos hundidos en el alma, soñando en Dios sabe qué caminos sin fronteras que habrían de extenderse un día más allá de donde terminaba entonces la imaginación.

Al divisar la ciudad desde la altura, frenaron sus caballos y se dirigieron a ella lentamente.

La reina estaba en Jaén. Y verla y quedar prendado de ella fue una sola cosa para Pérez del Pulgar: lo cautivaron sus ojos verdiazules, sus cabellos de castaño dorado, su nariz ligeramente respingada, su largo cuello rosado; pero, sobre todo, aquel señorío y aquella seguridad con que llevaba de la rienda los destinos de su reino. ¡Ah, si no hubiera nunca entrado a mezclarse con la de ella la sangre extranjera!

* * *

Jaén hervía de nobles y caballeros. Los más famosos capitanes estaban allí. El marqués de Cádiz, don Rodrigo Ponce de León, estaba allí; estaba allí el conde de Cabra; y allí estaba el duque de Medina Sidonia; y con todos ellos estaba Gonzalo Fernández de Córdoba, el Gran Capitán, cuyas hazañas habrían de sembrar el asombro en toda Europa.

Los ciudadrealengos quedaron admirados de ver tanta gente y tantas cosas nuevas; pero les impresionó especialmente la inagotable energía de la reina, quien parecía estar en todas partes al mismo tiempo, dirigiendo, animando, ordenando y hasta rezando.

A los pocos días, recibieron su comisión: tendrían que alcanzar al rey que estaba asediando la antigua fortaleza de Moclín, para poder iniciar el ataque a Granada.

Aunque las ventas estaban repletas, Pedro de Mazariegos convenció a un ventero a que aceptara guardar lugar para sus hijos Luis y Diego, por quienes mandó a Ciudad Real, pues quería que ellos vivieran esa experiencia tan extraordinaria, como era en esos momentos la vida de Jaén. Así que Pedro se quedó unos días, hasta que llegaron: Luis de diez y Diego de doce años. Los encomendó muy especialmente al ventero, y luego partió para Moclín.

* * *

Era Moclín una fortaleza inexpugnable. Sus torres parecían brazos de montaña, imposibles de escalar. Por un lado se levantaban los grandes cerros, y por el otro todavía se deslizaba aquel arroyo que llegaba hasta el Genil, cantando sus antiguos y ya casi olvidados zéjeles.

Juan Morales se puso a contemplar el grandioso espectáculo. Y allá en el fondo de su memoria empezaron a saltar como astillas arrebatadas al tiempo aquellos nombres que por generaciones habían quedado grabados en el alma de su alma: Zoraya, Beltrán, Yusuf...

Pero ya habían los soldados emplazado en la montaña unos monstruos que los ciudadrealengos no habían visto jamás y que habían venido a sembrar el desaliento y el espanto en la comarca: las formidables lombardas[20] que desde la lejanía abrían grandes boquetes en las murallas por donde penetraban victoriosos los temibles infantes castellanos.

Y así cayó Moclín. Y se fueron a Baza; y Baza, la reina de las huertas y de los campos regados, cayó también, y el temido El Zagal entregó humilde sus armas a don Fernando.

* * *

Frente a Granada estaba ya el campo de la reina. Semejaba una ciudad brotada con el alba sobre la vega, como en un cuento de moros. Al campamento frente a la capital de los últimos emires se había trasladado toda la compañía que en Jaén a estado al servicio de la gran señora.

En una de las tiendas, no lejos de la que la marquesa de Cádiz había obsequiado a doña Isabel, se reunían por las noches los hijos de Pedro de Mazariegos con muchos otros jóvenes a escuchar los increíbles cuentos y sueños con que un marino de Génova, en profusión de gestos y de dibujos sobre la tierra, trataba, según ellos, de hacerles agradable la velada.

—Está un poco tocado, comentaban los mayores.

—Pero la reina le ha ofrecido recibirlo y hablar con él, señalaban otros.

---

20   *Lombardas o bombardas*: armas de fuego, antecesoras de los cañones.

—Y dicen que entre los señores hay quienes le creen, observó un viejo extremeño de Medellín, curtido por el sol.

Pero en la fantasía de los jóvenes, casi niños, que formaban el círculo de todas las noches, las palabras iluminadas de aquel loco fueron encontrando camino. ¡Qué sensación sería lanzarse por el mar a la ventura! ¿Y si efectivamente hubiera tierras más allá del horizonte?

Al ir cayendo la tarde, luego de las entradas por la vega, y antes de sentarse él mismo a escribir sus recuerdos, convocaba Hernán Pérez a todos sus compañeros de Ciudad Real, y se dedicaba a enseñarles a escribir.

—Un día recordaréis estas tardes frente a Granada, les decía aquella vez.

—Tardes en que bien podríamos estar levantando una bota para darnos valor, le replicó Fernando de Velasco.

—Algún día seréis capitanes de la reina, continuó Hernán, sin tener en cuenta la interrupción. Y hasta ella tendrán que llegar vuestras relaciones.

—Que cualquier lameplumas podrá escribir, insistió Fernando.

—Nunca un caballero castellano podrá ignorar lo que hace su escribano, explicó entonces Hernán. ¿Cómo podrías saber tú, Fernando, qué partes mando yo y cómo informo acerca de ti si no entiendes lo que escribo?

En estas disquisiciones poco guerreras se encontraban, cuando se extendió por el campo un gran tumulto. Salieron todos para enterarse, y entonces se dieron cuenta de que por la vega, levantando una lanza tan grande como un árbol, correteaba Yarfe, el famoso gigante moro, injuriando a la reina y retando a los castellanos. Corrieron los caballeros a la tienda de los reyes a solicitar su venia para enfrentarse y castigar la alevosía del moro.

—¡Permitidme, señor, lavar esta ofensa con mi sangre o la de él!, exclamó el conde de Cabra, montando su caballo.

—¡Ningún moro puede insultar a su majestad y vivir!, gritó destemplado el marqués de Cádiz.

—¡Cualquier cristiano es mejor que el mejor moro!, reclamó la voz de Gonzalo de Córdoba.

—¡Dad licencia a cualquiera de nosotros, señor!, pidió el maestre de Santiago, con voz calmada pero segura.

—¡Nadie irá!, se oyó entonces la voz firme del rey. Necesitamos más vuestras vidas para tomar y gobernar esta ciudad, que vuestra muerte o vuestra sangre para lavar una injuria que se toma como de quien viene.

La intervención de don Fernando de Aragón fue decisiva, y los caballeros se retiraron obedientes a sus tiendas. Mas en el alma de Hernán Pérez del Pulgar se encendió una llamarada de rencor. Nadie, pero nadie, podía insultar a su reina sin recibir un castigo a su insolencia. Volvió él también a su tienda cabizbajo, pero al ir alejándose de la de los reyes, se detuvo de repente y gritó a todos los vientos:

—¡Esta noche pagaréis, moros malditos!

En el fondo de sus recuerdos se avivó un pensamiento que le escocía en el pecho desde aquellos tiempos en que la preocupación y los deberes no le permitían dormir en Alhama.

* * *

Casi por en medio de la altiva ciudad corría el Darro, y más allá el Genil. Por entre las sombras se destacaban las grandes torres y los palacios: por allá se vislumbraba Calat Alhambra y luego el Generalife, y más adelante los masivos bastiones de la Alcazaba. Y entre las acequias que regaban la vega, apenas se notaban las siluetas de unos cuantos caballeros cristianos que se acercaban a las murallas protegidos por la noche.

Pasado el puente de los curtidores, se levantó Hernán sobre sus estribos y mandó hacer alto.

—Aquí es, les dijo casi entre dientes a sus compañeros. Seis de vosotros entraréis conmigo. Los demás nos cuidaréis las espaldas. ¡Te encomiendo mi caballo, Pedro!

—Todos debemos entrar, replicó Pedro de Mazariegos, y compartir el riesgo y la gloria.

—La gloria es igual para todos, pero más riesgo hay en guardar la retirada. Tened las armas prestas. Cualquier relincho os delatará a los vigías. Y ahora, echad las escalas.

Obedecieron nerviosos los ciudadrealengos, y empezaron a escalar conforme Hernán los iba señalando, hasta que finalmente saltó él también, llevando amarrado a su espalda un rollo de cuero que tenía preparado desde tiempo atrás. Y se escurrieron como sombras por calles escuetas y oscuras, hasta que llegaron a las puertas de la gran mezquita. Allí los detuvo Hernán, y luego, lentamente, como si cumpliera con una ceremonia, se fue quitando de la espalda el rollo de cuero; lo extendió y lo mostró a sus compañeros, diciéndoles lleno de satisfacción:

—De un lado tiene las palabras del «Ave María», y del otro dice: «Isabel, reina de Granada».

Inclinaron la cabeza todos y luego pasaron uno a uno a besar el atrevido documento. En seguida lo aseguraron en la puerta de la mezquita y se retiraron, y estaban por emprender el retorno, mas Hernán los detuvo para decirles:

—Eso fue por nuestra reina. ¡Lo que sigue va por nosotros!

Y en un arranque de verdadera locura, los llevó a prender fuego a las puertas de la alcaicería[21] y, antes de que salieran del asombrado terror, dio la orden de retirada. A las llamaradas siguió una tremenda algarabía y gran alboroto de soldados que no acertaban a perseguir a nadie.

Llegaron los castellanos de regreso a su postigo; se paró Hernán sobre la

---

21 *Alcaicería*: en el reino de Granada, aduana donde los cosecheros de seda la presentaban para pagar los derechos establecidos. Alcacería, alcaecería.

muralla y, ebrio de triunfo y enloquecido de amor, lanzó aquel grito arrogante que habrían de recordar sus hijos y sus nietos:

—¡Viva la reina de Castilla!

—¡Viva!, atronaron arriba y abajo los ciudadrealengos, y saltando sobre
sus caballos, dejaron sus escalas colgando, y se echaron a volar sobre las acequias por la vega de Granada.

* * *

Enero de 1492 fue un mes de gloria para los castellanos, que durante
tantos siglos habían estado tratando de liberar de los invasores hasta el último
palmo de su tierra. Pero pasada la euforia de las batallas, cada quien empezó
a buscar su lugar en la vida ordinaria. Y así, los compañeros de Hernán Pérez
del Pulgar decidieron despedirse de los muchos amigos que habían hecho a
lo largo del asedio a Granada, y volvieron sus cabalgaduras rumbo a la Sierra
Morena, de donde bajarían a su llanura, mientras tantos otros llegaban a la
ciudad recién conquistada para ocupar los puestos y lugares que los moros
iban abandonando.

Así salieron de la bella y rica ciudad Fernando Velasco, Lope de Monte-
mayor, Juan González, Gil Díaz, Francisco Moreno, Pedro de Mazariegos y
sus dos hijos, Juan Morales, Lorenzo Guerra, ... Mas Hernán Pérez se quedó,
soñando en las hazañas que todavía talvez habría de depararle la compañía
de aquellos valientes guerreros a cuya sombra se había acogido. Un día habría
de escribir sus recuerdos de las andanzas con aquel gran castellano don
Gonzalo, a quien el mundo conocería como El Gran Capitán.[22]

Una tarde divisaron desde muy lejos en la llanura la Puerta de Granada,
y sintieron que algo les revivía dentro del corazón.

—¿Qué haremos en esta paz, después de tanta guerra?, preguntó como
al acaso Gil Díaz, el mayor de los compañeros.

—Yo vuelvo a mi alquería, contestó sin pensarlo Pedro de Mazariegos.
Mucho aprendí en la vega, y aquí me esperan mis tierras, mis corderos y mi
molino.

—Yo vuelvo al lado de mi padre, comentó Juan Morales. Desde que levantó sus nuevos hornos por el camino de Toledo, las cosas no han ido muy
bien para él. Además, ya es tiempo de que comience a enseñarle algo a mi
Cristóbal.

—Parece que nada ha ido muy bien en Ciudad Real en los últimos
tiempos, comentó sombríamente Francisco Moreno. He oído cosas muy tristes
de nuestra ciudad. Y me da miedo volver.

—¿Qué has sabido?, preguntó intrigado Pedro de Mazariegos.

—Entre otras cosas, que con la salida de los judíos, ya no hay quien preste
dinero para las siembras.

---

22   *Gonzalo Fernández de Córdoba*: (1453 - 1515), duque de Santangelo y Terranova, llamado
     por su excelencia en el arte de la guerra el Gran Capitán.

—Muchos quedaron, atajó Fernando Velasco. Y quedó el más rico de todos, don Juan de Chinchilla, que ya no es judío sino cristiano.

—Él también ya se fue. Supo que estaban por llegar de Toledo los emisarios de la Inquisición para prenderlo, y escapó. Nadie ha vuelto a saber de él.

—Lo peor, comentó Gil Díaz, es que, antes de irse, exigió bajo amenazas que le pagaran los que le debían, y muchos tuvieron que vender tierras o rebaños y hasta solares dentro de las murallas para poder pagarle.

Una extraña aprehensión se apoderó de todos los amigos, que sentían acercarse las murallas de su ciudad como si fueran una amenaza y ya no una ilusión, o como si con ellas el hilo de la vida se rompiera para dar lugar a sus piedras desnudas y sin alma. Volvieron lento el paso y avanzaron en silencio. La puerta estaba descuidadamente abierta, y nadie les salió al encuentro ni les tendió un saludo. Se despidieron en la plazuela, y cada quien buscó la calle de su casa, contando las baldosas, como tratando de alargar el tiempo y detener el momento de aquella atroz verdad que cada uno comenzaba a sospechar.

***

Divisaron los Mazariegos su casa, y se apresuraron. Como fuera, no dejaba de ser una gran alegría volver al hogar. Y sin detenerse, cruzaron el gran portón del zaguán y se apearon en el patio. Allí los esperaba doña Inés, vestida de fiesta y mostrando una gran felicidad por la llegada de su marido y de sus hijos.

—En la iglesia he estado todo este tiempo, sollozaba la buena mujer. No ha pasado día que no soñara que un moro os atravesaba con su cimitarra. Pero ya estáis aquí, y ahora vamos a San Pedro a dar gracias a nuestro Señor. ¡Daos prisa a cambiaros esa ropa de camino! Ya luego me hablaréis de vuestras hazañas y yo os contaré de algunas cosas que podremos hacer ahora que ya hay paz.

Al experimentado ojo de Pedro no se le ocultó que había en toda la conducta de su mujer un nerviosismo raro en ella: como que en ningún momento quisiera estar a solas con nadie, como que algo quisiera ocultar. Pero no quiso decir nada, para no echar agua fría sobre aquel tibio calor de hogar que hacía ya tanto tiempo que ni él ni sus hijos habían podido disfrutar.

Volvieron de San Pedro, y doña Inés los hizo sentarse a la mesa en la cocina, que era una gran sala con una chimenea de excelente tiro. La mesa la habían heredado de sus antepasados y corría la tradición de que, por ser tan grande y tan pesada, no habían podido sacarla de la cocina para quemarla después de la gran peste, hacía ya tanto tiempo.

—¡Gallina!, exclamó Pedro cuando su mujer empezó a pasar la cena. ¿Por qué no cordero?

—Pensé que te gustaría. La he preparado con azafrán y con cebollines. Y os tengo una bota de vino bien añejado, que habrá de saberos a gloria. Y doña Isabel de Velasco me ha mandado una hogaza de pan por vuestro regreso. ¡Veréis qué pan! Y doña Elvira de Morales preparó unos dátiles en conserva, de los que endulzan con recetas moras en su familia, y mandó una cestecilla a cada casa de los que habrían de volver de Granada. ¡Ya los probaréis!

—Pues yo venía soñando con una buena pierna de cordero asado, insistió don Pedro.

—Ya comeremos cordero, Pedro.

Los hijos vieron con preocupación que su padre frunció a el ceño. Pero el aroma de aquella cena casera los obligó a inclinarse sobre esos platos hondos que rebosaban de verduras y de caldo humeante y apetitoso, que doña Inés había preparado con tanto cariño, pero también con tantas lágrimas, como si fuera una cena de despedida y no de fiesta y celebración.

El generoso vino manchego logró pronto el efecto que doña Inés se había propuesto. Y tanto a padre como a hijos se les soltó al fin la lengua, y se quitaban la palabra para contarle a la buena señora sus aventuras.

—¡Y hasta un loco había, que nos contaba historias!, exclamó Luis, recordando las alegres veladas en la vega.

—Don Martín Cortés, el de Medellín, pensaba que talvez el loco no estaba tan loco, intervino Diego, un poco inquieto.

—Pues don Martín me pareció también un poco tocado, insistió Luis.

Y se habría orientado por allí la discusión si no hubiera sonado a esa hora el aldabón de la puerta para anunciar la llegada de algunos amigos.

Llegaron los Morales y los Guerra juntos, armados de botas de vino y de la inseparable guitarra. Y empezó una verdadera fiesta de retorno en que viejos y jóvenes se sintieron amarrados por la misma ligadura de la vida. Más tarde llegaron los Fernández y los González, y cantaron y danzaron todos, hasta que ya la cercanía de la madrugada les cortó la inspiración y volvió cada cual a su lugar.

Subió Pedro a su alcoba y se sentó al borde de la cama esperando a doña Inés; pero ella no subía. Y los dolorosos presentimientos se apoderaron una vez más del alma del manchego.

—Sube, mujer, que te espero, gritó por fin.

—Duérmete, hombre, que tengo que levantar todas las cosas antes de subir.

—Ya tendrás tiempo mañana, respondió Pedro, bajando por las gradas de madera de roble y tratando de apaciguar la impaciencia que bullía en su corazón. Tomó a doña Inés del brazo y la obligó a acompañarlo; y acomodándose nuevamente en el borde de la cama, se le encaró diciéndole:

—¿Qué pasa, mujer? ¿Qué secreto es ése que temes compartir con tu marido? ¿Me has sido infiel mientras yo me enfrentaba a los alfanjes de los moros? ¿O crees que yo lo fui contigo? ¡Háblame, que estas angustias me matan!

—¿Cómo puede pasar por tu cabeza que te fuera infiel una mujer honrada y vieja como yo? ¿La hija de don Gil? Eso les queda a las que no son nadie en esta ciudad.

—Dime entonces lo que pasa, cortó Pedro desesperado.

—Don Juan me exigió el dinero que se le ha venido debiendo.

—¡Maldito enemigo de Dios!

—Quería la usura de cuarenta años. Y también el dinero, dijo doña Inés, tomándose la cabeza entre las manos y soltando aquel torrente de lágrimas que ya no pudo contener.

—¿Qué hiciste, mujer, por Dios, qué hiciste?

—Me dio una semana para pagar. Si no pagaba me acusaría ante el tribunal. ¡El de la Inquisición! Me mostró papeles con que podría probar que tu familia es judía.

—¡Ah, marrano maldito!, rugió ferozmente Pedro, sin poder pensar en nada.

—Tuve que vender todo a uno de Cuenca.

—¿Qué?

—¡Hasta la casa!

—¿Qué has dicho? ¿Pero cómo pudiste creerle que yo fuera judío? ¿No sabes quiénes somos y de dónde venimos?

—Tú no estabas aquí para ayudarme. Por papeles han ido a parar en manos del tribunal...

—¡Calla! ¡Calla! ¡Ah, perro maldito!

—Me quedaron unos dineros, y me han llamado unos parientes para que vayamos a vivir a su casa.

—¡Nosotros, pasar la vergüenza de pedir posada en la ciudad que hicieron nuestros padres!

—No es en la ciudad. Y nos dan una tierra para labrarla.

—¡Calla! ¡No me atormentes!

—Podemos... tenemos que salir mañana mismo, porque llega el de Cuenca.

—¿Adónde crees que iremos?

—A Zamora, Pedro, a Zamora, allá junto al Duero. Allá podremos vivir en paz...

Mas Pedro ya no la escuchaba. Se había echado de boca sobre la cama y se le oía sollozar roncamente, con un sollozo que parecía venir de atrás de siglos, triste y desesperanzado.

A los gritos del altercado habían acudido los hijos y se encontraban allí, bajo el dintel de la puerta. Diego se quedó viendo a sus padres y le pareció que el dolor los empequeñecía a tal grado que casi los veía esfumarse en el marco de aquella vieja alcoba construida por sus antepasados para durar para siempre. Le entró en el alma un inquieto desasosiego que lo empujó a arrojarse a tomar a los viejos en sus brazos como para protegerlos, y en ese momento sintió como que tuviera alas que pudieran llevarlo por los aires a claras, lejanísimas regiones más allá de la llanura. Se soltó de sus padres, y también él se puso a llorar.

* * *

Los ventarrones helados de esos primeros días de febrero castigaron duramente las siembras de verduras en las cercanías del Guadiana. De todas formas, ya no existían para entonces aquellas alquerías que le habían dado renombre a la vega. Ni siquiera las tenerías de los Fernández y los Pérez, que habían sido arrasadas por un crecental. Ciudad Real se había convertido en una ciudad de comerciantes, y a los pastores y a los agricultores ya no se les tenía en muy alto aprecio. Además, la guerra de Granada se había llevado a algunos de los jóvenes más intrépidos, varios de los cuales ya no volvieron, o porque se quedaron enterrados allá por Illora, o por Loja o por Alhama; o porque decidieron seguir la nueva vida que se les presentaba como soldados de la reina, a dondequiera que los azares de la política de don Fernando los llevaran; o porque se habían enlistado en la Santa Hermandad[23] para limpiar a Castilla de criminales...

La ciudad estaba viviendo días difíciles. ¿Se estaría transformando en algo diferente de los sueños arrastrados desde Castilla la Vieja tanto tiempo atrás por Nuño Fáñez y Martín Álvarez y por Gil González y por Germán Fernández ...?

La gente vieja, la que todavía encontraba gracia y placer en el trabajo de los campos, estaba asustada. No eran sólo los Mazariegos los que habían perdido sus tierras y sus casas a manos de los usureros judíos. Muchos otros habían tenido que vender y encontrar otros rumbos en la vida.

Don Antonio Guerra invitó a los Mazariegos a pasar unos días en su casa. Diego y Baltasar eran amigos desde muy niños, y don Antonio les había enseñado todas las gracias de la caballería como si ambos fueran hijos suyos. Luis, más serio y reservado, había crecido al lado de su padre en la alquería, aprendiendo las faenas de sembrar y cosechar. Diego, el soñador de la familia, alto y delgado, pero macizo y decidido, prefería corretear lanza en ristre, como si fuera ya todo un caballero.

—Me dicen que te vas, fue el saludo de Baltasar.

—Por un tiempo. Pero nos veremos de nuevo.

—Quédate con nosotros. Le he hablado a mi padre, y él dice que le encantaría que te hicieras cargo de la caballada.

—Mis padres me necesitan, Baltasar. Pero hemos de vernos. Un día me

---

23   *La Santa Hermandad*: fuerza militar creada por los Reyes Católicos e instituida por las Cortes de Madrigal de 1476 para controlar la seguridad de los caminos. Sus miembros se distinguían por llevar como un uniforme las mangas verdes.

gustaría volver a escuchar a un marino que nos decía cosas muy extrañas durante la guerra.

—Cuéntamelo.

—Otra vez tendrá que ser.

A doña Inés le dolía tanto la situación de su marido. Talvez no hubiera en Ciudad Real hombre tan alegre y lleno de vida como él. Pero la venta de la tierra parecía haberlo trastornado. Y ni a los amigos que llegaban solamente para platicar con él les hacía ninguna muestra de aprecio.

Entraron por esos días a la ciudad gentes de Cuenca y de Albacete y de Toledo. Iban en busca de otras maneras de vivir. Y se sentía en el aire como que algo nuevo se avecinaba, algo que talvez nadie pudiera definir ni comprender.

Una tarde el horizonte se llenó de nubes grandes, oscuras, casi negras.

—Estas nubes solamente presagian tempestad, le comentó a su mujer el recién casado Antón de la Tovilla. Me gustaría salir a resguardar el rebaño.

—No salgas, contestó la mujer. Ven, que te tengo guardado un vino que mandó mi madre...

Oscureció temprano; pero era una oscuridad partida por furiosos relámpagos, que hacían ver los esqueletos de las cosas y de las personas.

—Si esto se convierte en lluvia, seguramente el río se desbordará otra vez, comentó atemorizado Juan, pensando que la nueva tejería de su padre quedaba por el camino de Toledo.

Hacia la media noche los truenos y los relámpagos aumentaron y ya nadie comentaba nada ni se atrevía a salir. Y de repente se oyó una tremenda explosión por el rumbo de Alarcos. Corrieron las mujeres a sacar de sus bargueños las palmas bendecidas el domingo de ramos y a pegarlas detrás de sus puertas. Pero la tempestad no amainó sino hasta el amanecer.

Poco a poco y temerosos fueron saliendo los ciudadrealengos de sus casas a revisar los estragos en sus alquerías y a recoger sus espantados rebaños. Pero una procesión de mujeres se dirigió a lo que entonces quedaba de Alarcos: la ermita de Nuestra Señora. Y consternadas vieron desde lejos que los rayos de la noche anterior le habían destruido el techo y algunas paredes y columnas.

—Veamos cómo quedó la santa imagen, sugirió doña María de Velasco, mujer siempre devota y religiosa.

—¡Bendito sea Dios!, exclamó doña Mencía Fernández. ¡Mirad si no es esto un milagro!

Se arrodillaron las señoras ante aquella antigua imagen de la Virgen, que sus antepasados habían venerado, y reconocieron en su conservación la mano de Dios. Pero más práctica que todas, doña Catarina Guerra las invitó a que, saliendo de la ermita, platicaran sobre lo que podrían hacer para repararla. Así fue como doña Elvira comprometió y encaminó el oficio de su hijo:

—Si vosotras podéis conseguir lo que falte, yo veré que mi hijo Juan traiga las tejas y se encargue de la reconstrucción. Y que aprenda el oficio de albañil si le hace falta.

Nunca se imaginó la buena señora las repercusiones que esa decisión, tomada al calor de su devoción de cristiana vieja, habría de tener en la vida de Juan muchos años después y en tierras tan lejanas y tan extrañas, que ella jamás comprendería. Menos se imaginaba su nieto, Cristóbal, lo que el trabajo con su padre en la ermita de Nuestra Señora de Alarcos habría de significar para él y para muchos otros cuando, en otras tierras, tuviera que alzar los muros de otros templos y otras casas...

El trabajo de la ermita se inició casi de inmediato. Juan, ya prácticamente heredero de la tejería, llamó a un maestro de Toledo, y él y su hijo Cristóbal se dedicaron a ayudarle en la reconstrucción. Los dos se pasaban horas contemplando el arte y la gracia con que el maestro iba pegando piedras y ladrillos para labrar los arcos de las ventanas o redondear columnas. Pero sobre todo se fijaban en la manera tan especial en que jugaba con la argamasa para formar devotas imágenes de santos sobre la pared, arte que ellos fueron absorbiendo lentamente a lo largo de meses de trabajo y dedicación.

* * *

En la carreta prestada de don Antonio Guerra, habían acomodado la mayor parte de sus pertenencias. Luis se había puesto al pescante y conducía con cuidado, ya que la subida por el paso de Los Yébenes estaba resbalosa por la nieve que todavía le quedaba en esos últimos días del invierno. Pedro iba echado sobre un fardo en que doña Inés había arreglado la ropa de dormir. Desde la noche de su altercado, Pedro no había vuelto a pronunciar una palabra, ni había ayudado en el ajetreo de cargar sus cosas para emigrar. Pero al llegar a la cumbre, se animó de repente y a señas pidió que se detuvieran. Diego y doña Inés iban montados en sus caballos, y se acercaron rápidamente para acudir al deseo del padre. En cuanto Luis pudo detener sin peligro la marcha de sus bueyes, Pedro se apeó y se dirigió a la parte más alta del paso. Allí se sentó y se quedó contemplando allá en la nublada lejanía las sombras que en la vega señalaban su río. Pasó en esa forma un largo rato; luego inclinó la cabeza y lentamente regresó a la carreta, con los ojos vacíos y vidriosos. Después de un trecho, se dieron cuenta de que Pedro iba seriamente enfermo. Afligida se acercó doña Inés a Luis, y casi en son de ruego le sugirió:

—Hijo, tenemos que llegar a un pueblo para hacer descansar a tu padre.

—Orgaz es el más cercano, respondió Luis. No hemos de tardar mucho en llegar.

—Trata de colocar a tu padre en ancas del caballo de Diego, y allá te esperaremos.

Acomodaron a Pedro amarrado con un lienzo a las espaldas de su hijo y arrancaron por la bajada, casi al galope, hasta que divisaron la iglesia del pueblo. Hacia allá se dirigieron, para pedir auxilio al cura en el nombre de Dios. Pusieron a Pedro en un camastro; pero pronto se dieron cuenta de que el hombre se moría. Doña Inés se lo quedó viendo, y se puso a recordar toda aquella buena vida que juntos habían llevado, y se puso a recontársela:

—No te vayas, Pedro. Mira que hemos de regresar. Y volverás a llevar el agua por las acequias a los campos de la alquería y a ordeñar tus cabras para que hagamos ese queso tan bueno que todos te han alabado. Y habrás de enseñarles a tus hijos todos los secretos que te enseñaron tu padre y tus abuelos.

Pero a Pedro le corría por la cara un sudor frío y estaba terco en no decir palabra. Llegó al fin Luis y lo hicieron pasar. Al verlo Pedro, le pidió en señas una bolsa de cuero que era como un secreto que él guardaba. Con mano temblorosa se la entregó a Diego, y luego cerró los ojos. Lloraban Luis y doña Inés, porque lo veían morirse sin poder hacer nada. Mas Diego se le acercó y le apretó fuertemente la mano. Entonces Pedro abrió los ojos y con la voz ronca de la última agonía, le suplicó:

—¡La tierra, Diego! ¡La tierra!

—¡La he de tener, padre!, contestó el muchacho con firmeza y sin una sola lágrima, mientras con una mano apretaba la de su padre moribundo y con la otra sostenía el antiguo cuerno de sus antepasados.

Segunda parte
A través de la selva[24]

K'an [25]

En aquellos lejanísimos tiempos nada disturbaba la quietud de las pequeñas olas que, al impulso del viento, adornaban como rizos la superficie del lago.

¡El lago!

Era una joya resplandeciente que extendía sus encantos entre las abras de las altas montañas cubiertas de pinares y robledales, por donde el jaguar encontraba su guarida y el venado cola blanca saltaba de risco en risco, espantado y nervioso. Por la hojarasca del bosque, el pavo rascaba para encontrar el gusanillo que le servía de alimento y la arenisca con que formaba la cáscara de sus huevos. Por la noche, cuando parecía sonreír desde el fondo de las aguas la cara de la luna, se escuchaba el aullido triste del perro manadero; entonces la selva entera guardaba respetuoso silencio, que sólo interrumpía, como si lo retara, la sabia voz del búho, que escrutaba la oscuridad desde el amparo altivo de sus ojos redondos. Pero al amanecer, que se anunciaba en franjas sonrosadas por las cañadas del oriente, se levantaba por todas las riberas la sinfonía confusamente acariciadora con que miles de pájaros, grandes y pequeños, saludaban el renacer del mundo, disparados al viento sin orden ni sentido, saetas blancas, negras, rojas, verdes, amarillas y azules que erraban el destino y caían a pique y se alzaban de nuevo y revoloteaban desorientadas, provocando con sus piruetas la sonrisa del lago.

¡El lago!

A veces llegaba a sus orillas el remedo de algún viento en espirales. Entonces se ennegrecía el cielo y se ponía a llorar, y de tristeza se escondían entre las ramas o en agujeros de árboles o en cuevas, el pájaro y el pavo, el venado, la perdiz y hasta el bravo jaguar, y desde las sombras de sus madrigueras mi-

---

24   *Selva*: en la novela hace referencia a la Selva Lacandona.

*   Agradezco a Heberto Morales Constantino la ayuda que me proporcionó para resolver el significado de diversas palabras indígenas que no pude encontrar en los diccionarios especializados que se reseñan en la sección de Bibliografía del estudio.

25   *K'an*: en uno de los dialectos mayas significa: «serpiente». El autor lo empleó como nombre de persona «para de alguna manera introducir el nombre de un viejo pueblo vecino (Cancuc)» (notas de Morales Constantino).

raban cómo bailoteaban incansables sobre la superficie las grandes gotas frías de aquella agua que se había levantado cansada de las olas del algún lejano mar. Cuando por fin dejaba de llover, se iban las nubes y se alzaba la niebla; entonces aparecía de nuevo con todo su fulgor la blanca luz del sol. Poco tiempo después se escuchaba por el lado del crepúsculo el zumbar imponente de graznidos confusos y aparecían en masa, con sus picos negros y sus plumas blancas, los grandes gansos que se detenían a comer y descansar. Y una mañana, batiendo alegremente sus pesadas alas, alzaban nuevamente el vuelo, con la mirada fija en dirección del sol. Y otra vez caía el silencio sobre la plata oscura de aquel lago que tenía sonrisa de mar.

¡El lago!

¡El lago frío entre las altas montañas!

* * *

En las cavernas de las orillas vivía K'an. Sus pequeños ojos de color café amarillento brillaban como brasas enmarcados en el moreno oscuro de su rostro y el negro del tupé[26] recortado a la altura de las cejas. K'an veía en lo claro y en lo oscuro. De día su vista alcanzaba a mirar más allá de los islotes que punteaban la superficie del lago; de noche escrutaba entre las sombras y adivinaba dónde acezaba el venado o en qué rama cabeceaba el pavo. Un garrote de roble en su mano bajaba como el rayo y en su camino dejaba quieto en su lugar a cualquier animal. Lo levantaba entonces y se desvanecía entre la niebla cargando a sus espaldas el manjar.

Con K'an vivía K'uk,[27] su hermano, el de los brazos fuertes y ágiles, capaz de conducir entre las brumas de la madrugada la balsa de palos amarrados con bejucos en que transportaban una vez al año la ofrenda para el sol, que depositaban en el punto más alto de una isla que brillaba en remolinos de luz al medio día.

Con K'an y K'uk vivían sus hijos y las mujeres de sus hijos y los hijos de ellos. En el piso de piedra de una caverna conservaban el fuego que habían heredado de nadie sabía quién, pero que guardaban por turno todos, en ternas alternadas de hombres y de mujeres. Tampoco recordaba nadie de dónde habían llegado, ni cuándo ni cómo. Ni a nadie le importaba tampoco. Pero sí recordaban cómo utilizar aquella piedra gris de aristas filosas con que cortaban lianas que machacaban para que las mujeres tejieran aquellas capas oscuras que se echaban al hombro para protegerse del frío, o con que les recortaban a los hombres el cabello que les caía sobre la frente y que se convertía en el símbolo de su madurez.

K'an y K'uk se acurrucaban en cuclillas a la salida de sus cuevas y contemplaban maravillados el paso de K'al, el sol, destilando su magia por el medio del lago, y cuando calculaban que estaba a punto de esconder su mis-

---

26 *Tupé*: copete; pelo que se lleva levantado o abultado sobre la frente.
27 *K'uk*: en uno de los dialectos mayas significa *quetzal*. Se emplea como nombre de persona.

terio tras el cerro más alto, llamaban apurados a sus hijos y a sus mujeres, y entre todos lo acompañaban con gritos y saltos, para significarle sus augurios de buena caza y un mejor despertar. A esa misma hora, sintiéndose hermanos de aquel astro benigno y sonriente, se dividían en grupos los iniciados y se echaban al monte en silencio a buscar la comida principal: un pavo bien crecido, un venado, algún par de conejos. Las mujeres se quedaban junto al fuego, a la espera, sabedoras de que al día siguiente les tocaría a ellas buscar bajo las frondas o en los pequeños valles las bellotas o los hongos, o las raíces o las hojas suculentas con que deberían acompañar la comida verdadera, la que traían los hombres chorreándoles la sangre por los hombros y los brazos al despuntar la alborada, cada tres o cuatro soles.

Los antepasados de K'an y K'uk habían aprendido que, despúes de los grandes fríos, la carrera de K'al, el sol, por en medio del lago iba haciéndose cada vez más larga, hasta que de nuevo comenzaba a acortarse mientras llegaba el momento en que el tiempo que dedicaba a la caza era más largo que el que pasaba conversando con los peñascos y con los islotes. K'an era el medidor; a él le correspondía señalar cuándo K'al se quedaría más tiempo lanzando su cálida sonrisa por entre los junciales[28] para calentar la tierra y alegrar los ojos. Entonces todos, bajo la férrea dirección de K'uk, cuyos mandatos parecían gruñidos, se apuraban a cumplir con la parte que a cada grupo le correspondía.

—¡Mañana es!, anunció K'an, levantándose de su postura en cuclillas.

—¡K'al!, gritó entonces K'uk, echándose a la espalda su capa de tela de lianas y ciñéndose la cabeza con la corona de plumas blancas que había heredado de su padre.

A la voz de K'uk cada quien corrió a cumplir con su función. K'an se alejó al fondo de su caverna a preparar las ramas que por mucho tiempo había guardado secándose a un lado del fuego santo. K'al, el hijo mayor de K'uk, extrajo, con la ayuda de sus hijos y de su mujer, la gran balsa que guardaba escondida y que solamente salía para esta solemne ocasión; la arrastró con reverente cuidado hacia la ribera, y allí la colocó , donde las olas, pequeñas y brillantes, lamieran los lados de los troncos de que estaba construida. K'i'akán, el hijo mayor de K'an, organizó a sus hijos para que acomodaran las dos balsas pequeñas junto a la mayor. Mientras tanto, las mujeres habían colocado una gruesa cama de juncia verde en forma de rueda, en el centro de la balsa grande; sobre la juncia pusieron una capa de tierra y arenisca fina que amacizaron con las palmas de sus manos.

—¡K'al!, se oyó que gritaba otra vez K'uk.

Eh ese momento se ocultó la luna. Sobre el lago descendió un silencio gris con crespones de plata y la gente, sobrecogida por la majestad de las estrellas que espiaban desde el fondo del agua, se echó de bruces sobre la hojarasca, ocultando en ella sus ojos para no ver cómo K'uk descendía de su caverna lle-

---

28   Juncial: conjuntos de juncias, plantas herbáceas de la familia Ciperaceas que crecen en lugares encharcados como bordes de ríos, lagunas, etc.

vando sobre una laja las grandes brasas madres en que se había convertido un gran tronco de roble.

—¡K'al!, exclamó el jefe al llegar a la balsa sagrada.

Con exquisito cuidado colocó la laja y sus brasas sobre la cama de juncia. Suavemente empujaron la balsa, hasta que empezó a flotar. Tomaron su sitio los remeros y comenzaron a bogar en silencio. En seguida se echó al agua la balsa de K'an, cargada de leña seca, y al final la tercera, cubierta de ramas de ocote.[29]

En el silencio de la madrugada, las tres balsas enfilaron hacia el centro del lago.

—¡K'al!, exclamaba K'uk de trecho en trecho.

—¡Chaj! ¡Chaj!, contestaban haciéndole eco los golpes de los remos rompiendo la superficie de aquella agua helada.

Llegaron a la orilla de la isla y atracaron sin ruido. De los remotos rincones de la selva llegó con la última luz de las estrellas un aullido lejano y lastimero. Entre las ramas de una encina temblaron las hojas al posarse sobre ellas un búho, que aleteó para quitarse las gotas con que la niebla le había adornado las plumas; en seguida echó al aire su canto, que era más un gemido.

—¡Cantó Tur, el búho!, pensó, sin atreverse a decir nada K'an. Pero lo que él no dijo corrió por las entrañas de todos aquellos hombres que descargaban sobre la isla el santo fuego, y se apoderó de cada uno un temblor inconsciente que por un momento los paralizó a todos en insondable terror.

Amarraron sus balsas a las piedras de la orilla, luego subieron lentamente hacia la cumbre, donde K'an y K'uk deberían encender una llamarada al despuntar el sol y velarla de pie, hasta que K'al ocultara sus rayos detrás del cerro grande. A esa hora, cuando sólo esa llama brillara como guía en la cima de la isla, volverían los remeros para retornarla en sus balsas a través de la noche.

Se despidieron los remeros sin hablar.

¡Chaj! ¡Chaj!, se oyó cuando sus remos rompieron los cristales del lago.

Pero el tiempo pasó y K'al no asomó.

El horizonte redondo de los cerros se volvió torvo, apretado de nubes oscuras. La gente de las cuevas salió a mirar ansiosa: allá en la isla se hallaba hasta el último rescoldo de su fuego. Las mujeres se pusieron a llorar, y los hombres, sin K'an y sin K'uk, no supieron hacer más que esperar.

De repente empezó a llover. Grandes gotas pesadas. Como si todas las aguas de todos los cielos buscaran reposar en el regazo del lago. Y llovió sin cesar, sin que pudiera distinguirse entre noches y días.

Ni K'an ni K'uk volvieron. Ni tampoco el fuego.

El nivel de las aguas subió. Desde el interior de sus cuevas los hombres observaban cómo las olas se acercaban amenazadoras a las orillas de su habitación.

De repente, una tarde, un mediodía o una noche, nadie lo supo, se oyó

---

29   *Ocote*: pino, en náhuatl

un silbido ensordecedor, acompañado de roncos estruendos. El piso tembló y de los cielos de las cavernas cayeron rocas y arena. La gente huyó entre las cortinas de agua, buscando refugio bajo las copas de los árboles o junto a los peñascos, por donde pasaban zumbando los torrentes.

—¡La tierra abrió su boca!, gritó asustado K'i'akán.

Entonces todos vieron aterrorizados cómo el lago se retiraba en danza vertiginosa, como si las fauces de un gigante monstruoso se sorbiera sus aguas.

—Dejemos este lugar, murmuró K'i'akán.

—¡Vámonos de aquí!, exclamó con voz de mando K'i'al.

Hombres y mujeres volvieron presurosos a sus cuevas, recogieron las pocas pertenencias que les quedaban, cargaron a sus hijos y se juntaron en una cañada, de espaldas al lago.

—¿Adónde?, preguntó en un gemido X–takat, la comadrona.

—¡Conmigo!, respondió por impulso K'i'al.

Y emprendieron la fuga, sin saber a dónde, entre las frondas más allá de los cerros, por donde K'al aparecía más fuerte y más feliz conforme más avanzaban hacia la cueva de su nacimiento, donde crecían los grandes árboles de hojas anchas y tibias.

* * *

Los ventarrones soplaron con furia y empujaron las nubes. Por entre unas hondonadas hacia el oriente brilló el sol, un sol espléndido y alegre que bañó los horizontes de azul. Bajo el cerco de montañas, donde antes el lago paseaba impávido su gracia y su esplendor, había aflorado un amplio valle, punteado por lagunas y riachuelos que se desbocaban cantando hasta perderse en la oscuridad de los grandes socavones por el sur.

¡Hacía ya tanto tiempo que de las cercanías habían desaparecido aquellos hombres de negro tupé, los hijos de K'an y de K'uk! Los nietos de sus nietos se habían desperdigado en las planadas, bajo los grandes árboles de hojas anchas y oscuras. En su corazón, como en eco de tiempos remotos, aún bullía el recuerdo aterrorizado de aquel lugar de encanto y de magia donde una vez la tierra se había tragado un lago de agua azul.

Bajo la antigua línea del agua, la grama había pintado un fondo verde tibio sobre el que resaltaba el oscuro de los tules junto a los pantanos y junto a las lagunas. Muchos, muchos siglos después otros ojos espiarían desde las alturas y, contagiados del embrujo de su color, susurrarían su nombre entre arrullos de céfiro:

—¡Jovel! ¡Jovel! ¡Jovel![30]

Pero se quedarían trepados en los riscos, esperando. ¿Que alguien talvez rompiera el encanto del tular?[31]

---

30 *Jovel*: durante la época prehispánica, la comarca que abarcaba el actual «valle de San Cristóbal» (Chiapas) se denominaba Jovel; los mexicas después la llamaron Hueyzacatlán (Junto al zacate grande en náhuatl).

31 *Tular*: lugar de tules o esparto.

Yax[32]

Había entrado ya la noche de Ajau, el último día del cuarto mes, cuyo tiempo cargaba en sus espaldas el dios Zotz.[33] En las cercanías de la explanada frente a la gran pirámide, todavía se escuchaban voces de personas que se habían retrasado en recoger sus cosas, y ahora se apresuraban nerviosas, pues no tardaría en sonar la señal del gran silencio, del nuevo gran silencio que el Jalach Uinik[34] había impuesto para honrar a los nuevos dioses, aquellos que habían llegado del Poniente, bebedores de sangre. Si alguien fuera sorprendido merodeando fuera de su casa después de la señal, sería prendido de inmediato y guardado en los estrechos aposentos del laberinto, y su corazón ofrecido al amanecer en el plato que sostenía sobre su vientre, recostado y con sonrisa maligna Chac Mool,[35] el dios recién llegado.

De pie, en la plataforma sobre la que se levantaba su casa de alto techo de palma, velaba Ah[36] Zotz Uinik, el sacerdote de Zotz y jefe de los zotzil uinik, los servidores de Zotz; su mirada estaba fija sobre el marco que se dibujaba entre la blanca escalinata de la gran pirámide y los muros de la plaza de juegos. Más allá susurraban adormiladas las aguas del gran río que rodeaba casi por todos lados la verde ciudad de Yax. ¡Ay, mi ciudad de Yax! ¡Cómo te habré de recordar! Mi abuelo me enseñó a lavar mi cuerpo y refregarlo con ch'upak[37] antes de subir las gradas de tu templo mayor cargando el pom, la resina de olor que él quemaba al despuntar el día, para que su aroma llegara en bocanadas de humo hasta el asiento de Itzamná–Jurakán.[38] Mi padre me obligó a correr por tus bosques y amacizar mis huesos para que un día, entre los aplausos y la gritería de toda la gente pudiera triunfar en el juego de pelota, acezando de gozo mi corazón. ¡Ay, mi ciudad, mi gran ciudad de Yax!

Ah Zotz Uinik se hallaba entonces en la plenitud de sus facultades; su cuerpo era delgado y fuerte; en su mente ágil y observadora guardaba las enseñanzas de su padre y de su abuelo y los secretos propios de la familia de los zotzil uinik, que él sabía pintar en tiras de papel a través de símbolos sagrados, que solamente a su hijo mayor le correspondería aprender a descifrar y dibujar.

Contra el tupido fondo de la selva que se extendía más allá de su casa se destacaba apenas la figura de Ah Zotz: en la silueta de su rostro sobresalía la nariz haciendo una línea continua con la frente que se le deslizaba suavemente hacia atrás, desde aquellos lejanos días en que su madre se la había prensado

---

32   *Yax*: verde. Aquí, la novela señala la actual Yaxchilán.

33   *Zotz*: es el murciélago, patrono del cuarto mes del año maya o uinal.

34   *Jalak Unich*: «hombre verdadero», entre los mayas, gobernante y sumo sacerdote, ningún hombre podía hablarle cara a cara, tenía que sostener un paño delante del rostro.

35   *Chac Mool*: dios del agua, de la lluvia.

36   *Ah*: antepuesta a los linajes, denota a los hombres del linaje.

37   *Ch'upak*: (origen nahuatl: amol/amolillo): planta cuya raíz se utiliza para lavar el cuerpo; produce una espuma olorosa.

38   *Itzamná*: suprema deidad maya; dios principal. *Jurakán*: corazón del cielo.

entre tablillas para lograr este rasgo de suprema belleza varonil. Sobre la
cabeza, Ah Zotz había colocado para esa noche el penacho ceremonial de su
padre, terminado en las curvas puntas de las plumas de kukul,[39] el bello pájaro
de larga cola verde; a la cintura se había atado con bejucos recién cortados,
su más nuevo b'ex[40] de algodón; sus pies estaban protegidos por sandalias
hechas con el cuero de tsemén, el tapir, en la suela, y de fina piel cortada a
media noche de chij, el venado en el medio caño que le cubría los tobillos hasta
media pantorrilla; sobre los hombros se había echado su hermosa capa blanca
de algodón, que en el frente lucía, en gruesos trazos de ocre, el emblema de
Yax, flanqueado por el símbolo de Zotz, el murciélago, Señor del cuarto mes.
En su mano temblorosa, comida de ansiedad, Ah Zotz apretaba la concha que
había pasado de padre a hijo por incontables generaciones, y con cuyo hueco
y misterioso ululato se anunciaba por todos los vericuetos de la selva la llegada
de Zotz en la alborada de Imix, su primer día, y su partida al asomar U, la
luna, en la noche de Ajau.

Mientras el alma de Ah Zotz se desdoblaba en danzas frente al templo, y
en escenas de caza por la selva, y en cansadas sesiones de aprendizaje con su
abuelo, que le mostraba cuánto tardaba cada astro en surcar los caminos del
cielo, sus ojos, bizcos a la fuerza, se amarraban con furia a la recta línea de
árboles gigantescos que mecían pesadamente sus copas al otro lado del río. De
pronto sucedió: en un fragor de luz tenue, tibia y amarillenta, U, la luna de
Ajau, rompió la magia de la oscuridad. Sin perder un instante, Ah Zotz alzó
con sus dos manos la concha, se la llevó a los labios echando hacia atrás la
cabeza, y sopló, sopló con toda la tristeza de la despedida, y esperó, soplando
lúgubremente, hasta que U, apiadada de sus recuerdos, se metió entre los
pliegues de una nube.

Ah Zotz entró a su casa quitándose y doblando cuidadosamente su capa
y sus sandalias, que guardó en la red de majagua que tenía reclinada sobre la
pared de jules.[41] En un rincón, echados sobre esteras de palma, fingían dormir
Ix[42] Kumil, su mujer, K'ok, su hijo, y la bellísima Ix–Mukuy, su hija.

—Es hora, dijo Ah Zotz en un leve silbido que se confundió con la charla
de la fronda con el viento.

Se pusieron en pie todos, con movimientos felinos, y cada cual se echó a
la espalda la red que tenía preparada con sus pertenencias más apreciadas.

—¿U, la luna?, inquirió temerosa Ix Kumil.

—Está en una nube grande, aseguró Ah Zotz, guardando en su red como
último recuerdo la concha ceremonial.

Pegando el cuerpo a las paredes, salieron y bajaron de la plataforma de
tierra, para luego enderezar por un sendero rumbo a la orilla del río. Momentos después llegaban cerca de la Gran Casa, rodeada de corrales, la casa

---

39   *Kukul*: colibrí.
40   *B'ex*: taparrabo de algodón.
41   *Jules*: varas con que se construían las paredes.
42   *Ix*: antepuesta a los linajes denota a las mujeres.

de Ah Kukul Balam, pájaro jaguar, el temido Jalach Uinik de Yax. Con un salto del corazón se dieron cuenta de que los guardias, parados frente a una fogata de gruesos troncos, escrutaban en esos momentos con sus ojos bizcos las sombras que apenas proyectaban las Piedras del Recuerdo. Los fugitivos se detuvieron en seco.

—Ah Kukul Balam tiene miedo, comentó casi en señas Ah Zotz.

—No más que yo, respondió temblando Ix Kumil.

Casi a sus espaldas se levantaban los imponentes monolitos calcáreos, sobre cuya superficie afinada con planas de piedra Ah Kukul Balam había mandado esculpir su nombre y el número de baktunes,[43] katunes[44] y aun de uinales[45] que habían pasado desde el principio hasta el momento en que había comenzado a gobernar sobre la gente de Yax.

Paso a paso, temerosos de que la luna abandonara su escondite, se fueron alejando de la plaza y de las casas principales, adentrándose en la selva, hacia los aislados claros donde los caseríos de los servidores confundían sus techos con las copas de los amatales. A una seña de Ah Zotz se detuvieron frente a un paraje de unas doce chozas. Cuando dejó de atormentarlos el latido acelerado de su corazón, pudieron escuchar el silencio de la selva convertido en cacofónica sinfonía de graznidos, ululatos, rechinar de insectos y llamadas de amor, al ritmo cadencioso del aullar de max, el mono, con el bajo continuo del murmullo invariable y eterno del gran río. Ah Zotz dejó en el suelo su red, cortó la punta de una enorme hoja que se mecía junto a la vereda, se la llevó a la boca mordiéndole una levísima ranura; entonces sopló, sopló con toda su alma; el sonido que se produjo era el cantar de Zotz, el murciélago, al abandonar su cueva en mitad de la noche. Como por ensalmo, de las chozas comenzaron a brotar las sombras de los zotzil uinik, encorvados bajo el peso de sus redes y seguidos de sus mujeres y sus hijos. Cuando todos estuvieron en la pequeña explanada del claro junto al sendero, Ah Zotz indicó en voz baja:

—Yo adelante. ¡Sin camino!

La selva, entonces, ávida y generosa, abrió sus entrañas verdes y húmedas y los acogió gozosa, escondiéndolos en la munificencia de sus sombras milenarias. En ese momento salió la luna de su escondite de nubes. Era una luna de cara redonda y alegre que vanidosamente se retrató en cada una de las olas del gran río. Su luz tierna y delicada flotó como un cendal sobre la espesura, mas no pudo alcanzar el secreto de esos hombres que oprimían angustiados los latidos de su corazón que añoraría por siempre la plaza junto al río, sobre la que miraba antaño solemne y lleno de sabiduría el rostro amado de Itzamná–Jurakán.

* * *

---

43   *Baktun*: unidad temporal equivalente a 20 katunes = 144.000 días.
44   *Katun*: unidad temporal equivalente a 20 tunes = 7.200 días.
45   *Uinal*: unidad temporal equivalente a 20 kines = 20 días

Amanecía en Yax.

Al aparecer en el horizonte sobre el río el primer rayo de luz, Ah Chul–tun, el joven sacerdote, había sonado la ocarina de barro con que todos los años se anunciaba la llegada de Imix, el primer día de Zek, el mes de quien él era servidor, al igual que su gente. Pero este Imix era una fecha especial: Ah Kukul Balam, el Jalach Uinik, lo había escogido para ofrendar al nuevo dios Chac Mool la víctima perfecta: sobre el plato de su vientre él mismo colocaría hoy, al remontar el sol la curva del gran río, el corazón todavía palpitante de Ix–Mukuy.

Entre cantos de palomas y entre aullidos de monos, amanecía en Yax.

En la Gran Casa de Ah Kukul Balam, los ah kines mayores se afanaban revistiendo al gran señor con las insignias de su poder y de sus privilegios. Después de lavarlo entre cánticos sagrados con agua virgen traída desde un manantial, Ah Puch, el ah kin guardián del templo mayor, le ciñó el b'ex de algodón con un cinto de piel sobre el que los escribas habían pintado en símbolo la cabeza de balam, el jaguar. Ah Chenek, el ah kin guardián de los libros sagrados, le puso sobre las espaldas la gran capa de piel suave y flexible, sobre la cual le colgó al frente el collar de piedras verdes, señal de su riqueza. Entonces, en medio del solemne redoblar de los tambores, Ah T'ul, el ah kin de Chac Mool, le coronó la cabeza con el gigantesco penacho que las vírgenes del dios le habían bordado con plumas escogidas de aves nunca apareadas y que le habían acabado con las largas plumas de kukul, el pájaro sagrado. Así vestido, Ah Kukul Balam se sentó en un sitial de piedra forrado con gruesas capas de tela de algodón cubiertas por la moteada piel de balam, el jaguar. Corrieron entonces los ah kines menores a lavarle nuevamente los pies para que, en seguida, llegara el viejo ah kin de Itzamná–Jurakán y se prosternara en su presencia, sobre el piso de tierra alfombrado con pop.[46] Cuando el viejo sacerdote inclinó su cabeza, reprimiendo una lágrima triste y desesperanzada, el Jalach Uinik le puso encima los pies, que los otros ah kines se apresuraron a calzar.

Mientras tanto, rompiendo el sol los jades de la selva, amanecía en Yax.

Por las avenidas y por las veredas que desembocaban en la plaza, se escuchaban apenas los pasos amortiguados por la hierba, con que toda la gente convergía en silencio a tomar su lugar frente a las gradas, engalanadas con flores y follaje para la gran ceremonia que habría de culminar al medio día. El río rodeaba a Yax casi por todos lados en un abrazo de murmullos y canciones con que, después de la gran curva, se iba buscando al mar. Por todas sus orillas, los señores de Yax habían erigido monumentos de piedra celebrando la vida, esa vida que empezaba al acabar y volvía siempre en eternos círculos de amor o de horror, al amparo de Pop y de Uo y de Zip y de Zak y de Kayab, y aun del propio Uayeb, en quien no se podía confiar. De todas esas orillas iban llegando las gentes cargando sus ofrendas, como si fuera aún el

---

46   *Pop*: petate, estera.

tiempo de antes, el tiempo de Itzamná–Jurakán, en que llevaban una estera, o un pavo, o una red con mazorcas de maíz o, talvez, una flor.

Entonces, en una explosión de oro sobre jade, acabó en un momento de amanecer en Yax.

Sonaron las largas trompetas de madera en lo alto de la gran pirámide. Se callaron los tambores y las ocarinas y aun los cánticos en la casa de Ah Kukul Balam. Ah T'ul se acercó, inclinada la cabeza y cerrados los bizcos ojos, y puso en la mano derecha del Jalach Uinik el ak'té, el bastón de mando con que presidía todas las ceremonias de la guerra o la paz. Uno a uno, sin decir palabra, los ah kines salieron de la casa y encontraron la vereda entre árboles que conducía a la plaza. Allí, casi mojando sus pies en el oleaje del río, se detuvieron. Frente a ellos se alzaban los siete cuerpos de la gran pirámide, que, enfrentada a los rayos del sol naciente, lucía todo el esplendor de su blanco graderío flanqueado por estrías de brillante color rojo; sobre el respaldo de los peldaños parecían juguetear las misteriosas inscripciones que los padres y los abuelos de Ah Kukul Balam habían ido mandando grabar en estilizados símbolos de estuco pintados de verde sobre el fondo blanco.

La gente, sin embargo, no tenía ojos sino para aquel esbelto templo de piedra que se levantaba airoso en lo alto, contrastando el azul de sus paredes contra los abigarrados colores de sus mascarones y su crestería; pero sobre todo, la gente contemplaba, en éxtasis de horror, la torva mirada de aquel nuevo dios que, recostado bajo el dintel de la entrada principal, parecía señalar a cada uno con el guiño de sus ojos de piedra y con la incierta frialdad de su irónica sonrisa, que los vendavales del tiempo habrían pronto de borrar de todos los templos a lo largo del gran río.

Los ah kines, precedidos por Ah T'ul,[47] avanzaron en silencio y con desesperante lentitud comenzaron a subir la escalinata. Al terminar cada cuerpo se volvían hacia el sol y hacían una profunda reverencia, que la gente que llenaba la explanada repetía como en eco sin sonido. Cuando llegaron al sexto cuerpo, todos los ah kines se detuvieron y solamente Ah T'ul avanzó siete gradas; entonces él también se detuvo, extrajo de la envoltura de su b'ex una puntiaguda espina, la levantó como presentándola a Chac Mool, y luego se la clavó en su lengua, sin hacer un gesto. El viento matinal, cálido y húmedo, se coló presuroso entre los agujeros de la crestería y se volvió rumor de tierras lejanas y remotos cantares.

—¡Tuya es la vida, Ajau Chac Mool!, musitó en sus adentros sin emitir un sonido Ah T'ul.

El ah kin se arrancó la espina de la lengua y de su boca saltó un chorro de sangre que él dejó correr, mirando tercamente hacia Chac Mool. Cuando sintió que ya nada salía y que no había sido agraciado con ninguna visión, alzó los brazos por encima de su penacho y cayó de rodillas sobre una grada. En ese momento, de una entrada lateral del templo salieron dos jóvenes vestidas

---

47   *Ah T'ul*: hombre del linaje del conejo.

de blancas túnicas de algodón; bajaron lentamente a donde estaba postrado Ah T'ul y le derramaron en las manos agua virgen, de la que llevaban en un gran tecomate que nunca se había usado para otro fin. Luego le permitieron secarse en las orlas de sus túnicas y, en seguida de hacer una reverencia al sol y al pueblo, volvieron lentamente a su lugar. Al entrar ellas por su lado al templo, salió del otro un grupo de jóvenes llevando en sus manos una hermosa túnica, un penacho de plumas blancas, un par de sandalias de piel de conejo y un nuevo tecomate lleno de agua pura, sacada esa mañana del limpio manantial junto a la roca. Ah T'ul descendió adonde los ah kines esperaban, para hacer valla con ellos y permitir el paso de las jóvenes: primero la que portaba el agua con que bañarían a la víctima principal del sacrificio; en seguida las otras, portadoras de los atuendos con que habrían de vestirla y adornarla. Bajaron todos paso a paso; al llegar a la altura del primer cuerpo, los ah kines se detuvieron, se tomaron de las manos, y pensando al mismo tiempo en la única palabra que se les permitía pronunciar antes del medio día, llenando de aire sus pulmones exclamaron:

—¡Ix–Mukuy!

El nombre saltó de corazón en corazón entre la gente. Entonces comprendieron por qué Ah Zotz no se encontraba allí, como tantas otras veces, siempre dispuesto a terminar el día disputando en la agonía de un juego de pelota en honor de Itzamná–Jurakán. Pero mientras estas reflexiones pasaban por la mente de muchos, se había formado ya la procesión que, encabezada por los ah kines y las vírgenes del templo, había de dirigirse a la casa de Ix–Mukuy.

Era Ix–Mukuy, la tortolita, la hija de Ah Zotz, la muchacha más dulce y más querida del clan de los zotzil uinik, y la más hermosa de la ciudad de Yax y su región. En sus ojos redondos de cervatilla espantada se reflejaba el susto maravillado que le causaban los gemidos del bosque o los cantos del río o las risas de un niño. Cuando llegaba a la plaza caminando a pasos cortos, como si imitara el trote de las codornices, tras de su padre y su madre, llevaba por delante, bailando al ritmo de sus pechos, un par de trenzas negras que se mecían suavemente sobre el leve danzar de su huipil.

—¡Ix–Mukuy!, exclamaron los ah kines al llegar a la plataforma de tierra apisonada sobre la que se levantaba la casa de Ah Zotz.

Pero la estera de palma que cubría el agujero de la entrada no se movió. Entre tanto el sol iba acercándose a la mirad de su carrera por encima de la gran curva del río.

—¡Ix–Mukuy!, volvió a exclamar, ya solo, Ah T'ul.

Entre los jules de la casa no se movió ni una sombra.

—¡Ix–Mukuy!, gritaron entonces todos los ah kines, ya presa del terror.

Desesperado, Ah T'ul subió a la plataforma y, rasgando de un tirón el pop que cubría la entrada, se metió a la casa y vio que no sólo estaba vacía sino que hasta el fuego estaba apagado. Salió con la cara descompuesta por el horror y, haciendo una señal, obligó a sus compañeros a que lo siguieran por el sendero que conducía al paraje de los zotzil uinik. Al llegar, cada cual se metió a una casa diferente, para darse cuenta de inmediato de que nadie del clan se hallaba en Yax.

Sin pensar ni deliberar, los ah kines volvieron apresurados a la Gran Casa de Ah Kukul Balam. El viejo ah kin de Itzamná–Jurakán se encontraba todavía prosternado a los pies del Jalach Uinik, y fue el primero en presentir que algo extraordinario había sucedido y sintió como si la risa de una pequeña cascada le inundara el alma. Como nadie podía hablar, Ah Chenek, el escriba, tomó un pedazo de papel, le dibujó con presteza en unos cuantos rasgos el símbolo de Zotz y luego, rompiéndolo con sus dos manos, lo arrojó por todos los rincones de la habitación. Ah Kukul Balam, acostumbrado a interpretar símbolos y señales, comprendió el significado de aquella acción; se levantó de su sitial y se dirigió a la plaza en momentos en que el sol se acercaba a la mitad del cielo. La cara del Jalach Uinik irradiaba furia y miedo. Mas, controlando sus sentimientos, ascendió las primeras gradas y desde allí, dirigiendo la mirada a un grupo de mujeres principales, sus ojos se encontraron con los de Ix–Pech, la patita, la hija del ah kin Ah T'ul. Sin dudar un momento, Ah Kukul Balam levantó el ak'té, su bastón de mando y, señalando a la joven exclamó, con la voz enronquecida por la emoción:

—¡Ix–Pech!

—¡Ix–Pech!, corearon los ah kines aliviados.

La joven sintió que las piernas se le aflojaban y que caía en un abismo, y se fue de bruces, desmayada. Corrieron los ah kines a levantarla con respeto, pues ya era persona consagrada, y se la llevaron al arranque de la escalinata, donde el Jalach Uinik esperaba, rodeado por las vírgenes del templo. Sin pérdida de tiempo, el mismo Ah Kukul Balam derramó sobre ella el agua pura del tecomate sagrado, y las jóvenes procedieron a encimarle la túnica y las sandalias. Cuatro ah kines la subieron de prisa al nivel del primer cuerpo de la pirámide. Revestido de sus poderes de rey y sacerdote, Ah Kukul Balam le hundió en el pecho el cuchillo de pedernal; rápidamente y con suma destreza le arrancó el corazón y, levantándolo sobre su cabeza, nuevamente exclamó:

—¡Ix–Pech!

—¡Ix–Pech!, coreó la multitud.

Entonces el Jalach Uinik le entregó ese corazón a Ah T'ul, el ah kin de Chac Mool, quien subió a toda velocidad las gradas de la majestuosa escalinata y, arrodillándose ante la imagen del dios, se lo depositó en el plato que sostenía sobre el vientre. En ese momento el sol llegó al centro y sus rayos cayeron sobre el último impulso del corazón de Ix–Pech. El alma de Ah T'ul se cubrió de una terrible sensación de desesperanza y vacío. Alzó los brazos y, al volverse hacia la plaza, vio cómo la multitud de sus amigos estallaba en gritos y cánticos, y escuchó cómo desde la orilla del río se levantaba el estruendo de las conchas, las ocarinas y los tambores. Entonces perdió el sentido y rodó por la empinada escalinata.

Ah Kukul Balam subió las gradas hasta llegar cerca de la entrada principal del templo; sin preocuparse por el cuerpo de Ah T'ul, ordenó que se sonaran las trompetas mayores; a su sonido, volvió a la plaza el silencio y el sobresalto. El Jalach Uinik se quedó viendo a la muchedumbre, y en seguida habló así:

—La traición de Ah Zotz Uinik y de todos los zotzil uinik, los servidores de Zotz, puso en peligro a toda esta gran ciudad de Yax de recibir de Chac Mool un terrible castigo, al no entregarle su ofrenda a su debido tiempo. Todos los hombres de Yax: ah kines, batabes, guerreros y servidores, deben salir a perseguirlos y darles muerte. Unos saldrán en canoas en las dos direcciones del río, otros irán por el sak—be[48] de Bonbil—na,[49] y otros se internarán por los senderos del tigre y del venado. Si en tres lunas no se les da alcance, es voluntad de Chac Mool que se pierdan en la espesura. Si se les encuentra, quiero viva a Ix—Mukuy para entregarla al dios. ¡El que la traiga será el nuevo ah kin de Zotz, el dios del cuarto mes!

Alzó Ah Kukul Balam el brazo ensortijado con pulseras de piedra verde pulida. A su señal sonaron en lo alto las trompetas sagradas que antes fueran mensajeras de la palabra de Itzamná—Jurakán. La gente se postró sobre el suelo, acatando los mandatos del nuevo dios, hablados por la boca de su Jalach Uinik.

* * *

Caminaban presurosos y atemorizados, sin decir palabra. A su paso corrían trotando entre los matorrales las codornices. En lo alto se escuchaba el aullar vocinglero de los monos. De vez en cuando resonaba tras de un tronco el gruñido enfadado de balam, el jaguar. Sólo cuando las fuerzas parecían abandonarlos del todo, se tendían junto a un arroyo escondido y esperaban que las mujeres les batieran un boch de matz, la bebida refrescante y nutritiva en que confiaban para el viaje.

Los rayos del sol, poderosos y recios en esas latitudes, no lograban penetrar la maraña de ramas y lianas y grandes hojas trenzadas de copa en copa entre los amates y las ceibas, las caobas y los yaxib—té.[50] Sólo el ojo avezado del cazador podía adivinar cuándo era de noche y cuándo era de día.

Acalambradas las piernas y adoloridas las espaldas, se detuvieron junto a la minúscula corriente que se arrastraba rodando sobre las enormes raíces de un guanacastle.

---

48 *Sak-be:* «camino». Los mayas flanqueaban sus caminos con piedras blancas.
49 *Bonbil-na:* «casas pintadas». En la novela es referente prehispánico de Bonampak, situado a unos 30km al sur de Yaxchilán y la frontera de Guatemala.
50 *Yaxib-té:* tipo de árbol.

—Muy'uk matz xa, ya no hay matz, informó con un dejo de desesperación Ix–Kumil.

—Pide a otra familia, ordenó impávido Ah Zotz. Pero pronto empezó a zumbar entre las sombras junto al riachuelo el murmullo desesperado e impotente de todas las mujeres:

—¡Muy'uk matz xa! ¡Ya no hay matz!

Ah Zotz sintió que una ola de pánico llegaba a su cerebro y le entumecía los ojos. En sus labios las palabras se negaban a formarse.

—¡Tomen agua!, ordenó entonces el ah kin. ¡Mucha agua! Esta noche K'ok, mi hijo, y yo vamos de cacería.

—¿Voy contigo?, ofreció preguntando Ah Vet, el gato montés.

—Sí, respondió gozoso Ah Zotz. Pero primero todos debemos dormir un rato.

Ninguna orden habría sido mejor recibida. Nadie, ni siquiera el ah kin, sabía con certeza cuánto tiempo llevaban caminando entre la espesura de la selva; lo único que los mantenía en pie era el agudo temor de las varas envenenadas que con seguridad Ah Kukul Balam ya había mandado en persecución de ellos.

Se arrojaron como estaban sobre el suelo, acomodándose entre los colchones de mullida hojarasca junto a los matorrales. En pocos momentos, el sueño trajo a sus almas el descanso del abandono de todo pensamiento. Ah Zotz se despertó sobresaltado, sintiendo clavada en un costado la punta de pedernal con que una lanza de Yax se lo había atravesado. Se sentó trabajosamente. Pronto sus ojos, acostumbrados a penetrar la oscuridad, le dijeron que toda su gente estaba allí, en pequeños bultos indefensos, al amparo de las sombras. Se puso en pie sigilosamente, bajo la protección de un gigantesco guanacastle.

—¡Vamos!, dijo en un silbido entre dientes.

Se levantaron sin esperar una segunda llamada y lo siguieron metiéndose entre las hojas y los bejucales como si fueran el mismo viento de la montaña. Ni el propio turum, el búho, habría detectado sus movimientos confundidos con las sombras que la luna proyectaba desde encima de las combas copas de los árboles.

—Necesito subir a la punta de un ik'ux–té,[51] comentó Ah Zotz cuando se hubieron alejado una buena distancia del campamento. Los acompañantes comprendieron que el ah kin necesitaba orientarse; que al estar arriba del ik'ux–té podría divisar las montañas; que la luna, que él conocía tan bien, podría mostrarle por dónde continuar. Y asintieron en silencio.

—Si me ayudas, podemos poner una trampa aquí cerca, le insinuó Ah Vet a su joven compañero.

Trepado en las últimas ramas del enorme amate, Ah Zotz sintió que la luna lo envolvía de pronto en un suave abrazo de luz tibia y amorosamente

---

51   *Ik'uxté*: tipo de árbol (te significa árbol).

tímida. Se la quedó viendo: allí estaba U, la luna, su vieja amiga. Rápidamente calculó por el menguante que se había alejado de Yax unos cinco días. Un gozo inexplicable le recorrió la espalda. ¡Cinco días lejos de los guerreros de Ah Kukul Balam! Pero no estaba allí, precariamente afianzado y bamboleándose entre las ramas, para expansiones sentimentales. Así pues, se puso a reconocer el camino de las estrellas y a imaginar la trayectoria del sol, tomando como referencia las colinas que comenzaban a levantarse en la lejanía. Cuando se disponía a iniciar su descenso, sus ojos, siempre atentos al menor cambio, descubrieron un claro no muy lejano y vieron cómo un espejo de agua coqueteaba sonriendo con un destello de luna. Aguzó la mirada para trazar en su mente la configuración del lugar y calcular la distancia. Ágilmente descendió de su observatorio y, dejándose guiar por sus instintos de cazador, encontró a sus compañeros.

—¿Hay algo?, preguntó.

—Pusimos las trampas, respondió Ah Vet con alegría.

—Debemos seguir adelante, y luego volver para llevar a la gente.

—¿Adónde?, se atrevió a preguntar K'ok.

—A un lugar, respondió Ah Zotz, de manera cortante.

Los jóvenes acompañantes comprendieron que, como la de ellos, el alma del ah kin se revolvía en una selva de inquietudes y de dudas. Hasta ese momento, los proyectos y las decisiones del grupo se habían tomado en furiosos cuchicheos, a señas o en comentarios clandestinos, y en ningún momento se había encontrado el clan entero para formular un plan.

Poco a poco la selva fue perdiendo su maraña. Subieron a una colina y, al empezar a descender, divisaron un gran claro en cuyo centro sonreía una pequeña laguna.

—¡Aquí!, exclamó, seguro de sí Ah Zotz.

—Aquí nos pueden ver, objetó temeroso Ah Vet.

—¡Aquí!, insistió el ah kin, como si no hubiera escuchado la objeción.

Bajó hasta el borde de la laguna y se puso a recorrer los alrededores, hurgando en los rincones de sus recuerdos las enseñanzas de su abuelo. Todo vuelve. Todo se repite. Lo que ya pasó, sucederá de nuevo. Hubo un tiempo sin ixim. En aquellos tiempos Ixim, el Dios Maíz, no nos acompañaba todavía.

—¡Esto!, exclamó deteniéndose bruscamente Ah Zotz, inclinándose a recoger las pequeñas frutas amarillas y rojas que abundaban bajo las alargadas ramas de un árbol.

—¿Qué es?, inquirió K'ok.

—¡Regresemos!, ordenó el ah kin por toda respuesta.

En las trampas de Ah Vet encontraron algunos animales; pero Ah Zotz caminaba con prisa nerviosa: algo le comía el interior, algo que él mismo no sabía comprender, pero que lo impelía para llegar junto al arroyo donde su gente descansaba todavía. Sin tomar ya precauciones, el ah kin hizo que todos se echaran a cuestas sus redes de majagua y reanudaran su caminata, aun antes de que los rayos del sol comenzaran a dibujar penumbras bajo el techo de la jungla.

* * *

Los guerreros de Ah Kukul Balam se lanzaron a la persecución en las alargadas canoas de Yax, unas corriente abajo y otras corriente arriba. El río trazaba una enorme curva en forma de herradura, en cuyo interior hervía la vida de Yax, la poderosa ciudad cuyos maizales se extendían en manchones al otro lado de las riberas, por donde salía el sol. Por todas partes se extendía la selva, por entre la cual se aventuraba uno que otro sak–be que servía para intercambiar productos o para conducir soldados. Hacia el lado del crepúsculo, en la lejanía, se encontraba la tierra del legendario rey Ah Pakal, de quien los comerciantes que lograban llegar tan lejos decían tantas maravillas; allí cerca, en un gran claro de la selva, sujeta a pagarle tributo a Ah Kukul Balam, se alzaba la belicosa ciudad de Bonbil–ná cuyo Jalach Uinik se deleitaba mandando a pintar los muros de sus palacios.

Los guerreros desembarcaron en los dos extremos, que casi se juntaban, de la gran herradura; sacaron las canoas del río y las escondieron entre la maleza. En seguida, obedeciendo las órdenes de sus jefes, se internaron en línea recta dentro de la espesura, unos hacia el sur y los otros hacia el norte, a fin de poder encontrarse. Avanzando sigilosamente y lanzando a intervalos esporádicos sus gruñidos y silbidos de identificación, finalmente se encontraron cuando ya la oscuridad impedía la marcha organizada. A esa hora decidieron acampar, y no reanudaron sus actividades sino hasta después de que una penumbra les obligó a pensar que ya era de día.

—Vamos por el sak–be de Bonbil–ná, anunció el batab[52] Ah May Kuy, jefe del destacamento.

Los guerreros se pusieron en marcha buscando el camino marcado por piedras blancas; lejos estaban de imaginar que la cólera del Jalach Uinik habría de descargarse sobre la gente de Chaan Muan,[53] señor de Bonbil–ná, en caso de no dar antes con los fugitivos. Más lejos estaban todavía de sospechar que, entre las copas de los árboles los espiaban los ojos avizores de Ah Kutz, pavo silvestre, dejado allí por el prudente Ah Zotz para cuidarle la retaguardia. En cuanto Ah Kutz los vio ponerse en marcha, se dedicó a perseguirlos saltando de rama en rama, confundido con los monos que aullaban sin cesar, y no descansó hasta que los vio desfilar, altivos y confiados, por el antiguo sak–be de Bonbil–ná. ¡Por otro rumbo!, pensó para sus adentros Ah Kutz, volviendo hacia el lugar donde su ah kin lo había comisionado.

—Siempre a donde muere el sol, recordó. ¡Así lo dijo Ah Zotz!

Bajó de su mirador y se echó a andar buscando el rastro de sus compa-

---

52   *Batab*: cacique, jefe.
53   *Chaan Muan*: nombre de un gobernante de Bonampak; también es el nombre de un ave portadora de la muerte.

ñeros. Pasó un tiempo y una gran angustia. De pronto divisó desde la altura de un yaxib–té en la oscuridad de la noche la luz de una fogata que reverberaba sobre un espejo. Esperó largo rato hasta que se aseguró de que la luz no lo delataría; entonces se acercó paso a paso, con pacientísimo cuidado. Al barruntar en el claro junto a la laguna las enramadas recién levantadas, sintió que su corazón bailaba en brincos de alegría. Cortó una hoja y le practicó una ranura; se la llevó a los labios y sopló. Era el agudo y estridente silbido de zotz, el murciélago.

—¡Aquí estoy, Ah Kutz!, le contestó fuerte y sin precauciones la voz de Ah Zotz, saliendo de una sombra junto a su escondite.

* * *

—Esto es ox, el sustento de la vida, explicaba Ah Zotz. Lo comían los abuelos de los abuelos de nuestros abuelos, hace muchos baktunes, cuando no conocían la fuerza de Ixim, el maíz. Lo manda crecer entre los grandes árboles Itzamná; lo hace madurar con su agua y su viento Jurakán. ¡Es el hijo de Itzamná–Jurakán para la vida de nuestros hijos!

—¿Pero cómo vamos a comerlo, Ah Zotz?, preguntó con intención práctica la vieja Ix Jonil, la abeja, la mujer de Ah Pom.

—Hasta ahora, respondió el ah kin con tono de adivino, hemos comido de la caza de los que tienen sangre como nosotros, que son nuestros hermanos. Mañana, para la primera vez, haremos una ofrenda antes de la salida del sol. Cuando él salga, lavaremos nuestras manos en agua virgen. Los hombres iremos al monte llevando nuestras redes y traeremos suficiente ox para nuestro sustento.

—¿Cómo vamos a comerlo?, insistió Ix Jobnil.

—Cuando lo tengamos aquí lo prepararemos entre todos, respondió sin añadir más Ah Zotz.

—¿Y estaremos aquí esperando a que nos alcancen los jules envenenados?, volvió a preguntar Ix Jobnil, escondiendo su temor entre sus arrugas.

—¡Ah Kukul Balam tiene miedo!, replicó hierático el ah kin, levantando al cielo una mano. ¡Ah Kukul Balam tiene miedo de todos! ¡Ah Kukul Balam tiene miedo de Itzamná–Jurakán!

Toda la gente inclinó la cabeza. No hacía medio uinal de su salida de Yax, y ya todos extrañaban la gran plaza, y el templo adonde llevaban sus ofrendas y sus súplicas.

Poco a poco fue anocheciendo. Entre las mujeres iba corriendo el rumor de la llegada de Ah Kutz la madrugada anterior. Cuando vieron que el propio Ah Zotz ayudaba a encender una hoguera a la orilla de la laguna, hombres y mujeres y niños se acercaron sin miedo y fueron a sentarse en cuclillas alrededor de las llamas. Pasó un largo, largo rato. La luna aparecía cada noche más tarde y más pequeña. Cuando al fin asomó sobre la fronda al otro lado del agua, Ah Kutz se levantó y se paró junto a la lumbre. Cuando estuvo seguro de que todos lo veían, levantó la mano hacia U, la luna y dijo, con voz emocionada y fuerte:

—¡Los guerreros de Yax tomaron el sak–be de Bonbil–ná!

—¡Ah!, rugió de alivio todo el clan.

Cada familia se retiró a su lugar en paz, bajo la quieta mirada de U, la luna, que los veía entrar a sus enramadas como si fueran palacios.

* * *

Recostado sobre su colchón de hojas frescas, Ah Zotz alargó el brazo y tacteó hurgando en el interior de su red de majagua; él, como todos, había cargado sobre sus espaldas todo lo que había juzgado tesoro de familia. Sus manos le dijeron que allí estaba su collar de piedras verdes; lo jaló y se lo colocó devotamente al cuello. En seguida encontró la famosa piedra que había heredado de su abuelo, y que nadie sospechaba que estaba allí, en ese lugar, ya tan lejos de Yax: era una piedra tallada, casi rectangular; sobre una de sus caras, alguien había esculpido a golpe de cincel de piedra los rasgos simbó-licos de Zotz, el dios del cuarto mes, igual en su figura a la que aparecía en la Rueda del Año, el sagrado Tolkín. Ah Zotz la tocó reverentemente y en se-guida se llevó la mano a la cabeza, y allí la dejó para unos momentos de re-cuerdo y de meditación. Finalmente encontró la concha ceremonial; se paró apenas fuera de su jacal, y entonces la sonó. El canto de la concha rebotó de la laguna y fue entrando dulcemente por las hendijas de las enramadas, junto con la bruma de la madrugada.

—¡Ofrenda de hombres!, exclamó Ah Zotz cuando todos estuvieron reu-nidos frente al agua.

Los hombres formaron un círculo cerrado dando la espalda a las mujeres; se alzaron la tapa frontera del b'ex, sacaron punzones que llevaban al cinto y se extrajeron del pene riachuelos de sangre que dejaron correr sobre la tierra.

—¡Me'el Balumil! ¡La Madre Tierra!, entonó el ah kin.

—¡Me'el Balumil!, respondió en coro la gente.

—Ahora las mujeres van a traer agua virgen para que todos nos lavemos, porque vamos a tocar cosas de la Madre Balumil y del Padre Jurakán, ordenó Ah Zotz.

Las mujeres salieron con sus tecomates y se fueron al extremo de la laguna que a propósito nadie había tocado. Cuando volvieron, vertieron el agua sobre las manos y las cabezas de los hombres; éstos hicieron en seguida lo mismo para ellas. En esos momentos brilló sobre los árboles la primera luz. La gente se sintió liberada, y todos querían hablar al mismo tiempo. Pero más fuerte se escuchaba la voz del viejo Ah Pom que reclamaba:

—¿Por qué, Ah Zotz, sonaste la concha de Zotz si no estamos en su mes?

—Tienes razón, Ah Pom, jtatatik,[54] replicó el ah kin. Debemos esperar que gire entera la rueda. Pero hoy comienza para nosotros una vida nueva, y pensé que era bueno empezarla teniendo en nuestro corazón la alegría de Zotz, el hijo de nuestro padre y de nuestra madre Jurakán.

—¡Jech! ¡Jech!,[55] asintieron todos.

Pero no faltó quien notara que por segunda vez Ah Zotz hablaba sólo de Jurakán, sin referirse a Itzamná. Mas ya nadie habló, porque en esos momentos el ah kin daba las disposiciones para las actividades del día.

—Los hombres irán conmigo a recoger ox; las mujeres harán fuegos y pondrán agua a calentar en las ollas. Las que tienen cho' para moler los granos, las lavarán y estarán preparadas para moler. Las muchachas cuidarán a los niños; los muchachos acarrearán leña seca.

Antes de medio día volvieron los hombres, todos, menos Ah Kutz que se turnaba con su hermano en el puesto de vigilancia. Volvieron con cargas de aquel ox que todos conocían pero que ya nadie recordaba como alimento. Bajo la dirección de Ah Zotz, las mujeres lo limpiaron y lo pusieron a cocer, y quedaron maravilladas al ver cómo con él se podían preparar todos los alimentos que acostumbraban preparar con el maíz. Y para esa tarde tuvieron uaj, tortillas calientitas cocinadas en el s'emet; y bebieron matz, aquella refrescante bebida que solían preparar deshaciendo en agua el maíz hervido y resquebrajado; y para la noche pudieron beber ul caliente en sus boches de calabaza.

—¡Parece que estuviéramos en Yax!, exclamó entusiasmada Ix–Kumil.

Mas conforme fueron pasando los días de aquel idilio en el claro de la selva, los hombres primero y los muchachos después, con más violencia, se fueron percatando de que no estaban en Yax. ¿Dónde están, se decían sin hablar, las emociones del juego de pelota, con su alocada alegría y sus espectadores vestidos de lujo, coronadas sus cabezas con tan variados adornos de plumas de colores? ¿Dónde está el bullicio de la plaza con sus compras y ventas y sus trueques de tantas maravillas, como las sortijas de concha, o la ropa de algodón, o las sandalias, o las ollas de barro y la sal, y los braseros llegados desde lejos? ¿Dónde está la casa de los ah kines escribas que les enseñaban a los keremtik[56] a machucar la corteza del mutut para convertirla en tiras de papel? ¿Y quién nos va a enseñar a descifrar el secreto de los libros y las Piedras del Recuerdo? ¿Cuándo van a atracar a las riberas de este lago las canoas con su carga de cuentos y recuerdos de ciudades maravillosas y de las aguas que no tienen fin? ¡Han muerto para nosotros las solemnes procesiones y las danzas al son de la música de las grandes trompetas y los tambores y las conchas del mar! ¡Acabaron las tardes en la cantera donde aprendíamos a bordar con cinceles nuestra historia en la cara de la piedra, mientras los moletik nos hablaban de nuestros antepasados! ¡Ay, Yax! ¡Yax, la ciudad de las piedras verdes y de las altas torres pintadas de colores!

---

54 *Jtatatik*: «Padre de nosotros».

55 *Jech*: «sí».

56 *Keremtik:* los jóvenes.

—¿Por qué tuvimos que salir de Yax?, preguntó esa noche junto al fuego el joven Ah S'jol Chij, cabeza de venado, que había tenido ilusiones de llegar a ser uno de los guerreros de Ah Kukul Balam.

—Así se necesitó, respondió indignado y con intención de no permitir esta clase de cuestionamientos el anciano Ah Pom.

—No, jtatatik, padre de todos, interpuso suavemente Ah Zotz, sintiendo la pregunta dirigida a él. Aquí ya no nos alcanza la mano de Ah Kukul Balam y de sus ah kines extranjeros. Ahora podemos hablar sin miedo y delante de todos.

—Pero no podemos permitir que se pongan en juicio las decisiones de la autoridad, insistió, temblándole las rodillas donde estaba acurrucado Ah Pom.

—Con tu permiso, jtatatik, respondió lentamente Ah Zotz, como si cada palabra fuera inventada en ese momento y al ah kin le doliera con dolor de parto. De aquí en adelante podremos vivir sólo si estamos juntos para todo. Cada decisión será pensada por todos y querida por todos. ¡Somos muy pocos, jatatatik,[57] para tener secretos! ¡Y somos muy débiles! Nuestra fuerza será no la de un ah kin, ni la de un Kalach Uinik, sino la fuerza de todos. ¡Skotolik![58] Así fue desde el principio, cuando nos creó con el aliento de su voz Jurakán, el Grande. Y así tendrá que repetirse siempre dentro de la rueda donde se revuelven los nueve cielos y los nueve infiernos.

Se quedó callado Ah Zotz, como arrepentido de haber hablado tanto. En cuclillas junto al fuego, se tomó la cabeza con las manos. Les enseño que todos deben hablar, pero hablo siempre solo. ¿Necesitarán siempre de alguien que tenga que cargar con la pena de todos? ¡Algún día brotará de entre todos la palabra!

—Ah Zotz, ¿por qué ya sólo nombras a Jurakán?, inquirió interrumpiendo tímidamente el silencio del lago Ix–Ub, la pequeña codorniz.

—Me estoy volviendo viejo, pequeña Ix–Ub, hija de mi hermano. Lo que yo digo ya no debe importar. Piensa tú dentro de ti y abre tú tu boca para decir lo que dice tu corazón.

—Pero yo quiero escuchar lo que tú sabes, porque tú guardas la memoria de los que ya no están.

—Ix–Ub: mis abuelos me lo enseñaron, y yo sólo repito lo que ellos me dijeron. Itzamná habla para dirigir nuestra vida. Su palabra es grande y fuerte y poderosa. ¡Su palabra se escucha cuando él es Jurakán! Y llega hasta nosotros cuando gira su fuerza en el viento y las nubes y el agua y el incendio del monte. Cuando grita gimiendo, Jurakán siembra la muerte que es la semilla de la vida. Jurakán es Itzamná sonriendo entre relámpagos y truenos. ¡Jurakán!

Se inclinó Ah Zotz, tratando de reprimir un suspiro.

Solamente lo escucharon los que estaban más cerca. Nadie más escucharía ya nunca esa palabra salir de la boca del ah kin, pero seguiría viviendo entre la gente, como el rescoldo que guardan por debajo las cenizas.

---

57   *Jatatik*: «Padre de nosotros».
58   *Skotolik*: todos ellos, todas ellas.

Comenzó a soplar un aire tibio que parecía surgir de la laguna. Los troncos de la fogata chisporrotearon alegres. Los zotzil uikik estaban callados, meditando y recordando. ¡Qué buen Jalach Uinik podría haber sido Ah Zotz! ¡Si hubiera querido! De la selva llegaban los ruidos de la noche: batir de alas entre ramas, gemir de presas; el rugir de Balam y el aullar lejano de Ok'il, el perro de los montes. Ah Pom se levantó para volver a su enramada. En un momento seguirían su ejemplo todos. Pero entonces se levantó la esbelta figura de Ah S'jol Chij, le puso al viejo una mano sobre el hombro y, mirando fijamente al ah kin, con terquedad que bien parecía furia, lanzó de nuevo su pregunta como un reto:

—¿Por qué tuvimos que salir de Yax?

Ah Zotz abrió los ojos; frente a frente se encontró con los ojos redondos y espantados de Ix–Mukuy, la tortolita, su hija. Era como la sonrisa de Jurakán entre las nubes. ¿Cómo puedo explicarles que nos saqué a todos de Yax por estos ojos?

—Han llegado a Yax ah kines de otros dioses y se han ganado el oído de Ah Kukul Balam. Son los dioses del terror.

—Nosotros no tenemos miedo, interrumpió Ah S'jol Chij.

—Cada año se ha producido menos maíz en las sementeras, continuó Ah Zotz, con aparente tranquilidad. Hay gente en Yax con hambre.

—Podemos hacer nuevas sementeras.

—Los ah kines extranjeros han convencido al Jalach Uinik de que Chac Mool es más fuerte que nuestro dios.

—Siempre hemos tenido muchos dioses.

—Chac Mool quiere sangre, mucha sangre. No la sangre que nos une con el cielo, sino la sangre que se arranca con dolor y se devora como manjar.

—Podemos llenar la selva de trampas y llevarle toda la sangre que apetezca.

—Chac Mool no quiere sangre de animales.

—Cada año en el Uayeb hemos sacrificado esclavos.

—Al terminar el mes de Zotz, el primer día de Zek, habría tenido que subir las gradas del templo, en las manos del ah kin de Chac Mool, el corazón sangrante de Ix–Mukuy.

En el corazón de todos los presentes aleteó Muan, el ave de la muerte, y se sintió un silencio frío cubrir las últimas palabras del ah kin. Ah S'jol Chij también sintió en su corazón un ligero temblor; pero tenía la terquedad de los de su raza en su lengua, y así, habló otra vez diciendo:

—¿Nos sacaste a todos de Yax para salvar el corazón de tu Ix–Mukuy?

—Y el primer día de Xul era el turno de Ix–Nichim, la florecita, y el primero de Yaxkin era el de Ix–Ub, tu hermana, y el primero de Mol…

—¡Ya no quiero saber!, exclamó anonadado Ah S'jol Chij. ¿Pero por qué?

Ah Zotz se levantó, puso sus manos sobre la cabeza del muchacho y luego, mirando hacia donde U[59] era ya sólo una raya en la oscuridad, aconsejó:

—U va a esconderse ya. Los hombres de Ah Kukul Balam están muy lejos. Tenemos tiempo para descansar y pensar. ¿Qué queremos hacer? No lo sabemos. Aquí tenemos ox todavía para muchas vueltas de U nuestra hermana.

—Jech, jech, asintió la gente, levantándose pensativa para ir a encontrar en sus enramadas la imagen de la muerte que preludia la vida.

* * *

Los guerreros de Ah Kukul Balam no lograron llegar a Bonbil–ná; marchando de uno en uno por el camino blanco marcado por piedras fueron sorprendidos y derrotados por los guerreros de Chaan Muan. A Ah May Kuy, el batab que mandaba la fuerza, le arrancaron el hermoso penacho de plumas de guacamaya, lo tomaron de los cabellos y lo arrastraron hasta la entrada de la ciudad de las casas pintadas. Allí los encontró un mensajero de Chaan Muan, el señor de la ciudad, quien ordenó que se iniciara una entrada triunfal. Se alinearon los músicos tocando sus trompetas, sus caracolas y un enorme tambor. Les salieron al encuentro los ah kines, los batabes y los chilanes, asistidos por esclavos que los protegían con elegantes parasoles de palma trenzada y adornados con plumas multicolores.

—¡Chaan Muan! ¡Chaan Muan!, gritaban danzando por delante los jóvenes, vestidos sólo con el b'ex, el taparrabos de algodón.

Llegó la procesión a la plaza. Sentado sobre un colchón de cueros mullidos esperaba el Jalach Uinik, Chaan Muan, a mediados de la escalinata del templo principal. Arrastraron de los cabellos a Ah May Kuy, el batab de Yax, a su presencia; entonces él se levantó, empuñó su bastón de mando y, poniendo su pie sobre la cabeza del vencido, exclamó:

—Hoy es un gran día para Bonbil–ná. Por primera vez hemos sabido que podemos derrotar a los famosos guerreros de Ah Kukul Balam. ¡Desde hoy, no pagaremos tributos!

—¡Chaan Muan!, gritó el pueblo allí congregado.

—¡Y rodará desde la última grada del templo la cabeza de su nacom, su capitán de guerra!

—¡Chaan Muan!, estalló la multitud.

El Jalach Uinik hizo una pausa, escudriñó la muchedumbre y encontró en medio de ella al maestro de pintores que había decorado con figuras de animales fantásticos las paredes de su casa; alzó el ak'té, el negro bastón de mando, y lo apuntó hacia él. Prontamente y dando señas de nerviosismo, el pintor subió las gradas, y se inclinó ante el jefe. Hablándole a él, pero de forma que oyera todo el pueblo, Chaan Muan continuó:

---

59   *U*: la luna.

—Estos guerreros que no supieron defender su honor son tus esclavos. Con ellos y con el maestro de las construcciones, quiero que añadas a este gran templo una estancia que pintarás con lo que has visto hoy. ¡Allí se guardará mi recuerdo para siempre! Quiero que sea la estancia pintada más hermosa del mundo, el lugar que hasta los dioses contemplen con admiración. ¡Y quiero que esté terminada para el día en que presentaré al pueblo a su futuro Jalach Uinik, mi hijo Chaan Muan, que llevará la muerte a todos mis enemigos![60]

El maestro de pintores, Ah Yol Kukul, cruzó los brazos sobre su pecho y se inclinó desde el torso en señal de obediencia. Esa misma tarde comenzaría los trabajos. Pero Chaan Muan, el viejo, no podía contener su euforia, así que todavía anunció al pueblo:

—Para la hora del sacrificio, ¡balché[61] para todos los hombres!

—¡Jech, Chaan Muan!, gritaron todos.

—¡Y después, todos al juego de pelota!

La explosión de alegría que siguió parecía incontenible. Hombres y mujeres saltaban frenéticos, y muchos corrieron a sus casas lejos de la plaza para volver ataviados con sus más ricas vestiduras llenas de encantos multicolores. Al Jalach Uinik lo llevaron en andas los batabes, rodeado de ah kines que lo protegían con parasoles y lo refrescaban con abanicos de plumas de kukul.

—Mi nombre quedará para siempre en las Piedras del Recuerdo, pensaba, orgulloso de sí Chaan Muan.

No se imaginaba los años de guerras que estaba iniciando y que un día, talvez no muy lejano, harían que los espléndidos edificios de su hermosa ciudad se convirtieran en la guarida de Balam, el tigre, y en nidos para Xik, el gavilán y, por fin, en enanas colinas comidas por las raíces de los árboles y cubiertas de helechos y de lianas y de una angustiada y doliente soledad.

* * *

Para encontrar el ox, los hombres tenían que internarse cada día más en la montaña. Algunas veces regresaban tan cansados que se quedaban junto al lago varios días antes de volver por más. En esas ocasiones, Ah Vet salía con K'ok a colocar sus trampas, y volvía siempre con un par de codornices, unos cuantos conejos o quizá un jabalí, que en manos de las hábiles mujeres de su clan se convertían en rica y apetitosa comida.

—Sólo que se nos está terminando la sal, comentó una mañana Ix–Kumil en son de queja.

Ah Kutz decidió sumarse a los buscadores de alimentos, en vista de que ya habían pasado varios uinales y por ninguna parte se habían aparecido los hombres de Ah Kukul Balam. Ah Kutz era cazador, el único del clan que conocía las maneras de lanzar los dardos y perseguir la presa.

---

60 El referente de esta orden sería la cámara dos o segundo cuarto de Bonampak que describe una escena de guerra.

61 *Balché*: tipo de bebida alcohólica.

—Voy contigo, ofreció en tono de ruego K'ok cuando lo vio salir una noche para ir de cacería.

—Ven, pero tienes que aprender a estar callado.

—Sé estar callado.

Se escurrieron entre la maleza, cuidando no tocar las hojas secas ni rozar las ramas. Se detuvieron donde un hilo de agua susurraba entre las piedras. Abrieron los ojos, concentrándolos en el minúsculo claro de luna que dejaban pasar las ramas de un mutut. Esperaron sin mover un músculo. De repente Ah Kutz le tocó el codo a su compañero y le hizo una seña con la cabeza: enfrente, acezando, enhiesta la cornamenta, moviendo las puntiagudas orejas sin cesar, bañado en tenue luz estaba Chij, el venado. Se inclinó el cazador, cerró los ojos, y en una voz que se confundió con el canto del riachuelo, musitó:

—Perdóname, padre: mis hermanos tienen hambre y necesitan comer. Dirige mi dardo para que Chij no sufra. Todo será para la vida. Nada dejaremos sin usar para el bien de tus hijos. ¡Perdóname, Chij, mi hermano! ¡Tú eres yo y yo soy tú!

Tensó el arco y lanzó un dardo, que era un delgado y pesado jul con cabeza de pedernal. Voló el proyectil la corta distancia que los separaba, y Chij se fue de bruces, golpeando su cornamenta en las piedras del arroyo. Cuando los amigos llegaron, Chij tenía los ojos quietos, fijos en los eternos arroyos de su propio binajel.[62]

—No sufrió, dijo Ah Kutz, arrastrándolo de una pata.

Sacó su filosa navaja de piedra y le cortó la yugular. Corrió la sangre sobre la tierra húmeda, y los cazadores sintieron que con ello cumplían con la parte de Me'el Balumil, la Madre Tierra, y entonces le amarraron las patas al venado y cruzándole entre ellas una vara gruesa que se echaron a los hombros, emprendieron el regreso a la laguna.

—¡Chij! ¡Chij!, anunciaron al llegar frente a las enramadas.

En el silencio de la media noche, las voces resonaron como truenos. Las mujeres se levantaron con presteza y los hombres se dirigieron al lugar donde los dos jóvenes sostenían su presa, y empezaron a danzar, llevando el ritmo con las palmas de las manos, pues ya no tenían trompetas ni tambores. Pronto juguetearon al aire las alegres llamaradas de las fogatas, y los más experimentados de los hombres se dispusieron a pelar al animal y destazar las piezas de carne, haciendo una ofrenda al cielo cada vez que terminaban un corte. Y fue una noche de fiesta en que todos participaron, agradecidos por tanta felicidad.

Sin embargo, pronto comenzaron las lluvias. El agua se metió por las hendijas de las improvisadas enramadas, y empezaron los niños y los viejos a enfermar. Ah Zotz sugirió hacer una gran enramada donde todos pudieran acomodarse y que tuvieran un techo de palmas que podrían conseguir en las cercanías.

---

62 *Binajel*: «en el cielo»; usado como adjetivo significa: «celestial».

—Si hacemos un techo de palmas, significa que nos quedaremos aquí para siempre, objetó Ah Kutz.

—Si no lo hacemos, significa que nos moriremos aquí todos en cuanto entablen las aguas, respondió Ah Zotz.

Bajo el techo de palma, alto y de cuatro aguas, como los de sus casas en Yax, se pasaban las tardes enteras viendo caer aquellos raudales del cielo. Mientras tanto, platicaban en cuclillas, lamentando unas veces, recordando otras y, sobre todo, pensando en el futuro, que se veía cada día más difícil. Una de esas tardes, Ah Zotz pidió permiso para hacer allí mismo el emk'u, la ceremonia de la pubertad y confirmación del nombre de su hijo K'ok. Señalaron a Ah Pom para que pronunciara su nombre al terminar.

—Ahora eres Ah K'ok ta Binajel, fuego del cielo, entonó el viejo, radiante de felicidad de que se le tomara en cuenta para una ceremonia tan importante.

Pero las tardes eran largas y aburridas, y la gente tenía demasiado tiempo para dedicarse a hablar y a preguntar. El emk'u de Ah K'ok ta Binajel fue motivo de preocupados comentarios.

—Dentro de poco nuestros hijos necesitarán mujeres para casarse, pensó en voz bien alta la mismísima Ix–Kumil, la mujer de Ah Zotz. ¡Y aquí todos somos zotzil, y muy pocos!

—Podemos robar mujeres en Yax, sugirió Ah S'jol Chij, sólo a medias en broma.

—¡No!, exclamó violentamente Ah Zotz.

—Entonces, respondió ya totalmente en serio Ah S'jol Chij, ¿adónde vamos? ¿Cómo seguirán nuestro nombre y nuestra sangre?

—Tendremos que esperar que pasen las aguas para poder seguir, anunció firmemente Ah Zotz.

—¿Pero adónde?, insistió Ah S'jol Chij.

—Jtata[63] Ah Pom, exclamó entonces el ah kin: de todos nosotros, solamente tú viajaste fuera de las tierras de Yax. ¿Adónde podemos ir donde nos reciban y nos permitan que vivamos en paz, y donde puedan crecer nuestros hijos recordando a nuestros antepasados?

Esto lo habían platicado ya muchas veces él y Ah Pom; pero, astutamente, el ah kin quería que todos escucharan los consejos del viejo, a quien todos respetaban por su edad y su experiencia.

—Yo solamente viajé a las tierras del Jalach Uinik Ah Pakal,[64] respondió con modestia el anciano y se quedó callado.

—¿Cómo son esas tierras, jtatatik?, inquirió luego de un breve silencio Ah K'ok.

---

63 *Jtata*: «Padre mío».

64 *Pakal*: conocido también como Pacal II o Pacal el Grande, fue gobernante del estado maya de B'aakal, cuya sede era la ciudad de Otolum = Palenque. PaKal II es el más conocido de los Señores de Palenque, por los niveles de esplendor y sofisticación que alcanzó B'aakal durante su gobierno, así como por su tumba, considerada uno de los hallazgos arqueológicos más importantes de Mesoamérica.

—Muy hermosas y muy ricas. Pasa por allí el río Otulum,[65] que es muy pequeño comparado con el de Yax, pero es suficiente para la ciudad.

—¿Y cómo es la ciudad?

—¡Ah!, respondió el anciano, animándose de pronto sus cansados ojos. ¡Nunca he visto un espectáculo como ése! Hay grandes plazas y torres sagradas y palacios. Por sus sak–bés llegan hombres de lejanas tierras a consultar con sus ah kines. En el centro de la ciudad se levanta una torre que lo domina todo; en lo alto de ella toman su lugar por la noche los hombres más sabios, para medir los caminos de las estrellas y leer en ellos lo que está por venir.[66]

—¿Y dónde está?, preguntó emocionado Ah S'jol Chij.

—Por donde muere el sol, respondió Ah Pom, y levantó su bordón con su mano temblorosa y señaló, por entre la cortina de lluvia, como si apuntara a un sueño.

* * *

Fueron meses de agua. Los hombres tuvieron que abrir zanjas a los lados de la gran enramada. Los cazadores se convirtieron en los únicos sustentadores del grupo, ya que la recolección del ox se hizo imposible. Y las noches se volvieron húmedas y frías; y hasta el pequeño lago se tornó enemigo, juntando tanta agua que llegó hasta cerca de donde los zotzil uinik se habían establecido tan precariamente. Por las mañanas, sin embargo, asomaba el sol detrás de la arboleda, y la gente le sonreía, como si fuera su garantía de esperanza. Durante esas horas, Ah Zotz convidaba a su hijo Ah K'ok y se lo llevaba a la sombra de algún yaxib–té o de un mutut, desenrollaba una tira de papel y se acuclillaban para que el padre fuera explicándole al hijo, con infinito amor, el modo de interpretar aquellos complicados dibujos y todos esos números en que danzaban como notas de cristal los tiempos más remotos de su raza y los hechos de sus grandes guías, junto con las vueltas que en el cielo daba Kin–K'ak, el Sol, o U, la Luna, o Me'K'anal, la madre de todas las estrellas, lucero de la mañana y del anochecer.

Ese mediodía, mientras pasaba y repasaba los dedos sobre los glifos pintados sobre el papel de amate, enseñándole a su hijo los diferentes valores de una línea según su posición, Ah Zotz percibió un sonido peligroso de movimiento sobre la hojarasca húmeda.

—¡Balam, el jaguar!, pensó para sus adentros.

Haciendo una seña a Ah K'ok para que se quedara recostado contra el tronco del mutut, se levantó y caminó hacia el claro donde se levantaba la enramada, pero a medio camino hizo un quiebre casi imperceptible y volvió, perdido en la maleza, para salir tras el punto donde había creído escuchar el movimiento de Balam. Armado de una piedra, se irguió de pronto, dispuesto

---

65   *Otulum*: palabra de origen chol que significa «Sitio cercado o fortificado».
66   El referente de este lugar es el prehispánico Palenque, denominado en lengua indígena: Otulum.

a lanzar con toda su fuerza el proyectil. Pero en eso se detuvo y, horrorizado de lo que podía haber sucedido, exclamó con furia:

—¡Ix–Mukuy!

—¡Jtata!, reaccionó asustada la muchacha.

—¿Qué haces aquí?, preguntó con tono de reproche el padre.

—Quiero saber.

—¿Qué quieres saber?

—¡Todo!, respondió Ix–Mukuy, abriendo aquellos ojos redondos, más de búho que de tórtola, ojos asustadizos y misteriosos.

—Lo que quieres saber te lo enseña Ix–Kumil, tu nana.

—Quiero saber más.

—¿Pero qué más?, replicó ya visiblemente molesto Ah Zotz.

—Quiero saber por qué muere K'ak'al todas las tardes y dónde encuentra fuerzas para volver a nacer igual de grande al día siguiente. Quiero saber cómo se arranca de las rocas el secreto de las Piedras del Recuerdo. Quiero saber por qué hay un signo en los libros sagrados para cada lugar y para cada persona y para cada cosa. Y quiero que me digas por dónde caminan las estrellas de día y qué hacen para alcanzarnos de noche. Y quiero saber por qué se apaga tan lentamente U y quién la vuelve a encender al comenzar la oscuridad...

Levantó una mano Ah Zotz para contener aquel torrente, se acercó a su hija y la contempló con ternura. Había tanta belleza en el contorno de su cara, casi tan redonda como la de U; había tanta agilidad en sus gestos, como si fuera Chij cuidándose de Balam; había tanta gracia en el movimiento de su cuello, como si en verdad fuera hija de Mukuy, la tortolita. Pero había tanta inquietud en la profundidad de aquellos ojos, que sólo podían recordar a Ak'ubal, la noche, tan arcana poblada de chispeantes constelaciones como cubierta de nubes y de oscuridad. Con gran trabajo de su corazón se animó a responder:

—Ix–Mukuy, hija mía: todas estas cosas y otras más las sabrá Ah K'ok ta Binajel, tu hermano. Cuando yo muera, su nombre cambiará, y se llamará Ah Zotz Uinik, y será el ah kin de los zotzil.

—¿Por qué no puedo yo también saberlo todo?, interrumpió Ix–Mukuy, dejando que de sus claros ojos negros resbalara una lágrima pesada y orgullosa.

—Tú no podrás nunca ser ah kin.

—Un día los zotzil uinik necesitaremos que más de uno sepa todos los secretos de nuestra vida y todos los recuerdos y todos los mandatos. No es justo que la memoria de todos sea de sólo uno.

Hizo un recio movimiento despectivo y, ondeando suavemente las caderas, desapareció entre la fronda, mientras por el otro lado del lago comenzaba a cerrarse la cortina de gotas para el aguacero del atardecer.

Ah Zotz no durmió esa noche. No pudo. A su mente retornaba per- diéndose entre la maraña de la selva, la imagen de Ix–Mukuy, con su cuello torcido sobre un hombro, igual que la tortolita. Ah Zotz adivinaba que sobre la hermosa cara rodaban lágrimas que él no podía comprender. Pero... ¿Y si ella tuviera razón? ¿Si algún día, perdidos entre densas arboledas, los zotzil uinik realmente necesitaran más de un guía para sobrevivir? ¡Pero una mujer! Ix–Mukuy deberá saber cómo se prepara el ul y el matz y el uaj, mo- liendo cuidadosamente el ox o el ixim. Ella deberá aprender a hilar el algodón y a trenzar las plumas y a tramar un pop.

Al día siguiente aclaró más temprano. Pronto los rayos de Kin–K'ak'al secaron la tierra y calentaron las orillas del lago. A la sombra del mutut, Ah Zotz dibujaba sobre una tira virgen de papel de amate las líneas y los puntos con que se contaban los tunes y los katunes. Atentamente seguían sus ins- trucciones Ah K'ok ta Binajel, futuro ah kin de los zotzil uinik, y su hermana Ix–Mukuy, que miraba más allá de los puntos y de las rayas y los enigmá- ticos símbolos de héroes y ciudades, soñando para sí que quizá un día los zotzil uinik se llegarían a ella para alcanzar más que ixim o chenek, talvez consuelo o talvez inspiración.

* * *

Los aguaceros comenzaron a distanciarse. La gente decidió salir de la gran enramada y meterse por el monte buscando frutas y ox. Un día muy de mañana pasó alharaquienta y vocinglera una bandada de cotorras que pin- taron una flecha verde apuntada hacia la puesta del sol.

—Es hora de continuar, murmuró Ah Zotz.

—¡Es hora de continuar!, gritaron los muchachos anhelantes.

—¡Es hora de continuar!, remedaron las mujeres, deseosas de encontrar un lugar permanente donde pudieran criar su familia y llevar sus ofrendas a algún templo mayor.

Comenzaron a preparar la salida, esta vez con exquisito cuidado. Reno- varon las redes, prepararon dardos para la cacería, labraron instrumentos con las pocas piedras aptas que encontraron. Finalmente, cuando se sintieron listos para emprender la marcha, Ah Zotz sugirió que en la delantera caminara Ah Kutz, tan hábil para avanzar saltando de rama en rama por encima de las copas de los árboles.

—Siempre rumbo a la puesta del sol, indicó el ah kin. Todas las tardes, mucho antes de anochecer, volverás para quedarte con nosotros. Pero volverás en cualquier momento a prevenirnos de cualquier peligro o de cualquier cambio que debamos conocer. Nosotros cuidaremos a tu mujer y a tus hijos; tus cosas van repartidas en varias redes.

Se inclinó Ah Kutz ante el ah kin y sin más dijo:

—Ta xi vat, tata, ya me voy, padre.

—Vat–an, vete pues, le respondió Ah Zotz, poniéndole la mano sobre la cabeza.

En seguida Ah Kutz repitió la brevísima ceremonia ante Ah Pom, el anciano del clan.

—Ta xi vat, jtata.

—¡Vat–an!

Caminó unos pasos el viajero, pero antes de penetrar en la espesura volvió la cabeza, se inclinó ante todo el grupo y entonces exclamó, por toda despedida, con los ojos brillantes:

—¡Ta xi vat, skotolik!

—¡Vat–an!, respondieron todos, soltando una gran risa, risa alegre, paladeada, en la que no había burla ni remedo, sino el gozo creador de ver nacer una costumbre de despedida que no había de morir.

Las jornadas fueron lentas y pesadas. Después de unos pocos días se detenían en algún claro de la selva o en la cima de una colina, y después de acampar y encender fogatas para cocer el ox, los hombres se trepaban a las copas y oteaban el horizonte, que era un mar de olas verdes sin fin. Ah Zotz calculó que habían caminado entre la selva un uinal y esa tarde, al regreso de Ah Kutz, el explorador, sugirió que avanzaran un día más, para buscar un buen lugar con agua, donde pudieran descansar una buena temporada. Pero apenas pasado el medio día del día siguiente, de pronto se descolgó de una rama frente a ellos Ah Kutz, quien con los ojos abiertos por el asombro balbuceó:

—¡Tonil–ná! ¡Casas de piedra!, y señaló hacia delante.

Revistiéndose de su tradicional autoridad de ah kin, Ah Zotz ordenó el alto inmediato en ese lugar.

—Los jóvenes y las mujeres deben arreglar el sitio para pasar la noche. Los hombres debemos hablar a solas.

Nadie protestó. Pero por las cabezas y los corazones de todos se agolparon las angustias y los temores y hasta las esperanzas en tropel. ¿Y si estamos nuevamente frente a Yax? ¿No habremos errado el rumbo y llegado a Bonbil–ná, la ciudad de los muros pintados? ¿Podremos ya estar en las tierras de Ah Pakal, el Jalach Uinik sabio y poderoso?

Los hombres expusieron sus dudas y preocupaciones. Discutieron largas horas, durante las cuales no se cansaron de obligar a Ah Kutz a repetir lo que había visto. Pero él no hacía más que insistir en que eran casas de piedra, tonil–ná. Y lo dijo tanto, que aquel lugar para aquellos zotzil uinik y para siempre se convirtió en Tonil–ná,[67] como si fuera el único lugar en el mundo que tuviera casas de piedra. Al final de la sesión, se acordó acampar allí y mandar hacia delante para explorar con más detenimiento, al ah kin y al viejo comerciante Ah Pom.

---

67   *Tonil-ná*: referente prehispánico de Toniná, sitio arqueológico localizado a 12 kms. de
      la ciudad de Ocosingo, a 115 kms. de Palenque y a 85 kms. de San Cristóbal de las Casas.

Mucho antes de aclarar, Ah Zotz se había revestido ya sus atavíos de ah kin: se había calzado las sandalias de piel, se había echado sobre las espaldas la capa blanca con el símbolo de zotz, el murciélago, y había adornado su cabeza con el gran penacho ceremonial. Sin pensarlo dos veces, levantó la concha y la sonó en el silencio de la madrugada. La gente, que en su mayoría no había logrado conciliar el sueño, se levantó con presteza y rodeó al ah kin, cuya mayestática figura fulguraba entre las sombras de la selva.

—Ah Pom, Ah Kutz y yo nos vamos a Tonil–ná. Aquí se quedan todos y nadie se va hasta que no vuelva uno de nosotros.

—Jech, jech, asintió el clan.

—¡Ta xi vat, skotolik!

—¡Vat–an!, respondieron todos al mismo tiempo, como entonando un himno.

Se escurrieron los viajeros en la maraña. A poco caminar, Ah Zotz se desvistió de su atuendo ceremonial para avanzar con más libertad. Amaneció. Comenzaron a ascender una larga colina, lentamente, mirando y escuchando con cautela. Cuando llegaron a la cima era ya el medio día. Ah Kutz señaló un yaxib–té, al que treparon poco a poco, pero al llegar a lo alto ninguno de los tres pudo contener un suspiro de admiración:

—¡Tonil–ná!, señaló sin necesidad Ah Kutz.

—¿Es la ciudad de Ah Pakal?, preguntó Ah Zotz.

—No, contestó sin desprender sus ojos del panorama Ah Pom.

Sobre una colina se levantaban torres y templos y palacios, pintados de brillantes colores sobre los que resplandecía en toda su gloria el sol. Frente a una gran plaza, poblada de magníficas estatuas y Piedras del Recuerdo, se abrían los muros para el juego de pelota. Por las veredas y las amplias avenidas se movía la gente, vestida de mil maneras, libre, alegre y segura. En la llanura, bajo el sol, ondeaban orgullosas las mazorcas de maíz.

—¡Ixim!, murmuró asombrado Ah Kutz.

—¡Ixim!, exclamaron al unísono los otros dos viajeros.

Cuando se cansaron de mirar, bajaron lentamente entre las ramas, sin decirse una palabra, porque no sabían qué palabra decir. Con toda calma, como tratando de hacer tiempo, Ah Zotz se revistió nuevamente de su atuendo ceremonial. Cuando hubo terminado, se irguió ante sus compañeros, brillándole en el pecho en líneas de ocre el símbolo de zotz; abrió la boca para decir algo, pero en ese momento brotaron de entre los bejucos y las grandes hojas, más de veinte guerreros armados de jules con puntas de obsidiana y con garrotes irisados de filosas escamas de pedernal. Los viajeros zotizil uinik se quedaron inmóviles al verse rodeados. No nos han matado. Saben que estamos aquí. ¿Qué habrá pasado con la gente? ¿Con las mujeres y los niños? ¡No moriremos! ¿Nos harán esclavos? El batab que comandaba a los guerreros surgió de la maleza. Era el único que iba vestido con algo más que el b'ex, el taparrabos de algodón. Al frente de su capa blanca ostentaba un extraño emblema de líneas curvas en color azul, coronado por tres círculos casi perfectos en disminución; en el centro, cerrándose hacia abajo, aparecía U, la luna, apoyada sobre la curva de una nube alargada. La figura de U estaba atravesada por dos líneas casi paralelas, cortadas por dos verticales en el medio. Por la izquierda bajaban dos líneas paralelas de gotas de sangre, que simbolizaban la heredad. Por debajo de ese gran dibujo aparecía otro, en rojo, que mostraba la cabeza de un hombre emergiendo de las fauces de una serpiente. Él es Chan Uinik, el señor de este lugar, cuyo nombre no puedo descifrar. ¡No seremos nunca esclavos!

—El que no viene por el sak–bé y se esconde entre las ramas, es ladrón o enemigo, dijo rompiendo el silencio el batab.

—Buscamos el amparo de Ah Chan Uinik, respondió, forzando una expresión serena Ah Zotz.

—Ah Chon Vinik,[68] el señor serpiente, sabio y poderoso, corrigió el comandante.

Cruzó los brazos sobre su pecho Ah Zotz, inclinó la cabeza y en seguida la irguió nuevamente, para indicar sumisión voluntaria y no prisión forzada por un acto de guerra.

El batab no respondió sino que, dando una señal hizo que los guerreros se formaran en dos columnas a los lados de los prisioneros. Luego él emprendió la marcha, seguido de todos, a quienes no se dignó siquiera volverles la mirada.

A poca distancia los prisioneros observaron maravillados que llegaban a un magnífico sak–bé, cuya blancura brillaba bajo el toldo de la fronda. Por allí se echaron a andar. Un poco más adelante el camino abandonó la selva, y entonces vieron que entre rocas y aislados matorrales, la línea de piedras blancas descendía suavemente a la llanura, donde se mecían asustadas por el viento de la tarde las mazorcas de ixim.

Ix–Mukuy

Al paso de los prisioneros, flanqueados por sus captores, muchas personas suspendían su quehacer y volvían la cabeza para observar la extraña procesión.

—¿Cómo hay prisioneros si no ha habido guerra?, le preguntó a su vecino un vendedor de ollas en la plaza, al verlos pasar.

—Ya hace tiempo que suceden cosas raras en todas partes, le respondió el vecino, quien, por las fuertes sandalias y las redes llenas de adornos de concha pulida, parecía comerciante acostumbrado a viajar.

Más se maravilló la gente al ver que los jolcanes, los guerreros, conducían a los prisioneros directamente a la Gran Casa del Jalach Vinik, para llegar a

---

68 *Vinik:* hombre.

la cual tuvieron que pasar por enfrente de la enorme pirámide de siete cuerpos pintada de blanco y coronada por un hermoso templo, que ostentaba en el centro bajo su crestería un imponente mascarón del monstruo de la tierra. Cuando llegaron a su casa, Ah Chon Vinik los esperaba, pues hacía ya varios días que sus vigías lo tenían al tanto de ese grupo de extraños que avanzaba sin desconfianza por los vericuetos de la selva. Ah Zotz, tenso y nervioso a pesar de sus esfuerzos, mantenía los oídos y los ojos bien abiertos, observando todo lo que veía y tratando de comprender todo lo que escuchaba. Los jolcanes se quedaron de pie en el gran patio enlajado, rodeando cuidadosamente a los prisioneros, mientras que su batab se introdujo a la casa haciendo correr a un lado la cortina de pop multicolor que protegía la entrada principal.

—¡Ochán!, exclamó saliendo poco después y dirigiéndose con un gesto de la cabeza a los tres prisioneros.

Si pongo atención, todo lo entiendo, se dijo en su interior Ah Zotz. Es como si hablaran otra lengua que no fuera otra, pero que yo escuchara como a medio despertar.[69]

Sentado sobre su sitial de piedra se veía Ah Chon Vinik. Era un hombre todavía joven, pero sus ojos bizcos reflejaban una tristeza que parecía escapársele hacia atrás, siguiendo la huidiza curva que brotaba de su nariz y marchaba sin detenerse por la aplanada frente. Su mujer había muerto al tratar de dar a luz a su primer hijo, y el joven Jalach Vinik se había quedado sumido en el desencanto y la melancolía, que amenazaba con hacerlo duro, retraído y abúlico. Levantó una mano. A su señal avanzaron los prisioneros, dejando atrás a su captor. Luego Ah Zotz hizo a su vez una seña a sus compañeros y se acercó solo. Se detuvo frente a Ah Chon Vinik, se cruzó los brazos en el pecho, se inclinó en reverencia y se irguió nuevamente, sin postrarse como los vencidos. Al ver esta insolencia, se movió rápidamente el batab de los guerreros avanzando con un arma en la mano; pero el Jalach Vinik, mostrando en los ojos una chispa de interés que no se le había visto en años, lo detuvo con un gesto de la cabeza, y en seguida se dirigió a Ah Zotz.

—¿Quién eres?, preguntó con tono amable.

—Soy Ah Zotz Uinik, ah kin de los zotzil uinik. Vengo a buscar tu amparo para toda mi gente, que viene desde Yax.

—¿Yax?, interrumpió el Jalach Vinik, sin poder ocultar un ligero temblor en su voz, que pudo ser temor o rabia, o talvez curiosidad. ¿Dónde está tu gente?

—Me espera en la selva para que yo la conduzca a saludarte.

Se hizo una breve pausa en que Ah Chon Vinik parecía meditar. Luego, cambiando de rumbo sus ojos, le habló a su batab.

—¿Sabes dónde está toda esta gente?, preguntó.

—Mis hombres los tienen vigilados desde hace días, respondió el guerrero.

---

69   La lengua tzetzal pertenece al grupo maya-totonaca y es muy similar al tzotzil.

—¿Qué hacen?

—Sólo caminan cargando sus redes; se detienen a juntar ox, y siguen adelante.

—¿Cuántos son?

—Quince familias, interrumpió Ah Zotz.

—Más de cuatro veintenas, respondió el batab, sin hacer caso de la interrupción.

—Estos hombres, indicó el Jalach Vinik, señalando a los prisioneros, deben volver a donde está su gente. Pero mañana quiero verlos a todos con sus familias y su carga en el patio de la Muc' Na, mi Casa Grande.

Ah Zotz se inclinó nuevamente, en señal de respeto, ante Ah Chon Vinik y se volteó para salir, ante la mirada llena de extrañeza de su captor. Al cruzar el patio enlajado se dio cuenta de que más allá, al frente de la Muc' Na, el Jalach Vinik guardaba, encerradas en corrales, aves de diversos colores y tamaños; le impresionó especialmente una pequeña parvada de pavos que comían tranquilamente en el corral cercano.

—¿Cómo se llaman?, preguntó señalándolos.

—Tuluk, respondió el batab, cada vez más extrañado por las ocurrencias de aquel hombre.

—¡Tuluk!, exclamaron en medio de risas nerviosas y al mismo tiempo los zotzil uinik, pensando que en su lengua ése era el significado del nombre de Ah Kutz, su inestimable vigía y cazador.

—¿Te cambiamos el nombre?, preguntó con un guiño y hablando por primera vez Ah Pom.

—Desde ahora soy Ah Tuluk, contestó sonriendo Ah Kutz.

Todos corearon la ocurrencia con una buena risada, incluso el hosco batab, que ya empezaba a cambiar su actitud al respecto de esos raros prisioneros de mente ágil y de acciones sorprendentes.

* * *

Apenas comenzaba a amanecer en el campamento de los zotzil uinik. Los tres viajeros de avanzada vueltos la noche anterior, solamente habían avisado que al día siguiente se continuaría el viaje muy de mañana; sólo ellos sabían que, confundidos con las lianas y la maleza, escudriñaban las sombras los guerreros de Tonil–ná, dispuestos a lanzar sus dardos envenenados sobre cualquier movimiento sospechoso. Ah Zotz tomó en sus manos la venerada concha de tortuga para anunciar la marcha, pero en ese momento aturdió el bosque un estallido de parloteos alegres y chillones.

—¡Jocotá! ¡Chachalacas!, ¡Buena suerte!, exclamó entusiasmada la voz de Ix–Kumil.

Con el bullicio de las chachalacas y las jubilosas exclamaciones de

Ix–Kumil se despejó el último amanecer en la selva y Ah Zotz ya no tuvo que sonar la concha ceremonial. Toda la gente se apresuró a preparar su carga y a iniciar la jornada siguiendo a sus dos guías, Ah Kutz, que en adelante sería Ah Tuluk, y Ah Zotz. Al cabo de poco tiempo, el ah kin se detuvo para mostrar a su clan, con orgullo y satisfacción, la entrada de aquel hermoso sak–bé por donde él había bajado la tarde anterior; y, en cuanto salieron de la selva señaló, sin necesidad pero sí con un dejo de admiración, las blancas torres y los imponentes edificios que se alzaban dominando la llanura.

—¡Tonil–ná!, declaró, marcando un alto.

La gente se detuvo, admirada del panorama; pero las mujeres no pudieron contener su alegría al divisar los campos cultivados, y todas exclamaban, como en eco de las gárrulas chachalacas del amanecer:

—¡Ixim! ¡Ixim! ¡Ixim!

Despeñándose de las colinas bajaba un torrente de agua clara que, juntándose con otros que descendían por otras abras, llegaba al fondo de la llanura y allí, a la sombra de un gigantesco yaxib–té, se le unían las aguas de un arroyo que se arrastraba desde las altas montañas de más allá del horizonte. Ja–ta–té, agua junto al árbol, le decían allí al río que entre todos formaban y que, cruzando la selva, llevaba a entregar su caudal y a veces sus canoas, al gran río que pasaba junto a Yax. Pero lejos estaban los zotzil uinik de imaginar todas estas implicaciones del pequeño torrente. Al verlo atravesar el sak–bé por debajo de unos troncos hábilmente alineados a manera de puente, Ah Zotz dispuso que todos, hombres, mujeres y niños, se lavaran allí la cabeza, las manos y los pies, y que se vistieran con las mejores prendas que hubieran logrado sacar de Yax. Estando en eso, el ah kin aprovechó para explicar que deberían presentarse al Jalach Vinik escoltados por una fuerza de guerreros de Tonil–ná.

—¿Somos prisioneros?, se atrevió a preguntar con un dejo de dolor Ix–Mukuy.

—No, respondió con total seguridad Ah Zotz. ¡Amigos!

La pequeña columna subió poco a poco al patio enlajado de la Muc' Na de Ah Chon Vinik, flanqueada por guerreros y seguida por los ojos curiosos, anhelantes o preocupados de todo Tonil–ná. Se corrieron las cortinas de palma trenzada en la entrada principal de la Muc' Na y allí apareció, vestido de atuendo ceremonial y llevado en andas por cuatro ah kines, el sabio y poderoso Ah Chon Vinik, Jalach Vinik de Tonil–ná. Sus ojos tristes fueron recorriendo lentamente las caras de aquellas gentes cansadas y amedrentadas que, sin saber él por qué, se acogían a su favor. De pronto sus ojos se detuvieron ante el destello de otros ojos que le sostuvieron la mirada un momento antes de bajarla, en medio de un torbellino de rubor, y fijarla en las lajas del piso.

—¿Cómo te llamas?, demandó con dulzura el Jalach Vinik, animándosele de nueva vida el rostro.

—Ix–Mukuy, respondió en un susurro la dueña de aquellos ojos negros y redondos.

El Jalach Vinik se sintió como tomado por sorpresa; volvió la vista a un ah kin viejo que lo seguía respetuoso. Al ver el ah kin la pregunta angustiada en los ojos de su señor, se atrevió a intervenir y le dijo en voz muy queda:

—Pruvok, la tortolita.

Se volvió entonces Ah Chon Vinik a la muchacha, abrió los ojos y los labios y, para la maravilla de sus ah kines que ya lo conocían como el Jalach Vinik triste, esbozó una sonrisa diciendo, como si con la palabra se le saliera también el corazón.

—¡Ix–Mukuy!

A los zotzil uinik les corrió por la espalda como un recuerdo la brisa que subía desde el río frente a la gran plaza en Yax. Y en su alma se asentó una oleada de paz. Torpemente, como que su cuerpo no le obedeciera, Ah Zotz se adelantó, cruzó los brazos sobre su pecho y entonces, como si ni él mismo comprendiera lo que estaba sucediendo, se postró rendido ante Ah Chon Vinik.

Perturbado, el Jalach Vinik ordenó que lo bajaran de las andas, caminó unos cuantos pasos y se inclinó para levantar de los hombros al recién llegado; lo miró a los ojos y con voz firme y serena exclamó:

—¡Xi'il! ¡Amigo!

* * *

Las aguas de los torrentes que se precipitaban de las colinas hacia la planada arrastraron hasta los confines del Ja–ta–té la noticia. Después de años de inercia, las canteras habían vuelto a la vida. En todas ellas se trabajaba casi con frenesí: unos artesanos labraban piedras para el nuevo templo, otros tallaban una nueva rueda de los tiempos con los nombres de todos los dioses de los uinales esculpidos en relieves danzantes por todo su derredor, otros preparaban un hermoso marcador para sustituir el del viejo campo de pelota. Pero lo que más atraía la atención era el trabajo que realizaba, ayudado por su hijo Ah K'ok, el ah kin de los recién llegados. En efecto, se trataba de una verdadera obra de arte que ya todos podían ver y que la mayoría podía comprender: sobre una laja gruesa que sus ayudantes habían arrastrado sobre rodillos desde la cantera hasta la nueva construcción, Ah Zotz había estado cincelando y había casi terminado una Piedra del Recuerdo para conmemorar el matrimonio de su hija con el Jalach Vinik de Tonil–ná. En el centro había esculpido en alto relieve la figura de un hombre fuerte y seguro, revestido de elegante ropaje, terminado en un penacho extrañamente elaborado; su mano derecha se extendía hacia delante hasta tocar la de una muchacha de ojos redondos que lo miraba de frente, con aire pensativo. Por debajo de la figura masculina, Ah

Zotz había grabado la cabeza de un hombre emergiendo de las fauces de una serpiente; por debajo de la femenina, dentro de una luna en creciente, casi sonreía la cabeza de una tórtola. Arriba, coronando la obra, Ah K'ok ta Binajel, supervisado de cerca por su padre, había esculpido a grandes trazos el símbolo de la ciudad, seguido hacia abajo por un círculo que llevaba en medio dos líneas entrecruzadas; por debajo de éste, el aprendiz de escultor había grabado, rodeándolos de una sola línea casi ovalada, los símbolos de Ah Chon Vinik y de Ix–Mukuy. Entre los dos artistas habían cincelado por fin, y con exquisito cuidado, aquellos números que tanto habían repasado durante el viaje por la selva: nueve baktunes, un katún, dos tunes, diez uinales, cinco kines…[70]

Los zotzil uinik habían levantado casas de altos techos de palma por el lado de la puesta del sol, donde Ah Chon Vinik los había invitado a establecerse. Allí vivirían ellos solos, sin molestar a nadie y sin que nadie los molestara, pues la ciudad se extendía frente a la gran pirámide y al oriente de ella. Frente a sus casas tenían sus campos, que habían limpiado de selva y por donde ya empezaba a notarse el crecimiento de sus sementeras de maíz. Todos trabajaban con ahínco, cuidando sus campos, recogiendo ox, reforzando las plataformas de sus casas, preparando instrumentos de cacería, hilando el algodón silvestre de la llanura. Pero por las tardes, todos se presentaban en las canteras y en los lugares de construcción para participar en la alegría de aquellas ilusiones que le darían lustre a su nueva ciudad. Todos, es decir, todos menos Ah S'jol Chij, que se quedaba en su casa enroscado en un pop, contemplando tercamente la selva que había quedado atrás.

—Ven con nosotros, pasaban a invitarlo sus amigos.

—Más tarde, respondía el muchacho sin levantar los ojos.

Se había vuelto desdeñoso y huraño. Dentro de su corazón, sin que nadie lo supiera, se agitaba todavía viva la esperanza que siempre había abrigado, de un día llevar a vivir bajo su techo a la bella Ix–Mukuy. Lo que estaba sucediendo sólo ayudaba a llenar de odio y de envidia sus sentimientos. Allí, en la soledad de su jacal, comenzó a roer un plan para vengarse. Pero nadie habría de saber nada hasta que no se llegara su momento.

Mientras tanto, corrían ya los días del mes de Zip, cuyo dios en Tonil–ná era Chon, la serpiente. Un mensajero del Jalach Vinik llegó presuroso a la construcción donde Ah Zotz se encontraba dando a su trabajo los últimos toques.

—Ah Chon Vinik desea verte en su Muc' Na, le anunció.

—Cuando él habla, todos obedecemos, respondió el ah kin con intención frente a sus colaboradores.

Por primera vez Ah Zotz fue recibido, no en la gran sala de ceremonias, sino en el interior de un pequeño cuarto, donde Ah Chon no era el poderoso Jalach Vinik, sino un simple hombre, sentado sobre un pop y recostado contra la pared.

---

70   Equivalente a 1.304.125 kines (días).

—Siéntate, sonrió, indicando una pequeña estera de palma.

A través del marco de la entrada se divisaba el llano sobre un fondo de selvas con manchones de claros donde surgía ya el verde tierno de las milpas y la esperanza.

—Si tengo un hijo con Ix–Mukuy, él será Jalach Vinik, afirmó como si meditara Ah Chon Vinik.

Al atravesar la llanura, los torrentes iban dejando oscuras y retorcidas sombras que semejaban fantásticas serpientes en zigzagueante carrera bajo el sol.

—Su nombre deberá ser Ah Zotz Chon, continuó meditando en voz alta el gobernante.

Al fondo se vislumbraban apenas en destellos de luz dorada las aguas del Ja–ta–té en su continuo flujo rumbo al mar. Ah Zotz no sabía qué fácil era deslizarse por ellas para llegar a Yax.

—Mis ah kines dicen que sólo puede haber un Ah Zotz.

Desde atrás de las selvas se levantó una pequeña nube. Su sombra se plantó como un manchón oscuro sobre la esmeralda de un joven maizal. Ah Zotz se levantó de su pop, se inclinó ante su benefactor y amigo y, sin mostrar ningún sentimiento, le ofreció:

—Puedo volver a Yax.

—¡No!, exclamó el Jalach Vinik, saltando ágilmente y tomando de los brazos a su amigo. ¡No! Pero puedes cambiar tu nombre.

De los corrales o talvez desde la selva entraba asordinado el canto de las aves que comenzaban a despedir el día. Al pequeño cuarto entró una mujer con dos boches de matz endulzado con miel de abejas. Ah Zotz trataba de recordar los cantos de tantas aves que él había escuchado en sus largos ratos de meditación junto a la corriente del gran río de Yax.

—¿Qué nombre quieres darme?, preguntó con resignada humildad el ah kin de los zotziles.

—Tu nombre es tuyo, respondió el gobernante después de una pausa como de reflexión. A los niños les damos un nombre, porque ellos no saben ni tienen nada. Tú eres y siempre serás un ah kin. Vuelve a tu casa. Habla con las estrellas y con los riachuelos. Platica con tuluk, el pavo, o con ok'il, el perro de los montes. Cuando encuentres un nagual[71] que pueda ser la sombra de tu ch'ulel, ven a decírmelo, a la hora que sea del día o de la noche. Todos saben que puedes entrar. Por la tarde del día último de este uinal iré al paraje de tu clan y allí revelaré cuál habrá de ser tu nombre y el de tus hijos para siempre.

Sobre la llanura había caído la noche con tenue suavidad.

—No tarda en aparecer U, la luna. Espérala si quieres, para que te acompañe a tu paraje, aconsejó el Jalach Vinik. Recuerda solamente que, al

---

71   *Nagual/anual*: (nahuatl): dios que ha tomado la forma de un animal. Entre antropólogos existe una teoría sobre el anualismo: anual es el primer animal que ve el padre luego de enterarse de haber nacido su hijo; este animal se convierte en una especie de protector sobrehumano del recién nacido y determina el destino y las vicisitudes de su vida.

amanecer el día Imix de Zotz, se harán las ceremonias de mi matrimonio, y
que para entonces deberás ya tener otro nombre.

Se llevó Ah Zotz la mano izquierda al pecho y se inclinó en señal de despedida. ¿Un día tendré que renunciar también a mi ch'ulel? Mi gente no
puede volver a Yax, pero necesita confiar en alguien cuyo nombre pueda ser
pronunciado con orgullo. Se metió entre la maleza, más allá de las grandes
torres, y se sentó junto al tronco de un robusto yaxib–té. Había oscurecido ya
del todo. Tomó una hoja y le abrió una ranura. La sopló con afecto y brotó la
voz de zotz, el murciélago; pero no hubo respuesta. Volvió a llamar con el corazón acongojado. Y nuevamente sólo escuchó el silencio de la selva. Tiró la
hoja a un lado y se echó sobre el suelo a tratar de dormir. De pronto escuchó
un canto diferente. Más que canto era lamento. De inmediato se le presentaron a la mente la nariz ganchuda y los ojos redondos y profundos, las breves
orejas respingadas sobre la adusta cara. ¡Será xo'ch, la lechuza? ¡No! ¡Es
tuluk–spukuj, el búho! ¡Tuluk–spukuj, el sabio y prudente! Puede mirar por
dentro de la oscuridad y hacerse a un lado cuando el esplendor de
Kin–k'ak'al, el sol, hace que ya nadie necesite de sus ojos. Su lamento anuncia
la muerte; pero la muerte es el preludio de la vida. ¡Tuluk–spukuj! Sus ojos
son redondos como la rueda de los tiempos, que giran y giran sin cesar sobre
sí mismos. ¡Tuluk–spukuj! Ah Zotz se levantó y caminó de regreso a la Muc'
Na; al salir de la selva lo asaltó de improviso un haz de luz que U le mandó
desde atrás de una colina.

—Escuché a mi nagual, informó con sencillez cuando estuvo frente al
Jalach Vinik.

—¿Quién es?

—Tuluk–spukuj.

—Tuluk–spukuj carga la muerte.

—También carga el consejo y la sabiduría y la vida.

Ah Chon Vinik se sentó sobre un pop, inclinó la cabeza sobre sus manos
y se puso a reflexionar en todo lo que estaba sucediendo. En seguida hizo
sonar dos veces un tamboril que colgaba de una viga. Al instante aparecieron
dos guardias armados. El Jalach Vinik les dio instrucciones en voz baja y
luego volvió la mirada a Ah Zotz, que se había quedado de pie.

—Vamos, dijo entonces con voz de mando.

—¿Adónde, señor?, preguntó el ah kin reconociendo la voz de autoridad.

—A tu paraje.

Al llegar a la casa de Ah Zotz, éste se adelantó para prevenir a su familia
de la llegada del Jalach Vinik; momentos después, éste entró, seguido de sus
guardias. Entró también Ah Zotz para sacar la concha ceremonial. Estando
ya fuera con su familia, el ah kin se puso a sonar su antiguo instrumento, con
un sonido que parecía salir lleno de recuerdos y de presentimientos. Los zotziles, alarmados por tan intempestiva llamada, salieron de sus casas y fueron

a reunirse en el pequeño claro en el centro de su paraje. Entonces se desprendió de una gran nube U, la luna, iluminando con luz casi rojiza la imponente figura del Jalach Vinik, engalanado con todos los atavíos de su investidura. La gente, amedrentada como frente a una visión, se arrojó al suelo con las manos extendidas hacia delante. Ah Chon Vinik permitió que realizaran esta muestra de homenaje y, estando así, postrados delante de él, les habló.

—U, les dijo, les mostró a ustedes el camino bajo los grandes árboles cuando tuvieron que salir de Yax. U está aquí esta noche para mirar un cambio que será para bien de ustedes y para siempre. Hasta hoy ha sido ah kin de ustedes Ah Zotz Vinik; Zotz, el dios que carga el cuarto mes, seguirá siendo el padre y la madre de este clan, y los hijos de Ah Zotz Vinik serán su guía. Pero los hombres sabios, los que miran los caminos de las estrellas y adivinan lo que está por pasar, han dicho que Ah Zotz debe entregar su ch'ulel a otro nagual, y U se lo ha revelado esta noche entre las ramas de un macizo yaxib–té. De esta noche en adelante, Ah Zotz será Ah Tuluk–spukuj, el que mira entre las sombras. Es verdad que Tuluk–spukuj canta cuando estamos por morir, pero su canto sólo anuncia que muan, el ave de la muerte, ronda cerca para llevarse nuestro ch'ulel.

Se volvió a donde estaban sus guardias; de la red que llevaban extrajo una hermosa capa blanca de algodón; pidió entonces que la gente se levantara y, a la vista de todos, se la impuso al ah kin diciendo:

—Pinta sobre esta capa el símbolo de Tuluk–spukuj. Ésta será tu vestidura y la de tus hijos para siempre.

Ah Tuluk–spukuj se sintió viejo de repente. Con paso cansino entró a su casa. Al salir, traía en una mano fuego y ramas; en la otra, una prenda de vestir. Prendió una fogata en la presencia de todos, y luego, lentamente, levantó su antigua capa y mostró a todos aquel símbolo de zotz pintado en ocre sobre el pecho. Cuando estuvo seguro de que todos sabían de qué prenda se trataba, la arrojó a la hoguera y la miró arder. De los ojos de las mujeres rodaron silenciosas lágrimas, pero nadie dijo nada. Cuando de la vieja capa no quedaba más que un montoncito de cenizas, Ah Tuluk–spukuj se cruzó los brazos sobre el pecho, se inclinó ante su señor y prestamente levantó de nuevo la cabeza. Ah Chon Vinik lo quedó viendo con admiración. Después de un momento, dio la vuelta y, seguido de sus guardias, se perdió entre las sombras de regreso a su Muc' Na. Sobre el clan de los zotziles la luna se apagó tras un borbollón de nubes. Cuando asomó de nuevo, ya cada quien había vuelto al refugio de sus jules bajo techo de palma.

* * *

El amanecer en Tonil–ná era siempre un espectáculo esplendoroso. Desde las colinas, Kin–K'ak'al sonreía complacido sobre las innumerables escalinatas; por allí se subía correteando por las gradas de colores y se ponía a juguetear persiguiendo las sombras entre los vanos de los templos y sobre las cresterías. Pero esa mañana no solamente los ojos de Kin–K'ak'al sino los de toda la gente de la ciudad se extasiaban ante las maravillas que los ah kines habían realizado: por todas las torres y en los muros del juego de pelota y hasta en los pedestales de las Piedras del Recuerdo habían mandado colocar flores recién cortadas en los más recónditos rincones de la selva: flores blancas y rojas, azules y amarillas, y aun flores negras, de aspecto misterioso, brillaban temblorosas bajo el peso del rocío, en la seguridad de que el día de su gloria era también el de su muerte. A los lados de las gradas se levantaba en olorosas volutas levemente mecidas por el viento la humareda del pom, la resina que los ah kines guardaban para mandar al cielo su aroma cuando la fiesta mostraba el regocijo de toda la ciudad, o cuando los jefes nobles ofrendaban su sangre antes de llevar la guerra a algún lejano lugar.

Sobre una antigua pirámide cuya piedra del recuerdo había sido arrancada, Ah Chon Vinik había mandado construir una nueva, más alta y más hermosa, y la había hecho coronar de un pequeño templo de tres entradas; su techo, terminado en garigoleada crestería, estaba asentado sobre elegantes arcos angulares recubiertos por dentro y por fuera de estuco pintado de brillantes colores; en el centro del templo, sobre una mesa de piedra, se erguía la estatua de la diosa Ix–Chel, a quien recurrían las muchachas para implorarle el don de la fecundidad. Por las alfardas de la gran escalinata estaban alineados los guerreros, vestidos de gala con penachos de plumas multicolores.

Haciendo valla frente a la Piedra del Recuerdo recientemente esculpida por los artesanos zotziles, se alineaban los jóvenes, los keremtik de ese clan.

—Falta Ah S'jol Chij, comentó en voz baja una mujer.

—Ya hace dos noches que desapareció, le respondió su amiga.

Resonaron en ese momento las trompetas en lo alto del templo mayor; sobre la plaza cayó un espléndido silencio salpicado de plumas y de flores. De la entrada principal del templo mayor comenzó a descender una elegante procesión de ah kines y batabes que, al compás de tambores y caracolas, transportaban respetuosamente las andas en que avanzaba lleno de majestad el señor de Tonil–ná. Por el lado opuesto, viniendo de donde muere el sol, se acercaba otra pequeña comitiva. Al frente marchaba Ah Tuluk–spukuj, ostentando sobre el pecho de su capa de algodón la silueta de un ave de grandes ojos redondos y pequeñas orejas puntiagudas; tras él desfilaban los demás miembros de su familia; al fondo, en andas cargadas por mujeres zotziles de enaguas azules y huipiles blancos, paseaba su sencilla hermosura Ix–Mukuy, la tortolita. Sus cabellos caían en trenzas enredadas en listones de piel de serpiente sobre el blanco de una túnica de algodón sin adornos. Las dos comitivas se encontraron en la plaza frente al templo de Ix–Chel.

—Si Ix–Chel le da un hijo, volverá la felicidad a nuestra ciudad, comentó un viejo ah kin, escondiendo su voz tras de los sones de la música.

—Y volverá la riqueza, y quién sabe si no también la guerra, le respondió su vecino sin mover los ojos.

Ix–Mukuy y Ah Chon Vinik bajaron de sus palanquines y juntos comenzaron a subir las gradas; al llegar a la última, se detuvieron; de una entrada lateral salió una joven vestida de blanco y les ofreció agua virgen para que se lavaran las manos; de la otra, un ah kin procedió a entregarles sendas lancetas de obsidiana de puntas afiladas; las tomaron en su mano izquierda y con ellas cada quien se rasgó el índice; dejaron que corriera frente a la estatua de la diosa la sangre que brotó y en seguida juntaron sus índices, en un gesto de amor y de unidad.

—Ix–Chel los llama hasta su altar, exclamó en ese momento el ah kin de la diosa.

El pueblo entero fijó los ojos en la entrada central del templo, para no perder un detalle. Entonces vieron cómo Ix–Mukuy y Ah Chon Vinik llegaban hasta el trono de la diosa. El hombre tomó de la mesa de piedra un collar de cuentas verdes que brillaron bajo el sol del medio día; se lo puso a la muchacha sobre la reluciente túnica blanca, mientras exclamaba, para que todos escucharan:

—Esto es el símbolo de mi riqueza, que será tuya para siempre.

A los pies de Ix–Mukuy se encontraba un hermoso penacho de finísimas plumas blancas; lo habían trenzado las vírgenes del templo mayor y vagamente recordaba la cabeza de una serpiente con las fauces abiertas. En un sorpresivo movimiento, Ix–Mukuy lo tomó con ambas manos y se lo llevó a la cabeza. Desconcertado, Ah Chon Vinik le reclamó en voz muy queda:

—Yo debía ponértelo.

La muchacha abrió los grandes ojos negros y desde ellos le mandó a su marido el mensaje de su inescrutable sonrisa y la promesa de días y de noches compartidos en la inteligencia y el conocimiento de las cosas.

La música de las trompetas y las caracolas apenas pudo encubrir el murmullo con que ah kines y batabes desaprobaban el gesto de la recién llegada.

—¡Quién sabe qué nos espera cuando la mujer toca con sus manos el símbolo sagrado!

—¡Quién sabe si no comiencen ya a cumplirse los augurios fatales de nuestros antepasados!

Ah Chon Vinik alzó la mano derecha; a su señal, los músicos callaron y bajó un intenso silencio sobre la multitud. Entonces el Jalach Vinik exclamó, tocando con su diestra el penacho de Ix–Mukuy:

—Esto es el símbolo de mi poder. Tú, Ix–Mukuy–Ix–Pruvok, la tortolita, deberás ayudarme a ejercerlo con sabiduría para el bienestar de nuestra ciudad.

La gente transfigurada, como volviendo de un trance y despertando a la maravilla de la luz, lanzó un grito de gozo y se puso a danzar, mientras su Jalach Vinik tomaba de ambas manos a la bella mujer y descendía paso a paso, mirando con nuevos ojos la llanura por donde serpenteaba en su eterno camino rumbo al mar el Ja–ta–té.

* * *

De Ah S'jol Chij no se volvió a saber nada.

Poco a poco los zotzil vinik se fueron integrando a la vida de su nueva ciudad. Los muchachos, cumplidos sus trabajos en las sementeras o en la selva durante la mañana, se incorporaron como aprendices en diversas actividades por la tarde: unos se dedicaron al tallado de la piedra, otros a la construcción de edificios públicos, otros a la preparación del papel para los libros, otros a la fabricación de isntrumentos de piedra, como hachas, cho's para moler el maíz, cuchillos, cinceles...

Aunque en la mente de muchos seguía viva su imagen, de Ah S'jol Chij ya casi nadie hablaba.

Las muchachas hicieron amistades entre los jóvenes de su edad, y pronto hallaron su lugar cerca de los hornos donde se cocían las ollas y los cántaros y todos los trastos de cocina, o en las hilanderías o en las casas donde se escogían y se trenzaban las plumas para prendas de ornato que los comerciantes echaban en sus redes para llevarlas a canjear por sal o miel en lejanas ciudades, de las que contaban tantas historias al volver y sentarse en la plaza a exponer su mercancía.

Pero ni los comerciantes traían noticias del desaparecido muchacho, cuyos padres se mantenían alejados de la vida de los demás por pena y, talvez, por preocupación.

La esbelta figura de Ix–Mukuy comenzó a perder su línea, y había en su andar cierto sosiego que delataba su embarazo y ocultaba su felicidad. Un día mandó un mensajero a la casa de su padre a invitarlo.

—Ah Chon Vinik quiere que vivas en la Muc' Na, le dijo cuando llegó a su presencia.

—¿Y mi familia?, preguntó Ah Tuluk–spukuj.

—Volverás a ella después de que Ix–Chel me visite.

—¿Qué quieres?

—Quiero saber.

Ah Tuluk–spukuj trasladó todas sus cosas a una pequeña casa que el Jalach Vinik había mandado a construir frente al corral de las aves. Se despertaba con el canto de ellas en la madrugada; pero seguía interesándole la parvada de tuluk, los grandes pavos de color oscuro con vivos blancos, que comían granos de maíz o ramas de ox, o simplemente grama, pero que se volvían tan grandes que podían dar carne para toda una familia en ocasión de una fiesta. Durante el día se acurrucaba sobre una larga tira de papel y se dedicaba a pintar la historia de su gente y los recuerdos de sus antepasados. Dibujaba con tanta atención cada detalle, especialmente cuando se trataba de números, que a veces se olvidaba de comer los uajes con carne de venado o de faisán, o sencillamente con sal y chile que su hija le mandaba al medio día. Por las tardes iba a sentarse sobre un pop frente a Ix–Mukuy, en cuyos ojos brillaba ya una dulzura transparente.

—¿Por qué estamos aquí?, preguntó una vez la muchacha, mientras le ofrecía a su padre un boch de aquella bebida que solamente se tomaba en la Muc' Na, y que se preparaba moliendo pepitas de cacao y mezclando ese polvo con agua y miel.

—¿En Tonil–ná?, preguntó, permitiéndose una pequeña broma el ah kin.

—¡Jtata!, respondió la muchacha, haciendo una fingida mueca de enfado.

—Nuestro padre y nuestra madre, Ajau Jurakán, Corazón del Cielo y de la Tierra, labró al hombre de la mejor madera que encontró en los bosques de los cielos. Pero el corazón de este hombre fue duro y no pudo amar. Entonces Ajau Jurakán mandó sus vientos retorcidos que rompieran la barrera de las nubes y el cielo entero se derramó sobre el hombre y lo destruyó.

—¿Entonces cómo hay hombres y mujeres?

—Ajau Jurakán se juntó con los Creadores y buscaron en el cielo y en la tierra algo que fuera suave y fuerte, y encontraron a Ixim, el maíz. Sopló Jurakán sobre su cara, y de Ixim saltó una chispa que iluminó la noche y prendió fuego a los bosques. «Éste sí será fuerte y agradecido», dijeron los Señores y los Creadores. Y entonces, entre las cañas florecidas de la milpa[72] se oyó por primera vez el canto de los hombres en Me'el Balumil, la Madre Tierra.

—¿Cómo fue el canto de los primeros hombres, jtata?

—No como el de Tsajal–mut, que pía en la espesura, ni como el de Kukul, que grazna; ni como el de Tuluk–spukuj, que se queja, pero que no nos dicen lo que llevan dentro de ellos.

—¿Cómo fue su canto, jtata?, insistió Ix–Mukuy, deseosa de escuchar el fin de la narración, pues comenzaba a caer la tarde y debía volver a su lugar dentro de la Muc'Na.

—De los ojos del hombre brotaba una luz con que podía mirar todo lo que había por abajo y por encima de los cielos, y entonces de su boca comenzaron a salir como salen los truenos y los rayos los nombres de todas las estrellas y de todos los árboles y de todos los arroyos. ¡Y así se fue cantando por los montes y entre las milperías de los Creadores!

—¿Por qué ya no vemos todo, jtata?, preguntó entristecida la muchacha, mirando fijamente por la ventana de Ik hacia donde el sol se había

---

72   *Milpa*: tierra destinada a cultivos.

convertido en una gran bola de fuego con un manto de nubes sonrosadas.

—¿Por qué?, repitió el hombre la pregunta, y se quedó callado. Luego alzó la cabeza y preguntó a su vez: ¿Por qué quieres saber tú tantas cosas?

—¡Pues para que las sepan tus nietos y los míos!

Brilló por los ojos de Tuluk–spukuj el eco de una sonrisa entre amarga y alegre. Dejó pasar unos instantes, y cuando vio que K'in K'ak'al se hundía tras las montañas, abrió su boca para decir alguna cosa, pero entonces se oyó la voz de Ah Chon Vinik que llegaba buscando a su mujer y que, sin pedir permiso, se metía apartando la cortina de pop que defendía la entrada. Ix–Mukuy volvió los ojos y sobrecogida por una angustia inexplicable, vio como si en los labios de su padre mirara colgada en la penumbra la delicada piel de luz que a los ojos de los hombres les arrebataran los dioses mucho antes de que comenzaran a contarse las cuentas de baktunes y katunes. Salió del aposento y sintió que detrás de ella descendía una pesada cortina hecha de nieblas y silencios.

—¿Qué has sabido de Ah S'jol Chij?, preguntó la muchacha otra tarde, sin desprender los ojos de su tejido.

—Nada, fue la enfática respuesta de su padre.

Con el paso de los meses, los ojos de Ix–Mukuy se habían hecho más redondos y su cara más dulce. Ah Tuluk–spukuj le entregó, durante una visita, una sorpresa: era una pequeña réplica hecha en barro de la estatua de Ix–Chel.

—¡Qué hermosa!, exclamó entusiasmada la muchacha. ¿Dónde la conseguiste?

—La hizo tu hermano.

—¿Por qué nunca viene a verme Ah K'ok?

—Vendrá cuando lo invites. Él es el futuro ah kin de nuestra gente; no puede pedir ni rogar a nadie si no es por la necesidad de todos.

—Dile que venga.

—Mándale un mensajero.

—¿Qué es el chu'lel?, cambió de pronto Ix–Mukuy, como si de momento olvidara su preocupación anterior.

En el rostro envejecido de Ah Tuluk–spukuj brilló la sombra de una sonrisa. Poco a poco había ido conociendo a su hija, y ya no le tomaban por sorpresa esos virajes, bruscos tantas veces, que sólo manifestaban las perpetuas inquietudes de su interior.

—¿Qué es el ch'ulel, jtata?, insistió dejando a un lado su labor la muchacha y sentándose en un pop junto a su padre.

—El ch'ulel es un pájaro de luz que anida en tu corazón. Cierra sus ojos y mira para adentro y puede cantar a tus oídos el son de la bondad y la verdad. Sus alas son suaves y su vuelo no molesta. Sus ojos no tienen color. Cuando inclina la cabeza y la pone sobre el pecho, arranca del pasado los recuerdos de nuestra gente y entonces canta canciones que van llenas de amor. A veces lanza su mirada hacia delante y en esas ocasiones puede ver en el futuro todas las cosas que se deben repetir.

Ix–Mukuy se había quedado viendo la llanura. Hacia la puesta del sol, K'ak'al ardía en una llamarada roja que había incendiado las nubes sobre las colinas.

—Siento que todo mi cuerpo se encoge de dolor, dijo de pronto, llevándose las manos regordetas sobre el vientre.

Para celebrar el nacimiento de su hijo, Ah Chon Vinik hizo esculpir una piedra del recuerdo en cuyo centro mandó grabar un murciélago saliendo de las fauces de una serpiente. Y el día de la presentación de su hijo en el templo de Ix–Chel, él mismo lo llevó en sus brazos por toda la escalinata, flanqueada por todos los keremtik, los muchachos del clan de los zotzil vinik.

—Sólo falta Ah S'jol Chij, murmuró la gente, protegida por el ronco resonar de los tambores.

Cuando Ah Chon Vinik salió de la entrada principal del templo, una vez ofrecida su acción de gracias, se paró frente al pueblo, alzó al niño sobre su cabeza y gritó lleno de alegría:

—¡Ah Zotz Chon!

Y la gente coreó con el mismo entusiasmo:

—¡Ah Zotz Chon! ¡Ah Zotz Chon!

Y se fueron todos a hacer fiesta, que terminó en un reñidísimo encuentro en el campo de pelota en que por vez primera participaron también los keremtik del clan de los zotzil vinik.

* * *

Cuando Zotz Chon cumplió cinco años, un ah kin lo llevó de la mano a visitar los campos donde, pasada la quema de la maleza, la gente comenzaba la tarea de sembrar. Acompañado del hijo de su tío Ah K'ok, el niño observó con interés cómo los hombres abrían agujeros con jules de punta quemada y depositaban juntas las semillas de ixim y de chenek y de ts'ol, la calabacita, y le pareció cosa de juego la manera en que cubrían la siembra moviendo la tierra ágilmente con un pie. Cuando volvió a la Muc' Na por la tarde, su madre hizo que lo bañaran con agua caliente y que le frotaran el cuerpo con raíz de ch'upak finamente molida; las espumas y el aroma que brotaban de este baño le producían siempre al niño descanso y alegría; a su madre le encantaba hacerlo, porque su cabello, de sí intensamente negro, adquiría un brillo lustroso de singular hermosura.

Pero ese año, preparadas y sembradas las milpas, el agua no llegaba, y en el corazón de la gente se asentaba la angustia. Cuando las pocas plantas que lograron germinar comenzaron a amarillarse, los ah kines se presentaron ante el Jalach Vinik para pedirle que ordenara un sacrificio a Xak', el dios de la

128 HEBERTO MORALES

lluvia. El propio Ah Chon Vinik encabezó la procesión silenciosa hasta el templo del dios; cuando llegaron a su explanada, un solo tambor colocado en la escalinata comenzó a marcar el ritmo de una danza lenta en que todo el pueblo participó, sin moverse nadie de su lugar. Mientras bailaban, todos vieron con asombro que un niño emprendía el ascenso de las gradas.

—¡Ah Zotz Chon!, exclamó la multitud sin poder contenerse.

Al llegar a la última grada, el niño se detuvo y se quedó contemplando la efigie de aquel extraño dios: se destacaba en su perfil una enorme nariz alargada; brotando de su ojo izquierdo, rodaba una lágrima solitaria que representaba los millones de gotas que los campos ansiaban. Entonces Ah Zotz Chon sacó de la envoltura de su b'ex una espina y, como se lo había enseñado tantas veces su padre, se atravesó la lengua; con la sangre que brotó, roció el altar de Xak', mientras en la explanada los hombres, sin dejar de danzar, repetían en angustiado crescendo el nombre de aquel dios inexorable:

—¡Xak'! ¡Xak'! ¡Xak'!

Hasta que por el poniente, K'ak'al se cansó del espectáculo y se enterró en las colinas.

Pasó un uinal, y luego otro, mas la lluvia no llegó, a pesar de que en la lejanía se escuchaba el retumbar de los truenos.

—Tendremos hambre, murmuraba la gente. Y muchos decidieron imitar a los zotziles y se dispusieron a buscar bajo las ramas en la selva el ox, y a guardar su semilla en sus graneros.

Una de esas mañanas llegó presuroso un mensajero a buscar a Ix–Mukuy y a rogarle que visitara a su padre, que había vuelto de la selva con una mordedura de nahuyaca, la víbora más venenosa de toda la región. Ix–Mukuy acudió presta y afligida, pero al llegar a la casa de Ah Tuluk–spukuj supo que él ya no podía hablar.

—Dime algo, jatatatik, le lloró, arrodillada junto al pop en que yacía.

El ah kin abrió la boca sin que pudiera emitir ningún sonido; alargó la mano, la apoyó sobre el piso de tierra apisonada y, con el último esfuerzo, dibujó una espiral.

—¿Jurakán?, murmuró espantada Ix–Mukuy, preguntando con los ojos igual que con los labios.

Ah Tuluk–spukuj movió ligeramente la vista y la fijó para siempre en la figura trazada sobre el piso. Ix–Mukuy lo sacudió violentamente por los hombros, lo bañó con sus lágrimas, le gritó palabras que le llegaron desde el fondo de su infancia; pero Ah Tuluk–spukuj ya no pudo responder. Al levantarse, Ix–Mukuy sintió que emprendía su vuelo un pájaro de luz de grandes alas suaves y de ojos sin color.

Ik, el dios de los vientos, llegó esa misma tarde, arrastrando goterones que cayeron sobre el llano con estruendo destructor. El cuerpo de Ah Tuluk–spukuj tuvo que ser sepultado en un agujero que Ah K'ok ta Binajel cavó en el centro de su casa. Cuando hubieron terminado de apisonar la tierra sobre el muerto, el Jalach Vinik, que había asistido al sepelio por respeto a su mujer, tomó la capa del difunto ah kin y, frente a los zotziles dentro y fuera de la casa a pesar de la lluvia, se la puso a Ah K'ok sobre los hombros, y le dijo en voz alta:

—Ahora tú eres Ah Tuluk–spukuj.

—¡No!, exclamó Ix–Mukuy, desgarrada su voz por el sufrimiento. ¡Tú eres el hijo de Tuluk–spukuj!

La mujer salió huyendo entre los aguaceros. Los que la sintieron pasar cerca escucharon que murmuraba entre dientes, como poseída de algún oculto terror:

—¡Jurakán! ¡Jurakán!

Pero ella sabía que del ch'ulel de su padre había brotado esa última expresión como legado de esperanza, y que un pájaro de luz aletearía para siempre sobre su gente para mirar hacia atrás y encontrar en el recuerdo el renuevo de su fuerza.

La furia de Ik, el viento, destruyó los pocos maizales que la sequía había dejado en pie. Los campos inundados reflejaban el sol. En pocos días la tierra absorbió toda aquella humedad, y entonces vieron los hombres que de las colinas las aguas habían arrastrado enormes cantidades de hojarasca podrida.

—Ik acarreó comida para nuestros campos, dijeron con suspiros de ilusión.

Y hasta los zotziles creyeron que el año siguiente obtendrían abundantes cosechas de maíz y de frijol y de calabazas y de chile, y que de alguna manera el cielo les volvería a sonreír.

***

Los vigías de Ah Chon Vinik entraron apresurados y afligidos a la Muc' Na.

—Llegaron canoas a la raíz del Ja–ta–té, anunciaron.

—Las sacaron del agua y se quedaron a guardarlas los guerreros, pero su nacom y cinco hombres vienen por el sak–bé, explicó el batab de los vigías.

Momentos después fueron recibidos por el Jalach Vinik. Hacía ya mucho tiempo que ningún guerrero había puesto pies en las tierras de Tonil–ná, desde que el abuelo de Ah Chon Vinik había tomado prisionero a Ah Kan Xul, el gran rey del Occidente.

—¿Cuántos son?, interrogó Ah Chon Vinik.

—Son más de tres veintenas, replicó el batab.

—¿Vienen armados los que tomaron por el sak–bé?

—No, vienen vestidos con ropa de plumas.

—Que nadie los toque, ordenó el Jalach Vinik. Deben llegar libres a mi presencia.

Se quedó pensativo. Luego de unos momentos de reflexión, se dirigió al batab de sus guerreros y le instruyó:

—Manda con los vigías a cien hombres armados que no sean vistos por nadie.

Salieron todos y dejaron al jefe sumido en sus pensamientos. No tardaron mucho en llegar a la ciudad los extraños visitantes. Al pasar por la plaza, una mujer se quedó viendo aterrorizada el emblema bordado en plumas verdes sobre fondo amarillo en el capote del nacom. Levantó apurada sus cosas y salió velozmente rumbo al paraje de los zotzil vinik.

—¡Guerreros de Yax!, susurró con los ojos abiertos por el miedo al llegar a la primera casa.

Mientras sus palabras volaban de jacal en jacal y llegaban a los campos donde trabajaban los hombres, los extranjeros atravesaron con paso firme y confiado los vericuetos de torres y templos, como si fueran conocedores, y se encaminaron direcatmente a la Muc' Na. El nacom se sacó de debajo del capote un libro y lo desdobló frente a los guardias; en seguida lo levantó sobre su cabeza y exclamó, hablando con el habla de la gente de Tonil—ná:

—Debemos hablar con Ah Chon Vinik.

Los guardias, con órdenes de hacerlos pasar, apenas pudieron dominar el impulso que los mandaba a lanzarse con sus armas y despedazar a los arrogantes intrusos.

Ah Chon Vinik había reunido a sus ah kines y a sus batabes; había nombrado nacom de sus guerreros a su amigo, el fuerte y ágil Ah Xik, el gavilán y, sentado en su sitial, esperaba la llegada de aquellos hombres que para esos momentos habían ya suscitado el nerviosismo de toda la ciudad. Por una hendija tras del asiento del Halach Vinik espiaba con ansiedad la todavía hermosa Ix—Mukuy, que esperaba ya su tercer hijo. Cuando vio entrar al nacom extranjero, su rostro perdió el color y sus ojos se llenaron de horror. Inmediatamente mandó a un mensajero para que buscara a su hermano, el hijo de Tuluk—spukuj.

—Dile que es él, ordenó la mujer. ¡Que es Ah S'jol Chij.

En la gran sala de la Muc' Na, los ah kines se inclinaron sobre la tira de papel que el nacom visitante había desdoblado. Después de un largo rato de conferenciar entre ellos, se volvieron a su Jalach Vinik y le entregaron el libro cuidadosamente doblado.

—Léelo tú también, Ajau Ah Chon Vinik, intimó respetuosamente Ah Xik.

El jefe se inclinó y fue desdoblando lentamente aquella tira de papel de amate, mientras sus cejas se juntaban y el color se le encendía de cólera. Llamó luego a sus consejeros y confirmó con ellos su interpretación del mensaje. Tratando de no perder la compostura, se levantó, tomó el papel entre sus dos manos y lo hizo trizas y en seguida lo arrojó contra la cara del nacom extranjero quien, bajo el reflejo verde de su penacho de plumas de kukul, esbozó apenas una irónica sonrisa, se inclinó para despedirse sin decir palabra, y se retiró seguido de sus acompañantes.

—Nadie impedirá su salida, ordenó severamente Ah Chon Vinik a su nacom.

—¿Qué querían?, le preguntó esa noche en el silencio de su aposento Ix–Mukuy, su mujer.

—Nada.

—Tú sabes que yo también puedo descifrar los símbolos.

—Quieren que tú y tus hijos y tu hermano los acompañen.

—¿Adónde?, inquirió con temblor en su voz la mujer.

—A Yax.

—¿Y si no vamos?

—Se irán ellos a Yax y volverán con todos los guerreros de Ah Kukul Balam a destruir nuestra ciudad.

Los hombres abandonaron los campos y se fueron al monte a cortar jules y troncos para confeccionar armas. Las mujeres encendieron fuegos para quemar y endurecer las puntas de las varas y convertirlas en dardos. Bajo la dirección de los conocedores, algunos de los zotzil vinik se ausentaron para llegar hasta una lejana montaña rica en pedernal; volvieron una luna después con sus redes cargadas de puntas y de escamas para reforzar las macanas cortadas en madera de yaxib–té. Ah Xik, el nuevo nacom de los guerreros, ordenó que los más viejos de sus soldados enseñaran a los jóvenes el uso de las armas y la manera de esconderse entre los árboles para no ser vistos por el enemigo; reforzó los grupos de vigías que cuidaban los sak–bés y escogió un grupo especial de zotztil vinik para que, bajo la dirección del ya famoso Ah Kutz, sirvieran como vigías de avanzada, capaces de descubrir la presencia de guerreros de Ah Kukul Balam hasta en el movimiento de las ramas. Finalmente, decidió que el grupo más selecto de sus soldados se apostara en las cercanías del Ja–ta–té, en la creencia de que los guerreros de Yax habrían de preferir el viaje por agua a los peligros y la tardanza del camino por la selva.

Una tarde, el hermano de Ix–Mukuy rogó hablar con el Jalach Vinik.

—Mi gente no sabe de guerra ni quiere derramar sangre de hermanos, suplicó el hijo de Tuluk–spukuj, postrado a las plantas de Ah Chon Vinik.

—Por ahora tus hombres servirán como vigías y fabricarán armas. Si un día se necesitan, deberán tomar su lugar para defender esta ciudad, que es la ciudad de todos.

—Mi gente puede quedarse en los campos para levantar cosechas y traer la comida para todos.

—Nuestros graneros están llenos, respondió molesto Ah Chon Vinik.

—No estarán llenos para el año que viene, replicó testarudo el ah kin de los zotziles.

—Vuelve a tu paraje, y ordena que cada uno de tus hombres cumpla con la misión que Ah Xik le haya encomendado.

Viendo que el hijo de Ah Tuluk–spukuj todavía se encontraba postrado a sus pies y comprendiendo que se trataba del hermano de Ix–Mukuy, Ah Chon Vinik sintió remordimiento de haber sido duro con él y entonces, inclinándose, lo tomó de los hombros y lo levantó y le dijo, casi convencido:

—Tus hombres no tendrán que arrojar un solo dardo.

Pero pocas noches después llegaron al mismo tiempo a la Muc' Na, Ah Xik y Ah Kutz.

—Vienen guerreros por un lado del sak–bé de Otulum, informó el vigía zotzil.

—Y por el río avanzan lentamente más de tres veintenas de canoas, añadió el nacom.

—¿Quiénes están más cerca?, interrogó el Jalach Vinik.

—Yo creo que los del camino, observó Ah Kutz. Pero no sé si son de Yax.

—¡Cómo!, exclamó perdiendo la paciencia el jefe. ¿No eres tú de Yax? ¿Y no puedes reconocer a los guerreros de allá?

—Traen solamente b'ex de ropa y tienen un arma que yo no he visto nunca.

—¿Qué arma?, se atrevió a intervenir el nacom.

—Es como un tambor recortado y cubierto de gruesas pasadas de hilo de algodón.

—Yo sé qué es, cortó el nacom. Es un pakal, un escudo; sirve para defenderse de los golpes. Lo usan los guerreros que han llegado a las llanuras donde nace el sol.

—Retira a tus guerreros del río, ordenó entonces el Jalach Vinik, dirigiéndose al nacom. Que suban a los árboles sin dejarse ver ni oír, y que ataquen sin hablar. Deben destruír la fuerza del camino y volver rápidamente a la ciudad para encontrarse de frente con los de las canoas.

—¿Y si no son de Yax?, objetó tímidamente Ah Kutz.

—¡Nada tienen que hacer en tierras de nuestra ciudad!, exclamó exasperado Ah Chon Vinik.

Se retiraron. Para Ah Xik era triste atacar sin hacer sonar la alegría de las trompetas y las caracolas y los tambores y sin dar rienda suelta a la gritería de los jolcanes. Pero tenía que cumplir las órdenes de su señor, y sin más dudas se echó al camino, acompañado de Ah Kutz para dirigir a sus hombres al lugar de la batalla. Ésta fue breve, pues los hombres de Ah Kukul Balam no supieron responder a la sorpresa de los cientos de dardos envenenados que sin que lo sospecharan les llovieron de en medio de las ramas de los árboles; muchos de ellos quedaron muertos en el lugar y muchos se entregaron presos, rodeados por todas partes por los guerreros de Tonil–ná. Su entrada a la ciudad fue aclamada por los viejos y por las mujeres que los vieron llegar. Pero esta fácil victoria no engañó a Ah Chon Vinik ni a su nacom. Pronto se dieron cuenta de que esto no era más que una hábil jugada, pues en esos momentos llegaron los vigías del río a anunciar la avanzada de los guerreros que acababan de desembarcar.

—Lleva a toda tu gente para enfrentarte a ellos lo más lejos posible de la ciudad, ordenó el Jalach Vinik.

Pronto será de noche, pensó el gobernante, y los guerreros no tienen costumbre de pelear en la oscuridad.

—Llamen a Ah Tuluk–spukuj, ordenó.

La batalla en la llanura era desigual; aunque los guerreros de Tonil–ná superaban a los contrarios en número, la habilidad y la experiencia de los hombres de Yax eran muy superiores. Pronto comenzaron los defensores a ceder el campo, y para el momento en que Kin–K'ak'al se retiró tras de los montes, los hombres de Ah Kukul Balam se encontraban ya frente a las primeras casas de la ciudad. La gente huyó, replegándose hacia las torres de sus templos y a las cercanías de la plaza y de la Muc' Ná.

Cayó la noche. U, la luna, no alumbró los ensangrentados campos de la llanura. En el cielo no brillaban más que unas cuantas, tímidas estrellas. En el enorme silencio del temor, apenas se destacaba en la lejanía el aullido lastimero de ok'il, el perro de las montañas; cerca de la ciudad, se lamentaba tuluk–spukuj, el búho, con su voz de sordina. De repente, muy cerca del campamento de Ah S'jol Chij se escuchó el estridente llamado de zotz, el murciélago. El nacom aguzó el oído, y el corazón se le llenó de alegría. Hizo llamar de inmediato a los principales batabes de su ejército y les comunicó lo que acontecía.

—La mujer y sus hijos se escapan rumbo a la selva, les dijo. Cinco guerreros podemos cortar su retirada y hacerlos prisioneros. Si lo logramos, la guerra habrá terminado, y podremos llevar un gran botín a Yax, además de conseguir hombres para las guerras de Ah Kukul Balam contra Chaan Muan.

—La noche no es para guerrear, objetaron los batabes.

—No es guerra, contestó Ah S'jol Chij. Caeremos sobre ellos sin que puedan oponer resistencia.

Todavía podía escucharse en la cercanía, moviéndose hacia la selva, el peculiar sonido de la voz de zotz.

—Solamente los zotzil uinik pueden ver en la oscuridad, apuntó Ah Kuch, el mayor de los batabes.

—¡Yo soy un zotzil uinik!, casi exclamó el nacom.

Se metieron entre las sombras en persecución de los fugitivos. Pasaron el puente de troncos y se fueron al otro lado del sak–bé. Cuando apenas se habían internado en la selva, cesó como por una orden el parloteo de los cuatro zotzil vinik que fingían escapar. De las ramas cayeron sobre los guerreros de Yax más de veinte hombres de Tonil–ná. A los batabes los ataron y les pusieron mor-

dazas y los arrastraron, junto con el cuerpo de su jefe, a la Muc' Ná. El Jalach
Vinik ordenó que los subieran a lo alto de la pirámide principal. Prepararon
enormes fogatas; al encenderlas, sonaron las trompetas sagradas y, teniendo a
la vista a los batabes de Yax amarrados a las columnas del templo, el ah kin de
Xak exclamó con voz tan sonora que podía escucharse por toda la llanura:

—Xak, el dios del agua, y Zotz, el dios del cuarto mes, protegen a Ah Zotz
Chon, nuestro futuro Jalach Vinik. Así como están estos batabes de Yax, ama-
rrados y humillados, se encontrará dentro de poco el mismo Ah Kukul
Balam, el pájaro jaguar.

Los jolcanes de Yax se despertaron como si tuvieran una pesadilla. A la
luz de las hogueras veían claramente a sus batabes amarrados junto al templo;
y podían imaginar la suerte de su nacom, por la horrenda mancha que corría
de su cabeza hacia abajo. Se levantaron y, viéndose sin jefes, emprendieron
la fuga rumbo al sak–bé que serpenteaba por las colinas hacia el río Ja–ta–té.

—¡Nadie los persiga!, ordenó con estentórea voz Ah Chon Vinik.

Nadie los persiguió. Pero en la vida de Tonil–ná las cosas habían cambiado para siempre. Cada vez que las guerras con Bonbil–ná le daban a Yax
un respiro, sus remeros remaban río arriba y se presentaban amenazadores
por las tierras de Ah Chon Vinik. El Jalach Vinik vio la necesidad de mantener una gran cantidad de hombres sobre las armas, prestos siempre a enfrentarse a las emergencias de la guerra, y las siembras en los campos comenzaron a quedar abandonadas en grandes extensiones. Las sementeras
cercanas a la ciudad fueron castigando el suelo y pronto las tierras se volvieron
muy poco productivas.

—No podemos vivir con tantas guerras, protestaron unos cuantos años
después ante el Jalach Vinik los jefes de los parajes.

Pero Ah Chon Vinik, el jefe sabio y poderoso, había envejecido prematuramente, agobiado por tantas dificultades. Con profundo desaliento vio
cómo aquella ciudad próspera que había heredado de sus antepasados, empezaba a descomponerse.

—Ya ni los sak–bés están limpios de maleza, comentaban los comerciantes al regresar de sus viajes.

Un día, volviendo de una de tantas batallas que ya él mismo dirigía desde
la muerte de Ah Xik, Ah Chon Vinik vio una serpiente muerta atravesada
en el camino. Le corrió frío por la espalda; mandó que se apresurara el paso
para llegar a la Muc' Ná lo más pronto posible. Entrando, ordenó que se le
llevara a su lecho y que se llamara a Ix–Mukuy.

—Mi ch'ulel se va, le dijo en cuanto se presentó.

Su mujer lo quedó viendo con aquellos grandes ojos negros, ya tan llenos
de tristeza. Lo bañó con ch'upak y con hierbas de olores, y luego lo arropó,
mientras mandaba a llamar a Ah Zotz Chon.

—El ch'ulel de un hombre fuerte no se va, dijo Ix–Mukuy, reteniendo
con furia una lágrima que se le escapaba. ¡Pásaselo a tu hijo!

Ah Chon Vinik extendió una mano y la puso sobre la cabeza de su heredero, que se había parado frente a él; pero entonces su cuerpo entero se soltó y no se volvió a mover.

Toda su gente lo había querido y respetado. Toda su gente asistió apesarada a su solemne funeral. Toda su gente vio cómo los ah kines colocaban sus restos en un sepulcro de piedra en la base de la pirámide que sostenía el templo más hermoso de la ciudad, aquel por cuya escalinata él había llevado de la mano, en medio de la alegría de su pueblo, a la bella Ix–Mukuy.

Pero en los ojos de la gente había hambre, descontento y temor.

—Debemos terminar estas guerras y ponernos a sembrar, le dijo Ix–Mukuy a Ah Zotz Chon, el día en que rodeado de guerreros ansiosos de combate, los ah kines le entregaron la capa y el penacho de Jalach Vinik.

Pero él no la pudo escuchar. Hervía en su sangre un ardor que era como un conjuro o quizá una maldición. Se vistió ropas de nacom y se lanzó a pelear. Cuando lo regresaron muerto, varios años después, los soldados le mandaron a hacer una estatua de piedra, con su nombre inscrito y sus insignias grabadas, y la colocaron frente al templo, sobre la tumba de su padre.

Ix–Mukuy no pudo soportar más. Su nieto, que era todavía un niño, debía gobernar bajo la dirección del nacom de los jolcanes. Ella, entonces, mandó a llamar a su hermano, el hijo de Tuluk–spukuj, y le entregó la parvada de tulukes que guardaba en su corral.

—Consérvalos para nuestra gente, le dijo. Haz que aprendan a cuidarlos cerca de sus casas. ¡Que nunca les falten!

Ya nunca supo nadie nada de ella. Pero por siglos, los zotzil vinik se inclinarían respetuosos a saludar a las tortolitas cuando se les cruzaran en su camino, y pensarían que el constante cabecear de la pequeña ave sería respuesta a sus saludos. Pero ya nunca nadie recordaría por qué.

* * *

Los últimos en abandonar aquel lugar fueron los zotzil vinik, casi veinte katunes[73] después de su llegada. Por las torres y los templos se habían metido los bejucales. De la hermosa Muc' Ná, que tenía patios enlajados y jardines, y corrales llenos de aves, no quedaba ni el recuerdo. Éstos eran otros zotzil vinik, que veneraban a Ix–Chel en su pequeño templo sobre una colina, bajo la cual crujían los restos de la gran pirámide. Todavía los regía un hijo de Tuluk–spukuj, que guardaba en su casa la capa blanca con búho en el pecho, y la piedra de Zotz, y que obligaba a los muchachos a jugar por las tardes en el campo de pelota.

La tierra ya no daba nada. Ya hacía mucho que no daba nada. La gente que no había muerto en las guerras se había escapado a buscar otras tierras y a adorar otros dioses.

---

73   *20 katunes*: 144.000 días.

El último Jalach Vinik había sido Ah Zotz Choj, tataranieto de la bella Ix–Mukuy. Le había dado muerte, junto con sus ah kines y sus batabes, su misma gente, pidiéndole ixim y exigiéndole paz. Y la paz había llegado, pero sólo cuando las hermosas cresterías de los templos se habían convertido en perchas para los gavilanes. De su paso por esa tierra quedaron como memoria las estatuas descabezadas y las Piedras del Recuerdo borradas con odio y prisa. Las lluvias compasivas arrastraron del monte tierra y lodo para darles sepultura.

Moxvikil[74]

El Hijo de Tuluk–spukuj se detuvo al ir cayendo el sol tras una majestuosa montaña que retrataba sus picos sobre los restos de un antiquísimo lago, del que ya no quedaban más que una laguna y unos cuantos arroyos retozones.

—Éste es un buen lugar, exclamó, cansado de vagar por montes y llanuras con su pequeña banda.

—Éste es un buen lugar, contestaron sus seguidores, deseosos de sentar real en alguna parte donde pudieran quedarse para siempre.

Se encontraban en la meseta de una colina olorosa a abetales y rica en gruesos troncos de batsi–té,[75] mirando hacia las verdes campiñas de un valle alto, encerrado por un cerco de montañas. En su larguísimo peregrinar de katunes, siempre rumbo a la puesta del sol, habían ido encontrando otra gente que hablaba otra lengua semejante a la de ellos, que comía ixim y chenek, pero que no era ellos, y después de breves temporadas de vivir cerca de sus pueblos habían continuado su marcha hacia delante, buscando soledad.

—Más allá hay un valle embrujado, les habían dicho en el último lugar, señalando hacia el poniente.

El Hijo de Tuluk–spukuj había muerto, y otro le había sucedido y luego otro y otro más, y cada uno conservaba en su ch'ulel los recuerdos y la fuerza. El nuevo Hijo de Tuluk–spukuj, joven y vigoroso, se quitó de la frente el pek'[76] con que sujetaba su carga; depositó la red en el suelo y se puso a hurgar en ella. Cuando sus compañeros vieron lo que hacía, descargaron ellos también sus redes y, en medio de suspiros de alegría y esperanza, se acercaron a rodearlo.

Poco a poco, reverentemente, el Hijo de Tuluk–spukuj extrajo el tesoro más preciado de su tribu: La Piedra de Zotz.

—Necesitamos piedras, anunció el ah kin.

Todos los hombres se dispersaron entre la arboleda y volvieron con

---

74 *Moxvikil:* significado: «allí se amarraron»; en la novela es el referente prehispánico de Moshviquil.

75 *Batsi–té:* tipo de árbol.

76 *Pek, Pek-mecapali:* arreglo que usaban los antiguos para colocar en la frente de modo que pudiera asegurarse la carga que llevaban en la espalda.

piedras sueltas, con las que hicieron un rústico túmulo. El ah kin se acercó y, ante la extasiada mirada de todos, colocó encima de todo la venerada piedra de sus antepasados. Entonces toda la gente se postró sobre la grama fría, húmeda con el rocío del atardecer.

—Necesitamos bejucos, dijo después de unos momentos el Hijo de Tuluk–spukuj.

Cuando vio que había suficiente bejuco, el ah kin ordenó que las mujeres ataran a los hombres a los troncos de los árboles. Así que él también estuvo amarrado, exclamó con voz de adivino:

—¡Aquí nos encontrará mañana K'ak'al, el Sol, y sabrá que éste es nuestro lugar! ¡Nuestros hijos recordarán que aquí nos amarramos para quedarnos, y le llamarán a este sitio Moxvikil!

* * *

En sus correrías de katunes por montes y llanuras, los zotzil vinik habían ido contagiando su lengua con las maneras de hablar de muchas partes; al llegar a Moxvikil, el lugar donde los hombres se amarraron para quedarse, ya poco les quedaba de aquellos remotos tiempos en que fueran canoeros en las aguas del gran río junto a Yax. Hasta los nombres de sus uinales habían cambiado, y la Piedra de Zotz era ya sólo un símbolo de fuerza y unidad.

Al día siguiente de su llegada comenzaron a buscar las cosas que necesitaban para vivir, y supieron que, junto al valle encantado, las serranías serían de ellos y de sus hijos para siempre, y entonces empezaron a dar nombres a las cosas y a los lugares y a las aves. Y así, trinando entre los cipreses y los abetos, el pajarillo rojo supo que su nombre sería tsajal–mut,[77] y el soberbio pavo de las llanuras que los acompañó para ser su amigo y su alimento en las montañas, entendió que seguiría siendo tuluk, y el roble que les dio los horcones para sus jacales sintió que lo llamarían batsi–té, y aun la gran montaña detrás de la cual se escondía por las tardes ya cansado el sol, se sintió orgullosa de que la llamaran Muc'tavits,[78] el cerro grande que serviría de guía y de recuerdo a incontables generaciones dentro y fuera del valle. ¡Ah, pero el valle![79] Su inigualable belleza juntada a los rumores de su magia causaba asombro y miedo. Los hombres se sentaban en cuclillas antes de anochecer, mientras sus mujeres bajaban temerosas al manantial que cantaba en murmullos allí cerca. En la lejanía, los tulares simulaban grandes brochazos sobre el verde claroscuro.

—¡Jovel!, exclamaban admirados, y seguían en cuclillas contemplando y tratando de entender dónde estaba el encanto.

---

77 *Tsajal–mut*: pájaro rojo.

78 *Muc'tavits*: la montaña más alta de las que rodean el valle de Jovel; en azteca significa Huey Tepetl (cerro grande); hoy se conoce como Huitepec.

79 *El valle*: El valle de Jovel. Una hondonada entre las montañas; los que saben dicen que no es valle sino un hundimiento; creen que fue el asiento de un lago montañés; con el tiempo, hace miles de años, el agua rasgó la montaña y el agua comenzó a fluir hacia la Tierra Caliente formando un río. La gente normal le dice valle, y es el lugar donde sucede todo en Jovel; es un lugar real; allí está situada la ciudad de San Cristóbal de Las Casas, que por trescientos años se llamó Ciudad Real de Chiapa.

De pronto bajaba en bandadas Pech', el pato, y se precipitaba en picada para esconderse en su nidal. O revoloteaba majestuoso Xik, el gavilán, buscando a T'ul, el conejo, entre las verdes varas para caer sobre él en vuelo vertical.

—¡Jovel!, decían los viejos, todavía en cuclillas, y sabían que allí abajo bullía una vida que ellos no comprendían y que nunca se animarían a escudriñar de cerca, porque el valle tenía un dueño que no había que despertar. Y se iba cada cual a su jacal de jules con altos techos de enramadas, y se dormía sobre un colchón de juncia, oloroso a pinar, y en medio de sus sueños todavía musitaba sobrecogido:

—¡Jovel! ¡Jovel! ¡Jovel!

* * *

Pronto se dieron cuenta de que su vida en esas frías montañas tendría que cambiar, y se dedicaron a recorrer los cerros uno por uno, por arriba y por abajo.

—Por todas partes, les decía su ah kin, a quien llamaban ya simplemente el Hijo de Turumpukuj.[80] ¡Por todas partes, menos por el valle!

—¡Suy–ton! ¡Suy–ton!, regresaron gritando una tarde los hijos de Ah Tsajal Mut.

El ah kin se puso en pie de inmediato y salió a encontrarlos.

—Muéstrenmelo, les dijo.

Sacaron de sus redes unos pedazos de piedra negruzca, fuerte y brillosa. El ah kin los sopesó y luego los partió a golpes de unos contra otros, y se dio cuenta de que les quedaban aristas filosas. Se puso a recordar, y a sus ojos cansados asomó una sonrisa ilusionada.

—Esto es suy–ton, pedernal, o xik–xulem, obsidiana, les dijo a los hombres que lo habían rodeado. De todas maneras, esto puede servirnos si sabemos aprovecharlo.

Al día siguiente bien de mañana, bajaron los hombres más viejos acompañando a su ah kin y se fueron a la parte del manantial que habían reservado para agua virgen; recogieron agua en un gran tecomate y esperaron a que saliera el sol. En ese momento lavaron con esa agua la cabeza, los brazos y los pies del Hijo de Turumpukuj, mientras el más viejo de todos exclamaba:

—¡Estás limpio y tienes el consejo de Zotz y el calor de K'ak'al!

Volvieron de inmediato a su paraje y, guiados por los hijos de Ah Tsajal Mut, se dirigieron al lugar donde habían recogido los pedazos de piedra. Sus ojos se quedaron asombrados al darse cuenta de que se encontraban frente a una verdadera mina de la piedra más valiosa que conocían. Allí mismo decidieron mandar al día siguiente a los mejores conocedores del trabajo de la piedra para que se dedicaran a forjar navajas y cuchillos y puntas de lanza

---

80   *Turumpukuj*: significa «búho» en el tzotzil del área. En la novela denomina a los jefes religioso-políticos-militares de los tzotziles.

para la cacería y los indispensables cho' para moler el maíz.

—¿Y qué haremos con todo eso?, preguntó intrigado un hijo de Ah Tsajal Mut.

—Lo trocaremos por ixim y chenek en las tierras que hemos dejado, respondió emocionado el Hijo de Turumpukuj.

Poco tiempo después comenzaron a salir de Moxvikil las filas de hombres agachados bajo el peso de sus valiosos instrumentos de piedra, y que habrían de volver cargando en sus espaldas las redes llenas de maíz y frijol y aun algunas pepitas de cacao, que para entonces ya se usaba para comprar importantes objetos de comercio en los pocos pueblos que todavía quedaban en las tierras bajas.

Fueron días buenos. La gente respiró aliviada y tranquila. Algunos incluso comenzaron a tratar de hacer pequeñas sementeras de maíz en las hondonadas de las montañas, y de vez en cuando recogían una que otra cosecha.

—Nos hace falta una casa para entregar las ofrendas a nuestros dioses, anunció el Hijo de Turumpukuj. Y nos falta un lugar para jugar y danzar.

Los hombres respondieron con alegría y hubo una fiebre de construcción de burdos muros y aun de una pequeña pirámide, sobre la cual armaron un templo hecho de horcones y cubierto con un techo de palmas que acarrearon desde las lejanas planadas de más allá del Ja–ta–té.

Pero una tarde se oyó el zumbar lejano de tambores. Presa del pánico, la gente huyó atropelladamente y se refugió, con sus tulukes, cerca de las peñas de donde obtenían el pedernal. Mandaron vigías pocos días después, y supieron que sus casas habían sido quemadas y su templo desacrado.

—No podemos salir huyendo cada vez que escuchamos el ruido de un tambor, dijo con mirada fiera Ah Ok'il.

—No somos gente de guerra, contestó con firmeza el Hijo de Turumpukuj.

—Ésta es la única tierra que hemos llamado nuestra, se oyó que clamaba con furia adolorida la voz de Ix–Pruvok, la mujer del ah kin.

Toda la gente volvió los ojos a ella. Había tanta verdad oculta en lo que acababa de decir, que todos callaron, esperando que alguien diera un paso adelante y se enfrentara plenamente a la inveterada actitud de su ah kin. Pero ya nadie dijo más. El ah kin agachó la cabeza, como si quisiera obligarla a apartarse de los rayos de la luna que comenzaba a alumbrar, grande y hermosa, apenas al ras de los pinares.

—Viviremos bajo los árboles, dijo entonces pausadamente el Hijo de Turumpukuj, mientras rodeamos nuestro paraje con troncos y mientras quemamos las puntas de los jules para poder defendernos.

Bajo el amparo de la luna llena, los hombres se pusieron a danzar hasta que, adoloridos de los pies, se tumbaron exhaustos en cualquier lugar.

Se fue y volvió U, la luna, muchas veces, besando al paso con su luz enamorada los flecos de la laguna que dormía en el valle rodeada de juncales. Otra vez se oyó, confundiéndose con el rumor de los pinares el lejano redoblar de los tambores.

—¡Son ellos!, gritó enardecido Ah Ok'il.

—Son ellos, confirmó sin emoción el Hijo de Turumpukuj.

Conforme lo tenían preparado, corrieron los más jóvenes a cubrir con ramas la gran empalizada y tras de ella se colocaron los más fuertes de los hombres, asistidos por muchachos y mujeres que les tenían preparados los jules con puntas de pedernal.

Los hombres de negro tupé[81] llegaron confiados, redoblando sus tambores y riendo entre la arboleda; varios de ellos nunca supieron de dónde les llegó el golpe de la muerte. Al sentirse acribillados por la furia de los zotzil vinik dispuestos a quedarse para siempre en el lugar donde se habían amarrado en señal de decisión definitiva, volvieron las espaldas y se echaron a los montes en avergonzada carrera.

—Debemos perseguirlos, gritó envalentonado Ah Ok'il.

—¡No!, cortó imperiosamente la voz del Hijo de Turumppukuj. Solamente debemos defendernos.

Hubo una pausa tensa. Los jóvenes deseaban lanzarse por el bosque, tan bien conocido de ellos, y cortarle al enemigo la retirada y destrozarlo para siempre. Los mayores, con los jules en sus manos, se detuvieron, mirando fijamente al ah kin. Él les devolvió la mirada, y en ella había siglos de recuerdos, de ansiedades y de sabiduría.

—Solamente debemos defendernos, repitió el ah kin sin levantar la voz.

Los hombres agacharon la cabeza, levantaron sus jules, sus cuchillos de piedra y sus macanas, y se fueron a sus casas a dormir al arrullo de aquel viento de montaña que parecía traer arrastrando en su lamento los recuerdos del mar.

Nunca más volvieron a atacar aquellos hombres de negro tupé que vivían desperdigados entre montes y llanos, más allá de la agreste serranía donde los zotziles se habían aposentado. Con el tiempo habrían de concentrarse en esa región, guardando el vago recuerdo de sus antepasados K'an y K'ak, y habrían de contagiarse de la manera de hablar de los seguidores de Zek que, huyendo de quién sabe qué terrores, avanzarían hacia la puesta del sol en busca de la paz y de un lugar donde vivir. Eran gente altiva, de mirar desconfiado, enamorada de su libertad y de su soledad.

✳ ✳ ✳

La paz volvió dentro de la empalizada. Los comerciantes continuaron saliendo en caravanas con sus cargas de instrumentos de piedra, y siguieron volviendo con ixim y chenek, mientras otros, oportunamente seleccionados, re-

---

81 *Hombres de negro tupé*: Los tzeltales (tzetzales); hasta hace unas décadas usaban el tupé como distintivo.

corrían las serranías en busca de frutas y de caza, o cortaban madera que ponían a secar, pensando que podría servir también como objeto de comercio en alguna tierra donde no supieran trabajarla.

Pero una madrugada, el pueblo entero despertó alborotado por los gritos que venían de un corral cerca de la estacada.

—Se llevó mi tuluk más grande, sollozaba Ix–Sabén, la comadreja.

—¿Pero quién se lo llevó?, preguntaban alarmadas las vecinas.

—No lo sé. Sólo quedó el rastro de sangre y de plumas.

La vida tuvo que continuar, y pronto la gente se olvidó del tuluk de Ix–Sabén. Mas unas cuantas noches después, nuevamente se escuchó en las cercanías de la empalizada el escándalo de las aves en un corral. Los vecinos se levantaron apresurados a media noche y corrieron a preguntar.

—Ahora fue mi tuluk, lloraba angustiada Ix–Supul, la mariposa.

Para esa hora ya incluso el ah kin había acudido al lugar, y se le veía lleno de preocupación.

—Necesitamos vigías que se turnen y que nos avisen cuando escuchen cualquier ruido extraño, decidió.

Pasaron varias noches en calma. U se hizo grande y brilló hermosa por toda la serranía. Solamente se escuchaban los lejanos aullidos de ok'il, escondido entre la maraña de los bosques. U se fue haciendo pequeña y las noches se tornaron oscuras. Los guardianes redoblaron su vigilancia, especialmente alrededor de los corrales de tulukes en las cercanías de la empalizada. Ah Xk'un, el correcaminos, cumplía su turno de guardia cuando de pronto vio que una ráfaga amarillenta saltaba la estacada y se metía entre los jules de una casa. Su grito desesperado llegó tarde y casi coincidió con los alaridos desgarradores de Ix–Nichim y su marido, que corrían tropezando tras la misma ráfaga que con asombrosa agilidad saltó nuevamente la empalizada y se perdió en la noche.

—Fue Bolom! ¡Fue Bolom!, gritaba la mujer. ¡Fue Bolom, Bolom, el tigre!

El pueblo entero había corrido a la casa de la infortunada mujer, pero nadie se explicaba lo que había sucedido.

—¿Qué te robó, mujer, si tú no tienes corral?

—¡Se llevó a Ix–Bik'it Nichim, la florecita, mi hija!

Estas palabras produjeron en la gente profunda consternación. Los viejos rodearon a su ah kin y él los llevó a su casa.

—¿Qué podemos hacer?, les preguntó a todos.

Tardaron cavilando largo rato. De pronto se dieron cuenta de que K'ak'al había asomado ya tras el cerco de montañas.

—¿Por qué no vamos a seguirle el rastro?, sugirió ya cansado Ah Tsajal Mut.

Se encaminaron a la casa de Ix–Nichim y en esa dirección salieron por una de las trampas que habían dejado en la empalizada. Después de un trecho de caminar observándolo todo con cuidado, Ah Vet se agachó y levantó una rama.

—¡Esto es sangre!, exclamó.

El rastro de la sangre los condujo a la boca de una cueva. Allí se detuvieron temerosos de que en cualquier momento se lanzara sobre ellos la furia de aquel desconocido enemigo.

—¿Qué hacemos?, preguntaron al mismo tiempo varios viejos.

Nadie respondió. Cabizbajos regresaron a su aldea, rumiando para sus adentros maldiciones contra aquel ladrón asesino. La gente se arremolinó alrededor de ellos para escuchar lo que tuvieran que decir, pero ni los ancianos ni el ah kin se animaban a hablar.

—Tarde o temprano bajará al agua, dijo finalmente el Hijo de Turumpukuj. Tendremos siempre a un joven de ojos nuevos para que lo conozca y nos diga cómo es.

U, la luna, había vuelto a bañar de tibia luz el valle y las laderas. Sobre la rama de un batsi–té acechaba el hijo de Ah Xik, en su turno de vigilancia. Desde allí lo sintió llegar, cuando hizo una pausa en frío su corazón. Lo vio acercarse al agua, alzada la cabeza y abiertos los ojos que miraban con desdén a todas partes; y luego lo vio perderse de un salto entre la maleza rumbo a las alturas. Brincó de su escondite y corrió con toda la velocidad de sus piernas; acezando, dio voces frente a la estacada.

—Es grande, explicó el muchacho a toda la gente reunida frente a la pequeña pirámide que habían rehecho junto a los muros del juego de pelota. El color de su piel es amarillento; sus ojos son como el color del cielo a medio día, pero dan frío. Y camina como si todo fuera de él.

—Y se burla de nosotros, gimió apenas Ix–Nichim.

—Vayamos a buscarlo ahora mismo, rugió con ira Ah Ok'il.

—Debemos matarlo antes de que él acabe con nosotros, gritó Ah Vet.

—¡Vayamos ahora mismo!, corearon varios jóvenes.

—¡No!, tronó la voz del Hijo de Turumpukuj.

—¿Por qué no?, preguntó con voz agria Ix–Nichim.

—¡Es ladrón!, decían unos.

—¡Es asesino!, clamaban otros.

—No debemos esperar más, exclamó levantando su macana Ah Tsajal Mut.

—¡No!, volvió a escucharse la voz del ah kin. Este tigre no es de estas serranías. ¿Cuándo hemos visto un animal que tenga esos colores? Sus ojos azules nos hablan del cielo que nos cubre y protege. Si lo matamos, ¿no nos mandará el cielo un enemigo peor?

—¿Entonces qué hacemos?, requirió desesperado Ah Vet.

Miró al cielo el hijo de Tumrumpukuj. La luna comenzaba a desaparecer, emblanquecida por los primeros rayos del sol.

—Tres veces cada uinal, suspiró el ah kin, le llevaremos una ofrenda de carne: un tuluk, un pedazo de chij, lo que podamos encontrar en la montaña, y se la dejaremos a la puerta de su casa.

—¿Es un dios?, preguntó Ix–Nichim.

—No lo sé, dijo el ah kin. Pero no es uno de nosotros.

Se agachó pensativo y luego, sin decir más, se fue a su casa. La gente se fue a seguir con sus quehaceres: sus siembras, su cantera, sus viajes y excursiones por los cerros.

—¡Na Bolom!, murmuraban asustados, escurriéndose entre la maleza cuando tenían necesidad de pasar cerca de la fatídica cueva.

—¡Na Bolom, casa del tigre!, decían señalando hacia donde el ah kin, acompañado de dos viejos, caminaba cansado, llevando las ofrendas.

—¡Na Bolom!, exclamaban con los ojos abiertos cuando el viento aullaba por la boca de la cueva y parecía que allí se juntaban en macabro aquelarre todos los espíritus malignos del universo.

De tarde en tarde todavía el maldito animal saltaba sobre las puntiagudas estacas de la empalizada y huía llevando entre sus dientes un tuluk. La gente poco a poco aprendió a guardar sus animales en el interior de sus casas y cerrar sus entradas con gruesos planchones de aquella madera que con tanta paciencia habían puesto a secar los hombres para negociar.

Un día amaneció muerto en su casa el Hijo de Turumpukuj. Lo sepultaron en medio de grandes llantos. Ya no había quien recordara la manera de hacer las piedras del recuerdo; solamente lo enterraron. A los lados de su sepulcro colocaron unas lajas blancas sobre las cuales pintaron con ocre siluetas de Turumpukuj, el búho. El nuevo ah kin había aprendido de su padre todos los recuerdos de sus antepasados, y heredó su casa y su prestigio.

—¿Ahora vamos a matar el tigre?, llegó a preguntarle el viejo Ah Tsajal Mut.

—No, respondió el muchacho. Ya se matará solo.

Pasó todavía un par de años. Una madrugada toda llena de niebla se desgarró con un terrible lamento. Presa de espanto, la gente corrió a la empalizada llevando rajas de ocote encendidas. A esa tétrica luz pudieron ver al viejo tigre revolviéndose en estertores, ensartado en la punta filosa de una estaca.

—¡Acabó el ladrón!, gritaban unos.

—¡Acabó el asesino!, contestaban otros.

En cuanto se quedó quieto, se acercaron y lo bajaron a jalones y se lo llevaron arrastrando entre insultos y silbidos, y ese día hubo danzas y festines. Por la tarde, acompañados de su nuevo ah kin, fueron todos a la cueva. Temerosos se metieron por el hediondo socavón.

—¡Aquí fue Na Bolom! ¡Aquí fue la casa del tigre!, aseguró, sin que nadie lo dudara, Ah Tsajal Mut.

—Busquemos qué secretos guardaba, sugirió Ix–Nichim, de cara prematuramente envejecida.

Regados por el piso, entre pedazos de ollas y huesos de tuluk o de chij, rodaban los recuerdos de miedos y trabajos y de tantas noches pasadas en la preocupación. Al fondo, esparcidos entre pedruzcos y roídos, quedaban los huesitos de la dulce y querida Bik'it Nichim.

—¡Na Bolom, Moxvikil te recordará entre lágrimas!, gritó casi llorando el nuevo hijo de Turumpukuj.

Zotzleb [82]

Los keremtik, los jóvenes de Moxvikil, tenían obligación de continuar las correrías por los cerros, en busca de algo que pudiera servir. ¿No habría entre tantas cuevas y roquedas algún secreto lugar que guardara en sus entrañas una escondida riqueza? Pero volvían cansados, cargando en sus redes nada más que las frutas de los árboles, como el on[83] y el tzitz,[84] o algún trozo de carne de chij, o un armadillo vivo.

Los descendientes de Ah Ok'il habían conservado el carácter rebelde de su ancestro. Un día se presentaron en grupo ante el nuevo Hijo de Turumpukuj y le pidieron permiso para partir.

—¿Adónde van?, preguntó lleno de tristes sospechas el ah kin.

—A donde sale el sol, respondió el muchacho mayor.

—¿Y qué van a buscar?

—Lugar.

—Aquí hay lugar para todos, respondió un tanto inseguro el jefe.

—Empezamos a tener hambre, confesó Ah Ok'il con un dejo de tristeza.

El Hijo de Turumpukuj los vio partir, sintiendo que un enorme vacío llenaba su ch'ulel. Al menos se van como amigos. Un día talvez volverán. O nosotros los seguiremos, llevando en las espaldas la piedra de Zotz. Pero por mucho tiempo no pasó nada. Y las cargas de instrumentos de pedernal tenían que llevarse cada vez más lejos…

Una tarde se encontraba el hijo de Turumpukuj sentado en cuclillas frente a la pequeña escalinata de piedra blanca que conducía al templo, mirando hacia el Muc'tavits. Esperaba el regreso de los keremtik que habían salido por las montañas en su acostumbrado viaje de exploración. De repente los divisó entre los batsi–té. Sus ojos venían cantando una nueva emoción. Una extraña sensación recorrió todo el cuerpo del ah kin. Se levantó ágilmente y se apresuró a salir al encuentro de los muchachos.

—¡Mira, jtata, y prueba!, exclamó Ah Poy, el zorrillo, sacando de su red unos terrones de color blancuzco.

---

82 *Zotzleb*: el pueblo de Zotz.

83 *On*: aguacate.

84 *Tzitz*: variedad endémica del aguacate.

Se llevó uno el ah kin a la boca, desconfiado. Abrió desmesuradamente los ojos; los cerró otra vez, mientras se llevaba a la boca otro terrón. Convencido y lleno de emoción, se quedó mirando a toda la gente que se había reunido en su derredor al saber del regreso de los keremtik, y exclamó:

—¡Es atzam! ¡Es sal! ¿De dónde la trajeron?

—Con tu permiso, jtata, nos atrevimos a ir al otro lado de la montaña Muc'tavits, se apresuró a responder otro kerem, el hijo de Ah Uch. Y bajamos, bajamos muchos días vagando entre los bosques.

—Entonces vimos un arroyo que brillaba junto a una colina de tierra blanca, interrumpió el hijo de Ah Vet, el gato montés. Y nos fuimos para allá, porque teníamos sed.

—Pero el agua no era buena, exclamó Ah Poy, quitándole a su amigo la palabra.

—Y nos echamos en la tierra, jtata, para comer nuestro guaj.

—Cuando terminamos, yo me chupé los dedos, añadió Ah Poy, porque se me habían manchado de tierra. ¡Y entonces sentí el sabor de sal!

—¡Y todos nos pusimos a probar!, concluyó el pequeño Ah Vet.

—¡Atzam!, murmuraban mientras tanto las mujeres con los ojos abiertos.

—¡Atzam!, repetían los comerciantes, pensando en los largos caminos entre los bosques.

—¡Atzam!, musitaban entre sus pocos dientes los viejos, recordando el olvidado sabor de la carne sazonada con sal.

—Hay sal en nuestra serranía, dijo lentamente y pensativo el Hijo de Turumpukuj.

Sin añadir palabra, se encaminó paso a paso a la pequeña plaza donde se erguía el templo; subió las pocas gradas que lo separaban de la multitud que lo había seguido y, mirando fijamente hacia la Piedra de Zotz, se sacó de la envoltura del b'ex la aguda espina que siempre llevaba consigo. K'ak'al, el sol, espiando de la altura, antes de hundirse tras el Muc'tavits, contempló entre sonrisas cómo dos gruesas gotas de sangre rodaban sobre el altar como si fueran cantando una canción de gracias.

* * *

Más allá de esas montañas y de otras muchas más, al otro lado de altos picos blanqueados por nieves eternas, había un lago. De día sus aguas retrataban un bello cielo azul, y de noche dejaban anidar a las estrellas, mecidas por las manos de un aire terso y limpio, delgado y sutil. Una mañana, brotando de las sombras de la madrugada y de los pantanos de la orilla, unos hombres oscuros y de fiera mirada se arrastraron en balsas y llegaron hasta el islote del centro. Su jefe, pintarrajeada la cara con rayas azules y amarillas, sacó de su barca el cuerpo de una joven mujer, lo dobló sobre su rodilla, alzó la mano y le rasgó el pecho con su cuchillo de obsidiana, que arrojó entre las piedras. Hurgó entonces con la diestra y le extrajo el corazón. Se levantó, y volviendo los feroces ojos hacia el sol naciente, gritó con un grito que era dolor o rabia o ilusión:

—¡A ti, Padre Huixilopoxtli,[85] toda sangre y todo honor!

Sus compañeros, los feroces mexicas del lago, arrojaron al aire sus dardos y sus flechas, y luego de recogerlos entre gritos y danzas, se fueron en abierta carrera por las orillas de la isla en señal de tomarla para ellos y sus hijos para siempre. Algún día habría de surgir de entre sus nidos de culebras y de águilas, una enorme, rica y poderosa ciudad.

Mientras tanto, allá por las montañas al sureste, los ancianos lavaban en la nueva agua virgen de sabor salado la cabeza y los brazos de su ah kin, el Hijo de Turumpukuj.

—Este lugar es nuestro, anunció el ah kin, dejando por un momento sobre la tierra blanca la Piedra de Zotz. Esta sal es la riqueza que hemos buscado, y que llevaremos por todos los caminos para cambiarla por ixim o chenek o ts'ol, o por el cacao que los dioses no les dieron a nuestras montañas.

—¡Jech, jtatatik!, respondieron los ancianos–moletik, inclinando la cabeza como si hablaran con su dios.

No tardaron los hombres en comenzar a romper con hachas de pedernal aquella blanca tierra que sus comerciantes habrían de llevar en sus redes por todas partes, abriendo caminos y descubriendo pueblos, o creándolos a su paso.

—Volver a Moxvikil es largo camino, protestó, sin embargo, una tarde, luego de varios días de pesado trabajo el fornido Ah Uch.

—Quedar aquí es peor, le respondió, limpiándose el sudor Ah Vet. ¡Aquí ya es casi tierra caliente!

Estas pláticas y otros rumores de descontento llegaron a los oídos del ah kin, que ya se daba cuenta de que era necesario proteger aquel lugar que podría darle a su gente riqueza y prosperidad. Así pues, él mismo encabezó una expedición de ancianos más allá del Muc'tavits en busca de un paraje a donde pudiera mandar unas cuantas familias que se encargaran de supervisar el negocio de la sal. Se fueron poco a poco, buscando alegremente pero con gran cuidado, acampando a cada poco, hasta que tropezaron con un risueño valle cruzado por un arroyo y protegido de los vientos por la espalda del Muc'tavits. ¿No se podría sembrar aquí maíz? ¿Y frijol? ¿Y al mismo tiempo estar cerca de Sakil-lum, la tierra blanca de la sal? Acamparon allí el ah kin y los ancianos, escuchando el concierto de las aves y el viento por la noche. Al amanecer, el Hijo de Turumpukuj contempló maravillado cómo a la vera del valle se levantaba lleno de majestad un pico de montaña, tan semejante en su memoria a aquellos montes sagrados de que su abuelo le había hablado, repitiendo los recuerdos de sus antepasados, y adonde subían los ah kines por

---

85   *Huixilopoxtli*: dios de la guerra.

majestuosas escalinatas entre nubes de pom. Se arrojó al suelo, abrumado por la tormenta que bullía en su ch'ulel y así, postrado frente al sol de la mañana, entonó su primera oración:

—¡Bendito seas, Padre K'ak'al, que a mí, el último en las generaciones de mis padres, me has mostrado este lugar! ¡Aquí es la tierra del murciélago! ¡Aquí es Zotz–leb! ¡Éste será en adelante el lugar de tus hijos!

—¡Zotzleb! ¡Zotzleb!, exclamaron los ancianos que lo acompañaban, contagiados de su entusiasmo, pero había en su voz al mismo tiempo duda y admiración.

—¿Qué quieres decir, Hijo de Turumpukuj?, preguntó con voz temblorosa el viejo Ah Vet, el abuelo.

—Que traeremos en gran fiesta a este lugar nuestra Piedra de Zotz, y le construiremos su templo en la cima de ese maravilloso pico que domina el valle.

—¿Y abandonaremos nuestras casas?

—¿Y el recinto sagrado que levantaron nuestros padres?

—¿Y el agua virgen que hemos repetido desde antes que nacieran nuestros abuelos?

Se callaron pensativos los ancianos. El ah kin se levantó, empuñando apretado su negro bastón de mando. Sin hablar, se echó a andar hacia la cumbre. Era un hermoso pico, separado del macizo de las montañas. Desde abajo tenía forma de pirámide apuntada cual cabeza de flecha hacia el azul del cielo. Caminaron en adusto silencio, cada quien abrumado por sus propios recuerdos, por su propio cansancio y por sus ilusiones. A medio cerro se sentaron a descansar bajo la sombra de los robles, porque eran viejos. Todos.

—Mi abuelo me contó, dijo Ah Vet, rompiendo el silencio, que hace muchos katunes los viejos se amarraron a los troncos de los árboles de nuestro lugar, que fue por eso llamado Moxvikil.

—Sí, añadió, encorvado sobre un bordón Ah Xulem, y que la tierra frente al valle sería nuestra para siempre.

—Sí, pero el valle de Jovel está embrujado. ¡Tiene dueño!, exclamó Ah Joj, el cuervo.

En eso vieron que el ah kin había continuado hacia delante, y se levantaron para seguirlo, hasta que llegaron a la cima, y volvieron a sentarse, contemplando desde allí, perdidos sus recuerdos en el éxtais de una visión que se antojaba irreal, el mar de pinos y de robles que cubría la planada.

—Háblanos tú, Hijo de Turumpukuj, concedió con humildad Ah Vet. Hoy, como pocas veces, traes en tu mano el ak'té, el bastón de mando que heredaste de tus abuelos y que ellos heredaron de los de ellos.

Unos a otros se miraron los ancianos. Había tanto atrevimiento en la humildad de aquel hombre de pequeña estatura, pero cuya familia se había distinguido siempre por su facilidad para la acción y para hallar el camino aun entre las selvas más oscuras. El ah kin no se levantó. Se acomodó en cuclillas en medio de esos viejos, sus amigos, y luego les habló, como si estuviera soñando.

—Hay dentro de mi ch'ulel una lucha de recuerdos, dijo. Se pelea lo que veo con lo que mis abuelos dejaron dibujado en los ojos sin color que miran todos mis pasos y los miden. Ahora veo un pueblo levantado en las faldas de esta sagrada montaña. Veo los caminos que abrirán nuestros hijos… Y el pájaro de luz que llevo dentro, aletea entre sonrisas. Pero el recuerdo de lo que hemos tenido que sufrir para sostener nuestras casas y el templo, y aquel campo donde los kemetik corren y saltan con la pelota…

—Cuando todos se vengan a este lugar, yo me quedaré a guardar la montaña santa de Moxvikil. Y allá estarán mis hijos y sus hijos. Un día tu gente, Hijo de Turumpukuj, necesitará mi ayuda. ¡Allí estarán mis nietos, guardando los recuerdos de todo lo pasado!, dijo, sintiéndose ya solo el viejo Ah Vet.

—Yo me vengo a Zotzleb, prometió el alto y fornido Ah Uch.

—Y yo también, dijo como en eco Ah Joj.

—Yo soy comerciante, intervino, apoyándose en su bordón Ah Xulem. Gracias a Zotz y a ti, Hijo de Turumpukuj, ahora nuestro comercio se aumenta con la sal, que nos traerá quién sabe cuántas cosas para estar mejor. ¡Yo me vengo al lugar donde será Zotzleb!

Cuando todos hubieron terminado de hablar, se levantó el ah kin. Los ancianos lo imitaron. El sol había pasado sobre los picos del Muc'tavits y se encontraba a la mitad de su camino, incendiando con su alegría el pequeño valle de Zotzleb. El hijo de Turumpukuj levantó el ak'té y callaron todos. Bajo el fondo de silencio del bosque se escuchaba apenas el canto del arroyo. Sus aguas, jugueteando entre rocas y a veces ocultándose en cavernas bajo tierra, llegaban a juntarse jubilosas con las de un lejano río cuya bravura había horadado los grandes peñascales para seguir su viaje rumbo al mar.

—Ah Vet, dijo entonces el ah kin, yo me quedo contigo en Moxvikil, y si un día muere, tus hijos y los míos lo harán nacer de nuevo en el mejor lugar.

* * *

Junto a las aguas que nacen al fondo de una sima de altísimas paredes de piedra, los hijos de Ah Ok'il descubrieron una colina desde la que podían dominar las llanuras regadas por el pequeño arroyo.

—Antes de levantar casas, debemos defender el lugar donde vamos a vivir, ordenó el mayor de los hermanos, constituyéndose en el jefe del nuevo pueblo.

Hombres y mujeres se entregaron al trabajo de cortar y arrastrar horcones para la empalizada. Cuando la terminaron, la protegieron con ramas de espinas por todas partes.

—¿Cómo se llamará nuestro paraje?, preguntó Ah Ok'il a sus hermanos y a sus hijos.

—¡Ch'ixil–teclum, el Pueblo con Espinas!, contestó en medio de grandes risas su hermano, Ah Tsajal Bolom, el puma.

Y ese nombre, a pesar de grandes vicisitudes, habría de quedar para siempre, aun muchísimo tiempo después, cuando ya las espinas hubieran desaparecido juntamente con la empalizada y hasta con el recuerdo de los hijos de Ah Ok'il.

Los hombres quemaron las arboledas y sembraron sus semillas por todos los bajos, y obtuvieron abundantes cosechas de maíz y frijol y de chile.

Una tarde Ah Tsi, a quien habían encomendado la vigilancia de la empalizada, vio que por la cuesta por donde ellos habían bajado varios años antes venían hombres cargando redes detenidas en sus frentes por fuertes peks de bejuco machacado. Pronto dio la voz de alarma, y junto a los horcones terminados en punta aparecieron hombres armados de dardos y hondas. De pronto, en el silencio de la expectativa se escuchó un grito amigo que decía:

—¡Ah Ok'il! ¡Soy yo, Ah Uch, tu hermano!

En medio de su rabia, y quizá de su miedo, Ah Ok'il logró reconocer aquella voz, que allá en su lejana juventud había resonado junto a la suya en los juegos y en la cantera de pedernal y aun en los viajes en busca de maíz.

—¡Ah Uch!, respondió, convirtiendo su rabia en alegría el jefe de Ch'ixil–teclum, a quien daban el nombre de kajval, el que manda, por no tener otro. ¡Ven! ¡Entra a nuestra casa!

Se abrieron las trancas, y los hombres y mujeres salieron al encuentro de los viajeros, algunos de los cuales eran todavía keremtik en su primera salida de comercio.

—Acompáñame, rogó Ah Ok'il a su amigo. Quiero dar gracias por volver a verte.

—¿Hay un templo en tu pueblo? ¿Y una piedra de zotz?

—Un pequeño templo, sí, dijo el kajval. ¡La Piedra de Zotz debe estar en Moxvikil, donde la iré a visitar si tú me invitas!

—Ya no está en Moxvikil, respondió el visitante, mostrando en su semblante una mezcla de orgullo y reminiscencia.

—¡Cómo! ¿Ya no está en Moxvikil?, preguntó Ah Ok'il, volviendo a su rostro la dureza de la rabia.

—No. Ahora está en su nuevo templo. ¡En mi pueblo!

—¿Y cuál es tu pueblo?

—¡Zotzleb, la tierra del murciélago!

Habían llegado, mientras tanto a una corta explanada, en cuyo centro había una plataforma de tierra apisonada, más alta que las de las casas de la gente. Sobre ella se erguía, sostenido en horcones adornados con dibujos de flores, el templo.

—¿A quién veneras?, preguntó desconfiado Ah Uch.

—A K'ak'al, nuestro padre, y a Ok'il, el nagual de mi familia.

—¿Has olvidado a Zotz?

—Ni un solo día. Nos apartamos de Moxvikil por hambre; pero somos zotzil vinik, y espero visitar la Santa Piedra, aunque sea en otro templo más lejano.

Llegó en esos momentos Ix–Yox–nichim, florecita azul, la mujer de Ah Ok'il, cargando un tuluk; lo tomó en sus manos el kajval y, seguido de los viajeros, entró al templo. Se sacó de la envoltura del b'ex un cuchillo de pedernal y de un diestro tajo le cortó al ave la cabeza. Derramando la sangre sobre el altar, se inclinó para decir:

—Gracias, Jtatatik K'ak'al, porque has mandado a mis hermanos hasta aquí.

Se acercó inmediatamente Ah Uch; se colocó frente al altar; se sacó de la camisa una larga espina y se cruzó con ella la lengua. La sangre del viajero rodó sobre el altar; cuando dejó de brotar, el comerciante entonó su oración, que fue así:

—¡Padre K'ak'al! ¡Padre Zotz! Ésta es la sangre de amistad que todos ofrendamos para atraer su bendición.

Salieron del pequeño templo y al salir miraron con alegría cómo los ojos de toda aquella gente sonreían con los de ellos bajo el amparo azul del cielo y el verde de los montes.

—¿Por qué saliste de Moxvikil?, preguntó, inquieto Ah Ok'il a su amigo. ¿También por hambre?

—No, respondió el comerciante.

Hizo una breve pausa. Miró a los ojos de su amigo para sentir si era posible que aquel también sintiera la emoción que el viejo ah kin había logrado sembrar en cada uno aquel día en que llevaron a Zotzleb, entre nubes de pom, la Piedra de Zotz.

—No, hermano, repitió para continuar. El ah kin nos llevó a todos. Dice que nuestra sangre debe inundar todas estas montañas para hacerse dueña de ellas. Que Zotz nos mirará desde el alto pico donde está su templo y su palabra llegará por nuestras venas y en medio de la noche cuando necesitemos ayudarnos unos pueblos a otros.

—El ah kin ya está viejo, dijo Ah Ok'il, inclinando la cabeza. Y siempre ha tenido sueños raros. ¿En qué puedes ayudarnos tú? ¿Trayéndonos más hachas y cuchillos? ¡Ya poco los necesitamos!

—Danos de comer en tu casa esta noche, pidió Ah Uch por toda respuesta.

—Ya he mandado que maten un tuluk y que preparen guaj caliente y frijol nuevo y chile del que cosechamos aquí, respondió el kajval; pero había tristeza en el tono de su voz. Viven con hambre, pensó.

Empezaba a ocultarse el sol detrás del cerco de montañas que los separaba de Moxvikil y del valle encantado, donde crecía el jovel, cuando entraron a la casa del kajval. Había en el aire un rico aroma de guisado sazonado con yerbas olorosas. Descargaron sus redes los viajeros. Ah Uch sacó de la suya unos terrones y se fue a donde Ix–Yox–nichim preparaba la comida con las demás mujeres de la casa. A la vista de su amigo, Ah Uch arrojó sus terrones en la gran olla donde hervía entre nubes de olor la carne de tuluk.

—¿Qué haces?, preguntó extrañado Ah Ok'il.

—Cuando comamos lo sabrás.

—Ya es hora de comer, interrumpió la mujer.

Se sentaron en piedras redondas en derredor de las ollas y de los fuegos donde cocinaban las tortillas de maíz. Se inclinó el dueño de la casa a tomar una.

—Espera, interrumpió el visitante. Dame tu guaj.

Se lo dio el kajval, cada vez con mayor extrañeza. Vio entonces que su amigo sacó otro de aquellos terrones blancos y lo espolvoreó sobre su guaj.

—Come ahora, le dijo.

Ah Ok'il se llevó a la boca el alimento. Se detuvo. Volvió a masticar y revolver con su lengua los trozos de tortilla. Entonces, abriendo los ojos llenos de admiración, exclamó, como si nadie lo supiera:

—¡Es atzam! ¡Es atzam, Ix–Yox–nichim! ¡Es atzam, hijos! ¡Tenemos atzam!

Para cuando Ok'il, el perro de los montes, comenzó a ladrarle a U, la luna, saliendo de su madriguera entre los bosques, ya el pueblo entero de Chi'ixil–teclum[86] corría alborozado llevando cargas de maíz o de frijol o de chile a la casa del kajval, para cambiarlas por atzam, aquellos blancos terrones de sal que en ese instante comenzaban a abrir los caminos que de toda la tierra llegarían a Zotzleb.

—¿Y dónde está Zotzleb?, preguntó Ah Pok'il.

—Junto a un pico que apunta al cielo, respondió entrecerrando sus ojos el alto y fornido comerciante Ah Uch.

* * *

El ah kin se había vuelto un viejecito débil y arrugado que se pasaba las tardes, envuelto en gruesas mantas de algodón, fumando las hojas de moy[87] que sus hijos le traían de tierras lejanas cuando iban de viaje a trocar sus instrumentos de piedra por cosas de comer. Su hijo, Ah Xc'un, el correcaminos, se había casado con una hermosa y diligente mujer que había encontrado en un remoto pueblo de los servidores de Zek, y había tenido con ella un hijo a quien el ah kin había dado el nombre de Ah Xliklik, el aguilucho, y una hija, que ya iba convirtiéndose en la muchacha más linda de todas las montañas.

—Siéntate cerca de mí, le pedía el anciano a Ah Xc'un por las tardes, cuando el frío de la sierra lo obligaba a encerrarse en su casa, junto al fuego.

---

86 *Chi'ixil–teclum*: pueblo de las espinas; los aztecas lo tradujeron por Huixtlán; su nombre hoy es Huixtán.

87 *Moy*: tabaco.

Invariablemente llegaba también el nieto y se enrollaba en cuclillas a escuchar lo que el viejo le contaba al futuro Hijo de Turumpukuj, hasta que
poco a poco su voz se iba apagando y se quedaba dormido, hecho un niño in-
defenso. Lo acostaban en su pop sobre el colchón de juncia y salían a mirar
cómo K'ak'al buscaba el camino de Katimbak, el mundo de las sombras y fantasmas, allá tras de los picos del Muc'tavits.

Ah Xc'un trabajaba en la cantera, en donde ya también su hijo se había
convertido en un experto fabricante de hachas y cuchillos. Cuando lograban
componer una carga, Ah Xc'un y sus amigos se iban por los caminos de la
sierra a remotos lugares a vender sus productos. Aparecía U y desaparecía, y
entonces volvía, cargado de riquezas y alegría el hijo del ah kin. Pero esa vez
se fue la luna y nació nuevamente y otra vez y otra más, sin que de Ah Xc'un
y sus amigos se supiera una palabra. Corrió el rumor como viento de helada
por los pequeños pueblos zotziles de la sierra. Los nietos de Ah Vet, conocedores de los bosques, salieron a buscarlos, con la ayuda de los más fuertes keremtik de Zotzleb y de Chi'ixil—teclum. Pero volvieron con las caras tristes,
y se sentaron en la explanada frente al juego de pelota a contemplar desde la
altura de Moxvikil el Valle de Jovel.

—Yo puedo decírselo, dijo, secándose una lágrima la hermosa Pepén, la
mariposita, la nieta del ah kin.

Pasó un rato. De pronto asomó Ix—Pepén pidiendo auxilio. Se acercó a
ella un nieto de Ah Uch y vio que el anciano luchaba por alzarse de su pop,
y entonces lo tomó en sus brazos y lo cargó por en medio de la gente y lo llevó
hacia el templo; lo colocó frente al altar y allí lo sostuvo, mientras todos veían
cómo con mano temblorosa se sacaba del b'ex la vieja espina y se cruzaba la
lengua y las yemas de los dedos y dejaba correr su débil sangre sobre aquel
lugar donde por tantos tunes se venerara la antigua, Santa Piedra de Zotz.

La noche había caído. En la oscuridad resonó el aullido lejano de Ok'il,
el perro de los montes. Con sus hachones de ocote encendidos en sus manos,
la gente esperó temblando de tristeza el lamento de turumpukuj, el búho.
Pero el tiempo pasó, y el búho se quedó en silencio. Detrás de las cañadas del
oriente, U, la luna, levantó su cara, abrió sus ojos y miró que de los de aquella
gente rodaban lágrimas nuevas, lágrimas de alivio y agradecimiento.

Al calentar los primeros rayos del sol al día siguiente, el ah kin se levantó
sin ayuda. Desde el mundo de su ch'ulel le nacieron fuerzas y urgencias que
no podía ni medir ni ocultar. Llamó a sus nietos, y con ellos se fue paso a paso
a la explanada; apoyándose en ellos subió al templo y allí, sentado sobre la
última grada les pidió:

—Ah Xliklik: tus manos tienen la gracia de tu padre. Quiero que labres
una pequeña Piedra de Zotz que puedas llevar siempre contigo a donde
quiera que vayas. Quiero que la hagas ya. Ix—Pepén: quiero contarte a ti todos
los recuerdos que danzan en mi ch'ulel y que no he tenido tiempo de decirle

a tu hermano. Guárdalos tú, y quédate cerca de él, y un día se los contarás tú a él, cuando una mano de viejo le cuelgue sobre sus hombros la capa del Hijo de Turumpukuj.

—Cuéntame ya, pidió, con los ojos vestidos de color Ix–Pepén.

—No, respondió el ah kin. Los recuerdos de los viejos se cuentan cuando está ya apagándose la luz grande en el cielo, cuando apenas asoma junto al Muc'tavits, sola y brillante Me'k'anal, la madre de todas las estrellas.

* * *

Zoztzleb creció con rapidez. En las faldas del pico frente al valle surgieron sus casas asentadas sobre plataformas de tierra apisonada cobijadas por altas enramadas. Nadie pensó en alzar una empalizada, pues desde lo alto los protegía Zotz, cuya piedra habían colocado sobre un altar que habían construido con rocas labradas y pegadas con mezcla de cal y arena.

Junto a las salinas se iba formando otro pequeño pueblo, el de los trabajadores que juntaban la sal y se la entregaban a los caminantes, los que conocían los rumbos y los lugares y que volvían a Zotzleb cargados de maíz y frijol, chile, algodón… Y no faltaba quien volviera seguido de una mujer de otro pueblo, que a veces hablaba una lengua enredada… igual, pero diferente. Algunas de esas mujeres conocían el arte de hilar el algodón y de tejer sobre gajos labrados que se ataban a la cintura, hermosas telas blancas, que a veces teñían con las firmes tinturas que extraían de yerbas de los campos.

Los viajeros caminaban en grupos que se identificaban por una banda de color que llevaban en la frente, por debajo del pek. Los que iban al sur llevaban una banda amarilla; blanca los que viajaban al norte, y roja los que marchaban al oriente, pasando casi siempre a visitar a los hijos de Ah Ok'il en Chi'ixil–teclum. Nunca se supo de nadie que se aventurara hacia el poniente, por donde, se decía, había un pueblo de guerreros apostado a la orilla del gran río.

Cada vez los caminos llegaban más lejos, y las cargas con que volvían los caminantes eran más variadas y más ricas, y las historias que contaban más fantásticas. Pero ninguna como la que contaron los hijos de Ah Joj, el cuervo, volviendo de sus correrías por los caminos del norte.

—Entramos por unas cuevas, explicó Ah Ts'int'e–bolom, el tigrillo, el hijo más joven de Ah Joj. Entramos para descansar, pues allí hace calor, y encontramos unas piedras que dejan pasar la luz.

—¡No!, exclamó incrédulo Ah Sak–Xulem, que escuchaba con gran atención.

—¡Sí!, aseguró un hermano de Ah Ts'int'e–bolom. Y se pueden cortar con cuchillo.

—Y se les puede hacer pequeños agujeros con espinas calientes, aseveró con toda seriedad el viejo Ah Joj.

—Eso no lo puedo creer, intervino levantándose Ah Sak–Xulem.

—Espera, dijo, claramente molesto, Ah Joj.

Se levantó y se fue a su casa, que no estaba lejos, y volvió llevando un envoltorio de tela de algodón. Se sentó, y ante todos los hombres que se habían reunido, desenvolvió la tela.

—Aquí están, dijo, y sin hacer comentarios, se puso a labrar algo ante la fascinación de los circunstantes.

Eran brillantes terrones de color amarillo un poco oscuro; por sus prismas atravesaba en chorro la luz del medio día. Admirados, los hombres seguían los movimientos con que Ah Joj trazaba líneas y cortaba con su cuchillo de pedernal. Cuando terminó, les mostró una diminuta Piedra de Zotz, a la cual le hizo un pequeño agujero; le pasó por él un hilo de algodón y se la colgó en la nuca.

—Llevada frente al pecho, esta piedra defiende contra todo chamel o maleficio, especialmente a los niños.

Los hombres se quedaron callados, cada cual enhebrando pensamientos, según sus recuerdos, sus necesidades o sus ilusiones. De pronto se escuchó la voz de Ah Uch, el kajval de Zotzleb, que se había agregado al grupo.

—Dame esa piedra, Ah Joj, tronó. Hoy mismo tú y tus hijos y yo vamos a ver al ah kin en Moxvikil.

Esa misma tarde salieron, no solamente ellos, sino muchos más que deseaban ver al viejo ah kin y llevar algo a los amigos que todavía quedaban en el pueblo de sus mayores.

Los opacos ojos del anciano se iluminaron al contemplar la maravilla.

—¿Quién la encontró?, preguntó con un hilo de voz.

—Mis hijos y yo, respondió Ah Joj, el cuervo.

—¿Quién la labró?

—Yo, Hijo de Turumpukuj.

—¿Dónde la encontraron?

—En una cueva, cerca de un campo de pastos y hormigueros.

—¿Hay más?

—La cueva entera está llena, respondió Ah Joj.

El anciano se inclinó y dejó correr el tiempo. Los hombres de Zotzleb, acostumbrados a las inclementes pláticas de negocios, se quedaron esperando, desilusionados, creyendo que el viejo ah kin se había quedado dormido. Mas él de pronto levantó la cabeza, los miró a todos como despertando, y comenzó a hablarles, poco a poco, igual que si el tiempo no contara para él.

—Mi abuelo una vez me habló de esta piedra. Yo nunca la había visto. Pero ahora, al contemplar su belleza, estoy seguro de saber qué es.

—¿Qué es, jtatatik?, preguntó nervioso Ah Uch.

—¡Esto es pabuchil! ¡Piedra de fuego! ¡Esto es ámbar, hijos!

—¿Para qué sirve, jtatatik?, preguntó Ah Sak–Xulem.

—Solamente la piedra verde, que no hemos vuelto a ver, puede tener más riqueza. Pero esta piedra–ámbar podrá abrirles a los zotzil vinik más caminos y más pueblos que el atzam.

—¿Qué debemos hacer, jtata?, preguntó ansioso Ah Uch.

Un acceso de tos se apoderó del viejecito. Corrieron los hombres a arroparlo y darle ul[88] para beber. Cuando al fin se calmó, nuevamente Ah Uch le preguntó:

—Jtata, ¿qué debemos hacer?

—¿Con qué?

—Con la cueva del ámbar.

—¿Quién la encontró?, preguntó nuevamente el anciano.

La impaciencia y la desesperación iban apoderándose del ánimo de aquellos negociantes.

—Ah Joj, respondió el kajval de Zotzleb.

—Ven, Ah Joj, hijo de mi amigo Ah Joj, dijo entonces el anciano, poniéndole al joven una mano sobre el hombro. Levanta tu casa y camina con tu mujer y con tus hijos y con las mujeres de tus hijos a ese lugar donde hallaste la cueva. Siembra allí horcones y haz casas para ustedes, y quédate a cuidar en un nuevo pueblo esa riqueza de los zotzil vinik. Enséñales a tus hijos a labrar el ámbar, y los hijos de Ah Uch y de Ah Xulem y todos los comerciantes de Zotzleb llegarán a buscarte para trocar por tus joyas el atzam y el maíz y todas las cosas que tus piedras adquieran en sus caminos.

Se calló el anciano, cansado de mirar hacia el futuro. Los hombres de Zotzleb fueron pasando frente a él para que les pusiera la huesuda mano sobre su cabeza. Cuando ya estaban por partir, el ah kin los detuvo con una señal, se levantó lentamente y se echó a caminar hacia la explanada del templo.

—Ven, le dijo al kajval. Ven tú también, le insinuó con la mirada al descubridor de las cuevas.

Tomados de las manos subieron las gradas. Al llegar frente al altar, el ah kin depositó sobre él la diminuta Piedra de Zotz labrada en ámbar, se sacó del b'ex la espina y se extrajo sangre de las yemas de los dedos. Sus dos compañeros lo imitaron; les tomó entonces las manos ensangrentadas y, volviéndose hacia el valle, entonó una oración que ya todos habían olvidado, y dijo así:

> ¡Oh, tú, Hermosura del Día, Jurakán, corazón del Cielo y de la Tierra! Haz que se aumenten y multipliquen los que te invocan en el camino, en los ríos, en las barrancas, bajo los árboles y entre los bejucos. Concédeles a tus hijos y a tus hijas que no encuentren desgracia ni infortunio, y no sean engañados; que no tropiecen ni caigan en el lado alto ni en el lado bajo del camino. ¡Ay, Ajau Jurakán, haz que haya paz en tu presencia, tú que eres las Cuatro Esquinas de la Tierra, la Esquina Roja, la Esquina Negra, la Esquina Blanca y la Esquina Amarilla! ¡Tú, Señor, Ajau Jurakán!

---

88   *Ul*: atole.

Su oración, que era un cántico nacido entre las selvas hacía ya tantísimos katunes, terminó en un murmullo confundido entre lágrimas, pero los hombres, las mujeres y los niños sintieron que un torrente de sangre nueva les inundaba las entrañas, y se pusieron a danzar y a gritar. Cuando al fin los de Zotzleb se despidieron, Ah Joj gritó, llenando sus pulmones de alegría:

—Voy a volver a verte, jtata, padre mío. Un día volveré a escuchar tus consejos desde mi lejano pueblo plantado allá en el campo de Xinich–jovel,[89] el campo de los pastos y los hormigueros. Y mis hijos vendrán cargando una gran piedra de ámbar en que yo labraré la cara santa de Zotz, el padre de nosotros, los zotzil vinik.

Pero el viejo ya no podía escuchar. Sus ojos estaban vueltos hacia adentro, donde un pájaro de luz pugnaba por salir y soltarse por los campos del cielo y ponerse a recorrer con nueva juventud los caminos de sus hermanas las estrellas.

* * *

De Chi'ixil–teclum llegó un emisario muriendo de cansancio y de terror. Hombres altos y de negro tupé habían cercado su pueblo y lanzaban dardos con fuego que amenazaban con acabar con las casas y la gente.

—¡Vamos todos, mis hijos y mis nietos!, gritó el viejo Ah Vet, sacando de su jacal un arsenal de jules con filosas puntas de pedernal.

Con él y con sus hijos se fueron todos los keremtik de Moxvikil, gozosos de tener una ocasión para mostrar su valentía. Ah Vet, a su vez, mandó un emisario a Zotzleb para pedir auxilio; mas de allá nadie fue, porque sabían que esa gente, los del negro tupé sobre la frente, eran asiduos compradores de ámbar, que les cambiaban por enormes mazorcas de maíz allá en su pueblo de K'an–K'uk, tercamente escondido entre los cerros.

Tres días después volvieron los muchachos. Desde lejos, entre las abras, se escuchaban sus gritos y sus cantos. Pero cuando asomaron frente a la empalizada, se supo que eran cantos de tristeza: caminando en silencio y trepando por ramas y bejucos, habían llegado a Chi'ixil–teclum sin que los enemigos los notaran, y habían caído sobre ellos por sorpresa, dando lugar a que los hijos de Ah Ok'il rompieran el cerco y se lanzaran sobre ellos, y los desbarataran. Sin embargo, en la persecución que siguió, un enemigo había atravesado con su dardo envenenado el pecho del anciano Ah Vet.

Se llevaron el cuerpo del viejo luchador lejos de Moxvikil, a un lugar donde había un pico enhiesto, junto a una pequeña laguna de agua de lluvia. En lo alto, en la maraña del bosque y la roqueda, le dieron sepultura, y volvieron a sus casas sin hablar ni cantar, pues no querían que la horrible noticia llegara a los oídos de aquel otro viejo, su ah kin, que ya sólo esperaba en silencio el lamento de turumpukuj. Ah Tsemén, el pequeño pero robusto hijo mayor de Ah Vet, lloraba con los dientes apretados, jurando entre murmullos:

---

89   *Xinich-jovel*: «pasto con hormigas», pueblo al norte de Jovel, donde existen grandes depósitos de ámbar. Nombre actual: Simojovel.

—Allí junto a Xamit–jo, la laguna de agua de lluvia, voy a velar tu sueño, padre Ah Vet, para que nadie lo turbe y vivas para siempre, guardando tus montañas y la Piedra de Zotz.

Al otro día, antes de que saliera el sol, juntó a sus hijos y levantó sus cosas. Sin decir nada a nadie, se metió entre la espesura y se fue a cortar horcones para su nueva casa, junto a la laguna que recogía el agua de lluvia y los ariscos maullidos de vet, el gato del monte.

* * *

El ah kin ya no salía de su casa. Envuelto en sus mantas de algodón, dormitaba junto al fuego, o soñaba en voz alta, musitando sus recuerdos. Esa tarde llamó a Ix–Pepén, la mariposita; le tomó sus manos entre las suyas y la atrajo hacia sí para que pudiera escuchar; sus palabras comenzaron a salir como si fueran el eco de un suspiro apagado.

—Hubo una vez una mujer de nuestra gente, dijo, deteniéndose para tomar aire.

—¿Cuándo, jtata?

—No lo sé. Hace mucho. Hace muchos katunes.

—¿Qué es un katún?

—Veinte tunes, hija. ¿No te lo he enseñado? Pero ahora quiero hablarte de una mujer que se quedó en el recuerdo de nuestros ah kines.

—¿Cómo se llamaba, jtata?

—Sólo sé que era muy hermosa: de grandes ojos redondos y frente alta, de cabello negro, lavado con chu'pak.

Al viejo le llegó la tos y se detuvo. Luego cerró los ojos. A Ix–Pepén le pareció que se había dormido y trató de soltarse de su mano y dejarlo reposar; pero el abuelo volvió en sí, como si viniera de otro mundo, y continuó:

—Ella tenía el ch'ulel de un ah kin y conservaba los recuerdos de todas nuestras cosas: de los grandes ríos y de nuestros naguales y de los signos que se pintaban en papel, y de las líneas y los puntos para nombrar los tiempos que se fueron...

—¿Quién era su padre, jtata?, preguntó Ix–Pepén, para darle al viejo oportunidad de reposar.

—No lo sé, hija. Pero ella se casó con un gran señor en una ciudad donde había torres y palacios y templos. Y ella fue como una madre para toda nuestra gente.

La muchacha comenzó a tener miedo. Los ojos del abuelo se iban poniendo cada vez más opacos y su pulso se perdía en los rumores de la tarde.

—Un día se fue tras de una paloma y se subió a la montaña. ¡Ya nunca regresó!, dijo el viejo después de una larga pausa.

—¿Por qué?, preguntó ansiosa Ix–Pepén.

—Se fue a hablar con los Señores.

—¿Qué señores?, le urgió Ix–Pepén, temerosa de que se quedara callado para siempre.

—Los Señores. Los Señores que soplan el viento; los que derraman el agua por las ventanas del cielo... los que pintan de verde las hojas en el monte...

—¿Se murió?

—¡No!, dijo el viejo con súbito entusiasmo. Se subió en una nube y se fue por los aires y se convirtió en la más hermosa de todas las estrellas.

La muchacha se quedó callada. Fuera de la casa había entrado la noche, y junto al Muc'tavits brillaba temblando una luz que parecía tan cerca y... tan lejana y solitaria.

—¿Por qué nadie lo sabe, jtata?

—Lo saben los ah kines, murmuró el viejo.

Un nuevo acceso de tos se confundió con el viento de la tarde.

—Llama a tu hermano, dijo entonces apenas con un hilo de voz el anciano. ¡Pero, no! Sólo dile que no se olvide.

—¿De qué, jtata?, preguntó llorando Ix–Pepén.

—Él debe mantener vivos los recuerdos, para que no se acabe nuestra gente. Dile...

Lo sepultaron en el centro de su casa, debajo de donde siempre había ardido la lumbre que le había dado calor. A llorar su partida llegaron los viejos y los jóvenes de Zotzleb y de Chi'ixil–teclum; el viejo Ah Joj llegó de Xinich–jovel, y depositó como ofrenda un collar de pequeñas joyas de piedra de fuego. Ah Tsemén era ya Ah Vet, jefe de su familia; como ofrenda, plantó sobre la tumba un jul coronado por una punta de pedernal.

Los ancianos se reunieron después y llamaron, con muestras de respeto, al joven Ah Xliklik. Antes del alba se lo llevaron en silencio al agua virgen y le lavaron la cabeza, los brazos y los pies. Cuando volvieron al cerro, asomaba ya entre brumas K'ak'al, el sol. Ah Uch, el mayor de todos los ancianos, esperaba a la entrada del templo. Ah Xliklik subió la escalinata lentamente, y al final se detuvo. El anciano le entregó el bastón de mando y le impuso la antigua capa blanca de algodón sobre los hombros. Se volvió el joven hacia la gente que llenaba la pequeña explanada; en ese momento el sol se abrió camino entre la niebla y sus rayos le dieron al muchacho sobre el pecho, donde aparecían asombrados los redondos ojos de un búho pintado en ocre.

—¡Éste es el Hijo de Turumpukuj!, exclamó entonces con toda su voz Ah Uch.

—¡Hijo de Turumpukuj!, clamoreó toda la gente, postrada en la presencia de su nuevo ah kin.

Entonces sucedió lo insospechado. Levantó su mano el nuevo ah kin y, mirando a los ojos a todos los ancianos, exclamó:

—¡Ah Vet, yo regreso contigo a Xamit–jo! ¿De qué sirve que me quede a guardar los recuerdos, si he de vivir solo y lejos de todos mis hermanos?

Nadie quiso decir una palabra, pues había hablado el ah kin. Y se fue cada quien a su lugar. Esa misma tarde comenzaron a volver las ardillas y los conejos; y aun ok'il, el perro de los montes, volvió y excavó su madriguera entre los batsi–té que tornaron a cubrir los caminos del templo y la explanada. Sin embargo, en el ch'ulel de cada quien quedaba para siempre Moxvikil.

¡Moxvikil del recuerdo!

* * *

Zotzleb se convirtió en el centro de un activo comercio. A su mercado llegaban los tejidos de ricas plumas desde los pueblos de las selvas del oriente; las joyas de ámbar de Xinich–jovel; la sal que producían las aguas del Atzam–ucum, el frijol, el chile que venían de Chi'ixil–teclum y de tantos otros pueblos; las preciosas cargas de cacao, que habían llegado por primera vez a espaldas de los nietos de Ah Uch, que habían vuelto con la emoción en los labios, contando historias de la enorme laguna de agua salada más allá de las altas montañas y los bosques, por donde vivía la gente de Xoconox… La gente de Zotzleb se había convertido en expertos conocedores de los caminos y los pasos de montañas, de las costumbres y de las extrañas lenguas, como aquella que hablaban los servidores de Zek, a quienes llamaban los zektal vinik, por cuyos pueblos les encantaba pasar para regatear con los viejos el precio de una boda y llevarse el amor de una mujer.

La vida estaba hecha de sonrisas junto al pico de Zotzleb. El bullicio de sus calles torcidas y angostas; la salida y la llegada de los comerciantes; los cuentos de aventuras al caer la tarde; todo contribuía a que existiera en el pueblo montañés un alegre aire de confianza y seguridad. A Zotzleb llegaba el que quería, sin importar que hablara otra lengua o que llevara una carga desconocida. Así, nadie prestó atención a unos comerciantes de mirada esquiva que llegaron una tarde y pidieron posada en la casa que encontraron primero.

—Somos de un paraje cerca de Xinich–jovel, dijeron, descargando sus pesadas redes.

Pero sí causó extrañeza que al día siguiente, sin sacar ni ofrecer su mercancía, se fueran por las calles a caminar, y se asomaran por las salidas de los caminos y otro día después siguieran adelante, dividiendo su grupo en dos: uno que tomó el rumbo hacia el sur, por donde unos keremtik habían ido a buscar suerte en la siembra de maíz, y otro que enfiló hacia las ricas planadas cerca de Ch'ixil–teclum.

—¡Son pochtecatl!, dijo, asomándole el miedo por los ojos un lejano descendiente de Ah Xulem.

—¿Qué es eso?, preguntó curioso Ah Sakil–Uch.

—Los pochtecatl son comerciantes mexicas.

—¿Y los mexicas visten y hablan como nosotros?, preguntó nuevamente, pero esta vez brillándole en el rostro una sonrisa de burla, el joven amigo de Ah Tsajal Xulem.

Hasta esas apartadas regiones había llegado el rumor acerca de los mexicas, sin que ellos hasta entonces se hubieran presentado. Formaban parte de cuentos que los viajeros escuchaban a la vera de los caminos o a la salida de los pueblos. Con ellos espantaban a sus hijos, o amenazaban a sus mujeres cuando estaban borrachos de balché.

—¡No te burles!, respondió Ah Tsajal Xulem. Un día desearás haber ahorcado con tus manos a estos falsos mercaderes.

Ah Sakil Uch dejó salir la alegre carcajada que le borbollaba en el pecho y se fue paso a paso a su casa, contando a todos sus amigos la ocurrencia de Ah Tsajal Xulem.

—¡Él siempre ha tenido malos sueños!, comentaban.

Sin embargo, después de pocas lunas entraron de regreso de las tierras del sur los mismos hombres. Después de caminar dos días por el pueblo y sus alrededores, partieron nuevamente, dejando en el alma de Ah Tsajal Xulem un frío de sombra.

—Un día vendrán, dijo, y acabarán con todo.

—¡Menos con tus sueños!, comentaron sus amigos.

Casi un año pasó. Cuando el receso de las lluvias había facilitado el paso de los ríos y las montañas, los vieron regresar. Esta vez no llegaron disfrazados de mercaderes zotziles, sino que entraron a Zotzleb con sus extrañas ropas de pochtecatl, y se fueron directamente a la casa del kajval.

—Somos embajadores del tlatoani de Tenochtitlan, le dijeron con feroz arrogancia. Necesitamos hablar con tu concejo de ancianos.

Había tanta seguridad en sus palabras, que Ah Uch, el Kajval de ese tiempo, sintió que le flaqueaban las piernas y, sin pensar ni dudar, mandó que sus hijos congregaran a los viejos.

—El Huey Tlatoani Ahuizotl ordena, anunció el pochtecatl de mayor edad, que este pueblo se someta a su autoridad y ceda a sus embajadores y mercaderes todos los caminos y pasos de mercancías.

—¡Nadie nos ordena a nosotros!, objetó violentamente Ah Xulem, levantándose furioso.

—Y que paguen los tributos que él decida, continuó sin inmutarse el mercader.

—No sabemos ni quiénes son ustedes, ni quién es ese huey tlatoani, intervino, tratando de suavizar la situación Ah Uch.

—Volveremos en dos lunas, replicó sin levantarse el altivo mexica. Y vendrán con nosotros los guerreros del hijo de Huixilopoxtli. ¡Es terrible oponerse a sus designios!

Al terminar de hablar, se levantó, sacó de su red un extraño dardo volador, lo tomó entre sus manos y lo partió en dos; entonces se levantaron sus compañeros y se fueron con él de la casa y del pueblo.

—¿Qué podemos hacer?, preguntó, después de un rato de meditación Ah Uch.

—Yo propongo aliarnos con ese pueblo de la llanura junto al gran río, sugirió Ah Poy. Se sabe que son fuertes y hábiles con las armas.

—¿Y cederles en pago nuestra libertad y nuestras riquezas?, objetó con indignación Ah Xik.

—Debemos hablar con el ah kin, aconsejó Ah Xulem.

—Es demasiado joven, pensó en voz alta el viejo Ah Uch.

—Pero lleno de vida, y hecho al trabajo y al sufrimiento, replicó más fuerte Ah Xulem.

—¡Jech! ¡Jech!, murmuraron los ancianos.

Por la noche se escurrieron de Zotzleb, tristes y cautelosos, sin saber que por debajo de los techos de paja de su pueblo soplaba ya con frío terror el viento de la muerte.

El ah kin era entonces un muchacho joven y lleno de energía. Vivía, como lo habían hecho sus bisabuelos, en Xamit–jo, el austero pueblo de los descendientes de Ah Vet encaramado en un pico de montaña junto a las turbias aguas de la laguna. De pronto, en la oscuridad de la media noche, creyó escuchar el estridente silbido de zotz, el murciélago, seguido del triste lamento de turumpukuj, el búho. Se levantó afligido y se sentó sobre la plaraforma de su casa. Cuando ya no le cupo duda, salió corriendo a la casa de Ah Vet, su amigo.

—Nuestros hermanos necesitan ayuda, anunció frente a la entrada.

Ah Vet, joven como él, pequeño de estatura, pero fuerte y fornido, se levantó asoñado y preguntó:

—¿Quiénes?

—No lo sé, pero frente a la empalizada silba sotz y canta sin cesar turumpukuj.

Se fueron entre los pliegues de la niebla y se detuvieron ante las estacas; tomó el ah kin una hoja y le hizo una ranura; sopló por ella el antiguo silbido de su raza, mientras su amigo imitaba el lamento del búho. De inmediato se escuchó al otro lado la réplica frenética de los ancianos de Zotzleb. Se abrieron las trancas de Xamit–jo, y se encontraron viejos y jóvenes allí, en el frío de la montaña, para hablar de sus miedos y presentimientos, bajo un copudo batsi–té.

—Toda tu gente y tus riquezas se vendrán a este lugar, decidió el ah kin, después de oír al kajval de Zotzleb. Esconderemos a las mujeres y los niños en los bosques, y esperaremos a esos hombres en nuestro pueblo. ¡De nadie seremos esclavos en estas tierras que heredamos de nuestros padres!

Por toda la montaña corrió la voz. Los viajeros se quedaban donde estaban. Nadie se atrevió a acercarse a Zotzleb. Al contrario, la gente cargó su maíz, su frijol, su chile, su cacao, sus pieles, sus vestidos de plumas, sus piedras de moler, sus ollas, sus tecomates, y se marchó en silencio rumbo al abrupto cerro que a sus ojos era la salvación.

Mientras tanto, en Xamit–jo el ah kin organizó a sus hombres y a los de Zotzleb y Chi'ixil–teclum, que llegaron presurosos en su auxilio, en grupos de intenso y frenético trabajo. Unos cortaron troncos y les sacaron punta, para construír otras dos empalizadas que rodearan el pueblo; otros cortaron jules y se pusieron a quemarlos para endurecerlos; otros se encaminaron a la vieja cantera a labrar puntas de dardos; otros llenaron las ollas con el agua color de barro de su laguna; otros buscaron lugares fuera de la última empalizada para colocar a sus vigías; otros acarrearon piedras para sus hondas; y otros se llevaron a las mujeres y a los niños a esconderlos en la espesura, dejando en Xamit–jo sólo unas cuantas para que molieran el maíz y cocieran las tortillas.

Y así se fue la luna, y otra vez nació, lejana pero grande, allá por donde una vez fuera el lugar donde se amarraron los ancianos. Desde la tarde se guardaba un silencio pesado detrás de las estacas de la fortaleza; sólo se escuchaba el ladrido de ok'il entre el aullido del viento en los pinares. Hasta que llegó corriendo a la vista de todos Ah Vet, el vigía más avanzado, que había escogido un escondite frente al pico de Zotzleb.

—¡Ya vienen!, gritó, sin temor de que su grito se escuchara por toda la montaña.

Había en sus ojos terror, y nerviosismo en su expresión.

—¿Dónde están?, preguntó el ah kin, mostrando calma.

—Por todas partes. Tienen las caras pintadas de rojo y azul, y gritan y hacen ruido con horribles tambores. ¡Debemos escapar!

En ese momento saltaron la empalizada los hijos de Ah Vet, huyendo de sus puestos de vigías.

—¡Debemos escapar!, gritó uno de ellos. ¡Entraron a Zotzleb y ya quemaron el templo con la Piedra de Zotz!

Entonces se oyó que por las faldas de la montaña subía un zumbar como de millones de colmenas espantadas, un ruido acompasado, pensado para causar horror.

—¡Los hijos de Ah Ok'il a sus lugares por la primera empalizada!, ordenó sin inmutarse el ah kin, y saltó con ellos para recibir la primera andanada de aquella furia humana que ya se podía mirar.

Los mexicas llegaron y en medio de sonrisas y burlas rodearon por todos lados la enorme empalizada.

—Abran las trancas, gritó cuando a su señal se hizo silencio, un guerrero que ostentaba un penacho como la cabeza de un tigre. Quedarán vivos todos si se rinden; morirán muchos si pelean.

El ah kin se había quitado la capa blanca de algodón sobre la que ondeaba en ocre la silueta del búho. Se paró sobre el saliente de una roca, desnudo el pecho y en alto la mirada; entonces, bajo la majestad del cielo de la tarde resonó su voz:

—Aquí moriremos todos, exclamó, antes que entregar la libertad con que nacimos en los montes.

Levantó el jul tostado que llevaba en la mano y lo arrojó en son de reto contra el escuadrón mexica apostado allí enfrente.

Se alzó una espantosa gritería y cuando cesó, pareció desprenderse del suelo una lluvia de dardos que fue a dar más allá de la segunda empalizada. Asustados los hijos de Ah Ok'il, corrieron a refugiarse más atrás y vieron con horror que las hordas mexicas trepaban ágilmente, a pesar de las pedradas con que los recibía la gente de Ah Xulem. En la segunda empalizada se fortalecieron los zotzil vinik, animados por los gritos enfurecidos del Hijo de Turumpukuj.

—¡Nadie deje esta empallizada! ¡Los de atrás estén agachados y pasen jules y piedras a los de adelante!

Comenzó una defensa encarnizada. Los mexicas se habían apoderado de todo el pasillo interno de la empalizadaexterior, pero la gente del ah kin dominaba la altura y no cesaba de arrojar piedras y jules envenenados. De vez en cuando se escuchaba el grito de dolor y rabia de un atacante, y crecían la gritería y el bullicio ensordecedor de los tambores. Pero los dardos voladores de los enemigos causaban bajas enormes entre los zotziles, que nunca habían siquiera visto esas devastadoras máquinas de guerra.

Cayó la tarde, y los mexicas, hijos del sol, guardaron silencio y se recogieron entre los árboles. Los zotzil vinik se dedicaron a curar a sus heridos y a reforzar la segunda empalizada, pues la tercera había sido ya totalmente destruida por el ataque de sus enemigos.

—No podremos resistir mucho más, dijo Ah Xulem, quejándose de golpes y heridas.

—¡Resistiremos!, respondió el ah kin, sin volver la mirada y pasando adelante a revisar los preparativos para el día siguiente.

El día siguiente pasó, y pasaron varios más. Por todas partes se veía al ah kin animando, gritando, lanzando piedras, arrojando jules, remendando portillos. Pero los zotzil vinik seguían cayendo bajo el ataque de los mexicas. Y tuvieron que retirarse a la primera empalizada, donde estaban sus casas y su pequeño templo. Los ancianos se reunieron a consulta sin invitar al ah kin.

—Debemos rendirnos, sugirió Ah Uch, el kajval de Zotzleb. Han matado ya a muchos de nuestros keremtik. ¿Cómo sabemos en qué va a consistir su dominación?

—El ah kin no aceptará, replicó Ah Xulem, que ya tenía un brazo inutilizado.

—No podemos entregar al ah kin. ¡No debemos!, intervino Ah Ok'il. Entregarlo a él es vender nuestra raza.

—¿Debemos morir todos?, preguntó Ah Uch. ¿Qué será de nuestras mujeres y nuestros hijos? ¿Quién seguirá nuestro comercio para buscarles la vida?

Amaneció. Se supo que había salido el sol al escucharse la estruendosa gritería con que los mexicas lo saludaban, lanzando al mismo tiempo otra andanada de dardos contra Xamit–jo. Al disiparse por completo la niebla, los zotzil vinik se dieron cuenta, con horror, de que las fuerzas del ataque mexica habían aumentado, y que comenzaban a mandar dardos con fuego contra las casas, cuyos techos de paja comenzaban a arder. Ah Uch corrió hacia la estacada desarmado, saltó sin decir nada, y se encontró de pronto rodeado de enemigos; alzó las manos como si quisiera decir algo, pero en ese momento una macana irisada de puntas de obsidiana le abrió el pecho, a la vista de sus hijos y sus nietos.

—¿Quién le mandó saltar?, gritó el ah kin desesperado.

—Quería talvez hablar con ellos, replicó Ah Xulem.

—¡Con los perros mexicas nadie debe hablar!

Terminó así otro día. Entre las casas destruidas de Xamit–jo se asentaba poco a poco el desaliento. ¿Sería mejor perecer todos juntos o salvarse los que aún quedaban y tener una oportunidad de rehacerse y volver a vivir en sus mismas montañas? Al amanecer, a la tenue luz del sol entre gajos de neblina, los mexicas vieron cómo durante la noche los zotzil vinik habían arrancado las estacas en una buena parte de la empalizada. Se acercaron: frente a ellos apareció, sin armas, con los brazos doblados sobre el pecho e inclinada la cabeza, el concejo de ancianos de Zotzleb. Lanzaron un estruendoso grito de victoria y corrieron hacia dentro del pueblo, donde unas pocas casas señalaban lo que había sido Xamit–jo. Solamente al ah kin no pudieron encontrarlo por ninguna parte; pero de él no sabían ellos nada. Para su gente sería una sombra suelta vagando en la serranía.

—¿Quién es el tlatoani?, preguntó sin miramientos el guerrero con el penacho de piel de tigre.

Se quedaron mirando los ancianos unos a otros sin saber qué responder. Pero se adelantó Ah Xulem y, por librar a sus hermanos de responsabilidad, contestó:

—¡Yo!

Inmediatamente lo prendieron y lo ataron. Ya preso, le preguntaron:

—¿Dónde está tu familia?

La pregunta fue tan abrupta, que el viejo no vaciló en informar:

—Ta jabnaltik.

—Están en el bosque, tradujo prestamente el pochtecatl que había entrado disfrazado a Zotzleb y que sabía la lengua.

El jefe mexica despachó un grupo de sus mejores guerreros, con dos keremtik amarrados como guías, en busca de las mujeres y los niños. Volvieron después del medio día. Desde el profundo azul del cielo montañés, el sol no era ya K'ak'al, el padre generoso, sino el aliado de una turba grosera de soldados dispuestos a robar y a matar, que serían para siempre los mexicas. Los zotzil vinik no sabían todavía si era mejor morir, hasta que comenzaron los guerreros y los pochtecatl a tomar sus decisiones. Primero determinaron cuáles habrían de ser los tributos: alimentos y guías para todos los pochtecatl que viajaran por toda la serranía y por las llanuras hasta las tierras de Zoconox; casa y sustento para los destacamentos de guerreros que guardarían la paz en Zotzleb, en Xamit–jo y en Chi'ixil–teclum; veinte hombres y veinte mujeres vírgenes cada año para el templo de Huixilopoxtli; veinte cargas de cacao, diez cargas de plumas y cinco cargas de joyas de ámbar cada año por cada pueblo.

—Nosotros no somos comerciantes, protestó Ah Vet.

—Y cinco cargas de hachas de pedernal, añadió sin levantar los ojos el mexica.

Ataron en seguida a las mujeres más hermosas y más fuertes y a los keremtik más robustos y los mandaron a Zotzleb bajo custodia. Al día siguiente comenzarían la marcha rumbo a la lejana ciudad de donde les había llegado su triste maldición. Mucho tiempo después se sabría que extraños ah kines, embadurnados de sangre seca, les habían arrancado el corazón para ofrecerlo a sus dioses en la cumbre de sus altísimos templos que reflejaban sus colores sobre el impávido espejo de una hermosa laguna.

En Zotzleb se reanudó el comercio. Volvieron a entrar de todos los caminos las cargas de plumas, de maíz, de frijol… que en buena parte iban a dar a manos de los mexicas. Por los senderos de los bosques los hombres viajaban agachados, con los ojos entrecerrados y entristecidos. De pronto se dieron cuenta de que sus pueblos habían ido cambiando: Chi'ixil–teclum se había convertido en Huixtlán; Xamit–jo en lo alto de los picos era ya Xamulatl; y Zotzleb, el pueblo grande de los comerciantes, se había vuelto Zinacantlan; el pequeño pueblo donde se producía la sal era ya Ixtatl–pan; y sus sierras y sus valles habían perdido el ritmo antiguo de sus nombres: el valle misterioso frente al cerro se había vuelto Huey–zacatlán, y el Muc'tavits ya se llamaba Huey–tepetl. Pero hasta los animales y las flores, avergonzados de la infausta derrota, se escondían bajo el bronco sonido de la lengua extranjera: ok'il se hizo coyotl, y turumpukuj comenzó a lamentarse como un simple tecolotl. Y aun el ul se hizo atoli, y el pek mecapali y el pop, aquella estera amiga donde reposaban sus cansancios y acariciaban sus sueños, se tornó petatli. Mas a nadie le importó, porque la vida entera había perdido las sonrisas de la ilusión y el futuro no guardaba más secretos que la necesidad.

Por las calles de Zotzleb/Zinacantlan de vez en cuando asomaba un joven de mirada arrogante, vestido con una capa vieja que mostraba orgullosamente los ojos grandes y profundos de un búho.

—¿Quién es ése?, preguntaban los guerreros mexicas.

—Es un pobre loco que es mudo, contestaba la gente, y volteaban los ojos a otro lado para esconder de prisa una lágrima traicionera que reflejaba en miniatura el verdor de los bosques o el color sin color de la esperanza.

* * *

Pasó un katún y luego otro. Los keremtik de Xamulatl, avergonzados de la situación a que los habían sometido los mexicas, se escapaban de allí cuando podían, y levantaban pequeñas casas de jules bajo la protección de los bosques, y vivían aislados en minúsculos poblados, pendientes siempre de cualquier noticia. De vez en cuando, al saber que el ah kin estaría cerca de Xamulatl, se congregaban junto a algún aguaje, y escuchaban las historias de aquel hombre ya viejo, pero que nunca cesaba de alentarlos.

Un día corrió el rumor por todos los pinares y los grandes roblares de la sierra:

—¡Los mexicas se han ido!

—¡Se han vuelto de prisa a su pueblo en los pantanos!

—¡Hemos quedado libres!

—¡Su tlatoani los ha llamado porque tiene miedo!

—¿De quién puede tener miedo cuando todo el mundo está a sus plantas?

—¡Han llegado a sus tierras los hijos del trueno en casas que flotan sobre la gran laguna!

Los keremtik de los bosques buscaron al ah kin y se juntaron con él en las cercanías de la pequeña laguna de agua turbia. Había en los ojos de todos un brillo nuevo.

—¿Qué debemos hacer, Hijo de Turumpukuj?

El ah kin mandó a cinco de los muchachos disfrazados de comerciantes a Xamulatl.

—Miren qué pasa allí, les dijo. Aquí los esperamos.

Por la tarde volvieron gritando de alegría, acompañados de los hombres mayores del pueblo.

—Se fueron, jtatatik, anunciaron, inclinando la cabeza para que el ah kin les impusiera la mano, como en los antiguos tiempos. ¡Ven con nosotros a Xamulatl!

Aceptó el ah kin, inseguro todavía. Llegando al pueblo, mandó a los mismos muchachos a Zinacantlan. Volvieron al día siguiente con la misma noticia pero solos.

—Los hombres de Zinacantlan tienen miedo, jatatatik. No quieren que se sepa que están contigo, por si vuelven los malditos perros de Tenochtitlan.

El ah kin inclinó la cabeza pensativo. Luego mandó a sus emisarios a Huixtlán y a todos los parajes de la serranía. Y de todas partes le confirmaron la noticia:

—Los mexicas se fueron llamados por su tlatoani. ¡Tenían miedo de los hijos del trueno!

Nadie había visto a los hijos del trueno. Sin embargo, entre hombres y mujeres al igual corría la conseja de que se movían con increíble rapidez sobre enormes venados, desde los cuales podían mandar la muerte a gran distancia.

Después de unos cuantos días de alegría y paz en medio de su gente, el ah kin se retiró a meditar. ¿Podría haber en los recuerdos heredados de sus abuelos algo que lo preparara para esta situación? Si los guerreros mexicas les temen, ¿qué deberemos hacer nosotros? Se escondió en una cueva y se metió en lo más profundo de su ch'ulel. Cuando alumbró de nuevo U, la luna, en lo alto, decidió volver a Xamulatl.

—Debemos rehacer la empalizada, anunció al llegar. Y juntar toda clase de armas para defendernos. Siempre podremos abrir las trancas si hace falta.

Sembraron nuevamente las estacas y las reforzaron por dentro y por fuera. Y esperaron confiados. Se supo que un día los del poderoso pueblo junto al río de la llanura habían abierto sus trancas y entregado su ciudad.

—Los hijos del trueno no piden corazones para sus dioses, le avisaron al ah kin.

Y siguieron esperando confiados.

Un día uno de esos misteriosos hombres llegó hasta sus alturas y, acompañado de los traidores mexicas, mandó a amarrar al ah kin porque no le daban oro. El pueblo entero se alzó. Entonces los hombres que habían finalmente vencido a la gente del río, marcharon cuesta arriba.

Los de Xamulatl esperaron confiados.

El ah kin los vio llegar. En sus ojos envejecidos murió esa tarde la esperanza, pero nació el orgullo. Y sus hombres nunca vieron a nadie pelear como él peleó. Pero desde la lejanía los hijos del trueno abrían en su empalizada enormes boquetes que se llevaban con las estacas la vida de los valientes keremtik. Entonces él se puso la capa del hijo de Turumpukuj, abrió solo la tranca, dobló los brazos sobre el pecho y se presentó a la mirada de aquellos hombres nuevos que llevaban el trueno en la punta de sus extraños dardos.

Pocos días estuvieron allí los castellanos, acompañados por mexicas que trotaban sumisos delante de ellos. El ah kin los quedaba mirando, intentando penetrar el secreto de sus ojos azules o verdes o el extraño rechinar de sus armas de metal o el misterio de los grandes cuadrúpedos que a ratos les servían como pies.

Un día se fueron sin llevarse nada, más que el maíz y el frijol para comer, y los tulukes.

—¡Volverán!, dijo el ah kin con los ojos cerrados. ¡Ya han sentido el olor de nuestros bosques y el aire fresco de nuestras montañas!

Tercera parte
Gente del valle

Don Diego [90]

Decidieron acampar esa noche en un claro que había al amparo de unas grandes ceibas. Más allá se levantaban las ramas de los amates, junto a los cuales ordenó el capitán que se situaran los flecheros tlaxcaltecas que lo habían acompañado. El campo entero estaría flanqueado por todos lados por lo guerreros mexicas que su primo, el tesorero y gobernador interino de la Nueva España, le había comisionado para esta empresa.

—¿Quién de vosotros vino a la conquista con don Luis Marín?, preguntó don Diego.

—Yo, señor capitán, respondió prontamente Francisco de Lintorne.

—¿Solamente vos?

—No, señor, nos acompañó también el alférez don Pedro Moreno, y él sabe los nombres de los demás que estuvieron con nosotros en esa jornada.

—Notificad a don Pedro que deberá estar en mi cabaña esta noche luego que se hayan establecido las velas. Que se haga acompañar de todos los hombres que hayan venido en la campaña de don Luis.

—Así lo haré, señor capitán, replicó el de Lintorne y se retiró para buscar a su viejo amigo y compañero, don Pedro Moreno.

Entre el ramaje de la arboleda y por encima de la jungla se escuchaba murmurar mansamente la pesada corriente de aquel gran río[91] que por tantas leguas habían tenido que seguir. Se quedó pensativo el capitán y luego, como siguiendo una voz lejana que le brotara del interior, se echó a caminar rumbo a la orilla. Poco a poco, a las aguas de este río se le fueron encimando las de aquel otro, viejo, lejano y cansado río de sus antepasados. ¡Guadiana!

---

90   *Diego de Mazariegos*: formó parte de la tercera expedición que logró conquistar el territorio de Chiapas. Siguió la misma trayectoria que Luis Marín (primera expedición): en la margen del río Grande, muy cerca del lugar conocido como el Sumidero, erigieron la ciudad de Soctón o Nandalumi que hoy se conoce como Chiapa de Corzo. Luego el pueblo de Tepuzuntla (Tabasco), Quechula, Tecpatán, Ixtapa, Quechula, Osumalapa (hoy San Fernando de las Ánimas), Tamazolapa (ahora Don Ventura) hasta llegar al pueblo zoque llamado Tochtla (hoy Tuxtla Gutiérrez).

91   *Río Grande de Chiapa o Grijalva:* se forma en la depresión central de Chiapas; corre en dirección sureste-noroeste, llegando al Estado de Tabasco.

¡Cuántas veces tuve que atravesar tus aguas bravas! Nunca he podido olvidar tu paso lento por mis grandes llanuras. ¿Por qué ahora corres entre estos muros de montaña? ¿Por qué son ahora tan verdes tus orillas y tan roncas tus canciones? Pero ya han pasado los días en Zamora y mis andanzas con la Santa Hermandad y te veo, amigo, como si fueras solamente un cruel desconocido, dispuesto a arrastrarme en tu caudal. ¡Padre! ¡Tiéndeme la mano, que voy a la tierra que un día tus nietos deberán heredar!

Una rama se dobló y a su crujido el capitán se volvió rapidísimo llevándose la mano al pomo de la espada, pero entre la fronda solamente se asomaron los ojos vivarachos de Pedro Moreno, quien se le acercó decidido y le preguntó:

—¿Me habéis llamado, señor capitán?

—¿Sois don Pedro Moreno?

—El mismo, señor.

—No os esperaba hasta la noche.

—Tal vez quiera su merced escuchar algo que no es para los oídos de todos los soldados.

—¿Tenéis algo especial que decirme?

—Sí, señor. Que los indios de esta tierra son los más bravos y feroces que yo haya jamás encontrado, y he estado, señor, en las más recias jornadas de estos reinos.

—¿Estuvisteis en las Hibueras?[92]

—Sí, señor, con don Hernando, como estuvisteis también vos.

—¿Y aun así...

—Aun así, señor, pienso que aquí nos encontraremos con una guerra muy difícil, y que seremos muy afortunados si salvamos la piel.

—Pues de esto nada se dirá esta noche a mis soldados. ¿Cómo es que no recuerdo vuestro rostro?

—Era entonces más joven; además, era soldado de a pie.

—¿Sois de los Moreno de Ciudad Real?

—Don Gil Moreno fue mi padre, señor capitán.

—Debes saber que entre tu familia y la mía hubo siempre una grande amistad, comentó don Diego, cambiando de tono. Olvida esta locura de «vos» y «vuestro» y háblame como se hablan los amigos.

—Pero sois mi capitán.

—Tienes razón. ¡Quién sabe cómo terminaremos hablando en estas tierras!

—Como locos, don Diego, como locos tal vez. Entre las lenguas de los indios y nuestras lenguas de España, menudo embrollo el que nos enredará.

Se dieron la mano sin pensarlo, como si fuera un pacto de amistad, y luego se metieron en la espesura para volver al campamento, en cuyo centro ardía ya una alegre fogata; junto a ella habían acomodado un tronco para que sir-

---

92   *Las Hibueras (Honduras)*: en este lugar en1524, el capitán Cristóbal de Olid se sublevó contra Hernán Cortés. Sobre su expedición de pacificación a las Hibueras, Cortés habló en la quinta carta de relación (3 de septiembre de 1526).

viera de asiento al capitán don Diego de Mazariegos, teniente de gobernador de la provincia de Chiapa, según el documento que en su mano había puesto en Tenochtitlan el Capián General y Gobernador de la Nueva España don Alonso de Estrada y que don Diego llevaba siempre consigo como un tesoro singular. El capitán se dirigió a los seis soldados que lo rodeaban junto a aquella hoguera y les habló así:

—Os he reunido aquí antes de seguir en nuestra derrota, porque sólo vosotros podéis darme consejo en cuanto a lo que debemos hacer y cómo debemos proceder. Y lo primero es, si debemos seguir por esta margen del río.

Inmediatamente se levantó Antonio de Truxillo para responderle al capitán, como soldado acostumbrado a decir las cosas directamente:

—No hay más caminos por acá, señor. Y aun éste no es otra cosa que una senda de señas que van siguiendo nuestros guías, por el conocimiento que de estas tierras tienen. Por aquí llegaremos a un poblezuelo que los indios llaman Ixtapa,[93] ya muy cerca de Nandalumí,[94] la capital de esta provincia de Chiapa.

—¿Y si nosotros abrimos otro camino?

—Por todas partes es lo mismo, señor, apuntó Francisco de Lintorne: grandes y espesas selvas, donde, si no nos comen los moscos de día, nos chupan la sangre de noche los murciélagos, o nos abaten sin que las podamos ver las flechas envenenadas de los indios.

—¿Y si construimos balsas para avanzar río arriba?, preguntó sin mucho convencimiento el capitán.

—Para cuando terminemos se nos habrá acabado el bastimento, si no han terminado con nosotros primero los indios, respondió el alférez don Pedro Moreno.

—Llamad entonces a don Francisco Ortés de Velasco y al capitán don Baltasar Guerra, terminó el capitán.

Se levantó presuroso don Juan Martínez, y mientras él buscaba a don Francisco, se hizo entre los soldados que contemplaban las llamaradas de la hoguera con el ceño fruncido, un silencio tenso, interrumpido solamente por el crescendo monótono de las chicharras en la selva.

Llegó don Francisco, alto y barbado, acompañado de aquel otro soldado que tanta importancia tendría en la campaña de esos días, Baltasar Guerra, el viejo amigo de don Diego.

—Don Francisco, dijo el capitán: antes del alba veréis que se organice nuestro ejército de forma que vayan en la delantera los mexicanos seguidos de media caballería; luego irán todos nuestros infantes; tras ellos el resto de la caballería, y en la zaga, los flecheros de Tlaxcala. Baltasar, a vos confío toda la caballería y la dirección de la artillería. Al amanecer estaremos ya en

---

93   *Ixtapa*: (del náhuatl istatl, sal; atl, agua, y pan, lugar), «Lugar del agua salada». Ixtapa o Istapa pueblo de ascendencia tzotzil, que existía ya en los tiempos prehispánicos; sus habitantes se dedicaban a la explotación de las salinas. En los llanos del valle que ocupa, se libró la primera batalla de los conquistadores españoles (1524), al mando de Luis Marín, contra los Chiapanecas.

94   *Nandalumí*: Hoy Chiapa de Corzo.

marcha, y trataremos de llegar hoy mismo, aun cuando sea tarde, al pueblo de Ixtapa, en esta margen del río.

—¿Y el bastimento, señor capitán?

—Lo transportarán los mismos tlamemes[95] que han venido con nosotros desde Guazacualco.[96]

Pero esta vez no se encontrarían con los chiapa en Ixtapa sino en Usumalapa.[97] Cuando llegaron al pueblo, vieron cómo había sido abandonado por sus habitantes, y cómo era imposible encontrar allí vituallas para reponer las que habían consumido, pues por todas partes había señales de la violencia con que todo había sido sacado o quemado. Pero estaban allí todavía suficientes casas en pie, y el capitán ordenó que se las aprovechara para acampar, teniendo en cuenta el mismo orden de todos sus campamentos, rodeados por columnas defensivas de indios amigos.

Establecido y organizado el campamento, dio orden don Diego de que sus subalternos inmediatos se reunieran con él. Treparon a una colina en las afueras del pueblo y desde allí divisaron lo que les aguardaba para el día siguiente: junto al gran río, rodeada de parapetos, se alzaba Nandalumí, la reina de los llanos; por un lado la protegían las violentas aguas del gran río que llamaban ellos Mezcalapa, y por el otro lado se elevaban bruscas serranías muy difíciles de tomar.

—Don Francisco, dijo el capitán, después de considerar maduramente la situación: os encargaréis de atacar el flanco del río al frente de los mexicanos. Trataréis de penetrar por esos parapetos, que atacará Baltasar con veinte de a caballo. Ved que los mexicanos se apoderen de las canoas. Don Cristóbal de Morales, aguarda por la parte alta, para perseguir a los que traten de escapar hacia la montaña; iréis al mando del resto de la caballería. Los infantes, la artillería y los flecheros irán conmigo al ataque de la albarrada del centro. ¡Estad todos atentos a mis órdenes durante la batalla!

Se retiraron a reposar. Mas la noche no les trajo el descanso que buscaban, pues cada poco pasaban por la parte del río las veloces canoas de los chiapa,[98] quienes les lanzaban insultos y grandes griterías; y cuando ellos no lo hacían, les zumbaban en los oídos los inseparables zancudos, que no hacían más que aumentar el tormento del calor y la humedad de la región.

Por inteligente que hubiera parecido la estrategia planeada por don Diego, parecía que no habría de servir para nada, pues antes de amanecer ya tenían a los chiapa sobre ellos, en vez de que los mexicanos con don Francisco iniciaran el ataque. Viendo lo que sucedía, se lanzó Baltasar Guerra con sus jinetes en desenfrenada carrera, sin que nadie pudiera detenerlo. Pronto llegó

95   *Tlameme*: cargador humano que llevaba de un lado a otro diversos tipos de mercaderías.
96   *Guazacualco*: actual Coatzacoalcos en Veracruz.
97   *Usumalapa*: población ubicada a orillas del río Sabinal, dentro del valle formado por los cerros Mactumactzá y Huitepec.
98   *Chiapa o Chiapas* (Conocidos también como los Chiapanecas o Soctones): ocupaban la depresión central, en la margen del río Grande, muy cerca del lugar conocido como el Sumidero, donde erigieron la ciudad de Soctón o Nandalumi.

a las fortificaciones que los chiapa habían levantado para engañar a sus enemigos con respecto a la ubicación de Nandalumí, su verdadera ciudad al otro lado del río. Pero allí se detuvo a esperar el primer escuadrón de mexicanos y a don Diego, que se había rehecho y venía persiguiendo a sus atacantes en dirección a los fortines defendidos con grandes troncos. Mas la suerte no estaba con los chiapa ese día, y para cuando el sol llegó a su apogeo, los artilleros de don Diego ya habían abierto enormes agujeros en los parapetos, por donde se escurrían sin dificultad los castellanos, tlaxcaltecas y mexicanos, desbaratando cuanta resistencia se les oponía.

Entonces realizaron los chiapa una maniobra que parecía desesperada: En un momento y a una señal, desconocida para los castellanos, todos corrieron en cerrada columna rumbo a la montaña. En cuanto se dieron cuenta del movimiento, los españoles se lanzaron tras ellos; pero ya era tarde: Los chiapa se habían atrincherado junto a las altas rocas que previamente habían rodeado de fuertes albarradas construidas con troncos, y desde allí les arrojaban andanadas de piedra, flechas y jules tostados, durísimos, que estaban ocasionando bajas considerables a los atacantes.

Al ir cayendo la tarde y ante el fracaso de todos sus esfuerzos, llamó el capitán don Diego a todos sus subalternos para celebrar consejo de guerra.

—¿Qué os parece si suspendemos el ataque y establecemos un asedio de este peñol?, preguntó.

—Con vuestra licencia, señor capitán, insinuó don Francisco Ortés de Velasco, creo que éste es el peñol más fuerte que me haya tocado asaltar, y pienso que no debemos dejarlo un momento desatendido. Me permito proponer que los mexicanos continúen a mi mando frente a las albarradas y que allí encendamos grandes hogueras para iluminar todo el campo durante la noche hasta que en la mañana podamos entender en lo que hay que hacer en lo demás.

—Yo, señor capitán, interpuso Baltasar Guerra, propongo que en la segunda línea nos quedemos los de a caballo junto con los flecheros tlascaltecas, listos para defender a don Francisco en caso de necesidad.

—Si me lo permitís, quisiera acercar nuestros cañones a buena distancia del peñol, a fin de que al clarear el alba ya estén colocados en posición de ofender, propuso don Francisco de Lintorne.

—Así será, asintió a todo don Diego, y estaban ya a punto de retirarse para cumplir cada quien con su cometido, cuando se escuchó, un tanto indecisa, la voz de don Cristóbal de Morales que proponía:

—Yo, señor capitán, si no lo tomáis a mal, quisiera escoger a cinco caballeros de Ciudad Real para ir a buscar alguna entrada oculta de esas peñas, y ver si podemos atacar por otra parte.

—¿No eres tú de los Morales de la tejería?

—Sí, que lo soy, señor, y a mucha honra.

—Estoy seguro, le repuso el capitán con una sonrisa en el rostro, que si
hay otra entrada, la encontrará uno de tu casa. ¡Anda, Cristóbal, y en el
nombre de tu padre don Juan, toma este peñol por donde puedas!

El último rayo del sol se ocultó tímidamente tras las alturas de Tepetchia.
Dentro del último bastión de los chiapa, que no habían nunca cedido ante
los ataques de los mexicas ni se habían dejado cautivar por ningún enemigo,
se llevaban a cabo los preparativos para hacer de ésta su defensa más valiente.
Ya no les espantaban los disparos atronadores de los cañones, ni creían en la
invencible rapidez de los caballos, ni les causaba miedo el filo mortal de las
espadas. El padre sol habría de encontrarlos firmes y decididos al día siguiente, para enfrentarse a su destino sin mover las pestañas.

Por la madrugada, Francisco de Lintorne empezó a disparar sus cañones;
pero como por obra de magia, cada boquete que se abría en el parapeto, se cerraba de inmediato con enormes troncos que los chiapa habían amontonado
desde antes en el interior, y no había manera de avanzar un paso. Los mexicanos caían atravesados por los dardos envenenados que les arrojaban desde
las alturas, y los castellanos tenían que cubrirse constantemente con sus escudos para no caer muertos ante el vibrante empuje de aquella raza que parecía revolverse en sus últimos estertores. De repente, de uno de los boquetes
abiertos por los cañones salió en medio de envalentonada gritería un batallón
de chiapas, que se arrojó con tal violencia sobre los atacantes, que los mexicanos tuvieron que replegarse, sin darse cuenta de que dejaban rodeado de
enemigos a don Francisco de Velasco. Se detuvieron en su carrera, y les hicieron frente a los chiapa; mas ya don Francisco había caído con una herida
en la cabeza, y se lo llevaban al peñol para ofrecerlo como víctima a sus dioses.

—¡A ellos! ¡A ellos!, gritó desesperado don Diego.

Luis Gaspar Mazatl, el jefe del destacamento mexicano, se lanzó entonces
con tal bravura y ánimo, que abrió un camino entre los chiapa, y junto con
otros aztecas que lo acompañaban, llegó al lugar donde tenían a don Francisco, y se lo arrebató y lo bajó a tirones para entregárselo a don Diego.

—Éstos son los azares de la guerra, le dijo éste a don Francisco, mientras
le levantaba la ensangrentada cabeza y le limpiaba la barba rojiza.

—Pero este hombre no está muerto, exclamó en seguida el capitán.

Efectivamente, don Francisco volvió poco después y, contra el consejo de
todos sus compañeros, se levantó y, empuñando su espada, se lanzó nuevamente al ataque, animando con grandes voces a sus amigos mexicanos,
quienes lo siguieron hasta el pie de la albarrada enemiga, admirados de su
enorme valor. Años después los mismos chiapa conmemorarían esta hazaña
de don Francisco en las pinturas de los libros que por algún tiempo todavía
habrían de circular entre ellos.

Mientras tanto, Cristóbal de Morales se había internado entre los riscos
y, habiendo dejado su caballo escondido, se había separado un tanto de sus

amigos de Ciudad Real. De pronto, en la escarpada pared de la montaña logró ver un hueco más alto que la estatura de un hombre; sin pensarlo dos veces, amarró una cadena que consigo llevaba y se deslizó lentamente. Cuando logró asegurar sus pies en el interior de la cueva, se restregó los ojos y se percató de que eso no era otra cosa que la entrada que buscaba: Podía escuchar claramente los gritos de la batalla y los movimientos de la gente no muy lejos de donde se encontraba. Se le agolpó la sangre en las sienes, y recordando toda la historia de su pueblo, lanzó al aire su señal. Arriba, entre los riscos, sus amigos de Ciudad Real escucharon de repente el ulular de un mochuelo solitario, y sin pensarlo se precipitaron montaña abajo. Francisco Moreno, el hermano de don Pedro, vio primero la cadena atada a un tronco y empezó a deslizarse, llevando a sus compañeros tras de sí.

—¡Por acá!, les gritó Cristóbal en cuanto los vio; y se internaron por la caverna disparando sus arcabuces y arremetiendo con sus espadas sobre cuantos encontraban. El espanto de los chiapa, que no podían creer que se les atacara por ese flanco, fue tal, que empezaron a correr desorganizadamente. Unos se lanzaron por donde se encontraban los de Ciudad Real y cayeron precipitados montaña abajo a revolver su sangre con las aguas del río, mientras que los más decidieron salir de sus barricadas, donde fueron recibidos por el fuego directo del ataque español.

Así terminó esa tarde la batalla decisiva de los chiapa.

Mandó entonces don Diego entablar pláticas con los caciques, a fin de que los castellanos y sus aliados, sin tener que pelear en nuevos enfrentamientos, pudieran atravesar el río y dirigirse a la ciudad que, desprotegida y casi abandonada, levantaba las torres de sus templos en la otra orilla.

Al día siguiente, primero de marzo del año de gracia de mil y quinientos y veinte y siete años, sobre el antiguo asiento de la altiva Nandalumí, el capitán fundó, en el nombre del Rey, un pueblo que llevó provisionalmente el nombre de Villa Real,[99] en memoria de aquella ciudad castellana de donde había salido tantos años antes, acompañando a su padre moribundo y de donde habían llegado, con los ojos clavados en la ilusión, tantos de sus compañeros de aventura.

*   *   *

Los días que siguieron fueron de intensa actividad: Reforzaron los alrededores de la nueva villa, colocando por todas partes velas y escuchas y corredores de campo, principalmente por el lado del río, pues temían que los chiapa se rehicieran de su derrota, como lo habían hecho antes, y los atacaran de nuevo, haciendo uso de su gran destreza en el manejo de las canoas.

Al mismo tiempo, fueron levantando casas para la habitación tanto de los españoles como de sus amigos de Tenochtitlán y de Tlaxcala; y aunque con-

---

99 *Villa Real de Chiapa*: fundada en el antiguo Valle de Hueyzacatlán (náhuatl: «Zacatonal»), también: «Hueyzacatlán» (náhuatl: «Junto al zacate grande»).

taban con la ayuda de los vecinos, eso no dejó de llevarles tiempo y esfuerzo.

Mientras tanto, fue creciendo un sentimiento de desasosiego y de disgusto entre los castellanos. Aquella, decían, no era tierra para vivir: No solamente se sentían siempre acosados por la posibilidad nada remota de nuevos ataques de los indios, sino que sufrían día y noche de aquel calor húmedo que no les daba descanso, y eran constantes víctimas de las picaduras de los zancudos, a las que empezaron luego a culpar de las calenturas que algunos de ellos comenzaron a padecer a pocas semanas de haberse instalado en el lugar.

Una de esas lánguidas tardes en que reposaba junto a una gran ceiba que crecía en la parte más céntrica de la villa, llegaron mensajeros de Copanaguastla[100] a buscar al capitán don Diego, para darle noticias de algo que sucedía en una remota llanura, más allá de las montañas del oriente.

—Capitán, anunció el intérprete, os avisan que hombres como nosotros se han asentado en los llanos del lugar que en lengua mexicana llaman Comitlán[101], y que ellos en la suya han llamado Balún Canán.

—Preguntad cuántos son, replicó don Diego.

—Que han establecido una villa, contestó el intérprete, luego de parlamentar con los mensajeros.

—Mandad que se les dé de comer a estos señores y ordenadles que se queden en esta villa hasta que yo os dé nuevas instrucciones; haced que se les ofrezca una buena casa para descansar.

Luego se retiró don Diego a considerar las cosas y a consultar con sus subalternos y amigos. Se trataba de un asunto serio, ya que en el documento del Capitán General se le concedía a él y a nadie más el permiso de pacificar y poblar la provincia de Chiapa con sus llanos. Si alguien más estaba asentándose en los llanos, contravenía las decisiones de la máxima autoridad de la Nueva España.

Una vez expuesta la situación a sus soldados más importantes, preguntó el capitán, sin mostrar inclinación alguna:

—¿Qué os parece que debamos hacer?

—Soy de opinión, respondió inmediatamente el alférez don Pedro Moreno, que vaya a encontrar a esos castellanos un batallón de nosotros y que se aclaren las cosas antes de que pasen a más.

—Yo pienso de igual manera; pero creo que es más conveniente que el batallón sea encabezado por vos, señor capitán, añadió don Francisco de Velasco, quien todavía mostraba el recuerdo de las heridas que había recibido en la batalla.

—¿Qué pensáis vos, Baltasar?, insistió el capitán, dirigiéndose a Baltasar Guerra.

—Yo digo que vayáis vos, capitán, con lo mejor de nuestro ejército, y que arregléis esto por las buenas, si es posible, o por las malas, si no queda más.

---

100 *Copanaguastla*: importante comunidad y asentamiento tzetzal a la llegada de los españoles.

101 *Comitlán*: «lugar de alfareros (náhuatl)», posteriormente castellanizada como Comitán. En la época prehispánica, su nombre era: «Balún Canán (maya)»: «Lugar de las nueve estrellas».

Se lo quedó viendo don Diego con mirada sonriente y de complicidad, feliz para sus adentros de que se le hubiera aconsejado precisamente lo que él deseaba hacer y, dando muestras de acatar la voluntad de sus consejeros, replicó:

—Iremos. Vos, Baltasar, quedaréis aquí con todos los mexicanos y nuestros convalecientes, para guardar la villa. Miraréis de mantener la paz y el concierto entre todos, que con ello alcanzaréis méritos delante de su majestad. Vos, don Francisco, acordad con estos caballeros la manera de reunir el bastimento y tener todo preparado para que salgamos el día después de mañana.

La noticia de la partida fue del agrado de todos, pues la ociosidad de esos meses ya no era soportable. Pocos eran los que pensaban que el lugar en que se había asentado la villa sería definitivo; así que casi a nadie se le ocurría iniciar actividades que hubieran luego de abandonar.

A los dos días, pues, salieron rumbo a la nueva aventura. Guiados por los mensajeros de Copanaguastla se dirigieron al oriente, con el mismo entusiasmo y la misma alegría con que habían salido de Guazacualco para la conquista de la provincia de Chiapa.

* * *

Tras la polvareda que levantaban los de a caballo cerrando la retaguardia, se quedó Baltasar, que había salido a encaminar a los viajeros antes de que brillara el sol. Se los quedó viendo, como si despidiera al hermano o al hijo que emprendiera la marcha a lo desconocido, como era. Luego se volvió rumbo a la villa: Por su izquierda le quedaba la imponente corriente del gran río y a sus lados caminaba su inseparable escolta de guerreros mexicanos. Baltasar se apeó para ir al mismo ritmo que sus acompañantes y se dirigió a su casa.

Dio unas cuantas vueltas por el patio, donde crecían los ciruelos de la tierra, que los indios llamaban jocotes por su nombre azteca; luego se apoyó en uno de los horcones que soportaban el techo de palmas; salió en seguida a visitar a algunos de los convalecientes de heridas o de picaduras de zancudos. Para medio día volvió a su casa. No había nada más que hacer ese día. En todo caso, a esa hora el calor era insoportable, y no se sentía con aliento como para pensar en ninguna otra cosa; así que decidió recostarse sobre el petate que estaba apoyado en una de las paredes de carrizos por donde se filtraba la poca brisa que le llegaba desde el Mezcalapa.

Cuando despertó, varias horas después, le corría por todo el cuerpo un copioso sudor salado. Abrió los ojos, y entonces se dio cuenta de que frente a él, sentada en cuclillas, se encontraba una muchacha de color moreno y grandes ojos cafés.

—¡Pardiez, que me ha cogido la fiebre!, gritó el castellano.

La muchacha se asustó y se levantó de un solo movimiento, haciendo gesto de retirarse del lugar. Pero el español, todavía pensando que soñaba, la detuvo con un gesto imperioso y le preguntó:

—¿Qué haces tú aquí, mujer del demonio?

La muchacha, a quien el padre González había bautizado con el nombre de Magdalena Cupasmí, no comprendió las palabras de Baltasar y por toda respuesta abrió una redecita de ixtle que había dejado junto al petate del español. Con calma, o tal vez con recelo, fue sacando de ella el regalo que llevaba para aquel hombre violento: Primero una jícara, luego un tecomate. Virtió de éste en aquélla un líquido espeso de color café, y luego le ofreció todo a Baltasar. Éste, acostumbrado a tantas traiciones diferentes a lo largo de sus campañas, no lo aceptó, sino que suavemente retiró la mano de la muchacha. Ella, entonces, se llevó la jícara a los labios y sorbió un buen trago del brebaje. Al ver esto, Baltasar se sentó, apoyó la cabeza contra la pared y, alargando la mano le ordenó a Magdalena:

—¡Dame!

La indiezuela, o indizuela, como dirían más tarde las españolas, abrió más los ojos, y sonriéndole con ellos, le entregó el recipiente. Lo probó Baltasar, y al sentir su agradable frescura, lo apuró; luego tendió la jícara a Magdalena, diciéndole:

—¡Más!

Sin comprender la muchacha, pero conociendo el efecto de su bebida sobre los hombres cansados, rellenó la jícara y se la ofreció nuevamente al castellano. Éste volvió a beber, con lentitud, saboreando cada sorbo. Señalando la jícara preguntó:

—¿Qué es?

Pero de inmediato se dio cuenta de la inutilidad de su pregunta, y entonces gritó:

—¡Juan!

Prontamente entró a la casa el hijo de Luis Gaspar Mazatl, jefe de la guardia personal de Baltasar, y mostrando en su semblante un aire de culposa complicidad, respondió:

—¡Don Baltasar!

—Tú ya entiendes y hablas mi lengua. Quiero que se la enseñes a ésta.

—¿Castilla?, preguntó incrédulo el mexicano.

—¡Castilla!, gritó exasperado e impaciente el español, y luego se puso de pie, dispuesto a hacer algo, cualquier cosa. Le desesperaba tanto aquella terrible ociosidad. Se dirigió a la ribera del río y allí pidió una canoa para él y su guardia. Los mexicanos gozaban estas salidas con Baltasar, pues recordaban los días en que cruzaban alegres los canales de Tenochtitlan, y sabían que a Baltasar le encantaba verlos emular la pericia con que los chiapa remaban río arriba y río abajo por entre los arrecifes en aquellas frágiles embarcaciones.

Cayó la tarde, bailoteando sobre las aguas del río los rojos rayos de aquel sol inclemente. Mas Baltasar no dio orden de volver sino hasta que asomó tímida la luna por detrás de aquellas imponentes montañas del oriente que tanto le fascinaban. ¿A qué había de volver a aquella casa triste y vacía?

* * *

Finalmente llegaron noticias del capitán: Se las llevaron a Baltasar en canoa desde el pueblo de Acala, donde esa noche había decidido acampar don Diego. Lleno de nerviosismo, Baltasar ordenó que se preparara una fiesta para recibir a sus compañeros y amigos. A la entrada del pueblo levantaron un arco de carrizos amarrados con bejucos y lo adornaron con flores de la tierra. Al empezar a caer la tarde se oyeron los cañonazos con que don Diego anunciaba su llegada. Se apresuró Baltasar a salirle al encuentro. Montó su caballo, pero cuando ya salía, recordó algo que había estado en su mente todo ese día. Se apeó y gritó unas cuantas órdenes, y luego se encaminó al lugar donde habían levantado el arco y allí esperó al capitán.

El sol estaba cayendo ya, y desde el río soplaba una brisa suave y refrescante. Los chiapa, que en su mayoría habían aceptado poblar la villa, le presentaron al capitán enormes canastos de frutas de diversas clases, que habían cortado para la ocasión. Pero Baltasar tenía algo especial para el de Mazariegos:

—Don Diego, exclamó orgulloso Baltasar: Os tengo una sorpresa: Quiero haceros probar algo por lo que vale la pena quedarse en esta villa.

Y tomando de la mano a Magdalena, la acercó al capitán y le dijo:

—¡Dale!

Obediente Magdalena, que para entonces ya comprendía los bruscos mandatos de Baltasar, le presentó una jícara llena de aquella bebida que una tarde le había ofrecido al español.

Bebió el capitán a grandes tragos, y luego alargó el brazo para decir:

—¡Más!

Y luego de beber de nuevo y de mezclar la frescura de esta bebida con la emoción de sus nuevos proyectos, se volvió a Baltasar y, ante las sonrisas pícaras de sus acompañantes, le preguntó:

—¿Cuál es la sorpresa, Baltasar: la bebida o la moza?

Estallaron en una sonora carcajada todos los castellanos que rodeaban al capitán, mientras Baltasar, encendidas en rubor sus tostadas facciones, dio la orden de marchar rumbo a la villa.

* * *

Muchas cosas tenía don Diego que contar a sus amigos acerca de su entrevista con don Pedro Puertocarrero;[102] pero muchas más bullían en su mente con respecto al futuro de esa gente que don Alonso de Estrada le había confiado para fundar la villa en la frontera, en aquella infinitamente lejana provincia de los Chiapa. Así que, después de un día de merecido reposo, los convocó a una sesión muy solemne, a la que incluso invitó al padre González y al escribano. Como resultado de esta sesión, decidieron dejar la villa en una semana, durante la cual harían los preparativos necesarios para un viaje del cual tal vez no habría retorno.

Hacia fines de marzo, finalmente, se pusieron en camino. En todos los rostros se había pintado una nueva ilusión, nacida del reto que les presentaban aquellas enhiestas montañas de enfrente de la villa, que se levantaban a plomo al terminar el valle y que se veían tan llenas de enmarañadas selvas, prometedoras de aquella frescura que tanta falta les había hecho por poco más de un año.

La noche antes de partir, llamó don Diego a Baltasar. Sin andarse con rodeos, le espetó de entrada:

—Baltasar, ¿quieres quedarte en esta villa?

—Sí, Diego. Ya estoy cansado de ir de lugar a lugar. Si tú no me necesitas en esta nueva empresa, prefiero quedarme aquí.

—Esta tierra es mi encomienda, Baltasar. ¿Quieres quedarte de todas maneras?

—Si me das unas tierras que están más allá del río para trabajarlas, me quedo. Pero no me dejes solo.

—Nuestra compaña se ha aumentado con la gente de don Pedro Puertocarrero. Se quedarán contigo cincuenta hombres, a quienes se les repartirá tierras y gente. Habla tú con los que quieras y convéncelos. Se quedarán los que tú necesites, hasta cincuenta.

—Espero que esta amistad nuestra no se destruya nunca, respondió conmovido Baltasar. Y luego, recordando como a través de telarañas los felices días en su ciudad en La Mancha, agregó: ¡Que sea como aquella que por tanto tiempo ha ligado a mi casa con la de los Morales de la tejería!

—Así será, amigo, le contestó el capitán dándole un abrazo de esos que marcan la historia de los hombres.

Casi nadie durmió esa última noche. En la madrugada, con la tibia brisa que subía del río, levantaron el campo y emprendieron la marcha. Baltasar salió a acompañarlos hasta los linderos del llano, allá donde de repente se vuelve montaña. Luego regresó a la villa acompañado de sus amigos castellanos y de un buen contingente de guerreros mexicanos y de flecheros de Tlaxcala. Volvió a su casa y se tiró a soñar recostado en su petate. No habría de tardar en hacer llegar a la villa el primer trapiche para moler la caña de azúcar que sembraría con tanto éxito al otro lado del río.

---

102 *Pedro Portocarrero*: Capitán enviado desde Guatemala por el Adelantado Pedro de Alvarado, fundador de la ciudad de Santiago de los Caballero o Guatemala en 1524, para extender esa Gobernación.

La gente de don Diego arrancó montaña arriba, por entre cañadas imponentes y durísimas de ascender. Pronto la vegetación empezó a cambiar: al boscaje de hojas anchas sucedieron los pinares y los robledales. A pesar del cansancio, los castellanos sentían que el alma se les llenaba de ansias y se les henchía de esperanzas con cada paso que daban bajo la protección de las altas cumbres coronadas de abetos.

Llegaron a un recodo por donde los montañeses de la región mantenían unas salinas, y Pedro Moreno se le acercó al capitán para insinuarle intencionadamente:

—Señor capitán: Hace años pasamos por acá con don Luis Marín, y en este preciso lugar hicimos alto para descansar.

—Me han dicho que no lejos de aquí queda Tzotzleb.

—Así es, señor, pero para llegar a Tzotzleb, que nosotros llamamos Cinacantlán por su nombre mexicano, hay que subir una pesadísima cuesta. Vuestros hombres llevan impedimenta pesada y han caminado ya dos días.

—Tenéis razón, concedió al fin don Diego, deseoso él también de absorber en sus ojos y en su corazón las vistas de aquella montaña que le hacían recordar sus Montes de Toledo. Entonces añadió: Haced que se ordene el alto y aquí descansaremos esta noche.

Acamparon, y por primera vez en mucho tiempo descansaron de verdad los huesos de aquellos rudos soldados, mexicanos, tlaxcaltecas y castellanos a la vez, sintiendo que llegaba a sus pulmones un chorro de aire diáfano y vivificador.

El sol de las alturas los encontró todavía dormidos, como si nunca hubieran tenido la oportunidad de reposar. Don Diego fue el primero en darse cuenta de que el día ya había despuntado y que era hora de continuar la marcha. Así que mandó levantar el campo a la mayor premura y la columna inició la subida de la cuesta, más allá de la cual se encontraba Tzotzleb, esperándolos de fiesta, a la manera de los mercaderes que siempre habían sido.

La llegada a Tzotzleb causó gran algarabía entre la gente de don Diego, pues desde que doblaron la cuesta se dieron cuenta de la belleza del valle. En cuanto llegaron a las primeras casas del pueblo, se volvieron a don Diego para pedirle que allí se quedaran y establecieran la villa: El aire es alto y fresco, y el valle es hermoso, con su riachuelo en medio. ¿Qué mejor podría encontrarse? Don Diego mandó que se acampara allí, aun cuando apenas empezaba la tarde, para percatarse de todas las ventajas y desventajas que el valle de Tzotzleb pudiera presentar.

Las gentes de Tzotzleb habían salido a recibir con señas de amistad y de alegría a estos hombres que habían terminado la amenaza que para ellos significaba la presencia de los chiapa en el valle junto al gran río, y que, talvez, podrían protegerlos de las exacciones de los odiados mexicas.

Los españoles de todas maneras organizaron su campamento como habían venido haciéndolo todo el tiempo, no queriendo verse sorprendidos por un ataque a traición de quienes fuera. Por la noche asistieron a una fiesta preparada en su honor, en que la gente de Tzotzleb les ofreció sabrosísima comida de gallinas de la tierra, como habían dado los españoles en llamar al tuluk que los montañeses criaban junto a sus casas.

Cada paso que daban los castellanos en Tzotzleb los convencía más de la conveniencia de establecer allí la villa definitivamente. Pero don Diego creía que al valle le faltaba algo, algo que él no lograba identificar. Así que, después de dos días de reposo y de festejos, levantaron nuevamente el campo, llevando esta vez guías de Tzotzleb que habrían de mostrarles un paso excelente del gran cerro que ellos llamaban Muc'tavits, y que los aztecas les habían obligado a llamar Hueytepetl.

* * *

El paso era como un gigantesco ventanal abierto al valle. Se detuvieron los castellanos sin que nadie llamara al alto, subyugados por la increíble belleza del paisaje que se extendía a sus pies.

—¡Jovel!, exclamaron inclinándose los guías, con aire de recelo y misterio.

—¡Jovel!, repitió el eco en todos los corazones, como levantando burbujas de ilusión.

Al noreste podían verse todavía los restos de aquellas fortalezas que los cañones de don Luis Marín habían destruido con tanta dificultad. Hacia el oriente se destacaba una loma comba que cobijaba en sus repliegues un manantial. Allí había sido hacía un tiempo Moxviquil, la reina y señora de estas montañas.

En el centro del valle se levantaba un promontorio, que tantos siglos antes había sido una isla, con un adoratorio a donde llegaban en canoa los sacerdotes de un viejo dios difunto.

Hacia el sureste ardían los rayos del sol sobre el espejo de una laguna de donde parecían brotar riachuelos que recorrían el valle hasta desaparecer por el sur. Y toda la planada estaba rodeada, como defendida, por un círculo de montañas que parecían engarzarla como una joya de esmeralda creada por las manos de los dioses de esta antigua región.

Sin dar orden alguna y sin hacer caso de los guías que corrían junto a él, espoleó don Diego su caballo y se lanzó cuesta abajo. Tras él se precipitó la columna de guerreros, como impulsada por una misma emoción. Atravesaron un río que jugueteaba por el valle en medio de los zacatales, y pasaron junto al promontorio. De repente escucharon el alegre trinar de aquel cuerno que tan pocas veces sonaba don Diego, y se arremolinaron todos a su derredor, y vieron cómo, a pesar de haber ellos hecho alto a su señal, el capitán seguía sonándolo alegremente, como si en vez de señalar un alto estuviera entonando una canción. Luego sucedió algo extraordinario: En medio del silencio de todos, detuvo el de Mazariegos su arrebato, alzó el cuerno sobre su cabeza y, haciendo un esfuerzo de titán, lo rompió en dos pedazos y exclamó:

—¡Bendito seas, padre, que me has hecho llegar a este lugar!

Luego se inclinó y besó la tierra y pidió que allí se encendiera una fogata. Cuando don Pedro de Orozco, ayudado de varios castellanos, la hubo logrado iniciar, se inclinó nuevamente Mazariegos y colocó en el fuego los restos del cuerno de sus antepasados. Viéndolo arder entre el alegre chisporroteo de las llamas, levantó al cielo la mirada, y todos pudieron ver en los surcos tostados de su cara rodar dos claras lágrimas, que nadie supo si eran de alegría, de tristes recuerdos o de pavorosos presentimientos.

Era entonces el medio día del treinta y uno de marzo del año del Señor de mill y quinientos y veinte y ocho años.

De pronto, sin que precediera señal de nadie, de toda la columna se levantó una entusiasmada gritería, y los artilleros dispararon sus cañones, y resonaron los arcabuces, y los guerreros mexicanos hicieron redoblar sus atabales, mientras los de Tlaxcala soplaban las conchas que traían escondidas en sus redes de ixtle; y hasta los guías de Tzotzleb, contagiados de la alegría de aquellos hombres extraños, se pusieron a gritar y danzar, comprendiendo que para ellos algo extraordinario acababa de suceder.

Llamó entonces el capitán a Jerónimo de Cáceres, el escribano, y pidiendo silencio de todos, se sacó del pecho un pliego que traía cuidadosamente enrollado, lo puso sobre su cabeza, luego lo besó en señal de respeto y acatamiento y en seguida se lo entregó diciéndole:

—¡Leed!

Y el de Cáceres leyó:

> «Yo el dicho thesorero alonso de estrada gouernador por sus magestades hago saver a vos diego de mazariegos que yo e sido ynformado que es cossa conviniente y nezessario que las prouinzias de chiapa y llanos de ellas se pueblen y conquisten de que dios nuestro señor y sus magestades seran muy seruidos y conffiando de vos que sois tal persona que hareis lo que por mi nombre y de sus magestades os fuere cometido y encargado por la presente os nombro por capitan y teniente de gouernador de las prouincias de chiapa y llanos de ellas y de las otras prouincias a ellas comarcanas y os mando que vays a ellas con la gente que vos estan prestadas para yr desde esta cibdad y llegando a la dicha prouincia de Chiapa pobleis y situeis una villa en mejor parte que vos pareciere...».

Los soldados escucharon con la cabeza descubierta e inclinada toda la lectura de aquel documento, y cuando terminó, de nuevo expresaron su alegría con gran algazara y con disparos de armas. Pero don Diego no quería perder el tiempo en celebraciones, de manera que llamando a Pedro de Orozco y a Luis de Luna, los alcaldes nombrados para la Villa Real, les ordenó:

—Tomad como punto de partir el lugar de esta hoguera, y trazad con los soldados las primeras calles de esta villa. Dejaréis lugar para la iglesia de Nuestra Señora y para las casas consistoriales.

Toda la gente participó alborozada en este trabajo y pudo terminarlo en poco tiempo, de modo que antes de que la tarde cayera pudo el capitán reunir nuevamente a toda la compaña y continuar con los asuntos de carácter oficial. Primero hizo que Jerónimo de Cáceres tomara asiento en el centro de lo que sería la plaza y escribiera el acta formal de fundación de la villa. El momento era solemne; así pues, los soldados guardaron silencio; algunos rodearon el lugar donde el escribano pergeñaba el documento, para sugerir que escribiera algunos detalles relacionados con el lugar que ellos no querían que faltaran. El de Cáceres, sintiéndose lleno de importancia, escribió con trazos floridamente dibujados:

> «En treynta y un dias del mes de marzo del dicho año de mill y quinientos y veynte y ocho años estando en un campollano y grande que los yndios llaman gueyzacatlan ... les ha parescido fundar en este campo de gueyzacatlan que ay y concurren las calidades nezesarias para la dicha poblacion y ser la tierra ffria y en ella aver el rio y ffuente y vuena tierra y agua y prados y pastos y ayre y la tierra y sitio enjuto para la dicha villa alta y sana a el parezer del medico que al presente se hallo y tierra para ganados y monte y arboledas... por tanto el dicho señor capitan y los dichos señores justicia y regidores... juntamente unanimes y confformes dijeron que mudavan y mudaron el asiento de la dicha villa real que ansi esta asentada en la dicha prouincia de chiapa a este dicho campo de gueyzacatlan...».

Terminadas las solemnidades y firmas, don Diego entregó a las autoridades sus varas de mando. Y cuando ya casi era de noche, ordenó que el pregonero lanzara este pregón, que el eco repitió por todas las montañas como un llamado urgente que rebotaría de generación en generación:

> «Que todas las personas que tienen voluntad de permanecer, e ser vecinos de esta villa, se vengan a asentar en el libro de cabildo».

Como impulsados por una vara de genio corrieron todos a rodear a Jerónimo, quien a duras penas podía escribir ya a esas horas de la noche; y empezó con los primeros: Cristóbal de Morales, Luis de Mazariegos, Alvaro Gutiérrez, Pedro Moreno, Ambrosio González, Fernán Álvarez, Francisco Moreno, Francisco Ortés de Velasco, Antón Pérez...

Al ver don Diego que la noche se había echado encima de todo aquel campo maravilloso, ordenó suspender la inscripción para continuar al día siguiente.

Cada quien buscó un lugar donde echarse a dormir, sin preocuparse mucho del orden del campamento. La noche era fresca y el aire limpio. Por los montes se escuchaba el aullar melancólico de Ok'il, el perro, que los mexicas llamaban coyotl. Cerca trinaban las aves nocturnas preparándose para salir a buscar su alimento, encabezadas por el ulular quejumbroso de Turumpukuj, el búho.

—¿Hay también mochuelos?, preguntó ya entre sueños Luis de Mazariegos.

—Ése no es mochuelo, respondió Cristóbal de Morales. Pero su quejido me hace recordar aquella tierra nuestra tan lejana y tan buena.

—Yo me muero por volver, replicó entre bostezos Luis.

Desde la laguna llegaba en sordina el alboroto de miles de ranas que comenzaban su concierto nocturno.

La noche piadosa les fue cerrando a todos los ojos, columpiándose entera de sueño en sueño.

Al día siguiente continuarían empadronándose en aquel libro mágico cuyas páginas los convertirían en vecinos de la nueva villa y propietarios de tierras que se dedicarían a cultivar.

Al día siguiente les repartiría don Diego, a nombre de su rey, los solares para sus casas, y se lanzarían a los bosques a cortar improvisadamente las maderas necesarias para iniciar las construcciones...[103]

Al día siguiente se presentarían los indios de Saclamantón y de Mitontic y de Xamulatl, que llamarían Chamula, cargados de maíz y frijol y de carne de venado y de tuluk, a renovar su respeto y obediencia a un rey que nunca habrían de conocer...

Al día siguiente...

Pero esa noche, esa primera noche en las altas y esquivas montañas, Jovel los recibía como una madre, acariciando sus ilusiones con la verde grama de su tierra fría.

* * *

En la villa junto al río Mezcalapa, Baltasar había despertado a la acción: Con grandes trabajos había hecho llegar de las cercanías de la Villa Rica de la Vera Cruz una carga de caña de azúcar, y con devoción había supervisado

---

103   Históricamente, sobre el área de la Villa Real que se estableció y se distribuyó se informa: «Los solares citadinos se repartieron de la siguiente manera: el solar de la iglesia, el del cabildo, cuatro para Diego de Mazariegos y dos para Pedro de Estrada; uno para cada uno de los siguientes personajes: Francisco de Litorne, Pedro Orozco, Francisco Gil, Alonso de Aguilar, Juan de Porras, Jerónimo Cáceres, Bernardino de Coria, Francisco de Chávez y Antonio de la Torre, que hacen un total de diecisiete lotes. (...) [hubo] otros 43 vecinos nombrados» (Artigas 1991, 17).

su siembra y su cuidado. Al otro lado del río se veía ya verdear un hermoso cañaveral, junto al cual se alzaba una casa construida con paredes de adobes y techada con palmas, como las rudimentarias habitaciones del centro de la población. Allí Baltasar se pasaba la mayor parte del día, pero a media tarde volvía a su jacal del pueblo y se recostaba a descansar, esperando emocionado la llegada de la indiecita de los ojos cafés que le llevaba sin falta su tecomate con aquella refrescante bebida avellanada que le causaba tanto placer.

Poco a poco fue Baltasar fijándose más en Magdalena que en la jícara que con tanta parsimonia le extendía temblando alegremente en su mano de barro: En su cara, de un óvalo perfecto, resaltaban aquellos ojos redondos y misteriosos, que lo quedaban viendo como desde la eternidad; sus piernas, ejercitadas en el trabajo y en el camino de leguas hasta la milpa de su padre, parecían dos pilares robustamente tallados en troncos de caoba. Cuando Magdalena se agachaba para servirle la segunda jícara de pozol[104] con cacao, de su huipil se asomaban colgando los firmes pechos terminados en punta.

Baltasar pensaba en aquella casa blanca de ventanitas cuadradas, donde doña María de Ruiz esperaba sus noticias, suspirando mientras hilaba lana frente a la calle de Toledo en Ciudad Real. Y en la tejería de sus amigos, alguien regaba con cariño los rosales que les había enseñado a cuidar, según su vieja leyenda, una mora de nombre Zoraya.

Mas una tarde, en el fuego de aquel húmedo infierno, luego de apurar la segunda jícara de pozol, Baltasar se quedó viendo a la muchacha india, y cuando ella extendió su mano para recoger el recipiente, el castellano la tomó con la suya y de un tirón la hizo sentarse a su lado. La indizuela no opuso resistencia, pero se lo quedó viendo con unos ojos tan dulcemente aterrados, que el español sintió nacer dentro de él una infinita piedad, como si toda su alma se fundiera con la de ella. Y entonces la soltó. Pero Magdalena se quedó, sentada junto a él, reclinada su gruesa cabellera negra en los carrizos de la pared. Junto a los jocotes rechinaba el monótono cantar de las chicharras.

—¿Por qué te manda tu padre a servirme?, preguntó el castellano, después de una larga pausa.

Magdalena, que para entonces ya había aprendido lo suficiente de la lengua de Castilla, le contestó:

—Tú eres el cacique de los castellanos, como él es el cacique de los soctones.

—¿No te da miedo estar sola conmigo en mi jacal?

—No.

—¿Por qué no?

—Mi tata piensa que el castellano no sabe de mujer india.

—¡Voto a Satanás!, replicó el español con su acostumbrada vehemencia, levantándose a caminar por la estrecha habitación. Cuando se hubo calmado, volvió a la esquina donde Magdalena permanecía sentada, la tomó de ambas

---

104 *Pozol*: bebida hecha de maíz y azúcar.

manos para abrazarla; se la quedó viendo, y notó que su cabeza le llegaba al mentón.

—Pareces una niña, le susurró. ¿Cuántos años tienes?

—No lo sé, contestó la joven.

—¿Quién lo sabe?, insistió Baltasar, mientras, sin darle importancia a su propia pregunta, pasaba suavemente sus duras manos por el cuello de la india. ¿Recuerdas la primera venida de mis compañeros?

—Mi tata me escondió en una cueva.

—Debes tener unos quince o dieciséis años, pensó Baltasar. María debe tener veinticinco. ¿Y yo? ¿Alguna vez volveré a tenerte entre mis brazos? ¡María! ¡María! Me siento tan solo en medio de todas estas gentes, que farfullan mi lengua como si estuvieran cantando. ¡María! Si tú quisieras venir y dejar que yo me viera en las lagunas de tus ojos!

Poco a poco había ido hundiendo sus uñas en la morena piel de Magdalena; ésta se había ido echando hacia atrás, espantada por el brillo de los ojos del español, y ahora yacía en el piso de tierra apisonada, mientras Baltasar murmuraba palabras que ella no había aprendido jamás de los labios de Mazatl. De pronto el castellano, con un gesto de tormento en la cara, se levantó de un salto y le gritó a la indiecita:

—¡Fuera! ¡Vete a tu casa!

Se levantó bruscamente Magdalena, se arregló maquinalmente la negra cabellera, y se dirigió al agujero que servía de puerta y por donde el aire de la tarde aventaba bocanadas de caliente humedad. Corrió Baltasar tras ella y la alcanzó junto a la ceiba de la villa; tomándole las manos le entregó el tecomate y la jícara que la muchacha había dejado en la habitación y le dijo casi con dulzura:

—De hoy en adelante, llévame el pozol a la casa del cañaveral.

* * *

Cuando nació su hijo, Baltasar sintió una emoción muy honda. Lo tomó en sus manos, como si fuera un trocito de tierra mojada en el primer aguacero de la estación. Le vio sus mismos ojos claros y su misma barba partida sobre el óvalo moreno de la madre, y supo entonces sin saberlo de verdad, que allí estaba naciendo algo nuevo que ni era él ni era la hija de Cupasmí.

Por esos días llegó de la Villa Real de las Montañas, como testarudamente seguía llamándola Baltasar, el padre González. Corrió la noticia por el pueblo y llegó hasta el cañaveral. Entonces el castellano ayudó a Magdalena, y entre los dos envolvieron al niño en una manta de algodón, se metieron en una canoa, y escoltados por dos balsas repletas de trabajadores del cañaveral, cruzaron el río para llegar a la enramada que servía de iglesia.

Salió presuroso el padre González a recibir al representante del rey en ese pueblo, y su amigo personal.

—Hace tiempo que no te vemos en la villa, Baltasar, le dijo el sacerdote, tendiéndole la mano.

—Desde que le cometieron tan abominables injusticias a Diego, no siento en mi corazón más que rencor para el lugar. Además, en verdad, mis huesos no soportan ya el frío de las heladas en esos cerros tan altos.

—Allá viven tus amigos, y no les va mal.

—Algún día he de necesitarlos yo, o ellos a mí, y entonces nos veremos, finalizó Baltasar. Y, cambiando de plática, añadió: Ahora quiero bautizo y asentamiento para lo que viene en ese fardo, y señaló la minúscula carga de Magdalena.

Asintió con una sonrisa el padre González y les hizo seña para que lo siguieran al interior de la enramada, donde, sobre una ruda mesa tenía abierto su primer libro de bautismos.

—¿Cuál es el nombre de la criatura?, preguntó.

—Juan, respondió sin titubear Baltasar.

—¿Y el de la madre?

—Magdalena.

Entonces el sacerdote escribió en el margen izquierdo: «Juan, mestizo». Luego redactó el acta así:

En la villa de Chiapa de los Yndios, a veynte y quatro días de junio de mill y quinientos y treinta y dos años, baptize, puse olio y chrysma a Juan, hijo de Magdalena, yndia del servicio de la casa de don Baltasar Guerra, español. Fue padrino don Alvaro Diaz, y para que conste lo firme y puse mi signo. Pedro Gonzalez.

* * *

Corría ya el año de 1533.

Una tarde, estando Baltasar en una de las tantas sesiones del cabildo local, llegaron corriendo varios de los tlaxcaltecas que habían quedado ayudándole en el cañaveral, y desde lejos le gritaban:

—¡Se han alzado los chiapas! ¡Se llevan a Magdalena y al niño por el río!

Baltasar reaccionó de inmediato dando órdenes a gritos:

—Todos los de a caballo, lanzarse río abajo por la orilla a carrera abierta para tratar de cortarles la retirada. Compadre Álvaro, vuele su merced a la villa de arriba a pedir auxilio. Mis mexicanos, a las canoas que hayan quedado, a perseguir a los alzados río abajo. Los flecheros cruzarán el río conmigo para cerrar la salida por la otra orilla.

Siguió una carrera frenética de todos, pues bien sabían lo que podía significar el permitir que el alzamiento se propagara, y también, porque todos sentían admiración y respeto por aquel iracundo castellano que en tantas ocasiones había puesto su vida por la de los demás.

Los chiapa, que avanzaban veloces a merced de la corriente, se quedaron admirados de la rapidez con que ya por la orilla derecha del río cabalgaban furiosos los españoles; entonces se enfilaron hacia el islote de Cahuaré, a medias aguas, para hacerse fuertes y rechazar a los enemigos, mientras corría la voz por la comarca invitando al alzamiento.

En poco tiempo los soctones se vieron rodeados: Por un lado, los mexicanos trataban de desembarcar en el islote; por la parte de abajo de la corriente, los españoles habían amarrado balsas al lado del cañón y habían colocado en ellas a los flecheros de Tlaxcala que se habían quedado con ellos; en las orillas, desde los barrancos, los arcabuceros amagaban con disparos esporádicos. Mientras tanto, empezó a oscurecer.

—Acarread leña para hacer hogueras en las orillas, ordenó Baltasar.

—Arrojémosles flechas con fuego, sugirió Blas de la Torre.

—No, que allí están Magdalena y mi hijo, respondió colérico aquél.

Aclarando logró llegar a Jovel don Alvaro Díaz, y sin dudarlo se dirigió a la casa de don Cristóbal de Morales, el amigo de Baltasar Guerra. No bien le hubo explicado lo que sucedía, se oyó por toda la villa el estrépito con que salían a matacaballo los más aguerridos soldados que vivían en esa ya tranquila villa. Con Cristóbal se fueron Francisco de Velasco, Andrés de la Tovilla, Luis de Mazariegos y otros veinte de a caballo, siguiéndolos a pie como cien guerreros mexicanos y otros tantos flecheros tlaxcaltecas.

Cuando estos refuerzos llegaron a Chiapa de los Indios, Baltasar ordenó que se disparara repetidas veces el cañón que don Diego le había dejado para defensa del lugar; luego dispuso que los recién llegados reposaran para estar listos para un asalto definitivo al islote por la mañana.

—Oyendo retumbar nuestra artillería, sabrán que hemos recibido refuerzos, le comentó a don Francisco, el más experimentado de todos esos guerreros, y tal vez no se animen muchos a tratar de unirse a la rebelión.

Por la mañana, a buena hora, tomaron todos sus posiciones frente al islote de Cahuaré. Emplazaron el cañón de modo que al disparar no causara daño a nadie, pero sí produjera miedo en los alzados. En seguida Baltasar procedió a acercarse al campo enemigo en una balsa improvisada, manejada por los mexicanos. Al estar a unas cincuenta varas de la isla, le arrojaron la primera andanada de jules tostados. Baltasar se parapetó detrás de un par de escudos con que los mexicanos lo protegían, y luego les gritó a los chiapas, por la lengua de Juan Mazatl:

—Entregad a Magdalena y al niño, y yo no os causaré daño. Tocadlos, y moriréis todos y prenderé fuego a vuestras sementeras para que mueran de hambre vuestras familias.

Se alzó una tremenda gritería en la isla, y volvieron a lanzar varas y piedras. En ese momento, el español dio la señal convenida, y desde el barranco restalló el trueno del cañón, haciéndole eco los farallones a los lados del río, mas la bala pasó rozando la orilla del islote. A una nueva señal de Baltasar, la bala pasó zumbando por encima de las cabezas de los aterrorizados chiapa.

—No queremos jalar el trapiche, gritó entonces Alejandro Nuricumbo, uno de los jefes del alzamiento.

—¡Soltad al niño y a su madre!, rezongó Baltasar, dando señas para otro cañonazo.

—No queremos trabajar en los hornos de panela a medio día, replicaron varias voces en la isla.

—Mandad a la mujer y a su hijo en una canoa a la orilla, atajó en seco el empecinado castellano, mientras daba órdenes de disparar a los flecheros tlaxcaltecas que se habían acercado en otras balsas. La rociada de flechas fue certera, y habría continuado de no haber dado contra orden Baltasar, al ver que alguien corría a desatar una de las canoas chiapanecas.

Cristóbal se apeó rápidamente y se acercó a la ribera por el lado de la villa, para recibir en sus brazos a aquella criatura de poco más de un año, que ya empezaba a causar tan serias dificultades.

—Arrojad al río vuestras armas, gritó entonces Baltasar.

Con infinita repugnancia fueron aceptando aquellos hombres valientes y esforzados el arrojar al agua aquellas varas y aquellos arcos que significaban para ellos la última posibilidad de exigir sus derechos y el respeto a su dignidad y a su vida.

Volvieron todos al pueblo. Baltasar invitó a sus amigos montañeses a que presenciaran la discusión que habría de tenerse en el cabildo de esa tarde. Pero antes de proceder a él, les invitó a que visitaran su cañaveral.

—En verdad, ya no vivo en la villa, les explicó mientras cruzaban el río. Mi casa es humilde, pero estoy siempre cerca de mi hacienda. Y aun ahora no sé si podré alojaros allí, porque este alzamiento estuvo dirigido precisamente en contra de mis intereses, y quién sabe si no hayan destruído mi labor.

Llegaron. Fuera de una puerta rota y una parte incendiada del cañaveral, no se notaban los efectos del levantamiento.

—¡Vaya que tienes una casa espaciosa!, comentó Cristóbal.

—He construido los muros recios, para que puedan soportar un techo de tejas, respondió Baltasar. Pero tejas aquí no hay, ni quien sepa hacerlas. Y se quedó mirando fijamente al antiguo tejero de Ciudad Real.

Mas Cristóbal fingió no darse por aludido y, tratando de cambiar la plática, pidió que Baltasar les mostrara a todos el patio del trapiche.

—Trescientos pesos de a ocho reales pagué por él, explicó Guerra, sin contar los fletes y el almojarifazgo.

—Pero eres dueño de toda la panela que hay en la región, apuntó don Andrés de la Tovilla.

—Esto no será por mucho tiempo, don Andrés, repuso Baltasar. He oído que don Blas Coutiño pretende hacer lo mismo allá por Copanaguastla.

—Esto dicen, aseguró don Francisco de Velasco. Recibió un repartimiento en Zuyatitlán.

En estas pláticas estaban, cuando apareció Magdalena acompañada de varias indias, y se puso a repartirles jícaras de pozol.

—¡A vuestra salud!, exclamó el anfitrión. Y quiero agradeceros la ayuda.

—No digas nada, hombre, le cortó Cristóbal.

—Disculparéis que no os haga brindar con una jarra de vino.

—Calle vuestra merced, compadre, que se nos abre el apetito, interrumpió don Álvaro Díaz.

Todos soltaron una liberadora carcajada, y empezaron a diseminarse por el cañaveral, mientras que algunos se quedaban haciendo rueda junto al trapiche.

Baltasar tomó del brazo a su viejo amigo Cristóbal de Morales y se lo llevó a un pequeño corral donde había un cobertizo de palma.

—Quiero mostrarte el mayor tesoro de mi hacienda. ¡Allí!, le dijo, señalando al animal que tranquilamente se comía una carga de pastura.

—¡Un burro!, exclamó confundido Cristóbal.

—Ya oirás lo que diré de mi burro en el cabildo de esta tarde, replicó Baltasar. Pero, sobre todo, ya verás lo que haré de él, y en poco tiempo. Te digo que de aquí nacerán las recuas que todos comprarán para transportar sus productos, y de aquí saldrán los mejores arrieros que llevarán mi panela y tu trigo a todas partes donde se pueda comerciar.

—¿Pero te has vuelto tú judío?

Por toda respuesta, Baltasar levantó un guijarro para lanzárselo a la cabeza a su amigo, pero en ese momento salió Magdalena para invitarlos a comer, y ambos tuvieron que entrar en orden.

* * *

Habían pasado varios días desde que partieran los amigos de Baltasar, y Chiapa de los Indios, como habían dado en llamar a la primitiva villa de Mazariegos, había vuelto a una aparente tranquilidad.

La sesión de cabildo de aquella tarde había sido tormentosa; no había faltado quien propusiera colgar a los cabecillas del alzamiento, y alguien había maniatado a Juan Nangullasmú para exhibirlo junto a la pochota. Pero entre los más cuerdos habían logrado mantener las medidas de prudencia que el momento exigía.

Ahora, Baltasar, con una jícara de pozol en la mano, observaba cómo su burro jalaba parsimoniosamente el timón de su trapiche. Los hornos para la panela ya sólo se encendían de noche. Y desde las sombras de unos amates, sus indios contemplaban el chorro de jugo que una tubería de carrizo llevaba a los peroles.

—Parad el trabajo, ordenó de pronto Baltasar.

Vio que llevaran el burro a su corral, y luego dio una nueva orden:

—Mateo, trae la yegua que está en brama, y métela al corral del burro.

Ante la nueva ocurrencia del castellano, fueron acercándose al lugar varios de sus trabajadores, encabezados por Magdalena, que llevaba al niño cargado en un rebozo.

Al sentir el burro la presencia de la yegua, se fue tras ella tratando de montarla, pero recibió en el hocico un certero par de patadas que la gente coreó con estrepitosa carcajada. El animal no cejó en su intento, hasta que allí, ante la presencia de tantos testigos, logró treparsele a la yegua sin que a nadie le quedara duda de su función.

—¡Aquí comienza otro futuro!, dijo sonriendo casi sólo para sí Baltasar.

¿TRIGO?

En la villa de arriba, los montañeses habían empezado a vivir de sus recuerdos. ¡Cuántas cosas habían pasado en esos diez años! Había tanto que revivir, que ya para muchos la vida se había vuelto casi contemplativa. Se levantaban tarde, sabiendo que, al empezar a quitarse la bruma, estaría a los pies de su cama una chamula con una jícara de chocolate humeante, endulzado con panela, que les recorría la sangre, sacudiendo aquel frío tan sabroso que invitaba a volver a encerrarse. Pero, no. Ensillaban sus caballos y salían a supervisar el trabajo de sus labores, mientras seguían con ojos soñadores el rumbo de los olanes de neblina que iban disipándose detrás del Hueytepetl o por el rumbo del Zontewitz.

¿Qué había pasado con don Diego, aquel hombre que había gastado su hacienda para poblar el valle de Jovel? ¿Aquel que los había guiado por bosques y montañas y les había enseñado a amar esta tierra fría, estos montes huraños y estas heladas brumas? Lo recordaban montando su caballo y tomando rumbo por el camino de Cinacantlán, para ir a buscar justicia a Tenustitan, aquella lejana ciudad de donde le habían llegado el despojo y el robo disfrazados de residencia.

—Yo lo vi muy enfermo, vagando por las calles de Tenustitlán, había comentado una vez don Andrés de la Tovilla, recordando su viaje a la Nueva España. Lo habían mandado, junto con don Francisco Ortés de Velasco, a iniciar trámites para tener obispo y para que enviaran mujeres a esta villa de hombres. Y con esto habían iniciado la costumbre de mendigar de una o de otra lejana y desinteresada ciudad, que les resolvieran sus problemas.

Un día Luis de Mazariegos, el hijo de don Diego, había decidido irse a Castilla. Escandalizados e incrédulos, los alcaldes le habían concedido el permiso para ausentarse sin perder sus derechos de vecino de la villa.

—No volverá, había comentado socarronamente don Álvaro Ruiz.

—No volverá, había sido el comentario de todos.

Todos, sin embargo, se habían quedado a la espectativa, entre curiosos y esperanzados. Y al verlo volver, más de un año después, habían acudido muchos a saludarlo y a compartir las nuevas; pero, sobre todo, habían llegado a su casa a admirar y a indagar. Allí estaban, y era verdad, tantas de aquellas cosas que ya casi habían olvidado, y que eran parte de cualquier hogar en su otra tierra: Las ollas y las sartenes, los cuchillos y las copas... Pero, sobre todo, estaban allí, vivas, y espantadas de tantas experiencias nuevas, aquellas mujeres de Castilla, de franca y retadora mirada: Doña Catalina de Mazariegos, doña María de Pineda, doña Joana de Abreu...

Pronto la casa de Luis se había convertido en el centro de reunión de viejos y jóvenes en la villa, que para entonces, después de cambios, pleitos y vicisitudes, había recibido de su majestad, Don Carlos, el nombre de Ciudad Real de Chiapa.[105] Allí se sentaban a platicar, acariciando en sus manos las ya famosas jícaras de chocolate. Y preguntaban de caminos para llegar a Campeche, y de bajeles y de mozas. Allí llegaban Sampedro de Pando y Andrés de la Tovilla y Pedro Moreno y hasta el padre González.

Una noche de invierno, Luis había tomado del brazo al P. Pedro González y lo había sacado al patio, con aire de misterio. Por encima de sus cabezas se bamboleaban enormes y cercanas las estrellas de aquel cielo helado y vivificador, que parecía quebrar en añicos Turumpukuj, el búho, quejándose entre los sauzales.

—Quiero que me cases, le había confiado, siendo de los primeros en olvidar la «i» de «caséis».

—¿No sois casado con doña María?

—Venía mi madre para ver de casarnos, pero falleció en la Vera Cruz.

—Puedo casaros en secreto, había murmurado el padre Pedro.

—¿Tenés miedo? Sampero quiere casarse con mi hermana, doña Catalina y le ha dado ya palabra. Yo he vendido parte de mis tierras para darle dote a ella.

—¿Qué es esto? ¿Una conspiración?

—No, padre, pero en este lugar tendrás que hacer cosas que no se hacen en Castilla. Don Juan de Vera ha hablado mucho con la moza de Valtierra que venía con mi madre... y don Álvaro Gutiérrez no viene a mi casa por verme a mí. Pensá en la otra muchacha que acompañó a mi hermana... Y esta vez, Luis se comió la «d» del final...

El padre González, que en Ciudad Real hacía funciones de cura y de consejero y de amigo, se quedó pensativo. Ante los ojos de su alma se habían agolpado las caritas alegres de aquellos niños que corrían casi desnudos por la Calle de la Luna, o por la Calle del Río, o por la Calle del Peñol, y que eran copia en barro de sus amigos castellanos. Y se puso a repasar aquel rumor

---

105   Históricamente, por cédula del 7 de julio de 1536 la villa recibió el nombre de Ciudad Real (véase Artigas 1991, 20).

acerca de un decreto para que los que tuvieran mujeres en España fueran por ellas, so pena de perder los derechos de encomienda o repartimientos, o hasta de residencia... Volviendo de su ensimismamiento, le tomó la mano a Luis diciéndole:

—¡Para las pascuas de la Natividad estaréis casados todos!

Y así sucedió.

Y a partir de entonces, cada vez fueron más frecuentes los casos de españoles que, enfilando rumbo hacia Tapilula, se dirigían a Campeche o a Veracruz en busca de un bajel que los llevara por el mar a las tierras de sus antepasados. Algunos, como don Francisco de Lintorne, habían caido en manos de corsarios. Otros, como don Juan de Orduña, no habían podido resistir a la tentación de una herencia de viñedos y olivares cerca de Toledo. Pero casi todos habían vuelto con mujeres resueltas y esforzadas, y habían descubierto nuevos caminos por agrestes montañas, a través de pantanos y cruzando ríos salvajes de atronadoras corrientes: Por esos caminos irían un día sus hijos o sus nietos arreando pataches de mulas para comerciar con sus primos de Tabasco o hasta de Yucatán.

Las gentes de Ciudad Real habían ido conservando sus recuerdos y, con ellos, habían ido apuntalando sus costumbres nuevas y sus nuevas usanzas, sin imaginarse que pronto habrían de venir a tratar de desgarrárselas.

El P. Castellanos había ido escribiendo tantas cosas en aquellos libros de su responsabilidad, que habría de guardar celosamente en los cajones que formarían el tesoro de la iglesita de Señor San Cristóbal. Allí escribía las muertes y los nacimientos y los desposorios. En sus libros iba quedando el retrato vivo de su ciudad. Así, una mañana muy temprano, al abrir la puerta para llamar a misa, encontró un bulto burdamente arropajado. Lo levantó dándose cuenta de inmediato de que se trataba de una criatura abandonada.

—¡El gran poder de Dios!, exclamó lleno de preocupación, y corrió con su carga a casa de doña Joana de Abreu.

—¡Socorredla! ¡Ayudadla!, le gritó a la asustada señora.

—Se muere, dijo doña Joana después de pegar a la suya su carita.

Corrió entonces el padre a su iglesita y retornó con lo necesario para el bautismo, que le administró poco antes de que muriera. Cuando lo apuntó en su «Libro en que se apuntan los baptizos», escribió:

> «Antón mestizo botado.
> En Cd Rl de Chiapa a veinte dias de marzo de 1537 años baptize de nezessidad a Anton hijo de la iglesia. Fueron sus padrinos dn Luis de Mazariegos y doña Joana de Abreu su muxer. Y para que conste lo firme y puse mi signo. Pedro Castellanos».

¡Cuántas veces habrían de encontrarse él y sus sucesores, a lo largo de cientos de años, con estos niños, arrimaditos a las puertas de sus iglesias, ocultando en guiñapos la vergüenza de unos padres que no habían querido amarlos!

* * *

El pueblito había ido tomando forma y personalidad, y su gente, sobre todo después de que empezaron a llegar las mujeres de Castilla, había empezado a tomar conciencia de su situación. Aunque a veces sus sesiones de cabildo eran ruidosas, no había faltado acuerdo para tomar decisiones respecto a la pulcritud de su apariencia, como aquella después de la cual los alcaldes y regidores mandaron pregonar:

> «Que ninguno eche basura en las calles, so pena de un peso de oro y que la segunda vez se doble la pena y que todos tengan barridas sus pertenencias.
> Otrosí, que el que trajere yeguas o potros por las calles, o las pierda o pague un peso de oro para la fábrica de la iglesia».

También habían legislado respecto a las buenas relaciones con los indios de las cercanías, con quienes querían vivir en paz y en buena concordia. Así, don Pedro de Orozco había mandado que el pregonero gritara a media plaza, y luego a cada dos esquinas:

> «Que ninguna persona sea osada de enviar por hoja de maíz a los maizales de los naturales de este valle, so pena de diez pesos de oro».

Y, a pesar de las protestas de algunos recién llegados, varios años más tarde había decidido el ayuntamiento que se pregonara otra ordenanza para proteger las sementeras de los indios:

> «Otrosí fue acordado que porque los indios se quejan de que les destruyen sus maizales los puercos de los vecinos de esta villa, que cualquier persona que tomare puercos en los maizales, los maten sin pena ninguna y se los lleven».

Más aún, al darse cuenta de que algunos castellanos, sobre todo castellanas, salían al camino de Cinacantlán a atajar a los mercaderes del antiguo Zotzleb y a obligarlos a venderles a precios injustos, las verduras, o los tuluks, o la sal de las salinas, el cabildo había decidido correr este pregón:

> «Que los naturales libremente puedan comprar y vender, tratar y contratar entre sí y los españoles, y que sus amos o encomenderos no se lo impidan».

Todas estas cosas las recordaban y meditaban los vecinos de aquel lugar que todavía por inercia llamaban «la villa». Y de ellas hablaban, mirando hacia el futuro, mientras, envueltos en recias mantas de lana, apuraban sus jícaras de chocolate, perdida la mirada en aquel breve horizonte recortado por adustas montañas.

Pero no todos estaban felices.

—No es lugar para mí, había dicho una tarde don Blas Coutiño, y montando su caballo, había cerrado su puerta y había emprendido camino hacia las tierras calientes de Zuyatitlán, donde ya tenía una molienda en medio de su cañaveral.

Nadie lo había vuelto a ver en Ciudad Real, y sólo de cuando en cuando se había oído decir que había tenido hijos con unas indias de aquel lugar.

Así también había salido para asentarse en las llanuras de Comitlán, don Julián Gordillo, poco después de volver de Castilla con su mujer, doña Ana Román, y con su cuñado, don Manuel.

—Nos están abandonando los amigos, le comentó en susurros don Andrés de la Tovilla a don Pedro Moreno.

—Ya volverán, respondió éste, firmemente decidido a permanecer.

—Ya hay varias casas cerradas. Y no se ha sabido nada de los que se fueron a Tusta.

—Volverán, don Andrés; volverán cuando sientan sofocarse y necesiten vivir. Cuando quieran saber de las cosas de Castilla, volverán. Y cuando quieran comer una buena rebanada de pan y bajarla con un buen trago de vino que sólo aquí podremos conservar, volverán.

Sin embargo, en el ánimo de Pedro había entrado la duda, como en el de muchos que, viendo los prósperos maizales de los indios, habían sembrado maíz en sus labores, sólo para encontrarse con que aquel año las heladas se habían adelantado y habían quemado y arruinado el ansiado fruto de sus esfuerzos. Los días se habían tornado largos y difíciles... y pobres. Se sustentaban, como los indios, cazando en las vecinas montañas conejos o armadillos, o, de tarde en tarde, uno que otro venado. Y no faltó quien fuera a cazar ranas a la laguna.

—Ya sería tiempo de sembrar trigo, que en Castilla resiste fríos más duros que los de aquí, había dicho exasperada una tarde doña Joana de Abreu. Y podríamos comer pan horneado en nuestros hornos, y no estos guajes sin sabor que nos hacen las indias. Así como traen harina para la iglesia, bien podrían traer semilla para nuestras labores.

—Calla mujer, había respondido su marido, don Luis de Mazariegos.

Pero la protesta de doña Joana había saltado de fogón en fogón, y en Ciudad Real de Chiapa ya no se hablaba de otra cosa.

—¡Pero estás loca, mujer!, había gritado con violencia inusitada don Andrés a su señora. No es sólo traer semillas. Se necesitan bueyes y rejas de arados y...

—¡Doña Joana de Abreu trajo hasta el bargueño de su abuela!, le había interrumpido fulminante doña María, y había salido a sentarse a llorar en el patio de su casa, ante las curiosas aunque aparentemente impasibles miradas de sus criadas.

Al verla llorar, don Andrés había salido a la calle malhumorado, pero dispuesto a buscar el consejo de don Francisco de Velasco, quien parecía que hubiera estado esperándolo, pues luego de los saludos, había insinuado:

—Sería mejor buscar a Cristóbal y a Pedro, para ir de visita a casa de Luis, porque traigo en el magín un asunto, que creo sería mejor platicarlo entre todos.

Buscaron, pues, a sus amigos y juntos se fueron a la casa de Luis de Mazariegos. Como si hiciera tanto que no se vieran, se saludaron con la mayor formalidad, cada quien revolviendo en su cabeza la misma idea, pero sin querer ofrecerse a tomar iniciativa. Sacó Luis unas sillas de pino y un par de butacas, y les rogó que tomaran asiento, mientras doña Joana sacaba el molinillo para que sus criadas prepararan el chocolate. Don Francisco, seguro de que todos habían llegado con la misma intención, abrió la plática sin andarse por las ramas.

—De tu casa, Luis, dijo, salió el rumor de que esta villa desaparecerá si seguimos viviendo esperanzados en la cosecha de maíz.

—Mi mujer cree, respondió el de Mazariegos, que deberíamos probar la siembra de trigo.

—¡Vaya por la mujer!, atajó Pedro Moreno, poniéndose de pie. ¿Alguna vez ha labrado ella los campos?

—¡Valiente pregunta!, interrumpió doña Joana, entrando, pues se había quedado escuchando en el corredor. ¿Qué hacíamos las mujeres en Castilla cuando vuestras mercedes se iban a las guerras? ¿O cuando vustedes cruzaban el mar para venir a las Indias? ¿Quién cuidaba las alquerías de Ciudad Real allá?

—Perdone vuestra merced, doña Joana, dijo Pedro inclinándose ante la enfurecida mujer. Pero, con el perdón de vusted, a quien no quise ofender, no es lo mismo labrar aquellas alquerías ya hechas que romper estas tierras brutas.

—Nuestros padres las hicieron, mientras guerreaban un día y otro también. Y vustedes harán éstas, si no quieren que las mujeres las hagamos o nos volvamos a Castilla.

Guardó silencio doña Joana, y lo guardaron todos. Luego ella se retiró haciendo una mueca, que nadie supo si era de reto, de desprecio o de tristeza.

—¡Valiente mujer!, exclamó al fin don Andrés.

—¡Brava y tozuda, digo yo!, añadió Luis con resignación.

—Pero en lo que dice puede tener razón, afirmó tímidamente Cristóbal de Morales, que no había abierto la boca para nada.

Y empezó una larga plática que se prolongó hasta muy altas horas de la noche. Dos veces entró doña Joana con chocolate; y cuando el frío de aquel mes de febrero arreció, sus criadas metieron a la sala un brasero que chisporroteaba despidiendo un calorcito de intimidad.

—Ya no podrán vustedes volver a sus casas sin permiso del alguacil, apuntó una vez doña Joana, entre afligida y guasona.

—Malhaya la hora en que aprobamos esa ordenanza, le respondió sonriendo don Francisco.

Y continuaron.

La madrugada los encontró todavía en su plática, interrumpida por el canto de un gallo tempranero.

—Lo único que le agradezco a ese perro traidor de Diego Holguín, es que su mujer haya traído gallinas, exclamó con verdadero resentimiento Luis de Mazariegos, recordando cómo Holguín se había ensañado contra su padre en la residencia que le hizo Juan Enríquez. ¡El canto del gallo me hace recordar las mañanas en la alquería de mi abuelo!

—Olvidemos las cosas pasadas, Luis, aconsejó a esa hora don Andrés. Las desgracias que le acaecieron a tu padre no las pudimos ni las podemos remediar. Ahora hemos tomado decisiones que nos ayudarán a todos. Mañana pediré permiso para la ausencia de Cristóbal y de Pedro. Tú, Luis, deberás encontrar los dineros hoy. Al volver a mi casa, mandaré que estén listos mis caballos, y entre mis gentes y las de don Francisco podrán llevar una buena compañía.

Así se despidieron. Y a los dos días Pedro y Cristóbal se habían puesto en camino rumbo a Tenochtitlán. De regreso, a los seis meses, habían traído todas aquellas cosas que Cristóbal había apuntado cuidadosamente en un pedazo de papel: Dos yuntas de bueyes, dos rejas de arado, azadones y hoces, seis mulas cargadas de semilla de trigo. Además, Pedro había vuelto casado con la castellana María de Velasco, recién llegada de La Mancha con su hermano. Pedro le había ofrecido como dote una arroba de esperanzas...

Todas estas cosas las recordaban las gentes y las recordaban junto a sus braseros en las largas y frías veladas de Jovel, adonde, por fin, habían empezado a llegar, de tarde en tarde, los arrieros de Santiago de Guatemala, ¡sin que faltara en la carga un par de botijas de vino de Castilla!

* * *

Así estaban las cosas cuando se cumplieron diez años de la fundación de Ciudad Real de Chiapa. Los vecinos decidieron celebrar la fecha con una misa de acción de gracias, a la cual asistió en desfile especial el ayuntamiento, encabezado por Luis de Mazariegos, a quien tocaba el honor de llevar el pendón de su padre adornado ahora con el escudo de armas que el rey había dado en merced a la ciudad.

Pero la fiesta de ese fin de marzo no causó gran alegría. La mayor parte de los vecinos estaba preocupada por el poco éxito de sus siembras de maíz, y los que habían decidido cambiar a trigo estaban apenas preparando sus tierras, y caminaban pensativos, temerosos de perder el caudal que habían gastado para adquirir los implementos necesarios. Mientras tanto, más vecinos se sentían atraídos por los rumores que les llegaban de las tierras calientes, en donde algunos de ellos habían empezado a establecer haciendas de ganado vacuno, que parecía multiplicarse y prosperar sin mayor dificultad.

Entre los aguaceros de junio de ese año, sin que ya nadie esperara nada de la casi olvidada misión de don Andrés y don Francisco, llegó una recua por el camino de Cinacantlán. Era una recua de mercaderes de Nueva España. Corrió la gente a la casa de don Álvaro Gutiérrez, a donde los arrieros habían pedido posada, y donde antes de abrir sus fardos de mercancía, habían solicitado hablar con los alcaldes.

—Os traemos, le intimaron con tono de formalidad, esta carta que nos encargó de manera especial don Fray Juan de Zumárraga.

Se quitó el sombrero respetuosamente don Bernardino de Coria, alcalde cadañero[106] de entonces, y sin esperar a sus demás compañeros de cabildo, rompió el sello y se puso a leer, mientras los vecinos, y principalmente las vecinas que lo rodeaban, lo contemplaban con creciente curiosidad. Al terminar la lectura, conciente de la importancia del momento, se puso el sombrero y ordenó que se presentara de inmediato el pregonero. En el interim había llegado al lugar don Francisco de Velasco y juntos se retiraron al interior de la casa a preparar el anuncio que se habría de pregonar, y que fue así:

> «Que todos los vecinos estén frente a la iglesia hoy antes de la oración. El que no se presente pagará un peso de oro si no está fuera del valle».

Los demás alcaldes y regidores, que a esas horas ya habían llegado a la casa de don Álvaro Gutiérrez, decidieron que se sonaran cuernos y trompetas para llamar la atención de los que se encontraran en sus labores en las regiones lejanas del valle.

—En la labor del Corral de Piedra no se sabrá nada, que ya está en el camino del pueblo de Teopisca, apuntó don Juan de Porras.

—Ni se sabrá en las labores del camino de Cinacantlán, añadió don Álvaro Gutiérrez.

—Yo propongo, dijo don Luis de Luna, que disparemos varias veces el cañón que tenemos instalado en el cerro, si todavía sirve. Eso se oirá por todo el valle y fuera de él, y todos vendrán por miedo o por curiosidad.

—¡Muy bien! ¡Muy bien!, exclamaron todos.

Por las calles había ya gran alboroto, y unos a otros se preguntaban el motivo de tan extraordinario pregón, y corrían los más disparatados rumores.

---

106 *Cadañero*: de cada año.

Don Fernando de Calveche llegó cargando su arcabuz, en la creencia de que los indios se hubieran levantado.

Al ir cayendo la tarde estaban todos los vecinos ya reunidos frente a la iglesia. Habían llegado hasta los mexicanos y tlaxcaltecas, a quienes don Diego había dado un lugar especial para poblar, no muy lejos de la villa. Se habían reunido también los zapotecas, y hasta los indios del pequeño poblado al noreste del valle, que llamaban Cuxtitali.

Antes de que oscureciera, vieron todos con asombro, que hacia ellos se dirigía en formal procesión, precedida por el padre Castellanos, el ayuntamiento en pleno: los alcaldes, los regidores, el alguacil mayor, el escribano y hasta el pregonero. A los lados del padre Pedro caminaban niños indios con hachones de ocote encendidos, para hacer resaltar la cruz alta que los chamulas habían labrado en madera de roble, y que él llevaba levantada en señal de solemnidad. Detrás de él marchaba don Luis de Mazariegos portando el pendón de su padre con el escudo de la ciudad; luego iban todos los señores del ayuntamiento.

Cuando la procesión llegó al frente de la iglesia abriéndose paso entre la multitud, se hizo un profundo silencio para escuchar al pregonero, que gritó:

Oíd todos la palabra de Su Santidad el Papa don Paulo Tercero, de Su Majestad Don Carlos, nuestro señor, a quien Dios guarde, y del obispo de México, don Fray Juan de Zumárraga».

Se descubrieron la cabeza los hombres y se inclinaron respetuosamente las mujeres. Se limpió la garganta Diego Hernández, el escribano, y luego recitó orgulloso una carta del obispo de México que a la letra decía:

«Don Fray Juan de Zumárraga, por la gracia de Dios y de la Santa Sede Apostólica, obispo deesta Santa Yglesia de México, a los señores alcaldes y regidores e justicias, assí mesmo al theniente de cura y vezinos de esa ciudad de Ciudad Real de Chiapa, sepades, que juntamente os envío traslado de la bula «Inter multiplices curas» del Sumo Pontífice don Paulo Tercero, quien, haciendo merced a Su Magestad el Rey nuestro señor erige en diócesis la prouinzia de Chiapa e eleva a cathedral la iglesia de Sanct Cristóbal de la dicha ciudad de Ciudad Real de Chiapa, para cuia dicha sede episcopal Su Santidad nombrará y mandará consagrar obispo cuando el dicho señor rey nuestro señor haga la prescripta presentación. Fecha en la ciudad de México Tesnustitlan a veynte y ocho días de abril de mill y quinientos y treinta y nueve años. Fray Juan, obispo de México».

Levantó entonces la carta el escribano, luego la puso sobre su cabeza y en seguida la besó en señal de obediencia. A esto siguió una estruendosa y alborozada gritería de todos los presentes, que sólo se acalló cuando el padre Castellanos empezó a hacer cruces con su cruz alta hacia los cuatro vientos para bendecir todos los rincones del valle y de la nueva diócesis. La gente vio embelesada cómo se recortaba entre los rayos de la luz de ocote aquella pesada cruz de roble, que se levantaba sobre sus cabezas para traerles quién sabe qué mezcla de inseguras e inesperadas bendiciones.

Tomó nuevamente su lugar el pregonero para anunciar:

«Mandan sus mercedes, los señores alcaldes y regidores, que, sin pena de pagar lo mandado en las ordenanzas, esta noche podéis holgar y encender fuegos y cantar hasta la media noche. Y que los indios lo harán cuando hayan tornado a sus barrios».

—¡Amén!, clamoreó la multitud.

Y esa noche fue de júbilo y alegría. El P. Pedro hizo echar a volar las campanas. Por todas las calles se prendieron ocoteros que lanzaban una luz juguetona y olorosa. A doña Petronila Gómez se le ocurrió preparar una bebida caliente de frutas, a la que agregó una generosa porción del vino que su marido había comprado a los mercaderes de Guatemala, y se puso a venderla en la esquina de la plaza. Pasaban los hombres y se empinaban una o dos jícaras de aquella bebida que se mezclaba en la sangre y encendía la cara con un calorcito agradable y tonificante. No faltaron quienes de allí fueran a parar a la casa de Diego de Holguín a jugar a los gallos las últimas monedas que les quedaran después de traer de España a su familia. Y en las casas y junto a las hogueras, entonaban las gentes aquellas viejas canciones que sus padres habían cantado en voz de sordina desde los siglos de los siglos.

Fray Rodrigo

Mas pasaron los años, y el obispo, tan deseado y esperado, no llegó.

Llegaron en cambio al valle los trigales. Los veía ya cansado el sol en las tardes de otoño, y se arrullaba con la danza dorada de sus espigas antes de irse a dormir detrás del Huitepec.

Cristóbal de Morales guardó su espada y su arcabuz y recordó el oficio de tejero que su padre le había enseñado, y con él llegaron al valle las primeras tejas, aquellas que habrían de encaminar el agua rodando en caireles por los aleros de la primitiva catedral.

Una mañana, Juan de Morales montó su caballo para irse por los montes a buscar las piedras grandes y fuertes que su padre le encargó.

—¿Cómo vamos a traerlas si son tan grandes y pesadas?, le preguntó por fin a Cristóbal.

—Baltasar me ha ofrecido un par de mulas. Aquí haremos unas ruedas, y Pedro Moreno me ha dicho que nos ayudará a construir unas carretas.

—Pero no me has dicho para qué quieres las piedras, padre.

—Hijo, le respondió Cristóbal, ¿no ves cómo vienen las mieses, que ya hacen revivir el corazón? ¿No es un gusto contemplar esos trigales? Cuando la espiga se torne amarilla y luego pajiza, necesitaremos volverla harina para que las mujeres la amasen en pan. Francisco tiene un lugar en su labor por los sumideros, a donde podemos llevar agua en jagüeyes[107] y ataujías[108] desde la laguna.

Y entraron en una temporada de intensa y entusiasta actividad: Don Andrés, con sus indios, se encargó de los jagüeyes y del estanque donde habrían de acumular el agua para manejarla por medio de compuertas. Entre sus indios trabajaban ya algunos de los que habían abandonado Xamulatl para ir a formar el pueblecito de San Juan al otro lado de los montes. Al principio se comunicaba con ellos en la lengua de los mexicas que había aprendido en Tenochtitlan y que algunos entendían; pero luego empezó a entender algo de lo que las cuatro naborías[109] de su casa trataban de decirle a su mujer y así, poco a poco, fue estableciendo con ellos una precaria línea de comunicación. Al terminar el trabajo, por la tarde, sentía especial contento y satisfacción cuando al gritar:

—¡Va'atik ta Jovel!, todos alzaban los azadones, lo quedaban viendo con una sonrisa de alegría y le contestaban:

—¡Va'atik!

Cristóbal y su hijo se encargaron de la construcción del edificio: cuarenta varas de cada lado y casi cincuenta de alto. Según el acuerdo a que habían llegado aquella noche en casa de Luis, debían construir una planta para el trabajo y una arriba para guardar el producto mientras podía llevarse a la ciudad.

Juan decidió enseñar a veinte indios a hacer adobes; Cristóbal se dispuso a entrenar a otros diez en las labores de la tejería.

—Todo lo hemos de hacer aquí mismo, le explicó el padre a su hijo. De donde excavemos para los cimientos y para la planta de abajo debemos obtener la tierra y el barro para adobes y tejas.

—Esta tierra no servirá, objetó Juan. Se desmorona con demasiada facilidad.

—Pues que te traigan juncia de los montes. La pones a secar, y para cuando termines de excavar, ya podrás utilizarla. Mézclala con la tierra y le darás macicez.

Mandó también Cristóbal a recoger el estiércol de todas las caballerizas de sus amigos y conocidos, para mezclarlo con el barro.

—Este es un secreto de mi padre, le explicó a Pedro Moreno. Les da a las tejas reciedumbre.

—Pues yo tengo más de un secreto del mío para el trabajo del fierro, le

---

107 *Jagüey*: zanja para llevar agua de un lugar a otro.
108 *Ataujía*: zanja con pequeñas paredes construida con el propósito de llevar agua a algún lugar.
109 *Naboría*: Indígena sometido como criado de servicio.

respondió Pedro. Pero tengo poco fierro. Juan de Porras me hizo fabricarle
una sierra. Ahora quiere clavos. No sé por qué no amarra sus tablas con tiras
de cuero. De todas formas, ya va avanzando con las cajas para recibir el agua.
Sólo no sé cómo va a armar los engranes y la rueda grande, ni cómo piensa
pasar el movimiento a las ruedas de piedra.

—Tú eres el herrero y él el carpintero, se apresuró a recordarle Cristóbal.
Dadle vuelta al magín, que yo he aprestado todo para comenzar los cimientos
antes de Todosantos.

Se retiró Pedro rascándose la cabeza. Tenía que pensar en la manera de
ordenar todo ese armadijo de ruedas de madera y de piedra, aparte de construir el par de carretas a que se había comprometido. ¡Y tenía que empezar
por hacer sus propios instrumentos! Además, Juan de Morales estaba exigiéndole los cinceles para trabajar la piedra. Menos mal que la fragua que
había armado con cuero crudo estaba funcionando.

Para mediados de noviembre, después de las aguas, empezaron a me-
nudear las romerías de hombres, mujeres y hasta niños, para contemplar el
avance de aquellos trabajos. La construcción avanzaba con gran rapidez, pero
el color de las espigas no dejaba duda de que los trabajadores deberían em-
peñarse todavía más.

Empezó el corte con las hoces en las tres labores donde se había sembrado
para experimentar: La de Corral de Piedra, la de Santo Entierro y la de Los
Sumideros. Los indios habían aprendido con admirable facilidad a usar esos
raros instrumentos, y los constructores comenzaban a temer que no tendrían
su edificio en el tiempo oportuno, pues ya por el aire de Jovel se sentía la in-
vasión de pajuela que el viento levantaba mientras los indios y españoles aven-
taban las espigas.

Por fin, una mañana en los primeros días de diciembre, el padre Castellanos echó a vuelo las campanas de la iglesia, casi sin necesidad, pues todo el
mundo sabía ya del acontecimiento. Se puso su capa pluvial y se armó de un
acetre[110] de agua bendita, y parado ante la multitud que se había congregado,
los invitó a grandes voces a que lo acompañaran a la bendición de aquel edificio en que tantos habían trabajado. Se encaminaron, pues, hacia el sur de la
ciudad mexicas, tlaxcaltecas, chamulas y tzinacantecos acompañando a las
mujeres españolas, que iban como a misa de domingo. Los castellanos los esperaban a la entrada de la labor de El Sumidero. Al empezar a descender la
breve cuesta, contemplaron todos con alegría aquella nueva construcción, que
se recortaba contra el verde oscuro de las montañas del sur. Doña María de
Velasco exclamó entre lágrimas:

—¡Parece uno de esos cortijos que dejamos en La Mancha, cerca de
Ciudad Real!

—¡Amén!, respondieron en coro las mujeres.

Y siguieron cuesta abajo cantando, gritando y correteando, hasta que,

---

110 *Acetre*: recipiente con el cual se echa el agua a los niños que bautizan.

apenas llegados, el P. Castellanos mandó hacer silencio para iniciar su ceremonia. Mientras caminaba a los lados del edificio y abría las puertas, y paseaba a lo largo del estanque y junto a las compuertas, lanzaba grandes rociadas de agua bendita. Luego se paró entre la gente y la construcción y
exclamó con devoción:

—Bendice, oh Señor, esta casa y estas máquinas construídas con nuestro
esfuerzo para tu gloria: En ellas moleremos este trigo que tu bondad nos ha
dado por vez primera en esta tierra. De su harina coceremos las hostias para
tu Santo Sacrificio y de ella hornearemos el pan para sustentar nuestra vida.
Aleja, Señor, de aquí todo mal, para que este molino que nos ha dado tu lar-
gueza, nunca nos traiga discordias sino sólo tu santa bendición!

—¡Amén!, clamoreó la gente, llenando con sus gritos hasta los últimos
rincones del valle.

Pero luego se hizo un silencio aún más impresionante: Del montón de
trigo que habían acarreado de las labores, don Juan de Porras tomó unos sacos
y los metió a la planta baja del edificio; luego salió para gritar:

—¡Abrid la compuerta de la izquierda y cerrad la otra!

Cuando lo hubieron hecho, se oyó en el silencio de aquella helada mañana
montañesa, cómo empezaron a crujir las ruedas cuando el peso del agua
saltaba de una caja en otra. Momentos después, salió don Andrés de la Tovilla con una canasta en la mano, subió a la planta alta y desde su pequeño barandal, sin decir palabra, tomó del contenido de aquella un puñado y lo arrojó
a la multitud.

—¡Harina! ¡Harina!, gritaban las mujeres.

—¡Cristóbal!, gritó más fuerte que todas doña María de Velasco.

Salió de entre el grupo de hombres Cristóbal para ver de qué se trataba.

—¡Cristóbal!, gritó nuevamente la joven voz de doña María. Y en el
nuevo silencio continuó: ¡Ahora tendrás que construirnos por lo menos un
horno!

* * *

Años habrían de pasar para que el obispo llegara. Años en que la ciudad
se fue llenando, hinchándose, como las jóvenes madres que se van haciendo
grandes y van ganando belleza. Flanqueando las calles se empezaba a ver una
que otra casa techada con tejas, y hasta estaba levantándose una de dos plantas,
severa y adusta, con pequeñas ventanas cuadradas que miraban a la plaza. El
aire se iba llenando de nuevos sonidos, hijos del esfuerzo de dos razas por
entenderse: En la lengua de Castilla se iban metiendo, en son de risa a veces,
y a veces en son de desesperada necesidad, formas y palabras que nunca
habían rebotado en las murallas de Avila, ni en las puertas de Toledo ni en las
soleadas calles de Ciudad Real en La Mancha. Y en el cantarín tzotzil de las

montañas y en el tzeltal de más allá de los cerros se iban insinuando nuevas, robustas, sonoras expresiones traídas en los barcos desde el otro lado del mar. Y aquí, en la plaza, en el centro mismo del valle de Jovel, se hermanaban, con un desgarrador sentido de mutua necesidad. Como el trigo entre las ruedas del molino, se estaban triturando para que de allí brotara la harina nueva, fresca, herencia de mil sangres y mil modos de cantar.

En una abra por el poniente, junto al río que bajaba atravesando un arco en la roqueda, don Andrés de la Tovilla hizo una labor, que por mucho tiempo jugó un papel preponderante en la vida de la ciudad. Allí construyó una casa para su familia y viviendas para sus trabajadores, y, a un lado, una curiosa edificación que trataba de hacer entender a los indios.

—Es para las vacas, les decía.

—¿Guacash?, le preguntaban.

Cuando al fin llegaron las vacas, maltrechas, golpeadas y muertas de hambre por los meses de camino desde la Nueva España, unos indios corrieron a esconderse a sus viviendas, otros huyeron hacia el monte; solamente Pascual K'ushkul tuvo valor para acercarse a don Andrés y preguntarle:

—¿Guacash?

—¡Guacash!, le aseguró el castellano con grito estentóreo, que los indios interpretaron como de satisfacción.

Poco a poco fueron asomando y volviendo de su asombro los chamulas; pero habría de pasar bastante tiempo para que Pascual se animara a tocar las ubres de uno de aquellos imponentes animales que tanto comían y tanto trabajo ocasionaban. Los demás se contentaban con ir a cortar el zacate para los comederos o con sacar el estiércol de los pesebres, y trasladarlo a las pilas donde don Andrés lo ponía a envejecer.

Llegaron los fríos. Las estrellas empezaron a destacar sobre el fondo negro y lejano de aquel cielo montañés. Por las noches se colaba el viento en las viviendas y al amanecer blanqueaban los campos de helada. Pascual había sentido que en el pesebre los animales despedían un calorcito agradable, y esa noche se escurrió entre las sombras para dormir allá. Allí lo encontraron al día siguiente, molidas sus costillas bajo el peso de un enorme toro que se había echado encima de él. Cundió entre los chamulas el terror, y daban alaridos en que repetían espantados:

—¡Pukuj! ¡Pukuj![111]

Y algunos empezaron a correr con dirección al monte. Don Andrés se dio cuenta de lo que podría suceder, así que cogió su arcabuz y montó ágilmente su caballo, y disparando al aire, los forzó a volver, blandiendo un látigo en la mano.

—¡Nada de pukuj!, les gritaba.

Luego se fue al pesebre y amarrando de los cuernos el primer toro que encontró, lo jaló hasta ponerlo en frente de los asustados trabajadores, y tomándole los cuernos con las manos, volvió a gritar:

---

111 *Pukuj:* palabra tzotzil. Demonio.

—¡Nada de pukuj!

Esto no convenció a los indios; pero el tronar del arcabuz y la amenaza del látigo surtieron mejor efecto.

Por la tarde, entre lágrimas y rezos, llevaron a la iglesia el cuerpo del infortunado Pascual. Luego de la ceremonia del entierro, el P. Pedro Castellanos escribió en su «Libro donde se apuntan los muertos» esta nota:

«En veynte y seis de henero de mill y quinientos y quarenta y tres años enterrose un yndio llamado Pascual natural del pueblo de San Juan. Lo hallaron muerto en la caballeriza del alcalde don Andrés de la Tubilla, dijeron que era uno de los zacateros».

* * *

Pocos indios bajaban de los cerros para establecerse en el valle. Los que lo hacían, generalmente se quedaban como naborías en las casas de los conquistadores. Las castellanas apreciaban especialmente la facilidad con que las chamulas aprendían las labores de la cocina; y, aunque finalmente habían logrado cocer su pan en los hornos levantados por Cristóbal, habían también comenzado a sentir bueno el sabor de la tortilla recién salida del «se'met», o comal, como lo llamaban los mexicanos, y enrollada al derredor de un buen trozo de carne de venado sazonada con tomate y chile. A veces la pura tortilla con sal de Ixtapa y chile, bajada con una jícara de pozol al medio día les llenaba el alma de un extraño sabor a tierra nueva y a esperanzas no soñadas. A los castellanos tampoco les parecían mal aquellas ovaladas caras de ojos ligeramente rasgados de mirada furtiva y «harto mañosa», como decía cínicamente don Alonso Domínguez. Y el padre Pedro se daba prisa para escribir en su «Libro en que se apuntan los nacimientos», aquellas notas preocupadas en que afirmaba para que constara y no cupiera duda:

«Joseph, mestizo. Sebastiana, mestiza..».

Pero en los cerros los chamulas no estaban tranquilos. Aunque el valle antes no les había interesado, creyéndolo embrujado, resentían la presencia en él de sus viejos y odiados enemigos, sin los cuales los españoles no habrían podido sojuzgarlos. Su barrio cerca del río era como un bastión o como una avanzada.

—¡Malditos mexicas!, se oía que murmuraban en los montes. ¡Malditos hijos de pukuj! Antes venían a robarnos nuestros hijos para llevarlos a sacarles el corazón. Ahora ya se han quedado allí, en Jovel, para arrancarnos a todos la vida.

—¿Por qué no bajamos una noche y les quemamos sus casas a esos malditos traidores?, preguntó una vez el joven Ah S'jol Chij, Cabeza de venado, sentado sobre sus talones en la casa donde solían reunirse más allá de la vista de Jovel.

—No, aconsejó tranquilo el viejo Hijo de Turumpukuj, que llevaba ya siempre puesta la capa de sus antepasados, mostrando orgullosamente la silueta del búho. Si los matamos, nos perseguirán sus amigos a caballo y acabarán con nosotros, pues ya ahora no tenemos dónde escondernos. Es mejor esperar y mirar. Allí tienen un lugar a donde las mujeres van a comprar. Vayan ustedes a vender y mirar cómo viven, a qué hora entran y salen. Después iremos cercándolos por todos los cerros. Y esas pálidas mujeres se perderán en nuestras montañas en sus salidas a pasear o a atajarnos mientras vamos a Jovel. Entonces nos esconderemos en sus blancas panzas, y algún día encontrarán ellos que vamos saliendo de sus entrañas, con sus mismas caras pero con nuestro ch'ulel.

—Mientras tanto, los mexicas seguirán chupando nuestra sangre sin que les hagamos nada, insistió Cabeza de Venado.

—¿Qué importan los mexicas?, respondió dulcemente el Hijo de Turumpukuj. Sin darse cuenta ellos, los terminaremos cuando sus hijos sean los hijos de nuestras hijas.

—Pues mandarán más chupasangres de Tenochtitlan, replicó dando una patada en el suelo el indio joven.

—¿Tenochtitlan? ¡Ya no es de ellos! Su sangre se perderá en los torrentes que les llegarán de fuera; pero la nuestra, aquí en nuestras montañas y en nuestros ríos, solamente se renovará con la de estos barbudos domadores de caballos, que no quieren otra cosa más que vivir en paz, allí, en el bajo, en ese encantado Valle de Jovel.

Se calló el Hijo de Turumpukuj. Entre sus incontables arrugas apenas se adivinaban los ojillos vivaces de aquel que un día fuera el jefe de los bravos tzotziles que habían tratado, tantos tunes antes, de resistir la entrada de los mexicas a su plaza fuerte de Xamitjo, ahora ignominiosamente llamada Xamulatl.

—Está delirando otra vez, dijo poniéndose nuevamente en cuclillas Cabeza de Venado, y arrojó otro leño al fuego que crepitaba en el centro de la choza.

Mas al amanecer del día siguiente, todos los indios del paraje observaron desde atrás de los mogotes, cómo Cabeza de Venado marchaba erguido, con su túnica blanca de algodón ceñida con una faja de palma tejida, mientras su mujer trotaba delante de él, cargando una red de mazorcas en la espalda y un tuluk en los brazos, rumbo a los caxones en la plaza de Jovel.

—¡Ta xi vat!, gritó el joven, sabiéndose observado.

—¡Vat'an!, le respondieron desde las frondas sin mostrarse sus amigos.

* * *

Muchas gentes habían olvidado que su flamante ciudad era sede de un obispado y casi ni les importaba ya, pensando que habían sido el objeto de una

burla cruel, cuando al medio día del 8 de febrero de 1545 llegó, acalorado y
sudoroso, un mensajero que buscaba al Alcalde Mayor, con un mensaje urgente del Señor Obispo. La noticia corrió con el viento por todo el valle, y por
la tarde, la sesión de cabildo se vio atiborrada de gente, toda deseosa de aportar
alguna idea.

—El señor Obispo necesita ayuda, declaró don Gonzalo de Ovalle. Nos
la ha pedido desde Campeche, donde espera con los frailes que se salvaron
del naufragio pasando la Laguna de Términos.

Toda la gente quería hablar al mismo tiempo, especialmente las mujeres,
que recordaban con añoranza las ceremonias pontificales a que acudían en su
española Ciudad Real llevando sus mejores ropas, sus alhajas y hasta sus
guantes de piel. ¡Cómo sería ahora, aquí, en este valle de Jovel, lucir de vez
en cuando aquellas pocas prendas que habían traido por el mar con tantísimo
cuidado! ¡Cómo sería llevar a confirmar a los niños y hacer una pequeña fiesta
para celebrar la ocasión! Todos y todas ofrecían algo para aliviar la situación
de su obispo y para lograr que cuanto antes él y sus compañeros llegaran a
esta Ciudad Real de Jovel. Sudando el escribano finalmente pudo redactar la
respuesta entusiasmada de aquella gente que estaba dispuesta a entregar a su
obispo hasta aquello de lo que ella misma tenía necesidad:

«Reverendísimo Señor: A 8 del presente recibimos la de vuestra señoría, hecha en Campeche a 9 de enero, y por la merced que por
ella vuestra señoría nos hizo y voluntad que muestra tener a lo que
nos tocare, besamos muchas veces los pies y las manos de vuestra reverendísima señoría, la cual sea tan en hora buena venida, cuanto
nosotros la hemos tenido deseada».

No querían los capitulares que alguna duda quedara de su buena voluntad hacia el obispo o de la intención que tenían de ayudar; por eso hacían
resaltar estas ideas:

«Y tenga vuestra señoría por cierto, que si como se ha de suplir con
dineros se pudiera hacer con sangre, la sacáramos de nuestros
brazos para escribir a vuestra señoría; y no lo decimos para que
vuestra señoría nos lo reciba en servicio, porque todo lo debemos a
la merced y amor que vuestra señoría dice por su carta, nos ha hecho
y tenido y desea hacernos... Acerca de los dineros y la voluntad que
todos los vecinos mostraron de servir a vuestra señoría, no lo decimos aquí porque Andrés Salvador, criado de vuestra señoría, lo
hará, como hombre que a todo se halló presente y pasó por sus
manos. Solamente decimos que todos los que alcanzan tener jarro
o taza de plata, lo traían al bacín del socorro de vuestra señoría, ofre-
ciendo todo lo demás que en sus casas quedaba. Y de creer es que
hombres que se deshacían de lo que no pueden escusar, que mejor
lo hicieran si los hobiera».

El dinero escaseaba terriblemente, pues las transacciones se hacían en forma de trueques, o usando la moneda de los indios: Las pepitas de cacao. Pero los vecinos de la ciudad reunieron todo lo que pudieron, dada la premura, y se lo enviaron a su obispo, aclarando:

«Que si como se hallaron cuatro cientos y sesenta y ocho pesos se encontraran diez mil, que ni más ni menos lo hiciéramos».

Para cerrar la carta, Gaspar de Santa Cruz, el escribano, añadió:

«Y con toda la diligencia más no se ha podido hacer, reciba el servicio que con tan buen deseo hicieron a vuestra señoría, cuya reverendísima persona y estado nuestro señor guarde y acreciente, como vuestra señoría desea. Desta Ciudad Real, a doce días de hebrero de mill y quinientos y quarenta y cinco años».

Despacharon de inmediato al mensajero Andrés Salvador, enviando bastimento y bestias para auxiliar al obispo y a sus frailes a la mayor brevedad.

Corrió entonces por la ciudad el alborozo y el nerviosismo. Gonzalo de Ovalle, que había venido de Salamanca a Guatemala y se había establecido en Ciudad Real cumpliendo órdenes de su amigo, el Adelantado Francisco de Montejo, organizó el recibimiento: Con gran prisa hizo que se le pusiera un techo de tejas al puente de madera que había sobre el río en el camino de Cincantlán, y luego ordenó que se construyeran arcos en ambos extremos, para adornarlos con juncia y flores del monte, en cuanto se supiera de la cercanía del obsipo. Doña María de Velasco, recordando aquellas alegres veladas navideñas de su hogar en La Mancha, se ofreció a preparar como postre del banquete las hojuelas que su madre le enseñara a confeccionar.

—Pero necesito miel; mucha miel, para rociársela encima, le explicó a Pedro, su marido.

—He visto unas indias que la venden en los cajones de la plaza. ¿Unas mil pepitas de cacao te bastarán?

—Manda por toda la que se encuentre, replicó doña María, saltándole en los ojos la ilusión de repetir en esta su casa de Jovel las viejas tradiciones de su madre.

Todas las mujeres corrían, preparando unas una parte de la celebración y otras otra; pero la que se sentía más preocupada era doña Joana de Abreu, que había decidido probar algo nunca visto en una fiesta en Castilla: ¡Tamales de tuluk! Se lo había sugerido la vieja naboría Manuela, y en su media lengua se habían puesto de acuerdo para hacerlos a pequeña escala antes de que llegara la fiesta.

—No están mal, fue el comentario de Luis. Los siento un poco duros y secos.

—Manda que maten un cerdo, respondió doña Joana, pensando con rapidez en una solución.

—Pero entonces ya no serían de tuluk, dijo riéndose Luis de Mazariegos.

—No, hombre, no. Necesito la manteca para preparar la masa, y ya verás cómo mejoran.

—Prepara también unos con carne de cerdo, sugirió el marido.

—¿Aunque ya no sean de tuluk?

—Prepara unos para ver si los come el obispo, que dicen que es judío, replicó Luis con un dejo de sorna.

—¡Ni lo mande Dios!, fue el comentario de doña Joana.

* * *

La mañana del diez de marzo llegó a uña de caballo un mensajero de Baltasar Guerra, anunciando que el obispo se encontraba a menos de dos días de la ciudad. Y esto fue echar a vuelo las campanas y tocar trompetas para comunicar al valle la gozosa noticia. Y al día siguiente desde temprano se cubrieron los últimos detalles para el recibimiento y los banquetes. Salieron don Francisco de Velasco y don Juan de Vera a un punto que ya nombraban «La Ventana», para dar una señal desde allí en cuanto avistaran la comitiva del prelado.

Hacia el medio día retumbó por todo el valle el estallido de los cohetes que don Juventino Martínez había preparado para esa ocasión. Corrió entonces la gente de todas las calles hacia la de Cinacantlán, y en procesión se dirigieron al barrio de los mexicanos y allí esperaron junto al puente. Luis de Mazariegos llevaba orgullosamente el pendón de don Diego, mientras que el padre Gil de Quintana explicaba a cuatro de los vecinos principales cómo habían de conducir bajo palio a su excelencia reverendísima. En eso apareció por el recodo del camino la pequeña comitiva de gentes de a pie; el obispo había rehusado entrar a caballo a su sede, y los de a caballo, por deferencia, se habían apeado y lo habían seguido, flanqueándolo y jalando sus cabalgaduras.

Al acercarse el prelado al puente, el padre Gil dio una señal, y ante la admiración de todo el pueblo, un grupo de jovencitos de entre diez y quince años con quienes había estado reuniéndose en la iglesia, elevó al cielo, aquel azul y radiante cielo de Jovel, las antiguas notas del «Te Deum laudamus, Te Dominum confitemur». A los españoles, que en su mayoría tenían años de no escuchar aquella melodía tan llena de recuerdos, se les llenaron los ojos de lágrimas, mientras que a los indios, casi todos mexicas y tlaxcaltecas, les recorrió el cuerpo un estremecimiento nuevo, como un estupor arcano ante la majestad de aquellos sonidos que parecían hacerse uno con el ritmo del viento y con el murmullo del río. Cuando los niños cantores terminaron la antífona, se adelantó el obispo, erguido, aunque apoyándose en su bordón de madera, la corva nariz sobresaliendo en su cara tostada por el sol de tantos caminos, sus ojos de un gris acerado posándose nerviosos de grupo en grupo de personas: Quería absorber en un primer instante todas las expresiones de la gente; quería adivinar sus pensamientos y sus sentimientos, y combinarlos con los innumerables recuerdos que se agolpaban en su memoria: Recuerdos de islas y de minas y de ríos y de grandes llanuras y de plantaciones y de látigos y de sangre y de tristeza; quería leer en los ojos de cada castellano y de cada castellana el color de la rabia y el sabor de la muerte. Pasó lentamente por encima de aquel humilde río que apenas sabía murmurar, y al otro lado, bajo una lluvia de flores del campo arrojadas por manos blancas y por manos cobrizas y por pequeñas manos mestizas, se agachó poco a poco, más, como no queriendo mirar, y luego se arrodilló, y en seguida se postró y le dio a la tierra, aquella pobre tierra de su nueva iglesia, un beso largo, largo, y tal vez apasionado, tan largo que le diera tiempo para componer su cara y sofocar el rabioso torrente de invectivas que ya se agolpaban sobre su lengua. Cuando se levantó, apenas escuchó los gritos y cantos con que se le acogía.

—¡Viva el señor obispo!, gritaba el P. Gil de Quintana.

—¡Viva! ¡Viva!, coreaba la muchedumbre.

Se colocó bajo el palio y encabezó la procesión hacia su catedral. Marchaba lentamente, como no queriendo llegar, volviendo los ojos constantemente a todos lados. Al entrar a la ciudad los fijó en las casas, aquellas pobres casas cubiertas de paja casi todas, que los oblicuos rayos del sol de la tarde bañaban en oro y esplendor. El cansancio y la pasión obsesiva de sus setenta años no le permitieron ver en ellas más que codicia y crueldad y sangre y muerte. Llegaron a la catedral. Subió el obispo ágilmente las gradas y se colocó a la puerta y se volvió hacia la multitud, como tratando de evitar que penetrara al templo. Luego, sin decir una palabra, tomó su grueso bordón de roble en vez de su cruz pectoral, y blandiéndolo sobre su cabeza, impartió a su pueblo la acostumbrada bendición episcopal de tres cruces. El moribundo sol le daba de lleno desde el Huitepec y hacía resaltar contra la pared de la iglesita de adobes el hábito blanco y negro de los antiguos inquisidores de Sevilla, de Toledo y de Ciudad Real...

Ante la ausencia de palabras del obispo, subió las gradas don Gonzalo de Ovalle y, sin recurrir al pregonero, anunció:

—Los señores alcaldes y regidores acordaron que hoy podremos holgar hasta la media noche. En la plaza se os servirá un banquete preparado por las señoras en honor de su excelencia reverendísima.

Fue una fiesta tensa y llena de presagios. El obispo no se mezcló con su grey sino que, por el cansancio del camino, prefirió retirarse a la casa que le habían preparado. Pronto entró la noche. Junto a los pocos ocoteros que se encendieron, se juntaron pequeños grupos de hombres que comentaban en voces roncas y nerviosas los acontecimientos del día. Las mujeres se retiraron a sus casas, sintiendo cada una que el obispo le había despreciado su comida.

Alguien lanzó el rumor de que habían visto al P. Quintana sollozando solo en un reclinatorio de su iglesia, llena de flores y de cirios, toda lista para una gran ceremonia.

Al día siguiente llegaron los frailes. Nadie salió a recibirlos, fuera del viejo Diego Martín, en cuya casa se aposentaron.

* * *

Era la cuaresma de aquel año de gracia de mill y quinientos y quarenta y cinco años. Por primera vez los oficios divinos del Domingo de Ramos se habrían de celebrar de pontifical. La gente acudió entusiasmada, y la iglesita no pudo contener a todos; muchos se quedaron en el atrio y en la plaza. Pero las más madrugadoras de las mujeres se situaron casi en las gradas del presbiterio; habían atravesado la plaza ataviadas con sus mejores prendas y luciendo como reinas antes de entrar por la única puerta del frente, la puerta del perdón.

A la hora del evangelio se turnaron los frailes para cantar la historia de la pasión de Jesucristo, en un latín caduco que los fieles escucharon de pie y con la cabeza inclinada. Luego se acercó el obispo con el incensario en la mano, y haciendo reverencias sahumó tres veces el libro de los evangelios; en seguida se puso la mitra, tomó el báculo en su mano y se dirigió al centro del presbiterio para pronunciar su primer sermón. La gente esperaba con ansia este primer contacto con aquel anciano que le había tocado en suerte o en desgracia para ser su obispo. Y él habló, después de persignarse:

> «Maltratado y afligido, no abrió la boca, como cordero llevado al matadero, como oveja muda ante los que la trasquilan'; Isaías, capítulo 53, versículo 7. Señor deán de la catedral; reverendos señores religiosos de la Orden de Nuestra Señora de la Merced; reverendos padres predicadores; fieles cristianos».

Corrió por todos los castellanos un frío presentimiento al escuchar estas últimas palabras, ya que estaban acostumbrados a que en las homilías dominicales se les llamara «queridos hermanos en Nuestro Señor»; levantaron la cabeza y pusieron atención al curso que el sermón del obispo hubiera de tomar, y él continuó, con su voz cascada pero fuerte:

> «He escogido este texto del profeta porque es parte de la liturgia de estos días santos en que conmemoramos la pasión del Señor. Las palabras del profeta se refieren a él, a ese hombre que cargó con nuestras iniquidades por nuestro amor, y que quiso soportarlas porque era nuestro Dios. Lo he escogido también, y principalmente, porque se refiere a otro hombre a quien no mataron los judíos en la cruz hace siglos, a quien no coronaron con espinas ni azotaron en

las lejanas tierras de Israel, sino a quien están atormentando ahora, en nuestros días, con torturas mil veces más atroces y dolorosas aquellos de quienes más amor y conmiseración deberíamos esperar: Los discípulos de Aquel que vino al mundo a enseñar la bondad y a mandar que amáramos a nuestro prójimo como a nosotros mismos».

Ante este exordio, la ansiedad de los presentes fue creciendo en la pequeña iglesia. ¿A dónde irá a parar el obispo?, se preguntaba cada cual para sus adentros. Y él continuó con su introducción, como no queriendo concretizar sino hasta que hubiera logrado atenazar con sus ideas la atención de su grey. Cuando ya todos, hasta los padres dominicos, que se hallaban sentados en bancas de pino en el presbiterio, tenían los ojos prensados en los de él, prorrumpió en apasionadas preguntas que no admitían respuesta:

«¿Quién es, preguntaréis, quién es este pobre desgraciado, este infeliz, este nuevo Cristo contra quien se ha de nuevo alzado la furia del infierno? ¿Quién es éste a quien la maldad ha llagado y sangrado y desgarrado y muerto? ¿Y quién, preguntaréis, es este lobo, peor que lobo asesino, capaz de maltratar, capaz de azotar, capaz de herrar y deshonrar a tan mansa y dulce criatura? ¿No conocéis a ninguno de los dos? ¡Pues os lo diré yo! A ese dulce hermano de Nuestro Señor lo tenéis vosotros herrado en vuestras minas. ¡A ése le habéis vosotros robado sus tierras de labranza y lo habéis encadenado para morir bajo el castigo de vuestros látigos en vuestras plantaciones!».

Se oyó un murmullo peligroso en la pequeña iglesia. De la fila de enfrente se apartó violentamente doña Joana de Abreu; abriéndose paso entre hombres y mujeres, se dirigió al atrio por la puerta del perdón.

—No a esto vine a la iglesia, murmuraba mientras salía ardiendo de furor.

Mas el obispo no se detuvo un instante, sino que, inflamado con la protesta de la castellana, alzó más la voz y empezó a gritar para que se le escuchara también en la plaza:

«¡Demonios en piel de cristianos! ¿Quién os ha dado licencia para sojuzgar y esclavizar a estos hijos de Dios? ¡Soltadlos! ¡Devolvedles sus tierras! ¡Respetad a sus mujeres! La hora de vuestro juicio ha llegado, y vosotros, vosotros que os llamáis cristianos, bajaréis al infierno a arder con Satanás para siempre si no escucháis la voz de la justicia».

Dos o tres mujeres más abandonaron las primeras filas. Pero luego empezaron a salir también los maridos, con señas bien claras de haber perdido definitivamente la paciencia. Mas el fraile continuaba gritando desde el presbiterio:

«Si a Dios, a quien decís servir, no podéis obedecer, escuchad y cumplid las ordenanzas de vuestro rey, de quien decís ser fieles y leales vasallos. ¡Cumplid con las nuevas ordenanzas que su majestad firmó en Barcelona!».

Continuó el obispo con su sermón hasta que se dio cuenta de que su iglesia estaba casi vacía y que frente a la puerta del perdón se escuchaba ruido de gente armada, y se encolerizó tanto que su voz se tornó agria y aguda, y entonces, vestido de pontifical y con el báculo en una mano y la cruz pectoral en la otra, descendió del presbiterio y se dirigió a la puerta exclamando:

«Vuelvo a ser la voz de aquél que clama en el desierto. Pero en este desierto vuestro me escucharéis, mal que os pese, porque iré a vuestras calles y a vuestras minas y a vuestras plantaciones, y allí os gritaré en los oídos, y me meteré en vuestras casas, allí donde habéis fornicado con las indias, donde habéis atormentado a sus maridos, allí donde habéis asesinado a golpes a sus hijos, y tendréis que escucharme, por el Dios de los cielos».

Llegó a la puerta y vio cómo allí en el atrio y en la plaza se le enfrentaba la multitud de su grey. Vio a las mujeres de Castilla, radiantes de brava belleza bajo el sol de medio día; vio a los hombres, que poco antes se arrodillaban en la iglesia, y ahora traían espadas al cinto; y vio a los indios, incapaces de comprender la barahúnda de maldiciones con que a todos los había abrumado, replegarse hacia el lado de aquellos con quienes habían luchado y vivido ya por tantos años, y entonces perdió la cabeza y, sin importarle ya nada les fulminó:

—¡Malditos! ¡Estáis malditos! En el nombre de Dios, por quien son todas las cosas, os excomulgo con todas las penas y censuras de nuestra santa madre la Iglesia católica, apostólica y romana. Y nadie podrá absolveros de esta excomunión, ni en artículo de muerte, sin mi permiso o sin que hayáis renunciado efectivamente de vuestras iniquidades.

—¡Amén!, concluyeron los frailes, que habían salido acompañando al obispo.

—¡Amén, y que a vosotros os carguen los diablos!, contestó ronca y a gritos la voz de don Pedro Moreno desde el fondo del atrio.

Por un momento se hizo un ominoso silencio. Pero luego se oyó cómo doña María de Velasco, siempre respetuosa de monjes y frailes como lo había sido por generaciones su familia, le suplicaba entre sollozos a su marido:

—Contente, Pedro, por el amor de Dios. Vámonos a casa, y que Dios te perdone.

Se agachó Pedro sofocando su ira, y aceptó la mano que su mujer le tendía. Con ellos se desperdigó la multitud, cada quien gozoso de que las cosas no hubieran pasado a más ese día.

Nunca jamás habría de contestar «amén» aquella multitud de castellanos a no ser dentro de la iglesia.

* * *

Sonó desde la catedral el toque de ánimas.

Contra todas las ordenanzas, comenzaron a llegar embozados algunos vecinos a la casa del deán, el P. Gil de Quintana. Bajo la capa española de lana, todos se habían ceñido la espada que tan diestros eran en manejar; pero ningún sereno se habría atrevido a detener a nadie esa noche, en que se había hecho un silencio denso, únicamente cortado de cuando en cuando por el triste lamento de Turumpukuj, el búho. La Tona, vieja naboría de don Gil, se apresuró a preparar jícaras para el chocolate, pero don Andrés de la Tovilla cortó su premura dirigiéndose al deán:

—Algo más fuerte nos daréis esta noche, señor padre.

Asintió don Gil con la cabeza, y de un armario donde guardaba libros y quién sabe cuántas cosas raras, sacó una bota y la ofreció a sus visitas.

—No estáis respetando la semana mayor, les dijo sin demasiado enfado.

—No nos está respetando este viejo nariz de gancho, cortó con acritud don Nicolás Martínez.

—Aclarame, interrumpió don Luis de Mazariegos, aclarame cuáles son esas minas de que habló este viejo pelón; y a qué plantaciones se refirió. Harto hacemos con levantar una cosecha para nuestra comida y con cuidar nuestras vacas y nuestras gallinas y uno que otro cerdo, que matamos cuando llega él con sus frailes a que les demos de comer.

—¿Y a qué indios les robamos sus sementeras?, inquirió con voz calmada don Francisco de Velasco. ¿Quién vivía en este valle? Si no fuera por nuestros amigos mexicanos, a nadie se le habría ocurrido romper la tierra para hacer las primeras milpas. Y por los trabajos en las labores les damos a los pocos chamulas que han querido bajar, mejor y más fácil comida que han tenido jamás.

—¿Qué derecho tiene este viejo mentecato para venir a insultarnos y maldecirnos en la ciudad que hemos levantado sin que le costara a él ni a nadie un maravedí?, reclamó el joven y fogoso Juan de Morales.

El deán no sabía qué contestar; ni tampoco le daban ocasión, pues todos hablaban quitándose unos a otros la palabra. La bota se vació y don Gil tuvo que entrar a su alcoba y rellenarla de un odre que allí guardaba para el servicio del altar. Cuando volvió, el ambiente estaba tan caldeado que temió atizarlo con la bota que llevaba en la mano; a punto estaba de retroceder, cuando don Gonzalo de Ovalle se la quitó diciendo:

—Traed acá señor padre, que con esto o sin esto lo mismo da.

—¿Y quién es el rey?, peroraba en ese momento don Pedro. ¡Un extranjero a quien no se le da un bledo de lo que hemos pasado nosotros!

—La cosa es peor, añadió con aire de conocedor Gaspar de Velasco, el hermano de doña María, recién llegado de España. Se ha llenado la corte de fuereños de Flandes y de otras partes, a quienes conviene que de nosotros se diga mal, para que el rey les dé a ellos estas tierras. ¡Bien les iría a los indios con ellos! Preguntad lo que ha sucedido en La Tierra Firme a los que fueron a dar en manos de los banqueros de Don Carlos. ¡Con ellos aquí pronto no quedaría uno vivo!

—Yo he sabido que el obispo es judío, murmuró don Luis entre dientes, casi como no queriendo decirlo; pero su murmullo cundió como fuego en hojarasca, y varios se atropellaron para hacerse escuchar hablando a la vez:

—¿Cómo ha de excomulgarnos él?

—¡Voto a Satanás!

El grupo se calló de repente. Pasó la bota de mano en mano. Se sentía por momentos la necesidad de una acción explosiva; pero entre aquellos hombres duros, acostumbrados a los golpes de las aventuras, parecía no haber quien pudiera expresar en palabras la tormenta que en las mentes de todos bullía. El frío que se colaba por las hendijas mostraba que ya pasaba de la media noche. Se paró entonces Cristóbal de Morales y hablando en un susurro sugirió dirigiéndose al deán:

—Si él no puede excomulgarnos, ¿por qué vos no nos absolvéis?

La propuesta cayó como un golpe de maza sobre el grupo de conjurados y todos empezaron de nuevo a hablar en gran confusión. El P. Gil no sabía qué partido tomar. Finalmente, después de muchos ruegos y amenazas se decidió a prometer:

—Hablaré con mi confesor. Buscadme el miércoles santo, para que podáis comulgar el jueves, por la Cena del Señor. Pero no vengáis todos juntos. Decidles a vuestras mujeres que el miércoles por la mañana yo estaré oyendo confesiones en la iglesia.

Salieron como habían llegado: uno por uno y embozados. La madrugada de marzo era fresca y agradable y en el cielo corría a ocultarse la amarillenta luna de nisán. Lejos en la espesura del monte aulló hambriento Ok'il, el perro de los montes; le contestaron asustados en sus corrales los gallos de Ciudad Real.

* * *

A un lado del altar mayor las mujeres construyeron y adornaron el tabernáculo para la gran misa de la Eucaristía; del monte hicieron traer juncia para hacer sartas y festones, y con los tecolúmates prepararon hermosas guías, que le daban a la iglesia un colorido que no había tenido nunca.

El obispo se vistió de gala para la ceremonia y, acompañado de sus frailes que sirvieron de coro, entonó los viejos cantos de las iglesias de España. Al llegar a la antífona «Lauda, Sion, Salvatorem», tanto los hombres como las mujeres se conmovieron, recordando esta misma solemne festividad en su iglesia de Santa María, o en San Pedro o en tantas otras, de donde habían venido cargando sus recuerdos y arrastrando la raigambre de sus convicciones. ¿Cómo pueden querer apartarnos de todo esto?, pensaban para sí, mientras la iglesita se llenaba de sonidos y de humo de copal. ¿Como pueden arrancarnos de estas fiestas, con las que crecieron nuestros abuelos y los de ellos antes que ellos?

Mientras tanto, obispo y frailes habían llegado a la hora de la comunión; se acercó el prelado al cancel del presbiterio con el copón en la mano izquierda y una hostia en la derecha. La levantó, y con toda la solemnidad del momento musitó:

—Ecce Agnus Dei...

La grada frente al cancel se llenó de españoles, y por el medio de la iglesia marchaba lenta y devota una fila de cristianos. Suspendió por un momento el prelado la distribución de la comunión, y pensó para sí: «Nadie se atrevería a venir a comulgar sin haber recibido la absolución. Algún traidor infiel se la ha concedido a más de uno de los excomulgados». Pero no era ése el momento de ponerse a inquirir; así que, con punzadas en el alma, continuó dando a cada uno aquel símbolo de su unidad con el resto de la Iglesia establecida en el mundo:

—Corpus Domini Nostri...

No bien hubo terminado la ceremonia, congregó en la sacristía a todos los frailes y clérigos, y con la cara descompuesta y la voz rota por el enojo y la desesperación, y mientras se arrancaba a tirones los ornamentos, empezó a increpar a los presentes:

—¿Quién de vosotros es el Judas? ¿A quién tendré que hacer azotar en la plaza pública? ¿No fui claro al fulminar la excomunión contra estos enemigos de Dios que se dicen cristianos?

Fray Rodrigo, el viejo fraile a quien el obispo tenía tanta consideración, se limpió la garganta para hablar, pensando que sería más prudente exponerse solo a la rabia del prelado, que permitir que corriera entre la gente un escándalo como el que parecía venirse, en los días santos. Así pues, se atrevió a interrumpir a su superior de la manera más comedida, diciendo:

—Señor, con vuestra licencia: No es éste el lugar donde vuestra señoría deba reconvenir a los hermanos. Visítenos su reverencia en nuestra humilde casa, y resuelva allí, en la intimidad de nuestra comunidad, lo que conduzca a la mayor gloria de Nuestro Señor, en esta primera Semana Santa en vuestra iglesia.

Se lo quedó viendo el obispo sin suavizar sus facciones; pero luego comprendió el truco de su antiguo amigo: Al discutir este penoso asunto en la comunidad de frailes de su orden evitaría la presencia de clérigos extraños, y podrían hasta planear acciones apoyadas por ellos, que eran una familia de hermanos.

—Pues ya os visitaré, replicó el prelado, sin mostrar por un momento que hubiera en su ánimo el menor cambio de actitud.

* * *

Llegó la solemnidad de solemnidades, el Domingo de Pascua. Con gran alegría se celebró el misterio de la resurrección. La gente llenó la iglesita, y al salir de ella hubo una gran cohetería y se quemó un judas, que para más de uno tenía un peligroso parecido con la nariz ganchuda y la calva del obispo. Mas de broma no habría de pasar, a no ser porque «el viejo», como llamaban a su excelencia, invitó a comer en su casa a todos los frailes y clérigos de su ciudad.

Corrió entonces un runrún y sucedió una serie de apresuradas visitas confabulatorias, de forma que a la hora de la comida, todos los frailes y los pocos clérigos seculares de Ciudad Real se hicieron presentes, menos el señor deán de la catedral. Conforme pasaba la comida, le sentaba menos a su excelencia, que veía con esto burlados sus planes de reconvención.

—Dejadlo estar, aconsejó fray Rodrigo. Esperad a mañana para tener una plática a solas con él.

—¿Y debo permitir que un pobre deán se burle de mi autoridad episcopal?

—Lo invitasteis a una comida con extraños, señor.

Pero el obispo no estaba para sutilezas; así que mandó una nueva invitación a su deán. Lo encontró el recadero jugando a los naipes en su casa, y volvió con una respuesta elusiva.

—Irás nuevamente, mandó el prelado, y le dirás que llevas una orden para que se presente en mi casa de inmediato.

No tardó el recadero en volver, espantado y temeroso, y entregó su recado con estas palabras:

—Señor, el señor deán dice que se siente enfermo, pero que de todas formas, podéis ordenarle que cumpla con las cosas de la santa iglesia catedral, pero, reverendísimo señor, no lo toméis a mal ni como cosa mía, pero dice que no tenéis ningún derecho a mandarle a que venga a comer con vos, que comida, aunque no sea de obispo, no le falta a él, con vuestro perdón, excelentísimo señor.

Se levantó furioso el obispo y pidió papel y pluma para escribir una comunicación formal a su súbdito rebelde:

«Padre Gil de Quintana, deán de nuestra catedral: A pesar de haberos llamado en la caridad de Nuestro Señor, habéis permanecido en actitud de pertinaz desobediencia. Vista vuestra contumacia, os mandamos en virtud de nuestra autoridad, que sin pretexto ni tardanza os presentéis ante Nos, so pena de excomunión mayor latae sententiae atque vitandae personae».

Recibió el deán la misiva, acercó la candela con que iluminaba la mesa en que jugaba con otros vecinos, leyó y luego quemó el papel y le dijo al recadero:

—Dile a su excelencia, hermano, que atenderé a su invitación en cuanto me libre de las ocupaciones en que me ves.

Salió corriendo el pobre lego, temeroso de que las cosas pasaran a más. Por las calles, por donde pardeaba ya el sol, se percató de la presencia inusitada de muchas personas que parecían velar la casa del deán. Pero llegó a la del obispo y entregó su recado sin ningún comentario. Trató el prelado de serenarse y esperó un tiempo. Mas al ver que la noche entraba y el deán no se presentaba, llamó a gritos a fray Rodrigo y a fray Pedro, el de la Merced, y requirió a su alguacil. Luego que estuvieron en su presencia, les ordenó:

—Iréis y prenderéis a Gil de Quintana, ese mal cristiano y peor sacerdote, y lo traeréis a encerrar en mi casa, para entregarlo al brazo secular una vez que se le haya juzgado.

—Así será, señor, respondieron inclinándose los tres.

Llegaron a la casa del deán y llamaron a golpes a la puerta. Salió el padre Gil a abrir, y sin más el alguacil lo tomó de los brazos y lo jaló hacia afuera, mientras los frailes le intimaban las órdenes de su superior.

—¡A mí! ¡A mí! ¡Favor del Rey!, gritó entonces Quintana.

Aconteció como por casualidad encontrarse por allí el alcalde, quien, al percatarse de lo que sucedía, exclamó enfurecido:

—¡Por el Rey! ¡Socorred los que podáis!

De las casas y las calles vecinas se acercaron velozmente hombres armados que cayeron sobre el alguacil y los frailes y les arrebataron al prisionero, a quien habían herido en la conmoción.

—¡Ved lo que me ha hecho el obispo por absolveros contra sus injusticias!, protestó el deán.

El gentío era ya imponente y empezaron a oírse gritos y vituperios contra el obispo y sus frailes.

—¡No sólo nos insulta en nuestra iglesia sino que amenaza con armas a nuestros amigos!

—¡Vayamos y prendámoslo a él!

—¡Ningún judío nos privará de lo nuestro, así lo proteja el Rey!, gritó un viejo disparando al aire su arcabuz.

Corrió por la turba un hálito de rabia y, sin que nadie expresara una orden, se dirigieron todos a la morada del obispo. El alcalde, por prudencia, ordenó que se pusiera guardias a las puertas de don Diego Martín, donde se aposentaban los frailes recién llegados.

—No sea que se armen y vengan en defensa del viejo, y entonces corra más sangre de la que queremos, comentó.

La muchedumbre llegó a la morada del obispo y se metió sin más; él se había recluído en una habitación interior, a donde lo habían casi arrastrado los pocos frailes que con él habían quedado. La gente que logró entrar hasta esa habitación no respetó distancia, sino que acorraló al prelado hacia el fondo de ella y no faltó quien gritara:

—¡Por menos de sus insultos habría yo dado muerte a cualquier cristiano!

—¡Teneos, por Dios!, gritó entonces el obispo, con voz firme y serena. Hablemos como personas sensatas y veamos de remediar nuestros desacuerdos.

—Aquí no hay desacuerdos, exclamó entonces Pedro Moreno. Vos habéis llegado a nuestra ciudad gracias a nuestra caridad, y sin habernos visto nunca nos habéis insultado y excomulgado. ¿Dónde está el desacuerdo?

—¿Cuándo nos habéis visto maltratar a los indios?, inquirió Francisco de Velasco. ¿Qué sabéis de cómo nos tratamos y contratamos con ellos?

—¡Querés quitarnos nuestras encomiendas y nuestros repartimientos para quedaros con ellos!, gritó Luis de Mazariegos, ahogándosele la voz. ¿Conocés siquiera nuestras ordenanzas?

—A los indios les hemos enseñado a manejar instrumentos que no conocían y que les ayudarán a vivir mejor, interpuso Juan de Morales.

—Les hemos traído animales que ya les están sirviendo y les estamos mostrando cómo se trabaja con otros, que no tardarán en comprar ellos para su servicio, apuntó con voz sonora Andrés de la Tovilla.

—No hago más que cumplir las leyes de Dios y de su majestad!, interrumpió entonces el obispo, empezando a perder los estribos.

—Leyes con que lo envolviste, gritó ya furioso Luis de Mazariegos.

—Hubo grandes discusiones entre los representantes de los encomenderos y santos y devotos teólogos señalados por su majestad, atajó el obispo.

—Pero vos erais uno de esos santos teólogos, arremetió el de Velasco. ¡Vos que fuisteis parte en la muerte de tantos indios en las islas! ¡Vos fuisteis uno de ellos!

—¿Y cómo podían nuestros representantes competir en la corte con vosotros?, preguntó Martín González. Vosotros os pasáis la vida entre libros y cánones, mientras nosotros estamos en estos montes peleando por Dios y por el rey, y buscando cómo arrancarle a la tierra un mendrugo para comer con nuestras mujeres y nuestros hijos. ¡Y para daros de comer a vos y a vuestros frailes también!

—¡Habéis esclavizado a los indios, que son hijos de Dios y vasallos de nuestro rey!, cortó enojado el obispo.

—¿Cómo queréis que levantemos una ciudad aquí sin la ayuda de los que han sido vencidos en guerras aprobadas por los reyes?

—¡Trabajad vosotros!, exclamó el obispo, ya sin poner ningún freno a sus palabras.

—Más que vos trabajamos, y más que esa runfla de mendigos muertos de hambre que os acompañan, y a quienes tenemos que sostener con el sudor de nuestra frente, dijo con voz alterada don Álvaro Díaz.

—Ellos vienen a servir al Señor, tronó el obispo. Y en mayor excomunión estáis cayendo al insultar a los ministros del Altísimo. Su misión es salvar vuestras almas y librar de vosotros las de esos pobres a quienes vosotros habéis venido a oprimir con cargas superiores a sus fuerzas.

—Digo yo, le interrumpió sin miramientos Francisco de Velasco, dejad que vuestros frailes vayan a los montes a cumplir su misión. Que ellos les den a los indios el alimento del alma y los hagan cristianos, como nos dicen que lo han hecho en Tezulutlán. Pero alzar ciudades y sacar de la tierra la comida del cuerpo es labor nuestra, que cumpliremos, mal que os pese.

—¡Seguro!, gritaron los amotinados.

—Pero no con la sangre de mis indios, clamó transformado el obispo.

—¿Ahora ya son vuestros?, se oyó que rezongaba con sorna una voz al fondo de la habitación.

—Son de Dios, que es lo mismo. Mas esperad. Yo os propongo algo que puede ayudaros a vosotros y salvar a estos pobres. ¿Por qué no compráis esclavos negros?

Estalló una sonora risotada, y en el tumulto apenas se entendía lo que decían.

—¡Ya salió el judío!

—¡Vendenegros!

—¿Los negros no son de Dios?

Pero el prelado no se daba por vencido, y a señas y a gritos pedía que se calmaran para continuar.

—Los negros son más fuertes que los indios, a quienes obligáis a trabajar en cosas que nunca han conocido. Vuestras minas y vuestras plantaciones exigen brazos hechos a eso.

—Señor obispo, dijo comedidamente doña María de Velasco, una de las poquísimas mujeres que habían logrado colarse entre la multitud de hombres, Señor: No tenemos aquí minas, ni plantaciones, más que el poco trigo que nuestros maridos han logrado sembrar en campos quebrados por nuestros bueyes. Y de lo que sé, más carga transportaban antes los indios que ahora. Las pocas labores que algunos de nosotros han podido establecer en las tierras calientes, son estancias de ganado, que en las llanuras se alimenta solo.

Se quedó pensativo el prelado. Agachó la cabeza, como dando gracias de que la gente se hubiera calmado, al menos en apariencia, ante la inesperada intervención de una mujer. Reconoció que éste era el momento oportuno para aprovechar y despedir a su grey sin lastimarse más. Avezado a discusiones acaloradas, no tuvo miedo de proponer una tregua.

—Id a vuestros hogares, que ya pasa de la media noche, les dijo casi con mansedumbre. Más tiempo y más calma tendremos mañana, una vez que hayáis reposado.

—¿Qué hay de las excomuniones?, se oyó que alguien reclamaba fuera de la habitación.

—Cumplid con vuestras obligaciones y se os absolverá, respondió sin compromisos el obispo.

—¡Cabildo abierto mañana a medio día!, se oyó tronante la voz del alcalde.

Esto convenció a todos. Se retiraron en grupo, de modo que nadie quedara que pudiera hacer ningún pacto personal con el obispo. Por las calles se fueron dispersando rumbo a sus casas. De las paredes de bajareque reviraban aletargadas las últimas conversaciones que eran sólo el eco triste de una paz casi muerta, pero que trataba de aposentarse en aquel eternamente misterioso valle de Jovel.

* * *

Frente a los caxones de la plaza había una casa de adobe, todavía con techo de paja, pues los propios de la ciudad no habían alcanzado para las tejas. Era una construcción alargada, con un corredor hacia el oriente, que orgullosamente llamaban «los portales». Las casas consistoriales habían sido planeadas en ese lugar desde aquella tarde años antes en que el capitán don Diego había hecho sonar allí con alegría y por última vez el cuerno de sus antepasados, aquel que un día fuera de Nuño, el bisnieto de don Álvar Fáñez.

Desde antes del medio día ya se había reunido allí una muchedumbre, y la plaza, a esa hora normalmente llena de mercaderes de San Lorenzo Cinacantlán y de San San Juan Chamula, se había vaciado de indios, que, aunque a medias, se habían dado cuenta del ambiente de tensión que se respiraba en Jovel. Al sonar el Angelus en las campanas de la catedral aparecieron los alcaldes, los regidores, los alguaciles y el escribano, se inclinaron santiguándose y luego declararon abierta la sesión de cabildo. Fue una sesión tormentosa en que participó toda la gente, habiéndose quedado en casa únicamente los niños. Al final, ya a mediados de la tarde, pidió silencio el cadañero para que todos pudieran escuchar este pregón:

«Mandan los señores alcaldes y regidores que desde hoy se suspendan las temporalidades al fraile que dice ser el obispo de esta ciudad de Ciudad Real de Chiapa y a los demás frailes que lo acompañan, hasta nueva decisión de los dichos señores alcaldes y regidores.

Otrosí, mandan los susodichos señores que nadie sea osado de vender ni llevar al dicho fraile ni a los dichos frailes sus compañeros cosa alguna para comer o beber, so pena de diez pesos de oro cada vez. Y que si el que contraviniere esta ordenanza fuere indio, la pena sea de quitarle la comida y de darle cincuenta azotes junto a la picota, donde todos puedan verlo.

Y porque es verdad que ansí lo mandaron los dichos señores alcaldes y regidores, firmó y puso su signo en este pregón don Gaspar de la Cruz, escribano real, público y de cabildo desta ciudad».

Se calló el pregonero, enrolló su pregón para ir a gritarlo en las esquinas, sin que hubiera necesidad, pues todo mundo se había enterado. La gente recibió el pregón sin alegría, y poco a poco fue retirándose cada quien a casa o al trabajo de su labor. Quedó la plaza totalmente vacía. Los regidores cerraron con llave las casas consistoriales, y también se alejaron de allí como si huyeran de la peste.

No tardó en llegar la noticia a oídos del obispo. Él, que no esperaba una acción semejante sino otro enfrentamiento verbal como el de la noche anterior, se sintió desarmado y pidió a su recadero que llamara a fray Rodrigo, su compañero, amigo y confesor. Pero los frailes habían salido desde temprano rumbo a los parajes a predicar a los indios en los montes:

—Hermanos vuestros somos, y hemos venido de parte de Dios y del rey don Carlos, nuestro señor, a libraros de toda carga de tributos y trabajos de esclavitud que los castellanos os hayan impuesto.

El traductor de lengua mexicana tenía dificultades para hacer comprender estas ideas a aquellos hombres que desde tiempos inmemoriales se habían acostumbrado a tributar a chiapas o a mexicas, que no solamente les exigían el producto de su trabajo y su trabajo, sino hasta la vida de sus hijos y sus hijas. Y el rey don Carlos no significaba nada para ellos; más significaban los castellanos, hijos del trueno, que les habían traído machetes y martillos y gallinas. ¡Pero dios! ¡Otro dios! El pasar de dios en dios solamente les había acarreado tristezas y dolores.

Volvieron los frailes por la tarde al valle. Entraron a la ciudad por el barrio de los mexicanos, y ya desde allí empezaron a oír noticias del pregón de ese día. Al llegar a la calle de Cinacantlán los apabullaron la soledad y el silencio.

—¿Ya volvéis de trabajar?, les preguntó de repente, asomando la cabeza por su puerta el viejo Martín González, con bien marcada sorna.

—¿Qué sabéis del pregón?, inquirió con candor fray Tomás.

—Si algo os contaron en el barrio, contestó el viejo, creedlo todo, que eso y más es verdad.

—Pues entonces, dijo el fraile en tono de amenaza, a nosotros no nos quedará más remedio que abandonaros a vuestra suerte y sacudir el polvo de nuestras sandalias, como nos lo mandan los santos evangelios.

—Pues si queréis marcharos, respondió don Martín, yo, aunque viejo, os sacaré a cuestas uno a uno para que no se os pegue el polvo en los zapatos, y así no tendréis necesidad de sacudirlos.

Siguieron los frailes su camino con gran desconsuelo. Llegados a su casa dispusieron mandar a fray Rodrigo a pedir el consejo del obispo, ya que habían decidido abandonar la ciudad en vista de las circunstancias.

—Id vosotros a Chiapa de los Indios, respondió el obispo. Yo no puedo abandonar esta iglesia que me fue encomendada por el papa y por el rey.

—Yo me quedaré con vuestra señoría para acompañaros como de costumbre, fue la respuesta de fray Rodrigo.

Al día siguiente de madrugada salieron los frailes por el mismo camino por donde habían llegado. Y pocos días después, a pesar de su serena terquedad, también salió el obispo acompañado de su confesor. La campana mayor de la catedral se echó a doblar a muerto para anunciar su salida. La ciudad se sintió aplastada por una inexplicable pesadumbre, como si algo largamente esperado se le fuera de la vida.

* * *

En mayo los campos no labrados se convirtieron en vistosos jardines: Brotaron apeñuscados los girasoles silvestres formando manchones dorados en los bajos del valle; surgieron junto al camino de Cinacantlán los azules nomeolvides y junto a las rocas estallaron los macollos de riñoninas con sus abigarradas florecillas blancas, amarillas y color de fuego. El valle entero pareció incendiarse en un frenesí de colores y olores y zumbidos. Las aguas se desgajaron de las nubes como una bendición: Se hincharon los ríos pero no inundaron las sementeras. Salieron los niños a revolcarse en los charcos que en las calles dejaron los chaparrones, y sus madres se hicieron de la vista gorda, porque ellas también sintieron que había algo extraño en el aire, algo que les hacía rebosar el alma de inocente felicidad.

Para agosto se dieron cuenta los hombres de que ese año tendrían una cosecha como nunca. En las milpas el maíz había empezado a jilotear, y en los trigales se mecían ya encaramadas en los tallos las jóvenes espigas recién formadas.

—No estaría mal deshacernos de un poco de la harina del año pasado, le comentó a su marido doña Joana de Abreu.

—No estaría mal, asintió don Luis. ¿Pero a quién se la vendemos?

—¿Por qué no se la mandamos a Baltasar? Él nos puede mandar panela o tal vez cacao.

Salió don Luis a su labor pensando en las palabras de su mujer y ésta, ni tarda ni perezosa, corrió a visitar a su amiga, doña María de Velasco. La encontró tratando de convencer a su marido para que le hiciera en su fragua unos moldes para el pan.

—¡Ay, Maruca!, exclamó doña Joana, dándose cuenta de lo que pasaba. A las pobres mujeres nos toca lidiar siempre con los maridos. Lo que a ellos se les mete en la cabeza no les cuesta trabajo. ¡Pero que no sea algo que les pidamos nosotras!

—Depende de lo que pidáis, interrumpió don Pedro, asomando por el corredor.

—¡Malcriado!, le reprochó sonriendo su mujer. ¡Pero qué milagro!, añadió dirigiéndose a su visita. Siéntate y cuenta. Cuenta de todo.

—No hay mucho que contar, dijo doña Joana, acomodándose en una butaca con respaldo de cuero crudo.

—Algo traes, que bien te conozco, insistió.

—No hay nada, fuera de que Luis quiere vender la harina que le va a sobrar del año pasado.

—¿Vender harina?, preguntó sorprendida doña María.

—Bueno, más o menos. Dice que va a mandársela a Baltasar para cambiársela por cosas de allá.

—¿Y cuándo?

—Pronto, en cuanto pueda juntar suficientes mulas para formar un patache.

—Oye, atajó doña María, ¿por qué no mandamos pan?

—¿Pan?, exclamó doña Joana fingiendo extrañeza.

—Pan, pan del que hago yo. ¿Qué tiene de malo mi pan? Tan bueno es como tu harina. Espera, se me ocurre una cosa. ¿Por qué no mandamos a llamar a Maruca de Pineda? Entre las tres podemos tramar algo bueno. ¡Jacinto!, gritó sin interrumpirse.

Al instante se presentó un niño de unos doce años, de ojos vivarachos, pelo negro y tez morena.

—Ve a casa de don Andrés de la Tovilla y dile a doña María que la estamos esperando en mi casa, que por favor venga. Que no se tarde. ¡Y no te tardes tú! No quiero saber que don Pedro vuelva a encontrarte jugando en la calle.

Salió el niño atropellándose y doña Joana le comentó a su amiga del alma:

—Por Dios, Maruca, que si no estuvieras aquí, yo diría que este niño es la mismísima cara de Pedro.

—¡Ave María purísima!, fue la respuesta de doña María, que no pudo esconder el rubor que cubrió las hermosas facciones de su rostro juvenil.

A pesar de ver todos los días a los mesticitos jugando con sus hijos en sus patios y en las calles, las castellanas todavía no podían hacerse a la idea de que los de ellas tenían que compartir el valle con los hijos de sus maridos y de aquellas escurridizas mujeres de los montes que tan hábilmente aprendían aquellas labores acarreadas por ellas desde los pueblos de Castilla con su lengua y con su pan.

—¡Pascuala!, llamó en seguida doña María, desviando los ojos hacia el corredor: Prepará unas jícaras de chocolate. Vas a probar un pan que acabo de hornear, añadió mirando a su amiga. Lo preparé con poca harina y muchas yemas de tuluka o jolota o como sea, y mucha mantequilla. ¡Se te deshace en la boca!

Apenas se disponían las amigas a iniciar el recuento de las historias y rumores de la ciudad, cuando entró agitada doña María de Pineda, exclamando entre jadeos:

—¡Por Dios, hijas! ¿Pero qué es lo que pasa?

—No es para tanto, le respondió la anfitriona. Pero si no te llamo con premura, no vienes.

—¡Algo ha de pasar!

—Nada, nada, repitió la de Velasco. Pero a ti y a tu marido os interesará saber que Baltasar quiere comprar harina.

—¿Baltasar? ¿Y desde cuándo? ¿Y cómo lo sabes?

—Nos lo contó un pajarito, respondieron las amigas, y se echaron a reír.

Entre jícaras de chocolate y tortas de aquel delicioso pan de yema, como habría de llamársele desde entonces para siempre en el valle, las tres mujeres compusieron un proyecto de comercio al cual sus maridos y los de otras mujeres no serían capaces de resistir. Se levantaron para despedirse, pues se morían por llevar las noticias a otras casas, y ya a la puerta, como si fuera inspiración del momento, la de Velasco suspiró:

—¡Cómo me gustaría aprovechar el viaje para mandarles algo a los pobres padres!

—¿Te has vuelto loca?, dijo virando hacia ella la mujer de Luis de Mazariegos.

—¡Nada de eso! Pero digo yo que nada perdemos con probar de volver a la amistad con ellos. Se viene la pascua de Navidad y sería triste pasarla como enemigos de Dios y de sus ministros, como estamos ahora.

—No te bastó ver cómo nos trataron en la semana santa?, inquirió molesta doña María de Pineda.

—Pueden cambiar...

—Y empeorar, atajó doña Joana.

—Un poquito de pan lo puedo hornear yo. Y unas cuantas bolsas de harina no te harán demasiado pobre, Joana. Y a ti, Maruca, ¿qué te cuesta conservar unas piernas de cerdo? Yo me comprometo a que Pedro componga una carreta angostita, que pueda pasar por esos andurriales de Dios para que en ella vayan esos bocaditos para los pobres padres.

Movieron la cabeza las amigas, admiradas del candor de aquella mujer, que parecía no entender lo que significaba la vuelta de los frailes a Ciudad Real, pero prometieron pensarlo. ¡Y vaya que lo iban pensando!

Por todo el valle culebreó el enredo, y ya nadie sabía si Baltasar había llegado a la ciudad por harina, o si los frailes habían escrito pidiendo auxilio, o si el obispo acababa de llegar en hombros de los indios a Jovel. Pero finalmente, ya para acabar el mes, partió a la vista de todos una recua al frente de la cual cabalgaba Luis de Mazariegos, y al final de la cual rodaba pesadamente una extraña carreta tirada por bueyes y flanqueada por las cabalgaduras de Pedro Moreno y Cristóbal de Morales. Por temor de los últimos aguaceros, habían cubierto la carga con cueros crudos. Salieron mujeres y amigos a ver partir aquella primera expedición comercial. Pasando el puente, desmontaron los hombres y se despidieron afectuosamente de sus mujeres. En los ojos de todos bailaba empañada una nueva esperanza que nadie se sentía con aliento para expresar en palabras.

* * *

Baltasar recibió a sus amigos con grandes manifestaciones de alegría. Después de una verdadera fiesta en el pueblo, los llevó a su cañaveral, donde Juan su hijo ya se encargaba de dirigir varias labores. Se dieron cuenta los recién llegados de que, a pesar de la evidente prosperidad, algo turbaba la antigua y contagiosa felicidad de Baltasar Guerra.

—¿Qué tienes?, se atrevió a preguntarle Cristóbal.

Tardó Baltasar en responder, pero luego, sabiendo que en nadie más podía confiar como en este viejo amigo, casi se atropelló contando sus cuidados:

—Desde que traje de Castilla a mi mujer, esto se ha vuelto un infierno. Está celosa de Magdalena; odia a Juan, y no pasa día sin que se queje agriamente de todas las cosas de aquí. Aborrece el calor y detesta los zancudos. Y me lo hace saber cada que me ve. ¡Ya no sé qué hacer! Y no me ha dado un hijo.

—¿Por qué no te mudas a Ciudad Real?, inquirió tranquilamente Cristóbal. Allá hay uno que otro solar abandonado que podrás reclamar del ayuntamiento pagando los derechos.

—¿Y mis intereses aquí?

—Deja a tu hijo a cargo, y ven a verlo cada vez que quieras. ¿No lo hacen ya así don Juan Muñoz y don Alonso de Vera?

La sugerencia no le pareció mala a Baltasar, mas debieron cambiar de tema al ver que volvían del trapiche los demás visitantes, interesados en calcular la cantidad de panela que podrían cargar. Discutían incluso la posibilidad de tratar con Baltasar el trueque de unas mulas, que ya les hacían buena falta.

Por la noche discutieron con Baltasar acerca del encargo de las mujeres para los frailes. Todos insistían en que Guerra les hiciera el favor de cumplirlo; pero él les hizo ver que la intención de aquéllas era precisamente un principio de reconciliación. Así pues, echaron suertes y salieron señalados para ver a los frailes Pedro Moreno y Cristóbal de Morales.

Mordiendo su orgullo, se presentaron éstos en la casa que ocupaban los padres en el pueblo. Allí estaban fray Tomás, fray Jordán y fray Pedro, que ante la presencia de sus visitantes destilaron dulzura y amabilidad. Descargaron los castellanos la carreta, y los frailes se hacían lenguas de las cosas que las damas de Jovel habían mandado: Había en la carreta piernas de cerdo ahumadas, pan de dulce y pan blanco que olían a recién horneados; había harina y salvado; había hasta calabaza acitronada con panela; y no faltó quien les mandara un odre de vino. Todo fue alegría y mutuo respeto, hasta que a Cristóbal se le ocurrió preguntar:

—¿Y el señor obispo?

Los frailes trataron de contestar a la ligera, como no dándole importancia al asunto; pero Cristóbal insistió con inocencia:

—¿Pero adónde se fue?

—A Gracias a Dios, respondió después de una dolorosa pausa fray Tomás.

—¡A Gracias!, prorrumpieron al mismo tiempo los visitantes, sabedores de que allí
se encontraba instalada la Audiencia de los Confines.

—¿Y a qué tenía que ir a Gracias?, preguntó Pedro, dando clara muestra de su molestia.

—Hasta donde sabemos, a cumplir obligaciones de su ministerio, respondió de manera esquiva fray Jordán.

Se quedaron todos callados por largos y embarazosos momentos. La duda y la aprehensión habían apagado el naciente espíritu de amistad que las mujeres de Jovel habían soñado restablecer.

—Nos vamos, padres, dijo Cristóbal sin tender la mano.

El aire del medio día vibraba en andanadas con el rechinar de las chicharras.

* * *

El retorno de la recua fue todo un acontecimiento en Ciudad Real: Con ella entraron las cargas de panela y de sal de Ixtapa, los tecomates de miel de caña y de mielvirgen, y la carreta cargada de cocos. La llegada de éstos causó sensación en casa de doña Margarita Rodríguez, siempre a la caza de nuevos ingredientes para sus dulces.

—Con la carne de esta fruta, les comentó a sus dos hijas, podemos hacer una pasta endulzada. Le llevaremos una muestra al padre Gil que es tan dulcero. Si le gusta, ya tendremos un dulce nuestro, y guardaremos el secreto en la familia.

—¿Pero cómo haremos la pasta?, preguntó Melchora, la mayor de las hijas.

—Tendremos que raspar esa carne con algo, o triturarla en un metate. En seguida la pasmaremos y luego la coceremos en miel adelgazada

—¡Ay, madre!, exclamó Nicolasa, la hija menor. ¿Para qué te afanas en estar buscando y guardando secretos para dulces? ¿Quién podrá comer tantos?

—Algún día me agradecerás haberte enseñado estas cosas, hija; algún día, cuando, Dios no lo quiera, tengas necesidad de hacer como trabajo lo que yo hago por afición.

—¡Ay, madre!, volvió a exclamar Nicolasa. ¡Qué dices!

—Lo digo por vieja, y recuerda que más sabe el diablo por viejo que por diablo. ¿No ves cuántas mozas andan por allí sin marido por falta de dote? ¿Y qué haréis vosotras si Juan no puede dárosla? ¿Os meteréis de monjas en algún convento? ¡Decidme en cuál!

—¡Madre! ¡Madre!, rio Nicolasa; pero había en la quebradura de su voz un ligero, casi imperceptible dejo de amarga incertidumbre. Tenía dieciséis años; su alma flotaba todavía sobre las cumbres del Huitepec y sus pies no lograban asentarse aún sobre la fría y dura tierra de Jovel.

Los dulces de coco se hicieron, y tuvieron un gran éxito en la mesa del padre Gil, como habrían de tenerlo por siglos después en las mesas de ricos y pobres, aun fuera de los confines recortados del valle.

Con la recua llegaron también extraños rumores que el viento helado de la noche esparció por entre las hendijas en todos los hogares de Ciudad Real. Fue como un soplo tenue que se fue convirtiendo en huracán.

—Que está en Gracias acusándonos uno por uno ante la Audiencia de los Confines, se murmuraba al salir de misa en el atrio de la catedral.

—Que ha mandado emisarios al rey, con cruces al lado de nuestros nombres en una lista que nos tiene a todos en letras negras, se decía en el molino, sin recato y en alta voz.

—Que mandarán de Gracias una fuerza para venir a reducirnos a la obediencia y a la miseria, se susurraba en la plaza y en los portales y hasta en la más lejana labor.

Entonces decidieron los regidores reunir en sesión cerrada a todo el Ayuntamiento; y allí decidieron mandar a Gracias a don Andrés de la Tovilla, para que se percatara de lo que estuviera sucediendo y volviera con la información a la brevedad posible.

En secreto salió don Andrés una madrugada. Cuando desapareció con sus criados por el abra más allá de Corral de Piedra, bajó al valle una suave neblina que se metió por la paja de los techos y depositó en los corazones un tibio respiro de confianza y tranquilidad, que habría de mantener a los vecinos por una temporada en relativa paz.

Con las heladas de noviembre volvió don Andrés. Apuradamente se reunió el Ayuntamiento esa misma tarde para escuchar su relación:

—Todo es verdad, anunció el viajero. El fraile se presenta en la Audiencia como si fuera el rey. Ha mandado cartas y emisarios a su majestad en las que acusa aun a los oidores. No tardará en conseguir que el presidente de la Audiencia, que es criatura suya, mande a sus representantes a nuestra ciudad a obligarnos a aceptar las ordenanzas y las leyes nuevas. Y no sería imposible que esta misión, con el encargo de volver a tasar los tributos, se la encargaran al viejo.

—¡No le permitiremos entrar!, saltó furioso Luis de Mazariegos. No le permitiremos que destruya lo que tanto nos ha costado. Mi padre murió en la miseria por poblar esta villa, y nosotros apenas vivimos con honra, después de cumplir con todas las obligaciones que nos han impuesto.

—Debemos prepararnos para lo peor, dijo pensativo Gonzalo de Ovalle. ¿Cuándo vuelve el obispo?

—No lo sé, respondió don Andrés. Pero no ha de tardar. Dejé a dos de mis criados en Comitlán, en casa de un mi amigo; les dejé buenos caballos para que corran a avisarnos en cuanto allí se sepa algo.

Abandonaron las casas consistoriales dispuestos a preparar su defensa. En su alma, sin embargo, se habían asentado el desaliento y la turbación, que irían aumentando con el frío de la temporada.

* * *

Por las abruptas cuestas de los Cuchumatlanes trepaba el obispo, acompañado de sus esclavos negros. Apoyado en su bordón, parecía querer beberse los pinares y los robledales de las montañas. Tras ellos acezaba fatigosamente fray Rodrigo, que de vez en cuando se sentaba sobre una laja para tomar aire y contemplar la salvaje e imponente belleza de los bosques semitropicales. Entonces hacía alto impaciente el obispo, arrepentido de haber llevado consigo la rémora de ese otro viejo, pero al mismo tiempo agradecido de tener en la cercanía a aquel venerado varón en quien confiaba hasta sus más ocultos pensamientos.

—¿Estáis cansado, hermano?, le decía casi con afecto.

—No, aseguraba el fraile entre jadeos. Sólo estoy mortificado de servir de atraso a su excelencia. Con todo gusto me quedaría en cualquier pueblo que tuviera casa nuestra.

—No lo digáis otra vez, le atajaba solícito el obispo, y reanudaban su marcha.

Pasaron el pueblo de Huehuetenango y enfilaron hacia los llanos.

—¿Por qué no pasamos a visitar a los hermanos en Copanabastla antes de subir a Comitlán?, sugirió fray Rodrigo, harto ya de las serranía.

—Eso significaría perder una semana, y yo no tengo tiempo. Debo cumplir la misión que se me ha encargado y arrebatar a esos soberbios españoles de Ciudad Real la presa que el demonio les ha puesto entre las garras.

—¿No cree su reverencia que más se ganaría con la prudencia y la dulzura, convenciendo con buenas razones a estas gentes, que son de suyo cristianas, de nuestra misma hermandad?

—¿Cristianos esos lobos?, rugió el obispo encarando a su confesor. Nada tienen de cristianos. Si me apuráis, diré que ni siquiera fueron bautizados.

Hijos del Gran Turco han de ser, que no de Dios.

—¿Por qué os ensañáis con ellos?, murmuró casi suspirando fray Rodrigo. Obispo sois de ellos. Ellos son vuestra primera obligación. Os toca ser padre y pastor, no acusador y juez. Enseñadles la verdad del santo evangelio, antes de azotarlos con el látigo de vuestra ira. A vos toca ser para ellos la verdad y el camino, la luz, la santa luz que ellos sigan por amor...

Pero el prelado iba ya cuarenta pasos adelante y no escuchó, o no quiso escuchar, las cansinas reflexiones de su amigo. Por enfrente de sus ojos se extendían los infinitos palmares de la llanura; al fondo lo esperaba nuevamente, como una barrera, el omnipresente macizo de montañas. Los esclavos negros trotaban adelante, buscando las sombras en aquel tórrido calor y ansiosos por llegar al pueblecillo de Aquespala, donde su señor había decidido pasar la noche. Fray Rodrigo sudaba copiosamente y había empezado a renquear.

—Si no podéis caminar, descansaremos aquí, dijo de pronto el obispo dirigiéndose a su compañero.

El confesor se dio cuenta del gesto de molestia y frustración en el rostro de su superior, así que replicó casi entre dientes:

—Prosigamos hasta donde sea la decisión de su excelencia.

—Es aquí, indicó con vehemencia el prelado, haciendo señas a los negros para que se detuvieran.

Fue un alto bien apreciado por todos. Sin pensarlo, fray Rodrigo se sentó bajo la sombra de una palmera, reclinándose en el tronco. Poco a poco su vieja carne fue resbalándose hasta dejarlo tendido bajo los últimos rayos del sol de las planadas; los negros compasivos cortaron unas palmas y lo cubrieron con ellas, en lo que preparaban el lugar para pasar la noche. El negro Salvador cortó unos cocos, les arrancó la cáscara con la punta de su machete, les abrió agujeros y luego se los ofreció a su amo; y cuando fray Rodrigo volvió de aquel rato de sueño, Salvador le llevó a él también uno. El fraile se enderezó y a pequeños sorbos se bebió un coco entero; se sintió rejuvenecido y contento, y entonces se dirigió a otra palmera bajo la cual su prelado rezaba en el breviario la hora de vísperas.

—Vengo a pedir perdón a su excelencia. Spiritus enim promptus est, caro autem infirma, murmuró el confesor. Si su excelencia lo ordena, ya me siento con fuerzas para proseguir.

—No, fray Rodrigo, se opuso el obispo. Ayudadme a que cantemos las completas en este paraje, como si fuera un templo del Señor. En seguida tomaremos un refrigerio y nos echaremos a dormir. Mañana seguiremos viaje a Comitlán.

La monótona salmodia se esparció por los palmares, confundiéndose con el susurro del viento entre las grandes hojas. Fray Rodrigo se sintió transportado a la capilla de su convento de San Esteban en Salamanca. Luego por un momento sintió repasándole las carnes los tormentos de la sed y la náusea,

y la incertidumbre y el vómito y el hambre en aquella carabela que lo había
conducido desde Palos hasta la Laguna de Términos. Por los ojos de su alma
pasaron como fantasmas los rostros de esos otros españoles, los hombres y mujeres que no eran frailes, que fueron sus compañeros de travesía. Y en los ojos
de ellos percibió el mismo horror y la misma tortura que por su alma habían
pasado. De repente se sintió un español de tantos: Uno de aquellos que llevaban en un bargueño los viejos trapos de su familia; uno de aquellos que
habían vomitado hasta los intestinos y los había echado al mar el capitán; uno
de aquellos que iban cuidando como hijos un par de cabras o una pareja de
borregos; o aquel que lloraba tocando su guitarra en la proa, soñando en los
ojos de alguna almagreña que quizá no volvería a mirar; o uno de aquellos
que sacaban los brazos agitándolos desesperadamente mientras se los tragaban
las embravecidas olas en el paso de Términos. Cuando cerró con un amén las
completas, su hábito sucio y amarillento estaba húmedo de sudor viejo y de
lágrimas nuevas. «Señor», musitó para sí, «ya no entiendo más ni sé más qué
hacer. ¿Por qué no me habéis hecho un arroyo, o un pico de montaña para
proclamar Vuestra gloria? ¿Por qué no me habéis hecho una de estas dulces .
palmeras para platicar Vuestro nombre con el céfiro de la tarde? ¿Por qué me
habéis hecho un fraile que ha de llevar el dolor de Vuestra palabra, que no
entiendo, a la tristeza y el orgullo de esos hijos Vuestros, que sí comprendo?».

Después del refrigerio, el prelado decidió que era hora de dormir. Se tumbó
al lado de fray Rodrigo, que permanecía tercamente sentado bajo su palmera.

—¿Leísteis con cuidado la carta que escribí a su majestad?, interrogó el
obispo antes de cerrar los ojos.

—La leí, replicó el fraile, y me causó gran preocupación y pesar.

—¿Por qué?, exclamó levantándose bruscamente el superior y alzando
las manos casi en ademán de golpear al fraile.

Por entre las palmas había asomado ya una luna grande y amarillenta.
Lejos, muy lejos jugueteaban los monos aulladores, persiguiendo a los venados del llano como entre carcajadas. Cerca roncaban los esclavos negros,
rendidos por la carga y el camino.

—¿Por qué?, repitió el obispo.

—Porque mentís, tronó con tonos desconocidos la furibunda voz de fray
Rodrigo.

—¿Cómo os atrevéis?, replicó el obispo sentándose apresuradamente.

—Miente vuestra reverencia, persistió fray Rodrigo, cuando exagera las
vejaciones cometidas por nuestros hermanos. Miente cuando no para mientes
en las buenas ordenanzas de los ayuntamientos en favor de los indios. Miente
cuando acusa a todos por igual, sin catar las diferencias que van de unos a
otros. Miente vuestra reverencia cuando acusa por la necesidad de triunfar en
las discusiones de la corte. Miente cuando muestra las apariencias de poderes
que no competen a la dignidad de su reverencia. Miente cuando excomulga

a su grey por tener esclavos, cuando su reverencia los tiene echados aquí en este monte del Señor.

Se calló fray Rodrigo, asustado de aquel tremendo sermón lanzado contra su propio superior. Se callaron los monos y hasta los grillos, y la luna se recató detrás del lienzo de una nube pasajera. El obispo se desató lentamente el cinto, se quitó la capucha y empezó a ciliciarse en penitencia, rompiendo con el ritmo de sus azotes el sagrado silencio del palmar.

* * *

Don Gregorio de Figueroa había salido de Ciudad Real hacía ya varios años, arreando unas cuantas vacas y un buen toro padre y allí, junto al río había levantado su casa y construído un pequeño corral. Los zacatales de la llanura le habían multiplicado sus animales y le habían dado para vivir como rey. Después de varios hijos con las mujeres baldías, había decidido ir a Castilla por su legítima esposa, doña Leonor Cancino, y juntos habían hecho de su lugar un agradable refugio para los pocos caminantes que de Ciudad Real viajaban a Guatemala, o al revés: Les rogaban que se quedaran en su casa para ponerlos al tanto de las noticias, y al día siguiente les ayudaban a cruzar el río por la puente de hamaca.

Estaban encerrando el ganado esa tarde, cuando Pedro, el calpixque, divisó a los viajeros. Corrió a dar la noticia a doña Leonor, y ella, arreglándose el cabello, se echó a la tranca por donde pasaba, apenas visible, su camino. Pronto se dio cuenta de que eran frailes y de que uno renqueaba lastimosamente. Se lo hizo notar a don Gregorio, que mientras tanto había picado su caballo para unírsele desde el corral.

Llegó la pequeña comitiva y doña Leonor, más solícita que de costumbre, les rogó a los viajeros que se aposentaran esa tarde en su humilde jacal.

—Os lo agradezco y os lo ruego, aseguró el prelado, especialmente porque pueda reposar mi compañero, fray Rodrigo, que viene muy enfermo.

—¡Que Dios os lo pague, aunque no es tanto como dice el señor obispo!, replicó intencionadamente fray Rodrigo.

A estas palabras don Gregorio recordó las recomendaciones de su amigo don Andrés apenas unas semanas antes. Acompañó a los viajeros al interior de su casa junto al río, aunque ya estaban bajo el cuidado y la tutela respetuosísima de doña Leonor, y en cuanto pudo se excusó para ir a terminar el encierro de sus animales en el corral.

—¡Pedro!, gritó llegando allá.

—Mande su merced.

—Escogé un buen caballo, le dijo, usando la forma que en Ciudad Real le había contagiado su amigo Luis de Mazariegos, lo dejás persogado para que mañana de madrugada salgás para Comitán.

—¿Qué tengo que hacer, don Gregorio?

—Buscás a don Lorenzo Cancino y le decís que el señor obispo durmió aquí.

—Cómo no, don Gregorio.

La mañana siguiente sería inolvidable para doña Leonor: El señor obispo accedió a oficiar misa en su oratorio, y asistieron todos los baldíos de su rancho; hubo hasta bautizos y confirmaciones, en los que ella y don Gregorio fueron padrinos. Ya bien alto el sol, el prelado decidió continuar su jornada, por más que doña Leonor le suplicó que se quedara una noche más, siquiera para aplicarle unos emplastos en la cadera a fray Rodrigo; lo más que aceptó el terco fraile fue un caballo ensillado para su compañero, que daba señas de grande agotamiento. Con lágrimas en los ojos acompañó la señora a sus venerados visitantes hasta más allá de la puente de hamaca. Para esas horas ya cabalgaba rumbo a Ciudad Real un hijo de don Nicolás Gordillo, que llevaba a los amigos de su padre la noticia de que pronto haría su entrada en Comitlán la comitiva del obispo.

* * *

Llegaba a su fin aquel diciembre de 1545. Esperando la pascua de Navidad con una mezcla de alegría y nerviosismo, la gente de Ciudad Real se había entrado a dormir temprano, empujada por el frío de la noche. De repente empezó a temblar. Entre las vigas de las casas se oía como el corretear de ratas asustadas al rechinar los amarres del maderamen. Hombres y mujeres y niños de todos rumbos saltaron de sus lechos y se echaron a la calle, presa del terror. Pronto empezaron a escucharse los lamentos y el llanto. Muchos corrieron a la plaza, donde todavía resonaba la queja de las campanas que habían llamado solas a la hora del temblor.

—¡El gran poder de Dios!, gritaban las mujeres.

—¡La casa de don Diego se ha caído!, exclamó doña María de Pineda.

—Se han derrumbado varias casas por la calle del Peñol, anunció con tristeza don Luis de Mazariegos.

El padre Gil hizo que el sacristán echara las campanas a tocar rogativas, y la gente fue acercándose a la iglesia a rezar; mas entre la muchedumbre se escuchó el comentario hecho en voz bronca y resentida por don Nicolás Martínez.

—Sin duda el diablo y el obispo andan cerca, para que tanta destruición caiga sobre nuestra ciudad.

Efectivamente, a esa misma hora llegaba al puesto de velas indias que el cabildo había mandado poner en la labor de Mitzitón, el andariego prelado. En el alboroto del temblor, los indios no lo sintieron acercarse, y al ver entre las sombras su hábito blanco y negro, se llenaron de terror, interpretando su presencia como efecto del sismo, y se arrojaron al suelo en señal de reverencia.

—Teneos, hijos, y levantaos, les pidió el obispo.

Pero el terror de los indios era muy grande: Ver a aquel fraile sin haberlo sentido, y tener que explicar al cabildo su falta de vigilancia eran sentimientos que los agitaban con creciente intranquilidad.

—Llegaréis a Ciudad Real como parte de mi comitiva, les ofreció el prelado para tranquilizarlos.

Momentos después aparecieron los negros con su carga, y fray Rodrigo montado en su caballo. El obispo ordenó el alto, y todos se arrebujaron en las pocas mantas que llevaban; pero con la madrugada llegó la escarcha y el frío arreció. Al prelado le preocupó la salud de su amigo y le removió la impaciencia la cercanía de Ciudad Real; así que, se levantó y empezó a impartir órdenes.

—Salvador, le dijo a uno de sus negros, ensilla el caballo y luego amarras a los indios para llevarlos presos; así no los castigarán por no avisar de nuestra llegada. Martín, le encomendó a otro negro, empieza a componer la carga. Fray Rodrigo y yo nos adelantaremos. Buscadnos en la casa de los mercedarios cuando lleguéis.

Diciendo y haciendo, se echó al camino para poder llegar a la ciudad antes de que aclarara.

Nadie los vio llegar.

La gente, todavía turbada por el sobresalto de la noche anterior, escuchó con zozobra los aldabonazos con que un recadero de la catedral iba llamando de puerta en puerta a cada uno de los miembros del ayuntamiento, requiriéndolos para que acudieran a una junta con el obispo en la sacristía de su iglesia.

Corrió la voz entre siseos por toda la ciudad.

Para cuando el sol terminó de disipar la niebla invernal, el pueblo entero se hallaba reunido dentro o en las cercanías de la sacristía de su catedral, envueltos en capas o en mantas, o en cobijas que sólo les dejaban asomar los ojos. Pasó entre el tumulto el obispo sin saludar a nadie y sin ser saludado, y entró a la sacristía a ocupar su lugar. Nadie se movió hasta que el prelado dio señas de querer hablar. En ese momento don Gaspar de la Cruz, sin levantarse ni quitarse el gorro, empezó a leer una ponencia evidentemente escrita a la carrera, que decía:

«Hemos sido convocados por su merced, que se dice obispo de esta ciudad, y hemos acudido por no ser causa de ningún alboroto estando en vísperas de la santa Natividad de Nuestro Señor. Pero sepa su merced que somos la autoridad por el rey y que solamente hablaremos en las cosas que sean del servicio de nuestra ciudad y en nuestro interés».

Trató el obispo de serenarse y empezó a exponer con dominado sosiego lo que tenía en su mente, sin agredir a sus feligreses, pero con absoluta firmeza:

—Tratándose del bien espiritual de mi grey, os convocaré todas las veces que haya menester, y vosotros acudiréis, so pena de incurrir en excomunión. Y os he convocado para haceros saber que he apelado al tribunal de la Audiencia de su majestad en lo relativo a las ordenanzas de Barcelona, y que la Audiencia ha decidido que es vuestra obligación acatarlas. Y pues se trata del bien espiritual de cristianos que sois, nuevamente os exhorto a que en el amor de Dios, cumpláis con el más grande de los mandamientos y, arrepentidos vosotros y vuestros súbditos de vuestros errores, volváis a vuestros esclavos la libertad y tratéis a aquellos que con vosotros trabajan, con caridad, como hijos que son de Nuestro Señor.

Había en el tono del obispo una inusitada blandura que no engañó a los capitulares. Así pues, a instancias de Luis de Mazariegos, pidió la palabra el escribano para inquirir secamente:

—¿Quiénes serán nuestros confesores? Es ya casi la Navidad y no queremos otro suceso como el de la Pascua Florida.

—Están ya aquí los padres de Santo Domingo, carraspeó el obispo, pero fue bruscamente interrumpido por varios capitulares que exclamaron:

—No queremos frailes de vuestra parcialidad.

—Pues acudid al padre Perera y al padre Fernández, el de Guatemala, repuso el obispo sin levantar los ojos.

No hubo más plática. Los capitulares empezaron a desfilar hacia la plaza y el prelado abandonó la sacristía para dirigirse a la casa de los mercedarios. La junta se había disuelto sin amistad, pero no habían mediado insultos ni reconvenciones tampoco. Las mujeres se encaminaron a la iglesia para asistir a la misa de fray Rodrigo. Los hombres se dispersaron luego de llegar a la plaza.

Pero no había pasado mucho rato cuando se escuchó una tremenda gritería y se vio a hombres corriendo apresurados rumbo a La Merced.

En la iglesia catedral continuaba la misa de fray Rodrigo.

Acababan de entrar los negros con su carga y los indios presos, fuertemente amarrados, y sin duda iban a la casa de los mercedarios, residencia temporal del obispo. La turba los siguió embravecida, pues por la mente de todos había pasado el mismo pensamiento, inequívocamente expresado a gritos por don Nicolás:

—Veis aquí el mundo: El salvador de los indios ata a los indios, y enviará memoriales contra nosotros a España que los maltratamos, y estalos él maniatando y tráelos de esta suerte tres leguas por sus prisioneros.

—¡Hipócrita! ¡Mentiroso!, gritó don Pedro Moreno.

El padre Rodrigo llegó al evangelio de ese día, y en seguida de terminar su lectura, subió quejumbroso al humilde púlpito de pinabeto, se persignó y empezó a hablarles a las mujeres, como si sólo estuviera reflexionando consigo mismo.

—En el principio existía la Palabra. Y la Palabra existía junto a Dios. ¡Y la Palabra era Dios!

La turba se abrió paso haciendo a un lado a los frailes que defendían la entrada, y se metió hasta el patio de los mercedarios, donde el negro Salvador se afanaba desatando a los indios.

—¡Allí están!, gritó don Nicolás. ¡Ese negro los amarró por órdenes del obispo!, y levantando una pica arremetió contra Salvador.

En ese momento apareció el prelado por la puerta del refectorio.

—¡Y la Palabra se hizo carne y se vino a vivir entre nosotros!, exclamó con lo que le quedaba de voz fray Rodrigo. Esa Palabra, que es el reflejo de la gloria de Dios, se quedó entre nosotros, para ser luz y guía de nuestra vida.

—¡En el nombre de Dios!, clamó el obispo enfurecido.

Pero a la vista de la sangre, la turba perdió todo sentido de moderación, y algunos empezaron a levantar piedras para arrojárselas al prelado.

—Por la Palabra, que es orden y es justicia y es santa caridad, podréis crear en estos montes aquella ciudad de Dios donde reina la paz y donde impera el entendimiento de los unos con los otros. ¡Hablad unos con otros! Decíos unos a otros la verdad salvadora... ¡La Palabra!

En ese momento las mujeres, que habían seguido embelesadas los razonamientos de su predicador, vieron cómo fray Rodrigo se aferraba convulsivamente a la orilla del púlpito, y luego se desplomaba por las gradas hasta el suelo de ladrillos.

—¡Teneos por el Rey!, tronó la voz de don Francisco de Velasco, a tiempo que disparaba al aire su arcabuz.

La turba se contuvo, espantada de lo que estaba sucediendo.

—Id a vuestras casas y dejad que el Ayuntamiento se haga cargo de la justicia, añadió don Francisco en el silencio que su disparo había logrado.

Varias mujeres corrieron a auxiliar a fray Rodrigo, pero al darse cuenta de que estaba muerto, unas trataron de regresarlo al presbiterio, mientras otras se echaron a llorar a gritos, y algunas salieron apresuradas a esparcir la noticia entre amigos y familiares y por todas las abras del valle de Jovel.

* * *

La muerte de fray Rodrigo no sólo salvó al obispo de muchas tribulaciones, sino que aseguró la permanencia de los frailes en Ciudad Real. Uno por uno, ellos irían haciéndose un nicho en el lugar; y aunque la gente no los querría, la imagen del viejo santo, como habrían de recordar a fray Rodrigo, haría que el temor de la muerte súbita y amenazadora hiciera respetado y temido ese hábito blanco y negro que con el tiempo dominaría la ciudad desde el cerrito de la Cruz.

* * *

Una tarde gris y fría de ese mismo invierno se presentó en las casas consistoriales el oidor Juan Rogel, que llegaba desde la Audiencia de los Confines
a tasar los tributos una vez más. La gente lo recibió con despego total. Había
dejado de importarle lo que decidieran para ella en lejanas capitales, totalmente ignorantes de su verdadera verdad, y había empezado a dormir en ab-
soluto desprecio de todo lo que pasara más allá de su cerco de montañas.

* * *

Las heladas de febrero se llevaron al obispo. Se perdió entre las barrancas,
arrastrado por el viento como las últimas hojas de los sauzales en el camino
de Cinacantlán. Allá de tarde en tarde se habría de saber que seguía agitando
en Castilla mentes y corazones sobre la manera de destruir a los españoles de
Ciudad Real, muchos de los cuales contemplaban el mundo desde sus ojos
cafés clavados en su tez morena y hablaban castilla tan bien como tzotzil o
tzeltal.

Rosa

Los viejos amigos de don Diego se fueron muriendo. Un triste medio día
sonaron las campanas de la catedral, y toda la gente acudió a despedir a don
Pedro Moreno. Su viuda, la alegre y dicharachera doña María de Velasco,
lloraba a gritos, sostenida por los brazos de Constansa y Ana, las hijas de aquel
inquieto matrimonio. Su hijo Francisco, a la altiva edad de 18 años, las miraba
pensativo, rumiando en su cabeza todos aquellos secretos que habían mantenido la fragua de su padre.

Cuando salieron de la iglesia, se sentía ya en el aire la amenaza de otro
aguacero, como los que habían estado azotando el valle durante el mes de septiembre, tan temido de todos. Sacaron el féretro y se encaminaron al camposanto del atrio. Allí, entre el resto de la gente, huraño pero fuerte, asomaba
Jacinto, que ya sin ningún tapujo se hacía llamar Jacinto Moreno. Cuando
todos los familiares y amigos arrojaban puñados de tierra, él levantó una ri-
ñonina, brillante y multicolor, y la arrojó por encima de las cabezas. La vio
caer entre los puñados de tierra y murmuró entre dientes:

—¡Adiós, papá! Un día volveré y haré que todos se sientan orgullosos de
ti.

Se escurrió entre la gente y cogió el camino del monte. Su color moreno
apenas escondía los grandes ojos inquietos de don Pedro. Su andar atrope-

llado y rápido, apenas escondía el ansia de aquella mujer del cerro, que una vez fue crianza de doña María y luego se fue a servir al Hijo de Turumpukuj, hasta que lo llevaron a sepultar en Moxviquil.

Una helada mañana de febrero, varios años después, sacaron de la iglesia en hombros el féretro de don Francisco Ortés de Velasco. Había muerto en su sueño, sin que nadie supiera de qué. Entre la gente corrió el rumor de que había fallecido de tristeza porque ya no podía montar su caballo para salir a pelear por el rey. Y todos recordaban cómo una vez se había ido a buscar las orillas de la mar. Y había llegado con sus criados y sus armas anhelando una paz que no había podido encontrar ni siquiera por las playas doradas del Golfo Dulce que ayudó a reducir. Y todos recordaban cómo, mientras allá peleaba por su rey, la Real Audiencia le había hecho residencia y le había confiscado sus bienes.

—¡Ah, malhaya aquel pobre que sólo sabe servir!, comentaban los viejos, mirando caer la tierra sobre el agujero, a donde pronto ellos también habrían de ir a parar.

Y don Andrés de la Tovilla se fue también. Muchos años después su hijo habría de seguir su ejemplo de hombre fuerte y emprendedor. Montando su caballo y armando a sus criados habría de decir:

—¡Vamos a hacer la guerra en contra de los que le roban al rey!

—¿Quines son los ladrones?

—Hay un ladrón inglés que roba por la mar del sur. Le dicen Francisco Draque. Y mayor bandido que él solamente podría ser su hijo si no lo fue su madre.

En medio de grandes carcajadas habrían de partir hacia el puerto de Acapulco, y volver azotados de las fiebres, pero contando historias que habrían de llegar hasta sus nietos y los nietos de ellos.

Y también se fue don Juan de Porras.

Su nombre quedó grabado en las enormes cajas para agua que hacía para los molinos que se fueron erigiendo por todas partes en el valle. Y quedó también incrustado en camas y cofres y puertas, que día a día fueron saliendo de su humilde taller de carpintero.

Y así, se fueron muriendo los viejos amigos de don Diego.

Pero la tierra estaba allí. Y en ella habían nacido los hijos de todos esos hombres. Y sentían que eran de ella. Y que allí frente a la iglesia de humilde camposanto se habían sembrado las semillas sagradas de lo que hubiera de ser.

* * *

Y también en los montes empezaron a cambiar las cosas y las gentes.

De la serranía se oyó bajar al valle un ronroneo como de redobles. En medio de un ligero ventarrón de esa oscurísima noche, la gente de Ciudad Real se preguntaba qué estaría pasándoles a los indios.

—Han de creer que hay eclipse, dijo doña Melchora de Aguilar. Ellos creen que haciendo ruido acompañan a la luna a pelear con el sol.

Pero los ruidos en el cerro aumentaron. Y luego se oyó claramente el redoble de tambores, tristes, lastimeros redobles, como si preludiaran una marcha fúnebre. A la gente del valle le comenzó a correr un desagradable frío por las espaldas. No faltó quien sugiriera aprestar los arcabuces y prepararse para un alzamiento desde ese lado de los montes. El espanto creció cuando desde el atrio de la catedral, donde estaban ya algunos reunidos, vieron que sobre la crestería de los cerros asomaban lenguaradas de fuego, como gigantescos marticuiles que hubieran de lanzarse sobre su nido en el valle.

—¡Por María santísima!, exclamó doña Margarita Rodríguez, tan viejecita ya que apenas podía hacerse escuchar. ¡Nos van a acabar a palos!

—No tiene la culpa el indio sino el que lo hace compadre, le respondió con inequívoca sorna don Nicolás Martínez, a quien no le caía bien el negocito en que doña Margarita les cambiaba a los indios sal por las cositas que hacía en su casa con sus hijas.

—¿Qué ha pasado?, preguntó don Luis, con su voz rasgada por el paso de tantos años.

A esa hora se dieron todos cuenta de que todo había acabado. Ya no se escuchaban los tambores, ni se veían las luces. Sólo, en el soberbio silencio de la noche, se escuchaba como en eco el melancólico ulular lejano de turumpukuj, el búho, al acecho de las ratas que se escurrían por el roblar.

A Cabeza de Venado le habían cambiado su nombre los frailes de Santo Domingo, con quienes él había trabajado en la construcción de su iglesia. Lo veían tan humilde y tan alegre en el trabajo, que al poco tiempo lo bautizaron y le dieron el nombre de su santo favorito, San Sebastián. Y para que tuviera un apellido cristiano, le añadieron el de su capataz de trabajadores, don Juan Hernández de Segovia. En sus correrías por toda la ciudad, el indio se llamaba humildemente Sebastián Hernández Kushk'ul; pero al volver por las tardes a su cerro, se convertía de nuevo en el orgulloso S'jol Chij, Cabeza de Venado. Invariablemente llegaba a visitar al Hijo de Turumpukuj, y a contarle acerca de las cosas que pasaban en el valle. E invariablemente el viejo le contaba las historias de sus antepasados, y le daba consejos. Pero Cabeza de Venado se daba cuenta de que el fin se iba acercando, y de que aquel sabio viejo se les habría de ir. Así, pues, inició la costumbre de dar una gran vuelta. Al salir del trabajo de la iglesia se encaminaba al manantial sagrado de sus padres; tomaba agua allí, y luego subía hasta encontrar las antiguas estructuras de piedra que un Hijo de Turumpukuj les había obligado a abandonar para ir a seguir a sus amigos al peñasco de Xamitjó; empezó a cavar una zanja, que con el tiempo fue tomando la forma de una sepultura. Poco a poco la fue recubriendo con lajas que él mismo fue labrando con infinita ternura.

—Estás llegando más tarde, le comentó una noche entre accesos de tos, el viejo Hijo de Turumpukuj.

—Los padres no me dejan salir muy temprano, respondió Cabeza de Venado, no queriendo mentir.

Sentado en cuclillas frente al fuego, Cabeza de Venado veía cómo ya temblaba en los ojos de su jefe la chispa del vivir, y del fondo de todas sus tradiciones y leyendas le venía un ansia irremediable, y una angustia, como si fuera a quedarse huérfano, con una horfandad tan vacía que no se podía explicar.

—He estado oyendo el llanto de turumpukuj estas noches, le comentó apesarada Nichim—el—na'am, Flor de la Laguna, a quien llamaban simplemente Pascuala en la casa de don Pedro, y que ya vieja se había subido al cerro a cuidar al gran jefe.

—Yo lo he estado sintiendo cantar en mi chu'lel. Pero cuando pase, voy a esconder al viejo donde nadie lo encuentre.

Aquella noche de las grandes lumbradas se juntaron todos los indios de la serranía, hasta los que habían sido obligados a asentarse en San Juan, y en un esfuerzo enorme que les partía en dos el alma, una mitad bañada en el agua de los frailes y la otra en la sangre de sus abuelos, se pusieron a bailar en un mismo lugar, aquella danza monótona y casi arrítmica con que por siempre habían despedido a sus grandes guías, los turumpukujes de todos los tiempos, mientras tronaban alborotados sus tambores de madera hueca y las mujeres levantaban solemnes sus braseros de copal. De repente se escuchó el grito anhelante de S'jol Chij; se hizo un silencio momentáneo y luego, sin dejar de bailar empezaron a cantar la canción de turumpukuj, el búho, y levantaron la escalerilla de ocote en que habían amarrado el cuerpo de su jefe y se lo llevaron hasta la cumbre del cerro. Al llegar allá, sin que nadie lo indicara, se callaron todos y apagaron al mismo tiempo todas las fogatas, y en el silencio de la oscuridad se oyó el lamento de Cabeza de Venado:

—¡Aaay!, gritó. ¡Se va el Hijo de Turumpukuj! Ya nunca oiremos los cuentos de nuestros abuelos. Ya no habrá quien nos diga cuándo poner las trampas ni cuándo enterrar la semilla. ¡Ay! ¡Se va el Hijo de Turumpukuj! No habrá quien nos ayude a tostar los jules para defendernos. Ni habrá quien espante los animales que traen la enfermedad. ¡Ay! ¡Se va nuestro padre y se va nuestra madre y se va nuestro hermano, y no hay entre nosotros quien sea puro, porque a todos se nos ha manchado el chulel con el agua de los frailes en el Valle de Jovel!

Cuando él se calló, se levantó un gran llanto de toda la gente reunida en la punta del cerro. Nichim—el—na'am, Flor de la Laguna, a quien llamaban Pascuala, terminó de arreglar la ropa del difunto: lo vistió con una blanquísima bata de algodón que llevaba en el pecho pintada en brillantes líneas de ocre la figura de un búho de enormes ojos redondos y soñadores; en la cabeza le puso su penacho de plumas de tzajalmut, el pájaro rojo, y en los pies le colocó las gastadas alpargatas de piel de venado con que siempre se los había cubierto para iniciar las ceremonias antes de ir a la cosecha o a la cacería. Luego le amarró en la mano izquierda el bastón negro con que llamaba al silencio de las grandes decisiones. Entonces lo alzaron entre dos indios viejos y se lo amarraron a la espalda a S'jol Chij, Cabeza de Venado.

La noche estaba fría. En el cielo lloraban las estrellas envueltas en un manto negro que cubría los cerros y el valle. Los indios levantaron su mano izquierda e inclinaron la cabeza, mientras las mujeres murmuraban entre gemidos:

—Taxivat, jtata. ¡Taxivat!

Lentamente pasó Cabeza de Venado por la valla que se le abrió, y se fue por veredas cargando los restos de su jefe. Nadie lo siguió. Nadie siquiera abrió los ojos para ver qué rumbo había tomado. Nadie debería conocer la última morada del Hijo de Turumpukuj.

Cabeza de Venado caminó todo el resto de la noche. A la madrugada llegó a Moxviquil y se abrió camino entre las ruinas que ya el monte había empezado a ocultar entre ramas y raíces, y encontró en medio de unos grandes robles la sepultura que él mismo había cavado con sus manos y en cuyas paredes había pintado aquellos búhos tristes de color de tierra. Depositó su preciosa carga, como en trance por la profunda pena; se paró a la orilla de la fosa, extrajo de su red unas espinas de maguey y se las clavó en las piernas, en la lengua y en el pene. Luego se las quitó rápidamente, y dejó que corriera su sangre hasta llegar a los restos mortales de su jefe y amigo; y en seguida le habló, como si pudiera escuchar, y le murmuró:

—Todo se hará como mandaste, tata. Un día vamos a llenar el valle, y seremos tus hijos, aunque tengamos otros tatas y aunque vengamos a hablarte con palabras extrañas.

Por el lado del Zontehuitz se iba el cielo tiñendo con ráfagas de sangre. Cabeza de Venado alzó los ojos y vio con regocijo que por su sacrificio le sonreía K'akal, el Sol, su padre; se levantó entonces para bajar lentamente al manantial de sus antepasados. Allí se lavó las manos, y luego la cabeza, y luego todo el cuerpo en solemne ceremonia. Vio que su sangre había dejado de fluir y que sus heridas estaban secas. Suspiró, abrió su pecho para que le entrara a raudales el frío de sus montes y se dijo a sí mismo en un arranque de festiva alegría:

—Ya estoy limpio.

Regresó a la montaña.

Nadie más volvió a verlo en el valle de Jovel.

* * *

Una tarde había entrado Baltasar Guerra.

Llegaba de Chiapa de los Indios y lo acompañaba una gran recua de caballos y mulas, cargados de tantas cosas que había ido haciendo para doña María Ruiz, su mujer, que cabalgaba junto a él, ya entrada en años, pero tan segura y arrogante como el día en que los había desposado en Santa María de Ciudad Real de España el padre fray Antonio.

Camas y sillas de cedro. Curiosos jicalpestes pintados de brillantes colores de la tierra. Grandes tinajas de barro para conservar el agua fresca. Nada había sido suficiente para retener a doña María en el húmedo calor del pueblo junto al río, donde habría de quedarse, y prosperar, su hermano don Francisco.

¡Baltasar! ¡Y qué lejos habían quedado los años en que rodaba sobre el piso de tierra en su casa junto al cañaveral, enredado en las trenzas de la indiecita Magdalena! Ahora volvía los ojos hacia su recua, que empezaba a bajar por La Ventana, y más allá de los cerros hablaba con Magdalena, que a sus cuarenta años seguía siendo una india fuerte, hermosa y tan romántica.

—Te has hecho parte de mí, le decía.

—No, reponía Magdalena. ¡No! Tú quieres a la española, blanca y de ojos azules.

—Tú tienes el color de la tierra, de esta tierra morena de que mi raza ha vivido enamorada.

—Pero tú la llevas a ella a donde ella quiere ir. Y allí le harás la casa que nunca me hiciste a mí. Y le darás a ella lo que quiera pedir...

—Ella significa mi raíz, pero en mi corazón estás tú.

—Nunca te olvidarás de ella por mí.

—¡Todo lo olvidaré!, casi gritó Baltasar. ¡Hasta mi Ciudad Real, la grande! Y un día me sepultarán en esta tierra, que tiene tu color y tu gracia. Y desde el fondo de tus ojos miraré a mis hijos y a los hijos de tus hijos. Porque no hay nada en la tierra que se parezca a María. Pero tú tienes en ti los montes y los llanos y las raíces de los grandes árboles y el alma de la vida... y de la muerte...

—La española sabe leer.

—Y tú sabes cantar.

—La española tiene el pelo de oro.

—Y tú tienes el alma de cristal.

—La española te ha dado la paz y la tranquilidad.

—Y tú me has dado un hijo que parece un león: fuerte y correoso, hecho al poco comer y al mucho trabajar. ¡Y el mundo será de él, aunque tengan que pasar muchos soles todavía y muchas lunas de abril!

Se quedaron silenciosos un momento. Luego Baltasar, como volviendo a la realidad, le dijo en un suspiro y de corrido:

—Mira, que me has hecho hablar como tú.

Volvió los ojos entonces Baltasar y vio que de una polvareda en el ya famoso camino de Cinacantlán asomaban los ojos fatigados de su viejo amigo Cristóbal de Morales.

—¡Ah, Cristóbal, qué alegría me da verte!

——¡Doña María!, exclamó respetuoso Cristóbal, quitándose el sombrero de palma frente a la mujer. Sea bienvenida su merced a este valle.

Cristóbal y Baltasar se apearon y se dieron un abrazo.

Baltasar entró a Ciudad Real como quien entra a su casa. Tantos de aquellos viejos eran amigos suyos, que habían cargado espadas y arcabuces para llenar de nuevos sonidos los ámbitos de estas tierras de don Diego de Mazariegos. Y allí se quedó. Un día fue regidor de la ciudad. Otro día fue alcalde.

Pero un día, también él se fue. Cargaron su cadáver en una carreta angosta, y se lo llevaron a enterrar en el gran patio junto a la casa del cañaveral, como lo había mandado en su testamento, firmado ante el escribano don Gaspar. Su hijo Juan vio que se abriera la sepultura junto a otra que ya estaba allí, marcada por una simple cruz en cuyo brazo se leía:

«Aquí yace Magdalena, de la casa de don Baltasar. Murió de tanto recordar».

* * *

Una tarde don Cristóbal de Morales dejó de hacer sus tejas y ladrillos y se acurrucó a morir: Apretó los ojos con todas las fuerzas que le quedaban, como si quisiera grabar en el horizonte cerrado de montañas todos aquellos recuerdos que le corrían por el alma y que habían venido bregando con él desde las llanas tierras de su otra Ciudad Real. Se le acercó Juan, su hijo, y le tocó la mano. La sintió fría. Era como el fresco soplo de un allá que le traspasara la antorcha de tanta historia vieja. Por un instante Juan vio en las figuras arremolinadas de las nubes la imagen de aquella mora legendaria de que su padre guardaba todavía una dulce emoción. Entre las cosas viejas del viejo viejo encontró un ladrillo afinado por los años; en su tersa superficie podía adivinarse todavía una cara de mujer de grandes ojos cafés.

* * *

La ciudad había seguido creciendo.

Junto a las calles soñadas una tarde por don Diego, ahora se habían trazado nuevas, por donde salían los nietos de los padres fundadores a buscar su fortuna más allá del Huitepec o más allá del Zontehuitz, o mirando hacia el sur, por la tierras calientes como aquellas de donde había vuelto, finalmente, don Blas Coutiño, después de una larga ausencia.

—¡Qué gusto que hayás venido!, fue a decirle una tarde un viejo que ya chocheaba, y a quien la gente cariñosamente conocía ya simplemente como «don Luis».

Se lo quedó viendo el recién llegado, y cuando se le juntaron los recuerdos entre las cejas, se le echó encima para apretarlo en un fuerte abrazo, mientras le canturreaba:

—Pero si sois don Luis, el hijo de mi capitán.

Esa tarde salieron a dar la vuelta por la ciudad y a ver lo que había sido de aquellos extensos solares que don Diego había repartido entre sus compañeros, tantos años antes ya.

Subiendo hacia el cerro de la horca, al oriente, se detuvieron ante una puerta ancha, dibujada sobre la blancura de cal de una larga pared.

—Aquí vivió don Francisco de Velasco, susurró don Luis. Ya nos ganó la delantera. Pero aquí vive todavía la Thomasina de Álvarez. ¿No la querés saludar?

—¿Se acordará de mí?

—Las mujeres nunca olvidan una buena cara de varón.

Llamaron con el pesado aldabón de hierro, que había salido de la fragua de don Pedro Moreno. Salió a abrirles una joven de unos veinte años, de oscuras cejas bien pobladas y de ojos claros que retrataban el cielo de Jovel. Los hizo pasar. Mientras atravesaban el patio les penetró el inconfundible aroma de las rosas.

Se paró en seco el viejo tierracalentano, detuvo a su amigo del brazo, y exclamó emocionado:

—¡Huele a rosas de Castilla, hermano! Y este patio, así, encerradito con sus paredes y con sus arriates de flores, me está hablando de la casa de mis padres en Caracuel. ¡Cómo eran aquellos muros blancos donde recortaba el sol las sombras de los árboles en las tardes de octubre!

—¿Pensás regresar a España?

—No. Ya fui una vez para volver casado con la que es mi mujer. Ahora me quedo aquí, en esta Ciudad Real. Ésta es España para mí.

Salió doña Thomasina, envuelta en su mantilla y apoyada en un grueso bastón, un poco inclinada por el peso de los años y de los sinsabores de la vida, pero todavía tan viva y despierta como siempre. A ella, como a tantas otras gentes en el valle y fuera de él, se le habían contagiado muchas de las peculiares maneras de hablar de don Luis de Mazariegos. Desde la puerta de su sala, que daba a un amplio corredor enladrillado, les gritó:

—¡Pasá, Luis! ¿Cuándo has pedido licencia para entrar a tomarte un chocolate en esta tu casa? ¡Sentate aquí donde da sabroso el solito, para que no te ataquen las reumas! Siquiera un rato más. Y me vas a contar de dónde sacaste este tu amigo tan galán.

—¡Ay, Thomasina!, interrumpió don Blas. ¿Tan viejo estoy ya que no me conocés?

—¡Blas! ¡Quién lo iba a pensar! Si desde que te fuiste a esas tus tierras de Soyatitlán nunca regresaste. ¡Claro! ¡Como una no vale tanto la pena como para que la vengan a visitar! ¿Y cuál es el milagro?

—Mi mujer. Y yo también. Nos hace falta este aire frío de montaña. Y el pan. Y los cerros arrullando el caserío. Y sentir que estamos cerca del cielo. Y beber un trago de vino con algún amigo, antes de empezar a acordarnos de los cortijos en medio de los trigales, con sus molinos y sus molineros y sus molineras.

—Pues de las molineras ya ni para qué te acordés, sonrió juguetona doña Thomasina. ¿Y cuánto vas a estar aquí?

—Aquí voy a morir.

—Yo siempre dije que todos los que se van de aquí, tienen que volver, porque hay algo en este valle que no nos deja salir de él, atajó don Luis, como repitiendo un estribillo.

En eso entró la joven de las cejas pobladas, con una caldera humeante de chocolate, que fue escanciando en jícaras para pasárselas a los visitantes.

—¿Y tus cañaverales?, quiso saber doña Thomasina.

—Allá se quedó mi hijo. Nació allá, y no aspira a saber lo que es vivir. Entre vacas y trapiches ha crecido. Pero yo no puedo morir allá. Estoy cansado de quebradas, y de ríos que borbollan, y de sudar en la noche. Me hace falta el cielo azul a medio día y las estrellas como doblones de oro a media noche.

—Probá este pan, interrumpió doña Thomasina. Es del que hacía la Maruca de Velasco.

—No me digás que ya se fue ella también.

—No, pero es como si hubiera muerto. Desde que se fue Pedro no ha vuelto a querer hacer nada. Hasta dicen que quiere meterse de monja. ¿Pero adónde, si aquí ni convento hay?

Se hizo un silencio embarazoso. Cada quién cayó en su mundo de penas y cavilaciones. ¿No había sido mejor quedarse en las soleadas llanuras de Castilla y morir allá de ilusiones? ¿No habrían crecido allá las hijas para casarse con los capitanes que peleaban en Italia y en Flandes? ¿Qué habrá de ser de esta pobre hija de la Margarita Rodríguez, sin dote y sin tierras, y que ya comercia con indios como tuvo que hacerlo su madre, y que hasta ha abierto una taberna de donde se habla de escándalos? ¿Dónde hallará marido esta lindísima criatura que me dejó mi marido en esta pobreza que apenas podemos tapar de los ojos del sol?

—¿Puedo servirles más chocolate?, irrumpió entre cascadas de juventud la voz de Rosa, la huérfana de don Francisco.

—Mientras me sirvás vos, hija, respondió don Luis, puedo beber hasta reventar.

—¡Ah, cómo será Vd.!, tintineó Rosa, sonrojándose entera.

Pero la tarde había muerto, y a los labios de los amigos ya no podían asomarse los alegres chascarrillos de otros tiempos. Se levantó don Blas para despedirse. Doña Thomasina tuvo que apoyarse en el brazo de don Luis para poder hacerlo. Como temiendo sacar algo del interior de su alma, arrojó de paso su último comentario:

—Dicen que el mesticito de Pedro ha venido varias veces a Ciudad Real a tratar de comprar un solar para hacer su casa.

—¿Jacinto Moreno?, preguntó intrigado el tierracalentano.

—Él.

Había en la expresión de la anciana un intrazable dejo de despecho, o de temor, o de angustia, que todos adivinaron sin poder identificar.

—Allá en los bajos, por Copanaguastla, todos lo mientan. Dicen que encontró la manera de hacer una tinta que le están comprando hasta para mandar a España.

—¡Y que está guapísimo!, interrumpió anhelante Rosa.

—¿Quién te ha dado licencia para meterte en pláticas de mayores?, casi saltó asustada doña Thomasina. ¡Por Dios santo! ¡Y hablar en esa forma de un hombre que ha sido la vergüenza de la pobre Maruca!

—No te molestés, hermana, quiso remediar don Luis. Son cosas de niñas.

—¿Niña mi Rosa?

Gallardamente se limpió una lágrima que le había rodado por los dobleces de la mejilla, tratando de borrar de su congoja la angustiada pregunta acerca de la dote. ¿Podría Pedro de Velasco, su hijo, algún día sacarla de esa tortura?

—Adiós, Thomasina, dijeron al mismo tiempo los amigos. Ya te vendremos a visitar.

Y se echaron hacia la plaza, entre la oscuridad.

* * *

Desde la noche de las grandes fogatas en el cerro, la gente de la ciudad no había vuelto a sentir la misma confianza que ya había adquirido para tratar con los indios. A cual más se imaginaba que no pasaría mucho sin que se alzaran, como lo habían hecho en la Chiapa de la Real Corona tantas veces.

Seguían yendo las mujeres a comprar sus cosas en los caxones de la plaza. Pero las señoras ya no iban solas. Y algunas empezaron a enviar a sus crianzas al mandado; y a esperar que ellas tuvieran el mismo cuidado que sus patronas al escoger las verduras, que ya los indios sembraban en sus campos por las tierras altas al otro lado de los cerros.

En la plaza se concentraban los rumores que de las salas llegaban a las cocinas y de ellas se esparcían en susurrantes volutas por toda la ciudad, para luego penetrar sutilmente a las salas otra vez, con variantes apenas perceptibles para los finos oídos de quienes iban poco a poco haciendo de estas sutilezas una manera de vivir.

—Ay, chulita, se oía en la sala de don Andrés de la Tovilla. ¿Supiste que el Álvaro se fue para la tierra caliente? Dicen las malas lenguas, y la mía, que no es tan buena, que ya hace más de un año que no regresa.

—Algo habrá allá, se oía que contestaban, que no lo deja regresar.

—O algo habrá aquí.

—¡Ay, cómo serás! ¿Qué puede haber aquí?

—¿No dicen que donde menos se espera salta la liebre?

—Ah, pero no ella. ¡Tan linda que es y tan buena!

—Tan mosquita muerta, dirás.

Entraba entonces la Pascuala, y entre que arreglaba la mesa y colocaba las jícaras para el chocolate de la tarde, las amigas seguían con su inocente charla, que misteriosamente iba a parar a la sala de don Juan de Morales o de don Cristóbal de Molina o de don Gonzalo de Ovalle... Donde causaba la conmoción del juicio final.

¡Álvaro! El hijo de don Gonzalo de Ovalle no era más que otro de los muchos jóvenes que, cansados de fracasos y pensando que el comercio era cosa de judíos, empacaban unos cuantos pesos en su alforja, y echaban pie rumbo a las tierras calientes, arreando una vaca y un toro, para buscar allá la manera de salir de aquella desesperante pobreza en que las familias más hidalgas estaban cayendo, sin poderlo remediar. Y por allá fueron construyendo casas que se hicieron haciendas que se hicieron pueblos, mientras en el valle de Jovel se quedaban agostadas las muchachas en la flor de su edad y en la alborada de su corazón. ¡En cuántas de esas casas tintineaban las risas en el día y se enroscaban entre sábanas los llantos por la noche!

—Siento que me quisiera yo morir antes de tiempo, le decía don Luis a su amigo tierracalentano don Blas de Coutiño, mientras cabalgaban por las labores en el nuevo camino de Cincantlán.

—¿Por qué, hermano? ¿Qué tenés?

—Parece que son más los que se van que los que regresan. Y un día este valle se va a quedar solo otra vez. Mirá desde aquí cómo se ven los solares vacíos y las casas aruinándose.

—Los que se van, regresarán, replicó don Blas, contagiado de la antigua obsesión de los Mazariegos. Es su sangre la que se va quedando, para que de ella se formen esos pueblos. Además, ¿no te das cuenta? Yo estoy viendo que de España siguen llegando gentes. Algo nuevo va a pasar aquí. ¡Y lo vamos a ver!

Habían empezado a subir la cuesta y pasaban entonces por enfrente de unas hermosas casas de adobe con techos de teja. Al fondo se hamaqueaban al sol las espigas de un trigal. En los corredores flotaban los telares amarrados a las cinturas de las indias que se afanaban tejiendo gruesas piezas de estameña blanca o negra fabricada con la lana de las borregas que allí mismo pastaban bajo el cuidado de algún kerem.

—¡Buenos días le dé Dios, don Luis!, exclamó de pronto un fornido trabajador asomando por la puerta que daba casi al camino.

—¡Buenos días, Juan!, contestó automáticamente don Luis. ¿Cómo sigue Alexandro?

—Muy enfermo y muy débil. No durará mucho. Ya ve su merced que los viejos se van.

No había acabado de decirlo, cuando se arrepintió. Pero aquellos dos viejos parecían hechos de roble. Además, es verdad. ¿No se fue el obispo, mi señor, cuando su milpa estaba como nunca, llena de ganados y de esclavos? ¿No parece ya irse don Fructus Gómez Casillas, su sobrino, mi patrón? ¿Y no se va ya don Alexandro Bermudo, mi suegro, como se fue su mujer?

Los tres se habían quedado viendo con miradas en blanco, cada quien perdido en el vago horizonte de sus melancolías. El primero en caer en la cuenta fue el joven. Se quitó el sombrero y se acercó respetuoso a don Luis, para decirle:

—Perdone su merced. Los tiempos no son fáciles, y uno pierde a veces las buenas costumbres. Apéense sus mercedes, que aquí no falta nunca una jarra de vino y una sombra para refrescarse.

—Gracias, Juan. Voy sólo aquí a mi labor. Pero quiero presentarte a mi amigo Blas de Coutiño, que llegó de sus tierras en Soyatitlán no hace mucho.

—A sus órdenes, don Blas. Juan de Valcárcel, para servir a Dios y a su merced.

Iba a replicar el tierracalentano, pero don Luis se le adelantó para decir:

—Juan es yerno de Alexandro Bermudo. Entre ellos han levantado esta magnífica milpa, que fue del obispo. Cuando él murió, todo pasó al sobrino, que ahora es deán. Hasta Miguelico, hijo de aquel negro Salvador, el esclavo del otro obispo, ¿te acordás? Pero qué te vas a acordar si ya ni estabas aquí.

Siguieron los viejos su camino, después de despedirse de Juan de Valcárcel, y se fueron por allí, recordando y hablando de sus cosas, hasta del deseo que don Luis tenía de comprar una tierra, al otro lado del valle, más allá de la laguna, en la cañada junto al camino del pueblo de Teopisca.

—Luis Alfonso podrá levantar una buena cosecha de trigo cadañero, y no tendrá que ir a buscar fortuna rodando mundo fuera de este valle.

—¿Luis Alfonso?

—Mi hijo, Blas, respondió don Luis con una mueca que parecía sonrisa. Le puse Alfonso por un rey de Castilla de que hablaba mi padre, el capitán don Diego...

***

La Nochebuena cayó en domingo. Las estrellas sudaban escarcha sobre el valle de Jovel.

Para la misa de media noche se llenó de indios la espaciosa iglesia que los frailes dominicos habían construido en el cerrito de la Cruz. Todos los indios del barrio de los mexicanos y de los tlaxcaltecas estaban allí; y allí también estaban los antiguos esclavos que habían formado el Barrio del Cerrillo, como habían dado en llamar al amasijo de callecitas que se apretujaban sobre la colina al oriente de la iglesia y el convento.

En la catedral se habían congregado, ataviados con sus mejores galas, españoles y españolas, de rancio y de nuevo abolengo. Aunque los franciscanos todavía no habían llegado a la ciudad, la tradición de la antigua iglesia de San Francisco de Ciudad Real, la de Castilla, se conservaba, celosamente guardada por las mujeres; más que todo, por doña María de Velasco. Aunque desde la muerte de don Pedro se había recluído tras las paredes de su jardín, todos sabían que, llegada la fiesta de la Natividad, ella iría personalmente a decorar la cuna donde esa noche, después de la misa, habrían de colocar la imagen del Niño Jesús, devotamente llevada en procesión en los brazos de su tradicional madrina, la misma doña María.

La pequeña catedral estaba brillantemente iluminada por centenares de candelas de cera, cera negra y cera de castilla; las mujeres del lado de la epístola, los hombres del lado del evangelio. El padre Pedro, que había resistido los embates de su edad y los de sus obispos, estaba inclinado frente al altar, a punto de entonar el evangelio de ese día, en el latín que las gentes no entendían (y talvez ya ni él) pero que dejaban penetrar a lo más hondo de sus debilidades, para depositarles allí un último rescoldo de seguridad y de paz. En eso se escucharon sobre el enladrillado las fuertes pisadas de un hombre que avanzaba por el centro, buscando lugar. Sobre las botas llevaba espuelas, como si acabara de apearse; a la cintura de los calzones blancos de algodón, abombados, lucía una banda roja; cubría su camisa una tosca saya de estameña negra, de las que los indios llamaban chuj. Caminaba esbelto y seguro de sí, con el sombrero de palma colgando de la mano derecha por el barbiquejo. A su paso culebreó un ventarrón de cuchicheos por el lado de la epístola.

—Algunos no tienen respeto ni a la casa de Dios, le susurró al oído de su vecina doña Leonor de Coello, cubriéndose la boca con la mano.

—¡La pobre Maruca se va a morir si se da cuenta!

—Ay, chulita, comentó doña Lucía Flores, mirando hacia el altar, en devota actitud: ¡Como si no lo hubiera solapado toda su vida!

—Bien se ve que los indios nunca van a aprender a respetar a sus mayores, dijo agriamente, y casi en voz alta doña Petronila Guillén, maldiciendo en el fondo de su alma a los hijos que su marido había tenido por el pueblo de Huistlán.

Por el lado del evangelio se escucharon incómodos carraspeos y uno que otro cambio de lugar, pero ni una palabra.

El hombre llegó a un sitio más a media iglesia; volvió la vista hacia la fuente de los cuchicheos como si se interesara por saber lo que sucedía; pero todo mundo se calló. Más allá, junto a doña Thomasina Álvarez, una muchacha de cejas bien pobladas se sonrojó rabiosamente bajo la piadosa cobija que le daba la seda negra de su chal.

El hombre se dio cuenta. Dentro de él dio un par de vuelcos su corazón, y ni el evangelio, ni el sermón, ni la procesión lograron borrar de sus ojos los de aquella bella mujer a cuya casa había corrido tantas veces por mandados de su difunto padre en los lejanos días de su niñez.

Cada quien tomó su rumbo después de la procesión. Por la calle de La Laguna se fue a su casa doña María de Velasco acompañada de sus hijas, Constansa y Ana. De lejos las siguió una figura bañada por la escarcha de la luna llena.

—¡Qué bonita fuera la Nochebuena si estuviera tu hermano!, le comentó la viuda a su hija Constansa, mientras Manuela, su nueva criada, les abría la puerta y les echaba encima el olor de las hojuelas recién sacadas de una sartén de barro. «En casa de herrero, cuchillo de palo», solía comentar en tono de burla doña María.

—Ay, doña Maruca, desde hoy que están repicando en la puerta.
—¿Abriste?
—¡Ni lo quiera Dios!
—¿Espiaste por la rendija?
—Era un hombre.
—¿No sería don Francisco?
—Caso lo conocí. El niño Francisco lo conozco.

Se quitaron las gruesas ropas de lana que don Pedro Moreno les había comprado en la milpa del obispo, hechas a mano por las indias de la labor. Se arrodillaron frente al nacimiento que habían arreglado en un esquinero de la sala. Manuela corrió a la cocina para traer una caldera de chocolate y una canastilla de hojuelas.

Entonces oyeron los pasos.
—Parecen los mismos pasos de la iglesia, comentó Ana amedrentada.

El hombre llegó a la puerta. Vio con reminiscencia el aldabón con cabeza de caballo que con su ayuda había moldeado don Pedro para esta puerta. Lo acarició largamente, luego lo levantó y, por primera vez en su vida, lo usó para llamar.

Los estallidos del aldabón mandaron oleadas de terror por el cuerpo de las mujeres en la sala. Se apresuraron a apagar el candil; se pegaron a la pared. Tembándole la voz, gritó doña María:
—¿Quién es?
—La vieja Inés, contestó el hombre, con tono festivo y casi juguetón.
—Por el amor de Dios, es más de media noche, lloró más que exclamó la viuda de don Pedro Moreno.

Entonces sintieron que la puerta se abrió y que en el vano se dibujó la figura de un hombre bañado en luz de plata. En eso entró del corredor la Manuela con otro candil en la mano, y en el claroscuro de aquel extraño cuadro navideño adivinaron finalmente el misterio del hombre.

—¡Jacinto!, exclamó doña María, sin saber si llorar, o si implorar o maldecir.

—¡Doña María!, canturreó como en eco la voz del mestizo.

Hubo un largo momento de embarazado silencio. Sobre la emblanquecida cabeza de doña María bailoteaban los recuerdos. Sí, ésta era la cara de Pedro. En mi Francisco estoy yo. Pero éste es Pedro. Bien decía mi madre que en el pecado se lleva la penitencia. ¿Qué diría ella?

—Jalá unas sillas, Manuela, suspiró por fin la viuda. Y meté un brasero y otras hojuelitas.

Las muchachas se quedaron embelesadas contemplando el varonil garbo de su medio hermano, sin saber cómo compaginar sus instintos de mujeres con sus obligaciones dentro de la sociedad. Lo que irán a decir en casa de la Margarita. O en casa de la Inés. O en casa de doña Clarita, de vicio tan vieja y tan argüendera. Y su nieta, que es una viborita.

Amaneció. En el brasero se moría el rescoldo por debajo de las últimas cenizas. Había por fin un apacible silencio por el que aleteaban evasivos los fantasmas de cada quien. La casa parecía igual a como estaba cinco años antes. Un poco pobre, talvez. Francisco vendió la fragua, pero todavía no ha encontrado la manera de hacer producir las tierras de Ostuta. Y éstas, aunque no quiera la gente, son mis hermanas. Hijas de don Pedro Moreno. Igual que yo. Mis pobres hijas. La poquita herencia que Pedro les dejó con el señor obispo no da para su dote. Más de una de estas pícaras se morirá por él, y no faltará por quien él se tire de cabeza. ¡Si no fuera mi hermano! Pero castiga Dios por andar con estos malos pensamientos.

Para media mañana la pesada neblina se fue deshaciendo en delicados diamantes de agua y sol. De la cocina de doña María brotaban fumarolas que el límpido aire del valle diluía por encima de los tejados vecinos. Ya había en Ciudad Real varias casas protegidas con techos de tejas; y al lado de las calles se levantaban las tapias encaladas que resguardaban airosamente los secretos de las rosas y de los jazmines, pero que nunca pudieron proteger los secretos del alma ni mucho menos los de las alcobas.

—Ay, no lo creo. ¡Ni lo permita Dios!, comentó doña Joana de Abreu, chupándose los labios contra las desdentadas encías. Tendré que hablarle a Maruca. ¡Cuando lo sepa Luis!

—¿Qué le podrás decir?, apuntó doña Petronila Guillén. Está tan en la miseria que sería capaz de esconder al diablo en su casa, con tal de sacarle jugo.

—Pero es mi amiga. Más que algunas, Petrita, más que algunas.

—Eso sí, dijo la visita, mordiéndose los labios. Pero yo que vos no la visito, para no andar en la boca de la gente.

—Las viejas como nosotras no tenemos miedo de bocas.

—Eso también, casi atajó doña Petronila, haciendo ademán de retirarse al notar que la mujer de don Luis estaba por endilgarle un sermón.

Todo ese día de Navidad aleteó por las salas de Ciudad Real y hasta en las labores del valle el sonsonete del regreso de Jacinto Moreno.

—Que se va a quedar en casa de la Maruca. Con sus medias hermanas, con lo presumidas que son.

—Dios no lo da todo cabal. Un día les tenía que llegar. Ya veremos quiénes seguirán visitando la casa de los indios.

—Dicen que el tal Jacinto vino muy rico de la tierra caliente.

—¿Por qué más dirás que le abrieron las puertas?

—Que ya les compró. Que allí será su casa y la de una barragana de su estancia o hacienda, o labor. O Dios sabe lo que tiene allá por Zozocoltenango.

—Que empaca marquetas de añil que manda a España.

—Lo que sea de cada quien, es todo un hombrazo montado en su caballo. He visto a más de una soltando la baba por él.

—O por su dinero.

Siguieron corriendo los días. Pasó el de Inocentes. Y pasó la noche de San Silvestre. Y empezó el nuevo año. Y la gente fue haciéndose a la idea de que ese mestizo habría de quedarse en la ciudad, a pesar del escándalo. Mas nadie estaba preparado para entender lo que habría de venir en seguida.

Efectivamente, Jacinto tenía no pocos reales. En la tierra caliente había aprendido a utilizar el jiquilite como lo habían usado sus antepasados indios. Pero en vez de juntar unas cuantas ramas y macerarlas para una pintada, se le había ocurrido cortar campos enteros. Abría estanques alargados y allí dejaba reposar en agua las grandes cargas de jiquilite. Luego quitaba las ramas y dejaba que el sol se encargara de evaporar aquel líquido azul oscuro hasta que se convertía en una masa sólida, que él partía con su machete en marquetas y empacaba en cueros de vaca. Pronto se dio cuenta de que los comerciantes de Guatemala hacían con ello un gran negocio, y empezó a vender sus marquetas a los patacheros que cruzaban por el camino real rumbo a la villa de la Vera Cruz. Y empezó a llenarse las talegas de reales y de pesos de oro. Entonces pensó en teñir con añil el algodón, y decidió probar su suerte en Ciudad Real.

—Todo lo que necesito es un solar para poner un tanque.

—¿Quién te va a vender un solar aquí?, le contestaba doña María, resignada a tener al hijo de su Pedro en casa, a pesar del vacío que a toda su familia le habían hecho las buenas familias de la ciudad.

—¿Por qué no me vende su merced el solar que don Pedro compró de Mateo el mexicano, allá por el río?

—¿Y qué va a pensar Francisco?

Francisco se había convertido en una sombra más en la familia. Nadie sabía dónde estaba. Pero estaba presente siempre que se necesitaba tomar una decisión. Fracisco tiene el mayorazgo. Pedro dejó todas las cosas a mi nombre, menos lo de Ostuta. Lo de sus hijas quedó con el señor obispo. Nunca pensé que fuera tan poco. Si no fuera por Francisco, me sentiría yo feliz en este lugar. Y si no fuera por esa muchacha que no he vuelto a ver. Si vendo, en algo podría aumentar la dote de Constanza. ¿Qué me importa lo que digan si vendo? De todas maneras estamos en la boca de todos. Tendré que encontrarla aunque se arme un rebumbio.

Las tardes empezaban temprano. Por las calles pocas gentes se animaban a enfrentarse al frío, y eso bien arrebujadas en pesadas cobijas de estameña. Doña María se decidió a salir del brazo de Jacinto, quien caminaba a su lado, alto, erguido, cubierto con su chuj. Así llegaron a la casa de don Gaspar, a fin de que la anciana firmara la escriptura de venta de un su sitio junto al río a favor del hijo de don Pedro Moreno y de Pascuala. ¿No habrá tenido nunca un apellido? ¿Quién sería su padre? ¿Qué sería de mi madre? Con estos quinientos pesos podré casar a mi Constanza.

Pasaron por detrás de las casas del obispo al regresar, ya de noche. Se abrió de pronto la puerta de la taberna, y apareció en ella la tabernera, la Nicolasa Rodríguez, empujando con firmeza, pero con suavidad, a uno de sus clientes. Del interior de su taberna, la única de la ciudad, salía un sabroso olor de fritangas con que entretenía a sus visitantes. Había dado en llamarlas botanas, como llamaban los comerciantes guatemaltecos a los parches con que remendaban los odres en que le entregaban el vino.

—Yo que su merced, no me escondo, exclamó al reconocer a doña Marría de Velasco. Y me río de lo que dice la gente. No por complacerla moriré de hambre. ¡A cuántas de esas víboras las tienen sus maridos al palo y sin zacate!

Se quedó doña María de una pieza, contemplando entristecida a aquella hermosa mujer, que, en medio de tantas tribulaciones, había mantenido los bellos ojos verdes de su madre, doña Margarita, orgullosos y altivos.

—No me escondo, Nicolasa. ¡No! Pero no quiero atraer dificultades.

Por la caballeriza de la taberna entraba en ese momento una recua de mulas. Nicolasa había empezado a negociar en grande con los arrieros de Guatemala, que traían desde el puerto de Caballos tantas cosas. No pasaba mes sin que recibiera un cargamento de doña Juana Vázquez o de don Lucas Rodríguez. Allí todavía guardaba más de sesenta tercios de cacao que don Gaspar Fernández le había encomendado cuando la muerte había interrumpido su viaje a Veracruz.

—Oigo que te va muy bien, comentó doña María antes de seguir.

—Pues a Dios rogando y con el mazo dando, doña María. Así me lo enseñó mi madre.

Y bien que lo aprendiste. Pero mis hijas no han de ser taberneras. Ni me verán complaciendo a indios para poder vivir. Éste es hijo de Pedro. Y que lo mire el que no lo crea.

Se despidieron amistosamente, como si las dificultades de la vida empezaran a unir a personas que de otra manera no habrían soñado con saludarse.

El día de la Santa Epifanía, o de los Santos Reyes como se llamaba en Ciudad Real, asistieron a la misa en la catedral. Se quedó Jacinto en el atrio a la salida, apoyado en un trueno que había crecido frente a la puerta del perdón. Por allí la vio salir. En sus ojos se balanceaban la frescura del valle y la inocencia del amanecer. Se la quedó mirando, y ella agachó el rostro para ocultar su rubor.

Al día siguiente desapareció Jacinto. Muy de madrugada ensilló su caballo y galopó rumbo a esos montes de Chajá de que tanto le había contado a doña María. Desde la maraña de los pinares lo saludaban los jeshes con una nueva canción.

* * *

Para marzo de ese año empezaron a brotar las hojas de los sauces, y de vez en cuando llegó una suave brisa de aire caliente entre las cañadas de por donde sale el sol. Con una de ellas entró a Ciudad Real Pedro Ortés de Velasco. Doña Thomasina sintió que la cimbraba la vida, y esa Semana Santa pudo participar hasta en el Oficio de Tinieblas, sin pensar más en la pobreza de su hogar.

A sus veintinueve años, Pedro empezaba a mirar el mundo con creciente desencanto. Los pocos pesos que había amarrado en su alforja para ir a buscar fortuna por las tierras de Tila, se le habían esfumado, y había tenido que vender la tierra de su padre a don Juan de Vera, para poder volver a la ciudad sin mostrar su necesidad. Se pasaba las noches cavilando. Mas al despertarse y recibir de su madre la jícara de chocolate y la pieza de pan caliente, se le nublaba el semblante al pensar que no iba lejos el día en que tuviera que vender también esta casa en la Calle del Peñol, donde había muerto su padre de tanto soñar.

Doña Thomasina salió del brazo de sus hijos para la misa de la Resurrección en la vecina catedral. Se habían despertado con el repiquetear de las campanas, por primera vez desde la entrada de la cuaresma. Al terminar la misa, brillaba sobre el valle con inusitado esplendor el sol de primavera.

—Llevadme a visitar al señor deán, pidió doña Thomasina.

El señor deán, sobrino del difunto señor obispo, había celebrado la misa de Resurrección, y se encontraba de manteles largos en su residencia al otro lado de la plaza. Junto a él estaba sentada su hermana doña Elvira, de quien la gente del pueblo hacía correr el rumor de que estaba por quedarse para vestir santos. Al ver entrar a los visitantes, se levantó presurosa doña Elvira y se acomidió a sacar unas sillas, ayudando a doña Thomasina a que se colocara a la mesa.

—Vais a probar unos tamales de tuluk que son de lo que ya no hay. Los prepara la Gerónima para este día en especial. ¡Gerónima!

Entró Gerónima de la Cerda, vestida de tafetán, como siempre. Aunque había recibido la respetable suma de quinientos pesos por el testamento del señor obispo, estaba tan acostumbrada a vivir en la solemnidad de esa casa desde que había llegado de España con su hermana, que prefirió quedarse para siempre a su servicio. Desde sus primeros tiempos había aprendido a preparar esas comidas tan raras con que los indios festejaban las solemnidades. Pero lo que mejor le resultaba era ese guiso de los tamales de tuluk: Desde un día antes mandaba a la crianza a conseguir en los caxones de la plaza las hojas de doblador más blancas y más limpias que pudiera encontrar. Ultimamente había decidido criar sus propios tulukes, más elegantemente llamados guajolotes con la palabra mexicana, en el traspatio de la casa episcopal. Era un encanto escuchar la emoción con que la buena mujer, que ya arrastraba los pies, se lanzaba por allí explicando los secretos culinarios de su experiencia en estas tierras, tan lejos de mi casa, que talvez ya nunca volveré a ver. Y tendría que conformarme con servir a estas gentes que me sacaron de allá para satisfacer los sueños de mi padre. Si no se viera mal, podría buscar una manera de proponerle matrimonio a esta mujer, que parece saber organizar bien una casa; sobre todo si con ella va como dote la milpa del obispo. ¡Buena la haría quitándoles a estos frailes lo que debí heredar de mi padre! Este don Fructus ya está con un pie en el estribo. ¿A quién le irá a quedar la herencia?

—¿Le sirvo otro, doña Thomasina?

—Ya no, gracias, Elvirita, respondió volviendo en sí la señora. Y te pido perdón por haber llegado a la hora de la mesa. Sólo quería saludar al señor deán.

—Bien sabes, Thomasina, que es mejor llegar a tiempo que ser invitado, proclamó solemnemente el aludido.

—Tendremos que retirarnos, indicó doña Thomasina.

—Venid a visitarnos con más frecuencia, se acomidió a decir Elvira, casi como repitiendo una fórmula. Pero Pedro se apresuró a tomarle la mano, e inclinándose y besándosela galantemente, murmuró:

—Será un placer, Elvira.

Por el cuerpo de aquella mujer que nunca había recibido la caricia de un varón se amontonaron atropelladas emociones, y ella no supo retirar la mano a tiempo, sino que la retuvo en la de su visitante, mientras en su cabeza giraban atormentadas fantasías.

* * *

La gente, sobre todo la gente vieja, había empezado otra vez a salir de paseo por las calles. Había pasado el rigor de los meses de invierno, que, en la boca de todos era: Enero y febrero, desviejadero. En las labores del valle se reiniciaba el trabajo de las yuntas que preparaban los campos para los maizales y para los trigales de tiempo de lluvia.

Por el nuevo camino de Cinacantlán se fue a cabalgar Pedro de Velasco. Empezó a subir la cuesta, y, al llegar a la milpa que fuera del obispo, se apeó, y, como quien no quiere la cosa, buscó a Juan de Valcárcel, mayordomo del lugar.

—Qué bien cuidados tienes estos campos, Juan, le dijo sin preámbulos. ¿Hasta dónde llegan?

Juan, sabedor de la amistad que ya existía entre su patrón y la familia de los Velasco, se ofreció a cabalgar con él por toda la milpa. Le mostró las construcciones: La casa de dos plantas donde el señor deán descansa. Descansa de no hacer nada. Entre mi suegro y yo y estos infelices indios y los negros hicimos todo esto. No está mal. Pero no podemos darnos el lujo de ponernos a descansar. No está nada mal. Y con ese rebaño de carneros. Con el molino en la boca del abra. Ni sé qué voy a dejarles a mis hijos cuando muera. Lo mismo que don Alejandro le dejó a mi Catalina. No está nada mal. Y todo esto será de la hermanita. Algún día he de levantar un molino en otra parte. Y será mío. La vista desde aquí es maravillosa. Hasta podríamos vivir aquí si a mi madre se le ocurre dejarle la casa a Rosa. Mis hijos no serán toda la vida sirvientes de otros. Esa Rosa está peor que yo.

Al medio día estaban de regreso en las casas junto al camino. En el valle se veía cómo sesteaban las vacadas. Había junto a los corredores un delicioso olor de majada y se escuchaba el alegre ronroneo de los cencerros.

Para mediados de junio se celebró en la catedral la gran fiesta de la boda. El señor deán entregó a la novia en manos de don Pedro Ortés de Velasco, y sin ninguna restricción le traspasó la enorme fortuna de lo que fueran los bienes de su tío, el señor obispo. Elvira se sentía feliz. A las casas de la milpa había mandado trasladar las camas de campo con sus cortinas damascadas, y los lienzos y telas y todo el ajuar que su señor tío le había dejado en herencia. Y de los rollos de tafetán que le habían quedado, se había mandado hacer aquel elegante vestido que ahora llevaba y que la hacía lucir más joven e interesante que el caviloso hombre que le estaba entregando en ese momento las arras que fueran de doña Thomasina.

Todas las buenas familias estaban reunidas en la iglesia, pidiendo a Dios bendiciones para aquella nueva pareja. Que sólo Dios sabe cómo se entenderá. La Elvira ya está vieja; no es para que esté en casorios. ¡Lo que hace la fortuna! Y la Thomasina lo ha de haber comprometido. Como si no hubiera tantas otras mozas jóvenes que le pudieran dar nietos. Ya los tendrá. Pero de indias. Con tanto tiempo que se fue a vivir entre indios. Ahora veremos a quién conseguirá para la Rosa. Ésta siquiera está bonita. Y jovencita. La irá a dar con algún viejo rico.

A la puerta del perdón ocurrieron las grandes familias a dar los parabienes, a cual más con abrazos y sonrisas. Desde su puesto junto al trueno observaba Jacinto, con un cierto dejo de tristeza. Junto a él pasó la comitiva, y casi lo rozó la sombra de Rosa, vestida de blanco, dama de la novia.

—Necesito hablar contigo, le susurró en un estremecimiento.

A la milpa del obispo cabalgaron las buenas familias de la ciudad para celebrar el magno acontecimiento. Rosa entró a la cocina en un descuido y le entregó a su nana un papelito para la Manuela de doña Maruca para la niña Constansa para Jacinto. Al día siguiente, con el permiso de doña Thomasina, que se sentía bañada en agua de rosas, fue Rosa a la catedral a rezar sus devociones. Junto a ella se arrodilló devotamente la sombra de Jacinto, el mestizo. De tarde en tarde, el gran San Cristóbal de madera que presidía las ceremonias catedralicias desde su alto nicho, habría de dar fe de la profunda devoción de estos dos fieles cristianos que encontraban en la sombra de su iglesia la oportunidad de elevar juntos sus plegarias al cielo.

* * *

En diciembre murió don Pedro de Orozco. Había sido el primer alcalde de la villa, nombrado por el capitán. La gente lo lloró sentidamente, como lloró también por esos días a don Juan de Luna.

Los amigos de don Diego se fueron muriendo.

Jacinto tuvo intención de asistir a los funerales de aquellos señores que habían sido tan buenos amigos de su padre; pero algo le decía que la veladora de la iglesia no tardaría en abrir su boca. Y era preferible que la gente a él no lo viera mucho por allí. Sobre todo cerca de Rosa, de cuyos ojos los suyos no habrían podido apartarse.

En el solar junto al río Jacinto había construido un tanque de ladrillo, muy fuerte y muy capaz. A veces pasaba la gente y se detenía a contemplar lo que allí sucedía.

—El indio está loco, decían las mujeres.

—O algo tiene metido en la cabeza, contestaban los hombres.

El tanque había sido construido bajo un gran cobertizo con techo de tejas, que Jacinto había comprado en la tejería de don Juan de Morales, lo mismo que los ladrillos. A ambos extremos había dejado sendos muros entre los cuales corría una enorme viga que había hecho arrastrar de la tierra caliente. Era como un caballete de techo. Pero lo más extraño era una enorme estrella de madera sostenida por un horcón que la atravesaba y por medio del cual Jacinto hacía que la rodaran poco arriba del ras del fondo, dando vueltas al aire.

No tardó el nuevo escándalo en correr por todo el valle. Y un día hasta doña Petronila Guillén se presentó entre los espectadores para enterarse de lo que pasaba. No pudo aguantar más, y, sin pensar en las consecuencias, le gritó al mestizo:

—¿Qué es lo que haces con esto, Jacinto?

—La curiosidad mató al gato, doña Petronila.

—¡Pero murió sabiendo!

—Si ha de morir sabiendo su merced, esto es un tanque de teñir. Está preparado para teñir cien quintales de tela de algodón. Y lo que ve su merced en los patios, son tendederos para secar la tela ya teñida.

—¡Voto a...!, empezó a decir la señora; pero se contuvo por respeto a los demás presentes.

A los pocos días entró una recua de por el camino de Teopisca. Atravesó la ciudad y se fue a descargar al sitio de Jacinto: fardos de tela de algodón y cueros de marquetas de añil. A la mañana siguiente los trabajadores indios que Jacinto había contratado, iniciaron el procedimiento siguiendo las órdenes del mestizo. Derretían primero las grandes marquetas de añil en el fondo del tanque; en seguida introducían la tela, y luego movían la pesada estrella de madera que a su paso levantaba la tela y la volteaba lentamente de manera que toda se impregnara de aquel oscuro color azul. Después de varias pasadas de la estrella, sacaban la tela, la exprimían torciéndola fuertemente entre dos y finalmente la ponían a secar en los travesaños que Jacinto había mandado levantar.

—Esto es obra del demonio. Sólo los indios pueden pensar en trabajar en cosas de indios, comentó doña Petronila, pasando por allí como si tal nada.

Mas a la semana entró una nueva recua, una que Jacinto había apalabrado de antemano, y, para la maravilla de la gente, entró sin carga, y se fue directamnete al sitio del mestizo junto al río, entre la iglesia de los dominicos y el barrio de los mexicanos, y esa misma tarde se puso a cargar rollos y rollos de aquella tela azul, que de entonces en adelante había de llamarse nagua, y había de hacer rico a más de uno en el valle.

Pero como siempre, también esto dejó de ser noticia. Había otras cosas más importantes. Y la gente se olvidó de Jacinto y de su tanque de teñir.

Frente a la puerta del perdón encontraron muerto a don Blas de Coutiño. Nadie supo lo que pasó. Por tanto tiempo que había estado ausente, ya tenía pocos amigos.

—Nos anda rondando, fue el comentario de don Luis a sus amistades, rodándole una furtiva lágrima por entre la barba.

Y también llevaron a sepultar al antiguo escribano don Jerónimo de Cáceres, que todavía recordaba aquella tarde en que había redactado un acta para asentar la villa en el valle de Güeyzacatlán.

Y así, se fueron muriendo los amigos de don Diego.

Pero en marzo, después de la Pascua de Resurrección, resonaron alegres las campanas: Llevaron a bautizar a Cristóbal, el hijo de don Pedro Ortés de Velasco y doña Elvira Casillas. Para celebrar la alegría por el bautizo de su nieto, doña Thomasina decidió hacer una fiesta en el campo, en aquel lugar adonde solía llevarla don Francisco en sus días de buen humor.

—Llevaremos la comida. Invitaremos a todos nuestros amigos. ¡Hasta pagaremos a los músicos! Y nos estaremos todo el día en los campos junto al arco.

—¿El Arcotete, madre?, preguntó Rosa con natural curiosidad.

—¿Qué otro conocemos, hija?

Era la tarde antes de la fiesta y en la casa de los Velasco había un ir y venir de criados y criadas. Con una de ellas salió un papelito para la Manuela de doña Maruca para Constansa para Jacinto.

Pocas veces había habido tanta alegría entre las familias de aquel valle. Por la cañada por donde corre el arroyo se oía relinchar los caballos enjaezados a la española, amarrados a los troncos de los robles o de los pinabetos. Y en los claros del bosque se escuchaba el rozar de las ropas de las mozas ricamente ataviadas para la ocasión. Las criadas prepararon fogones a los que arrimaron tenamastes[112] para preparar los platillos más sabrosos de la ciudad, que eran los mejores de la provincia.

Por en medio del gran arco labrado por los siglos en la roca se precipitaba el arroyo oloroso a flor de monte y a arenisca de aluvión. Por allí se fue Rosa, poco a poco, escurriendo su delgada sombra entre las sombras de la tarde, amarrando sus ojos a los últimos rayos del sol.

Se terminó la música. Se apagaron los fuegos. Se inició el regreso a la ciudad.

—¿Dónde está esta muchacha?, preguntaba doña Thomasina. ¡Bien podría acomedirse a ayudar! ¡Rosa!

Pero Rosa ni aparecía ni contestaba. Por las venas de la anciana empezó a correr un torrente de angustia.

—¡Hijo!, gritaba. ¡Señores! ¡Buscad a Rosa!

Entre los hombres que todavía quedaban se dividieron el campo. Los criados buscaron rajas de ocote en la arboleda y encendieron hachones y se dispersaron por el cerro. Algunos atravesaron el arroyo por el arco varias veces, mientras las mujeres atendían a doña Thomasina que por nada del mundo quería volver a la ciudad sin encontrar a su hija. Pero todo fue en vano. Después de la media noche decidieron enviar un mensajero para llamar a don Pedro y darle la noticia.

Por los cerros brillaban como marticuiles los hachones de ocote de las gentes de a caballo y de a pie. Pero a Rosa se la había tragado la noche.

Amaneció.

A doña Thomasina tuvieron que llevarla a su casa en andas y llamaron al señor cura para administrarle los últimos sacramentos, pues creían que se iba.

---

112 *Tenamastes*: del nahua *tenamaxtli*. Cada una de las tres piedras que forman el fogón y sobre las que se coloca la olla para cocinar.

Pedro de Velasco recurrió a los alguaciles del alcalde, y de acuerdo con él organizaron una búsqueda por las casas de familiares y amigos. Pero nadie sabía nada.

Entonces la veladora de la catedral recordó haber visto en la iglesia la figura de un hombre envuelto en una cobija cada vez que Rosa volvía de sus devociones.

—Tenía cara de indio, digo yo. ¡Pero por Dios que nunca supe quién era!

—¡Más te vale!, tronó ronca la voz de Pedro de Velasco.

En los tristes recuerdos de doña Thomasina, a quien le había llegado misteriosamente el cuento de la veladora, brilló de repente como una ráfaga de luz la escena en el corredor de su casa, hacía ya tanto tiempo para ella:

—¡Y que está guapísimo!

Se levantó de su mecedora y empezó a llorar en espasmos.

—¡Llamá a don Pedro, Manuela!, gritó fuera de sí.

No bien había entrado al jardín su hijo, que la señora, conmovida por la rabia y la esperanza, se le echó encima enterrándole las uñas y gritando:

—¡En la casa de la Maruca, Hijo! ¿Por qué no lo pensé antes? ¡Corré a verla! ¡Ay, Dios de mi vida!

Se echó Pedro rumbo a la Calle de la Laguna acompañado de los alguaciles, cavilando en la forma en que podría presentarse ante una de las señoras más respetadas de la ciudad, a pesar de que todos le hubieran hecho el vacío en los últimos tiempos. Pero al llegar a la casa, no pudo contenerse, y zangoloteó el aldabón con todas sus fuerzas, como si quisiera derribar la puerta.

Salió espantada la Manuela a abrir; Pedro la empujó, y sin ningún respeto por la casa ajena, se fue hasta el corredor, donde doña María regaba las plantas de su jardín, y con voz destemplada le gritó:

—¿Dónde está mi hermana, doña María?

—¿Cómo puedo saberlo yo, hijo?

—No soy indio para que me trate de hijo.

Doña María de Velasco, quien en su día había sido una de las mujeres más valientes del valle, no se intimidó, sino que, dejando su traste con agua sobre un trepechón, se le enfrentó con los ojos brillantes de coraje y de injuriada dignidad y le respondió:

—¡Bien se ve que has heredado el valor de tu padre, que para venir a insultar a una viuda te tienes que hacer acompañar de tus esbirros! Di lo que tienes que decir, y sal de mi casa para poder limpiarla.

Pedro, que no se esperaba tanta energía en la voz y en la presencia de la anciana, bajó su altanería y replicó:

—Ha desaparecido mi hermana, doña María, y mi madre sospecha que Jacinto tuvo que ver en eso.

Doña María se sintió sinceramente afligida. Rosa era la hija de su amiga. La había visto crecer. La había tenido en brazos tantas veces, arropadita en pañales de algodón, tan blancos y tan suaves como la nieve de los lejanos tiempos de su niñez en Ciudad Real. ¿Qué Ciudad Real es ésta? ¿Dónde están las llanuras sin fin? ¿Dónde están los cortijos, y los colmenares de mi padre?

—Hijo, le repitió, con la ternura rodándole en lágrimas por la ajada cara, tu hermana no está. Jacinto no está tampoco. Y no me preguntes, porque no sé nada ni de él ni de ella. Pero pasa adelante. Ésta ha sido siempre tu casa. Busca. ¡Busca por donde quieras!

Desarmado y desalentado, Pedro se retiró, inclinando respetuosamente la cabeza ante la señora de aquella honrada casa, a tiempo de que entraban con caras espantadas Constansa y Ana.

—Madre, ¿sabes lo que se dice allá en la plaza?, exclamó Constansa sin hacer caso de la gente que salía.

—¡Vaya si lo sé, hija! ¡Vaya si lo sé!

Había algo nuevo en su voz. Una nueva congoja inexplicable. Es la maldición de Pedro. ¿No podrán hacer las cosas como lo manda Dios?

Pedro de Velasco se fue por la Calle de la Laguna hasta llegar a la plaza; cuando estaba por torcer hacia la casa de su madre, algo lo detuvo, algo como una inspiración.

—¡Acompañadme a Santo Domingo!, les ordenó a los alguaciles. Allí habrá alguien que sepa de cosas de indios.

—¿Por qué no vamos al tanque de teñir?

Avergonzado de no haberlo pensado antes, tardó un momento en responder. Pero el dolor de su madre, su propia tristeza por la suerte de su hermana y la preocupación de que su sangre fuera a mancharse con la de un indio lo acicatearon para que pujara con altivez:

—¡Vamos!

En el sitio junto al río los indios trabajaban como si nada supieran del rumor que había cubierto el valle como la neblina en un amanecer de helada. Con los ojos fijos en sus tareas, se movían de un lado a otro del tanque, en el incesante murmullo cantarino de su lengua, que en Ciudad Real era ya la única lengua.

—¿Dóde está Jacinto?, se oyó que tronó de repente la voz de Pedro, mientras sus alguaciles entraban con las espadas desenvainadas.

—Mu'xna, caxlan. Mu'xna, contestó uno con timidez.

—¡Nada de hablar en lengua, malditos indios! ¿Quién es el calpixque?

—Yo, patrón, respondió el mismo indio.

—¿Cómo te llamás?

—Sebastián, patrón.

—¡Amarradme a este indio!, les gritó a los alguaciles. Ahora le sacaremos la verdad.

Pero todo fue en vano. A Sebastián no lograron sonsacarle nada. Lo llevaron al convento, y allí fray Mauro se pasó el resto de la mañana hablando en lengua con el calpixque. Pero no averiguó nada.

—Lo llevaremos amarrado al Peñol de la Horca, decidió Pedro.

Y se lo llevaron. Por las calles de la ciudad se fueron. Al pasar frente a la catedral se descubrieron devotamente y se santiguaron, mientras arrastraban al preso.

—¡A todos deberían llevarlos a colgar!, gritó con voz destemplada doña Petronila Guillén al ver pasar por su calle la triste procesión.

El viento se llevó sus palabras sin devolverlas. Algo había en el ambiente que le entumía las manos a Pedro, a pesar de que se había convertido en el hombre más rico de la ciudad y el más poderoso. Por las puertas a medio abrir asomaban caras torvas, difíciles de leer. Eran caras de viejos y de viejas, que por largo tiempo habían convivido en el valle con esos mismos indios a quienes jaloneaban ahora sus hijos y sus nietos. Eran caras de miradas furtivas de jóvenes con caras de color moreno y ojos verdiazules que no habían nacido en los jacales de los cerros. Eran caras de comerciantes forasteros que habían aprendido a hablar en lengua en algún desbarrancadero de las montañas.

Llegaron al peñol de la horca. En frente de ésta alguien había levantado una ermita de bajareque y techo de paja donde la gente empezaba a venerar la imagen de una oscura virgen morena que les había llegado de la Nueva España entre cajas de vidrio.

—Preparad la horca, rugió haciendo gala de decisión Pedro de Velasco.

Tiraron una soga al palo de la horca, que tenía años olvidado en ese cerro. Le amarraron el otro extremo al cuello del preso.

Era Sebastián Hernández hijo de Sebastián Hernández Kushkul, a quien nadie había vuelto a ver en la ciudad. Había en su continente tanta gallardía que parecía no darse cuenta de lo que estaba pasando.

Cuando los alguaciles terminaron sus preparativos volvieron la vista a su patrón; mas Pedro había perdido la compostura. De todas las veredas que pasaban por el cerro había llegado la gente a contemplar el espectáculo. Pedro no veía sino los ojos: Ojos perdidos en el infinito azul del cielo de Jovel; ojos de asombro y rabia; ojos tristemente evocadores; ojos cafés; ojos negros; ojos verdiazules sobre fondo oscuro. ¡Ojos clavados en los de él como ponderando ensalmos!

—Dejadlo ir. ¡No sabe nada!, refunfuñó entre dientes.

Envainó la espada y torció hacia la bajada del cerro. Por allí bajó con la mirada fija en el suelo para evitar aquellos ojos duros que lo seguían por la vereda.

Cayó la noche. Por detrás del cerro de la horca se levantó, surgiendo de las cañadas, una enorme luna llena que bañó en luz de plata los rincones del valle. Inclinándose contra el enorme disco pudieron ver los ojos que lo vieron, cómo al golpe de un hacha desconocida, caía y desaparecía para siempre el palo de la horca que por tanto tiempo le había dado su nombre a la colina.

Por las fumarolas de las cocinas esa noche se desparpajó suavemente el cantar de las salas.

—Que no pudieron encontrar a Rosa.

—Que la robaron los indios y se la llevaron a sus cerros.

—Que se la robó el Jacinto.

—Que ella se huyó con él.

—¡Pobre doña Thomasina!

—¡Que Dios nos agarre confesadas!

—¡De vicio tan presumida!

A las pocas semanas empezaron las aguas.

En el tanque de teñir se callaron las voces de los indios.

En la casa de los Velasco se cerró la puerta de calle y las visitas solamente podían entrar por la caballeriza.

* * *

Junto al camino real que iba a Chiapa de la Real Corona pasando por Copanaguastla, Jacinto había construido una cómoda casa de bajareque, techada de palma. Desde ella se dominaba la llanura rasgada por un río de aguas tan claras, que se veían los contornos de las piedras calizas que formaban su fondo. Cerca de la casa, que los viajeros llamaban Agua Bonita, había corrales de ganado y tapescos para gallinas. Pero la verdadera riqueza de sus moradores la constituían los estanques de secado, donde una veintena de indios y mestizos trabajaban en la producción de marquetas de añil.

—Me gustaría ir a Ciudad Real para la Nochebuena, suspiró una tarde Jacinto, mientras descansaba en la hamaca del corredor, contemplando los palmares.

—¿Y por qué no vas?, le respondió su mujer.

—¡Pero contigo!

—¿No se te puede ocurrir otra locura?

—¿En qué está la locura?

—¿Querés que nos maten en cuanto sepan que estamos allá?

—Nadie se acuerda ya de nosotros.

—¿Cómo puedo ir con esta gran barriga?

—Te llevaremos en silla de manos, poco a poco.

—¡Digo yo que estás loco!

Sin embargo, a principios de diciembre emprendieron el viaje. Su primera parada fue la estancia de Nicolás Coutiño, cerca del pueblo de Zuyatitlán. El hijo de don Blas era buen amigo de Jacinto, a quien bromeaba por traer las manos siempre teñidas de añil.

—¡Bien se ve que sos de sangre azul! ¿Qué milagro?, fue el saludo en el corredor, frente al trapiche.

—Voy a Ciudad Real con mi mujer.

—¿Dónde está ella?

—Me adelanté para pedirte posada. A ella la traen en andas.

—¡Estás en tu casa, hermano!

Nicolás obligó a sus amigos a quedarse dos días. Al tercero salió a encaminarlos hasta que hubieron pasado el otro río y empezaron a subir las primeras cuestas de la serranía.

—¡Caminen con cuidado, cabrones!, les gritó a los indios que llevaban las andas.

Esa noche los viajeros descansaron en la estancia de don Juan Borraz, otro amigo de Jacinto. Mientras ensillaban los caballos y cargaban las mulas a las primeras luces del día siguiente, los viajeros se quedaron extrañados al ver algo que antes no habían notado.

—Qué es lo que se ve allá a medio Yalenchén?, le preguntó Jacinto a su amigo.

—Es un pueblo nuevo que los frailes están juntando para una doctrina. Le llaman San Bartolo.

—¿A medio cerro?

—Dicen que allí sopla un aire muy agradable y que hay una buena fuente de agua que brota de la montaña.

—El diablo sabe lo que buscan estos frailes. ¡Adiós, hermano!

Así, de estancia en estancia y de cerro en cerro pasaron la imponente serranía. Una tarde asomaron por las casas de Chijilté. Allí les dio posada don Martín Flores. Su esposa, doña Isabel de Morales, era hermana de don Juan y amiga de Constansa y Ana. Y no quiso saber de una partida inmediata, como la planeaba Jacinto:

—Aquí se quedan vustedes, porque se quedan. De aquí a Ciudad Real, como van, les lleva más de un día. Y esta niña está cansada. Y sus bestias están cansadas también. Y sus cargadores necesitan reposar. Y si quieren estar para la Nochebuena, lo mejor es que se queden aquí hasta que salgamos juntos.

—Con su merced es difícil pelear, doña Isabel, exclamó al fin Jacinto.

Don Martín criaba en los cerros de Chijilté un rebaño de cabras. Salaba su carne y la mandaba a vender a Ciudad Real. Y cada vez que podía, levantaba su gente y se iba a pasar unos días en la ciudad. Pero lo que nunca le faltaba era la visita durante la Nochebuena. Así que a doña Isabel le vino de perlas el tener compañía.

—Iréis a la casa que tenemos allá, les dijo a sus visitas.

—No será posible, doña Isabel, replicó Jacinto. Queremos darle a doña María la sorpresa.

Entre pláticas y paseos por el bosque se pasaron los días. Una mañana antes de la Nochebuena salieron juntos para Ciudad Real. Pernoctaron en Las Cuevas, que en ese tiempo era solamente un jacal para baldíos. Temprano al día siguiente salió don Martín con su familia.

—Yo prefiero entrar de noche, don Martín, fue la despedida de Jacinto.

Empezando a pardear la tarde, Jacinto ayudó a su mujer a acomodarse en el galápago que había mandado hacer especialmente para que cabalgara ella, que no quería entrar a Ciudad Real en andas.

Al llegar, casi a la media noche, a la orilla del río que bajaba por el Arcotete y se iba por los molinos, se apearon. No pasó mucho para que allí se escucharan las campanadas que anunciaban la misa de gallo. Jacinto abrazó a su mujer, que tiritaba, y la acarició. Lejos, muy lejos, por encima del murmullo del río, se escucharon los cantos de la procesión.

—Ya es hora, dijo entonces el hombre. Y se pusieron nuevamente en marcha.

Antes de entrar a las calles se detuvieron todos.

—Debo adelantarme. Esperad aquí, ordenó Jacinto.

Llegó a la casa sin hacer ruido. Le extrañó ver las luces apagadas. Levantó cuidadosamente el aldabón y lo dejó caer. Al instante se oyó una voz cascada que decía:

—¿Quién es?

—La vieja Inés.

—Esta vez no me engañás, Jacinto, porque te esperaba, dijo doña María encendiendo una vela.

Era una viejecita llena de arrugas. La vio Jacinto, y le entró una oleada de ternura por toda su alma, como si en la anciana descubriera la sombra de su madre. ¿Dónde estará? ¿En la punta de qué cerro la habrán sepultado, tal vez despreciada por haberme tenido con un caxlán?

—¡Doña María!

—¡Jacinto! Pasá, que voy a despertar a tus hermanas.

—Tengo que volver a la puente por mi mujer.

En las fisuras de su boca la anciana formó una mueca, que bien podía ser de pavor o de felicidad. A Jacinto le entró horror al verla palidecer, y se le acercó para sostenerla entre sus brazos.

—No te preocupés. Los viejos tenemos ratos malos. Aquí te esperamos.

No tardó Jacinto en volver. Abrió la puerta sin llamar. En el esquinero de la sala se había construido, como de costumbre, el nacimiento. Junto a él estaban de pie todas las mujeres de la casa, incluida la Manuela, que allí iba envejeciendo.

—¡Jacinto!, exclamaron al unísono las medias hermanas.

—¡Rosa!, dijo como en un suspiro doña María.

La cara de Rosa se había tostado con el sol de la tierra caliente; le había entrado, además, una seriedad que predecía su ya casi inmediata maternidad. Pero en sus ojos brillaba todavía la antorcha de la alegría que cautivara el alma de Jacinto.

—¡Rosa!, exclamaron las muchachas, y se le fueron encima para darle la bienvenida.

—Mirá, dijo doña María dirigiéndose a Jacinto, aquí está el nacimiento sin el Niño. ¡Te esperábamos para la nacida!

—Pero no sospechábamos que fueras a traer a Rosa, señaló Ana.

—¿Pero es que sabían ustedes de Rosa?

—Algo sabíamos, respondió Constansa, ruborizándosele hasta las raíces de los cabellos, mientras abrazaba con cariño a su amiga.

—Pedro vino a la casa en tu busca. ¡Yo no sabía nada!, dijo doña María. Pero así está mejor. El padre Fructus no quiso que hiciéramos la nacida en la iglesia. ¡Y ahora aquí tenemos al Niño, y le haremos su fiesta!

Entre lágrimas y risas llevaron a cabo la nacida y repartieron las hojuelas. Doña María sacó de su alhacena una bota de vino que le había comprado a Nicolasa Rodríguez y la fue pasando. Luego le ordenó a Manuela que atendiera a los trabajadores de Jacinto. Y entre una cosa y otra se fue llegando la madrugada. Sin que nadie se imagine que aquí están. Ni que fue verdad. Ni cómo está Rosa. ¡Por Dios! ¿Qué va a pasar mañana cuando se sepa? La querrán matar. Me matarán. ¿No sería mejor regresar antes de que amanezca? La criatura no tarda en nacer. No es posible que no se den cuenta cuando haya criatura tierna en esta casa.

—Los viajeros necesitan descansar, decretó doña María.

—Todavía tengo que ver a mis gentes y encerrar mis caballos.

—Ya están en la caballeriza. Allí todavía hay pastura de la que dejaste. Mañana se les compra salvado. O los llevan a un potrero. ¡Vustedes a dormir!

A dormir se fueron. Pero a los primeros cantos del gallo Rosa se sintió mal. El traqueteo del viaje por las montañas empezaba a cobrar su saldo. Doña María lo presintió con un vuelco de su viejo corazón. Ahora sí vendrán con toda la razón del mundo y nos culparán de todos sus sufrimientos. Pero esta niña necesita ayuda. Y cuando el niño nazca yo voy a ser la madrina. Y si dicen, que digan.

—Manuela, sacame mi chal y me acompañás.

La Manuela sacó el chal entre sueños y se arrebujó en su cobija de lana. Encendió un candil, y se echó a la calle siguiendo a su patrona. Levantaremos a doña Amalia aunque tengamos que tirarle la puerta. Lo que tiene una que hacer por los hijos. Éste ni siquiera es mío. Pero si es la mismísima cara de Pedro. Que Dios te tenga en gloria. Igual corrías por las calles cuando estaban por nacer tus hijos. Cuando nació el Jacinto fuimos los dos por esta viejita. ¡Ay, Diosito santo!

A las cansadas abrió doña Amalita. Su cara era una ciruela pasa. Siempre que abría, asomaba ya con la cabeza envuelta en un rebozo de lana, dispuesta a poner los pies en la calle.

—Nunca me buscan para otra cosa, doña Maruca. Pero eso sí, corren a llamarme cuando ya están en un grito. Y nunca tienen nada preparado.

Pasó todo el día. Ya entrada la noche se anunció en grandes llantos la llegada de un nuevo vecino del valle. Por entre las llamas del fogón salió la fumarola que llevó la noticia a todas las casas interesadas de Jovel. Y se metió por la caballeriza y entró a la cocina y llegó hasta la sala, donde doña Thomasina, que ya a veces desvariaba, descansaba en su mecedora, acompañada de su nuera, doña Elvira Casillas.

—Pero eso es el colmo. Nadie es casado en esa casa, interpuso doña Thomasina al recibir la noticia. ¿Quién es la madre?

—Ay, señora, me dijeron el milagro pero no me nombraron el santo, respondió circunspecta la sobrina del difunto obispo. Mañana lo sabremos sin duda. Y ahora su merced debe entrarse a dormir. ¡Qué bueno que Pedro insistió en que nos pasáramos a vivir a esta casa! Así, estamos al tanto de todo lo que pasa en la ciudad, sin tener que esperar a que alguien se compadezca de nosotros y nos busque en la milpa.

—¿Dónde está Pedro?

—Lee, según él. Pero sólo tiene un libro abierto sobre el pecho. Ya hasta se le apagó la vela.

—Tengo miedo, hija. Tengo mucho miedo. ¿No ha llegado Francisco? ¡Hace tanto que se fue!

Con amable solicitud, la nuera levantó a la suegra y la llevó a su alcoba. La ayudó a recostarse y la cubrió con varias cobijas de lana.

Afuera el viento silbaba con helada furia.

—¿Serán ya las cabañuelas?, se preguntó doña Elvira, mientras apagaba el candil y tapaba a su marido con maternal cuidado.

❋ ❋ ❋

Las calles de la ciudad eran de tierra. Pasaría mucho tiempo todavía para que las enlajaran. Algunos vecinos habían construido banquetas de piedra a lo largo de sus paredes. Por ellas caminaban señores y señoras, mientras que los niños corrían por el arroyo. Los pocos indios que se animaban a caminar por las banquetas, las cedían respetuosamente a los caxlanes cuando los encontraban. Las banquetas servían también para poner un par de butacas en los días soleados de la cuaresma y platicar a gusto. O para sentarse directamente a su orilla, y charlar con los transeúntes. No había faltado quien usara la banqueta de su casa para poner una mesita por la noche y vender algún bocadillo, o el sabroso pan que salía de los hornos que en muchas casas se habían instalado. Pero las banquetas servían, sobre todo, para detenerse un momento a saludarse y comparar una que otra breve nota sobre los acontecimientos de la ciudad, y luego seguir adelante un par de calles más para una visita al Santísimo en la catedral, para volver en seguida por otra calle y propiciar algún otro encuentro en alguna otra banqueta. Caminar las tres calles hasta la plaza podía llevarse un medio día de banqueta en banqueta. Las señoras, por supuesto, no lo hacían todos los días, pues esta ceremonia requería de una larga preparación frente al ropero o frente a los contados espejos que ya habían llegado a la ciudad desde Guatemala o desde Veracruz. Por el arroyo cabalgaban los señores para dirigirse a sus labores o a sus sitios a vigilar el trabajo. Y uno que otro mozo de edad lo hacía para hacerse ver de las mozas que acompañaban a sus señoras madres de visita a alguna casa principal. Pero ese medio día por todas las banquetas había pequeños grupos de señoras que terminaban su ceremonia gesticulando espantadas.

—¡Bien me lo decía mi corazón!, comentaba doña Lucía Flores. Pero dónde lo iba yo a creer. ¡Tan dulce y tan devotita que era!

—Pues para que veás, la atajaba doña Petronila, que de estas beatas no hay que esperar más que lo peor.

—¿Ya lo sabrá la Thomasina?

—¡Ay, ni lo permita Dios! Pero si la tienen encerrada a piedra y lodo.

—¡Ojalá que no lo sepa, porque le va a dar el patatús!

—Algo ha de haber sabido el entecado del Pedro. ¡Tan presumida ella y que su hija se haya metido con un indio! ¿Qué cosas veremos todavía, por Dios?

Lo que no veían las buenas señoras eran los libros del señor cura. En ellos había ya más mestizos que españoles. Y había aparecido al margen de sus actas de bautizo una palabra que nunca había usado antes. Como en la de Antón, que rezaba:

> «Antón, mulato. En veinte y dos del dicho mes del dicho año baptizé y puse olio y chrysma a Antón hijo de Gregoria negra de la casa de don Bartolomé de la Torre. Fue madrina doña Nicolasa Martínez. Y para que conste lo firmé y puse mi signo. Joseph de Santiago».

El viento frío de la tarde había ido calentando los ánimos en algunas familias.

Jacinto, a instancias y ruegos de doña María, fue a ver al señor cura.

—¿Y no te da vergüenza?, le reprochó el padre González, apenas después de los saludos.

—¿De qué?, respondió levantándose el mestizo.

—¡De tener como barragana a la hija de una de las mejores familias de la ciudad!

—Señor cura: Yo vengo a ver que su merced me case con ella y a que bautice a mi hijo. Demasiado sé quién es Rosa y quién dice la gente que soy yo. Si su merced no puede casarnos por miedo de Pedro o de don Fructus, hará bien en decírmelo para retirarme. Pero sépase su merced que nadie nos separará. Y que viviremos en Ciudad Real sin su bendición si así lo tiene que disponer. Y, por si a alguien le interesa, viviremos en la casa de don Pedro Moreno, tan honrada en el valle como la que más.

Tomando del suelo su sombrero de palma, Jacinto salió sin esperar respuesta. Asomó a la plaza, casi desierta, y se echó a andar rumbo a la Calle de la Laguna. En la furia que sentía, decidió entrar por la caballeriza y sacar su caballo para ir a dar una vuelta por el campo y serenarse. Lo ensilló con cuidado; aseguró su machete bajo el arzón izquierdo; se caló el chuj, y montó de un salto. Pero al pasar por la taberna de Nicolasa pensó detenerse para calentar su garganta con un vaso de vino. Y así lo hizo. Al salir empezaba a caer el sol. Incrédulo de que el tiempo se hubiera pasado tan pronto, montó de nuevo, pero ya tranquilo y arrancó hacia su casa. Al desembocar en la Calle de la Laguna vio al grupo de hombres atravesados casi frente a su puerta. Jacinto reconoció sin dudar a los alguaciles, y toda la furia de antes combinada con el vaso de vino se le subió a la cabeza enmarañándosela entera. Picó con rabia los ijares de su potro y saltó hacia adelante a galope tendido, como atajando ganado por los matorrales.

—¡En nombre del rey!, gritaron los alguaciles.

Pero Jacinto galopaba hacia ellos con el machete levantado en alto, y la valla de hombres le abrió paso con apuración.

Unas varas adelante el mestizo frenó su caballo y se volvió a los alguaciles, para gritarles a su vez:

—Decidle a Pedro que si hay algo que arreglar, lo arreglaremos frente a frente, como los hombres. Y que lo espero en la plaza, para que todos sepan lo que pase.

La calle se había llenado de mirones. En el silencio del crepúsculo se escuchaba el acezar del potro, retenido violentamente de la rienda por Jacinto. Al notar la presencia de toda aquella gente los alguaciles se retiraron prudentemente. Jacinto se apeó, y estaba por llevar de la brida su caballo rumbo a la plaza, mas un grito desesperado rompió el encanto del atardecer:

—¿Adónde vas, Jacinto, por el amor de Dios?

Era la voz de Rosa.

A Jacinto se le detuvo el corazón. Miró todas aquellas tardes en que el sol se ponía más allá del Yalenchén reflejado en los ojos de esta hermosa mujer. Vio las manos hacendosas que lo esperaban con dulces o con frutas, o con una jícara de pozol cuando volvía de los campos con las manos teñidas de azul. Y sintió una agonía en las entrañas y un irresistible impulso de amor. Soltó las bridas y corrió hacia ella, y la apretó en sus brazos y estaba por decirle todas aquellas cosas que se dicen así, cuando una voz aindiada gritó como en un estertor:

—¡Ahi viene don Pegro!

Por el lado del Huitepec moría tras el biombo de una nube ensangrentada el último rayo del sol.

Jacinto se volteó con movimiento de víbora embravecida, levantando en la diestra su machete y sosteniendo en la siniestra el brazo de la mujer.

La voz de Pedro rasgó el último celaje de la tarde:

—¡Indio bastardo!, bramó desahogando su furia y empuñando la espada. La palabra rebotó en más de cien corazones. Hubo un temblor de rabia que brilló en

las pupilas de los mirones.

—¡Hermano!, gritó Rosa, casi desmayándose.

—¡Puta!, retumbó como en eco la voz del de Velasco.

Jacinto, enceguecido, arremetió con violencia inesperada. Cuando Pedro reaccionó, ya tenía el machete del mestizo frente a los ojos. Asustado, se echó para atrás, y al ir cayendo exclamó con despecho:

—¡Por el rey!

Pero Jacinto, hecho a la violenta vida de la tierra caliente, ya le tenía un pie puesto sobre el pecho y la punta del acero al filo de la garganta.

—¡Si os acercáis, muere!, previno brutalmente a los alguaciles.

De la puerta asomó, llevando en sus brazos una criatura, doña María, asustada por los gritos y preocupada por la tardanza de su nuera. Al percatarse de la increíble escena, no encontró nada en su conciencia que la ayudara a recapacitar. En la media luz crepuscular se le bamboleaban los fantasmas de la ilusión y la desesperanza. Aquí acabará todo. ¿Para qué dejamos nuestras casas? ¿Para qué nos cargamos de recuerdos? ¿Para qué nos van a enterrar en agua de lodo y no bajo los muros de San Pedro? Ante la mirada expectante de todos se arrimó paso a paso con el niño en alto, como una bandera:

—¡Aquí está! ¡Matadlo!, gimió con un hilo de voz.

Mas, cuando Rosa estaba por lanzarse sobre su hijo con afán de fiera, se abrió la multitud para dar paso a la desgarbada figura de doña Thomasina, que con voz clara, infinitamente triste, les reprochó casi desde un murmullo de dolor:

—¿Pero qué hacéis aquí? ¿Qué no sabéis que se muere don Luis?

—¡Don Luis!, restalló el viento de la noche en las orejas incrédulas de los personajes de aquella escena macabra.

Levantó Jacinto su machete y lo arrojó hacia un lado. Con su mano izquierda tiró de la mano de Pedro y lo ayudó a levantarse. Doña Thomasina pasó por enfrente de ellos, como en sombras, y se fue a quitarle a doña María y a colmar de besos a aquella criatura envuelta en pañales para quien todavía no hallaba lugar en el revoltijo de sus pensamientos.

* * *

Muchas gentes fueron a velar a don Luis allá en su casa del Corral de Piedra. Por la Calle de Comitlán y por la Calle de la Laguna pasaban los hachones alumbrando sus pasos, y se perdían por el ya viejo camino por donde llegaban las recuas desde los Cuchumatanes. Eran como fantasmas danzando al compás de los marticuiles.

La casa de la labor, que no era entonces más que un jacalón de bajareque, se había llenado del silencio de todos aquellos hombres y mujeres, más mujeres que hombres, que en los repliegues de su corazón mantenían viva la esperanza de que algún día ese valle florecería vibrante de paz y de alegría. Pero mientras tanto, se habían dado a rumiar en sus adentros.

—¡Caramba!, había estallado una tarde don Luis. ¡Si esta gente hablara más, tal vez nos podríamos entender!

Pero ahora estaba allí don Luis en su caja de pinabeto blanco, rodeado de sombras y de uno que otro amordazado bisbiseo. Ya nos quedamos solas. Solos. Rodeadas de indios. Ya hasta el hablar de nuestros hijos es extraño. Solos. Las indias pastorean carneros que ya son de ellas. Estamos quedando solos. Solas. ¡Nos venden lana! Los mozos montan sus caballos y se alejan. Algunos ya no vuelven.

Más allá de los cirios, sentado en una butaca con respaldo de cuero crudo, cabeceaba Luis Alfonso. En sus manos apretaba, casi arañándolo, el pendón de don Diego, que su padre le había entregado como su mejor herencia. Para comprar esta tierra, don Luis había tenido que poner censo a su tierra de la cuesta, junto a la milpa del obispo. Y después del entierro, tendré que visitar yo también a los padres de Santo Domingo. Y tarde o temprano perderé también esta tierra por algún censo de frailes.

Por detrás del abra asomó el sol.

Uno a uno salieron los dolientes por el camino del pueblo de Teopisca, y se llevaron a don Luis al camposanto del atrio, frente a la catedral.

Todo el pueblo estuvo allí. Junto a la gente vieja, vestida a la española, se alinearon los sonrientes ojos de los mestizos, de bronceados cuerpos y de soñadoras frentes.

Había en el aire un raro olor de tristeza y de muerte.

—¡Se van acabando los amigos de don Diego!, le suspiró Maruca de Velasco a su antigua amiga, doña Thomasina, de regreso del entierro.

—¡Sí!, contestó ella, sin volver la mirada, perdida en algún recoveco del pasado. ¿Cómo le pondremos al niño?

—¡Pedro!

—¿Como tu marido?

—¡Como mi marido!, respondió doña Maruca, mirando tercamente por encima de los ojos de su amiga hacia donde las nubes se cortaban en migajas sobre el Huitepec.

—¡Rosa!, llamó doña María, volviendo en sí. ¿No quieres cambiar al niño?

Entró Rosa apresurada, su cabello dorado hecho un rollo sobre su cabeza. Tomó al niño en sus brazos, acariciándolo con sus mejillas sonrosadas; se dirigió al corredor, y al llegar a la puerta se volvió a las señoras para despedirse.

En ese momento el mesticito abrió sus ojos verdiazules, contempló a las abuelas en una ráfaga de tiempo, y se soltó a sonreír.

Xpakinté

El día de San Rafael ese año de 1578 casi no amaneció. No cantaron los gallos, algunos porque se murieron y otros porque estaban casi tiesos en sus tapescos. Y las gentes no querían salir de su casa. Los viejos, porque no podían dejar su cama. Los jóvenes, porque no querían saber lo que había pasado. Las mujeres, porque los sacristanes no se habían levantado para llamar a misa. Y la ciudad estaba como muerta. En los apastes, que las criadas dejaban llenos desde la noche, el agua se había congelado. Y flotaba en el aire una pesada neblina negruzca, la señal inconfundible del terrible desastre. Al rasgarse la niebla, el sol apareció ya a medio cielo, con una fuerza que acabó de devastar los campos abatidos por la helada.

—Ni un grano de maíz podremos cosechar, observó con la cabeza agachada don Octavio Díaz, volviendo de su labor.

—¡Ya no se diga calabaza ni frijol!, exclamó casi llorando su mujer.

Pero ni el resistente trigo castellano que doña Joana de Abreu había traído de Veracruz había podido soportar la furia de aquel hielo.

—¿Qué comeremos? ¿De qué viviremos?

El alcalde mayor reunió a todos los miembros del Ayuntamiento y después de una acalorada discusión que duró hasta entrada la tarde, escribió una larga carta al Superior Gobierno de Guatemala. Pero todos sabían que ni de allí, ni mucho menos de la Nueva España podría esperarse nunca ningún consuelo.

—¡Habrá hambre!, susurraban las mujeres paradas en las banquetas, y clavaban fijas las miradas sobre sus puertas, como si con ellas pudieran protegerlas del ángel de la muerte.

Con los hermanos franciscanos había llegado jalando veinte mulas cargadas don Juan de Dios Chinchilla con su familia. A las pocas semanas de su entrada a la ciudad había solicitado en las Casas Consistoriales los tres caxones que se encontraban abandonados en la parte sur de la plaza, frente a la casa de don Juan de la Tovilla. Como se comprometía a pagar anualidades adelantadas por el permiso, las autoridades accedieron de inmediato, además de concederle por cien pesos de oro de minas el uso a perpetuidad de un solar para su vivienda, siempre que se hiciera cargo de abrir calle de acceso, pues quedaba más allá de los terrenos cedidos para el convento de San Antonio que empezarían a construir los hermanos de San Francisco.

La llegada de los nuevos frailes había sido como un soplo de aire fresco para la ciudad. Las mujeres castellanas que todavía vivían, y las hijas de algunas de ellas, recordaron como se recuerdan los sueños, las consejas acerca de estos dulces frailes que habían inventado el Nacimiento y que eran capaces de sentirse bien aun con los hermanos lobos. Y hasta los hombres se sintieron aliviados, pues ya no podían soportar el peso de los otros frailes, los que vivían en el convento de Santo Domingo, quienes desde su llegada habían significado sólo tormento y destrucción para su ciudad.

Pero lo que más había alegrado a los vecinos, especialmente a las vecinas, había sido la presencia de don Juan de Dios en los caxones de la plaza.

—Lo que quedrás podrás encontrar allí, chulita: botones de oro y de plata, hilo de Flandes, peinetas italianas.

—Pero tendrás que venderle tu alma al diablo, le contestaba hosca Marianita, la nieta de doña Petronila Guillén.

—¡No, chula! ¡Si hasta fiado dan!

Mas ese día de San Rafael, todas esas alegrías se habían ido al traste. Las mujeres pensaban en maíz y trigo, y no les importaban los hilos ni las holandas. Y los hombres, enfrascados en sus chujes, se sobaban las manos en las esquinas, pensando que lo que les quedaba de la cosecha pasada no les ajustaría para pasar el mes de diciembre. Y al final se habrían de quedar sin semilla para el año siguiente. Para probar una vez más.

Don Juan de Dios congregó a su familia en uno de los caxones; cerró cuidadosamente la puerta; se aseguró de que nadie pudiera escuchar desde fuera, y luego se puso a platicarles de una propuesta que se le había ocurrido esa mañana, y que habría de cambiar las tradiciones de su gente para siempre:

—He oído que en la tierra caliente, en los llanos del pueblo de San Bartolo, tienen grandes cosechas de maíz y frijol. Digo que debemos ir y comprar todo lo que podamos, para venderlo aquí en los caxones, en cuanto se acaben las vituallas de la ciudad.

—Yo digo, asintió doña Esther, que está bien. Pero que no debes abandonar lo que aquí tenemos. ¡Que vaya Manuel! Ya es tiempo de que él aprenda a comprar y vender. Que empiece por conseguir la recua.

—Yo iré con gusto, padre, se adelantó a decir Manuel, inclinándose respetuoso. Todavía conservo el oro que me dejó mi abuelo. Te lo ofrezco para comprar las mulas que falten. Y de las ganancias, iremos al partir.

El viejo Chinchilla reaccionó con una sonora y larga carcajada. Hasta entonces, fuera de él y su mujer, nadie sabía nada de su origen. Y nadie lo sabría, porque en ellos estaban vivos el terror y la desconfianza que el viejo don Juan les había inculcado desde su salida de la otra Ciudad Real, huyendo de la Inquisición.

—¡Genio y figura, hasta la sepultura!, exclamó al fin don Juan de Dios, cuando el acceso de risa le permitió continuar. Pues te harás cargo de este negocio. Tu madre te enseñará algunas cosas antes de que empieces los preparativos.

A las dos semanas, Manuel había comprado treinta mulas, que, añadidas a las veinte que su padre había traido, daban un total de cincuenta. La gente del valle estaba por vender lo que fuera, pues todos sabían que los precios del maíz y del frijol se pondrían por las nubes en cuanto terminara lo que les quedaba de la cosecha anterior. Y allí estaba este hombre, que pagaba con monedas de plata y hasta de oro, tan raras ya para esos tiempos en el valle, o en cualquier parte de la provincia.

—Madre, entró gritando una tarde Manuel, de regreso de buscar gente para su viaje, como inspirado por una visión: He comprado todas las mulas que necesito comprar. He conseguido los guías y arrieros para bajar de las montañas. Pero creo que no sirve llevar todos estos animales sin carga. ¿Me haces un favor si te lo pido?

—Te lo hago, pero vamos al partir.

Para finales de noviembre partió Manuel con sus cincuenta mulas. Sobre las albardas y los aparejos había colocado en tercios bien arreglados por expertos arrieros, toda la variedad de cosas que su madre le había ayudado a comprar para vender en los pueblos de la tierra caliente: llevaba grandes fardos del pan de yema que había inventado la difunta doña María de Velasco; llevaba enormes bolsas llenas de manzanas y duraznos conservados en miel de panela; llevaba, envueltas en bolsas de algodón, sabrosas carnes ahumadas, de las que preparaban para botana en la taberna de la tía Nicolasa; llevaba loza de diversas formas, de la que fabricaban en el caserío que estaba formándose más allá de la antigua casa de los frailes de la Merced; llevaba cobijas de lana, de esa lana burda que los indios ya empezaban a vender por el camino de Cinacantán, junto a la antigua milpa del obispo. Y de los caxones de su padre, llevaba también hilos y botones y telas de seda traídas de Castilla.

Don Juan de Dios y doña Esther salieron a despedir a su hijo hasta bien cerca de Las Cuevas. De allí habrían de tomar el camino de la sierra, por Chijilté y los barrancos de Chajá. Doña Esther, mirando fijamente a su marido, dejándose mirar claramente por todos los arrieros, y haciendo pedazos toda su historia dentro de su corazón, alzó la mano y, en señal de bendición para aquel hijo que se iba a lo desconocido, trazó en el aire fresco de la madrugada una gran cruz que ella deshizo en lágrimas, mientras los hombres arrancaban a gritos arreando su patache por entre los pinares.

* * *

Por esos días entró a Ciudad Real un tierracalentano legítimo. Llegaba de unas tierras a la orilla del Río Grande, donde su padre había levantado la gran hacienda de ganado conocida como la estancia de Nandamupí. Quería encontrar en la ciudad la forma de conectarse con los patacheros que por allí pasaban para ir a Veracruz a esperar la salida de la flota, y mandar con ellos las cargas de cueros que tenía salando en los estanques de su hacienda. Y le interesaba pasar una temporada para ver si conocía a una muchacha que quisiera dejar este simero palomar y acompañarlo a las ardientes soledades de sus ricas tierras.

—A los patacheros les da posada en las caballerizas de su traspatio la tía Nicolasa, le contaron al salir de misa el primer domingo que estuvo en la ciudad. Él se había hospedado en casa de don Gil de Rojas, amigo de su padre, y con él visitaba las casas de la gente de bien por las tardes, para tomar el chocolate. Pronto se hizo popular su figura en todas partes: Era un joven alto, moreno oscuro, de andar firme y de mirada franca, que tenía un tesoro de cuentos en su lengua acerca de sus andanzas por aquellas tierras donde todavía asaltaba el tigre a los caminantes y aullaba el coyote en los corrales de las gallinas.

—Vive en el peligro, como los caballeros de esos libros que trajo Mariana de España, comentó Chabelita, la hermana menor de don Cristóbal de Velasco.

—¿Quién es Mariana?, le preguntaron al mismo tiempo sus inseparables amigas, Margarita González y Clarita de Pedraza, la hija de don Miguel, que nadie sabía de dónde había llegado pero que en poco tiempo se había colocado entre las buenas familias de la ciudad.

—La hija de doña Mencía de Gonzaga, la señora que vive en la Calle de la Pera. Ustedes no la conocen porque sale poco. Pero yo sí, porque mi madre la invita a jugar a los naipes. Viene de Oyarzún, que está en las montañas pero cerca del mar. Dice que su marido no tarda en llegar, que se quedó arreglando asuntos de herencias. Pero ella tiene lo suyo para gastar.

—¿Pero Mariana, cómo es?, la interrumpió Clarita.

—¡Una chulada, hermanitas! ¡Una verdadera chulada! Pelo castaño claro, ojos celestes, nariz respingada, algo alta...

—¿Y dónde está, que no la hemos visto?

—Es muy callada. No va a ninguna parte si no la invitan. Igual que su madre.

—¿No será que nos cree menos?

—¿Cómo puedes pensarlo? ¡Es como un ángel! Pero se pasa el tiempo encerrada porque trajo libros para leer. A mí me ha prestado unos que son la maravilla.

—¿Y de dónde sabes tú leer?

—Mi abuelo me enseñó. Mi abuela también sabía.

En estas pláticas se entretenían las jovencitas cuando oyeron que sonaba el aldabón. Las tres salieron corriendo, atropellándose entre las rosas que tanto tiempo antes había sembrado doña Thomasina Álvarez. Frente a ellas aparecieron los invitados del dueño de la casa, don Gil de Rojas y el joven tierracalentano de quien todas las muchachas de la ciudad se hacían lenguas, Leonardo Ruiz, para servir a ustedes, señoritas.

Las muchachas se quedaron encandiladas con la presencia del huésped de don Cristóbal. Pero no terminaban todavía sus cuchicheos, cuando nuevamente sonó el aldabón. Esta vez salió corriendo solamente Chabelita, y sintió una gran alegría al ver que, junto con doña Mencía estaba a la puerta de calle Mariana.

—Pasad, pasad, exclamó, imitando la manera española de hablar, ya casi olvidada en Ciudad Real.

La velada fue inolvidable. Por primera vez en mucho tiempo, no se jugó a los naipes sino que se conversó de la manera más agradable. Doña Mencía, comparando sus picachos vascos cubiertos de nieve con las verdes montañas que rodeaban a Ciudad Real, se conquistó el cariño de los presentes. Pero el que se llevó la noche fue el tierracalentano Leonardo, con sus cuentos de duendes y de campanas sepultadas en el río.

—Así lo sabemos todos por allá, decía. La otra campana, la que fundieron junto con la de la Iglesia de Chiapa de los Indios, está en el fondo del Río Grande, y cada vez que en el pueblo la hermana llama a muerto, ella le contesta con un eco de agua, como si llorara. ¿Otro trago?

Y hacía correr la bota que cada vez que estaba por vaciarse mandaba a rellenar con el mejor vino que tuvieran en la Taberna de la Tía Nicolasa, al otro lado del palacio del obispo.

Finalmente las visitas se levantaron para despedirse.

—Un momento, si me hacen el favor, pidió Leonardo. Antes de que se retiren. Antes de que os retiréis. Bien, como sea. Convido a todos a que me acompañen a Nandamupí para pasar allá la Nochebuena. Mañana mismo mando por caballos y sillas. Y nadie tiene que preocuparse de nada, porque allá tenemos todo. ¿Oigo alguna respuesta?

—Ay, pero Leonardo, ¿y la misa de gallo?

—Podemos ir a Ostutla. Aunque ese pueblo está muriéndose, todavía llega un padre para decir la misa en las fiestas y para los bautizos de los indios.

—Nosotras vamos, dijeron las muchachas con sonrisas entre entusiasmadas y pícaras.

—¿Y tú, Mariana?, preguntó Leonardo, como si por primera vez se atreviera a dirigirle la palabra a una doncella.

—Solamente si mi madre va.

—¿Doña Mencía?

—Pues... ¡Vamos! ¿Por qué no?

* * *

La ciudad languidecía en la necesidad y en el temor. La helada del día de San Rafael había matado todo. Lo que había quedado en los campos no podía usarse ni siquiera para mantener a los animales. En las trojes iba mermando la reserva de granos. Y no quedaba mucha harina tampoco en los hogares.

A medio día del día de Santa Lucía entró la recua de Manuel de Chinchilla. La gente, que no tenía mucho en que entretenerse, salió a las calles a mirar. Parte del patache se quedó en la caballeriza que los Chinchilla habían construido cerca del convento de los franciscanos, y parte fue a descargar directamente a los caxones de la plaza.

—Dentro de unos días salgo de nuevo, les anunció Manuel a sus padres. Dejé varias cosechas compradas y otras apalabradas; pero no tenía ni mulas ni gente para traer todo en un solo viaje.

Lo que no les anunció fue que había quedado prendado de la tierra caliente. Que en su interior había decidido volver para ver mejor aquellos lugares por donde había estado comprando las cargas de maíz y de frijol. Que se moría por estar de nuevo en aquellas pozas de agua tibia y azufrada. Que haría un capital con sus ventas para volver al pueblo de San Bartolo y desde allí comprar no maíz ni frijol, sino tierras. Aquellas hermosas tierras donde un día…

Por la ciudad corrió la noticia con suspiros de alivio.

—Aunque nos saquen los ojos de la cara, por lo menos habrá qué comer, murmuraba doña Inesita Domínguez, mientras la escuchaba con la vista fija en el suelo su comadre, doña Josefina Porras.

—Pero dicen que estos comerciantes no son tan hambrientos.

—El día que los comerciantes no lo sean se acabará el comercio, comadrita.

—He sabido que dan fiado.

—¡Ay, comadre! ¡Que no te den atole con el dedo! De dar, dan. ¿Pero con cuánto lo vamos a repagar?

—Por lo menos no piden las escripturas de las tierras, como dicen que las piden los padres de Santo Domingo.

—¡Entre frailes y comerciantes nos van a comer vivos, comadrita! Pero de alguna manera tenemos que pasar el año.

Las mujeres amanecían esperando que don Juan de Dios y doña Esther abrieran los caxones, y daban lo que tenían por un almud de maíz y otro de frijol o de pepita de calabaza. Y doña Esther estaba montada en su macho de no vender más de un almud por cabeza.

—Hasta que veamos que Manuel traiga más.

—¡Ay, nana Esthercita!, lloraba una mulata del Cerrillo. No me ajusta lo que tengo para pagar todo lo que necesito.

—¿Quién es tu marido, negrita?

—Bardomiano, un trabajador del molino de don Diego Sánchez Serrano. Pero no hay ya mucho que moler. Y no le han pagado.

—Que vaya al monte y que me pague con cargas de leña y de ocote para mi fogón.

—Yo, doña Esthercita, soy viuda y tengo tres mis hijitos. Pero no tengo más que un pedazo de sitio que me dejó mi difunto.

—¿Cómo te llamas?

—Cayetana Rovelo.

—¿Eres tú la que muele chocolate?

—Ésa, doña Esthercita.

—Muéleme dos arrobas de chocolate en bolitas. Yo te consigo lo que necesites. Y llévate un almud de maíz, uno de frijol y dos cuartillas de pepita.

—¡Que Dios les eche su bendición, señores!

A la semana salió de nuevo Manuel rumbo a San Bartolo. En su cara llevaba una sonrisa. En los aparejos de sus mulas, además de su carga de pan y otras cosas de comer, llevaba dieciocho tercios de rajas de ocote y dos arrobas de bolas de chocolate.

* * *

Ese mismo día salió la comitiva de Leonardo. Era un grupo alegre y despreocupado. Sus trojes estaban llenas de bolsas de harina y en sus arcones había abultadas talegas con pesos castellanos o con oro de minas en que convertían los tributos de sus pueblos.

Se fueron entre risas pasando junto al Ecatepec, el cerro de los vientos, donde los hermanos de San Francisco estaban tratando de establecer una doctrina. Desde el valle se veían ya los muros como la proa de un barco sentado en el oleaje de los pinares. Se fueron trotando bajo las grandes encinas cubiertas de musgo hasta que, mucho más allá de Zacualpa, se les abrió el telón de la llanura por donde serpenteaban las aguas del gran río.

—Allá es la tierra caliente, exclamó reconociendo su querencia Leonardo.

Hubo un murmullo de asombro entre los viajeros, especialmente entre las mujeres, que rara vez salían de la ciudad, a no ser para visitar sus labores o sus sitios en el valle. Se apearon todos para admirar el espectáculo y para tomar un refrigerio.

—El caserío que se ve al terminar los cerros es San Lucas. En la llanura le llamamos El Zapotal. Es un pueblo del convento de Chiapa de los Indios, explicó Leonardo. Junto a la iglesita tienen unas galeras donde nos darán posada para pasar la noche.

Así fue. La noche fue un alivio para todos después de casi despeñarse por la abrupta serranía. Velaron un rato junto a una hoguera para charlar sobre los incidentes del camino. Pero luego se decidieron a reposar: las mujeres en el interior de las galeras, los hombres sobre los sudaderos de sus cabalgaduras en el portal.

En cuanto asomó el sol por la montaña, Leonardo empezó a llamar urgiendo a todos.

—Aquí no es como allá arriba. Si nos agarra el día antes de salir, no soportaremos el calor.

Se arreglaron pronto y tomaron su chocolate con pan. Y luego se lanzaron al camino, con la misma alegría del día anterior. Y se fueron por la llanura. Alto ya el sol divisaron un imponente sabinal que sobresalía en el llano. La vereda se dirigía en línea recta hacia él. Leonardo se sintió emocionado al explicar:

—Ahora vamos a pasar el Río. Echaremos las bestias a que pasen a nado. Nosotros cruzaremos por un puente de hamaca. Lo construimos nosotros, mi padre y yo. ¡Seguramente les encantará!

Desmontaron todos. Las mujeres se pusieron a caminar por la arena de la pequeña playa y a comentar sobre la belleza de los sabinos de cuyas raíces parecían brotar las violentas aguas de ese río que arrastraba su furia desde los sumideros del valle de Jovel. Las criadas se apresuraron a preparar el almuerzo, mientras los hombres de Leonardo arrebiataban las bestias para lanzarlas aguas abajo y recogerlas del otro lado.

Pasado el almuerzo, Leonardo se colocó delante de sus amigos para explicarles la manera de cruzar por el puente: A cada ribera del río había un gigantesco sabino. En cada uno de ellos habían cortado una muesca y le habían amarrado una escalerilla de madera maciza que la constituía en un barandal a buena distancia del agua. Luego habían colgado de los árboles por sobre el caudal, una serie de sogas hechas de cuero crudo muy resistente; en las sogas inferiores habían amarrado tablillas de huanacastle, bien aseguradas con otras soguillas tanto a las inferiores como a las superiores. Para pasar, se tenía que pisar cuidadosamente sobre las tablillas y sostenerse firmemente de las sogas de arriba.

—¡Nadie se ha caído de aquí!, exclamó como punto final Leonardo. Pero es mejor no mirar hacia abajo.

Las mujeres tenían la vista clavada en la espantosa hamaca que se balanceaba suavemente al ritmo del viento de la tarde que empezaba. Chabelita se ofreció a pasar primero. Junto con ella subieron sus amigas. Delante de ellas caminaba Leonardo. Cuando llegaron al otro lado y descendieron la escalerilla bajo la vigilancia del tierracalentano, hubo un suspiro de alivio, y ya todos se decidieron a pasar sin preocupación. La última en subir fue Mariana. Leonardo la vigilaba desde el otro lado como a todos. Detrás de ella había pisado el primer peldaño un arriero llevando en hombros las últimas cosas que las criadas habían dejado, cuando la paz del lugar y de la hora se rompieron en un grito de espanto: Mariana se agachó a mirar el agua, perdió el paso y se fue entre las cuerdas hacia la corriente. Mas antes de que ella terminara de caer, Leonardo se había arrojado sin pensarlo y braceaba furiosamente entre la espuma del corrental.

—¡Hija, por Dios!, se oyó que gimió doña Mencía antes de caer desmayada.

Las muchachas se abrazaron unas a otras esquivando la vista como para librarse ellas del peligro de su amiga, mientras sollozaban convulsivamente.

Los vaqueros de Leonardo montaron en pelo sus animales y se arrojaron al río floreando sus reatas para auxiliar a su patrón. Pero ya no hacía falta. Él había alcanzado a la espantada joven que se dejaba llevar por la corriente, la había sujetado con firmeza en su nervudo brazo izquierdo, y nadaba tranquilamente hacia la orilla. Al salir por entre los raizales se la quedó viendo. Había en aquellos ojos un horror tan profundo, que parecían no mirar. En el dulce terror de la española, Leonardo sintió que su alma rompía sobre un remanso, y sin pedir permiso, le dio un beso apasionado que la obligó a volver en sí.

—¡El miedo te hace más hermosa!, le murmuró.

La levantó entonces, como si fuera una criatura, y la llevó hasta donde los demás viajeros trataban de volver a doña Mencía soplándole la cara vigorosamente con los sombreros de palma.

Montaron de nuevo. Leonardo era el espejo del comedimiento para servir a Mariana. Con delicadeza la ayudó a colocarse en su galpago, y de allí en adelante la escoltó, sin perder ocasión de atisbar en sus ojos celestes el recuerdo del espanto, hasta que, con la resolana de la tarde empezaron a subir la colina sobre la que se alzaba la casa grande de la hacienda, rodeada por una docena de jacales para baldíos.

En el corazón de Mariana parecía incubarse un sentimiento que no podía comprender, mezcla de horror y de ternura, de desprecio y admiración hacia aquel moreno caballero, tan semejante a aquellos que pululaban en los libros que su padre le había regalado como recuerdo al abandonar su tierra.

* * *

La Navidad de ese año no trajo la alegría que siempre se esperaba. No había harina para las hojuelas, ni ánimo para cocinarlas, flotando sobre los techos el fantasma del hambre. En esos días se recibió en la catedral una queja, que habría de repetirse muchas veces a lo largo de aquella penosa temporada, en que la gente empezaba a desesperar de todo. La recibió el señor deán. Al leerla no sabía si romper en carcajadas o sentarse a rumiar lo que pasaba más allá de su cocina calientita y bien provista para las festividades. La queja estaba redactada a manera de carta, seguramente escrita en la casa de alguno de los escribanos que ya para esas fechas habían tomado asiento en la ciudad para vivir de pleitos entre vecinos. Más tarde los llamarían abogados, y pulularían como insectos en busca de carne para picar. El señor deán se acomodó bien en su butaca para volver a leer la enmarañada misiva, que a la letra decía:

Señor Dean: Sebastián Dominguez, vecino desta ciudad, y legitimo marido de doña Maria Dominga Fernandes en la mejor forma de derecho, ante VS paresco, y Digo: que va para tres semanas que mi esposa se ha separado de mi, sin haver cavsa alguna que lo ocacione, y viendo esta materia que cede en daño de mi alma, y de mi honor, y contra la lei de Dios, suplico a VS que en meritos de justicia se sirva haser compareser ante VS a la enunciada mi esposa para que exponga las causas que le motiben a esta separacion, y no pareciéndole a VS ser estas vastantes, ha deser mui servido de compeler a la referida mi esposa, por todo rigor de derecho, venga haser vida maridable con migo, como lo manda Dios, y caso que se halle renuente, a no querer, pido se sirva ponerla en un depocito a mi satisfaccion, q'estoy pronto a darle lo nescesario para su mantencion, para que libre de concejos y diabolicos influxos se pueda seguir la cavsa, como deva ser, y asi mismo suplico a VS se sirva privar, vajo la pena que hallare por combeniente, a la referida mi esposa, que en su depocito no tenga vecitas ni comunicaciones y principalmente la de sus criadas por ser estas las primeras concejeras y alborotadoras y por combenirme asi para mi defensa y quietud, y por tanto: A VS pido y suplico se sirva haser como llevo pedido, que en ello recevire vien y merced, juro en forma y lo nesezario. Sebastián Dominguez».

El señor deán enrolló la misiva, y estaba por echarla en el fogón para olvidarla, pues no quería tener preocupaciones a dos días de la fiesta. Mas, pensándolo mejor, creyó que ésta sería la oportunidad de reanudar su amistad con el señor cura, con quien tenía disgustos por asuntos de diezmos, y así, palmeó tres veces para que se presentara doña Felícitas, su ama de llaves, y le pidió:

—Doña Felícitas, prepare su merced una caldera de su mejor chocolate y una canastilla de pan de yema y otra de pan chico, y mande a avisarle al señor cura que tengo urgencia de platicar con su reverencia.

—¿A esta hora de la noche, Su Señoría?

—¿Qué hora es?

—Ya dieron las ánimas.

—¿Y no estoy en pie yo todavía?

—Como disponga Su Señoría.

No tardó en presentarse, arrebozando su corpulenta figura en una capa de estameña de la tierra, el señor cura del sagrario; en sus ojos chispeaba el deseo de complacer a su superior, aunque trataba de ocultar su placer por la oportunidad.

—En cuanto llegó Mariano a comunicarme la orden de Vuestra Señoría, me eché a la calle para presentar mis respetos.

—Tome asiento, su reverencia. No tarda doña Felícitas en traer algo de nuestra humilde cocina. ¿Podemos tratar en confianza un asunto de conciencia?

Al señor cura le corrió frío por la espalda. ¿Pero quién puede saber de la barraganilla? Por la bendición de Dios, es muda. Algo le sé yo también al señor deán, si a eso llegamos. ¡Ah, si no hiciera tanto frío en esta temporada! ¿Para qué necesito yo barraganas a mis años?

—¿Señor cura?

—Ah, sí, Vuestra Señoría. Con vuestra venia, creí que continuaría Vuestra Señoría.

—Se trata de uno de los feligreses de su reverencia. Me ha escrito esta queja, que bien valdría la pena considerar.

Entre accesos de risa nerviosa, el señor cura leyó la queja de su feligrés. Terminando, mientras introducía media torta de pan de yema en su jícara de chocolate, alzó los ojos para encontrarse con los de su superior, y preguntar con humildad:

—¿Qué aconseja Vuestra Señoría?

—Que dejemos pasar las fiestas.

—¿Y que se arreglen ellos por la paz?

—No, señor cura. Pasadas las fiestas, su reverencia los convocará en esta casa, y entre los dos los obligaremos a avenirse. Su reverencia ganará un par de confesiones, y los dos podremos poner algún bien en nuestras conciencias. ¡Doña Felícitas!

—Señor.

—No creo que sea demasiado tarde para que el señor cura descanse de sus preocupaciones con un juego de naipes. Y talvez no le venga mal conocer esa botija que su merced ha guardado en la alhacena de su alcoba.

—Como disponga Vuestra Señoría.

Así fue como ambos clérigos arreglaron sus desavenencias. Se sentaron a la mesa de juego, con la conciencia tranquila y la barriga llena, y allí escucharon los repiques con que Mariano anunciaba la primera misa al día siguiente.

Pero las fiestas sólo sirvieron para que la gente sintiera más viva su desgracia y la inminencia de peores tiempos por venir.

***

Los viajes de Manuel a San Bartolo eran cada vez más frecuentes. Pero aun así, las recuas de maíz y frijol, que ya sólo descargaban en los caxones de la plaza, no se daban a basto para socorrer la enorme necesidad.

—¡Hasta los indios están viniendo a comprar! No es justo, doña Esthercita. Ellos tienen sus milpas en la tierra caliente.

—¡Ay, hija! ¿Cómo va una a estar haciendo distingos? El que paga, paga.

—¿Y de dónde sacan dinero los indios?

—Me pagan con cacao, hija. Y eso sólo ellos saben dónde lo encuentran. Pero es buena paga. Y buenos reales me ofrecen por las pepitas. Pero yo prefiero que me las muela en chocolate doña Cayetana. Pero, bueno, aquí no es lugar de platicar, hija. Allí esperan otras marchantitas.

Sin embargo, no parecía ser todo pérdida. La gente de la ciudad estaba observando y calculando y abriendo los ojos. En casa de don Pancracio Suárez, doña Josephina sentía que algo nuevo podría empezar a suceder. Y así se lo comentó a su marido, una tarde en que el frío y el hambre los mantenían encerrados en la cocina, junto a la lumbre del fogón.

—Estoy pensando, Pancracio, que si ella lo puede hacer, no hemos de ser menos nosotros.

—¿Quién es ella? ¿Y qué es lo que puede hacer?, respondió el marido, de mal humor.

—¡Pues la caxonera, la Esther! ¿No pensarás que no me da vergüenza llegar a lamberle el culo para que nos dé fiado lo que comemos?

—¿Qué podemos hacer?

—Vender. Ganar unos reales vendiendo cosas que la gente necesita.

—¡El hambre te está volviendo loca, por Dios!

                                    * * *

En esos días, finalmente, volvieron de la tierra caliente los amigos de Leonardo. De inmediato corrió por todo el valle el rumor de una boda que habría de celebrarse con inaudita pompa. Se decía que la novia no tendría una gran dote, pero que el padre de Leonardo había decidido no aceptar ninguna. Y que estaba por llegar una recua de más de cien mulas cargadas de granos, que la novia había pedido como regalo para repartir entre la gente pobre.

—Son sueños de los muertos de hambre, comentó Clarita. Lo que a ésta le hace falta es quien la saque a ella de la miseria.

—No seas así, le respondió su amiga Chabelita. Ella te invitó como dama de honor.

—¿Y qué? ¿No viste las caras que hacía cuando íbamos a cruzar la hamaca de regreso? ¡A gritos estaba pidiendo que la pasara en brazos el mandilón del Leonardo!

—¿Cómo no, Clarita, después del susto que llevó la primera vez?

Mas a pesar de las murmuraciones de las muchachas y de los agrios comentarios de varias de las señoras de la buena sociedad, el día de Candelaria la catedral lucía en toda su gloria, adornada con flores de Castilla y guirnaldas de la tierra. En el interior lucían sus encajes y sus perfumes las mejores familias, que ocurrieron obsequiosas a la puerta del perdón para saludar y dar parabienes a los novios, como ya se había hecho tradición en las bodas de la gente de bien. En el atrio tocaban los músicos, contratados por Leonardo, melodías que habían llegado de lejos pero que empezaban a tener un extraño aire triste, melancólico y dulce, que parecía estar a tono con el sentir de la gente. De pronto reventaron las bombas de pólvora que el novio había mandado preparar para que todo el mundo supiera que estaba de fiesta él. Tronaron casi enfrente de la comitiva. Varias señoras se taparon instintivamente los oídos, mientras que otras se refugiaron velozmente en el interior de la catedral y los hombres abrieron la boca en mueca de sonrisa para ocultar su espanto. Pero la que verdaderamente recibió el impacto de la horrenda salva fue Mariana. Se estremeció entera, y se abrazó angustiada refugiándose en el pecho de su novio, quien pugnaba por apartarla.

—¡Déjame que te vea!, le decía, mientras la retiraba y trataba de atisbar en el fondo de aquellos ojos celestes. ¡Déjame que te admire!

Las damas volvieron en sí poco a poco del asombro, moviendo la cabeza, incrédulas ante el inesperado espectáculo.

—Esto no dura; esto sí que no dura, les murmuró Clarita a sus amigas. En todo esto hay gato encerrado. Y yo me encargo de sacarlo.

Nadie le puso atención, porque en seguida sucedió lo que la voz del pueblo había estado publicando desde hacía varios días: De por la calle de la iglesia de San Sebastián asomó una gran recua de mulas, que pasando por enfrente de los caxones de la plaza, llegó hasta el atrio de la catedral y allí se detuvo. Dejó el novio el brazo de la novia y se adelantó, para decir a toda la gente del pueblo, reunida en espectación:

—Aquí hay cien cargas de maíz y frijol. Todos los que quieran, acérquense al caporal, y él sabrá cómo repartir este humilde regalo que les hace doña Mariana de Gonzaga, mi señora.

Hubo una explosión de gritos y un correr apresurado de la gente por ollas y bolsas para recibir aquello que podría sacar a más de una familia de grandes apuros.

—¡Ni la burla perdonan!, exclamó entre risitas la nieta de doña Petronila Guillén. Bien se ve que son indios de la tierra caliente. Ni el día de su boda pueden mostrar un poco de buen gusto.

—No creas, le constestó Clarita, sintiendo que en el interior se le enroscaba una víbora de envidia. Todo esto es cosa de esa entelerida mataquedito. De vicio se las da de española. «Ay, qué pena que no está mi padre. Tal vez no ha podido conseguir barco». ¿Por qué no dicen la verdad? Se me figura que la tal doña Mencía no ha de ser más que una cazahombres que ahora que ya atrapó a este bruto para la hija, no tardará en embaucar a otro para ella.

Y así, entre pláticas de amigas, se fueron las familias encaminando hacia la que fuera milpa del obispo, que ahora era propiedad de don Cristóbal de Velasco. Allí fue la gran fiesta, en medio de la cual, ya un poco entorpecida su lengua por los efectos del vino, Leonardo pidió silencio para dar una noticia:

—Amigos, dijo. Quiero agradecer a todos su graciosa presencia. Pero

quiero agradecer de manera especial a don Juan de la Tovilla que me haya
vendido una casa en la Calle del Río. Allí viviremos entre los amigos de
Ciudad Real. Aunque muchas veces yo tendré que bajar a la tierra caliente,
sé que el afecto que se nos ha mostrado servirá para que doña Mariana de
Gonzaga se sienta feliz aquí a pesar de mi lejanía.

Entre el estruendoso aplauso con que los comensales recibieron las palabras del rico tierracalentano, pasaron desapercibidas las palabras susurradas
por la forastera Clarita a su nueva amiga, Petrita Guillén:

—Ni se imagina lo feliz que será.

*   *   *

Por fin el señor cura se decidió a citar a don Sebastián Domínguez y a su
legítima esposa doña Dominga Fernández a la temida sesión de avenimiento
en la catedral.

Entraron los esposos por separado. A doña Dominga la acompañaba una
criatura de dos años, que llevaba en brazos. Luego que se sentaron en taburetes que les ofreció Mariano, el sacristán de la catedral, empezó el señor deán:

—Doña Dominga, don Sebastián. Entre el señor cura y su servidor vamos
a tratar de entender lo que pasa entre ustedes. Tengan sus mercedes la confianza de decirse las cosas como son de verdad, bajo pena de excomunión
mayor si llegamos a comprobar que uno de los dos miente. Lo que aquí se
diga ha de quedar cubierto por el sigilo sacramental. A nosotros nos interesa
que sus mercedes lleguen a una avenencia. El señor cura y su servidor escu-
charemos y daremos consejos al terminar lo que sus mercedes tengan necesidad de decirse. ¿Quiere su reverencia señalar el comienzo?

El señor cura se limpió la garganta y se dirigió a la mujer:

—Doña Dominga: El señor deán recibió un escrito de don Sebastián, en
que él se queja de que su merced abandonó su casa sin motivo aparente.

—¿Le parece a su ilustrísima, atajó la señora, no ser motivo aparente que
él me tiene al palo y sin zacate? ¿Que no me da ni para la mantención de esta
alma de Dios que no tiene ni dos años y que es una pobre muerta de hambre
por el abandono y el incumplimiento de él?

—Señores, señores, interrumpió afligido el acusador: Pero, ¿cómo es posible? ¡Todo lo que sale de la labor viene para la casa! ¿O no es verdad, María?

—Que viene, viene. Pero, ¿quién se embolsa lo que resulta? Con decir,
señor cura, que de un trigo que dio fiado, ni siquiera quiso que me quedara
lo que le quedaban a deber; y para eso está de testigo la Petrona Vega, mi
criada.

—Todo el trigo se vende en la casa, y yo nunca veo un real. Para pagar a
mis mozos tengo que humillarme y pedirlo de esta brava mujer. Pero de esa
vez que ella dice, es verdad, vuestras señorías, que yo pedí los tres pesos y dos

reales que quedaban, pero al ver la furia y el irrespecto de mi mujer, se lo mandé todo con la Petrona, y ella no lo quiso recibir porque ya se había incomodado, y me lo botó en el suelo. Y castiga Dios, señores, por dejar los santos reales tirados como si fueran basura. Ahora que con las grandes heladas el trigo se quemó en el campo, estamos teniendo que comer tortillas de maíz, como si indios fuéramos y no ladinos. Pero eso es por el castigo de Dios.

—Castigo de Dios, interrumpió doña Dominga, por estarte gastando nuestra mantención en la taberna de la Nicolasa en vino y sólo Dios sabe en qué otros pecados. ¡Por Dios, si apenas pueden con la cruz y todavía quieren cargar ciriales!

—¿Cómo que no puedo con la cruz? ¿Y de quién es esa niña!

—¡Mía! Yo la traje al mundo y la he criado sin que nadie me ayude.

—Vean sus mercedes, señores padres, que así me trata siempre. Que nunca me dijo que estaba embarazada, hasta que ya era casi su tiempo de aliviarse. Y ahora sé de por fuera que está otra vez embarazada, pero no porque me lo haya confesado ella. Pero en el asumpto de la niña, nunca le falté. ¿Quién pagó a la chichigua? ¡Veinte y dos pesos y cuatro reales le di por año y medio! ¿Conque y si la niña no fuera mía?

Se levantó la señora de su taburete hecha un demonio, como si quisiera arrojarse sobre su marido; pero al mismo tiempo se levantaron alarmados los dos sacerdotes para calmarla. Se hizo un difícil silencio, interrumpido solamente por los sollozos de la mujer.

—Nunca la ha querido, señores. Piensa que yo soy como esas indias que él conoce y que se revuelcan con el primero que les dice algo. Pero las ladinas no somos así. ¡No somos así! Esos son pecados de hombres.

—Cálmese, su merced, intervino solícito el señor cura, que sentía que ése era camino peligroso. Estoy seguro de que su marido quiere a la niña.

—¡La sangre llama, señor cura!, respondió don Sebastián, tratando de aprovechar la oportunidad. Pero cada vez que yo hago algo por ella, mi mujer me burla y me mofa. Y por eso vivimos disgustados.

—Yo, señores, vivo disgustada, no él. Y vivo disgustada porque ésta ya no es vida. ¿Cómo sabe él qué albitrio me doy para sobrellevar esta hambre que nos está azotando? Ni un real me dio para ir a buscar los granos a los caxones de los comerciantes. Y tuve que pedir fiado, teniendo marido que se ufana de tener labor de pan sembrar. ¡Y ni siquiera me dieron fiado, sino que me tuve que comprometer a lavar ropa de la caxonera, señores! ¿Qué justicia es ésta? ¿Una ladina tener que cargar canastos de ropa ajena para lavar en el río?

—¿Pero qué albitrio es ése? ¿Cómo va a pedir fiado? ¿Por qué no me dijo nada?

—¿Y no te dije nada cuando avisaron del maicito de la bendita doña Mariana? Si no fuera porque mandé a la Petrona a recebir esa bendita limosna, a esta hora estaríamos comiendo cosas que no quiero nombrar en la santa presencia de los señores padres.

Se callaron todos, enroscándose hacia el interior de su conciencia, cada quien rumiando a su manera lo que estaba sucediendo en la ciudad. De pronto alguien llamó a la puerta, y sin esperar entró. Era Mariano, el sacristán:

—Señor cura, que doña Maura se está muriendo y quieren que vaya su merced a santoliarla.

—Los muertos pueden esperar, repuso el gordo malhumorado. Ya era más del medio día, y con este pleito de vecindad ni siquiera una fruta había podido comer después del chocolate con pan.

—Vaya su reverencia a cumplir con sus obligaciones pastorales. Nosotros trataremos de conseguir que estos fieles cristianos puedan llegar a un acuerdo, señaló con firmeza el deán.

Salió el señor cura sin despedirse, y cerró Mariano la puerta con cuidado, molesto él también de no poder seguir junto a la ranura que daba al patio cerca del campanario.

—En el nombre de Dios, dijo entonces el deán, con pomposa solemnidad. Las cosas no pueden seguir así. En mi presencia, que es en la presencia de Nuestro Señor, os conmino a pasar a confesión con el señor cura en cuanto vuelva de sus deberes; pero ante todo, a jurar aquí, bajo pena de excomunión, cada quien cumplir con lo que la santa ley del matrimonio le impone y manda.

—Señor deán, atajó don Sebastián. Con esta hambre y esta carestía, ¿cómo puedo comprometerme a las exigencias de mi mujer? Los pocos dineros de mi última cosecha ya se van acabando y sólo Dios sabe lo que nos depara este año que no pinta nada bien.

—Y eso que gracias a doña Mariana podremos vivir unos meses, interpuso la mujer.

—¿Tienes escripturas de tu labor?, preguntó el deán.

—Todas en orden, se apuró a decir don Sebastián.

—Pues llévalas al convento de Señor Santo Domingo. Allí te podrán auxiliar mientras te pones en pie de nuevo.

La mujer, que en realidad estaba más angustiada por su situación económica que por la estabilidad de su matrimonio, se arrodilló para besar la mano del clérigo, y para jurarle con la solemnidad del caso:

—Señor, de aquí salimos juntos con la bendición de Dios. No volveremos a molestar a su sñoría.

El marido levantó apuradamente su sombrero de paja, hizo una reverencia, y se fue tras la mujer, entre satisfecho y confundido, sin acabar de comprender lo que había sucedido allá entre las sombras de la santa iglesia catedral.

* * *

Don Pancracio Suárez y doña Josefina vivían en una de las últimas casas, al oriente, por donde comenzaba el camino al pueblo de Cuxtitali. Nunca habían gozado de una gran abundancia, pero estaban acostumbrados a no pasar hambre. Doña Josefina tenía tres vestidos para dentro de casa y uno para la iglesia. Don Pancracio tenía dos mozos que le ayudaban en la labor, y tenía un caballo para salir a pasear los domingos por las calles de la ciudad. Y los dos muchachos con que Dios había bendecido su hogar podían darse el lujo de ir por las tardes a aprender las letras al convento de San Antonio. Eran una de aquellas familias que ya abundaban en el valle y que habían acuñado para sí el nombre de ladinos, en oposición al término que los indios reservaban para los españoles recién llegados y los criollos y que, habiéndose originado como caxtellán, había derivado a caxlán.

Pero el desastre del día de San Rafael había afectado a todos por parejo. Algunas pocas de las familias que tenían propiedades en la tierra caliente no habían resentido los efectos de la helada en su vida ordinaria, solamente porque siempre tenían productos de sus haciendas en las trojes o, a veces, en los tabancos. Algunos molinos siguieron funcionando, porque ya estaban sembrando trigo en el valle de Teopisca y en las cercanías del pueblo de Huixtlán. Pero el precio de la harina se había elevado considerablemente. Y no había faltado quien la ocultara para poder conseguir precios todavía mejores más adelante.

Don Pancracio solía cosechar hasta diez fanegas de trigo y unas cuatro de maíz en su labor, además de varias clases de verduras para la mesa. Doña Josefina hacía sus tantos y tamaños, guardaba celosamente lo que necesitaba hasta sacar la nueva cosecha, y lo demás lo vendía allí mismo en su casa por cuartillas. Para el mes de diciembre ya empezaba a comer de la cosecha nueva.

—Pero este año nos vamos a morir de hambre si no hacemos algo, insitía la buena señora, ya seriamente preocupada, días después de la Candelaria.

—¡Y vuelta la burra al trigo!, le contestó su marido, exasperado por la tenacidad de su mujer, y desesperado porque veía claramente que los pesos que tenían guardados iban mermando día a día, y la posibilidad de no tener ni siquiera para la semilla de la próxima siembra se hacía cada vez más clara.

—Yo digo que debemos comerciar.

—¿Y qué podemos vender? ¿A quién? ¿No ves que la gente se está volviendo sombras de tanta necesidad?

—¡Pues vamos a vender a otra parte!

—¿A vender qué?

—Cobijas, petates, dulces, loza. Lo que sea.

—¿Dónde tienes guardado todo eso?

—En la labor. Vende la labor, que sólo nos da dolores de cabeza.

Don Pancracio dio un respingo, porque ni en pláticas de cocina permitía que se le tratara en esa forma el asunto de la tierra. Mi padre vino con don

Diego para que echáramos raíces y no anduviéramos como el judío errante.

Mas la plática se interrumpió al entrar corriendo a la cocina Fulgencio, el hijo menor de doña Josefina.

—Es doña Dominga, mamá. Dice que le quiere hablar.

Se limpió las manos, se pasó un peinetazo por los cabellos y corrió a la sala, atravesando el patio.

—¡Comadre! ¿Qué es este milagro?, prorrumpió al ver a su amiga ya sentada en la butaca, y trató de ocultar en medio de sonrisas sus amarguras.

Fue una larga charla de comadres, pero en cuanto doña Dominga se fue, corrió doña Josefina a buscar a su marido, que se había quedado todo enfurruñado en la cocina. Le brillaban a la buena señora los ojos, como si detrás de las pupilas llevara un incendio de proyectos.

—¡Ahora sé lo que podemos hacer!, anunció, sonriendo con alegría por primera vez en mucho tiempo.

Entre risas nerviosas y lágrimas de emoción, los dos platicaron de sus planes. Y ya tarde se fueron a la cama, pero ninguno de los dos pudo dormir. Al primer repique de la catedral, se levantaron y se fueron a misa. De allí se dirigieron al convento. Los hicieron esperar en una banca de madera que había en el corredor. Desde allí podían ver cómo la niebla iba limpiando con suavidad la arrebolada frente del Huitepec.

—Buenos días, don Luis, exclamó don Pancracio, descubriéndose respetuosamente al ver entrar al nieto de don Luis de Mazariegos, a quien el hermano portero acompañó para ver de inmediato al padre prior.

La sobremesa del desayuno fue larga. De vez en cuando se escuchaban en el corredor las carcajadas con que ambos celebraban recíprocamente sus gracejos. Por fin, el joven Luis Alfonso se despidió. En la banca del corredor se escuchó claramente el sonido de monedas, y cómo, entre los tintineos, alguien decía:

—Esta misma tarde mi padre traerá las escripturas, padre.

Pero nadie lo vio salir. Sólo se escuchó la cansada voz del portero, que les anunció:

—Pueden sus mercedes pasar a hablar con el padre prior.

Se apresuraron a entrar al refectorio, que daba al corredor. El padre prior se había levantado de la mesa y sacudía de su hábito blanco y negro las migajas de pan y marquesote con que se había desayunado. Entre las sombras de la gran sala, doña Josefina se sintió abrumada por la imponente figura de aquel fraile robusto, de cabeza calva y nariz aguileña, que le tendió una mano para que se la besara. Se sintió atolondrada y confundida, sin saber por dónde empezar, no obstante haber pasado la noche con los ojos abiertos esperando este momento. Haciendo de tripas corazón, y pensando que llevaban horas sin decir nada, se decidió a abrir la boca, dándole un discreto codazo a su marido:

—Señor padre.

—¿Ladinos o caxlanes?, interrumpió el fraile, haciendo gala de conocer las costumbres del lugar.

—Ladinos somos, señor, respondió la mujer, tomada por sorpresa.

—¿Cuánta tierra tenéis?

—Dos caballerías de pan sembrar, señor prior, respondió don Pancracio, tomando la palabra por primera vez.

—¿Tenéis animales y aperos?

—Dos yuntas y sus rejas, señor.

—¿Casas?

—Una de bajareque para mozos. También una troje para diez hanegas. Los mozos deben un año, y son buenos, de Las Salinas, señor.

—¿Casados?

—¡Pero cómo no, señor!, exclamó doña Josefina, ofendida por lo que le pareció una insinuación.

—¡Los mozos!, atajó el fraile, apretando las mandíbulas.

—Tienen mujeres y cuatro hijos, se apresuró a informar don Pancracio.

—¿Casados?, insistió el fraile ya enfadado.

—Llegan a la doctrina de Señor Santo Domingo.

—¿Cuánto queréis?

—¡Quinientos pesos, padre prior!, suspiró más que dijo, bailándole los ojos doña Josefina.

—Todos quisiéramos el cielo aquí en la tierra, comentó el religioso en una mueca de amargada sonrisa. La aplacó de inmediato. Pero no pudo aplacar las doradas tardes en el colegio de San Esteban en la lejanísima Salamanca de su juventud. Ni siquiera el bullicio de placeras junto al convento de Santo Domingo en México. Pero por mis pecados me han enclaustrado entre estos tristes cerros, lejos de todo. Hasta para ir a Oaxaca o a Guatemala hay que poner la vida en orden. ¡Lejos! ¡Lejos! ¡Lejos de todo!

—¿Cuánto nos puede dar su reverencia?, se atrevió a decir doña Josefina, temerosa de interrumpir el inexplicable silencio del dominico.

—Doscientos, dijo el padre, sin entonación. Veinticinco al año de réditos.

Doña Josefina sintió que se le descalabraba el alma. ¡Y por doscientos pesos poner en riesgo de perderse la tierra? ¿Y comprometerme a pagar y pagar hasta poder juntar el principal, que talvez no se juntará nunca?

—¡Cuatrocientos, padrecito santo!, exclamó sofocándose.

—Trescientos es lo más que puedo daros, treinta de réditos, cortó el fraile haciendo ademán de dirigirse a la puerta. Lo detuvo del brazo impulsivamente doña Josefina y, sin consultar a su marido, respondió decidida:

—¡Gracias, padre! ¡Dios se lo pague!

Se volvió entonces el prior, les hizo seña de que lo siguieran y se fue entre las sombras al esquinero del refectorio. Sobre una credencia chisporroteaba la vela en una palmatoria. Allí, como en secuencia ritual, se volvió hacia los suplicantes con la palmatoria en las manos y les pidió:

—¿Las escripturas?

Se apresuró la mujer a sacar de su pecho un rollo de papeles en que escribanos y testigos certificaban que esa tierra..». de pan sembrar llamada Santo Entierro a corta distancia de la ciudad entre un arroyo y el cerro hasta el árbol quemado», era de don Pancracio Suárez, y que la había «habido por herencia de su padre don Joseph Suárez y de su agüelo don Gil». Cuando el prior terminó de leer, se inclinó sobre la credencia y garabateó al final de la última foja: «Censo de trescientos p.s de oro. Treinta de réditos cada un año. Frater Dom. de Guevara». Sacó entonces una gran llave que siempre colgaba del cinturón de su hábito. Por vez primera se adivinó entre las arrugas de su cara el esbozo de una sonrisa, mientras les explicaba:

—Esta cerradura y esta llave salieron de la fragua de don Pedro Moreno, un herrero que vivió aquí hace muchos años. ¡De lo mejor! Sus hijas se las pusieron a este arcón de madera. Un día, hace ya mucho tiempo, lo trajeron a empeñar. Y aquí se quedó. De ellas he sabido que se fueron de la ciudad.

—A seguir a Jacinto, pensaron sin decir nada don Pancracio y doña Josefina, que bien enterados estaban de esas y otras cosas del ayer en el valle de Jovel.

El padre prior enrolló la escriptura de Santo Entierro con delicadeza, casi con amor; luego abrió el arcón; de su interior brotó, temblando sobre los fulgores de la candela un agradable aroma de cedro viejo. Todos los ojos pudieron ver cómo en una división del cofre se apilaban los rollos de otras tantas escripturas, mientras que en la otra bailaban en destellos temblones monedas de oro y plata. Metió la mano el fraile, sacó un puñado y se puso a contar.

***

Mucho antes de que naciera el primogénito de Leonardo, Clarita se había vuelto ya asidua visita de la casa de Mariana.

—Le pongamos Leonardo, como tu marido, le había sugerido, mientras la madre tomaba su caldo de pollo durante aquellos largos días de la cuarentena.

—No, había dicho Mariana. Quiero que se llame Arturo, como uno de los reyes de mis libros.

—¡Tú y tus librotes! ¿No te cansan? Te van a alocar.

—Me gustan.

En cuanto Mariana pudo salir de la casa, Clarita se encargó de darle la bienvenida en la suya, y de invitarla a sus partidas de naipes, a las que asistían sus amigas y sus amigos y que se prolongaban hasta bien entrada la noche.

—Ni siquiera le quiso poner el nombre de su marido, le comentó una noche a Petrita Guillén.

En una de las partidas, Mariana decidió retirarse temprano.

—Leonardo llega esta tarde y quiero estar en casa a la hora que llegue, anunció, excusándose.

—No te preocupes, le respondió Clarita. Yo le mando a avisar que estás aquí, y lo invito a que venga.

Mariana se quedó, aunque algo en su corazón le decía que debería irse a su casa y esperar a su marido. Éste, efectivamente, entró ya oscura la noche. Sebastiana, su criada, le salió al encuentro para entregarle un papelito que decía: «Como todas las noches, tu mujer está en casa de Clara jugando y tomando con hombres. Una amiga».

Toda la sangre y el calor del viaje se le agolparon a Leonardo en las sienes. Ordenó a sus mozos que descargaran y a la criada que les diera de cenar, mientras él, sin siquiera cambiarse la ropa de montar, se fue directamente a la casa de Clara. Quiso entrar sin llamar, pero habían atrancado la puerta. Salió al primer aldabonazo Clarita, y, al verlo, lo envolvió en un campanilleo de sonrisas, le dio la mano y lo invitó a pasar. El rudo ranchero no supo cómo reaccionar a las zalamerías de la joven mujer, y se dejó llevar a donde Mariana, ajena a todo, recibía sonriente la mano de naipes que le alargaba en ese momento Juanito de Pedraza. La mirada de Leonardo penetró los dulces ojos de la española, que de inmediato sintió en el fondo de su alma la tempestad que bramaba en la de su marido.

—Vamos a casa, Mariana.

Se hizo un silencio helado en la sala, porque en la voz enronquecida del tierracalentano ya no quedaba una pizca de su acostumbrada alegría y de su fácil amistad.

Mariana se levantó. La última llama de las velas se le pegó en una lágrima de horror. Leonardo la tomó del brazo en un apretón de tenazas, y se retiraron sin despedirse. La arrastró hasta la alcoba y se la quedó viendo. Entonces se dio cuenta de que un frío intenso le avanzaba de los pies a la cabeza, y que la aterrorizada mirada de su mujer ya no le ardía en las ingles ni lo empujaba a besarla y a gritarle que la amaba.

✳ ✳ ✳

El camino por el Peñol de la Horca se iba convirtiendo en calle poco a poco y se iba olvidando su viejo nombre ante el nuevo y popular de Calle de la Ermita. Era la forma de salir del valle y seguir rumbo a los pueblos de indios que caían hacia el oriente, Huixtlán, Tenejapa, Cancuc, Oxchuc y hasta los lejanos asentamientos en donde fray Pedro Lorenzo de la Nada había fundado doctrinas y establecido iglesias, Ocosingo, Yaxchalum y Palenque.

Doña Josefina había convencido a su hermano, don Gaspar de Ballinas a que la acompañara en sus viajes de comercio, mientras su marido trataba de continuar los trabajos de la labor, pero, especialmente, reunía la carga de casa en casa. En una le daban chocolate, en otra chorizo, en otra loza, y así, entre él y sus hijos estaban preparados para que cuando los comerciantes regresaran pudieran proyectar su próxima salida.

—Lo mejor es saber cuándo caen las fiestas de cada pueblo. Así podemos ir a muchos en un solo viaje.

Para entonces ya no sólo eran doña Josefina y su hermano con sus cargadores, sino varias familias enteras de ladinos que se lanzaban por los caminos. Doña Josefina se había animado ya a ir hasta San Juan Bautista en la provincia de Tabasco.

—¡Y allá pagan con oro!, le había comentado a su marido de regreso.

Y era cosa de ver todo el alboroto que se armaba en la casa en lo que preparaban los garlitos para transportar la mercancía, a lomo de gente la mayoría de las veces, aunque don Pancracio había logrado comprar unas cuantas mulas que le servían a su mujer de las mil maravillas en esos caminos que más parecían despeñaderos por las montañas.

El año aquel de la tremenda helada de San Rafael había quedado ya casi sólo en el recuerdo de la gente. El comercio había traído una nueva inspiración, y los campos se habían ido llenando de caballos y mulas, que le daban al valle una apariencia diferente, a pesar de que los molinos seguían estando tan activos como tiempos antes. En realidad, por esos años se construyeron más hornos que en toda la historia de la ciudad, pues una de las mercancías de mejor aceptación en los pueblos era el pan, aquel pan de yema que que por primera vez había salido del horno de doña María de Velasco, y que de inmediato se había ganado el gusto de todos los habitantes del valle, hasta de aquellos que decidían ir a probar suerte por las tierras calientes.

En los patios de las casas habían empezado también a dar su fruto los árboles de Castilla que las gentes del lugar, en medio de increíbles dificultades, habían hecho llegar en las galeras que venían de España.

Bien lo notó al llegar una tarde, en medio de uno de los grandes aguaceros de la temporada, fray Alonso Ponce. Llegó a pie de Guatemala con la intención de visitar el convento de franciscanos de la ciudad. Pero la vista del valle desde el abra más allá de la labor de Corral de Piedra le encantó tanto, que durante varios días no hizo más que visitar hasta sus últimos rincones.

—¡Éste sí que es un lugar maravilloso!, le comentó a su acompañante, fray Antonio de Ciudad Real.

Era fray Antonio un hermano viejo que tenía la manía de escribir. Escribía de los caminos, de los pueblos, de los ríos y de los arroyos. Durante los pocos días que se quedaron en la ciudad, escribió una larga carta a su hermana, que vivía en la otra Ciudad Real. Cuando la terminó, se la entregó a fray Mauro, el Guardián del convento de San Antonio, encomendándole:

—Algún día que un patache vaya a Veracruz, hágame el favor,

hermano, de ver si esta mi carta puede irse por allá y tal vez llegar a España.

La carta se quedó guardada en un arcón. Fray Mauro la puso en él para no perderla, y cada vez que una recua pasaba por allí camino a la Nueva España, el buen fraile se apretaba la cabeza entre las manos, murmurando:

—Algo hay por allí que fray Antonio me encomendó. ¡Si pudiera recordar!

Pero al buen fraile le estaba pasando lo que a muchos en el valle: empezaban a olvidar. Y allí se quedó aquella larguísima carta en que el otro franciscano le decía a su hermana:

«Pasando por una puente de madera sobre un río, llegamos a esta cibdad real de Chiapa y entramos en nuestro convento que está a la entrada de la primera casa. Españoles y frailes estaban muy descuidados, porque el mensajero que mandamos desde San Francisco de Amatenango no pudo llegar, por causa de lo mucho que llovió aquella tarde y noche».

Le cuenta a su hermana acerca de todas las fiestas que en la ciudad les hicieron «por la tanta devoción que los vezinos tienen a nuestro hábito». Y pasa luego a hacer sus comentarios acerca de la ciudad:

> «Hace en la cibdad y valle mucho frío. No sé por qué todavía siembran milpas de maíz, pues que las heladas matan las cosechas. Mas danse trigo y cebada, danse duraznos muy buenos y maravillosas manzanas y otras frutas de Castilla. Críanse aquí muy lindos caballos, especialmente unos que se llaman de casta rica, los cuales son muy apreciados y tenidos en mucho hasta en la Nueva España».

Durante los días que estuvieron los frailes en la ciudad, llovió todas las noches. En los ratos soleados de los días, Fray Antonio salió a visitar el valle y a observar lo que había, y así se lo contó a su hermana:

> «Está la cibdad fundada en un valle grande, cercado por todas partes de cerros, de suerte que el río sobredicho y un arroyo que está antes dél y otros que se le juntan de la otra parte de la cibdad no tienen por donde salir, pero proveyó Dios de un sumidero no lejos de allí, en el cual se hunde toda aquella agua, y tienen los vecinos cuidado para que esté limpio para que no se haga alguna laguna, conque se hunda la cibdad, la cual tiene como ciento cincuenta vecinos españoles, gente honrada y noble».

Pero es la visita a los montes de los alrededores la que hace brotar de su pluma casi la inspiración del poeta:

> «Hay aquí pinares altos y buenos como en Castilla, hay cipreses, saynes, encinas y robles. Hay en esta tierra clavellinas que duran todo el año, y alhelíes y todo género de hortalizas como en Castilla. Hay berros, violetas, verdolagas, doradillas y verbena. Por las calles

se halla la golondrina y por los campos hay codornices, palomas y torcazas, que son algo menores que las nuestras. Hay tórtolas, ánsares, ánades y gallaretas».

Y luego se vuelve a la gente, y comenta con sencillez:

«Algunos españoles y otros que se llaman ladinos han sentido desesperanza de ver que sus cosechas de maíz a las veces no medran. Algunos han dejado el valle para siempre. Otros han iniciado negocios de mercaderes. Pero el valle es un lugar tan maravilloso, que casi todos vuelven, para gozar de su agua y de su aire frío y delgado. Un día tal vez se hará de tanta belleza algún provecho, cuando gentes de otras partes sientan la necesidad de encontrar a Dios Nuestro Señor en la fermosura de estas tierras que Él puso en el mundo para el deleite y la edificación de todos. Entonces los vezinos de esta cibdad acogerán a todos los visitantes como hermanos y les ofrecerán posada y comida, y será un rincón de paz y de dulcedumbre».

La carta se quedó recogiendo polvo, mientras el viento de las pasiones empezaba a levantar polvaredas en los corazones de muchos de esos vecinos, cuyas puertas cerradas a las calles el buen franciscano ya no pudo trasponer.

***

A la casa de doña Mariana de Gonzaga volvió la paz, mas no el entendimiento y la buena voluntad. En los ojos siempre asustados de la española, Leonardo nunca volvió a encontrar aquel remanso donde su alma podía perderse en contemplación. Tuvieron otro hijo, que era el retrato vivo de su padre. Y luego Mariana quedó embarazada nuevamente. Clarita se encargó de hacer la vida de Mariana menos dura, y un día alcanzó que Leonardo permitiera que su mujer volviera a las partidas de naipes. Pero Mariana, temerosa de los bruscos arrebatos de su marido, siempre se retiraba cuando apenas empezaba a oscurecer, y se iba directamente a su casa en la Calle del Río, sin siquiera pasar a ver a doña Mencía, su madre.

—Me aflige no visitarla, le comentó a Clarita al despedirse una noche; pero a Leonardo le disgusta que yo vaya sola por las calles.

—Eso se remedia fácil, chulita, declaró su amiga. ¡Que te acompañe mi hermano!

Y desde entonces, Juanito era su compañero, y muchas veces tenía que darle la mano para bajar de las banquetas, pues su embarazo ya estaba adelantado.

—Se está buscando que lo sepa don Leonardo, murmuraban las criadas junto al fogón en la casa de la Calle del Río.

—Es que es tan inocente, les contestaba la chichigua de Gabrielito, que no cree en la maldad de la gente.

—Dice mi nana que entre inocente y pendejo nunca se sabe la diferiencia.

Pocos días antes de que se le llegara el tiempo de aliviarse a doña Mariana, se presentó Leonardo de improviso, como solía hacerlo ya desde hacía años, desde que le había entrado en el alma la terrible duda respecto a la conducta de su esposa. A Mariana le dio mucho gusto. Conforme la familia crecía, se le imaginaba que la tranquilidad de su matrimonio se aseguraba.

—Quisiera yo invitar a Clarita y a sus amigas a que cenen con nosotros. ¿Quieres?

—Como dispongas, respondió Leonardo, de buen modo, siempre deseoso de borrar la mala impresión que creía haber causado en casa de una familia tan importante de la ciudad.

Sin tardanza mandó Mariana a sus criadas a las casas de sus amigas:

—Que dice doña Marianita que si tiene vusted la bondad de ir a cenar en la casa ahora en la noche.

Y se llevó a cabo una deliciosa velada. Leonardo volvió a su costumbre de contar historias de su tierra y hacer correr la bota entre sus comensales y de mandarla a rellenar a la Taberna de la Tía Nicolasa. Incluso mandó a comprar una garrafa de una bebida que empezaban a fabricar los nietos de don Alexandro Bermudo con la panela que les llegaba de Chiapa de los Indios.

—Baja desgarrando la garganta, comentó Leonardo. ¡Pero cómo quita este maldito frío! Allá por mi tierra están haciendo ya esta bebida y la llaman trago barranqueño.

Ya bien entrada la noche las visitas se levantaron para despedirse. Mariana se fue a la puerta a dejar a sus amistades, tomándose con las manos las caderas.

—¡Este sí ya pesa!, le comentó a Clarita.

—¡Más te va a pesar en unos días!, le respondió con tono enigmático su amiga.

Leonardo se había quedado junto a la mesa. De repente notó que había un papel enrollado. Lo tomó, tratando de sofocar un frío presentimiento, lo desenrolló y lo acercó al candelero para leerlo. Con la vista algo nublada por el alcohol fue deletreando el mensaje, que decía:

«Leonardo: ¿Sabes quién es el padre de la criatura? Cualquiera te lo dirá, menos ella, la moscamuerta de tu mujer. Una amiga».

Le entró a Leonardo un ataque desenfrenado de horrorizado dolor que lo llevó a avalanzarse sobre Mariana en el momento en que ella volvía de la puerta.

—¡Maldita!, le gritó, ¡ Maldita perra! ¿Así me pagas que viva deslomándome en los montes para mantenerte a ti y a la puta de tu madre? ¡No puedo dejarte sola, que ya estás enlodando mi nombre por las calles de la ciudad!

El ataque fue tan repentino que Mariana no supo cómo reaccionar. Se le nublaron los ojos y sintió que le escurrían por la espalda arroyos de sudor caliente. Quiso detener el borbollón de injurias que salían de la boca de Leonardo, y se le acercó para decirle:

—¿Pero qué te pasa, Leonardo, por el amor de Dios?

—¡Y ahora a mí me pasa, maldita puta!

Mas al verla allí tan cerca y tan espantada, perdió la cabeza y por primera vez alzó la mano y le volteó el rostro de un bofetón. La mujer trastabilló y fue a dar sobre la mesa. Corrió Leonardo y la levantó de los cabellos y le miró los ojos. Con horror febril se dio cuenta de que en aquellos ojos no había ya nada, ni dolor, ni tristeza, ni miedo. Era solamente una mirada blanquizca y perdida, sin ninguna expresión.

—¡Llora, maldita!, le gritó el marido, zangoloteándola de las trenzas.

Pero Mariana mantenía la mirada tercamente fija a dondequiera que él la moviera. Entonces Leonardo la pateó. Primero le dio una patada en la pierna. Cuando la vio caer, la siguió y le pateó la espalda. Al ver que rodaba y se encogía como tratando de proteger algo que llevara, Leonardo le pateó con furia el vientre y la obligó a rodar por el piso de la sala. Dando una última patada a un taburete, salió rumbo a la calle, cerrando de un portazo.

Las criadas, que espiaban desde el corredor, entraron a ayudar a su patrona, y se dieron cuenta de que le llegaba su hora.

—La criatura va a nacer, dijo una.

—¡Hay que ir a buscar a doña Amalita!

—¡Ay Dios, pero a estas horas!

—Andá vos, Pascuala, y decile que por amor de Dios venga, exclamó con autoridad la Sebastiana. Y vos, Lucía, traeme un poco de agua.

Le lavaron la cara que tenía cuajarones de sangre; pero de la patrona no salía una queja o una palabra. Solamente se le oía pujar con rítmica frecuencia y encogerse de dolor.

Hacia la madrugada nació la criatura. Fue un varón de labio leporino.

—La cara de don Leonardo, dijo temblando la Sebastiana, en momentos en que el aludido volvía de la calle.

Leonardo se quedó viendo al niño. Luego, respondiendo al comentario de la criada, aclaró, con voz gangosa:

—Sí, pero shel.

Entonces doña Amalita, que estaba enterada de todo lo que había pasado, y que, además, ya había dejado de tener miedo a lo que fuera, reclamó con firmeza:

—¿Cómo no va a estar shel después de la patiza que le dio Ud. a la mamá? ¡Si de milagro no están muertos los dos!

Leonardo se agachó; en seguida se enderezó y salió al corredor y se fue a la caballeriza. Allí ensilló su caballo y, sin despertar a sus mozos, desatrancó el portón y arrancó al galope entre los cantos de los gallos. Allá muy lejos en los montes se oyó un aullido largo y triste.

—¡Es Ok'il, el Coyote!, murmuró rechinándole los dientes la Pascuala.

Las otras criadas se persignaron agachándose bajo sus rebozos de algodón azul.

—Va a querer otra chichigua, porque la mamá no tiene ni gota de leche, entró diciendo doña Amalita, llegando a la cocina desde el corredor.

La noticia de la tragedia voló por toda la ciudad. Casi todavía de madrugada llegó doña Mencía a tranquilizar a su hija. Pero de inmediato se dio cuenta de que no habría manera de alcazarla donde se encontraba. Y se quedó en la casa a cuidar a los nietos.

—Dicen que se volvió loca, le comentó a Clarita su entrañable amiga Petrita Guillén, pocos días tarde.

—¡Hay de locas a locas, chulita!

—¿Qué le haría a Leonardo?

—No me lo creerás, pero yo no sé nada. Lo único que he oído es que a Leonardo no le gustaba que su mujer estuviera de casa en casa jugando con hombres. De aquí se la sacó una vez a jalones delante de todos.

—Tenía razón. Entre santa y santo, pared de cal y canto.

—¡A ver si así se le quita lo presumida!

—Dios nos libre de caer en tus manos, hermanita. Y eso que dicen que los chismes y la argüendería son cosas de criadas. Pero de esta bendita casa han salido más cosas de las que una se imagina.

Se habían quedado las dos calladas, contemplando un abejorro que volaba de rosa en rosa.

—¿Por qué no la visitamos?, insinuó Petrita.

—¿A ésa?

—No perdemos nada. Y podemos ver al niño.

Clarita, que se moría por salir, hizo un gesto de displicente aceptación, y las dos amigas salieron entre sonrisas a dar su paseo matinal por las banquetas de la ciudad. Pero cuando llegaron a la casa en la Calle del Río, supieron con verdadero terror que Mariana había desaparecido.

—No llevó más que la ropa que tenía puesta, les dijo sollozando la Sebastiana. ¡Le han de haber echado mal! Pero mal lo va a pagar la bruja que lo hizo.

* * *

Por entre los pinares subiendo el cerro que da a Saclamantón se veía la ciudad apenas despertando en un baño de sol con vapores de neblina. Allá al fondo brillaba la laguna. Y en un hilo de plata culebreaba el río buscando con ansia el camino de sus aguas por los sumideros. Los tejados sudorosos de rocío lanzaban fumarolas transparentes que retozaban danzando con el amanecer. Mariana se detuvo. Le dolían los pies que llevaba descalzos y sangrando. Sus ojos se fijaron en las calles de la ciudad, pintadas a brochazos sobre la grama del valle. Pero no vieron nada, porque estaban vueltos hacia su interior, allá donde la nieve de sus Pirineos rasgaba el azul parduzco que subía del mar. Siguió caminando fatigosamente, buscando, sin saberlo, cómo pudiera ocultarse de la alegría del sol. A la sombra de una encina se acurrucó; allí las fuerzas la abandonaron, y se dejó caer. Unas risas alegres y unas voces cantarinas la despertaron. De entre el Huitepec y el Cerro de los Vientos le llegaba la mortecina luz de su primer crepúsculo entre los pinares. Torció los ojos hacia donde morían las últimas risadas de los comerciantes indios que volvían a sus parajes y trató de enderezarse para seguirlos; pero sus adoloridos pies la obligaron a tenderse en la hojarasca y esperar. De por detrás de la ermita de la Virgen vio que se alzaba entre rayos de cipreses la luna de abril. No quiero luz, pensó. Y se arrastró por entre los junciales del cerro hasta caer rendida por segunda vez.

Cuando salió la luna la siguiente noche, o diez noches después, o cien, ¿cómo podía saberlo?, Mariana sintió un ardor doloroso en su estómago vacío. Se puso a tactear entre la hojarasca del roblar y encontró unas bellotas; las rompió con una piedra y se las llevó a la boca, donde los dientes aflojados por los golpes de su marido no pudieron triturarlas. Entonces las tragó casi enteras. Se levantó y se puso a caminar entre la arboleda. De pronto escuchó un susurro. Se detuvo. ¡Agua! Metió las manos en el chorrito que bajaba entre las canaladuras de una peña, y bebió. Bebió hasta que no podía más. Se sintió fuerte y segura. Miró las manchas de plata que la luna dejaba entre las ramas y se puso a seguirlas. De repente la espesura se abrió, y en el claro se dibujaron los contornos de unas chozas de carrizos y paja. Mariana se acercó poco a poco. En un corral se agitaron los tulukes. Ella se detuvo espantada y se quedó de una pieza. A través de los carrizos vio que alguien atizaba las brasas del fuego y que una luz vacilante empezaba a caminar. Cuando todo quedó en calma otra vez, Mariana se acercó de nuevo. Sus ojos sabían ya de luz de luna y adivinaron en la penumbra unos tzolitos. Los tomó en sus manos, acarició su dorada redondez y se perdió en el monte llevándolos abrazados, como se lleva un niño. Salvador la sintió. Se alzó del petate y le habló a su mujer:

—Tengo que hacer mi necesidad en el monte.

La mujer sólo se cambió de lado a donde le llegaba el calor del rescoldo, pero siguió durmiendo.

Salvador se fue tras Mariana siguiendo el susurro de sus pasos entre la arboleda. De repente la vio. Vio la sombra tratando de abrir un tzolito golpeándolo contra el tronco de un abeto. Luego oyó que comía a masticones.

Se volvió rumbo a su casa y se echó junto a su mujer.

—¿Qué pasó?

—Vi un alma en pena, contestó aterrorizado Salvador.

Mas le quedó una duda, que empezó a carcomerle la imaginación y a producirle sueños que no se animaba a contarle a la Ix Om. Es como un alma en pena, pero come tzol. Y tiene su pelo como de mujer. De regreso de Jovel, a donde llevaba tulukes y huevos a vender, se le arrancaban los ojos tratando de encontrar aquella sombra por entre el boscaje. Mas llegaba a su casa, con la Ix Om, la Arañita, trotando tras de él, y del alma en pena sólo tenía la sombra dentro de su corazón. Entonces ideó dejar unas tortillas embarradas de frijol amarradas a las guías de tzol.

—Son para mi nagual, tuvo que explicarle a la Ix Om, que no podía entender ese gran desperdicio.

Mariana encontró un agujero entre las rocas. Fue una bendición para su cuerpo temeroso del sol. Por la noche salía a buscar comida y a beber agua en el chorrito. Pero durante el día se tendía a reposar en la sombra segura de su casa de piedra. Sus pies se habían curado y su mente vagaba tranquila entre las nieblas de los picachos frente al mar.

Salvador la siguió una noche, cuando el terror de sus sueños lo mantenía despierto. Se fue tras ella entre las sombras y la sorprendió con la cara metida en un tzolito. La mujer abrió los ojos celestes y dejó que los penetrara la sombra de esos otros ojos, ávidos de misterio. El indio se arrojó sobre ella y la derribó sobre la juncia seca. Mariana rodó y dio tumbos sobre la nieve fresca, suavecita, acariciante que la sepultó en los abismos empañados de su blancura. Cuando Salvador levantó la cara, acezando todavía, la luna rompió las copas de los robles y se posó con infinita ternura sobre la demacrada cara de la española. El indio lanzó un bramido de terror cuando sus ojos reconocieron los tristes ojos de la caxlana, y corrió, corrió a tropezones hasta llegar al refugio seguro de las brasas en su casa, cerca de la laguna de Petej. Entonces oyó por primera vez que el viento de los pinares sollozaba con llanto de mujer.

* * *

Ese año murió don Juan de Dios Chichilla. Su hijo, que se había casado con otra recién llegada, doña María de Barahona, decidió deshacerse de los caxones en la plaza. Se los vendió a Juan de Pedraza, el hermano de Clarita. Y él desapareció para irse a cumplir su sueño de comprar todas las tierras que pudiera en las llanuras por el pueblo de San Bartolo. Se fue por los caminos que sus mulas habían horadado en las montañas, por Las Cuevas y por Chijilté, por los laberintos de El Caracol, pasando por los desfiladeros de Chajá, bajando junto al gran cerro de Santa Rosalía y por las cumbres de Mispía, hasta divisar el Yalenchén, desde donde un día sus tierras o las tierras de sus hijos habrían de extenderse hasta más allá de las tibias aguas del Río Salado.

A los caxones de la plaza llegaba de tarde en tarde Clarita a ver cómo los criados de su hermano se las arreglaban para continuar el próspero negocio de los Chinchilla. Un día Juanito decidió vender allí las barricas de aguardiente que los Bermudos fabricaban ya en grandes cantidades.

—Le daré el mejor precio, don Alexandro, pero su merced me vende sólo a mí.

—Como te parezca, Juanito, respondió el viejo. A mí me interesa salir de la mercancía. Tú véndela como puedas.

Ladinos e indios se aficionaron pronto al fuego de aquella bebida, que fue encontrando su camino por las montañas en tecomates y en frascos de barro. Reales y tostones fueron llenando las arcas de los Pedraza y fueron haciéndolos más respetados que nunca.

Clarita había dejado de ser una adolescente y se había convertido en una bella mujer, calculadora y fría, pero de ojos llenos de pasión. No faltaba cocina donde no se dijera algo terrible acerca de doña Clara, la verdadera dueña del posh.[113]

Una mañana, en la primera misa, el padre don Felipe anunció que en los ojos de la Santa Madre Iglesia Católica, Apostólica y Romana, doña Mariana de Gonzaga había muerto y que, por tanto, no había razón para no autorizar las amonestaciones para el matrimonio que pretendía contraer don Leonardo Ruiz con doña Clara de Pedraza.

La boda fue de gran pompa; entre las buenas familias no hubo quien no asistiera a dar los parabienes en la puerta del perdón. Petrita Guillén, casada con otro Guillén, recién venido de España, se acomidió para servir como madrina, porque hay que estar cerca, no vaya a ser el diablo...

Había llegado una época de relativa prosperidad para la ciudad y para el valle. Los comerciantes tenían dinero para gastar y para no afligirse por las cosas de la comida, que muchas veces ellos mismos transportaban en sus mulas de la tierra caliente.

—Lo que no me gusta es esa venta de posh en la plaza. ¡Bien se ve que los forasteros no nos traen nada bueno!, le comentó doña Josefina a su amiga y comadre, doña Dominga.

—¡Ay, no, por Dios!, le contestó ella acongojada. Mi marido se ha ido a emborrachar por allí con ese trago bendecido. Hasta los mozos de la labor llegan a veces tambaleándose, que no pueden trabajar.

—A Pancracio ya le dije que ni un real puede tocar del negocio para pagar el censo con los padres. ¡Allá que vea él si pierde la labor!

Pero el negocio del aguardiente siguió en grandes. Clarita decidió que su marido dejara la hacienda en manos de su hermano y se quedara para siempre en Ciudad Real. Aunque necesidad de marido no tuviera, pues todo mundo sabía que hombre a ella no le habría de faltar, como no me ha faltado nunca.

---

113 *Posh*: aguardiente.

Pero hay que guardar las apariencias. Al fin de cuentas, somos de las buenas familias. ¡Aunque a algunas les pese y les punce! A más de una le tengo al maridito agarrado de los güevos.

Corría ya el año de mil y quinientos y noventa y tres años. A pesar de la buena fortuna en los negocios, muchas de las hijas de familias importantes no podían completar las dotes, y se iban quedando solas.

—Ni siquiera para vestir santos, decía doña Chabelita Velasco. Como decía mi abuela, en este pueblo ni convento hay.

En buena parte convencidas por doña Chabelita, unas señoras se acercaron al obispo y le urgieron para que se interesara por la creación de uno.

—Nuestras hijas corren el riesgo de tener que casarse con ladinos, su excelencia, aseguró doña Chabelita, evocando, tal vez con cierta romántica envidia, la imagen de su tía Rosa, de quien hablaban las nanas en su casa, como saboreando su recuerdo y soñando con los ojos abiertos.

—¡O con indios!, añadió, persignándose Petrita Guillén.

—Ahora estamos levantando el hospital, y nos queda poco dinero hasta para las necesidades de nuestra casa. Un convento necesita terreno, casa, alimentación.

—Cuente su excelencia con ochocientos cincuenta tostones míos y mil de mi marido, interrumpió doña Clara Pedraza.

Se quedaron todos mirándola con incredulidad. Ésta no tarda en tener al señor obispo comiendo a su mesa. Él va a esperar que las demás demos también. Pero sólo ella tiene los toneles de posh para hacer el dinero que quiera.

El señor obispo se levantó y se fue hacia doña Clara y le dio su anillo a besar, emocionado. Luego volvió a su asiento y dijo con parsimonia:

—Esta clase de generosidad construye las obras del Señor. Pero se necesita la de todos los buenos cristianos para una de tan gran tamaño.

Sus palabras cayeron sobre el frío silencio que de pronto se apoderó de las presentes. Sin embargo, la semilla estaba echada. El obispo se despidió de las señoras echándoles su bendición y soñando en que un día en alguna parte del valle habría de levantarse un hermoso edificio donde las monjas lo recordarían mientras cantaran en su pequeña iglesia, olorosa de jazmines y de azucenas, las glorias del Señor.

* * *

Cada tres o cuatro noches, Salvador dejaba el petate junto al fuego de su casa y se iba por el monte a espiar el paso de la caxlana. Mariana había aprendido a defenderse, pero el indio se le sobreponía por la fuerza, hasta que una noche se dio cuenta de que la mujer estaba embarazada. Entonces le entró una angustia dolorosa. ¿Qué debería hacer? Mariana cambiaba sus senderos cada noche y él no sabía dónde pasaba los días, ni se había atrevido nunca a hablarle: Le bastaba con tenerla entre sus brazos y sentirla tiritar y llorar, sin que supiera él si de placer o de horror. Una noche le llevó un pumpo de tortillas envueltas en una manta de algodón; se lo entregó sin hacerle nada, y le dijo, hablando en castilla, como lo hacía cuando bajaba a Jovel:

—Todas las noches te voy a dejar algo de comer en el tronco de este roble quemado.

Se retiró aliviado. Se alejó y se escondió entre las ramas para observar. Vio cómo la mujer se sentó junto al tronco a comer; mas no pudo ver el cariñoso cuidado con que Mariana colocaba el mantel sobre la mesa y acomodaba los platos y llamaba a su padre y a doña Mencía y les invitaba a compartir de aquella bendición que Dios siempre les mandaba cuando él salía de cacería por aquellas montañas emblanquecidas por la nieve.

Salvador se dio cuenta de que a la mujer se le llegaba el día para aliviarse. La siguió, como de costumbre, sin mostrarse. Antes de que el sol saliera, Mariana se dirigió con paso firme a su escondite de la peña. El indio conocía el lugar, pero no se había imaginado nunca que fuera el refugio de la española. En esa cueva había vivido, tantos katunes antes, un malvado tigre... Volvió a su casa y se tiró a dormir. Por la tarde salió de nuevo. A la espalda llevaba el azadón con que trabajaba en los campos de los padres. Esperó a que entrara la noche. Pero la mujer no salió. Salvador se puso a cavar desesperadamente. Cuando sintió que el agujero era igual que el que abría cuando su mujer estaba por dar a luz, lo rellenó hasta la mitad con juncia seca y suavecita. Así, finalmente, se atrevió a subir a la peña. Allí, tras un rayo de luna estaba Mariana.

—¡Caxlana!, le dijo Salvador, arrodillándose frente a ella, sin verle la cara. Perdoname, te voy a bajar para que tengás tu criatura.

La mujer no hizo un gesto, absorta en los solemnes tonos del Ampurdán que el viento le traía de la montaña, sintiendo que su cuerpo se partía, rajado por un hacha misteriosa.

Salvador la levantó en sus brazos y la depositó en el agujero. Allí la dejó, pues supo que no había allí oficio de palabras. Salió corriendo a su paraje y le pidió a la Ix Om:

—Quiero todos los trapos de criatura y un tecomate de atol.

La Ix Om correteó buscando entre jules y horquetas, mientras entre los tenamastes del piso hervía el agua para el atol.

—Aquí está, dijo al fin, sin preguntar.

Salió de nuevo Salvador a perderse en la espesura del bosque. Entró a la cueva de la peña y allí dejó el tecomate de atol. Luego se acercó al agujero, y esperó tras un pinabeto. De repente la noche se quebró con un rayo de sol y un gemido de criatura al nacer. El indio se despertó de un salto y observó cómo la mujer depositaba su criatura sobre la juncia, mientras se limpiaba la cara con un brazo desnudo. Entonces Mariana volteó para donde estaba él, y el sol inclemente le mostró aquella cara atormentada y triste, de boca des-

dentada y nariz rota. Por la imaginación de Salvador pasaron todos los monstruos de la tierra de que su padre Sebastián le había contado. Quiso salir corriendo a refugiarse en los ojos cafés de la Ix Om. Pero el llanto del niño tirado
en el agujero lo detuvo. Se arrodilló ante la mujer, y entre gemidos de
emoción, le declaró:

—¡Caxlana! Lo llevo para que te lo cuiden.

A la mujer le rodó una lágrima de los ojos entristecidos y se alejó de prisa,
para encerrarse en su cueva.

Salvador envolvió a la criatura y se la llevó, cuidándola de las ramas y del
frío. Al llegar a su casa estaba ya alto el sol.

—Esto es lo que encontré en el cerro, le dijo a la Ix Om.

La india lo tomó en sus brazos; lo vio todo ensangrentado y sucio. Entonces lo lavó con el agua que tenía calentando para el atol de su marido.
Cuando lo vio limpio, exclamó, con sorprendida decisión:

—Éste es hijo de caxlán. ¡No debe estar aquí!

El niño tenía los ojos celestes de su madre y el cabello dorado de la niñez
de Mariana. Salvador lo contempló maravillado. Entonces vio que los pómulos altos y recios eran los de su padre. Bajó los ojos y murmuró una oración
bendiciendo a los Señores de la Tierra.

Mucho antes de que amaneciera el día siguiente, la Ix Om cargó al niño
envuelto en trapos limpios, y se puso a trotar tras de su marido. Cuando llegaron frente a la catedral, Salvador tomó al niño en sus brazos, lo alzó hacia
donde habría de salir el sol un rato después, luego lo depositó suavemente
junto a la puerta.

—Va'atik, le dijo a su mujer. ¡Vámonos!

Cuando Mariano abrió después del primer repique, se encontró con el pequeño bulto, y se lo llevó a la carrera al padre don Felipe. Éste mandó a llamar
a doña Chabelita para suplicarle que fuera su madrina.

—Entre sus criadas, podría encontrársele una chichigua que fuera su
nana, pidió el cura.

—Con toda mi alma, señor cura, respondió doña Chabelita, que hasta ese
momento no había podido tener hijos.

Después de bautizarlo, el padre cura escribió en su libro:

> «Francisco, español, botado. En cd rl de Chiapa a siete dias del mes
> de marzo de mill y quinientos y noventa y cuatro años baptize y
> puse oleo y chrysma a Frco hijo de la iglesia. Fue su madrina doña
> Isabel de Velasco. Y para que conste lo firme y puse mi signo. P.
> Felipe Santiago».

* * *

Pasaron meses y años, y Salvador no volvió a ver a aquella extraña mujer.

—¡Xpak'inté'!, gritaba, subiendo por la montaña, cargando su inseparable tecomate de posh. ¡Xpak'inté'!

La buscó por todos los montes, hasta cerca de San Juan. Se pasaba las noches y los días encerrado en la cueva de la peña. Mas no la volvió a ver. Y un día tampoco a él volvió a verlo la Ix Om.

Mientras tanto, en otros parajes, máx allá de Petej, corría entre la gente el murmullo acerca de una mujer delgada como una sombra que arrastraba a los hombres en la oscuridad y los despeñaba entre las rocas, por donde ella caminaba como llevada por el viento del anochecer.

—¡Es la Xpak'inté'!, decían las muchachas indias, abriendo hasta desgarrarlos sus atemorizados ojos cafés.

—Es la Xpak'inté', aseguraban las viejas, espulgando a sus nietos al atardecer.

—¡Es la Xpak'inté'!, suspiraban los muchachos indios volviendo de los bosques con sus tercios de leña y escuchando ensimismados el llanto del pinar.

—¿Ya supiste lo que dicen las criadas en la cocina?, le preguntó Petrita Guillén a doña Clara, en cuya casa se quedaba a dormir a veces, después de las frecuentes fiestas que allí se daban, a veces con el escándalo de doña Chabelita Velasco.

—¿Qué dicen de qué?, respondió doña Clara, molesta de tener que ir a supervisar las obras del convento a un lado de San Sebastián.

—De esa mujer blanca que miran en los cerros, explicó la amiga, con señas de preocupación.

—¡Cuentos de indios, chulita! ¡Cuentos de indios!, aseveró doña Clara, con un ligero temblor en la voz.

* * *

Se acercaba la Semana Santa. A la fiesta que los hermanos de San Francisco celebraban en el gran atrio de su doctrina en San Felipe llegaban indios de todos los parajes. Allí los comerciantes de Ciudad Real les vendían velas y pan y, sin que los hermanos se dieran cuenta, posh del bueno, del que distribuía en sus caxones de la plaza doña Clara de Pedraza, tan generosa para las obras de Nuestro Señor.

Apoyada en un bastón de roble y vestida de nagua de lana negra con huipil bordado, viejo y remendado, llegó una vieja de cabello completamente blanco. Asomó por allí con unos indios de San Andrés y con ellos entró a la iglesia para la misa del Quinto Viernes. Pero cuando ellos volvieron a su pueblo, ella se quedó y casi arrastrándose llegó hasta Ciudad Real. Por la Calle del Río se fue yendo hasta la plaza, y allí se puso a pedir una limosna por el amor de Dios, al salir la primera misa o por la tarde, después de la oración, con los ojos casi siempre cerrados y con una voz que parecía venir de atrás de las tormentas, levantando una mano sarmentosa, que abría y cerraba, como si por ella más bien quisiera hablar.

Nunca se había visto en Ciudad Real ni en todo el valle un espectáculo tan lamentable. A muchas personas se les llenó el corazón de tristeza o de ansiedad, viendo en la vieja una amenaza de algo que estuviera por llegar. Pero a nadie se le ocurría qué pudiera hacerse, hasta que fray Domingo, el viejo prior del Convento de Señor Santo Domingo decidió encerrarla en una casucha de bajareque levantada entre el convento y el río hacía ya muchos años.

—Por lo menos allí no estará causando espanto, les dijo a sus hermanos. Y cumpliremos con Dios si podemos mandarle de comer mientras le llega su día.

Allá se fue la vieja a vivir. Sólo de vez en cuando salía a dar una vuelta por la plaza, arrastrando su renquera sobre un bordón de roble.

—Se hace, comentaban algunas mujeres, que de vez en cuando la veían detenerse y abrir sus ojos como reconociendo.

Pero en las cocinas de la ciudad las criadas les cuchicheaban a las chiguas y éstas lo repetín en las alcobas mientras amamantaban a los niños:

—¡Sh! ¡Aquí está la Xpak'inté'!

Su espalda encorvada y su paso cansino se hicieron parte de la vida en la plaza. Uno que otro niño se burlaba de ella. Pero casi siempre la dejaban vagar entre los indios y las compradoras. Un día un niño de unos diez años, que mostraba un diente por el agujero de su labio, le gritó:

—¡Xpak'inté'!, y le arrojó un terrón.

La vieja lo quedó mirando con los ojos entreabiertos. Cuando los cerró de un apretón, la gente pudo ver las lágrimas que rodaron como turbias perlas sobre el rostro maciento. Entonces los abrió de nuevo, con la cabeza erguida, en actitud de reto. Y lo vio todo. Todo como era. Como, finalmente, había decidido que era. Se agachó sobre su bordón y se volvió a su casucha cerca del río.

Esa era la última noche del año del Señor de mill y quinientos y noventa y nueve años. Para despedir el año y el siglo, Clarita había preparado una gran celebración en su casa. Leonardo salió a ver personalmente que le llenaran una bota con el mejor vino recién llegado de España por el Puerto de Caballos. Ya a oscuras salió de la taberna, silbando una canción de su tierra caliente. Al voltear por el palacio del obispo, sintió que una sombra se le juntaba a la suya bajo la luz de la luna llena. Se detuvo. La sombra se le adelantó y se le puso enfrente. Luego escuchó que desde el fondo de ella, en un bisbiseo casi imperceptible, la sombra le decía:

—Leonardo, ¿no te acuerdas de mí? ¡Mírate en mis ojos! Son tan celestes y tienen tanto horror como entonces en el río.

Leonardo dejó caer la bota y, cerrando los ojos aterrorizados, quiso asir a la mujer de los brazos, pero Mariana, con la agilidad de un gato de los montes, se había escondido ya bajo el dintel de una puerta. Leonardo buscó con los ojos adoloridos, pero solamente escuchó en el aire helado de la noche que alguien le susurraba:

—¡Mírate en mis ojos, Leonardo! ¡Mírate en mis ojos!

Entonces sintió un golpe de dolor ardiente que le subía del estómago. Se llevó las manos al pecho, mientras veía que del portón de su excelencia brotaba la sombra que le hacía señas y se reía sin dientes. Dando un traspié cayó de la banqueta, y allí se quedó inmóvil, con una mano extendida, tratando de alcanzar a la sombra que escapaba en tropel.

En casa de Clarita, las criadas se afanaban haciendo los últimos arreglos para la fiesta. Los invitados no tardarían en comenzar a llegar. En efecto, en ese momento sonó el aldabón; doña Clara tomó una palmatoria para salir a recibir a su primera visita, que no fue otra que doña Chabelita de Velasco. Después de los saludos y abrazos, se dirigieron a la sala. No bien se habían acomodado en los sillones, cuando se oyeron nuevos aldabonazos. La señora de la casa se levantó, feliz con la seguridad de que a su fiesta acudirían todas las buenas familias de Ciudad Real.

—Perdóname, Chabelita, voy a abrir. ¡No vaya a ser el señor obispo! Ya ves que él me hace el favor de aistir a mis humildes fiestas.

—¿Te acompaño?, se oyó que dijo Petrita Guillén, que se había pasado el día en la casa, ayudando en los preparativos.

—Tú atiende a las visitas, le respondió Clara con voz firme e imperiosa.

Salió doña Clara, alisándose el vestido y con la palmatoria en la mano, con paso de gran señora; atravesó el pequeño jardín en momentos en que el aldabón sonaba nuevamente. Abrió. Ante ella no apareció el señor obispo ni ninguna de sus visitas acostumbradas, sino una vieja vestida de india, con cabellos blancos y huipil remendado. La vieja abrió los ojos lentamente, para que la luz de la vela penetrara poco a poco por el azul celeste de todas sus tormentas. Clarita soltó la palmatoria, y la vela rodó entre la hojarasca del jardín. Mientras las plantas secas cogían fuego, la vieja le puso un brazo al hombro de Clara, quien fue retirándose, con los labios abiertos, incapaces de pronunciar las palabras que ella quería, hasta que al fin pudo decir, en un susurro que apenas percibió el viento de la noche:

—¡Mariana!

—¡No!, contestó la vieja, sin dejar de mirarla. Su voz se perdía en el crujido de las llamas en el jardín. ¡No soy Mariana! Me llaman Xpak'inté' en los cerros y me arrojan terrones mis hijos en la plaza.

Clara retrocedió sin que los ojos de su amiga dejaran de perseguirla. Tropezó en un arriate y cayó entre las llamas lanzando un grito desesperado. De la casa salieron las criadas en tropel; mas no pudieron rescatar a su patrona, que se revolcaba entre las llamas de un rosal. Retrocedieron espantadas y corrieron por los corredores hacia la salida de la caballeriza, perseguidas por el fuego que avanzaba consumiendo lo que encontraba de la antigua mansión.

La luna de diciembre, blanca y fría, reflejó sus destellos de plata contra las lenguaradas de humo para ocultar una sombra que se escapaba por la Calle del Río hasta desaparecer más allá de la puente de los mexicanos.

En la ciudad había fiesta. Las campanas de la catedral se pusieron a doblar, llorando la pérdida de una dama tan generosa, y a llamar pidiendo auxilio para contener el incendio, pero en las casas de la gente todos gritaban:

—¡Las doce! ¡Feliz año! ¡Feliz año nuevo!

Nadie más habría de volver a ver a la Xpak'inté' . Mas en los cerros, en las heladas noches de diciembre, los indios escucharían su voz en el lamento angustiado del pinar.

—¡Es la Yehualtzíhuatl!, habrían de comentar los mexicanos en sus jacales cerca del río, robándole su nombre, aquel oscuro nombre tzotzil que les daba terror pronunciar.

La Virgen

El obispo no encontró nunca un verdadero y decidido apoyo para su obra del hospital. No le interesaba al alcalde, para quien era sólo una manera de gastar dinero para beneficio de indios. Ni les interesaba a los frailes, que estaban preocupados con sus haciendas en la tierra caliente. Ni les llamaba la atención a las familias acomodadas, entre quienes todavía encontraba mayor eco la idea del convento de mujeres. Mas un día, mientras cavilaba en la forma de conseguir el apoyo de las autoridades de Guatemala, pidió permiso para hablarle uno de los trabajadores de la obra que, una vez más, se hallaba suspendida por falta de fondos para pagar los jornales y para comprar los materiales.

—Que pase, autorizó el prelado. Ya veremos qué mentira piadosa podemos contarle mientras Dios nos ayuda.

Ante su ilustrísima se presentó un hombre de unos cincuenta y cinco años, pobre pero limpiamente vestido. Se inclinó para besar el anillo pastoral del obispo y luego, sin más preámbulos, se lanzó a explicar el motivo de su visita.

—Ahora que estuvo enferma mi mujer y que se vio tan mala, fui a rezar a la iglesia de Nuestro Padre San Francisco, donde ella es terciaria, y le hice una promesa.

—Siga, don Antonio, dijo el obispo, viendo que se detenía, y reconociendo en él a su mejor trabajador, el albañil Antonio Méndez.

—Pues, resulta que mi mujer se recuperó y ahora ya se siente muy bien, gracias a Dios.

—Me alegro mucho, don Antonio, interrumpió el prelado, sin entender todavía los razonamientos de su interlocutor.

—Y ahora nos toca cumplir con Nuestro Señor.

—¿En qué forma podemos nosotros ayudar a que cumpláis vuestra promesa?, inquirió suavemente el obispo, finalmente interesado, percibiendo la posibilidad de una limosna, por pobre que fuera.

—Que su excelencia nos permita levantar una galera pegada a la pared que está construyendo más allá de los corrales de San Francisco.

—Pero, don Antonio, allí estamos levantando el hospital para pobres, atajó el obispo con el ceño fruncido.

—En eso está mi promesa, señor, repuso mansamente el albañil. Queremos vender la casita que tenemos en el Barrio del Molino y pasarnos a vivir allí para trabajar en esa obra, sin que a su excelencia le cueste ni medio real.

Las facciones del obispo se suavizaron. Su voz se tornó dulce y agradable cuando le preguntó:

—¿Y de qué vais a vivir?

—Mi mujer está dispuesta a trabajar en el servicio de las casas. Y de la venta de la casita, pensamos dar la mitad a su excelencia para los gastos del hospital, y guardar la otra mitad para nuestros gastos. Y yo pienso trabajar todos los días medio día en mi oficio y todo el tiempo que me quede en la santa obra de su excelencia.

—¿Ya tiene dueño la casa?, preguntó el prelado con interés.

—No, señor, no la hemos propuesto.

—¿Cuánto queréis por ella?

—Cincuenta pesos, señor.

—¿No tiene censo?

—Lo tuvo una vez, señor, con los padres de Santo Domingo. Pero nosotros somos de los que han logrado pagar, gracias a Dios.

En la sala del obispo se hizo un austero silencio. No lejos de allí se escuchaban las voces de los comerciantes en la plaza, en donde los indios descargaban sus marquetas de sal y sus tecomates de miel virgen y los ladinos compraban, regateando hasta la última pepita de cacao, y se hacía un bullicio sordo y apacible, rara vez apuntalado por el rechinar de alguna carreta o el relinchar de uno que otro caballo.

—¿Tenéis escrituras?, preguntó el obispo, volviendo de sus sueños.

—Sí, señor.

—Traedlas, que habéis encontrado dueño para la casa. Allá vivirá mi hermana Hermenegilda, que ahora ya podrá contar con dote para su boda.

En cuanto don Antonio Méndez y doña María Vázquez, su mujer, volvieron con la escritura de su casita, el obispo los llevó al oratorio privado que tenía en la planta alta de aquel edificio que había empezado a levantar el adelantado don Francisco de Montejo, y allí se arrodillaron para hacer ante Dios la promesa: Antonio Méndez, de trabajar todos los días de su vida en construir un hospital para pobres, y el obispo de pagar veinticinco pesos de a ocho reales...

Cuando terminaron, las campanas de la catedral daban las horas del medio día, bajo un sol radiante que iluminaba de esmeralda las montañas y el valle. De allí en adelante, hasta los más tempraneros de los trabajadores, al pasar más allá de San Francisco, rumbo a sus labores, se detendrían a saludar a Antonio Méndez, metido hasta las rodillas en el lodo y la juncia que preparaba desde la madrugada para hacer sus adobes.

—Vos solo no acabarás nunca, le gritó una mañana desde su montura don Luis Alfonso Mazariegos.

—Yo hago los adobes, don Luis; ya Dios mandará quien me ayude a levantar las paredes y a poner los techos.

—Y a enterrarte, hermano.

—¡Y a enterrarme, si es Su voluntad!

Siguió don Luis Alfonso su camino. Cuando llegó a Corral de Piedra, ordenó que dos de sus mozos cargaran la carreta con toda la madera que había puesto a secar y se la llevaran a don Antonio Méndez.

—Le decís que es para vigas y puertas del hospital, le encargó a su calpixque, y se metió al corral, donde una becerrita recién nacida se había puesto a retozar.

* * *

Pedro Moreno había llegado de la tierra caliente a instancias de su padre, Jacinto.

—La casa de tus agüelos tiene años cerrada, le había estado insistiendo. Un día una de tus tías tal vez quiera regresar y ya no habrá nada. Y yo quiero que vendás el sitio junto al río, con el tanque de teñir. ¡Quién quita que alguno quiera seguir el negocio, que es bastante bueno!

Desde los primeros días se había dado cuenta de que algunas personas de la ciudad no habían olvidado el origen de su padre; pero a Pedro lo tenían sin cuidado las habladurías de la gente, y se dedicó desde luego a sus menesteres. A la vieja casa de don Pedro volvió la alegría de la vida: carpinteros y albañiles se pusieron a trabajar con frenesí, pues la tía preferida de Pedro, la niña Anita, como la conocían cariñosamente en los obrajes de Agua Bonita, le había susurrado al oído:

—Quiero morir en mi casa, hijo, entre las cosas que tu abuelo trajo de Castilla. No quiero que mis huesos se queden ardiendo entre los palmares, como los de tu tía Constansa.

Viendo cómo avanzaba su obra de reconstrucción, Pedro decidió volver a Agua Bonita por su tía, para hacerla disfrutar en sus últimos años de la comodidad de aquella galana casa donde había nacido más de sesenta años antes.

—¡Está primorosa, hijo!, exclamó la viejecita al entrar por la caballeriza y atravesar por los corredores al derredor del jardín, con su pozo en el centro. Me imagino que así han de ser las casas en Ciudad Real de Castilla, de que tanto hablaba mamá. Ahora lo que falta es un convento de monjas en la ciudad. ¿Sabés, hijo, lo que es un convento de monjas?

—No, tía, ni me lo figuro.

—Ni yo, hijo; pero mamá, cuando tu abuelo pasó a mejor vida, vivía diciendo que iba a meterse de monja en un convento. ¡Tal vez eso me haga falta yo!

La viejecita se agachó con un suspiro entre las arrugas, acomodándose a descansar, y a Pedro le entró al corazón una angustia desazonada al ver a la tía Anita allí, sentada en su mecedora bajo el sol de Jovel, sin poder cumplirle ese deseo que ni ella misma parecía comprender.

A los pocos días de llegar su tía, Pedro cerró finalmente el trato que ya tenía apalabrado con don Juan de Urbina, y los dos juntos se presentaron ante el escribano para celebrar la escritura de venta del sitio junto al río. Mientras esperaban que don Cristóbal Martínez terminara el documento y sus copias, Pedro quiso sacarle plática a su comprador, y no se le vino a la mente otra cosa más que la ocurrencia de la niña Anita. Así que, sin más le preguntó:

—¿Qué es eso de un convento de monjas, don Juan?

—¡Ah, ya lo supo usted! Es una locura que se les ocurrió a algunas de las señoras y le fueron con el argüende al obispo. Pero ya hace tiempo que no hacen nada. Desde que murió doña Clara en el incendio de su casa. ¡Como era ella la que soltaba los tostones! Ahora ya sólo doña Chabelita se interesa en eso. Pero la obra está detenida. Usted sabe, don Pedro: Con dinero sí baila m'hija con el señor; pero sin dinero, ni el caldo agarra sabor.

A Pedro lo invadió una sensación desconocida para él; una especie de ansia de hacer algo. En cuanto terminaron la firma de la escritura frente al escribano, se fue rápidamente a ver a su tía para decirle de sopetón:

—Tía, de mi cuenta corre que tengás tu convento.

Y desde ese día se dedicó a revivir la emoción entre aquellas personas que, según iba averiguando entre la gente, alguna vez habían estado interesadas en el extraño proyecto. De especial emoción para él fue su visita a doña Isabel de Velasco.

—¡No vaya su merced!, le habían aconsejado los carpinteros que todavía conservaba para terminar sus muebles. En esa casa no han querido nunca a don Jacinto.

Pero con la testaruda altivez de sus antepasados, Pedro decidió que nada habría de impedir que realizara la ilusión de su tía. Así fue como un hijo de Jacinto Moreno se encontró una tarde golpeando con el aldabón de su abuelo don Pedro la puerta de los herederos de don Francisco de Velasco, en la Calle de la Ermita.

—¿Cómo está tía Rosa?, preguntó doña Chabelita, cuando al fin se encontraron.

—¿Tía?, exclamó Pedro, abriendo los ojos con asombro.

—Mi padre, que en paz descanse, era hermano de tu madre.

En ese momento se estableció entre los dos un lazo de hermandad que nada habría de desbaratar. En él amarraron a la niña Anita, a quien los rigores de la tierra caliente la habían convertido en una ancianita dulce y llena de ternura.

Pasaron años para que el convento pudiera terminarse. Pedro se interesó en todos los detalles y aportó buenos reales, producto de las marquetas que su padre le enviaba para levantar el negocio de la tinta añil, y que les vendía a los fabricantes de nagua o a los patacheros que iban a Veracruz o a los comerciantes que la llevaban a Tabasco, hasta que, junto a la iglesia de San Sebastián se irguieron airosas las techumbres de aquellas casas que cobijaban los corredores enladrillados donde las monjas habrían de pasearse contemplando las copas de los pinos en las cresterías de los montes.

—¿Y ahora qué debemos hacer?, fue a consultarle a doña Chabelita Pedro, después de haber dibujado trabajosamente su firma en uno más de tantos testimonios que tuvo que presenciar.

—Ahora hay que convencer al cabildo a que mande por las monjas a Guatemala. Sin ellas no hay convento.

Y entonces comenzó el ajetreo con los prebendados y canónigos. Por suerte, era deán don Fructus G. Casillas de Velasco, el hermano de doña Chabelita, y, estando el obispado en sede vacante, no le fue difícil convencer a sus compañeros capitulares de que adoptaran la decisión de enviar a Guatemala a don Gabriel de Avendaño, chantre de la catedral, para «traer a su costa con la decencia y el decoro requisito, cuatro monjas, y las demás que fueren necesarias, dándoles todo el avío y lo demás que conviniere para ello».

Pasaron casi seis meses sin que a Ciudad Real llegara noticia del señor chantre ni de su mandado. Mas un medio día, corriendo ya el mes de marzo de 1610, un mensajero llegó a uñas de caballo a la casa del deán para anunciarle que las monjas habían llegado a la puerta de las primeras casas de la ciudad. Sin perder tiempo, el deán mandó al mismo mensajero a que hiciera que las campanas de todas las iglesias se lanzaran a vuelo, y, mientras él se revestía de alba, estola y capa pluvial, envió a la vieja Manuela a que llevara la grata noticia a su señora hermana doña Isabel de Velasco, a quien, por esa magia que rezuma el aire en el valle de Jovel, ya se lo había contado un pajarito y había mandado a su nana que le llevara la jubilosa nueva a la niña Anita y a don Pedro. Para cuando el deán llegó a la Puente del Molino, se encontró con una multitud rodeando a las viajeras, a quienes llevaron en popular procesión hacia la catedral, entre cantos y vivas y el constante tañer de las campanas. Por las ventanas asomaban curiosas las muchachas, apuradas buscando sus mejores rebozos o sus chales para acompañar a sus madres por la Calle de la Luna, o del Río, o de la Laguna, o de la Ermita, o de la Manzana, por todas las cuales se desgajaba ya el gentío que habría de hacer valla mientras el cabildo condujera a las monjas bajo palio a su morada junto a San Sebastián.

—¡Qué dulces caras tienen, a pesar del camino!, exclamó una nietecita de doña Francisca de la Tovilla.

—Así estaremos nosotras dentro de unos años si nuestros tatas no tienen para la dote, le contestó pensativa su prima hermana Goyita, que a sus catorce años empezaba a hacer tintinear de alegría los corazones en más de uno de aquellos jóvenes que visitaban a su padre don Andrés en la labor de San Nicolás.

Un mes después murió la niña Anita. Pedro la lloró como si hubiera sido su madre. A su funeral concurrieron las gentes que todavía recordaban a la hacendosa y vivaracha doña María de Velasco, y a don Pedro, el maestro herrero cuyo nombre retumbaba a cada aldabonazo en tantas de las viejas casas de la ciudad.

—¡Ni siquiera se dio cuenta de cuando entraron las monjas!, le comentó Pedro a doña Chabelita, que lo llevaba del brazo como a un viejo en la procesión funeral.

—No, pero allí se quedará para siempre con ellas, en esa tumba que le mandaste hacer en el claustro central.

Y allí se quedó. Cuentan que doscientos años después, junto a las enmarañadas madreselvas del corredor, todavía se escuchaba el rasgueo de su mecedora donde tomaba el sol...

* * *

Por diversos rumbos de la pequeña ciudad se levantaban, llenas de gracia, las casas cubiertas de tejas, contrastando con la multitud de techumbres de paja, todavía más abundantes, a pesar de la relativa riqueza que los comerciantes estaban acarreando al valle. El número de calles se había más que doblado, y ya se hablaba de diferentes barrios, fuera de aquel viejo y alejado de los mexicanos y los tlaxcaltecas: el del Zerrillo, el del Molino; y ya se le llamaba barrio al caserío más allá de la iglesia de los mercedarios. En dirección al antiguo Peñol de la Horca se iba abriendo una amplia calle, en cuyo centro bramaba un corrental en tiempo de aguas; en la cima de la colina sonreía la blanca ermita de una Virgen Mexicana, morena y tierna, cuya imagen pintada en tela burda había llegado de sobornal con una recua de Veracruz.

Sin embargo, ya poca gente llegaba de fuera, más que aquellos que habían salido a establecer haciendas en los fértiles valles de la tierra caliente y que habían ido engrandeciendo pueblos y doctrinas como San Bartolo, Tusta, Zullatitlán..., pero que volvían a Jovel, porque no podían morir sin sentirse arropados por la niebla transparente y algodonada con que algún día los cubriría majestuoso el Huitepec.

Por esta razón, la llegada de unos frailes dominicos desde el pueblo de Chiapilla se convirtió en todo un acontecimiento. El padre provincial había mandado adelante un mensajero que le rogara al prior de Santo Domingo salir a encontrarlos y a obsequiarles su hospitalidad. Y el prior, en un gesto de acercamiento y amistad, le suplicó al guardián de San Francisco que le permitiera organizar un recibimiento solemne en el atrio amurallado de San Felipe, junto al Ecatepec.

Eran éstos unos frailes que, ante la perspectiva de ir a prestar sus servicios a las Filipinas, se habían acobardado en el último momento y habían huido a buscar refugio y comida en las montañas de Ciudad Real. Entre ellos se encontraba fray Antonio Meléndez, que un día habría de ser prior de Ocosingo. Con ellos, comunicándose a medias lenguas, llegó también un fraile inglés de apellido Gage. El último era el padre Pedro Borrallo, que habría de morir ahogado tratando de pasar el río poco antes de llegar a Escuintenango.

Poco después del medio día la pequeña comitiva entró a la ciudad por el caserío de la Merced; llegó a la plaza y allí torció por la Calle de Cinacantlán hacia el convento de Santo Domingo. La gente asomaba la cabeza por las dobles puertas, que ya se estilaban para tener la parte de arriba siempre abierta.

—Más frailes, rezongó entre pujidos una viejecita de cabello blanco.

—¡Para que nos saquen más jugo!

Pasó más de un mes sin que nada especial sucediera. Pero el P. Gage no dejó de hacerse notar desde los primeros días. Como pudo se hizo amigo del obispo, y poco a poco fue logrando entrada en las casas principales, a la jugada de naipes, en que, para su delicia, le tenían preparado siempre su buen pocillo de chocolate, como ya decían las gentes elegantes a las antiguas jícaras, por el cual era él capaz aun de burlar las reglas de su padre prior.

Una de esas tardes llegó apurada Narcisita Guillén, hija de doña Petrita, a visitar a casa de don Andrés de la Tovilla, donde hacía tiempo se insinuaba pretendiendo la amistad de la señora, a quien trataba de tú a pesar de la diferencia de edad. A doña Isabel de Jáuregui, tan mal hablada como sus antepasados, le caía en gracia la persistencia de esa mujer, tan de la iglesia y tan beatita, pero que no la acababa de convencer. Después de una breve charla, ya para despedirse, la Guillén preguntó, como de paso:

—¿Ya supiste lo de doña Chabelita de Velasco?

—No, pero pendeja sería si no te dejo contármelo con pelos y señales.

—Que después de años que escribió a España a unos sus parientes, al fin recibió de contestación carta y paquete que le trajeron los patacheros.

—¿Y eso qué tiene de raro?

—¡Que el paquete es una lata con la imagen de una Virgen de cerca de Ciudad Real, preciosa!

Efectivamente, la última recua de don Gaspar Fernández, hijo, había llegado hacía poco y le había entregado a doña Chabelita una petaquilla con una réplica de Nuestra Señora de Alarcos. Recibiéndola, doña Chabelita había corrido a casa de don Pedro Moreno y le había contado su secreto, que el viento se llevó misteriosamente de puerta en puerta, y juntos se habían ido a ver a don Juan de Morales, el viejo maestro pintor, escultor y tejero, que ya casi no salía de su casa, allá por la Calle de la Ciénaga. Después de casi medio día de plática, finalmente lo habían convencido, aunque de verdad, allá adentro de su corazón parecía haber estado soñando precisamente en ese encargo.

—Tengo una troza de cedro desde hace años, se había animado a decir, por fin, don Juan. Ya debe estar bien seca. Pero colores sí no tengo.

—Yo le doy añil del que me manda mi padre de Agua Bonita, se acomidió a prometer don Pedro.

—¿Todavía vive Jacinto?

—¡Más bien él y no tía Rosa!, suspiró doña Chabelita.

Después de un silencio cuajado de recuerdos, don Pedro había insinuado, como a tientas:

—Y las demás cosas que su merced necesite, ¿por qué no se las encargamos al primer comerciante que salga para Guatemala?

En el corredor de la casa grande de San Nicolás, las dos mujeres se quedaron calladas, mirándose, cada cual en su mundo.

—¡La Virgen de Alarcos!, exclamó pensativa doña Isabel de Jáuregui. ¡Cómo nos vamos olvidando de España!

—¿No vas a venir a mi casa hoy, Isabel?, irrumpió entonces Narcisita, como queriendo librarse de la oprimente seriedad de aquella plática.

—No sé, respondió la señora. Ya ves que a Andrés no le gusta jugar.

—Te vas a perder algo de lo mejor.

—¿Por qué? ¿Qué vas a dar, chulita?, preguntó intrigada la de Jáuregui.

—¡Va a llegar el padre Guesh!

—¡Putísima la revendehuevos!, exclamó doña Isabel entusiasmada. ¡Entonces no falto!

La fama del fraile recién llegado había corrido de casa en casa. El obispo le había encargado la enseñanza de la gramática a los niños de la ciudad en el convento dominicano, y pronto su nombre había entrado a muchas casas por los lamentos de los escolares.

—¡Nos mira menos!, se había quejado entre lágrimas Chanito Suárez, el nieto de doña Josefina, quien, a sus más de sesenta años y ya toda achacosa, todavía comerciaba por pueblos y parajes y era capaz de llegar hasta la Villa de Macuspana, por entre los aguajales de Tabasco.

Y en muchas casas empezaba a correr la voz sobre la grosería y la insolencia del inglés. Pero en las jugadas de naipes el padre Guesh, como lo conocían, se había convertido en un quedar bien para quienes se lo ganaban con una invitación.

—Es que estando él son ataques de carcajadas, comentó doña Margarita de Ovalle. ¡La gracia con que dice las cosas el lengua redonda!

Pero algunos, como don Andrés, se sentían ofendidos con sus ínfulas y sus insinuaciones y, a pesar de verlo fraile, no podían soportarlo.

—De ese Guesh nadie sabe si es más niño que pendejo, o si es más pendejo que niño, le respondió molesto a doña Isabel, su mujer, cuando ella le habló de la invitación de Narcisita.

Desanimada, doña Isabel sacó su butaca de cuero de borrego y, arrebujada en una de esas grandes cobijas de lana que llamaban chamarros en Ciudad Real, se sentó a mirar cómo el sol empezaba a teñir de rojo tierno las nubes que vagaban entre el Huitepec y el Cerro de los Vientos. No tardó en salir don Andrés, armado de un enorme libro que le había vendido un patachero amigo, como la última novedad recién llegada de España.

—¿Qué lees?, le preguntó su mujer.

—Son las historias de un loco que se cree caballero. O de un caballero de verdad que todos dan por loco. Todavía no lo sé.

—Léeme algo. ¡Quién quita que me entre el sueño!

Pasó un buen rato en que don André leía con tanto entusiasmo como si él fuera parte de lo que pasaba en la narración. Entonces la Sebastiana acercó un candil y lo puso sobre un tripié. Luego volvió con una mesita de chamula y una jarra de chocolate con sus jícaras, y una canastilla de pan blanco, y se retiró tan sigilosa como un alma en pena.

—¡Traé también un anafre!, le gritó doña Isabel.

—¿Pero es que no te has dormido?, intervino con genuina sorpresa don Andrés.

—¿Dormir yo? ¡Si mi cabeza se está llenando de ventas y molinos y gente de esa que habla como hablaba mi abuelo! Ahí lo ves si a vos también se te seca el cerebro con tanto libro.

—Por falta de ellos se nos puede secar el cerebro aquí, replicó suspirando don Andrés, en lo que, cerrando el suyo casi con devoción, estiraba el brazo para mojar una rosquilla de pan blanco entre las espumas de su chocolate.

Se pusieron a parpadear las estrellas por detrás del cerro. Desde la cañada comenzó a llegar el eco de turumpukuj, el búho, entre los murmullos del arroyo que pasaba a sombrear sus aguas bajo el Arcotete. Doña Isabel se levantó en puntillas y volvió con otro chamarro, y sin decir palabra, cubrió con él a su marido, que se había quedado soñando junto a las blancas ventas a la vera de los caminos de La Mancha, por donde un día sus abuelos habían sido pastores de carneros o hilanderos de ilusiones...

* * *

La Taberna de la Tía Nicolasa había crecido: tenía una mayor clientela, principalmente de fuereños, y había convertido sus botanas en comidas formales, que se servían en la fonda junto a la calle. También había cambiado de dueño: La había comprado uno de los nietos de don Alexandro Bermudo, a quien la muerte de doña Clara Pedraza lo había dejado en libertad de vender su aguardiente a quien mejor le pareciera. Como ya estaba entrando panela de las moliendas de Zullatitlán y su región, la producción había aumentado, y los Bermudos no sabían qué hacer con tanto trago, fuera de darlo barato a los indios para que se lo llevaran a revender o a consumir en sus parajes en los días de fiesta.

—Yo sé qué podemos hacer, exclamó un domingo durante la comida el joven Juan de Valcárcel.

Juanito era solamente un sobrino de los Bermudos. Su abuelo, don Juan, había criado a los hermanos de su mujer, doña Leonor Bermudo, a la muerte de don Alexandro, y se había quedado a la cabeza de la Milpa del Obispo, aun después de que ésta había pasado a manos de don Pedro de Velasco; murió soñando con un día tener su propio molino. Y así murió también, joven, don Melchor, dejando a Juanito al cuidado de sus tíos. Allí con ellos creció, tan soñador y aventurero, que entre los primos lo apodaban el loco.

—Yo de veras sé qué podemos hacer, repitió Juanito.

—¿Qué podemos hacer?, preguntó con benigna sonrisa don Manuel Bermudo, levantando su cara del plato de barbacoa de carnero.

Cuando Juanito se calló, la algarabía que sus palabras originaron al derredor de la mesa sólo podía compararse con el ronroneo de la gente en la plaza a la hora de las tortillas. Nadie se figuraba que a Juanito pudieran ocurrírsele propuestas sensatas, ni mucho menos que estuviera dispuesto a realizarlas él personalmente. Primos y tíos se le abalanzaban con preguntas a cual más graciosas, si no punzantes y dolorosas, y todos las celebraban con enormes risotadas. Don Manuel Bermudo se levantó, finalmente, pidió su chamarro y un anafre, y se fue a descansar en la mecedora que doña Gregoria, su mujer, le tenía siempre orientada hacia donde penetraba por las tardes, como entre polvillo de oro, un rayito de sol. Mas don Manuel no pudo reposar. Algo había en esa propuesta de su sobrino que parecía tener sentido. Así que, en la penumbra vespertina de aquella vieja casa, de repente gritó:

—¡Juan! ¡Que venga Juan!

Siempre que don Manuel se retiraba a descansar, doña Gregoria hacía que todos guardaran el más respetuoso silencio; y para que se sintieran forzados, los atosigaba repitiéndoles la orden en lengua:

—Chanchán, s'kotolik. ¡Uayal te o'tot! Cállense todos. Quiere dormir papá.

De modo que el grito del viejo se escuchó de inmediato hasta en la cocina, al otro lado del corredor. De inmediato se presentó Juanito, cabizbajo todavía y resentido de la zarandeada recibida en el comedor.

—¿Cuántas mulas quisieras llevar, hijo?, preguntó don Manuel, serio pero amable.

—Unas veinte, tío, para probar. Y una más para las petacas.

—¿Cuántos arrieros?

—Unos tres.

—¿Cómo transportarás la mercancía?

—Don Nicolás de Porras fabrica unos barriles de palo de roble con cinchos de fierro, muy durables y fáciles de cargar; a tres por mula.

—Todo lo tienes pensado.

—¡Ah, tío!

—¿Cuándo sales?

—¿No me burlas, tío?

—¿Cuándo sales?

—En dos meses.

En la madrugada del 5 de octubre de aquel año de mill y seis cientos y veinte y seis años, entre la densa niebla del valle, don Manuel Bermudo le quitó el tapaojos a la mula madrina para poner en marcha la pequeña caravana.

—¡Jo!, gritó Juanito de Valcárcel, y arrancó.

A la media hora ya los arrieros empezaban a gritarles a sus animales, apurándolos para que no se sentaran en la cuesta junto a Corral de Piedra, por cuya cañada empezaba el Camino Real para Guatemala.

—Don Luis Alfonso tuvo que vender su labor, comentó al aire Juanito.

—¿Por qué sería, patrón?, preguntó uno de los arrieros.

—Los réditos, hermano. Los réditos de los padres de Santo Domingo al fin lo ahorcaron.

Caminaban a grandes silencios, arrullados por el aromático susurro de los altos pinares.

Pasado el medio día hicieron alto frente al valle de Teopisca. Descargaron las barricas y aflojaron las cinchas de los aparejos; de su morral cada quien sacó su bastimento y se sentó junto a un tronco a comer sus dobladas de frijol y de huevos con chorizo.

—Por aquí cerca pasa un arroyito, patrón, comentó el arriero Miguel Martínez. ¡Yo voy por un tecomatazo de agua para batir pozol!

Pero Juan no podía escucharlo; su alma de soñador vagaba como en éxtasis sorbiendo a bocanadas la belleza de aquel llano entre montes: En el azul horizonte por el lado sur podía ver los rudos picachos que avanzaban de la tierra caliente retozando por zambullirse en las marejadas de pinos de la sierra fría; por las ventanas del valle se hacían uno el verde aceituna de los roblares y las oscuras agujas de la vegetación montañesa con las anchas hojas que trepaban enroscándose en los peñascos desde las llanuras de San Bartolo. En el centro del valle, junto a los pueblos y las haciendas, se hamaqueaban sonriendo los trigales en flor.

—Esta noche dormimos en Teopisca, exclamó volviendo en sí Juanito.

—¿Por qué no de una vez en San Francisco Amatenango?, se animó a contrariarlo Miguel.

—¿Sin detenernos para una buena sentada de tasajo? ¡No, hermano! Será primera vez que paso por acá, pero todo lo tengo averiguado.

Todavía en el llano escucharon cómo las campanas de la iglesia daban la oración. Se quitaron el sombrero en señal de respeto, pero siguieron adelante y fueron a dar derecho a la casa de don Braulio Álvarez, viejo amigo de don Manuel Bermudo; en su enorme traspatio, rodeado de una cerca de troncos, descargaron y soltaron sus bestias, como lo hacían ya tantas recuas cuesta abajo, o cuesta arriba por el Camino Real. Mientras los arrieros apilaban la carga en el rincón de una galera y acomodaban los aparejos para que les sirvieran de cama, Juanito atravesó el patio y se fue a saludar al dueño del lugar. En cuanto asomó por el corredor, don Braulio, envuelto en su chamarro de Ciudad Real, lo reconoció de inmediato y se le acercó, exclamando con los brazos abiertos:

—¡Juanito! ¡Qué milagro!

—Traigo carga de mi tío, don Braulio.

—¿Vos solo?

—Tres arrieros.

—¿Mi compadre?

—Me mandó que yo le diera a Usted muchos saludos.

—¡Ah, qué mi compadre! Y ya me imagino cuál es tu carga. Ve, hijo: que se queden aquí tus arrieros y que les dé de cenar la María. Vos y yo nos vamos ca doña Chonita. Puede que te interese hablar con ella. Y allí en su fonda podemos cenar tasajo y cecina.

A Juanito le encantó la idea, así que, en cuanto se lavó la cara y las manos en un aguamanil con tripié de madera, salió con don Braulio a la fonda del pueblo. Don Braulio atravesó el local, iluminado con candiles y velas de sebo, y se fue siguiendo el aroma hasta la cocina, donde doña Chonita daba instrucciones a sus dos cocineras. Reconociendo a don Braulio, se le acercó presurosa, secándose las manos en el delantal y haciéndole reverencias:

—¡Ay, pero don Braulio! ¿Cómo no mandó a decir para que le preparáramos algo?

—Nada de eso, doña Chonita, nada de eso. Lo que queremos es un plato de cecina, unas tortillitas calientes y algo de beber. Y que nos regale un ratito de su tiempo para platicar, si no le molesta.

—¡Sólo eso faltaba!, exclamó la fondera, halagada de que el hombre más importante del pueblo visitara su lugar.

En ese momento se abrió la puerta. A la galera entró un hombre de unos cincuenta y cinco años; se hizo a un lado para ceder la entrada a su acompañante. Entró entonces ella, una esbelta joven de tez morena clara; al quitarse la cofia de viaje le rodó sobre los hombros una cascada de cabello oscuro; se sacudió la falda, y luego esparció por la fonda una mirada alegre; los candiles y las velas escondieron su tímida luz en la de aquellos grandes ojos negros que sonreían al amparo de las pestañas arqueadas bajo el triunfo de unas cejas dibujadas con primor.

—¿Quién es?, preguntó Juanito embelesado.

—Don Álvaro de Paz y Quiñones.

—Sí, ¿pero ella quién es?, insistió el joven.

—Él es el nuevo Alférez Mayor de Ciudad Real.

—¿Pero quién…?

—¡Ya lo sé, hijo! ¡Ya lo sé! Es su hija Andrea, nieta de don Joseph Sánchez Serrano. Siendo ella muy niña murió su madre. Don Álvaro se la llevó de Ciudad Real a Guatemala, y allá creció. Ahora vuelve a su tierra hecha una…

—¡Hecha una reina!, interrumpió Juanito, casi levantándose para ir a saludar a los recién llegados.

—Esperá, le intimó don Braulio, poniéndole la mano sobre el hombro izquierdo.

Doña Chonita, mientras tanto, se hacía pedazos pidiendo disculpas por la humildad de su establecimiento. Don Álvaro la atajó con cortés seguridad diciéndole:

—No se moleste, doña Asunción. Haga favor de servirnos lo que ya tenga preparado y ponga lugar para tres personas.

—¿Tres, señor?

—Sí. El padre Pedro Mártir nos acompañará en cuanto termine sus asuntos en la iglesia.

Se retiró persignándose la fondera, y entonces decidió don Braulio acercarse a presentar sus respetos al ilustre viajero.

—Buenas noches tenga su merced, dijo inclinando ligeramente la cabeza. Soy Braulio Álvarez, señor. Mi padre fue don Bernardo Álvarez, amigo del padre de su merced. Y este joven es Juan de Valcárcel, hijo del difunto don Melchor, de Ciudad Real.

Los recuerdos se amontonaron en la mente y en el corazón del viajero, mientras los tempestuosos ojos de la muchacha envolvían en la seda de una caricia la inquieta figura de Juanito de Valcárcel. Don Álvaro, volviendo poco a poco de los lejanos días de su juventud, se levantó y estrechó la mano de Don Braulio.

—Bien me acuerdo de tu padre y de don Melchor. ¡Qué gusto es volver a ver a la gente de mi tierra! ¿Pero qué hacéis en este pueblo?

—Yo cuido aquí intereses del campo que dejó mi padre, respondió don Braulio.

—Yo estoy de viaje por el comercio de mi tío.

—¿Y cuál es tu comercio?, preguntó una voz que recordaba las canciones del viento entre los alcanfores.

—¡Posh!, contestó Juanito, seguro y orgulloso.

Al sonido de la palabra india, como atraída por un campanillazo, se presentó doña Chonita, con una gran bandeja de barro colmada con la más sabrosa variedad de tasajos, cecinas y chorizos.

—¡Podemos todos comer a la misma mesa!, sugirió entusiasmada Andrea.

—Y beber, interpuso Juanito. ¿No puede algún mocito ir a casa de don Braulio, doña Chonita?

—A lo que mande su merced, señorito.

—Pues que le pida a Miguel Martínez que me mande un barril.

Fue una noche memorable. Menudearon las copas de posh para bajar la cena y mantener la alegría y los cuentos y hasta las canciones, y entre todos convencieron a Juanito a que se quedara un día más.

—Nosotros nos quedamos, porque mi padre necesita visitar los baños de San Bartolo antes de llegar a Ciudad Real, comentó como de paso Andrea, envolviendo sus palabras en una sonrisa furtiva y halagüeña.

Antes de que a Juanito se le ocurriera cómo decir lo que saltaba dentro de su corazón, intervino doña Chonita, que hacía ya rato había tomado asiento junto a los viajeros:

—¿Y quién sabe si no nos dé tiempo para que hagamos algún trato su merced y yo, don Juanito?

—¿Como qué trato, doña Chonita?

—Como un trueque de posh por carne salada. Los convido a todos a que vengan a almorzar mañana después de la misa, y luego pasen a ver mis tendederos. ¡Mejor carne no van a encontrar ni en Guatemala, con perdón de lo presente!

Salieron de la fonda y cada quien se fue a su lugar, cantando ya los gallos de la madrugada. Juanito pasó todavía a decirle a Miguel que no ensillara, pues tendrían que esperar hasta otro día.

El día siguiente fue toda una una fiesta. Llegó Andrea vestida de blanco, escondida su negra cabellera tras una mantilla de seda que dejaba asomar el óvalo de su cara morena desde donde se paseaban por el mundo sus ojazos negros. Doña Chonita había mandado poner juncia en el piso de la fonda y Juanito, sin que nadie lo supiera más que don Braulio, había hecho llegar a los músicos del pueblo para que los acompañaran con tambores y chirimías.

Después de un regio almuerzo, siguieron todos al traspatio donde doña Chonita tenía sus tendederos.

—Aquí se ralea carne escogida, se sala, se sazona y se cuelga a secar al sol, con varios mocitos cuidando que no llegue la mosca. A los tres o cuatro días de sol, se levanta y se enmanta. Les juro por esta santa cruz, que no hay carne mejor en el mundo. ¡Ya la quisiera para sus domingos el Rey de España!

Se quitó el sombrero de fieltro don Álvaro, y se hizo un silencio embarazoso, que interrumpió Juanito, sin pensar en la majestad del nombre recién pronunciado:

—¿Cómo será nuestro trato, doña Chonita?

—Tres tercios de carne enmantada por tres barriles de posh, contestó sin parpadear la dueña de la fonda.

—¿Pero qué voy a hacer yo con tanta carne?

—Le aseguro que no sale su merced de Comitlán sin que le estén pidiendo más, respondió la mujer besándose la cruz que había formado con el índice y el pulgar.

—¡Lo juro!, confirmó don Álvaro sin pensarlo y poniéndose más rojo que una manzana de Cuxtitali.

A esto siguió una carcajada de todos los presentes que sirvió para cerrar el trato, aunque Juanito habría deseado que se le prometiera guardar los barriles vacíos para su regreso.

Por la noche pasó Juanito a la casa del convento a despedirse de don Álvaro y de su hija, llevando una espina trabada en el corazón. Volvió a casa de don Braulio y le preguntó si no sería mejor que se fuera por el pueblo de Pinola hasta Copanaguastla y de allí por el camino de la llanura.

—Por Comitlán es tu camino, hijo, le respondió el amigo de su tío. Dejala ir, y cuando regresés la podés buscar en Ciudad Real.

—Déjeme su merced dormir en el corredor para mirar las estrellas, pues.

—¡Ah, los muchachos de ahora!, dijo por toda respuesta el teopiscaneco, y se metió
 a dormir.

Entre las ramas de una madreselva Juanito vio pasar todas las estrellas y las fue contando como si fueran esquilas que le repicaran su destino en canciones de luz, luz de ojos negros sobre piel canela más bella que la luz del sol.

* * *

La ciudad se había ido convirtiendo en una muchacha modesta de escondidos encantos. Contra el azul de su cielo recortado por el verde oscuro de la serranía se destacaban los campanarios de sus varias iglesias, en cuyos muros vibraban los recuerdos de quienes las habían levantado, adobe sobre adobe o piedra sobre piedra, con devoción y fe. Detrás de la catedral surgía, humilde y sereno, vestido de nativa sencillez, el templo del sagrario. Rumbo al río, encimada en una colina, miraba de frente al Huitepec, como retándolo,

orgullosa, la iglesia de los frailes de Santo Domingo, y al otro lado, camino de
la ciénaga, recogía golondrinas y albergaba palomas el templo de los hermanos menores del padre San Francisco, apenas a una calle de donde las
monjas desgranaban sus tristes misereres asomando entre velos a la renovada
iglesita de San Sebastián.

Las entradas y salidas de la joven ciudad estaban señaladas por puentes
de madera, techados con tejas, para que allí descansaran los viajeros antes de
entrar, o para que desde allí pudieran lanzar el último suspiro los que tenían
la necesaria pena de dejar su nido en el valle y lanzarse a los caminos con su
carga de pan o su montón de dolor.

Cerca de los sumideros rechinaban todavía las viejas piedras que habían
molido el primer trigo del valle de Jovel. Su dueño, don Joseph Sánchez Serrano, llegaba a visitarlo todos los días sólo por la emoción que le causaba contemplar desde el alto, en la falda del cerro, la ciudad, que lanzaba espirales de
humo por las techumbres de sus cocinas al amanecer. El maíz le había ido ganando campo al trigo poco a poco, pues los indios, y luego los ladinos, lo sembraban para sus tortillas, su pozol, sus tamales, sus pictes y su atol, a pesar de
que tantas veces la helada bajaba de los montes sembrando miseria y destrucción. Sin embargo, los viejos herederos de los conquistadores seguían cul-
tivando su trigo para comer su pan, y habían levantado otros molinos, por
donde pasaba el agua fría y clara cantando sus canciones montañesas por las
enormes ruedas del Barrio del Molino, o de los campos de Santo Domingo,
o allá junto al Peje de Oro, donde empezaba el pueblo de Cuxtital.

Pasear por las rectas calles de la pequeña ciudad era ir sorbiendo el gozo
de las rejas de madera que cubrían con barrotes torneados las ventanitas cuadradas que eran como pórticos para que entrara el sol (o para que se escu-
rriera por la noche, entre las sombras pintadas por un farol, algún canto de
amor); era vagar por las banquetas junto a las tapias encaladas, con sus puertas
abiertas a medias, por donde asomaba temeroso un rosal que le hacía cos-
quillas con el viento a un pozo de redondo brocal; era pasar el agua de los
grandes aguaceros de septiembre mirándola caer en refulgentes chorros
debajo de un alero coronado de fuertes, rojas tejas, quemadas en algún horno
de los que ya abundaban en el valle; era pulsar los aldabones que resonaban
sobre las gruesas puertas labradas en madera que habían cortado en la
montaña al cruzar llena la luna por el cielo invernal.

Pero vivir en la ciudad, era sentir el alma de los cielos después del juicio
final; era poder cerrar las puertas cuando caía la helada, y sentir el calorcillo
suave de un anafre, subiendo de sus rojos carbones por los pies y las manos,
tal vez hasta llegar al corazón; era salir al patio o sentarse a la sombra en un
largo corredor en los días de marzo o en las noches de abril, y sentir cómo
bajaba desde el cerro la brisa cantando entre los bosques de abetos y de encinas, misteriosa y sutil.

Por las calles caminaban sin prisa los caxlanes; trotaban con ritmo de danza los indios que llegaban de Huistán, enrolladas sus piernas por los algodones de su blanco maxtat; despachaban sus marquetas de sal los comerciantes del antiguo Zotzleb, dejando caer de sus sombreros de palma los chorros de listón; llamaban a las puertas las mujeres de San Juan, llevando bajo el brazo una gallina o un enorme tuluk, seguidas por sus hombres vestidos de cotón; saludaban con sonrisa de abridores de nuevos horizontes los ladinos, envueltos en chamarros de lana, mirando qué podían comprar sus mujeres para sacar a vender; se apresuraban por las laderas del Cerrillo las mulatas, nietas de aquellos esclavos negros, altos y formidables, que trajera el obispo por la primera vez. Y todos corrían a la iglesia más cercana los domingos para recibir la bendición de Dios y quemar una vela de cera, o de sebo pintado, delante de algún santo de especial devoción.

Entonces comenzó el año de mill y seiscientos y veynte y siete años.

Después de la misa de gallo, siendo ya día primero, se fueron a sus casas las gentes, siempre con la esperanza de un año en que les fuera mejor. Un grupo muy bien escogido enfiló a la casa de don Gabriel de Orellana, que había llegado hacía tiempo de Guatemala, como casi todos sus antecesores, con el flamante título de Alcalde Mayor. Don Gabriel en persona recibió a sus invitados a la puerta y los hizo pasar a una gran sala, donde, sobre una mesa de cedro, había toda clase de bocadillos de los que se confeccionaban en Ciudad Real: allí estaban el pan de yema, y las rosquillas de pan blanco, y el pan chiquito, las cazuelejas y el marquesote partido en cuadritos, y los dulces de yema y de calabaza y de higo, y las cajetas de manzana, de durazno, de membrillo, a cuya pura vista se le hacía a uno agua la boca. De grandes jarras de barro subían el vapor y el aroma del chocolate caliente, y en una esquina de la mesa habían colocado una barrica de posh, enviada para esa ocasión de la casa de don Manuel Bermudo, que la servidumbre había rodeado de platos con botanitas de la Taberna de la Tía Nicolasa.

A los lados de la mesa, en sillas de cedro rectas y de alto respaldo, se sentaron los invitados: el señor obispo, que había traído de Salamanca toda su sabiduría, el señor Alférez Mayor, hijo del pueblo que había vivido sus mejores años en Guatemala, don Gonzalo Figueroa, invitado especialmente de Comitlán, doña Chabelita de Velasco y su hermano menor, don Melchor, Narcisita Guillén, que se sintió invitada al saber de la invitación de doña Isabel de Jáuregui, don Fidel Coello, el hacendado de Tustla que buscaba el favor del señor Alcalde Mayor, algunas otras personas importantes, como el Alguacil Mayor don Miguel Solórzano, también recién llegado de Guatemala, y el padre Tomás Gage, en representación de los padres de Santo Domingo. Todos se conocían y cada cual se acomodó como mejor pudo, y se inició una plática de naderías, esperando que el señor Alcalde Mayor diera la tónica de la reunión. Pero nada sucedía, y la gente fue entrando en confianza con facilidad.

—¿Y cómo es que preparran el atole de granillo que venden las indias en la plaza?, preguntó el padre inglés.

—¡Ah! ¿Y para qué quiere su merced saber de eso, padre Guesh?, se apresuró a intervenir Narcisita.

—Todos cosas son buenos de saber, aunque sean cosas de indios que creen que son buenos aquí.

Una sonora carcajada saludó la intervención del inglés, y Narcisita no supo si se reían de ella o de él; menos lo supo él.

—Oiga Ud., padre Guesh, preguntó entonces don Melchor de Velasco, ¿es verdad que en su tierra...

—Ingalaterra, señor.

—¿Es verdad que en Ingalaterra las mujeres duran trece meses embarazadas?

—¡Vaya, jompre, qué ignorrancia!

—¿Y que por eso todos ustedes salen con la lengua redonda?

Las carcajadas de la gente iban en aumento, menos por la parte de los fuereños, que no sabían lo guasón que era don Melchor.

—¡Mirra! ¡Mirra!, exclamaba confundido el pobre inglés, sacando la lengua para que la vieran todos. ¡Mi lengua no rredonda, don Melchorr!

—¡Ya callate, Melchor, por Dios!, le codeaba doña Chabelita, pero don Melchor estaba desatado.

—¿Y no es cierto, padre Guesh, que en su Ingalaterra el sol sale de noche y la luna de día?

—Perro, ¿cómo puedes usted crreerr tan gran tonterría?

—¿Y que por eso tienen vuestras mercedes la color tan pálida y el olor tan fuerte?

Cuando las risadas amainaron se pudo oír que alguien zangoloteaba el aldabón de la puerta. El criado que salió a abrir volvió acompañando a doña Isabel de Jáuregui, que finalmente había logrado convencer a su marido don Andrés de la Tovilla a que aceptara la invitación del Alcalde Mayor.

Se acomodó la pareja recién llegada. A don Andrés le tocó quedar frente al fraile inglés, y Narcisita se sintió orgullosa de hacer las presentaciones, a las cuales Gage correspondió con una salida que a los presentes los dejó con la boca abierta:

—¿Ud. no gusta mí, dice Narcisita?

Hubo un momento de pesado silencio. Todos dejaron de masticar y de beber. A don Andrés le recorrió un calambre por la boca del estómago; pero luego, con aplomo y serenidad respondió:

—Hasta los sentimientos de uno son tan claros como el aire de nuestras montañas, señor Guesh.

—Padre Gage.

—¡Señor Guesh!

Se detuvo para replicar el forastero, y luego, casi mordiendo las palabras, torciendo los labios en mueca de risa asentó:

—Insulto de ladino, no insulto, don Andrés.

—Gracias por lo de ladino, señor Guesh. Ladino soy a mucha honra, como va siendo cada vez más toda mi gente.

—Ladino, don Andrés, querrerr decir con sangre de indio.

—¿Ud. me lo viene a enseñar?

—Querrer decir no purro. Ni purro español ni purro indio. Perro yo purro inglés.

—¡Seguramente! Igual que los bandidos y ladrones que han venido a visitarnos y tratar de destruirnos.

En la gran sala se había hecho un silencio tenso. Alguien le susurraba al Alguacil Mayor para que interviniera, ya que el Alcalde no aparecía por ninguna parte. A Gage se le saltó una vena a media frente, y casi a gritos demandó:

—¿Qué es este acusación, señor mestizo?

—¿Nunca ha oído su merced de Pancho Draque?, preguntó sin pestañear el de la Tovilla.

—¿Te refieres a Sir Francis Drake?

—Me refiero a un bandido, inglés puro, que asaltaba por la Mar del Sur, para robarse el fruto del trabajo nuestro.

—A señor Drake hizo caballerro la reina de Ingalaterra.

—¡Ya se ve quiénes son caballeros en tu tierra!

—¡Segurramente tú no caballerro en mi tierra, don Andrés! Nadie con sangre de indio. Nadie como gente de este ciudad.

—¿Cómo es la gente de esta ciudad, señor Guesh? ¡Haga favor de enseñármelo, porque Ud. sí debe saberlo, y así el diablo se lo cargue!

—Presumidos, arrogantes. ¡Perro yo gusta mucho, porque respetan mucho gente que vienen lejos, como yo, a honrar lugar!

En ese momento, apareció por una puerta del fondo el señor Alcalde Mayor sonando una campanilla de plata que guardaba para las grandes ocasiones. Toda la gente se puso de pie y volvió la vista hacia donde él se encontraba; luego de una señal de él, los comensales volvieron a acomodarse en sus asientos para escuchar su discurso, pues todos sabían que se acercaba un momento de importancia.

—¡Señores, amigos!, dijo entonces don Gabriel, levantando una copa de vino. ¡Quiero decir salud por el año que comienza hoy! ¡Que haya dicha!

Todos los presentes levantaron su copa, algunos su pocillo de chocolate, y respondieron casi al unísono:

—¡Salud!

Cuando hubieron tomado a la salud del año nuevo, don Gabriel tosió ligeramente para llamar la atención de nuevo, y luego continuó, mirando hacia un papel que llevaba en la mano:

—El año que viene se cumplen cien años de la fundación de Ciudad Real. La gente de toda la provincia ha empezado a preguntarme en qué forma celebraremos tan fausto acontecimiento. De manera que he decidido nombrar una comisión de personas notables para que nos ayude a llevar a cabo los festejos. He incluido en la comisión a una persona muy respetada de la ciudad, don Andrés de la Tovilla. Y he dado cargos importantes en ella al señor Alférez Mayor, a don Gonzalo Figueroa, nuestro amigo de Comitlán, y a don Fidel Coello de Tustla. He estado platicando con nuestro sabio visitante, el padre Gage. Él ha viajado mucho y ha visto cómo se realizan estas festividades en los lugares civilizados del mundo, y me ha sugerido un proyecto de mucho interés. Así que, tengo el gusto de anunciar que nuestro amigo, el padre Gage, aquí presente, llevará el nombramiento de presidente de la Comisión del Primer Centenario, y se hará todo de acuerdo a sus indicaciones.

Resonó en la sala un aplauso al terminar de hablar el Señor Alcalde Mayor. Cuando volvió el silencio, todos vieron cómo don Andrés de la Tovilla se levantó de su asiento, hizo una venia apenas perceptible al Alcalde, y luego dijo, haciendo un esfuerzo para que las palabras no se le ahogaran en la garganta:

—Señor Alcalde, señores: Siento no poder aceptar el honor de servir en la comisión para la que me propone su excelencia.

Hizo una pausa, y luego continuó con un ímpetu inesperado a sus años:

—No puedo someter mis ideas y mis tradiciones a las de nadie que las contemple como inferiores a las de cualquiera en el mundo. Siento en mi alma que debo decir ahora, ante esta selecta concurrencia, que rehúso el nombramiento por pundonor. Esta nuestra ciudad, fundada por nuestros nobles antepasados, está destinada a perder su dignidad para siempre, si aceptamos que un extranjero como éste, que nos mira menos, que nos roba, que habla mal de nosotros, todavía tenga parte en decidir lo que debemos hacer.

Paseó entonces don Andrés la mirada por la concurrencia, alzó una mano sobre sus ojos, como para alejar una pesadilla y entonces, lentamente, casi a tirones, concluyó:

—Sólo falta que un día les demos a nuestras calles los nombres de estos extranjeros que vienen a comer nuestro pan, a respirar nuestro aire, a beber nuestro posh y a ponernos en mal. Yo no quiero tener parte en esto, y me retiro avergonzado de su merced, señor Alcalde Mayor.

—Su merced, dijo el Alcalde tratando de retenerlo, es hombre inteligente.

—¡Y digno!, replicó don Andrés, tomando a doña Isabel del brazo y retirándose sin despedirse de nadie.

—¡Andrés, Andrés!, exclamó doña Chabelita de Velasco, levantándose y saliendo tras él, dejando la sala en bochornoso y difícil silencio.

Las estrellas de enero repartieron sus rayos de luz vacilante y fría llevando el eco de la sala de don Gabriel por todos los tejados de la ciudad. Al despertar bajo el esplendor de un sol de helada, ladinos y caxlanes, mulatos y chamulas, supieron que un hijo de su Valle tendría que abandonarlo para dar su lugar al dominico inglés.

* * *

Juanito de Valcárcel salió de Teopisca antes del alba. Aclarando se encontraba ya frente a la iglesia de San Francisco de Amatenango, que destacaba su fachada blanca sobre el fondo gris de los techos de paja a cuatro aguas, de donde subía a esa hora el humo de los fogones donde se calentaban las tortillas y de los hornos abiertos, donde ya empezaban a quemar los cántaros y los comales para mandarlos a Ciudad Real.

—Es mejor que sigamos, don Juanito, sugirió Miguel, no vaya su merced a encontrar a otra muchacha y que nunca lleguemos a donde vamos.

Juanito sintió agradecimiento por aquel arriero cuyas palabras lo habían sacado del ensimismamiento en que había continuado su viaje. Y se fueron por allí entre los bosques y llegaron a la estancia de San Francisco en las llanuras, para pasar la noche en un corredor de la casa grande. Mientras descargaban, corrió entre la peonada la voz de la clase de negocio que había llegado a la hacienda, y antes de la media noche Juanito había trocado por quesos y buenas monedas guatemaltecas tres barriles más de aquel posh que hacía entonces su primera salida desde Ciudad Real.

—¿Qué beben ustedes aquí, entonces?, preguntó Juanito, siempre curioso por saber lo que pasaba.

—Trago de Comitlán.

—¿Y qué no es bueno?

—¿Bueno? ¡Ése es trago fino, como para señoritas! Pero éste que su mercé trae raspa garganta de hombre. Y en los fríos de estos llanos, eso queremos.

Por los altos pinares se siguió Juanito con sus mulas. Pasado el agreste paraje de Chacaljocom se encontró con la primera recua de importancia en todo su viaje. Más de cien mulas que venían de Guatemala levantaban una gigantesca polvareda; desde lejos se escuchaban los gritos de los arrieros que cabalgaban por delante, a los lados y por detrás del gran patache. Juanito sintió empequeñecerse su caravana ante la avalancha que en esos momentos bajaba junto al cerro de Junchavín.

—Ya casi no me dan ganas de parar en Comitlán, exclamó Juanito desconsolado.

—¿Por qué, patrón?, le preguntó Martín Porras, el arriero que llevaba arrebiatada la mula de las petacas.

—¿Qué negocio nos va a quedar allí después de que pasaron éstos?

—¡Ay, don Juanito! ¡Qué dirá usté! Estas recuas se van derecho a Ciudad

Real y de allí pa Veracruz, a esperar la flota. Aquí paran sólo pa descansar.

La entrada a Comitlán fue por la tarde, llevando a espaldas el sol, que dibujaba sobre el pueblo la torre de la iglesia que los dominicos estaban levantando. Junto a ella se recogían unas cuantas calles, temerariamente aferradas a las tremendas pendientes sobre las que se estaba edificando el pueblo. Juanito llevaba una carta de su tío para don Felipe Cancino, en cuyo traspatio desaparejaron sus mulas para descansar esa noche.

En Comitlán se percató Juanito por primera vez de la importancia de su ciudad natal. En cuanto se supo de su llegada, se apresuró la gente a visitarlo, pero no para tratar de negocios, sino para preguntarle acerca de los asuntos de Ciudad Real, sus gentes, sus visitantes, el paso de las recuas que subían por Copanaguastla, y sus familiares.

—Parece que aquí todos tienen parientes en Ciudad Real, le comentó Juanito a don Felipe.

—¿Pero cómo no hijo, si todos salimos de allá? Sólo unos cuantos han venido de los pueblos de Guatemala; pero no tenemos ninguna ciudad cerca fuera de Ciudad Real. Y cuando alguno de allá viene, corremos a saludarlo.

—¡Lástima para mi negocio!, exclamó Juanito, entre compungido y guasón.

Pero no había terminado de hablar cuando entró la esposa de don Manuel Román, que tenía una pequeña tienda en la bajada.

—Ya te oí, muchachito, ya te oí. Y yo te voy a comprar todo lo que traigás.

—Lo que traigo, señora, es posh. ¿Lo quiere usted probar?

—¡Ni lo permita Dios!, dijo persignándose la mujer. Pero te lo puedo comprar si es del bueno.

—¿Para qué le puede servir?

—Para curtir la fruta que me traen los chamulas de tu tierra.

—Tzinacantecos, dirá usted.

—Aquí todos son chamulas.

—¿Y qué es eso de curtir fruta, señora?, inquirió Juanito, picada su curiosidad.

—Miremos tu posh primero, y luego te voy a dar a probar una mistela, que no vas a encontrar en ninguna parte mejor.

Se fueron al traspatio, donde Juanito tenía su carga levantada bajo una galera cubierta de tejamanil. Desde lejos se sentía el olor del posh, pero junto con ése venía otro aroma diferente, que doña Mauricia echó de ver inmediatamente.

—¿Qué es ese tufito que se siente? No el del posh.

—Es tasajo de Teopisca, doña Mauricia, respondió ligeramente avergonzado Juanito.

—¡Que yo lo mire y que yo lo pruebe!, exclamó la viejita.

Abrieron una de las mantas, y el aroma de la carne se regó por la galera.

Doña Mauricia cortó una pequeña pieza y se la puso en la boca para chuparla, entre los pocos dientes que le quedaban enteros.

—¿Cuánto traés deste?

—Una carga.

—¡Es mía!

—Tenemos que hacer trato, doña Mauricita.

—Te pago con cacao. Carga por carga.

Los ojos de Juanito brillaron hacia adentro por un instante fugaz.

—¡Cacao! ¡Mejor que oro! En Ciudad Real equivaldría a la mitad de su carga. ¡Ya veré las caras de mi tío y de mis primos al volver! Pero como el buen comerciante en que estaba convirtiéndose, sin aplomarse preguntó:

—¿Y del posh qué dice usted?

—Si es tan bueno como tu carne...

—Mejor, doña Mauricita ¡Mucho mejor! ¡Lo hacemos en la casa de mi tío con la mejor panela de la provincia!

¿Quién me ha puesto estas palabras en la boca? Me estoy volviendo otro, sin darme cuenta.

Doña Mauricia le pidió a Miguel que le quitara el tapón de roble a una barrica para oler el posh; se puso unas gotas sobre la lengua, y no pudo esconder un gesto de satisfacción que Juanito notó, a pesar de que su corazón cabalgaba momentáneamente tras la polvareda de luces que dejaban unos ojazos negros por la serranía bajando a San Bartolo.

—¿A cómo me vas a dar el posh, hijito?

—Igual, doña Mauricita. Carga por carga.

—¡Ay, Jesús! Vos ya te gustó.

—Este posh es el quedar bien de todos en el Valle de Jovel, doña Mauricita. ¿Sabe Ud. qué dicen allá? ¡Que un grado nomás le falta para ser sangre! Mi tío se va a incomodar si sabe que lo dejo aquí, donde lo aprecian poco porque tienen su comiteco. Lo que él quiere es hacer negocio con Quetzaltenango o con Guatemala.

—¡Jesús, Jesús! Está bueno, pues. Mandame dos tus mulas, una con la carne y otra con el posh, y yo te mando los seis tercios de cacao escogido, aunque yo me quede en la calle.

—¡Donde lloran está el muerto, doña Mauricita!, exclamó Juanito, que se sentía reventar de satisfacción.

Esa noche probó Juanito la mistela de durazno que doña Mauricia le mandó con un mocito. En el corredor adornado con orquídeas de las lagunas, don Felipe mandó poner unos braseros y sacar butacas para doña Luisa Rovelo, su mujer, y para Juanito, mientras él y los arrieros se acomodaban en las gradas junto a los jazmines en flor.

—Vamos a darle una probadita a tu mistela, pero te vas a llevar un garrafoncito de la que hace Luisa, para el camino, le sugirió a Juanito don Felipe.

Allí se pasaron un buen rato, mientras doña Luisa les enseñaba la manera de curtir la fruta y de separar la mistela. Allí también se ofreció don Felipe a guardarle su cacao hasta que regresara. Pero del fondo de la llanura soplaba un ventarrón helado que finalmente los obligó a resguardarse.

—Antes de que nos dé una pulmonía, que aquí es la hermana de la pelona, dijo sonriendo doña Luisa.

Al día siguiente salieron; y se fueron por allí, de rancho en rancho, desbarrancándose por los cerros, donde las mulas ponían con infinito cuidado una pata tras otra para no rodar; y luego enfilaron por la llanura, entre interminables palmares, donde aullaban los monos en la lejanía.

Una noche se detuvieron a medio monte. Amarraron sus mulas a las palmeras y se echaron sobre los aparejos para descansar.

Siento olor de agua, exclamó Juanito, estirando los brazos y apagando un bostezo.

—Aquí nomás tras lomita queda Escuintenango, patrón. Que caminemos un poquito ya se puede oír el río.

Efectivamente, antes del siguiente medio día cruzaron el río en canoas y entraron al gran pueblo de Escuintenango. Por las calles de tierra corrían libremente puercos, gallinas y perros que se metían entre las patas de las mulas y de los machos, a veces espantándolos y obligándolos a arrastrar su carga en carreras desbocadas. Al centro del pueblo se levantaba la sombra de la gran iglesia, doctrina del rico dominico fray Jerónimo de Guevara. En cada manzana no había más de una o dos casas en medio de grandes corralones de postes cerrados con carrizos transversales amarrados con bejucos. En la explanada frente a la iglesia pululaban las garitas cubiertas con mantas de algodón o con techos de palma. Allí se regateaba por todo: Por la fruta de la región: piñas, piñuelas, jocotes, nantzes, plátanos y guineos; por la ropa y el vino y las piezas de cristal y de cobre que llegaban de Guatemala; y todo se pagaba con el cacao que subía por los cerros más allá de Cuxú desde los grandes bosques tropicales del Soconusco. Al fondo del hervidero de negocios, al terminar las calles, lamía las rocas y los troncos de su ribera el Río Grande, aquel que bajaba tronando de los Cuchumatlanes y se deslizaba por las llanuras, apeñuscando a veces sus aguas entre los barrancos y que llegaba a asolearse explayado frente a la Chiapa de los Indios, para de allí meterse rugiendo entre aquellos misteriosos desfiladeros que sobrevolaban los aguiluchos y, en un rebramar de espumas, perderse entre los borbollones que la gente había dado en llamar El Sumidero.

Juanito dispuso que sus arrieros buscaran un corral para su recua, mientras él regresaba por las polvorientas calles del pueblo para ir a pararse frente al río que en medio de sustos acababa de cruzar. Desde las últimas casas empezó a escuchar el constante susurro de las piedras y el agua, y vio cómo al dar la vuelta en la lejanía, corrían a cubrirlo con su sombra los gigantescos amates y los sabinos y los guanacastles, nobles y ancianos árboles de la tierra caliente que él no había visto jamás.

—De aquellos palones se hacen las canoas, le murmuró Miguel, rompiendo el embrujo de la tarde, al llegar por la arena sin hacer ruido.

—Aquí no será fácil vender nada, dijo después de un silencio Juanito, como volviendo de otro mundo.

—¡Posh no tienen!, aseguró Miguel, que, aunque vivía en Jovel, era originario de un pueblo más allá de Cuchumatlán Grande.

—Pero han de tener vino de España.

—Se hace vinagre, patrón, por la calor. ¿Por qué no les enseña'sté a hacer mistela?

—¿De qué fruta?

—De nantz, de jocote...

Volvieron al pueblo pensativos los dos. La mistela podría un día ser el vino de las tierras calientes. La podrían hacer aquí y en toda la llanura hasta más allá de Copanaguastla y en San Bartolo, y en Ostutla y en Acala. Podrían fabricarla con mi posh en Chiapa de los Indios y llevarla en barriles al otro lado del río a Tusta y a Macuilapa y hasta a los pueblos de la Mar del Sur.

—Se puede Ud. hacer rico ahora que vienen las fiestas de la Nacida, le explicaba Juanito a don Sebastián, el dueño de la posada, ofreciéndole un trago de su garrafón. Y lo que le sobre, lo guarda Ud. para hacer mistela como ésta. En menos de un año ya está buena, y vale tres tantos.

Dos días después, antes de seguir su viaje hacia los oscuros Cuchumatlanes que ya se avizoraban cerrando el horizonte, Juanito decidió ir a despedirse del río y deleitarse con el afán de vida que borbollaba en sus orillas. Fascinado por la habilidad de los trabajadores, el novel comerciante contemplaba cómo acomodaban las cargas en las canoas dobles y cómo se lanzaban los canoeros corriente abajo a vertiginosa velocidad, y llegaban a atracar junto a los sabinales del otro lado. Pero lo que le llamó más la atención fue la manera de pasar las bestias: Se amarraban a la cintura grandes tecomates vacíos los pasabestias, y luego se arrimaban a los animales al lado de la corriente y las jalaban del cabestro hasta que dejaban de pisar fondo; en ese momento se lanzaban al nado, empujando con su cuerpo a las bestias y orillándolas diestramente para que llegaran con precisión al único lugar donde podían pisar fondo del otro lado; saltaban ágiles a tierra y tiraban a las bestias del cabestro nuevamente hasta ponerlas a salvo en la otra ribera.

—Eso es fácil, patrón, exclamó Martín Porras, parado junto a él. ¡Yo voy a ayudar!

—¡No!, gritó Miguel desde lejos, corriendo tras él.

Pero Martín se había ya puesto los tecomates y jalaba una mula rumbo a la corriente. En un abrir y cerrar de ojos, Martín estaba a medio río, gozando la aventura. De repente sintió que un remolino lo arrastraba hacia las patas de la mula; se espantó, y quiso sujetarse de las crines del animal; éste, asustado, le dio un cabezazo en la frente, y Martín perdió el sentido y pasó junto a la bestia arrastrado por las bravísimas aguas. Los canoeros se dieron cuenta de lo que pasaba, y echando al agua sus canoas se lanzaron en persecusión del arriero, pero la corriente lo había estrellado contra las piedras de más allá del paso y allí lo encontraron, con la cabeza partida en dos. Cuando Juanito llegó en otra canoa, los primeros canoeros lo recibieron con la cabeza agachada:

—Ya no hay nada que hacer, señor, le dijeron.

Los días que siguieron a la muerte de Martín fueron de gran desconcierto para Juan de Valcárcel. De repente sintió sobre sí todo el peso de aquella vida malgastada por ganarse unas cuantas pepitas de cacao. Pero el padre Guevara, que por un tercio de quesos le había celebrado un solemne funeral, lo animó a que siguiera su camino:

—Dentro de poco vuelve Ud. por acá, don Juan, le gritó el dominico desde la última tranca a la salida del pueblo. ¡La vista de Guatemala le disipará la pena!

La vista de Guatemala talvez no le alivió la pena, pero le cargó sus mulas con infinidad de mercancías que allí desembocaban de España por el Puerto de Caballos, o aun desde el Perú, por la Mar del Sur.

La víspera de Reyes entró Juanito a Ciudad Real. Sus mulas bajaron pujando y pedorreándose por la cuesta de Corral de Piedra, con tercios de sábanas coloradas de Momostenango, con telas de terciopelo de Guatemala, con odres de vino, con cargas de botones y de agujas, y con toda clase de primores. El pesar de Juanito por la muerte de su amigo el arriero Martín se iba desleyendo conforme se acercaban él y Miguel a la puerta de las primeras casas de la ciudad, iluminado él con la esperanza de volver a encontrar a la garbosa muchacha que en la fonda de Teopisca le había hecho saltar en pedazos el corazón.

—Entremos por la Calle de la Laguna, Miguel. Quiero pasar a dejarle su encargo a don Pedro Moreno antes de ir a descargar.

Mas los dos tuvieron una extraña desazón al internarse por aquella calle que pasaba detrás del Hospital de Santa Lucía y de San Diego y luego junto al convento de los franciscanos. La poca gente que a esas horas asomaba a las puertas parecía amedrentada o talvez desconfiada.

—¿Qué pasará, patrón?, preguntó Miguel, trajinando con la mula de las petacas. ¡La gente se mira brava!

Tomó Juanito la petaquilla que venía de sobornal y se puso a llamar a la puerta de don Pedro. Cuando lo pasaron a la sala y entró el dueño a recibirlo, se dio cuenta de que detrás de un claro rayo de alegría se ocultaba una capa inexplicable de tormenta. Y vio también que en la penumbra del corredor cuchicheaban don Luis Alfonso de Mazariegos, doña Chabelita de Velasco y algunas otras personas que no logró distinguir. Abrieron la petaquilla que

Juanito había encargado a un santero guatemalteco y vieron cómo allí venían, curiosamente acomodados, pinceles y frascos de pinturas, aceite de linaza y un juego de formones y gurbias de diversos tamaños. La sombra en los ojos de don Pedro se disipó un momento, mientras impulsivamente le tomaba las manos a su joven amigo y se las apretaba agradecido.

—Hay algo aquí que no es de aquí, le comentó Juanito a Miguel ya en la calle, arreando sus mulas para llegar a la casa de los Bermudos en la Calle de la Ermita. ¡Es como si de repente quisieran olvidarse de toda esta tranquilidad!

Pasaron a abrevar sus animales junto a los portales de la plaza, donde un sereno se afanaba encendiendo su farol. Arrullados por el baileteo de las gotas en la pila, empezaron la subida. Tras de las nubes rajadas en celajes por alguna lejana tempestad, se adivinaba la cara de la luna, una luna menguante y espantada que parecía tener prisa por abandonar el valle. En el silencio tembloroso de la noche que empezaba, se oyó el lejano aullido de ok'il, el perro de las montañas. Le contestó en sordina el eco de turumpukuj, el búho.

—Cuando el tecolote canta, el indio muere, comentó Miguel, como rezando.

Juanito no contestó. Hombres y mulas se metieron entre las tinieblas paso a paso, como si no quisieran regresar.

* * *

La escarcha de la madrugada se pegó a las tejas y blanqueó los campos. Los caxones de la plaza eran fantasmas descabezados en la densa neblina que dejaba cristales de algodón danzando sobre los rebozos de las mujeres y sobre los chamarros de los hombres, que se movían nerviosos frente al portal de las Casas Consistoriales.

—Es día de Reyes y van a misa, le comentó barajustado un alguacil a su compañero.

—Aquí no es la iglesia. Y ni siquiera han repicado. Se me pone que ni misa van a dar, con lo brava que está la gente, dijo el otro regañando entre dientes.

Entonces apareció el sol, tierno y apesarado primero, y luego con un calor furioso, que en instantes persiguió la niebla hasta más allá de los cerros.

—¡El sol de helada quema!, dijo por decir algo el comerciante don Juan González.

Pero nadie le contestó, porque en ese momento se abrió paso para entrar a sus oficinas, acompañado de don Fidel Coello, el Alcalde Mayor, quien, con la cara enrojecida de rabia y preocupación, se encaró a las cuarenta o cincuenta personas que se apeñuscaban junto a las pilastras y les gritó:

—¡A sus casas, todos! ¡O a misa, que es día de Reyes! ¡No es hora de borlotes!

—No, don Gabriel, le respondió con voz quebrada una mujer desde cerca de los caxones. Usté nos quiere gobernar como si fuéramos mulas de patache, y con el mismo respeto.

—¡A callar!, volvió a mandar el Alcalde, visiblemente transfigurado.

—Usté, como viene de lejos y se va en cuanto esté rico, insistió la misma mujer, cree que nos puede faltar como le dé su gana.

—¿Qué queréis?, cambió entonces el Alcalde.

—Que se quede don Andrés y que se largue el fraile, se oyó clara la voz de don Fernando de Ovalle.

—¿El padre Guesh? ¡Imposible! Esa fue una decisión de gobierno.

—Como usté es fuereño, lo tapa con su mismo chamarro, volvió a tronar la voz cascada de la señora del fondo.

Se hizo un silencio cargado de amenaza. El Alcalde se inclinó para preguntarle a uno de los alguaciles quién era esa mujer, mientras don Fidel entraba en busca de las armas. Por las bocacalles que daban a la plaza se acercaba cada vez más gente.

—A don Andrés lo quiere echar porque es uno de nosotros, dijo con su ronca voz don Juan González, volviéndose hacia la plaza. Al Guesh lo cuida, porque es extranjero como él.

—Esto debe acabarse antes de que esté todo el pueblo, le aconsejó al Alcalde en voz baja don Fidel.

La señora del fondo se adelantó; hombres y mujeres le cedieron el paso y le permitieron plantarse en la primera grada, a pocas varas de los alguaciles y de don Fidel, que habían ya rodeado al Alcalde.

—Usté lo tiene escondido a ese fraile alzado. Anoche no lo encontramos en el convento. ¡Pero ahora lo sacamos!

Hizo ademán de adelantarse hacia el interior de las Casas Consistoriales, y el resto de la gente se movió con ella; pero en eso resonó por todo el valle el horror de un disparo. La mujer se dobló hacia atrás, cayendo sobre los brazos de unos vecinos.

—¡Doña Josefina, por amor de Dios!, gritaron muchos al mismo tiempo.

Don Juan González la levantó, pero vio que tenía la cara desfigurada y le corría sangre por el camisón.

Entonces se escuchó otro estampido al aire desde los portales de la plaza y se vio correr gente desde todas las calles con armas de todas clases.

—¡Esto sí que es el colmo!, gritaba don Pedro Moreno, acercándose amenazador con el antiguo arcabuz de su abuelo.

El Alcalde y sus ayudantes se atrancaron dentro del edificio. Algunas personas vieron cómo de la puerta trasera de las Casas Consistoriales salía una mujer alta, de facciones hombrunas que trataba de esconder en un rebozo, y que se dirigía por la Calle de Cinacantlán hacia el convento. Mas nadie le prestó la menor atención.

La multitud se arremolinó tratando de entender lo que había sucedido, en tanto que los hijos y los nietos de la anciana bayunquera lloraban a gritos, de dolor y de despecho.

A esa hora se abrió la puerta del Ayuntamiento y salió, sin arma y con la cara lívida, uno de los alguaciles, y pidió silencio en el nombre del rey. La gente, acostumbrada a descubrirse al escuchar ese augusto nombre, se inclinó atenta.

—Autoriza el señor Alcalde, anunció el alguacil con voz de pregonero, que pase uno de ustedes a ver que aquí no se encuentra el padre Guesh.

—¡No!, contestó de atrás de una pilastra don Luis Alfonso Mazariegos. ¡Ahora queremos al Alcalde y al asesino!

Se alzó una estruendosa gritería en la plaza, que para entonces ya se había llenado, avanzando la multitud hasta colocarse en el atrio frente a la catedral. Los amigos y familiares de doña Josefina ya se la habían llevado entre llantos y rezos, pero la mayoría se había quedado, para mirar el fin.

—¡Los quememos en las Casas Consistoriales!, chilló envalentonada Narcisita Guillén.

—¡Señores, por favor!, suplicó, levantando su voz en medio de la muchedumbre don Andrés de la Tovilla. Todo esto sucede por unas palabras que yo dije. Pero nadie quiere más desgracias. Permítanme pasar a hablar con el señor Alcalde y hacerle considerar algunas razones.

—¡No queremos alcaldes asesinos!

Don Andrés se volvió hacia la multitud, haciendo un gesto de desconsuelo, pero entonces comenzó a subir con ritmo de reto y amenaza la voz del pueblo:

—¡Que entre don Andrés! ¡Que entre don Andrés! ¡Que entre don Andrés!

La puerta del Ayuntamiento se abrió para dejar entrar al de la Tovilla, pero la gente no se dispersó, sino que se quedó a la espera, en tanto que las campanas de la vecina catedral doblaban con tristeza.

Ya cerca del medio día salió don Andrés. Con cara seria y cansada se dirigió a los que en la plaza quedaban y que corrieron a averiguar lo que hubiera sucedido, y les anunció:

—Don Gabriel ha aceptado que mañana mismo se le conduzca a la Real Audiencia en Guatemala, por el gran peligor que aquí corre.

—¿Encadenado?, preguntó una voz.

—Custodiado.

—¿Y los demás?

—Dicen que el arma se disparó en las prisas, y no pude averiguar más. Ahora necesitamos escribir una carta para el presidente de la Audiencia.

Llamaron a un escribano; lo rodearon y allí mismo, sobre una de las gradas, lo obligaron a escribir lo que la gente quiso.

—¿Quién llevará la carta? ¿Y al preso?, preguntó preocupada doña Chabelita de Velasco.

—¿Quién, digo yo?, respondió preguntando don Andrés.

—Yo puedo ir. Conozco el camino, respondió una voz juvenil en el silencio que se había hecho sobre la plaza.

No había terminado de hablar, cuando una nube le cubrió los ojos de la ilusión.¿No estaba yo por buscar a Andrea? ¿Y ahora a qué me comprometo?

Toda la gente suspiró aliviada. Cada quien tenía una obligación que cumplir y un trabajo que terminar. Y todos escucharon con alegría la confirmación del encargo a Juanito de Valcárcel. En seguida don Andrés volvió a hablar para decir:

—Quiero leer la carta que don Juan entregará a don Diego de Acuña, Presidente de la Real Audiencia, por el Rey, nuestro señor.

Todos se descubrieron respetuosos; las mujeres inclinaron la cabeza, regañando algunas a sus hijos que se movían inquietos.

Señor Don Diego de Acuña, del Orden de Calatrava, del Consejo de Su Magestad, Presidente de la Real Audiencia: Con el respeto que es debido a V. Señoría, el portador es custodio del señor don Gabriel de Orellana a q.n remitimos a V. Sa. para las averiguaciones a que haya dro. El dho. don Gabriel de Orellana residió en esta ciudad de Ciudad Real de Chiapa con mandato de Alcalde Mayor por Su Majestad. Pero mayor castigo no podría habernos llegado si en vez de fieles vasallos dél fuéramos ingleses heréticos o sus peores enemigos. No solamente no era conocedor de nuestras costumbres y tradiciones, sino que además mostraba tenernos en menos, como si nosotros no fuéramos capaces de pensar por nosotros lo que más conviniera a nuestras necesidades y deseos, como fieles vasallos de Su Magd. Y no contento con llenarnos de gabelas y cobranzas injustas, el sussodho Orellana fue parte en la muerte por disparo de arcabuz de doña Josephina Porras, vezina desta ciudad. Por lo qual esperamos que ese superior Gobierno averigüe lo que averiguarse deva del caso y castigue a q.n deva castigarse. En el interim que V. Sa disponga mandar un Alcalde que mire por nosotros y no por sus intereses, si es que es voluntad del Rey, ntro. sr que nos govierne uno que no sea uno de nosotros, quedamos en el respeto de los alcaldes hordinarios y cadañeros a quien respetaremos como justicias de Su Magd. Fecha en Ciudad Rl de Chiapa a los siete días del mes de enero de mill y seis cientos y veynte y siete años.

Levantó la cara don Andrés, alzó la mano derecha en que sostenía la carta, y se dirigió al pueblo para preguntar:

—Y ahora, ¿quién firmará?

La gente, que había escuchado la lectura con respeto y creciente interés, recibió las palabras de don Andrés como un cantarazo de agua helada.

—¡Firme usté, don Andrés!, sugirió después de un silencio don Juan González.

—No soy nadie yo para firmar.

—Firmemos todos, sugirió doña Chabelita de Velasco.

—Muchos no sabemos firmar, alegó sin pena don Baltasar Domínguez.

—Yo digo, dijo, tomando otra vez la palabra don Andrés, que todos pongamos la carta sobre nuestra cabeza en señal de asentimiento, y que firmen tres testigos, uno de ellos don Juan de Valcárcel.

Todos estuvieron de acuerdo, y pasó la carta de mano en mano, poniéndola cada quien sobre su cabeza en solemne ceremonia. Cuando volvió a las manos de don Andrés, él añadió de su puño y letra unas palabras, que luego leyó a la multitud:

> «Firmado por Ciudad Real ante los testigos Juan de Valcárcel, Andrés de la Tovilla, Isabel de Velasco».

Uno por uno se fueron retirando todos, en su mayoría rumbo al camino del pueblo de Cuxtitali, donde doña Josefina, la viuda de don Pancracio Suárez, por años había juntado las mercancías que cargaba para llevar a los pueblos, y donde sería velada esa noche por la gente de Ciudad Real.

Al día siguiente, mientras entre cuatro hombres vestidos de negro conducían el féretro a la catedral para las honras fúnebres y el sepelio, por el rumbo de Corral de Piedra cabalgaba Juanito de Valcárcel jalando el bayo de don Gabriel. Más allá de Teopisca pasaron a una mujer que cabalgaba en una mula y que iba acompañada por varios indios que trotaban con su carga. Al pasar, notó Juanito que se cubría la cara con un rebozo; la saludó cortésmente y le preguntó:

—¿Para dónde, señora?

—Parra Comitchán, señoorr, contestó la viajera, con voz algo quebrada, que recordaba la de un hombre cansado.

* * *

La calma y la tranquilidad, el tesoro más preciado de Ciudad Real, volvieron al valle después de aquella tragedia que sembrara dolor y desconfianza. Volvieron las mujeres a sus paseos por las banquetas y a sus visitas a las iglesias, como lo habían hecho sus abuelas. Volvió también doña Chabelita de Velasco a asomarse casi a diario a la casa de don Juan de Morales, en cuyo cuarto de trabajo comenzaba a tomar forma de mujer aquella troza de cedro en que sus formones y sus gubias tallaban a golpe de mazo los perdidos recuerdos de su juventud.

—¿Qué pensás hacer con esta virgen?, le preguntó a Chabelita don Pedro Moreno, una tarde que la acompañó en su visita al taller.

—Regalarla a la catedral para un altar.

—Allí ni quién se fije en ella, entre tanto santo que ya hay.

—Si la pongo en mi oratorio nadie se acordará de ella.

Por las calles corría ya el rumor de aquella dulce Virgen que poco a poco, iba naciendo en el Valle de Jovel, y que habría de ser la primera escultura grande jamás tallada allí. No faltó quién pasara de noche y notara la luz de los candiles con que don Juan se alumbraba para ganarle tiempo al tiempo. Junto a los fogones, alrededor de los hornos de pan, al amor de los braseros y de los anafres la luz de esos candiles asomada por hendijas y llevada entre volutas de niebla, fue volviéndose canción de leyenda y bendición de Dios.

—Yo tengo un solar camino del convento de los padres, insinuó don Pedro, deteniéndose a media banqueta. ¿Por qué no le hacemos una ermita? ¿Para los cien años?

El tema del centenario no había vuelto a aparecer en las pláticas de la gente desde antes de la muerte de doña Josefina. Doña Chabelita se quedó viendo incrédula a su primo.

—Nadie piensa ya en eso, comentó después de una pausa de duda, agachando la cabeza para seguir hacia su casa.

Sin embargo, ayudada por la brisa ya húmeda de los primeros días de mayo, la semilla de aquella plática empezó a echar raíces por todos los rincones del valle. En las casas, al encender las velas para llamar al sueño; en las labores, al uncir los bueyes para quebrar los terrones; junto a la pila, esperando turno para llenar los cántaros; al salir de misa, para rubricar el último comentario sobre los sermones del deán; y hasta en la plaza, para cerrar un trato, florecían en los labios de la gente los nombres de abuelos, bisabuelos, o aun abuelos de patrones que habían llegado por el camino de Cinacantlán jalando una vaca o arreando unos carneros, o montando una yegua mansa, o cargando un costal de semilla, o cuidando un gallo con sus gallinas, en aquellos lejanos días en que el valle era casa únicamente de los conejos y los armadillos, y de las ranas de la laguna, y de los venados que bajaban al agua, y de okil y de turumpukuj, que alzaban al cielo su voz en las noches de luna, y de los jeshes que cruzaban emulando el azul de aquel cielo todavía no marcado por el humo de los fogones ni por el revuelo de los campanarios.

Llegaron los grandes aguaceros que ahondaron las zanjas en medio de las calles. Con ellos florecieron los maizales, que ocupaban ya el doble de tierras que el trigo de los españoles. Por los caminos encharcados comenzaron a emigrar los mulatos llamados por el duro trabajo en las estancias dominicanas de las llanuras. Brotaron en las ramas los frutos de los árboles.

En octubre se secaron los cielos y amanecieron enrojecidos de frío los duraznos, las peras y las manzanas, que habían traído de España los viejos de otros tiempos.

En su taller, don Juan de Morales afiló sus formones para repasar la superficie de la madera, de modo que se sintiera tersa y suave y joven, como las caras de las muchachas del valle. Una mañana de noviembre salió de la mano de su nieto, y se fue rumbo al Molino del Sumidero. Allí, entre curvas y manzanillares, el río entregaba sus aguas a las cavernas que se las llevaban por entre ocultos socavones hasta la tierra caliente. En sus orillas brillaba la arena con reflejos de oro. Don Juan se fue de roca en roca escogiendo el polvo más limpio y más duro, y volvió a su casa por la tarde, y se puso a lavarlo con agua limpia que había mandado traer del Peje de Oro y guardar en tinajas de las que a la Plaza llegaban de San Francisco Amatenango. A los pocos días puso la arena al sol, removiéndola a cada rato y contemplando emocionado cómo se soltaba el vapor, dejándola fulgurante de limpieza. Entonces él y su hijo y sus nietos se pusieron a frotar y frotar y frotar las manos y la cara y los brazos de la Virgen y el Niño, con aquella arena que había rodado por siglos de siglos desde los enhiestos peñascales junto al valle de Jovel.

Era ya el mes de enero del año de mill y seis cientos y veynte y ocho años. Doña Chabelita se sentía impaciente, porque hacía ya dos meses que su escultor no le permitía ver el trabajo, en tanto que la ermita de bajareque estaba casi terminada y los cofrades de la futura cofradía exigían medidas para el altar.

—¿Qué le falta, don Juan?

—Pintar, doña Isabel.

—¿Por qué no me deja ver?

—Se corta la pintura fresca con el ojo de mujer.

El obispo había muerto, y entre la gente corrían feos rumores acerca de la forma en que un extraño veneno le había inflamado el cuerpo. En su lugar estaba el deán, que gustoso había ido en procesión a bendecir la ermita y había leído la lista de los donantes y sus donativos, para que constara:

«Don Pedro Moreno: un solar;

Don Jacinto de Trexo: doce caleras;

Don Thomás de Truxillo: diez cueros enjutos para amarres;

Don Manuel de Constantino: dos mulas de mecate;

Don Francisco de Ochoa: diez vigas de a ocho varas;

Don Antonio de Morales: dos mill ladrillos y dos mill texas;

Don Phelipe de Osuna: cinco morillos»...

En la cara de la gente asomaba una inusitada alegría. Los viejos del valle, como don Luis Alphonso de Mazariegos, como don Pedro Moreno, como don Andrés de la Tovilla, habían encargado a los patacheros de Guatemala que trajeran de allá telas para hacerse ropas nuevas a la usanza de los tiempos de antes. Los zapateros de por el Cerrillo tenían un buen negocio cortando cuero para botas altas; y los comerciantes no se daban a basto trayendo peinetas y alhajas para las señoras. Aun la llegada del nuevo Alcalde Mayor, don Juan Ruiz de Contreras, fue motivo de alegría, a pesar de que los vecinos del valle y de la provincia ya se sentían agobiados por la carga de esos representantes de un gobierno que ni los entendía ni los apreciaba ni los quería, pero que estaba dispuesto siempre a exigirles pago tras pago de tributos que se iban a esas lejanas ciudades donde los iluminados tomaban las decisiones más convenientes acerca de las cosas de Ciudad Real y su provincia.

A últimos de febrero corrió por las calles, con los vendavales de la cañada, la noticia de la muerte de Fabián, el hijo de don Antón de Rodas. Unos comerciantes lo habían hallado muerto junto al camino hacia el pueblo de Huixtlán.

—¡Esos coyotes de por sí son malos! ¡Entre ellos se matan, contimás a un pobre cristiano que hace la lucha de un negocito!

—Pero dicen que les llevaba posh a vender y que los indios quieren hacer ellos la venta.

—Estaba hecho un cristo de golpes.

—Que el Alcalde ya mandó a todos los alguaciles a Huixtán, y que los indios están hablando de alzarse.

—¡Ay, ni lo quiera tata Dios!

Pero por encima de rumores y de miedos, los preparativos para la fiesta siguieron adelante. Casi cada calle tenía algo que hacer, según lo que en cada familia se recordaba de los abuelos y de los antepasados. Y el entusiasmo por la celebración se había extendido hasta a los hijos del pueblo que se habían ido a establecer en otras partes, y que de tarde en tarde se asomaban al valle solos o con sus mujeres, y a veces hasta con sus hijos.

Así llegó el mes de marzo. El nuevo Alcalde Mayor no sabía qué hacer, pues se daba cuenta del pulso de la ciudad, pero nada de lo que estaba pasando tenía un significado para él. Pasó la Semana Santa, y entonces se le presentó una comisión de las calles y de los barrios del valle.

—Los que estamos aquí somos mandados de los vecinos de toda la ciudad y sus barrios, anunció don Salvador de Pineda, elegido para hablar por los demás. Venimos a decirle que este mes no pagaremos un real de ninguna tasa que se nos haya impuesto.

—Señores, interrumpió el Alcalde, en son de autoridad, yo no soy más que un representante de la Real Corona.

—Nosotros somos representantes de los que pagan, señor Alcalde. Siempre hemos pagado, y nunca hemos recibido nada a cambio, más que justicias que nos han atropellado. Este mes, señor Alcalde, no pagamos un real.

Doña Maruca de Torres le dio un tirón a la capa de don Salvador, y luego habló ella, envolviendo sus palabras en una pícara sonrisa:

—También queremos invitar a su Señoría a que participe en nuestras fiestas.

—Sé que se preparan las fiestas del centenario, replicó el Alcalde. Pero, ¿quién las ha organizado?

—Todos, señor, respondió don Matheo Vázquez, gobernador indio del barrio de los mexicanos.

—¿Todos?, inquirió el Alcalde, tratando de esconder una sonrisa socarrona. ¿Y en qué consisten las fiestas?

—En todas las cosas alegres que podemos hacer, se apuró a decir doña
Lucía Flores.

—Para cada una lo buscaremos en su casa, don Juan, para que nos
acompañe, en el nombre del rey, aseguró don Luis de Luna.

—¿Habéis invitado al señor Presidente de la Real Audiencia? ¿Y al señor
Virrey?

—¿Para qué?, preguntó don Andrés de la Tovilla. ¿Para que nos manden
un su representante que crea que nosotros no somos los iguales dél, pero que
tenemos que mantenerlo y esperar a que nos mande?

—No invitamos a nadie, interrumpió, enrojecida su cara, don Salvador
de Pineda. Los que vienen, vienen porque nos quieren y porque los queremos.

Se quedó pensativo don Juan Ruiz de Contreras. Quién sabe si no sea ésta
la ocasión de hacer las paces que me recomendó don Diego. Después de todo,
ésta es la gente que mandó custodiado a Guatemala a mi predecesor. Y es la
misma que estuvo dispuesta a apedrear a su obispo hace tantos años. ¡Qué
volcanes se ocultarán tras de esos ojos que miran con tamaña simpleza!

Siguieron deshojándose los días, sin que exteriormente pasara nada que
mostrara el júbilo del pueblo que estaba por reventar. Sólo en uno que otro
lugar se notaba alguna cosa inusitada.

Por las diferentes entradas fueron llegando gentes que se acomodaban
como podían en las casas de parientes y amigos que les daban posada entusiasmados. Por el puente techado junto al molino de Cuxtitali, llegó don Rosendo Vera de su estancia en las cercanías de Tila; por el camino de Cinacantán llegaron de Tusta con sus familias, don Juan de Figueroa y don
Clemente Farrera, nietos de aquellos viejos que fueron de los primeros en
abandonar el valle; por la bajada de Corral de Piedra llegaron de Teopisca y
Comitán los Álvarez, los Cancino y los Gordillo, montando briosos caballos
tierracalentanos que se criaban en sus estancias del valle de Copanahuastla;
por allí también entraron don Francisco Borraz y don Manuel Chinchilla,
que ya se habían aclimatado en las llanuras de abajo de San Bartolo. Y todos
se pusieron a pasear por las calles y los aledaños, recordando los cuentos de
sus padres y abuelos; y se metieron en las iglesias donde sus madres habían
ido a contarle a Dios sus cuitas; y se fueron a la plaza, como extraños, a beberse una jícara de atol caliente en la mañana fría; y no faltó quien llegara a
la antigua taberna de doña Nicolasa Rodríguez, a empinarse una bota de vino
y a comerse un buen plato de botanas, adornado con los berros que llegaban
desde los manantiales de La Hormiga.

El día treinta de marzo cayó sobre Jovel un silencio sutil. La gente se recogió en su casa desde antes del medio día. Pero en la noche, a la luz de las
estrellas y de los marticuiles, de repente y como fantasmas, salieron los ve-

cinos a adornar sus fachadas con ramas de oyamel y con tecolúmates traídos de las montañas, y a atravesar de lado a lado de las calles enormes trenzas de juncia que llamaron festones.

En la oscuridad de la media noche, de la casa de don Juan de Morales salieron algunos vecinos cargando un bulto envuelto en mantas de algodón; lentamente y con cuidado se dirigieron a la catedral, a cuya puerta los esperaba el deán con un candil en la mano y sin acompañamiento. Entraron y luego de colocarlo sobre unas andas, entregaron el bulto a un más reducido grupo de vecinas, que juraron ante el deán no atreverse a destaparlo. Allí se quedaron ellas a adornar las andas con ramos de rosas de Castilla que cada una había cortado de su jardín.

Al primer canto del gallo, siendo ya treynta y uno de marzo de mill y seis cientos y veynte y ocho años, en medio de atronadoras descargas de bombas y cohetes, las campanas de la ciudad rompieron la quietud de la madrugada; cuando ellas callaron, entraron los músicos a llenar el silencio con canciones que, quién sabe en qué misteriosa forma, habían cruzado el mar en las mismas tambaleantes carabelas en que los hombres y las mujeres habían seguido el aroma de los oyameles y los romerillos de este valle, desde sus blancos pueblos de Castilla o de Andalucía.

Por todas las calles se encendieron farolillos y candiles para guiar en la penumbra de la madrugada a los peregrinos que convergían hacia el atrio de la catedral, luciendo sus mejores galas. Iban los hombres vestidos de calzón de terciopelo oscuro y casaca de lana; bajo la capa, muchos llevaban ceñida la espada que por años había dormido aherrumbrándose en algún desván o en el tabanco de alguna cocina; sus botas resonaban sobre las piedras de las banquetas, por donde caminaban ceremoniosos conduciendo del brazo a sus mujeres, bellas mujeres de caras sonrosadas con el rocío de la madrugada, cubiertas sus cabezas con mantillas de seda o con rebozos de lana.

Poco antes de que el tempranero sol de marzo despuntara, en todos los campanarios de iglesias y de ermitas dieron al mismo tiempo el último repique, y rasgaron el cielo, convertidos en fugaces guacamayas los cohetes de colores. Al fondo del atrio, mirando a la espadaña de la catedral, se había levantado un templete cubierto con una enramada: Allí estaba el deán, revestido de ornamentos dorados; a su derecha, de pie como él, hacía guardia el Alcalde Mayor; a su izquierda, con el pendón de su bisabuelo en la mano, cruzado su pecho con la banda de capitán, miraba hacia la gente y hacia la catedral, don Luis Alphonso de Mazariegos.

Entonces se abrieron las puertas. Cuatro hombres salieron cargando las andas adornadas de rosas; solemnemente, en medio del pueblo allí congregado, atravesaron el atrio, grueso de juncia, y descargaron bajo el templete. Detrás de la espadaña asomaron los primeros rayos de un sol alegre y sonriente, y dieron sobre las manos del deán, que en ese momento develaba la imagen cubierta de manta. Al caer el velo apareció, mirando hacia adelante con infinita dulzura, la cara casi ovalada de una joven mujer de nariz recta, boca pequeña y cuello largo; en su mano derecha llevaba un cetro; en su izquierda reposaba un niño que la contemplaba en éxtasis; de su cabeza, cubierta por una modesta mantilla de seda, rodaba en bucles la negra cabellera hasta tocar el vestido largo hasta los pies.

De la muchedumbre se levantó una gritería de entusiastas saludos; las mujeres arrojaron millares de pétalos de las más variadas flores, mientras los coheteros atronaban el aire con sus explosiones.

El deán pidió silencio a señas, para decir:

—Hermanos: Hoy, después de cien años de vivir en este valle, saludamos a la Virgen y Madre, de quien sola hemos recibido bendición y caridad. ¡Sea nuestra patrona!

—¡Sea!, ¡Sea!, coreó la gente a gritos.

—¡Que viva la Virgen de la Caridad!, exclamó con voz delgada y casi llorando doña Chabelita de Velasco.

Se hizo un brevísimo silencio, como para que aquel grito que entrañaba un nombre se asentara en los corazones, y luego toda la gente repercutió:

—¡Que viva!

En eso vieron cómo don Luis Alphonso, ayudado por don Ramón de Ortega, se encaramaba en las andas, se quitaba la banda del capitán, su bisabuelo, y se la ponía atravesada en el pecho a la Virgen.

—¡Y que viva nuestra Capitana!, exclamó el de Mazariegos, con la voz enronquecida por la emoción.

El sol hizo del valle una brillante esmeralda. Entre sus destellos correteaban los niños recogiendo pétalos y rosas enteras, que arrojaban entre risotadas de cristal a aquella Virgen de mirada tierna. Desde los campanarios se levantaba en verdes canciones de esperanza el revoloteo redoblante del bronce enloquecido de luz.

Entre humaredas de copal se celebró allí mismo una misa; al terminar, hombres y mujeres, que parecían no querer abandonar el lugar, volvieron a sus casas, no sin pasar por la plaza, donde las dulceras habían llenado los portales de empanadas y chimbos, de cocadas y nuégados, y de acitrones y carneros de yema.

No tardaron las campanas en lanzarse a revuelo nuevamente. Las mujeres se apuraron a llegar, arrastrando de las manos a sus hijos; los hombres ensillaron sus caballos y se fueron en pequeños grupos para acompañarlas desde lejos. En el atrio se hizo una gran rueda. Frente a la imagen de la Virgen se había colocado un grupo de indios bajados de San Juan y de Saclamantón; iban vestidos de jaguares, atados los cintos con pieles de culebras; en las manos sostenían cueros de monos y de gatos monteses, y hasta de pájaros, curiosamente rellenados para que parecieran reales. Tres indios sostenían grandes tambores de aro de roble con piel de venado; otros tres empuñaban largas chirimías de carrizo blanco; hicieron todos una profunda inclinación mirando al sol, y luego empezaron a sonar sus antiguas canciones, el alma viva de Bolom, el Tigre, y de Chon, la Culebra; al son de ellas, los demás comenzaron una danza que parecía brotar de la tierra, pesada, monótona y siempre en el mismo lugar.

—¡Ese es el ostum!, exclamó con asombro don Rosendo Vera, que había vivido años cerca de los pueblos de indios.

—¿Qué dice la canción?, preguntó el Alcalde, que no perdía ocasión de presidir los actos.

—No sé, Su Señoría. Entre los tzeltales cuentan que hablan de sus historias, de antes de que se hicieran cristianos. Pero éstos son tzotziles, y yo no entiendo casi nada.

Mientras los danzarines bailaban sin descanso, otro grupo de indios se puso a regar paja y ramas secas formando un ancho camino al costado de la iglesia. Cuando el sol llegó al cenit, se levantó de todas las gargantas indias un alarido horrendo. Se callaron las chirimías y el canto, y conforme el grito se agigantó, los tambores aceleraron su ritmo. De pronto alguien le prendió fuego al camino de ramas. Los espectadores se alejaron asustados, y entonces vieron cómo todos los indios, menos los tamborileros, se lanzaban en velocísima carrera saltando como fieras del bosque entre las llamas, al compás de aquellos roncos tambores sobre los que reverberaba el sol del medio día.

—¡Ese es el bobat!, exclamó como enajenado don Rosendo.

—¡Jesús, María y José!, susurraron persignándose varias de las mujeres.

—¡Aaa!, gritaron los indios al llegar al otro lado, cayendo de rodillas con los brazos levantados hacia el sol, inclinadas las cabezas como para besar la tierra. ¡La Madre Tierra!

—¡Éstas son gentilidades!, le murmuró el Alcalde Mayor a su teniente. Pero ninguno de los dos levantó la voz.

De la puerta del costado salió en ese momento el señor cura don Agapito Martínez, que había invitado a sus amigos los indios de San Juan, a que celebraran su imponente ceremonia. Tres acólitos caminaban frente a él llevando la cruz alta, dos le sostenían las orlas de la capa pluvial y le ofrecían el acetre de agua bendita. Se detuvo delante de los indios, alzó el hisopo y los roció y luego les dijo, con voz llena de oculta veneración:

—¡Kolaval, keremtik! ¡Gracias, muchachos!

En seguida les hizo señas para que lo acompañaran al templete, junto al cual los esperaban ya don Melchor de Velasco, don Andrés de la Tovilla, don Salvador de Pineda y don Luis Alphonso de Mazariegos con las manos puestas sobre los brazos de las andas. El señor cura los rodeó lanzando bocanadas de humo de copal a la imagen, y se colocó en frente para iniciar la procesión. Los cuatro hombres levantaron con cuidado a la Virgen de la Caridad, e iniciaron su marcha hacia la Calle de la Ermita, entre los cantos y los aplausos de la gente, que lanzaba flores al paso de la Capitana. Flanqueaban la alegre procesión los hombres de Ciudad Real montando los más hermosos caballos del valle y de la provincia.

Después de caminar tres calles se encontraron en las afueras de la ciudad, en aquella explanada donde empezaba el antiguo camino de Tenejapa, Cancuc, Huixtlán, Oxchuc. A cada lado del camino habían levantado palcos para las autoridades y tronos para las reinas de la carrera, las rozagantes muchachas de Ciudad Real. Bajo una enramada olorosa de oyameles y de juncia colocaron a la Virgen, mirando hacia el cerro del oriente, de donde la contemplaba, desde el bajareque de su ermita, la Virgen Mexicana de color moreno. Hasta allí la habrían de llevar un día, muchos años después, para despedir a los soldados guatemaltecos en la cacería de los tzeltales de Cancuc.

La corrida de cintas y cañas alegró los corazones de los jóvenes, que lucieron no sólo su apostura y gallardía, sino también el brío de sus caballos, que eran el orgullo del valle. El mayor trofeo se lo llevó Hernán Rovelo, en una yegua alazana. Pero el muchacho más feliz fue Juanito de Valcárcel, que recibió en premio un botón de rosa blanca que le prendió en el pecho Andrea de Paz y Quiñones, mientras le murmuraba, incendiado de arrebol el óvalo moreno de su rostro:

—Para muestras basta un botón.

Se llevaron entre todos a la Virgen de la Caridad hasta otra enramada que le habían construido, al otro lado de la ciudad, dominando el enorme corral redondo que don Porfirio Sánchez había mandado levantar. Allí la dejaron, rodeada de flores y de velas encendidas, acompañada de los músicos y danzarines indios, que no se cansaban de contemplar los tiernos ojos de aquella hermosa y enigmática mujer.

Esa última tarde de marzo, tibia y soñolienta, se animó de pronto al escucharse desde el rumbo de la laguna el resonar de los grandes cuernos, como en las haciendas tierracalentanas.

—¡Esta es seña de ganado allá en los bajos!, comentó reminicente don Gregorio Muñoz.

—Viene del corral de don Porfirio, le respondió su amigo, don Félix de Cepeda, en cuya casa le habían dado posada.

Salieron entre pláticas los hombres, y los siguieron las mujeres, curiosas por averiguar qué sorpresa les guardaba don Porfirio. De todas las bocacalles fue acercándose al corral una algarabía de colores que se bañaban en los oros con que el sol empezaba a teñir las crestas del Huitepec.

Cuando ya centenares de hombres y mujeres rodeaban ansiosos el corral, habiéndose algunos jóvenes encaramado a los árboles cercanos, y otros esperando el espectáculo desde las primeras alturas del vecino cerro, entró por una tranca don Porfirio, caballero en un hermoso alazán; llegó frente a la enramada, se quitó el sombrero y lo arrojó a los pies de la Virgen; desenvainó entonces su espada, la alzó al cielo y luego la humilló frente a la Capitana, en medio del silencio reverente de la multitud. En ese momento resonaron los cuernos por todos los ámbitos. Se abrieron las trancas, y saltaron al corral dos enormes toros de afiladas astas.

—¡Olé!, gritó la multitud, en un eco ancestral del alma de sus abuelos.

—¡Olé!, gritaban todos, cada vez que una fiera arremetía contra los horcones del corral.

Cuando nadie se lo esperaba, saltó al ruedo el joven y apuesto Gaspar de Ballinas, con un botijo de vino en la mano derecha, que levantaba retando a las fieras. Una de ellas arremetió embistiéndolo. Gaspar se mantuvo en su sitio hasta el último momento, en que saltó ágil a un lado, dejando que el animal pasara a una sesma de sus costillas, bufando y arrancando tierra.

—¡Olé!, bramó la multitud, después de un respiro en que parecía habérsele detenido el corazón.

Inmediatamente saltaron otros muchachos, desobedeciendo los gritos de sus padres, y se tiraron a hacer quites y suertes a los embravecidos animales. Blas Guillén, que entró empujado por las guasas de sus amigos, se plantó de lejos frente a un toro; lo retó, y cuando vio que se arrancaba, cerró los ojos y echó a correr despavorido hacia la cerca, mientras el animal trotaba persiguiendo a otro muchacho. La gente se desternillaba a carcajadas, apretándose algunos el estómago, en lo que Blas se atoraba desesperado entre las latas de las trancas buscando cómo salir.

La tarde fue de gritos y alegría; pero al fin los toros se cansaron y se echaron en la arena. Sonaron entonces los cuernos otra vez, para señalar que la fiesta de toros había terminado. Y bien estuvo, pues para esas horas empezaba a entrar la noche y la gente estaba ronca de gritar y reír.

—¡Ahora empieza nuestra fiesta!, exclamó doña Chabelita de Velasco, viendo que el Alcalde se retiraba.

—¿Qué hacemos con la Virgen, doña Chabelita?, preguntó preocupada Margarita Ruiz, la hija de aquel tierracalentano que había muerto misteriosamente frente al portón del obispo.

—¡La llevamos de visita por todas las calles!

Entre cuatro hombres levantaron las andas, y se fueron por allí, disolviendo la noche con faroles y candiles. En algunas esquinas, conforme corrió la voz de lo que estaba sucediendo, esperaban los vecinos con cohetes y cantos; algunos querían que la Patrona se detuviera a la puerta de su casa; y de todas partes le arrojaban salvas de flores, o lanzaban puñados de juncia por donde había de pasar.

Asomó la luna entre cipreses por la cañada de Cuxtitali. Bajo el amparo de su tímida luz, la gente, cansada de cantar, de gritar vivas, y de caminar por las calles, por fin llegó a la ermita de bajareque, pintada de blanco y sentada sobre el mar de juncia con que habían adornado su plazuela. A la puerta estaba el viejo deán. Se descubrió para recibir a la Capitana, y luego entró con ella al ritmo arrítmico de la antigua antífona que, entonada por un coro de niños mestizos, habría de convertirse poco a poco en la canción de toda la gente de Ciudad Real:

«Salve, Regina, Mater misericordiae».

Al terminar el canto, el deán ordenó que se colocara a la imagen en su altar; después de eso y de rociar a la gente con su hisopo de agua bendita, pronunció una brevísima despedida:

—Así, rindiendo honor a nuestra Madre y Patrona, cerramos con broche de oro la celebración de nuestros cien años en este valle, que no deberá ser nunca de lágrimas, sino de armonía con nuestros hermanos y de paz.

En la ermita, que no daba cabida ni a la mitad de los vecinos que habían seguido a la Virgen, se hizo un silencio respetuoso y solemne. De pronto se escuchó en la plazuela una música que no se había escuchado nunca, y que llenaba todo el aire, como si cayera en cascadas desde el cielo.

—Parece agua de río rodando entre guijarros, dijo para sí mismo, evocando recuerdos, Juanito de Valcárcel.

La gente, fascinada, fue saliendo de la ermita, buscando con los ojos la fuente de aquellos sonidos tan tristemente alegres. Los que estaban afuera, caminaron hacia un copudo trueno de donde parecía brotar la melodía. Entonces se oyó, como en un sollozo de reminiscencias, la voz de don Pedro Moreno que decía:

—Ésta es la música de la tierra caliente. Yo la escuché de niño en los obrajes de mi padre, en las fiestas de la Candelaria.

Efectivamente, la música había llegado del pueblo de San Bartolo, como un tributo de don Manuel de Chinchilla, y la sacaban de los vericuetos de su alma, cuatro hombres encorvados sobre un extraño instrumento de madera. Lo habían construido acomodando tablillas de hormiguillo que producían un sonido diferente según su largo y ancho, al ser golpeadas por finas estacas cubiertas en la punta con bolas de hule; por debajo de este entablillado habían colocado tecomates vacíos de diversos tamaños que le daban al sonido una resonancia misteriosa y arcana. Por entre las tablillas habían hecho correr cuerdas que las sostenían al aire, colgadas de dos horquetas a la sombra del gran trueno.

La gente rodeó a los músicos dejando que el calor y la vida de aquella nueva música le fuera entrando por los oídos hasta llegar al alma.

—¡Es el ruido del monte por la noche!, murmuró con asombro Miguel Martínez.

—¡Se le hormiguea a uno el cuerpo entero!, le hizo eco don Juan González.

—¡Los pies se mueven contra la voluntad, como si les entrara fuego desde abajo!, añadió sonrojándose Goyita de la Tovilla.

Los luceros se asomaban entre los claros de la luna y danzaban contagiados de temblor. A los hombres del valle se les pegaron en los ojos aquellas titilantes constelaciones y, sin darse cuenta, de pronto se encontraron tomando de los brazos a las devotas mujeres, que todavía empuñaban las velas de la procesión.

—¿Me permite Ud., Andrea?, le pidió Juanito a una morena de grandes ojos negros.

Sobre el piso afelpado de juncia rebotaba en los pies de la gente el eco del tamborcillo con que un mulato tierracalentano jugueteaba el compás de la marimba.

—Miguel, exclamó en un breve descanso Juanito de Valcárcel, andá a la casa que te den un barril. ¡De mi cuenta!

—¡Y otro de la mía!, gritó acezando don Manuel Bermudo, que sin saberlo Juanito, se encontraba bailando con doña Goya.

Cuando el posh llegó, Juanito les sirvió primero a los músicos para que entraran en calor, y luego hizo que los barriles circularan y que cada quien se sirviera a su sabor.

—¡Ahora va el «Lucero de la mañana!», anunció, volviendo a su marimba, don Francisco Santiago.

Empezó entonces una melodía encantada, mitad realidad, mitad fantasía, que entró suavemente al alma de los montañeses, que en pocas ocasiones se quedaban fuera de sus casas mirando hacia el telón del firmamento.

—Da como si quisiera uno tumbarse a mirar las estrellas para siempre, comentó Antonio de Morales.

—¡Ah, pero es más bien como un verso de zenzontles en celo!, murmuró meditando y con voz que se apagaba el viejo don Juan Morales, que había acompañado a su Virgen por las calles, y que ahora estaba allí, sintiendo que el son de aquellas melodías le arrancaba evocaciones de siglos, y que su gente, cuando él bajara a la tumba, sería esa misma gente para siempre.

Los barriles de posh habían seguido sus rondas. La gente hablaba fuerte. Las mujeres tenían las mejillas sonrosadas y los ojos encendidos. Los niños correteaban arrojándose puñados de juncia.

—¡Otro barril!, gritó, frotándose las manos don Manuel Bermudo.

—¡Éste va por mi cuenta!, lo atajó don Pedro Moreno.

Las estrellas se habían puesto más brillantes, conforme la luna se iba ocultando con recatada timidez. Se encendieron ocoteros por toda la plazuela. En las vibraciones de su luz dorada y calientita se prendieron los ritmos juguetones de la marimba y se hizo lumbre el posh dentro del corazón.

—¡Ay, qué ventanas tan altas y mi amor tan chaparrito!, exclamó en un suspiro delirante Gaspar de Ballinas.

—¡Y allí les va «La tortuga del arenal»!, entonó alegremente don Francisco Santiago.

Se agacharon los músicos sobre su marimba. De la madera subió un rumor de selva que se quedó aleteando en la penumbra fascinada de la noche. Momentos era el alma de un río o era el eco del mar; momentos era torpor de medio día o era clamor de hachazos en el palmar. Y seguía su bamboleo obsesionante y testarudo camino al infinito. Los hombres saltaban en cabriolas, como rasgando en el aire el alma nueva de una raza que antaño no existiera jamás; las mujeres, tomando los olanes de sus faldas, marcaban en sombras sobre la tierra el compás mágico de un nacimiento con olor a juncia y a palma y a cacao y a oyamel recién cortado. Las gargantas resecas se limpiaban en el frío de la media noche los rastros de risas y de llantos de cien años atrás.

La luna se hundió tras las montañas. Los músicos agotados guardaron sus bolillos y doblaron su marimba, y se fueron camino a su posada.

Pero la gente continuó bailando, con los pies entumidos y el alma enloquecida en sus propios hechizos. Y siguió bailando, bailando, bailando infinitamente, al son de aquella tortuga del arenal que brillaba en las estrellas y en las copas de los sauzales y en las gotas de rocío en medio del zacatal.

De repente se quebró la magia al grito de un hombre. Se hizo uno de aquellos silencios que habían punteado la historia de aquel pueblo. Desde la serranía llegó el aullido de ok'il con el eco de turumpukuj.

—¡Escuchen todos!, tronó segura, a pesar del posh, la voz de don Luis Alphonso de Mazariegos. Antes de que empiecen otros cien años, u otros mil, quiero leer este papel que mi abuelo mandó a engrudar antes de morir.

En seguida, bajo la majestad del cielo de Jovel, a media calle y frente a unos rostros morenos de ojos penetrantes y de corazón como que hubiera cruzado el mar, don Luis se puso a leer como si se hubiera puesto a cantar:

«En treynta y un días de el mes de marzo deste año de mill y quinientos y veynte y ocho años estando en un campollano y grande que los yndios llaman gueyzacatlan..».

Mientras don Luis leía a tropezones aquella acta levantada en el valle cien años antes, los vecinos de Ciudad Real se dieron cuenta de que en el horizonte, allá donde los cerros de Moxviquil se juntan con los que vienen del Zontehuitz abriendo los caminos de la tierra tzeltal, con apenas una traza de fuego o de sangre, o de dolor, comenzaba a asomarse sobre su valle el sol.

Jurakán

Don Juan de Valcárcel vivía sentado en una mecedora desde hacía años. Sus primos lo miraban con tristeza mezclada con desilusión. Pero él se quedaba mirando el horizonte, con esa mirada de agua y con los labios apretados con que había quedado desde aquella tarde en que tuvo que entregar a los frailes las escripturas del molino y del trapiche. Su mujer, doña Andrea, finalmente se recluyó, con su hija, en el convento de monjas, donde la caridad de algunas personas de la ciudad la sostenía con limosnas de comida y de ropa. Solamente el hijo menor, Juan Carlos, rondaba por las calles buscándose la manera de vivir.

—¡Con él basta, que es más guapo que un tostón de oro!, comentó al verlo pasar frente a su ventana, Marianita Flores.

Era un muchachón alto, de cabello negro y ojos soñadores de color de miel.

—Sacó los ojos de doña Andreíta, murmuró, escondiéndose tras las dobles puertas de su casa, la Chelito Gutiérrez.

Caminaba con paso firme y decidido. Cuando alguno de sus tíos le prestaba un caballo para salir a pasear, su figura resaltaba recortándose en el azul de sobre las colinas.

—¡Qué fina estampa!, bisbiseaban entre sí las muchachas, mirando disimuladamente a otro lado de la calle.

De vez en cuando conseguía carga de sus tíos. Entonces se perdía por los caminos de la provincia, para regresar cargado de bolas de jabón negro de San Bartolo, o de toles y jicalpestes de Chiapa de los Indios, o de ollas y cántaros de Amatenango... Y entre la gente corría el runrún de que una vez se había lanzado hasta más allá de los Cuchumatlanes por los caminos del oriente.

—¡De tal palo tal astilla!, le confió al viento el viejo don Luis Alphonso de Mazariegos, quien, habiendo perdido su labor de Corral de Piedra, ya sólo se agachaba a ver pasar la gente desde la puerta de arriba de su casa en la Calle de la Manzana.

Mas con todo su garbo y su alegría, Juan Carlos vivía preocupado y triste. No podía concebir cómo una señora de la hermosura de su madre tuviera que pasar la vida encerrada tras las rejas de un convento, siendo la dueña del molino más afamado del valle y de uno de los mejores trapiches de la tierra caliente, allá entre Chiapilla y Totolapa.

—Con los padres no vas a poder, le contestó Alejandro Bermudo, cuando le pidió consejo para revivir el pleito de las escripturas.

—Présteme un caballo, tío, replicó al fin Juan Carlos. Quiero conocer el trapiche.

—Ya hasta nombre le cambiaron, repuso el tío. Ahora ya le dicen el Trapiche de la Merced, en vez de San Pedro Nich.

Cuando volvió Juan Carlos de visitar el trapiche, a donde había llegado por caminos descarriados entre sierras y montañas, en su corazón se había arraigado más que nunca el fuego del pleito para recuperar la herencia de sus antepasados. Sin consultar con nadie, se fue a la casa de Lorenzo Guillén, que había abierto una escribanía por la Calle de la Manzana.

Lorenzo Guillén, el hijo mayor de don Blas, había desaparecido por años. Según algunas malas lenguas, se había ido a vivir de aprendiz a la casa de un escribano de Guatemala, y allá le habían enseñado todas las malas mañas de los de su oficio, llenándole la cabeza con todos los preceptos y latinajos in utroque iure. En sus ojos saltones parecían parpadear los reflejos de los cuatro librotes que le habían hecho aprender de memoria.

—¡Seguro que lo ganamos!, le aseguró a Juan Carlos, cuando éste lo enteró de toda la situación.

—Pero, don Lorenzo, objetó el muchacho, caviloso: me han dicho que los padres no sueltan una vara de tierra cuando les han echado mano a las escripturas.

—¡Nunca se las han habido conmigo! ¿Cuántos años tienes?

—Veintiuno, don Lorenzo.

—Ya puedes parecer en representación de doña Andrea.

—¿Ante quién?

—Ante el señor obispo.

—¿Y no los va a tapar a los frailes?

—Es la única competencia jurídica en caso de eclesiásticos, según el apartado tres del párrafo dos de la partida cinco...

—¡Guárdese su merced toda esa ciencia para el pleito!, atajó Juan Carlos.

—¿Cómo vamos a trabajar?, preguntó solícito don Lorenzo.

—Como su merced ordene. Yo estoy dispuesto a realizar todas las cosas y mandados que no tengan que ver con autos ni con escriptos...

—Hablo de los realitos.

—¿Qué propone su merced?, inquirió el muchacho, espantado del viso que iba tomando el asunto.

—Cuando ganemos el pleito, me queda el molino. A tu madre le queda el trapiche.

—¿Y si no lo ganamos?

—¡Lo ganaremos de una forma u otra! Pero, para que estés tranquilo, acepto que me pagues seiscientos pesos por mis servicios en caso de perder.

A Juanito se le oscureció la vista. Su madre vivía de la caridad; él vivía día con día de lo que podía negociar. Y ahora se le encimaba la perspectiva de quedar vendido con este hombre de piel verdosa, por la misma cantidad por la que su padre había quedado reducido a la miseria y a la desesperación.

—La decisión es de mi madre, respondió con voz insegura.

—Doña Andrea aceptará lo que sea con tal de salir del convento con su hija, respuso tranquilamente don Lorenzo.

Salió a la calle Juan Carlos a paso lento, rumiando entre decidido y temeroso su charla con el escribano. Sin darse cuenta de que por los montes amenazaba temporal, se encontró llamando a la puerta del convento. Lo pasaron a una salita. A poco se descorrió un velo, y al fondo de los barrotes asomaron los grandes ojos de doña Andrea de Paz y Quiñones.

—¡Hijo!, exclamó la señora.

Juan Carlos se la quedó viendo a la luz fulgurante de un rayo que a esas horas desgarró en dos el encapotado cielo de Jovel. Cuando salió del convento, las calles se habían vuelto ríos atronadores que la gente no se arriesgaba a atravesar.

—¡Mal año parece que será éste!, rechinó el muchacho entre sus dientes, mientras por las montañas roncaba el eco de los truenos al otro lado del Huitepec.

* * *

Doña Chabelita de Velasco, ya una viejecita de ojos lánguidos y apesarados, se había tenido que confinar a su alcoba, víctima de una enfermedad para la que don Christóbal de Ballinas, el barbero y facultativo de medicina, no había logrado encontrar remedio. Como nunca se casó, tenía que contar con la ayuda de su sobrino José, el hijo de don Melchor, para todas sus necesidades.

—Ese José se va a comer viva a doña Chabelita.

—¡Para lo que le queda!

El caso es que José de Velasco, regidor de la ciudad, había vendido la casa de la Calle de la Ermita, y había comprado otra, pequeña y acogedora, en la esquina más allá de don Juan de la Tovilla, en la Calle de Comitlán, y allá había instalado a su tía, para poder cuidarla desde la casa vecina, donde él vivía con su mujer, la misteriosa doña Ana Rodríguez de Loaysa, recién llegada de Ciudad Real de España.

Al entrar el frío de la tarde, doña Chabelita se quejaba de dolores insoportables.

—Parece que me estuvieran abriendo la cintura en dos, decía en medio de gemidos entrecortados.

Corrían y le ponían emplastos de hoja de malva cortada a media noche. Pero a la tarde siguiente volvían los terribles dolores, y la viejecita perdía el color, de por sí ya bastante pálido, de aquella cara llena de bondad que tanta gente conocía. Pero lo que más le dolía era no poder ir a encenderle sus velas a la Virgen de la Caridad, cuya ermita había tardado años en ser inscrita en los papeles de la catedral.

—Ya no aguanta otra sangría en los tobillos, aseguró gravemente don Christóbal de Ballinas. Podría practicarle una en los brazos para sacarle los humores de dolor; pero su edad ya no aconseja ese tratamiento.

Con doña Ana había llegado de Castilla una mujer llena de secretos, que casi nunca salía a la calle. Se llamaba Joana Vargas, gorda ella y baja de estatura. En la punta de la nariz tenía una gran verruga terminada en un par de pelos hirsutos. Trabajaba en la cocina de doña Ana y, según los cuentos que corrían por las calles, era una cocinera maravillosa. En Castilla había sido de

la casa de doña Ana desde una tarde en que unos viajeros de Portugal la
habían dejado depositada, niña de pocos años. Y allí había crecido, vagando
por las calles, entre las gentes que habían ocupado las casas abandonadas por
los judíos hacía ya tantos años. Cuando doña Ana aceptó viajar a las Indias a
desposarse con un Velasco de los que habían salido más de un siglo antes, la
Joana se ofreció a seguirla a dondequiera que el destino la llevara. Pero desde
que llegó a Jovel, su natural, de suyo callado y recatado, se convirtió en ensi-
mismado y hasta huidizo.

—Dicen que es judía, se comentaba en la plaza.

—Que es mora, murmuraban junto a la pila, sin saber qué era una mora.

—¡Cuentan que está compacteada con el diablo!, decían apenas entre
dientes bajo las tejas en el puente de los mexicanos.

Una tarde los gemidos de la viejecita le llegaron a doña Ana al corazón.
Llamó a la Joana a su alcoba, le tomó las manos entre las suyas, y le dijo, casi
llorando:

—¡Por el amor de Dios, Joana! ¡Por lo que me has querido desde que yo
era niña, sálvala de esa aflicción que ya nadie puede soportar!

La Joana se quedó pensativa, luego, carraspeando por la falta de costumbre de hablar, le dijo:

—Si el espíritu que la tiene no es demasiado fuerte, puedo hacer la prueba
esta noche, que casi no hay luna.

—¿Qué necesitas?

—Una vela de sebo y una cesta honda. Y mucho silencio.

Esperaron a que entrara bien la noche, que fue de total oscuridad. No
había luna, y las estrellas no podían verse por las grandes nubes que cubrían
el valle desde las puntas de los cerros. Doña Ana y su cocinera atravesaron el
pequeño patio de la enferma por la puerta que don José había mandado instalar entre las dos propiedades; subieron al corredor y se metieron a la alcoba
de la viejecita sin hacer ruido. Dormía intranquila, con los ojos entreabiertos.
Joana se sacó del pecho un frasco de ungüento que la había acompañado en
la travesía del mar; lo abrió, y la alcoba se llenó de un aroma indefinido que
recordaba alquerías llenas de vacas, tenerías con viruta de alerce, olivares y
viñedos y campos bañados de sol. Tomó la untura con dos dedos y la calentó
en sus manos, frotándolas pacientemente.

—¡Ay!, gimió la enferma, despertándose a medias.

—Le haremos una curación, doña Isabel, murmuró apenas Ana.

Pero la viejecita no respondió, y se quedó quietecita, sabe Dios si durmiendo o soñando en las tardes aquellas en que iba del brazo de don Pedro
Moreno a vigilar sus obras.

La Joana le untó la frente y se la estuvo sobando lentamente, tristemente,
con los ojos cerrados y la cara levantada, como si su alma entera se hallara en
otro mundo. De repente se quedó quieta.

—¡Déjame sola!, musitó en un suspiro la Joana.

Doña Ana se retiró en puntillas.

Cuando la hechicera se supo sola con la enferma, sacó de su pecho yesca y piedras; las frotó devotamente; al brotar la chispa, encendió la vela de sebo que tenía en una palmatoria. Se levantó del piso donde estaba sentada, se recogió las enaguas para moverse con rapidez, y se fue al centro de la habitación. Allí colocó la luz y la cubrió rápidamente con la cesta honda. De las hendijas surgió una iridiscencia parpadeante que inundó el lugar de misterioso arrebol. Entonces se paró ella; se colocó entre la luz y la enferma. Su sombra se agigantó sobre el empequeñecido cuerpo de la viejecita, que punteaba cada movimiento con un gemido de dolor. Levantó los brazos sobre su cabeza Joana, y empezó a entonar en un sonsonete monótono, que por momentos subía en espasmódico crescendo grave y luego descendía en moribundo pianissimo, aquellos antiguos rezos que le enseñaran en la aljama sus amigas en Ciudad Real de Castilla:

«Anima sola, io te conjuro con el fluxo lobo y el flos santorum i un corazón de un hombre muerto i los doce granos de trigo de Israel y las torres ocales i los libros marzales y el diablo cojuelo qu'es el más ligero. ¡Volvedle el corazón! ¡Volvedle el corazón! ¡Volvedle el corazón!».

De pronto cantó el primer gallo de la madrugada. La Joana se calló a medio rezo, volvió la vista a la cesta y vio que de allí no brotaba ya ninguna luz; devolvió todas sus cosas a la madriguera de su pecho, y salió en silencio. En el corredor, sentada en una silla de Chamula y envuelta en un chamarro, cabeceaba doña Ana. Sin decir palabra, las dos atravesaron el patio resbaloso por la escarcha, y se fueron a su casa, bendiciendo al Dios de algún cielo lejano por haberles dado la oportunidad de ayudar a esta vieja.

Pero al alumbrar el sol, doña Chabelita se debatía en los estertores de la agonía

—Algo tendría que poder hacerse por mi tía, vociferó don José, ignorante de lo que había sucedido durante la noche. ¡Manuela!

—Mande'sté, don José.

—Andá a buscar al Salvador en Petej.

—¡Ay, Jesús, don José!

—Y ya están aquí.

Después del medio día llegó Salvador. Era un indio viejo de millares de arrugas en la cara. En los cerros se murmuraba que nadie lo había visto nunca joven. Sus brillantes ojos cafés atisbaban por los rincones y miraban a la gente con desconfianza de animal de monte. Las mujeres que rodeaban la cama de la enferma se retiraron entre cuchicheos. Doña Narcisa Guillén se inclinó hacia un lado para salir santiguándose apuradamente.

Antes de quedarse solo, Salvador le pidió a la Manuela, en aquel tzotzil que parecía escurrirse entre las sombras, un brasero ardiendo. Cuando lo tuvo entre sus manos, hizo una seña, y la mujer salió, cerrando la puerta tras de sí. Solo, el curandero sacó de su morral un puñado de chile seco y uno de granos de copal; luego colocó sobre una repisa una piedra en que alguien había esculpido la remota semejanza de un murciélago. La había heredado de su padre, y éste de su abuelo, y, en el fondo de su envejecido pensamiento, era la representación de la fuerza y el vigor. Se echó a la espalda una capa de algodón, sobre cuyo frente se adivinaba la silueta de un búho pintado en ocre. Finalmente extrajo un murciélago disecado; lo puso unos momentos sobre su cabeza; en seguida, sosteniendo el animal en su mano izquierda, arrojó con la derecha el chile y el copal sobre las brasas. Se levantó un nubarrón de humo negro y picante. Salvador tomó el brasero en la mano derecha y se irguió lentamente; hizo una reverencia al lado del Muk'tavitz, el Cerro Grande, por donde el sol se encaminaba hacia el crepúsculo, luego le ofreció un sahumerio a la piedra de Zotz, y se puso a danzar lentamente, cantando con tonos quejumbrosos la pagana letanía de los tiempos:

«Tzun...Batzul...O'lal ti...Ulol...Uch...Ch'ayk'in...».

Cuando terminó, la alcoba entera se había llenado de humo. Dejó el brujo su danza y se acercó a la cama; junto a ella lanzó un grito desgarrador y le aventó una densa humareda a la cara de la enferma. A ésta le atacó un acceso de tos, y entonces su cuerpo envejecido hizo un esfuerzo supremo y se movió. Salvador le ayudó a reclinarse sobre las almohadas, y le pasó el murciélago disecado varias veces por encima. Viendo que la enferma entreabría los ojos y movía un brazo, el brujo recogió todas sus cosas y se retiró. Al abrirse la puerta, salió de la alcoba un torrente de humo picante que irritaba los ojos; las mujeres, sentadas en el corredor, se taparon las narices con los chales, dejando que el vientecillo de la tarde se lo llevara de puerta en puerta por toda la ciudad.

Al caer el sol murió doña Chabelita. Al otro día fue a sepultarla toda la gente, bajo el esplendor azul de la media tarde, cerca ya de la Navidad.

—¡No la pudo salvar la magia de Castilla!, comentó sin querer ser burlona doña Narcisa Guillén.

—Ni la de los cerros, agregó doña Goyita de la Tovilla.

—Otra magia hace falta para salvarnos a nosotros, murmuró, atusándose la blanca barba don Luis Alphonso de Mazariegos. ¡Tal vez un día los nietos de nuestros nietos tengan la suya propia!

* * *

En la sala del obispo, Juan Carlos esperaba nervioso, pero absolutamente seguro de su caso. No bien entró el prelado, que el joven comenzó a exponerle su historia, sin guardar detalles.

—Su Excelencia, dijo el muchacho: Hace años que mi madre y mi hermana viven en el convento en extrema pobreza, y mi padre mendiga los precisos alimentos en casa de mis tíos, perdida su razón. Sin embargo, a mi madre le pertenecen por derecho el Molino del Sumidero y el Trapiche de San Pedro, por Totolapa, que producen lo suficiente para dar de comer a medio pueblo.

—Sí, hijo, interpuso el obispo, deseoso de cortar por lo sano el enojoso asunto, pero doña Andrea firmó escripturas traspasando las haciendas a los reverendos padres de Santo Domingo y a los señores religiosos de la Merced, en ejecutoria de un censo de seiscientos pesos.

—¡La forzaron los frailes!, atajó Juan Carlos. Ellos sabían, lo mismo que ella, que las haciendas eran inajenables.

—Pero tu madre firmó bajo juramento de no alegar derechos contra los señores padres.

—¡Para que mientras ellos engordan, mi madre fallezca de hambre en honor de un juramento robado!

—¡Tente!, dijo el obispo, levantándose de su sillón. ¡No estás en la taberna!

Juan Carlos se dio cuenta de que por ese camino echaría todo a perder; así que, venciendo su repugnancia, dobló una rodilla y pidió el anillo de brillantes de su excelencia para besarlo, diciendo en un murmullo:

—Pido perdón a Vuestra Reverencia y prometo no dejar que mis sentimientos se muestren otra vez. ¿Pero qué debo hacer, señor?

—Presenta en un escripto tu querella para que se inicie un proceso de derecho.

No terminó el joven de oír las palabras del obispo que ya se había sacado del gabán los pliegos en que por semanas había estado trabajando don Lorenzo Guillén. Entregó el rollo con nerviosa prontitud y se quedó escuchando, como si cada palabra fuera nueva para él, cómo el obispo leía en voz baja su primera petición para que se le relajara el juramento de su madre:

«Don Juan Carlos de Valcárcel... en virtud del poder de la dha mi madre, que presento con la solemnidad legal, parezco ante Vsa. Sría Yllma y Rvma... ymplorando como ymploro el auxilio y amparo de la dignidad y grandesa del oficio de S. Sa. Yllma y Rvma..».

Vio con preocupación cómo el obispo fruncía el entrecejo al llegar a la parte que decía:

«Por lo que pido y suplico a su Yllma y Rvma sea mui servido en méritos de justicia de absolver y quitar y relaxar los juramentos que la otorgante tiene hechos en las dhas escripturas y así pueda recuperar la posesión del dho molino y del sussodho trapiche con que pueda vivir».

Su excelencia enrolló cuidadosamente el pedimento, lo depositó sobre una credencia, y luego, dándole a Juan Carlos su anillo pastoral para que lo besara en señal de despedida, le dijo:

—Mañana se proveerá para que se haga traslado de tu petición a las partes. ¡Que Dios te bendiga!

Cuando Juan Carlos salió a la calle, empezaba a caer la tarde; una de esas tardes de últimos de diciembre, fría de sentir pero bellísima de mirar. Al fin estaba terminando aquel año de mill y seiscientos y cincuenta y un años que él había presentido como lleno de malos agüeros.

—¡Y nada pasó!, dijo para sí mismo, y se echó a caminar rumbo a la casa de sus tíos, entrándole una renovada esperanza en el corazón con el torrente de aire frío que le llenaba los pulmones.

* * *

A la plazuela de la iglesita del Zerrillo daba la ventana de la casa de don Crisólogo Domínguez, descendiente lejano de una brava mulata que había desaparecido del valle muchísimo tiempo atrás con todos los que se habían marchado a Nuestra Señora. Tras de los barrotes torneados asomaba todas las tardes la carita alborozada de Cayetana, que se ponía a contemplar en ensueños incomprensibles cómo se despedía del valle el sol, más allá de los alcanfores.

—Si pintaran ángeles morenos, la Cayetana estaría de guardia en el altar mayor, comentaban los muchachos del barrio, mirándola extasiar sus ojos en la lejanía.

Cayetana tenía quince años, pero ni en sus ojos, ni en sus manos, ni en sus senos quedaba nada de la niña que fue. Vestida con la sencillez de su pobreza, arrastraba por las callejuelas de la colina los corazones más ricos de la ciudad.

Llegaron las golondrinas de ese año, y miles de ellas se refugiaron bajo los aleros. Cayetana, asomada entre los barrotes de su ventanita, las veía revolotear alegres y juguetonas hasta que, en un zumbido misterioso, desaparecían bajo las tejas, para quedarse urdiendo nuevas piruetas para el otro día.

En el silencio que quedó flotando en la plazuela divisó al muchacho. Era un recién llegado al valle: alto, moreno, de ojos claros, nariz recta, andar decidido. Cayetana lo vio caminar y acomodarse sobre un saliente para sentarse allí a contemplar embelesado la ciudad al fondo. En la callada soledad de la tarde, la muchacha oía los tumbos acelerados de su corazón; abandonó su rincón, adonde todavía daban los últimos rayos del sol, y se fue a buscar a don Crisólogo, suspirando por no encontrarlo. En efecto, el viejo zapatero había salido a sus entregas, y a la muchacha le corrió por el alma, sin darse cuenta, la alegría de un aguacero de primeros de mayo; se echó encima el rebozo, asomó por la puerta y miró a todos lados, luego se fue por el sendero que atravesaba la plazuela e hizo como si fuera a seguir rumbo a la ciudad. Al oír pasos sobre la grama, el muchacho se volvió y la vio, en el momento en que el sol, ya perdiéndose tras el Huitepec, la envolvía entre sus últimas tintas de color de rosa.

—¡Ea!, exclamó el joven, contemplándola con admiración. ¿Adónde vas sin compañía?

La muchacha agachó los ojos e hizo como que seguía por el camino. La alcanzó entonces el forastero, y de nuevo la requirió:

—¿Vas sola a la ciudad? Mira que ya es tarde y antes de que bajes del cerro te habrá alcanzado la oscuridad.

—¿Quién eres tú?, logró musitar sofocándose Cayetana.

—Soy Miguel Quiroz de Miranda.

—¿Y qué haces aquí?, preguntó, recuperando su compostura.

—He venido como capitán de la guardia.

—¡Ah!, suspiró desalentada Cayetana, y enfiló para su casa.

En el trasfondo de su corazón repiqueteó el sonsonete de su padre: «Es de vicio, hija: Cualquiera que te busque ha de querer dote. ¿Y yo qué puedo darte?».

El capitán la siguió sin decir palabra, y cuando ella estaba por entrar, se interpuso y le dijo suavemente:

—Pasa por mi pueblo un río que cruzamos por una puente de piedra. Me gustaba llegarme allí por las tardes y verlo correr tranquilo, llevándose sin llevársela mi imagen retratada en sus pequeñas olas.

—¿Por qué?

—No lo sé. Será porque sentía que con él me iba yo, rodando entre montañas, lejos.

—¿Cómo se llama?, interrumpió Cayetana.

—¿Quién?

—¡El río!, dijo, sonriendo por primera vez.

—Ebro.

Se hizo un corto silencio, nervioso, tenso. De las ventanas o de las hendijas en el bajareque de las casas vecinas empezó a salir tembloroso el resplandor de los candiles. El aire se llenó de sonidos apagados, tenues, como solapados por la tímida luz de las estrellas que apenas se encendían en la infinita lejanía.

—A mí me gusta ver el sol hundirse por la tarde, susurró Cayetana.

—¿Por qué?

—Siento que con él me voy también yo. ¡Lejos! ¡Más allá de esos montes que no sé yo qué ocultan!

Por el sendero de la ciudad brilló vacilando un candil.

—¡Es mi tata!, exclamó Cayetana.

—Lo espero.

—No, por favor.

—¿Cómo te llamas?

—Cayetana.

—Lo espero, Cayetana.

—¡No, que me mata!

Entre las sombras de las callecitas angostas y empinadas desapareció el capitán. Don Crisólogo traspuso el umbral de su puerta y encontró a su hija arrebujada en un chamarro frente al fogón de la cocina. En la lejanía se escuchó el dolorido aullar de ok'il, el perro de los montes. En los sauzales junto al río cerca del cerro, le hizo eco quejándose turumpukuj, el búho.

* * *

Entonces, como antes, los indios estaban por todas partes. Estaban en las casas, donde se habían convertido en hábiles artesanos que alzaban tapias y adornaban jardines. Estaban en las iglesias que ellos habían levantado y donde los frailes los ocupaban en mil diversas labores. Pero estaban sobre todo en la plaza, adonde convergían de todos los cerros, ataviados con los uniformes que los frailes les habían señalado para distinguir unas de otras sus doctrinas: Los hombres por delante y las mujeres trotando tras de ellos. Eran como el sol y la luna, que sólo se echan de ver cuando no están. Mas aquellos que habían llegado con don Diego eran ya sólo mexicanos. Eran indios, en cambio, los que llegaban de Zinacantán cargando sal; eran indios los que venían de Cancuc, con tercios de enormes mazorcas de maíz de colores; eran indios los que entraban de Oxchuc y de Huistán llevando redes llenas de huevos de gallinas de Castilla, o de los pintos huevos de sus tulukas; y lo eran los que acarreaban leña y carbón, y los que vendían ocote y flor, y los que caminaban desde la honda barranca de Tenejapa jalando tablas y morillos para las casas, y los que asomaban de cuando en cuando del valle de Amatenango con los comales y las ollas y los cántaros y las tinajas. Esos eran los indios. Y su lengua se escuchaba en los hogares lo mismo que en las calles y las plazuelas y en los arrugados caminos de las montañas. Y a todos, los frailes, junto con la indumentaria, les habían señalado sus nombres de cristianos y sus cargos de alguaciles y pasiones y maltomás y de alférez para las fiestas de las grandes iglesias blanqueadas de sus pequeños pueblos.

Por las tardes de sol, culebreaban por los cerros las filas multicolores de los que volvían a Saclamantón o a Mitontic o al nuevo pueblo de Nachig, cargando en el regreso sus velas o su se'met o su posh. Uno que otro se quedaba a veces a dormir en Jovel, quizá para pasar la noche y volver al día siguiente a su pueblo lejano; o quizá para buscar una casa donde servir a un patrón.

La Pascuala se quedó con su marido en casa de don Crisólogo, cuando todavía vivía la difunta doña Domitila. Al día siguiente se fueron a su Chenalh'ó, por las montañas, pero en la casa de los Domínguez se quedó su indizuela para servir de pilmama a Cayetana, la criatura de la casa.

—¿Cusí a'bí ot?, le preguntaban en broma, con la intención de escuchar cómo cantaba al responder:

—K'antelaria.

Cuando murió doña Domitila, Cayetana encontró en la Kante una hermana mayor, tierna y dedicada. En las calles del barrio todos sabían que la Kante había sido crianza de doña Domitila, y eso era suficiente para que en todas las casas tuviera entrada.

Una tarde, el arroyo de San Pedro se desbordó y arrastró en su braveza a la vieja Pascuala. Cuando se lo llegaron a contar, la Kante lloró a solas en la cocina. Entonces recordó los dichos de su nana, y por la noche, en medio del sereno, se fue al pequeño traspatio y allí, donde le habían contado que estaba sepultado el ombligo de Cayetana, se inclinó a llorar otra vez, y lloró todo lo que pudo su corazón. Cuando oyó los aullidos de ok'il y el canto de las aves en los montes, se picó las yemas de los dedos y roció con su sangre la pequeña sepultura. Esperó que una nube destapara la luna, y entonces se irguió, alzó las manos hacia el astro y murmuró:

—¡Ora sí, K'ayetán! ¡Mi chu'lel ta marraro con tu ompligo!

* * *

El reverendo padre Francisco de España, prior del convento de Señor Santo Domingo, había invitado a su amigo y confesor, fray Joseph Pacheco, Comendador del Convento de Nuestra Señora de la Merced, Redención de Captivos, para almorzar juntos «en nuestro humilde refectorio» y hablar de algunos asuntos graves.

En cuanto se lo anunciaron, salió el predicador solícito a recibir en el corredor de su convento al Comendador. Se abrazaron efusivamente, y luego pasaron a la gran sala de muros tan gruesos que parecía una fortaleza, al fondo de la cual tenía fray Francisco su mesa para invitados especiales. Desde unas ventanillas cuadradas horadadas en el muro les llegaban los ardientes rayos del sol de principios de marzo. Se sentaron uno frente al otro, bañadas sus fornidas y rozagantes facciones en la luz del medio día, y comenzaron a comer de la canasta de frutas que en el centro había colocado un lego.

El dominico, tomando entre las manos un roatán llegado de Tapilula a lomo de chamulas, abrió la plática, después de las cortesías introductorias.

—Por segunda vez, reverendo señor Comendador, me ha llegado traslado de un alegato del joven Valcárcel para desposeernos del Molino del Sumidero a favor de doña Andrea.

—¿A su reverencia también?, exclamó más que preguntó el estentóreo vozarrón del mercedario.

—Pues, sí, y con firma del Señor Provisor.

—¡Ah, padre prior!, interrumpió el mercedario, ahogando apenas una descomunal carcajada. ¿Y qué ha contestado su reverencia?

—De eso quiero hablar con su merced.

En esos momentos entró el hermano lego fray Mauro, con una humeante bandeja de arroz con tropiezos. La colocó en medio de los dos superiores, y luego les acercó una jarra de vino blanco que tenía enfriando en una tinaja en el rincón del refectorio.

—Yo ya contesté, dijo el mercedario, sirviéndose un par de cucharones de arroz en su plato. Lo mejor es seguirle por un tiempo el juego de los autos.

—¿Qué respondió su merced, señor Comendador?

—¡Que se las hayan con los herederos del difunto don Joan de Valtierra!

—¿Qué tienen ellos que ver?

—Él fundó la capellanía sobre el trapiche.

—Pero Valcárcel puede mostrar que el de Valtierra no tenía derecho sobre la hacienda.

—Para entonces ya tendremos otra respuesta. Y cada vez tendremos una nueva, hasta que o el muchacho se canse o el obispo vea que debe darnos la razón.

—Pero yo, ¿qué puedo hacer? ¡El molino es una de nuestras mejores haciendas en el valle!

—Lo que debe hacer su reverencia en bien de su convento, su primera obligación, es hacerse fuerte con nosotros, respondió el mercedario, mirando con ojos de glotón la bandeja con que en ese momento entraba fray Mauro. ¿Qué tenemos aquí, buen hermano?

—La mejor barbacoa de carnero; la que el padre prior manda que hagamos cuando viene de visita el señor obispo. Y en ese pumpo le trae tortillas recién sacaditas del comal, la mejor tortillera de San Juan.

Tranquilizada su conciencia respecto a los graves asuntos de negocios, ambos frailes se entregaron a la menos ingrata labor de dar religiosa sepultura a los portentos culinarios de fray Mauro.

Esa noche, a la luz de un candil, fray Francisco de España escribió finalmente la primera respuesta a los autos de Juan Carlos de Valcárcel. Entre otras razones, urgía al obispo a negar la relajación del juramento, apelando a la misma situación de doña Andrea:

«Al punto de la relaxacion, que pide Doña Andrea de Paz y Quiñones ad effectum agendi et accipiendi, digo, Illmo Señor, q. es cosa lastimosa, el que solo sea muger del Regidor D. Juan de Valcarcel para pedir dicha relaxacion y no sea dho Regidor para sustentar a su muger y a su hija, q.es publico y notorio q.a muchos años q.una y otra estan en el convento de monjas de esta ciudad y q.V.Sria Illma con sus continuas limosnas las esta vistiendo y sustentando. Y a de ser mui servido V. Sria Illma de declarar no aver lugar de derecho dha relaxacion, declarando sea valido dho juramento y deverse observar y guardar en la forma que se interpuso por la suso dha D.a Andrea..»..

* * *

Habían pasado los fríos de principios de aquel año de mill y seiscientos y cinquenta y dos años, cuyas cabañuelas habían traído la muerte a tantos viejos. Por las calles, que ya algunos habían comenzado a empedrar, caminaban los vecinos, llenos de una esperanza misteriosamente renovada por el aire de las montañas y por la sangre de sus antiguas herencias. Sobre los yunques repiqueteaban desde la mañana los martillos de los herreros, acompasados por el ronco suspiro de sus fraguas. Embozados en chamarros, montaban a caballo para ir a sus campos los dueños de aquellas labores donde se criaban las vacas y se alzaba el trigo para el pan, que en las panaderías amasaban cantando las mujeres antes de ponerlo a reposar. A la primera luz, abrían la hoja de arriba en sus tienditas las muchachas y las señoras, para poder oír desde la cocina cuando alguien llegara por panela o por sal o por carne salada o por tortillas, de las que les torteaban a rítmicos manotazos sus criadas, antes de ponerlas a cocer en el comal. Por los andurriales del barrio se escurrían los tintoreros mexicanos para acudir al tanque de teñir y comenzar a diluir en el agua las marquetas de añil. Los comerciantes que no estaban de viaje recorrían las calles en busca de las dulceras, que movían con sus palas las frutas, que conservaban con miel a fuego lento en grandes ollas, o tal vez en un perol, o que probaban las manzanas o los duraznos pasmados y guardados por años en barriles de posh endulzado y que soltaban el néctar enervante de su mistela, para curar el mal de espanto, o cualquier otro mal. Y visitaban también a los carpinteros, que habían encontrado la manera de fabricar en la olorosa madera de los cerros encantadores juguetes que las bayunqueras envolvían en viruta para llevarlos en procesión de alegría para las fiestas de parajes y pueblos. Y por todas partes le rezumaba al aire montañés el bendito sudor del trabajo, la honradez y el tesón.

Juan Carlos de Valcárcel llegó con sus mulas a la fragua de don Isidro Martínez a recoger su carga. Por primera vez no llevaría el posh que le daban sus tíos, sino esta nueva carga de fierro, que en los ojos soñadores heredados de su padre, parecía prometerle mayores ganancias.

—¿Cómo va tu asunto con los padres, Carlitos?, le preguntó don Chilo, por entrar en plática, mientras sacaban del cuarto de la fragua la mercancía.

—Yo no pierdo la esperanza, don Isidro. He cumplido con todo lo que me pide el Señor Obispo. Ahora fray Francisco quiere una caución de seiscientos pesos, que ni yo tengo ni mis tíos me pueden facilitar.

—Pero ahora vendrás rico de tu viaje, aseguró don Chilo. ¡Esta carguita es buena, Carlitos!

—¡Ah, don Isidro! ¡Que Dios lo haga profeta! Pero no sabe su merced lo que me está costando este bendito pleito, con lo que tengo que pagarle a don Lorenzo, lo que debo pasar en la casa de mis tíos, y una que otra limosna para el convento...

—¿Cómo sigue don Juan?

—Dando lástima, don Isidro. Completamente ido.

Mientras platicaban, habían ido sacando y acomodando en cajas toda aquella maravillosa colección de curiosidades salidas de las hábiles manos de don Isidro y sus hijos: docenas de herrajes para caballos, mulas y burros; chapas y cerraduras, con llaves que parecían bastones; aldabas y aldabones con cabezas de animales curiosamente moldeadas en el fierro; machetes cortos para la caña; hojas de cepillo para los carpinteros; cuchillos y navajas que afilaban con piedras de río, candados...

—¿Cuándo es viaje, Carlitos?, quiso saber don Chilo.

—Hoy mismo, si puedo, don Isidro. Sólo me falta pasar a ver al Señor Obispo. Tengo que entregarle otro escripto, en que queda más claro que el agua que los padres no pueden quitarle a mi madre sus haciendas. A mi regreso me dará su decisión.

Juan Carlos bajó por los vericuetos del Cerrilo, acompañado de su primo Alexandro, quien iba por la aventura, y porque el primo mayor no podía darse el lujo de pagar arrieros. Entraron a la ciudad y se fueron por un costado de la plaza para detener su recua frente al palacio episcopal.

—¿Quién será la afortunada que le gane el corazón?, murmuraban las muchachas al verlo pasar, tan garboso y bien parecido, la maza de sus cabellos negros flotando al aire, fijos hacia adelante los ojos, alegres y seguros.

—Vete en paz, hijo, que mientras tú estás de viaje yo veré en tu asunto con el consejo del señor examinador sinodal, le dijo el obispo, dándole a besar su anillo pastoral.

—¡Jo!, gritó Juan Carlos, volviendo a la calle.

Con su primo y sus mulas y sus ilusiones tomó a esa misma hora rumbo a Zinacantán. El sol de medio día, bajo el azul de marzo, le dio la despedida del valle. Al día siguiente estaría entrando a la Chiapa de los Indios, junto al río, en medio del rechinar de las chicharras en los jocotales, por donde bramaban en sordina los recuerdos de Cahuaré junto a los de Juan, el hijo de Baltazar y de aquella Magdalena de su amor sin final.

* * *

Había tanto que hacer para vivir en ese alto valle de tierra fría y dura, que hasta la nueva gente, la que iba naciendo del vigor español y de la resistencia india, sentía la necesidad de mantenerse en paz y de guardar la energía para contemplar sobre el cielo el pasar de las estrellas por la noche, tan cercanas, y del bravo sol del día. Mas una tarde, ya en abril de aquel año, se escuchó por la Calle Nueva el resonar de voces broncas y el arrastrarse de los pies de un hombre a quien llevaban jalando los alguaciles.

—¿Quién es?, preguntó, asomando por su puerta medio entornada, doña Narcisa Guillén.

—¡Pancho Penagos!, le contestaron, sin que se supiera quién.

—¿Pero por qué?

—Por bolo y por matón, respondió la misma voz, que bien pudo haber sido la de algún alguacil.

A la Cárcel Real, cerca de las Casas Consistoriales, fue a dar con sus huesos Pancho, mientras su mujer volaba por todas partes buscando testigos para presentarlos ante el señor Alcalde Mayor.

—¿Pero cuál es su delito?, le preguntaban.

—¿Y no el otro día me quiso matar?

—¡Cómo va a ser!, exclamó doña Narcisa, quien, sin ser testigo, tenía interés en saber todo lo que pasaba.

—¡Yday! Me montó a jalones en su caballo y me carreró hasta por el cerro de l'Almolonga, me dio de gaznatadas y luego me tiró de puñaladas con una daga que siempre trae. Me gritaba que estaba dispuesto a matarme, aunque se lo llevaran los diablos, con su perdón, doña Narcisita.

—¿Pero por qué va a querer matarte si sos su mujer?, le preguntó con cara de inocencia doña Cathalina Truxillo.

—La paga, doña Cata. Quería que yo le diera la paga de una mi nagua que había yo vendido en unos cuantos reales.

—¿Para qué le van a servir unos cuantos reales?

—¡Ay, doña Catita! ¡Para sus cuncuvinas y paras us embriagueces! Si no hay domingo de Dios que no salga tatarateando de bolo de esa bendita taberna donde hasta fiado le dan el posh.

Corrió por todos lados Josefa Estrada; buscó quien le hiciera sus escriptos y la representara legalmente. El pueblo entero se dio cuenta de lo que pasaba y un día el Alcalde se vio forzado a tomarle a Francisco su declaración en la cárcel.

—¡Ay, Señor Alcalde!, respondió Francisco a las preguntas de la autoridad. ¿Qué son unos cuantos bofetones cuando ella fue a comprar solimán con los plateros para envenarme?

—Pero, hombre, ¿estás en tus cabales?

—Ella mesma se lo aclaró al Br. Dn. Gabriel Chacón cuando regresó de San Bartholomé.

—¿Qué le importa al señor bachiller?

—Que se la quería llevar a Acala a donde él se iba de cura.

—¡Válgame Dios!, exclamó el alcalde. ¡Vaya enredo!

Las semanas pasaron. Francisco se ahogaba de calor a medio día en la cárcel y tiritaba de frío por la noche. Pero el pleito arreciaba, lanzándose acusaciones y reclamaciones los esposos, endeudándose ambos con los escribanos, a quienes les suplicaban firmar en su lugar «por no saber escrivir», y poniendo en peligro la fama de vecinos y vecinas, a quienes involucraban en sus aventuras en el afán de mutua recriminación.

Así llegaron los primeros días de mayo. Los ríos y los arroyos resonaban con el agua más limpia y transparente del año, borbollando entre sauzales en La Hormiga, desguindándose entre roquedas por el Arcotete, lamiendo dulcemente los orlones del cerro por el Peje de Oro o irrumpiendo en atávicos recuerdos por Moxviquil. En los jardines empezaban los rosales a coquetear con el sol, y había un olor de encanto bajo las largas sombras de los alcanfores.

—¿Por qué no lo vas a ver?, le aconsejó a Josefa doña Luisita Rodríguez. ¡Castiga tata Dios de tanto pleito! Y ya están en la boca de todos de tanto alboroto.

—¿Y qué tal que no me quiere mirar?, replicó la Josefa, apretando entre sus dientes la punta del rebozo.

Por las tardes se ponía el agua por la cañada de la Ermita del Cerro. Pestañeaba de repente, culebreando por el valle, un rayazo de fleco azul y fuego. Se aspiraba un silencio largo y expectante, y entonces rezongaba en eco un trueno ronco, triste y lejano.

—¡Ya ha de oler a tierra mojada por San Bartolo!

Por fin la Josefa se decidió. Salió por el puente de los mexicanos de casa de doña Gregoria Roque, donde estaba depositada, y pasó por Santo Domingo; entró a la iglesia mirando a todos lados, temerosa de los frailes, de quienes todos huían, pero que allí tenían un Señor que inspiraba confianza. Al salir, se paró en la punta de las gradas, donde la miraba un sol que ya tomaba rumbo al Ecatepec. Se sacudió la nagua junto a las rodillas y se echó al camino para la ciudad. Se persignó al pasar frente a la catedral; luego se arrepintió, volvió sobre sus pasos, entró y se fue derecho a llorarle a un hermoso San José, que alguien había traído con mil trabajos desde Quetzaltenango. Confortada, se dirigió segura a la Real Cárcel, a un lado de la plaza. Detrás de la reja de roble atisbaba Francisco, demacrada su cara por el hambre, hundidos sus ojos por el sufrimiento, pero altivo y orgulloso el talante, como siempre. Josefa lo miró, se pegó a los barrotes e introdujo una mano. Del otro lado, Francisco la tomó entre las suyas. Por las venas de la mujer corrió una ráfaga de fuego que le quemó las entrañas. Sin abrir la boca se puso a sollozar; por el cristal de una lágrima adivinó en el rostro de su marido el dolor, el infinito dolor de quien no sabe doblegarse; entonces se soltó, y salió corriendo.

Al día siguiente, tanto el provisor como el alcalde recibieron escriptos del preso y de su mujer:

«... lo dejo en manos de V.S. q.e vea lo que fuere mas conbeniente, pues vino mi mujer a esta Real Carzel y dijo que no habia nada en lo que habia puesto en su escripto y que nos acariciariamos delante de S.Sria. Frco Penagos».

«Yo, Jossepha Estrada, digo q.e en virtud de tener hechas las pazes con mi Marido, Frco Penagos, y estar mui conformes en no tener ya discordias en lo de delante, pido, y suplico a V.S. se sirva poner en livertad a dho mi Marido para juntarnos y hazer segun el me ha prometido nueva Bida por lo q.e se servira V.S. hazer lo q.ellevo pedido no sirviendole de molestia a su atencion. Jossepha Estrada».

A medio día, bajo un sol que amenazaba aguaceros, soltaron a Francisco. Se paró en la calle y estiró los brazos, que le tronaron de contento. Se fueron los dos de la mano, pero a media plaza, ante el escándalo de todos, Pancho se detuvo, tomó a Josefa entre sus brazos y le plantó un beso emocionado. Luego se fueron a la pila, donde una mujer les prestó su jícara para que se echara un largo trago de aquella agua clara y fría que rodaba cantando por jagüeyes y ataujías desde las abras más allá de Cuxtitali.

Las graves señoras que observaban desde las banquetas, tibio todavía en su boca el misterioso sabor del Angelus, movían de un lado a otro la incrédula cabeza.

Por los portales fray Mauro, el santo franciscano, viejísimo ya, encorvado sobre su bastón de encino para recorrer las casas de los pobres, siguió su marcha cansina y lenta rumbo a su convento, murmurando entre sus labios desdentados:

—Las hermanas piedras y el hermano sol. ¿Por qué no también el hermano marido y la hermana mujer? ¡Al fin que en este valle todo se puede ver!

Un vientecillo fresco bajó de las montañas, les puso música a las palabras del fraile y las fue a regar por las calles en un chaparrón violento que limpió de nubes el cielo de la ciudad.

* * *

A la zapatería de don Crisólogo llegaba cada vez con mayor frecuencia el capitán don Miguel. Primero fue por unas botas de campo; en seguida por unas alpargatas. Y cada vez tenía que probarse las piezas y pedirle al zapatero que se las tuviera en la horma para el siguiente día y también para el siguiente. Cayetana lo sentía llegar y se lo quedaba mirando desde atrás de sus angustiados quince años, temblándole la sangre dentro del corazón.

—Viene por mí, Kante, le decía, sembrándole las uñas en el brazo a la Candelaria.

—¿Entóns por qué no te habla, K'ayetán?

Salió a sus entregas don Crisólogo, llevando a sus espaldas un costal de zapatos remendados. Cayetana lo siguió poco después, y luego fue a sentarse en el saliente desde donde se veía la ciudad bañarse en la verde alegría de un fulgurante día de fines de ese mes. De pronto sintió pasos en la grama, pasos firmes y fuertes que le aturdieron el alma con campanadas de júbilo. Clavó la vista tercamente sobre el Huitepec, venciendo un ansia loca de volverla rumbo al Zontehuitz.

—Te he buscado, Cayetana, sin poder encontrarte, le dijo sin preámbulos la voz de Miguel.

—Bien sabes dónde vivo.

—Allí he querido verte, pero nunca estás.

—Yo te he visto, respondió la muchacha, perdiendo la firmeza y traicionando en el temblor de su voz su sentimiento.

—Vamos a pasear por el río.

—A mi tata no le gustaría.

—Ya le gustará.

Sin darse cuenta, bajaron por detrás del convento y se fueron poco a poco, entre silencios y sonrisas y sauces, por la orilla del río hasta cerca del barrio de los mexicanos.

—¿Sabe don Crisólogo que eres la moza más guapa del valle?

—No soy moza de nadie.

—Perdona. En mi pueblo llamamos mozas a las muchachas.

—¿Cómo es tu pueblo?

—¡Bello! Le moja sus campos un río ancho y caudaloso. ¿Por qué me lo preguntas?

—¿Y cómo es el mar, Miguel?

Fue la primera vez que lo llamó Miguel. Al capitán se le alborotaron los sentidos. Oyó en el murmullo del río rebotar su nombre, como si lo repitieran las arenillas y el temblor de los sauces y el aleteo de los pájaros en las copas.

—¿El mar? ¡El mar es como tú! Como tus ojos, que no sé si esconden tormentas, o si encubren ensueños que no quieres contar.

Cayetana se apuró a regresar. Miguel le infundió terror. Un terror tan deseable y bienvenido. A la puerta de su casa, el capitán le tomó una mano y se la besó. Cayetana se entró corriendo y se echó en su camastro a sollozar.

* * *

Chiapa de los Indios era un pueblo grande. Por sus calles bien trazadas caminaban los Guerra y los Grajales y los de la Torre junto con los Nandayapa, los Nanguyasmú y los Nuricumbo. En la gran plaza, que todavía ostentaba una enorme pochota, fray Rodrigo de León había levantado una hermosa pila construida con ladrillos que los nietos de Cristóbal de Morales

les habían enseñado a fabricar a los Nanguyasmú. Pero el alma de esa Chiapa era el río. A sus lados crecían las sementeras de maíz y de melones de Castilla, y de sandías. Y más allá verdeaban los cañaverales, en cuyas moliendas los burros exprimían el jugo para la panela.

Juan Carlos pidió posada en casa de la niña Ernestina, antigua conocida de su padre y de él. Cuando empezó a descargar en el corral del traspatio, corrió la dueña para asegurarse unas mulas de posh. Extrañada al ver las cajas amarradas en los aparejos, exclamó:

—¿Qué es ese tu modo de traer la mercancía, Carlitos?

—Es que ahora le traigo de otras cosas, niña Ernestina.

—Si no es posh, ni descargués, tatita.

Descargaron los primos todas sus curiosidades y se fueron por las calles a ofrecerlas. Pero ni la niña Ernestina ni nadie podía apreciar la riqueza que en sus mulas había bajado Juan Carlos de Ciudad Real, acostumbrados a que los utensilios de fierro les llegaran desde España en las recuas que venían por Copanaguastla; ni mucho menos podían comprender la necesidad que el joven tenía de conseguir reales, contantes y sonantes, en vez de mercancía. De modo fue que pocos días después, habiendo vendido unos cuantos machetes y un par de candados, Juan Carlos decidió ir a Tusta, que no conocía, a no ser porque había oído hablar de don Fidel Coello, el amigo del alcalde que su padre había llevado a Guatemala. Cargó sus mulas nuevamente y se fue a esperar a la playa.

Más allá de Cahuaré el río se angostaba, mirando hacia los farallones rectos e imponentes por donde sus aguas se abismaban para perderse en la leyenda. Por ambas riberas bullían las canoas, ancladas, o amarradas a gruesos troncos en las orillas. Juan Carlos bajó por el caminito entre los matorrales delante de sus mulas; descargó todo, hasta los aparejos, y pidió un par de canoas grandes para su mercancía. ¡Por primera vez en su vida cruzaba un río tan bello y tan solemne! Al verse al otro lado, agachó la cabeza y la metió en el agua que apenas le traía en acallados murmullos los gritos de las selvas, las ansias de los despeñaderos y la majestad de los altos barrancos.

Cruzando la llanura estaba Tusta, bañada por sus pequeños ríos bordeados de sabinos. Era un pequeño pueblo polvoriento y caliente donde vivían los dueños de grandes estancias y haciendas en los fértiles valles de Jiquipilas o del Acintal. Juan Carlos sintió una punzada de temor y desilusión. Lentamente pasó por un lado del atrio de la iglesia, rodeado por una muralla con pórticos a las calles, y fue viendo desde su cabalgadura cómo del otro lado se abría la plaza, con una pila en medio y una ceiba hacia un lado. De pronto notó que más allá de una casa de adobe y tejas se dejaba entrever un corral grande. Allá se dirigió; llegó a una puerta, de par en par abierta, y llamó a voces.

—¿Quién es?, le preguntó una mulata asomando la cabeza desde el corredor.

—Posada, respondió Juan Carlos desalentado.

—¿Cuántos?

—Dos comerciantes y diez mulas con carga.

—¿De dónde?

—De Ciudad Real.

Se dio cuenta el comerciante entonces de que en el corredor se iniciaba un barullo. Salió en esos momentos a la puerta, desde las sombras, un hombre alto y de mediana edad. Se adelantó a saludarlo tendiéndole la mano, y le dijo:

—Pasá adelante, hermano. Mis mozos se hacen cargo de tus bestias. ¿De qué familia sos?

—De los Valcárcel y los Bermudos.

—Yo soy José Gamboa. En el corral de mi traspatio se quedan las recuas que van de paso. Cuando no hay lugar, mi compadre Domingo Palacios, mi vecino, también nos da lugar. Pero para tu carga, hermano, hay lugar dondequiera.

—¿Se interesará su merced en mi carga?

—Hermanito de mi alma, yo le ayudé a tu papá a descargar en la Chiapa de abajo sus barricas una vez ca doña Ernestina. Si es de la misma calidad, no sé cómo lograste llegar aquí.

Conforme la plática avanzaba, a Juan Carlos se le apretaba más un nudo en la garganta.

—¡No traigo posh, don José!, exclamó el muchacho con desesperación.

En el calor de la tarde de junio se hizo un silencio frío. Nadie de los interlocutores quiso abrir la boca. Don José entró a su casa y mandó a unos mozos que llevaran las mulas a descargar y luego al abrevadero junto a la pila. En seguida volvió a la puerta y les pidió a los aturdidos comerciantes que pasaran a su humilde casa. Les dio taburetes para que compartieran con él la sombra de una enramada que cubría el corredor. Entró luego una joven india con un tecomate de pozol y les dio a todos de beber en jícaras. Pero el silencio continuaba sepultando en el alma del joven Valcárcel todas las ilusiones.

—¿Y qué es tu carga...

—Juan Carlos de Valcárcel, para servir a Dios y a su merced. Éste es mi primo Alexandro Bermudo.

—¿Y la carga?

—¿No la quiere usted ver?

—Vamos a la galera.

Abrieron las primeras cajas, y de allí saltaron los hermosos aldabones con cabezas de caballos y tigres.

—¿Y esto para qué?, preguntó intrigado don José.

—Para llamar a las puertas.

—¡Aquí tenemos las puertas siempre abiertas!, exclamó en medio de una alegre risada el tierracalentano. Y si no, basta un grito bien dado.

Juan Carlos sintió un enorme deseo de salir de allí. De correr a algún sitio donde nadie lo pudiera ver llorar.

—¿Y qué otro traés?

—Traigo bisagras y machetes y coas y herrajes, y toda clase de curiosidad de fierro que se pueda ofrecer. Lo mejor que se hace en las fraguas de Ciudad Real está en estas cajas, dijo de carretilla, haciendo un gran esfuerzo para que no se le quebrara la voz.

—¡Que miremos, pues!

Mientras tanto había llegado el vecino don Domingo, acompañado de su amigo don Tiburcio Farrera. Y todos se inclinaron a contemplar los tesoros que salían de aquellas cajas de abeto que con tanto trabajo estaban llegando desde las alturas de Ciudad Real.

—No me vendrían mal unos cuantos herrajes, comentó don Tiburcio.

—¡Ni que fueras caballo, compadre!, cortó don Domingo.

La carcajada que siguió fue como una rociada de agua fresca en el alma de Juan Carlos. Por primera vez en todo aquel viaje se le iluminaba en los ojos la esperanza perdida. Entró la noche y las pláticas siguieron. Y entre tragos de pozol alternados con unos cuantos de posh que todavía les quedaba, se hicieron tratos buenos para Juan Carlos, que empezó a echar reales y pesos en sus alforjas.

Había en Tuxtla un ganadero, dueño de inmensas tierras en los valles. Los amigos, los que compartieron con él la velada en casa de don José Gamboa, le insistieron al muchacho de Ciudad Real a que fuera a visitarlo.

—Aquí en Tusta no se pierde tu mercancía. Aquí todo se compra y se vende. Pero si querés juntar tu paga pronto, andá a ver a don Bartolomé de Valdivia. Lo que no le sirve, lo manda a la Nueva España con la primera recua, y sale ganando.

Se fue Juan Carlos por las polvorientas calles. Atravesó la plaza, donde, sin poner atención, se dio cuenta de los feos rumores que corrían entre los indios.

—Ya no hay paga pa tanto impuesto del teniente.

—L'echa la culpa que's la culpa del alcalde de Ciudá Real.

—Lo más fregado es que dicen que viene tata obispo con los padres. Y entonces sí nos quedamos sin nada.

Siguió rumbo al Sabinal, donde se levantaba una casa de dos pisos, con techo de tejas. Se asomó a la puerta abierta y gritó, para anunciarse. Salió a verlo una negra gorda, secándose las manos en un delantal, y lo pasó adelante. No tardó en entrar don Bartolomé, quien lo invitó a pasar a la agradable sombra del corredor, donde el airecito de la mañana meneaba apenas un par de hamacas colgadas de las vigas.

—Ya me contaron de tu mercancía, joven, anunció don Bartolomé, para abrir plática.

—¿Tan temprano?

—¡Aquí la vida comienza más temprano que en las montañas, hijo! Tenemos que ganarle al sol.

—¿Quién…?

—Todos son mis compadres y amigos. Y ya tengo un trato que te puede interesar. ¡Te compro toda tu mercancía!

—¡Vaya si me interesa!, casi gritó Juan Carlos, sintiendo sobre su hombro la mano alborozada de su madre.

—Pero hay un par de condiciones.

—Las que mande su merced.

—Que entregués los herrajes en una mi hacienda.

—¿Cuál, señor?

—El Potrero, al pie de la cuesta de Macuilapa.

—¿Y la otra condición?

—Que me llevés una carga de allí a Tonalá.

—¿Tonalá?

—Por la Mar del Sur. ¿Qué decís?

Juan Carlos abrió los ojos hasta sentir que se le rasgaban. Por un instante contempló las prematuras arrugas en el rostro de su madre y las ojeras de hambre en la cara de su hermana.

—Acepto, dijo en seco y sin pestañear.

Dos semanas más tarde, guiado por don Miguel Gutiérrez, bajaba paso a paso la temida cuesta, al ritmo del constante silbar de los ventarrones. Al fondo, en la turbia lontananza, se adivinaba aquel oscuro mar en cuyas playas habían ido a enterrar sus huesos los primeros hijos de Ciudad Real buscando el escondrijo de un ladrón inglés.

—¡He de volver a Jovel!, juró Juan Carlos sin abrir la boca. ¡He de moler el trigo de mi madre en su molino y he de mirar una sonrisa en los ojos de mi padre, aun cuando él nunca vuelva a caminar!

* * *

Después de horas de espera en el corredor frente al Huitepec, un lego le anunció a don Crisólogo que podía pasar a ver al padre prior. Con un vuelco de su solitario corazón, el zapatero se levantó. Se movió con paso apurado y nervioso, soñando en esos nietos que Cayetana habría de darle, los hijos, nada menos, que de aquel capitán que, después de tantos tratos por botas y alpargatas, finalmente le había encontrado el camino de su corazón. La gente tenía razón: ¿Qué mejor partido para la Cayetana?

—¿Cuánto quieres?, le preguntó bruscamente fray Francisco.

—Ducientos pesos, padre prior, contestó volviendo en sí.

—¿Cómo es tu casa?

—De bajareque, dijo el zapatero, sacándose del chuj las escrituras.

—¿Y quieres doscientos pesos?, preguntó el fraile, enarcando los ojos bajo la reluciente calva. ¡No te daría veinte si los tuviera!

—¡Padre!, ¡Son para la dote de mi Cayetana!, exclamó confundiéndose el zapatero. ¡Estoy dispuesto a pagar réditos el resto de mi vida!

—¿Quién puede querer una casa de bajareque en el Cerrillo?, preguntó sin esperar respuesta fray Francisco, volviéndose al cinto la llave del arcón.

—Puedo venir por las tardes al convento a servir de portero, de mandadero, de barrendero...

Cuando dejó de hablar, don Crisólogo se dio cuenta de que el prior ya había desaparecido entre los muros, por una gruesa puerta pintada de negro. En sus manos temblaban las amarillentas hojas en que alguien había escrito, hacía ya tanto tiempo, que un solar de veinticinco varas de frente junto a la plazueleta de la iglesia en el Cerrillo, le quedaba en herencia a la Agustina, mulata de la casa de don Pánfilo Domínguez ... Se fue a su casa, agachada la cabeza, arrastrando los pies entre los escombros de la tarde.

—¿Y quién ha dicho que Cayetana necesita dote para casarse conmigo?, gritó angustiado el capitán don Miguel Quiroz de Miranda.

—Mi Cayetana necesita dote, aunque fuera a casarse con el rey de España, contestó en seco, mordiéndose una lágrima don Crisólogo.

Pasaron las semanas. Llegaron las aguas, resbalándose por los zopiloteros de los tejados. Desaparecieron las golondrinas, asustadas por los truenos que estallaban por las abras, como huyendo del valle. Una tarde alzó el aldabón en la puerta del convento de monjas la huesuda mano de don Crisólogo Domínguez, zapatero. Se abrió rechinando una hoja, y por allí entró Cayetana, bañada en la pesada luz de la tristeza y la desilusión.

* * *

Esa misma tarde volvió de su más reciente viaje Juan Carlos de Valcárcel. Entró a la ciudad caballero en un bayo rigioso y retozón que don Bartolomé de Valdivia le había regalado por sus buenos servicios. En su alforja tintineaban suficientes monedas de oro para pagarle a don Isidro Martínez su mercancía y para entregarles a los frailes la caución por el Molino del Sumidero. A sus espaldas brillaban cansados los últimos rayos del húmedo sol de septiembre. A su paso por las calles corrió por las puertas entrecerradas el murmullo del viento convertido en canción:

—¡Ya volvió Juan Carlos! ¡Juan Carlos ya volvió!

Y en más de un joven corazón aleteó la esperanza disfrazada de ilusión.

Al día siguiente el muchacho se levantó temprano, se bañó y se arregló con sus mejores ropas, mandó que bañaran y cepillaran su caballo y, luego de almorzar en alegre charla con sus tíos, montó y se fue al Cerrillo a ver a don Isidro. Allí la plática se prolongó hasta más del medio día.

—¡Quedate, Carlitos!, le urgió entonces el dueño de la fragua. Le echamos más agüita a la olla y da para todos.

—Tengo pena por ver al señor obispo, don Isidro.

—El señor obispo también come, Carlitos. Después de la comida vas a verlo y arreglás tus asuntos, y sanseacabó, replicó el viejo herrero, palmeando para que sirvieran la olla de cocido oloroso a membrillo.

Doña Manuelita y sus hijos hicieron rueda, y no se cansaban de escuchar las aventuras que Juan Carlos contaba con tanta gracia y emoción, como si en ese momento le estuvieran pasando, entre ríos y barrancas y hasta frente a las encrespadas rompientes de la Mar del Sur.

—Ahora sí me voy, dijo por fin el joven.

Todos notaron en sus ojos una clara ansiedad, casi un desasosiego por montar y lanzarse a la calle. Lo vieron atravesar la plaza y desmontar frente a la casa episcopal, con la frente en alto y la mano derecha apretando una alforja de cuero.

El obispo lo hizo esperar en una sala de la antigua casa de don Francisco de Montejo. Cuando a la larga bajó de su siesta, Juan Carlos cabeceaba en un rincón; pero se despabiló al momento y le salió al encuentro, arrodillándose para besarle el anillo pastoral.

—Tente, le dijo el prelado, forzando una sonrisa. He estado esperándote, y creo que hemos llegado a la mejor solución de tu asunto, para ti y para tu familia.

—¿Cuál es, Su Excelencia?

—Que las haciendas se quedan en posesión de los religiosos de Santo Domingo y de Nuestra Señora de la Merced.

—¿Pero cómo es posible?, exclamó en un rugido Juan Carlos.

—Mis consejeros piden que a doña Andrea se le castigue con fuertes censuras por no cumplir sus juramentos. Mi examinador sinodal, fray Francisco de España, ha encontrado las penas previstas para los perjuros. Pero es mi decisión no llegar a ese extremo y dejar tranquilas a las partes con la executoria del molino y el trapiche.

En el alma de Juan Carlos se confundieron en danza grotesca y dolorida las mulas y los caminos, los ojos angustiados de su madre y el hambre de su hermana, los ventarrones de Macuilapa y la mirada perdida de su padre.

—¿Qué debo hacer?, preguntó, enronquecida y opacada su voz.

—Ya no hay nada que hacer, hijo mío.

Cayó un silencio pesado en la gran sala. Revolotearon entre telarañas las cargas de jabón y de posh y los nombres de pueblos que no había vuelto a ver y las sartas de escriptos y las horas de espera en un rincón del zaguán. Por primera vez en su vida le rasgó el odio las entretelas de su corazón; se levantó con violencia inusitada y, arrojando sobre una credencia la alforja de monedas, gritó desesperado:

—¡Allí tienen la caución que me exigieron! ¡Que les sirva para arder en los infiernos!

Sin detenerse, y casi atropellando al obispo, que vestía el hábito blanco y negro de los predicadores, salió dando zancadas y saltó sobre su caballo, sin saber a dónde ir. Vagó por un rato. Cayendo el sol se apeó frente a la antigua Taberna de la Tía Nicolasa. Los parroquianos lo vieron entrar con la cara descompuesta, su guitarra en la mano derecha y una bota de vino en la siniestra. Se acomodó en un rincón y se puso a cantar. Parecía que las canciones le salieran del alma y que en cada palabra hiciera eco un gemido de dolor.

—¡Calmate, Carlitos!, le dijo don Isidro Martínez, a quien la tabernera había mandado a llamar, sabedora de su amistad.

Pero Juan Carlos seguía en el oscuro mundo de sus adentros, y cada estrofa, le viniera o no, la terminaba en un jadeo salvaje, gritando sin cantar:

> «Las fieras en el monte,
> sin ir a misa,
> gordas están».

De repente, oscura ya la noche, entró corriendo Marianita Flores; buscó entre los candiles el rostro de aquel hombre cuya sola sonrisa le hacía bailar el corazón, y gritó:

—Corre, Juan Carlos. El señor obispo ha pedido al alcalde los alguaciles y ya vienen a prenderte por blasfemo.

Se irguió el muchacho; sintió que sus piernas a duras penas podían sostenerlo, pero se hizo fuerte y salió adonde lo esperaba su caballo; montó como pudo, encontró el chicote, lo alzó amagando al bayo y exclamó enardecido:

—¡Que me alcancen los diablos, Marianita!

La quietud de la noche se desgarró con el chasquido de los herrajes nuevos sobre las viejas piedras. El bayo tierracalentano cruzó volando por la puente nueva y el eco de sus cascos se perdió rumbo a San Felipe, entre el murmullo asustado de las bestias del monte.

***

Era septiembre.

Pasado el medio día se juntaban las nubes desde todas las abras; pero, sin soltar una gota, se iban a esconder con la puesta del sol, arrastradas por un vientecillo suave que se las llevaba encadenadas más allá del cerco de montañas que cerraban el valle.

—Casi ya es la fiesta de la Merced y no ha pasado nada, comentaban felices las mujeres, escuchando los truenos que gruñían en la lejanía de la tierra caliente.

—Es la Virgen Santísima que quiere buena fiesta.

Pero esa tarde entraron por el camino de Zacualpa dos hombres que arreaban apurados una mula cargada con un bulto cuidadosamente cubierto por una sábana colorada. Pasaron el puente y la iglesita mercedaria y enfilaron para la Calle de la Ermita, más allá de la plaza. Se pararon frente a la casa de don Alexandro Bermudo y llamaron fuerte con el aldabón. Alguien les abrió la puerta del zaguán y entraron hasta la caballeriza sin que nadie se enterara de nada. Pero momentos después, la paz del atardecer se quebró en alaridos de dolor.

—¡Ay, Carlitos de mi corazón!, gritaba doña Goyita, abrazándose al cuerpo rígido de su sobrino predilecto.

La noticia se esparció rápidamente y la gente empezó a correr a la casa de los Bermudo. Las muchachas, incrédulas, se acercaban y destapaban el cadáver y luego daban rienda suelta a un llanto de espasmódico dolor. Los hombres, jóvenes y viejos, se acercaban serios y comedidos, pero no sabían qué hacer.

—¿Pero cómo pudo ser?, sollozaba doña Manuelita de Martínez. ¡Ayer todavía se miraba tan galán!

—Lo encontramo en la bajá 'e Totolapa, explicaban los trapicheros que lo habían llevado a Jovel. Su caballo se desbarrancó entre lo' peña'co y don Juan Carlo se de'nucó. Cuando lo hallamo' toavía 'taba tibio.

Entre candiles y velas de sebo y hasta ocoteros para la calle, se comenzó el velorio, que fue el más triste y el más concurrido de que se tuviera memoria. Doña Goyita mandó a pedir sillas y taburetes prestados, pero la mayoría de la gente se acomodó en el suelo, en pensativo silencio; sólo de vez en cuando se escuchaba un comentario en voz baja.

—Todo el pueblo está aquí, señaló Alexandrito, el compañero de andanzas de Juan Carlos.

—¡Cómo no, si era el mejor amigo de todos!

—¡Era el último de los Valcárcel en el valle!, suspiró Esperancita Rodríguez.

—¡Y el más guapo, y el más bueno, y el más hombre!, añadió ahogándose Marianita Flores.

Así amaneció ese veintitrés de septiembre de mill y seis cientos y cinquenta y dos años.

Por las abras de Cuxtitali rodó jugando con las sombras de los cerros la ardiente luz del sol, sin una nube que la entretuviera.

Ni una sola muchacha se quedó en su casa, cada cual escondiendo su tristeza o su rabia o su desilusión en un rebozo negro que sólo dejaba entrever los grandes ojos cafés, los lejanos ojos verdiazules, los redondos ojos negros, húmedos de llorar, de llorar y de maldecir para adentro.

Las campanas de la torre junto a la catedral comenzaron a doblar. A su conjuro brotaron de las crestas de los montes enormes nubarrones que borraron el azul con gigantescos brochazos de negro y de gris. El calor aumentó y, al medio día, cuando la gente salió por la puerta del perdón hacia el atrio, el valle entero ardía bajo un cielo sin sol.

—No me gusta este calor en tiempo de aguas, murmuró bisbiseando Francisco, el nieto de don Pedro Moreno.

Rodearon la fosa y bajaron el féretro en un silencio amargo.

Echaron la tierra a paladas.

Clavaron la cruz.

—Requiescat in pace, pronunció entonces fray Chrystóbal Delgado, guardián de San Francisco, a quien la gente había acudido por respeto al difunto.

De repente un relámpago anaranjado atravesó todo el cielo. Las nubes, azotadas por su inmensa descarga, se rompieron en rugientes cataratas que empezaron a bajar en correntales desde todos los cerros, destruyendo caminos y arrastrando troncos.

La gente se desperdigó temerosa por todas las calles, quienes a levantar las cosas de sus patios, quienes a atrancar sus puertas y quienes a clavar cruces de palma bendita en sus paredes.

Una semana después el agua seguía cayendo con la misma furia. El río del Arcotete arrastró árboles enteros que despedazaron la puente del Barrio del Molino. El arroyo de San Felipe bajó tronando por el lado sur y depositó restos de casas en la boca misma de los sumideros. Por el Barrio de la Merced se metió el río llevándose en astillas el puente nuevo y arrancando de sus cimientos las casas a ambos lados de su cauce. Y se fue haciendo un mar por leguas a la redonda, un mar de agua lodosa en que flotaban las raíces de las milpas y las panzas de las vacas y caballos que no habían corrido a tiempo, o que se habían sembrado en los pantanos o en los carrizales.

El cuatro de octubre por la tarde comenzó a soplar un viento arremolinado.

—¡Es el cordonazo de San Francisco!, murmuraron santiguándose y arrodillándose en sus oratorios centenares de personas.

Por entre las ramas de un roble firmemente enraizado en las montañas asomaron sobrecogidos los pequeños ojos de Domingo Hernández Kuxcat. Desde su lejano pueblo, más allá del Zontevits, había trepado los montes para venir a contemplar esa maravilla de culebras de agua y viento que rondaban el valle castigándolo con ferocidad. En su guarida de hojas se apretaba las sienes hasta hacerse daño, tratando de recordar. De repente todo se le nubló, y en los olvidados rincones de su corazón se delineó la imagen del Hijo de Turumpukuj, como los moletik, los viejos de su pueblo se la habían pintado, con su manta blanca sobre la que resaltaban las líneas de ocre en el contorno de un búho. Pero algo se le escapaba, una palabra vieja, la palabra que ya nadie podía pronunciar ni recordar. En ese momento el cielo se partió en el fulgor de un rayo. El estruendo que lo siguió obligó a Ku'xcat a echarse sobre la tierra y entonces, en el rumor de la hojarasca, la sintió; sus labios la repitieron con terror, pero su corazón la recibió con júbilo, porque era la palabra.

—¡Jurakán!

El sonido silbó apenas entre las gotas de agua que cubrían los labios del indio; mas él se levantó, percibiendo que por sus venas comenzaba a resbalar un soplo nuevo, como el que vivificaba las raíces de los grandes batsi–tés. Se levantó y corrió; corrió, corrió sin detenerse hasta que llegó a su pueblo. A la entrada, junto a las sementeras, se detuvo, llenó de aire sus pulmones y exclamó con reverente alegría:

—¡Ju–rakán, El Grande! ¡Ju–rakán, El Poderoso!

Y cayó rendido entre las cañas de una milpa que empezaba a jilotear.

* * *

Sobre el valle de Jovel arreciaron los truenos en medio del silbido de los ventarrones. Hacia la media noche se escuchó un estruendo asordinado que hizo temblar el centro de la ciudad. Al amanecer, algunas gentes vieron cómo la catedral había perdido su torre-campanario; otras corrieron al convento de las monjas a dar auxilio al percatarse de que la espadaña de San Sebastián también se había derrumbado.

Y la lluvia seguía. La gran laguna se acercaba a la plaza, que los comerciantes habían desocupado y se miraba desierta.

—Algo habrá que hacer, don Álvaro, le gritaron los vecinos al Alcalde Mayor, a quien habían forzado a presentarse en las Casas Consistoriales.

—La iglesia de San Francisco ya está llena de gente que no tiene casa.

—Y la laguna sigue subiendo.

—¡Pues hay que destapar la boca de los sumideros!, exclamó don Álvaro de Vargas.

—¿Cómo propone su merced llegar allá, señor alcalde?

En la pausa que siguió se oyó el retumbar lejano de los truenos tras el constante tamborilear de los chorros de agua que rodaban sobre las tejas en frenético impulso.

—¡Escapemos rumbo a los cerros!, aconsejó con tono desesperado la voz de don Diego de Guzmán.

—¿Abandonar la ciudad de nuestros padres?, objetó furioso el joven Luis, hijo del difunto don Luis Alphonso de Mazariegos.

—Si me dan cuarenta mulas, tal vez podamos encontrar la manera de llegar a los sumideros, sugirió la opaca voz de Chrystóbal de Morales, el nieto del también difunto don Juan.

Nadie dijo nada por un momento. Chrystóbal inclinó la cabeza y se dirigió a la salida.

—Yo puedo dar cinco mulas, ofreció entonces José Suárez, acercándose al Alcalde.

—¡Yo siete!

—¡Yo dos!

—También necesito todas las reatas y sogas y todo el mecate que se pueda conseguir, añadió Chrystóbal, ante la mirada extrañada de la concurrencia.

Esa misma tarde se le vio salir con sus amigos por el camino de Zinacantan. Y por allí se le vio volver dos días después, conduciendo entre mancuernas de mulas diez de las mejores canoas de Chiapa de los Indios. Lo acompañaba un nutrido grupo de los canoeros más experimentados del Río Grande, quienes sin pérdida de tiempo se encaminaron a la orilla de la laguna para comenzar los trabajos que Chrystóbal les había explicado en el camino.

En cuanto se dieron cuenta de lo que Chrystóbal intentaba, varias señoras, encabezadas por doña Ana Rodríguez de Loaysa, se acercaron presurosas al improvisado embarcadero haciendo señas y exclamando:

—¡Esperen! ¡Esperen! ¡Que los acompañe la patrona!

Se detuvieron los canoeros y los jóvenes de Ciudad Real que se habían ofrecido para enfrentarse al riesgo de los sumideros, y al volver la vista hacia la calle se dieron cuenta de que las mujeres llevaban ya en andas y cubierta por un toldo de gruesas mantas, nada menos que a la Virgen de la Caridad, que habían sacado en procesión desde su ermita. La gente se arremolinó junto a la imagen: había mujeres que lloraban, otras que rezaban, y hasta hombres que se acercaban a tocarle con reverencia la orla de la vestidura. A los trabajadores no les quedó más remedio que desperdiciar una de las canoas para acomodar en ella a la venerada imagen.

Arrancaron finalmente las canoas, amarradas en fila una tras de otra y seguidas por un rumor de rezos y de llantos. En la delantera iba Chrystóbal orientando a los remeros hacia los manzanillares por donde, hacía ya tantos años, había ido con su abuelo a recoger arena para pulir...

—De la manzanilla más grande amarren la canoa de la Virgen, gritó el de Morales en cuanto llegaron.

Asegurada ésa, enfilaron la puntera hacia los remolinos que señalaban la boca del sumidero más grande; todas, unidas por cabos de quince a veinte varas, formaron un puente que se extendía hasta una corta distancia del remolino.

—Ahora sí, hermanos, exclamó Chrystóbal. ¡A ver si es verdá que como roncan duermen!

—Orita que'o me jimbe va'ste a ver tío Chrystóbal, respondió altivo Miguel Nuricumbo, el mejor nadador del Río Grande.

Con una soga de cuero amarrada a su cintura y llevando en la mano un rollo de reatas de pita, Miguel se arrojó a las oscuras aguas de la laguna. Batallando con palos y ramas y desapareciendo por momentos entre la corriente, logró atar la punta de la reata al tronco de un árbol atravesado frente a lo que todos creían ser la boca del sumidero.

—Ora sí, hermanos, gritó Miguel braceando. ¡Jalen, jalen, pero con toda sus gana!

Mientras unos empezaban a jalar, Miguel se zambulló varias veces para atar más cabos de reatas a otras ramas del mismo árbol, y luego volvía a las canoas y entregaba las puntas a otros hombres para que jalaran al mismo tiempo. Después de horas de maniobra miraron con alegría que el árbol se desprendía de su atoradero. Entonces jalaron con más fuerza y en medio de una confusa gritería, en tanto que los jóvenes de Ciudad Real achicaban el agua que amenazaba con hundir las canoas. Se llevaron el árbol más allá de las últimas manzanillas, y allá lo aseguraron fuertemente a una de ellas. Pero a esas horas se dieron cuenta de que todo el esfuerzo no había servido para nada. La superficie de la laguna seguía tan mansa como antes; o, peor, se había amansado más, pues aun el pequeño remolino que marcaba el boquete, había desaparecido. ¡Y mientras tanto comenzaba a caer la tarde!

—¡Pásenme un tecomate vacío con tapa y un mecate grueso!, pidió el incansable Miguel.

Se los arrojaron desde la canoa puntera. Entonces él se zambulló y ató la punta del mecate en un tronco que había encontrado por debajo de la superficie del agua.

—Con eso encontramo' el lugar mañana, indicó acezando Miguel, y nadó hacia su canoa.

Emprendieron el regreso remando vigorosamente y llevando como puntera la canoa de la Virgen. A medio camino, y casi sin que los trabajadores se dieran cuenta, dejó de llover. Cuando al fin se percataron, ya estaban casi a la otra orilla de la laguna, donde la gente los esperaba en una explosión incontenible de alegría. Bajaron a la Virgen de su canoa y se la llevaron por todas las calles, en medio de cánticos emocionados, y no volvieron a la ermita sino hasta bien entrada la noche, acompañados del sordo ronroneo de los correntales que bajaban de los cerros, como si en las montañas hubieran reventado millares de manantiales.

Pero en la madrugada volvió a gruñir el trueno entre fieros relámpagos. Al amanecer estaba lloviendo nuevamente. Los hombres volvieron a las canoas arrastrando los pies por el desaliento y, aunque las mujeres insistieron, esta vez se fueron sin llevar a la Virgen.

—¿Qué tal que se nos cantea la canoa y se nos cae?

—¡Ay, ni lo permita Dios!

—¡Ahí lo ven si los castiga tata Dios!

Para el medio día habían logrado sacar ya una gran cantidad de ramas y troncos, pero, sobre todo, de horcones de casas, que habían formado una maciza plataforma sobre la boca del sumidero. Para esas horas, Miguel Nuricumbo comenzaba a dar señas de cansancio.

—¡Yo le ayudo, tío Miguel, anunció entonces su yerno, el canoero Martín Jonapá, arrojándose al agua sin ninguna protección.

—¡Perate, pendejo!, exclamó con los ojos saltados de preocupación el suegro, lanzándose tras él.

En las canoas cundió el terror. Uno a uno los canoeros de Chiapa de los Indios fueron amarrándose a las cinturas las sogas de cuero, y al ver que Miguel salía solo, se arrojaron al agua por diferentes lados al mismo tiempo, zambulléndose lo más hondo que podían; pero emergían con las manos vacías o jalando palos, troncos o ramas, que sus compañeros llevaban a amarrar al otro lado de las manzanillas.

Pasó la tarde y entró la noche. Chrystóbal pidió que una canoa lo llevara a la ciudad, y de allí volvió con dos cargas de ocote para continuar la búsqueda. Pronto se reflejó sobre las aguas, protegida por mantas, la anaranjada luz de los ocoteros, fantasmas flotantes que apenas horadaban la cortina de llovizna.

Salió el sol. Un sol esplendoroso y cínico, bajo cuyos rayos apareció en toda su plenitud la infinita tristeza de toda aquella gente que se frotaba los brazos y piernas antes de echarse otra vez, cansadamente, desesperadamente, en aquellas aguas de color de tierra sucia.

—Ya no se puede más, gimió Miguel, sentándose al borde de su canoa.

En ese momento, sus ojos avezados a los traicioneros movimientos del agua, notaron los círculos concéntricos del remolino. Se paró tambaleándose, se puso las manos junto a la boca para darle fuerza a su voz, y exclamó con urgencia de pánico:

—¡Vámonos de aquí, pero ya!

Volaron los canoeros a sus palas y a sus picas y a sus remos, huyendo hacia la orilla de la laguna, donde la gente que esperaba los quedó mirando con extrañeza. Pero no pasó mucho para que se dieran cuenta de que el nivel del agua empezaba a retirarse.

Pasaron unos días. Al tercero, las campanas de iglesias y ermitas amanecieron repicando con inusitada urgencia. La gente encontró instintivamente su camino hacia el atrio de la catedral. De allí arrancó una imponente procesión encabezada por la Virgen de la Caridad. Atravesaron lodazales y llegaron a los manzanillares. Desde allí se veía serpentear el pequeño, tranquilo río que llevaba a depositar sus aguas en las gargantas de los antiguos sumideros. En la serena majestad de la mañana acariciaban los oídos las melodías y el ritmo de aquellas aguas frías que gorjeaban en el eco de las grandes cavernas.

En el marco imponente de los cerros vecinos, fray Chrystóbal Delgado celebró una extraña misa de requiem y de acción de gracias. Al terminar, el pueblo entero se echó a andar a través de los campos, hasta llegar a «La Ventana», donde en medio de abrazos y de lágrimas despidieron a los heroicos canoeros de la Chiapa de los Indios, tataranietos de aquellos amigos con quienes sus antepasados habían cruzado el mar.

Nadie se percató de que en los pueblos de los cerros corría entre susurros de hojarasca y con el arrullo de los junciales una nueva, explosiva palabra:

—¡Ju–rakán! ¡Ju–rakaán!

Chapulin

En el agobiante calor de la hacienda, finca de los señores padres de Santo Domingo, fray Mauro se soplaba la cara con un sombrero de paja, recostado en una hamaca bajo los tirantes que sostenían aquel pesado techo de teja en la casa grande de Nuestra Señora. Recién desmontado de su cabalgadura, un mulato esperaba sus órdenes, sabedor a grandes rasgos del contenido de la carta que el padre prior le había encomendado con urgencia.

—¿No sabe el reverendo padre prior que aquí gastamos más maíz del que producimos?, preguntó el hermano lego, por preguntar, pues no esperaba respuesta.

—Es que es mucha la falta que hace allá, se animó a responder el mensajero.

—¿Y qué pueden remediar con veinte cargas?, volvió a preguntar el lego, que desde hacía años era ecónomo de la vasta hacienda de los frailes. ¡Apenas les daría para el servicio del convento!, añadió, respondiendo a su propia pregunta.

—P'al convento lo quieren, fray Mauro, comentó el mulato, desensillando su caballo. Pa' la gente no busca remedio el padre prior.

Con visible enfado se levantó el administrador, sintiendo de esa manera interrumpido su descanso de media tarde; ordenó al mismo mulato que le ensillara su mula y juntos se fueron a los campos, más allá del poblado de baldíos. Pasaron frente a la pequeña iglesia de Nuestra Señora y se quitaron el sombrero en señal de respeto y se fueron en busca del encargado de las trojes, que en ese momento se encontraba en los corrales marcando la becerrada con el fierro del convento.

¡Nuestra Señora!

No había finca más bella y más rica en toda la provincia. Sus tierras se extendían por todas partes desde los embarcaderos del Río Grande hasta topar con el bastión de montañas que las separaba de la Mar del Sur. Entre los breñales se perdía el ganado hasta volverse cimarrón, sin que sus dueños lo notaran al llenar sus corrales. La finca se había convertido en un verdadero pueblo, donde vivían con sus familias los mulatos que habían abandonado sus casas del Cerrillo para servir a los padres en las soleadas llanuras donde sus fuertes brazos habían construido estanques para orear el jiquilite, habían cercado con horcones las grandes milperías, habían levantado muros para juntar las vacadas, habían cuidado con amor los rebaños de caballos y de mulas con que transportaban las enormes cargas de añil y de cueros y de carne salada y de arroz y de panela que trepaban por las montañas con destino a Guatemala o con rumbo a Ciudad Real o que se perdían entre los aguajales para ir hasta Guasacualco a esperar que llegara la flota para cruzar el mar...

Desde la orilla del gran corral fray Mauro gritó con toda su fuerza para ser escuchado por encima de la algarabía de mugidos y carreras de la animalada. Se alzó el capataz y, con el fierro todavía en la mano, se acercó al administrador.

—Mande su mercé, gritó también él, tocándose el sombrero.

—El padre prior pide maíz.

—¿Cuánto, hermano?

—Veinte mulas, respondió el lego.

—Si he sabido que era pedo, no me bajo los calzones, rezongó para sí el mulato.

—¿Qué?, preguntó el hermano, molesto de no poder oír.

—Que pa' cuándo, señor, vociferó el mulato.

—¡Ya!, replicó el fraile, dándose la vuelta para regresar a la sombra de su corredor.

Siempre sucedía lo mismo; siempre que del convento le requerían cualquier auxilio, fray Mauro sentía que sus ganancias, por las que podía quedar bien con el padre prior, se le mermaban, y que por eso podrían llamarlo a servir en el convento, en el frío de aquellas adustas montañas, lo cual, a sus años, era ya una amenaza. Sin embargo, no pasaba amanecer en que no suspirara por el claro azul de aquel cielo que recortaba a girones la corcovada sombra del Huitepec.

—¿Quién va a llevar la recua?, preguntó el mulato, sacando al fraile de su ensimismamiento.

—Vos, ¿quién más?

—¿Me podría ir por el camino de San Bartolo, hermano Mauro?

—¿Y para qué la gran vuelta?, preguntó el lego, deteniendo su cabalgadura frente a los jacales de los indios, que daban su servicio en la labranza con tal de tener un terrenito para sembrar su maíz.

—Pasando el río, es mejor camino, tata. Y quisiera yo pasar a dejarle una su vela al Señor del Pocito.

—¿No es que tenés una tu totica allá?

El mulato miró hacia el lado de las planadas y no contestó. El lego, que en el fondo tenía buen corazón, no dijo nada. Soltó la rienda de su mula y se fue poco a poco hacia la casa grande a redactar su carta de respuesta al padre prior.

Las caras de los mulatos habían ido cambiando. El cabello se les había ido alaciando y los gruesos labios habían tomado la suave curvatura de los de aquellas quelenes que venían de San Bartolo o de las zoques que llegaban de Tusta a moler maíz y a tortear, y que se iban quedando enredadas entre los bejucales de la montaña o entre los carrizos con que protegían del viento sus jacales los trabajadores en Nuestra Señora. Sus hijos resultaban más fuertes que los machos que jalaban los tirantes vuelta tras vuelta en los trapiches o que trepaban, al parecer gozosos, por los agrestes caminos de las serranías.

¡Nuestra Señora!

Por los recodos de sus caminos cuchicheaban los indios que lograban escaparse de los pueblos que los padres llamaban doctrinas, donde había ya tantas cofradías y se celebraban tantas fiestas, que ya todos lloraban el honor de ser alférez o mayor o quizá maltomá, y se echaban al monte lejos, lejos, hasta donde no los alcanzara la furia blanquinegra de ningún predicador.

¡Nuestra Señora! Rincón lejano hasta donde llegaban en voces de chicharras las mismas ansias viejas pero nunca olvidadas que llegaran desde España a la nueva Ciudad Real.

La madrugada estaba tibia. El mulato pasó a despedirse de fray Mauro y a recibir su bendición. El tejado de la casa grande estaba sudoroso de rocío. El mulato aseguró las tenedoras de sus mulas como si hurgara entre las redes de una alegre ilusión. Desde el corral lejano llegaba el olor del estiércol y el tranquilo mugir de alguna vaca llamando a su becerro a la hora de ordeñar. El mulato alzó la cara; por las anchas narices le entró un chorro de aire con olor de palmar. Junto a las casas y los jacales de los baldíos amanecían los gallos, llamando alegremente al sol con el ronco rasgueo de sus alas y el estridente clarín de su garganta. Lejos les contestaba el filosófico rebuzno de algún burro, en cascadas de ecos de sí mismo. La madrugada despertaba de su ensueño, juguetona y feliz.

—¿Qué pasa en la tierra fría?, preguntó el fraile, entregando su carta, y como si no quisiera preguntar.

—¿Por qué lo dice su mercé?, respondió con otra pregunta el mulato, apretando las cinchas de sus animales.

—Al padre prior siempre le mandan todo lo que quiere los indios de allá cerca.

—Chapulín, tata Mauro. ¡Chapulín!, dijo en tono enigmático el arriero, saltando ágilmente sobre su caballo y alzando su látigo para arrancar.

Al fondo de la llanura cantaba sus canciones arrastrándolas desde los Cuchumatlanes el Río Grande. Después del Paso de la Vega, al otro día ya estoy en San Bartolo. Y esta vez sí que me cargo a la Petrona, que me venga a acompañar en esta ingrata soledá.

* * *

En el convento de las señoras monjas de la Encarnación, la reverenda madre superiora se paseaba intranquila, juntando el entrecejo sobre la corva nariz. Las novicias espiaban asustadas desde atrás de las madreselvas que se enrollaban en las severas columnas de roble y nuculpat.

—¿Qué tendrá nuestra madre?, preguntó una, rompiendo con un murmullo apenas más alto que el rumor del céfiro el sagrado silencio del atardecer.

Pasó una eternidad. Sobre las tejas aleteaba xulem, el zopilote, divisando con los ojos sesgados una rata tendida en el gran claustro central.

—Supe que cayó el chapulín en las milpas de los indios, musitó, apretando las cuentas de su rosario y haciendo que rezaba otra joven hermana.

—¡Ave María puríssssimaaa!

Xulem cayó pesadamente en el patio y se levantó sin gracia, llevándose en sus garras los restos del roedor.

La madre superiora se detuvo frente a la celda de la hermana Cayetana. Llevó la mano a la aldaba, pero se arrepintió. No quiero quemar mi alma. Sufre, pero no tiene los ojos con señas de dolor; los tiene llenos de esa inescrutable felicidad que sólo alcanzan los santos del Señor. Pero no sé si es ella santa o si es el mismo diablo el que no le permite rezar las horas con nosotras, ni comer nuestro pan, ni hacer labor de punto para el altar. Tomó otra vez la aldaba entre sus manos, pero en eso sonó la primera campanada de la oración, y la madre se fue, con su paso menudito de monja vieja, a mirar cómo volteaban las campanas en el nuevo campanario de esa torre blanqueada que se alzaba sobre un arco y que le traía el recuerdo de los cuentos de su abuela, que había llegado un día, sólo Dios sabe cuándo, desde un pueblo andaluz.

Al terminar el largo, lento repique, todas las monjas entraron a la capilla, cuyas puertas daban hacia el coro de la antigua iglesita de San Sebastián. Y rezaron las vísperas y luego las completas. Y entonces la madre superiora, sin lograr distender el entrecejo, se postró frente al altar y dijo, en una voz que parecía brotar del piso de madera:

—Pidamos al Señor por Cayetana, que está enferma de un mal que yo no puedo comprender. Y del que sufrimos todas. Y que mal llevamos aquí encerradas.

—Amén, contestaron las monjas sin pestañear.

Desde atrás de los montes llegó el zumbar de un trueno. Flotó en el aire el dulcete sabor de la primera lluvia. Las monjas se apuraron a atravesar corredores y patios para entrar a sus celdas antes del temporal. Sobre las tejas hacían eco las danzas de los rayos que cuarteaban los cielos sobre el valle.

—¡Madre! ¡Madre! ¡Se escuchan ruidos raros encima del tabanco de Cayetana!, gritó llena de angustia la Maestra de Novicias, llamando ansiosamente a la puerta de la madre superiora, en la oscuridad después de la media noche.

—Vuelva a su celda, madre, que es noche de tempestad, y oímos ruidos por todos los tabancos.

Amaneció. Sobre el silencio de las lozas flotaban sutilmente las carreras de las monjas lavándose las caras en la fuente, alizándose los hábitos antes de ir a rezar. Desde las abras del oriente se encaramaba sobre los tejados todavía rojos la furia amarillenta de un sol que huía del temporal.

Suavemente, la madre superiora alzó la aldaba y llamó. A su lado pasaron haciendo reverencias dos novicias, con los rostros ajados a media juventud. Llamó de nuevo, temblándole la mano de aflicción, mas sólo se escuchó en respuesta el tristísimo piar de las chinitas, arrastradas como hojas por el viento en el jardín. No se haya muerto, por Dios. Llamó con un aldabonazo que estremeció a las madres que esperaban en fila para entrar a la misa. Al no obtener respuesta, se puso a zangarrear la puerta; pero no se abrió. De sus ojos brotaron dos lágrimas de miedo y de preocupación. ¿Por qué no vine anoche? ¡Virgen Santísima! ¿Y si se murió sin confesión?

—¡Hermanas! ¡Hermanas!, gritó. ¡La puerta está cerrada por dentro! ¡Ayúdenme a romperla!

A los empujones de todas las novicias, el pasador de ocote cedió, y entraron todas, cargadas por la inercia y por la curiosidad. La celda estaba llena de un extraño vacío, de paredes blancas y expectrales. Sobre el reclinatorio de abeto, agarrado de un clavo de madera, desgranaba sus cuentas un rosario de semillas pintadas; sobre la cama de Chamula, cuidadosamente arreglado encima del petate, se miraba el chamarro de lana negra; sobre él lucía una rosa blanca, cual si fuera una burla, o quizá una invitación.

—¡Madre Santísima!, exclamaron las monjas, cuando lograron volver en sí.

—Nadie pudo salir de la celda dejando el pasador puesto por dentro, dijo con los ojos abiertos de admiración la madre Benedicta, una monja vieja y con fama de santa.

Lentamente volvieron los ojos de las monjas a la cama. Sobre el negro chamarro, la rosa blanca se agrandó, y la celda entera se llenó de un aroma que llegaba de quién sabe qué cielos lejanos e inocentes. Sin decir una palabra, las mujeres doblaron las rodillas sobre el piso de madera, juntando sus manos y doblando sus cabezas en devota actitud. Nadie se percató de que debajo de un planchón de roble el piso sonaba hueco. Llevadas por el ímpetu de cien generaciones, se acercaron al camastro a besar entre lágrimas la orla del chamarro, hasta que la madre Benedicta llegó con un pequeño mantel de altar y alzó la rosa, la hermosa rosa blanca de Castilla, para llevarla en procesión.

Habrían de pasar siglos para que alguien supiera de las penas y horrores que la Kante y el capitán don Miguel Quiroz habían pasado acarreando, noche tras noche, tras fría noche, pedruzcos y terrones, entrando por la casa que fuera de doña Francisca de la Tovilla, hasta la blanca celda donde penaban los ojos soñadores de aquella Cayetana que en la colina del Cerrillo buscaba el horizonte más allá de las altas montañas de Jovel...

* * *

Al día siguiente saltó de sala en sala y de cocina en cocina la noticia por toda Ciudad Real, y aun por los caminos, a pesar del esfuerzo de los padres y hermanos de los conventos y las iglesias por contenerla y calificarla de infundado rumor. En la casa del obispo, fray Francisco recibió audiencia de inmediato.

—¿Qué es lo que pasa, padre prior?, inquirió con claras señas de preocupación el prelado.

El prior de Santo Domingo se inclinó para pedir licencia; tenía en la comisura de los labios una sombra de sonrisa que el obispo no logró detectar; se sacó de la manga un pliego enrollado, y se lo entregó al superior, inclinando nuevamente la cabeza. El obispo leyó, ecendiéndosele el rostro después de cada garabato, la hoja que esa mañana había aparecido pegada con cera de colmena en las puertas de todas las iglesias y que decía así:

> «Por qto se hallan fijados edictos de los curatos de Teopisca, Ystapa, Alluta, y Tonalá y no aver parecido asta esta fecha persona alguna que haga postura a ellos, y hallandome proximo a salir a la visita de bolsas; por tanto mando avivar los pregones por medio de mi secretero Dn. Bartlmé Gutierres, que hase oficio de pregonero en esta ciudad, de ladrón y de alcagüete, para que en publicas, claras e inteligibles voces diga: Ea, señores, que se benden los curatos de Teopisca, Ystapa y Tonala al que diere considerable dinero; si ai quien quiera, comparezca a hacer postura, si ai quien puje o quien dé mas, salga a la causa, que se le admitira la que hisiere. Y para que lleguen a oidos de todos, figense estos pregones a las puertas de las iglesias y los conventos. Asi su señoria Yllma lo provello, mando y firmo en Ciudad R.l de Chiapa, en tres de septiembre del corriente año. Por su seña, firma Bartholome Gutierres, Secretario».

—Éste es el mayor desacato que se ha cometido a la dignidad episcopal en la historia de la ciudad, dijo, apretando los dientes al terminar la lectura el obispo. ¿Se sabe entre la gente?

—Hemos tratado de ocultarlo.

—¿Se sabe?

—En algunas casas, pues aun entre semana la gente piadosa va a la iglesia, y no ha faltado quien haya leído.

—¿Qué se dice?

—¡Señor!

—¿Qué se dice?

—Es temprano para saberlo a ciencia cierta; pero he escuchado que en las casas la gente ha encontrado motivo para guasas y para grandes risas...

—¿A costa de su obispo?

—No, señor, sino a costa de su secretario.

—Que es lo mismo. ¿Qué aconsejáis hacer?

—Con lo del chapulín, señor, la gente está ansiosa por tener algo sobre que echar una que otra carcajada.

—¿En desacato de su obispo, padre prior?

El prior se puso serio. Se dio cuenta de que su superior no estaba para burlas, y se puso a pensar. Pero, por más que le daba al asumpto vueltas en el magín, nada se le ocurría para aconsejar a su prelado. Mientras tanto los días pasaban.

Por las calles, se paraba la gente en las banquetas, y de repente explotaban las risadas que hacían eco en las paredes, rebotaban de las lajas y se juntaban como los torrentes buscando las bajadas, e indefectiblemente iban a dar a la cocina del obispo y entraban a su refectorio disfrazadas en las olorosas volutas de su pocillo de chocolate caliente y le comían las entrañas peor que lo hiciera el veleño más atroz.

El obispo, que efectivamente estaba por salir a la visita de los pueblos y doctrinas, mandó a llamar a todos sus consejeros y a su provisor y vicario general.

—Pegad en las puertas de las iglesias un edicto, convocando a nuestro juzgado bajo pena de censuras a todo aquel que pueda conocer la verdad en este asumpto, decidió el prelado, después de una larguísima sesión en que no se pudo resolver quiénes pudieran ser los criminales autores del pasquín. Las mujeres se jesuseaban al leer el edicto antes de entrar, arrebozadas sus cabezas, a la primera misa de la mañana. En las bocas de los hombres se congelaban las sonrisas al notar la seriedad con que sus compañeras meditaban sobre las censuras y las excomuniones. Pero nadie sabía nada, y mientras tanto se avecinaba el retorno de su excelencia. Por fin, una buena tarde se llegó a la casa del obispo el diácono don Joseph de la Maza.

—Vengo por el asumpto de los papelones, anunció.

De inmediato el señor provisor lo hizo pasar; sacó un Cristo y se lo puso enfrente para tomarle juramento. Llamó al secretario y le mandó tomar nota de todo lo que se dijera, mientras le secreteaba a un mensajero para que corriera por el alguacil, por si hubiera necesidad.

—¿Juráis, por la señal de la Santa Cruz, decir verdad?

—Sí, juro.

—Decid qué sabéis de los pasquines difamatorios que fueron fixados en las iglesias en vituperio del señor obispo.

—Que estando de plácemes por el día de mi santo, oí que el P. don Antonio de Ochoa afirmó saber quién había sido el criminal. Que se le había visto pegando los papeles en la puerta del Colegio Seminario.

—¿Quién fue?

—Sólo eso sé.

—¿Lo juráis so pena de excomunión?

—Lo juro.

Mandaron a llamar con el alguacil a don Antonio de Ochoa, a quien hallaron de manteles largos, contando historias en casa de la viejecita doña Narcisita Guillén. En cuanto pasó la puerta del zaguán, el señor provisor, su viejo amigo, lo tomó del brazo y se lo llevó a la sala de los juramentos.

—¿Cómo es que no te habías presentado, le dijo, sabiendo que Su Excelencia ha decretado penas tan graves?

—¿Pero qué delito hay en una burla de gente que está pensando más en lo del chapulín que en pleitos de frailes y de curas?

—¡Tendrás que jurar!, cortó el amigo, sacando el crucifijo y llamando al secretario.

—Juro, dijo el viejo cura, in verbo sacerdotis.

—¿Qué sabéis del autor de los pasquines?, preguntó de manera formal el provisor.

—Que alguien lo vio pegarlos, vestido de nazareno.

—¿Quién lo vio?

—No lo sé.

—¿Cómo sabéis que alguien lo vio?

—Así lo escuché de labios de Dimas Cuebas.

—¡Llamad al padre Dimas!, gritó el provisor, perdiendo la paciencia.

—Espera, se interpuso el declarante. ¿No ves que ya es de noche y que Dimas es más viejo aun que nosotros?

—Avisadle que comparezca mañana antes del Angelus, cambió entonces el provisor, suavizando la voz al dirigirse de nuevo al mensajero.

El padre Dimas llegó temprano, embozado en su raída capa de lana. Entró como si entrara a su casa. Pasó a la sala de los juramentos y le secreteó al provisor que estaba dispuesto a jurar, pero no en presencia del secretario.

—¿Juráis decir la verdad?, preguntó el fraile, una vez cumplidas las condiciones pedidas por el viejo.

—Juro.

—¿Qué sabéis?

—Sé, dijo, lo que el mismo secretario, Bartolomé Gutiérrez, me contó en su casa, y me extraña que, escribiendo él los edictos, no haya venido antes con el cuento.

—¿Qué sabéis?, repitió sin conmoverse el provisor.

—Que la noche antes de los malditos pasquines...

—Cuidad la lengua, padre Dimas.

—Que la noche antes, alguien vio a un nazareno vagando por las iglesias después de la oración.

—¿Quién era?

—Pregúntaselo a tu secretario, respondió el viejo, levantándose. Es todo lo que sé in verbo sacerdotis, tacto pectore, y dame el crucifijo, que me voy a desayunar.

Afuera de la antigua casa de don Francisco de Montejo se alzaba el sordo bullicio de la vecina plaza, a donde la gente acudía desde temprano, aterrorizada por el rumor cada vez más insistente que llegaba de los pueblos acerca de las nubes de chapulín.

—Traedme preso a don Bartolomé Gutiérrez, ordenó con voz bronca el señor provisor al alguacil.

—¿Al señor secretario?

—¿Hay otro Bartolomé Gutiérrez en Ciudad Real?

Pero don Bartolomé esperaba junto al zaguán, y entró sin tardanza en cuanto oyó las voces.

—Arrodillaos y jurad decir la verdad, antes de que vayáis a dar con vuestros huesos a la Real Cárcel, gritó, saliéndosele los ojos por la rabia el fraile provisor.

—Juro decirla, respondió angustiado el secretario, pero no sabréis mucho más, aun cuando me castiguéis.

—¿Qué sabéis?

—Que un nazareno rondaba las iglesias esa noche de jueves, antes de que amanecieran los pasquines pegados.

—¿Quién era?

—No lo sé.

—¿Cómo sabéis lo que sabéis?

—Me lo contó Gertrudis.

—¿Tu mujer?, preguntó espantado y dejando la manera formal del interrogarorio. ¿Por qué te habías callado, sabiendo de las penas y siendo tú tratado de ladrón en los papeles?

—A Gertrudis le da horror estar en los juzgados.

—¡Llamad a doña Gertrudis Suárez!, exclamó el provisor asomándose a la puerta.

—¡Señor, por favor!

—¡Llamadla!, insistió el fraile, apretándose el cinturón.

—¿Juráis decir la verdad?, le preguntó dándole a besar el crucifijo, cuando llegó poco rato después.

—Lo que mande su merced juro yo, respondió doña Gertrudis, con temblor en la voz.

—¿Qué sabéis del autor de los pasquines, en que tratan de simoníaco al señor obispo y de ladrón a vuestro marido?

—Señor, sólo sé que vieron a un nazareno por las iglesias.

—¿Quién lo vio?

—Magdalena.

—¿Quién es Magdalena?

—Mi chichigua, señor; es de San Juan, y tiene mucho miedo. No la haga venir su merced, por el amor de mi criatura.

—¡Llamad a Magdalena, de la casa de don Bartolomé!, replicó el fraile, sin atender a la súplica de la mujer.

A la primera campanada del Angelus de medio día entró por el zaguán la chichigua. Vestía nagua negra de lana y sobre el huipil llevaba un chal, también de lana. El provisor la esperaba al centro de la sala, desde la blanquinegra altura de su hábito de predicador, con el crucifijo en la mano. Magdalena entró de rodillas y se acercó a besar la cruz que le ofreció el fraile con solemne distancia.

—Aquí se dice la verdad, hija. Si echás mentira, castiga tata Dios. ¿A quién miraste el otro día?

—Nazarén, tata, sólo nazarén, ja' no'ox.

—¿Quién era?

—No sé, tata, caso lo sé.

—¿Cómo era?

—'sta alto, 'sta blanco su ropa.

—¿Qué llevaba en su mano?

—Al saber. Caso lo miré.

En la cabeza de fray Fernando estalló en ese momento la furia de su obispo, quien entraba a esas horas a la ciudad por la Calle de la Ermita, de regreso de su visita a los pueblos de las serranías. La gente que lo vio entrar no pudo dejar de adivinar en las arrugas de su frente las verdes nubes de chapulines que se cernían sobre el horizonte con la amenaza del hambre y la desesperación.

***

Por el nuevo camino de Cinacantlán entraron esa misma tarde unos arrieros, que nada sabían del chapulín, pero que, además de traer una carta urgente para el alcalde mayor, llegaron haciéndose lenguas de lo que pasaba en aquellas partes de la tierra caliente por donde habían pasado apenas hacía unos días.

—Los indios están listos para alzarse en Tusta. No quieren fiestas, no quieren nada. Regresamos casi todo lo que llevamos, fuera del pan, que dimos casi regalado, explicaba, mientras descargaba en los corrales de su casa uno de los arrieros recién llegados.

—¿Pero qué tienen los indios?, preguntó ansiosa doña Flor de Ballinas, que ya tenía carga preparada para bajar a los pocos días.

—Cosas de ellos, respondió él, no queriendo continuar con una mujer aquella que era plática de hombres.

Pasaron varios días para que el Alcalde Mayor le diera audiencia. Cuando lo recibió, le pidió que fuera al grano, que mayores asuntos reclamaban su atención.

—Sólo traigo una carta para su merced, señaló el arriero, con el sombrero en la mano.

—¿Por una carta se te ha dado audiencia?

—Me pidieron que en manos de su merced la entregara.

—¿De quién es?

—Del Teniente de Alcalde en Tusta, señor.

—Dámela.

Conforme leía, enarcaba las cejas y se le enrojecía la cara.

—¡Voto a satanás!, exclamó cuando terminó la lectura. ¿Cuándo estuviste en Tusta?

—Regresé hace cuatro días.

—¿Qué pasa con los indios?

—Están muy pobres, señor. Ni siquiera nuestra mercancía lograron comprar.

—Eso es cosa de bayunqueros. ¿Por qué no quieren al Teniente?

—Con su perdón, señor, digo lo que dicen.

—¿Qué dicen, voto al diablo?

—Que lo que les queda de las fiestas de sus cofradías, en que gastan hasta lo de la cosecha del año que sigue, se lo quita el Teniente en nombre de vuestra merced.

—Malditos, malagradecidos. ¿Y no les hemos reconstruido la fuente en medio de la plaza?

—Digo lo que dicen, señor.

Guardó la carta el Alcalde en una gaveta de su escritorio de cedro, y se quedó pensativo. Sonó una campanilla de plata y en seguida se presentó el secretario. El gobernante parecía preocupado e indeciso.

—Con esta maldición del chapulín por acá, ahora quieren alzarse los indios en la tierra caliente, dijo, como reflexionando. Tal vez tenga que conocer el pueblo de Tusta, al fin de cuentas. ¿Cómo te llamas?, indagó, mirando fijamente al arriero.

—Félix de Trejo, para servir a Dios y al Rey.

—¿Puedes acompañarme a Tusta?

—Si su merced lo ordena, estoy dispuesto.

Salieron a los pocos días. Iban con el Alcalde Mayor sus allegados y amigos, y más parecía una excursión de fiesta que un viaje de trabajo. Al pasar por Ixtapa, se detuvieron para dormir y para ir de paseo de campo al lugar de donde los indios habían extraído por siglos su afamada sal. Cuando entraron a Tusta, los recibió bajo arcos de flores y con música todo el ayuntamiento y una gran muchedumbre que el Teniente había invitado mandando recados por medio de sus alguaciles. Y esa noche en la plaza hubo una alegre fiesta, que se prolongó hasta bien entrada la noche.

Al día siguiente recibió el Alcalde Mayor a los señores principales del pueblo y departió alegremente con ellos, y mandó bajar de su carreta unos odres de vino de España para compartirlo con ellos.

—¡Qué hombre más afable es don Manuel!, comentó, ya inspirado por la bebida don José Farrera.

—Nunca habíamos tenido un Alcalde Mayor como el Señor Maysterra y Atocha, sentenció don Domingo Palacios.

Don Bartolomé de Valdivia, el dueño de los grandes potreros de allá por Macuilapa, llegó después del medio día al patio del Teniente. Lo seguía un grupo de hombres cargando una marimba. En cuanto lo divisaron, todos los comensales se levantaron para presentarlo con el Alcalde y para agradecerle la música a cuyo son la fiesta habría de continuar bajo las grandes enramadas que habían levantado para la ocasión.

—El gobernador y el cacique de los indios quieren ver al Señor Alcalde, le avisó al Teniente su secretario.

—¿No pueden esperar? ¿Qué no ven con quiénes está?

—Ya han venido tres veces.

—Pues que esperen, y ya se verá si los puede recibir.

Pero no pudo. Así que al día siguiente los indios lo esperaron junto a las casas consistoriales, para abordarlo en cuanto saliera de la misa del domingo. Lentamente, con los sombreros en la mano, se acercaron a la comitiva del gobernante, a quien rodeaban el Teniente y las personalidades del pueblo.

—¡Señor Alcalde!, gritó el gobernador de los indios, Mateo Jonapá.

—¿Qué no ven que es día de guardar?, respondió iracundo el Teniente.

—La hambre ya no tiene días de guardar, contestó en voz más alta el cacique, Jerónimo Copoy.

—Espérenme en las Casas Consistoriales, intervino entonces el Alcalde Mayor.

—Por favor, señor, imploró Mateo.

—¿No ven que el señor Alcalde no ha desayunado?

—Nosotros no hemos desayunado ni comido desde la última fiesta, denunció, adelantándose, la Magdalena Cintal.

El Alcalde Mayor vio que las cosas podían empeorar con la espera; se dio cuenta de que la plaza ya estaba llena, y de que por los pórticos seguían entrando los indios, con sus ojos hundidos y sus caras descoloridas, pero con el paso firme y decidido. Vio también que bajo la pochota rondaban los mestizos que no habían compartido con él la noche anterior.

—¿Qué queréis?, exclamó entonces, haciendo de tripas corazón.

—Que nos quiten los tributos un año, dijo tranquilo Mateo.

—Que no vengan a las fiestas los hermanos ni tata obispo siquiera unos dos años, añadió Jerónimo Copoy.

—Las cosas de la iglesia no las puedo tocar yo. ¿Qué no ves que no visto hábito?, interrumpió el Alcalde con nerviosa sonrisa.

—¡Y que se vaya el Teniente!, gritó sin hacer ningún caso la Cintal.

Se hizo un silencio seco en medio de la plaza. En la cara del Teniente asomó una azorada sonrisa. Los terratenientes se acercaron y le dieron cordialemente la mano en señal de despedida y se retiraron. El Alcalde dio un paso hacia adelante.

—Él es mi representante, como yo lo soy del rey, gritó.

—Nos trata mal, se oyó que dijo una viejecita.

—Nos hace pagar hasta lo que no tenemos, dijo un indio viejo.

—¡Es la autoridad!, clamó cada vez más molesto el Alcalde.

—Nos echa en la Real Cárcel sin comida cuando no podemos pagar las gabelas.

—¡Queremos que se vaya!, se alzó con desesperación la voz de la Magdalena Cintal.

—¡Que se vaya!, coreó la multitud, en actitud de desafío.

Nunca nadie había retado a don Manuel de Maysterra y Atocha, mucho menos una banda de indios desarrapados y muertos de hambre. Sintió que de la boca del estómago le subía un dolor amargo y un ardiente deseo de vomitar encima de ellos. Levantó los brazos sobre su cabeza para imponer silencio. Lo quedaron mirando desde todos los rincones; entonces, bajo el ardiente sol del medio día, rugió con toda la fuerza que alentaba su desprecio:

—¡El Teniente no se va!

Entre los brazos abiertos en alto del Alcalde pasó la primera piedra; la segunda le dio en el pecho, rasgándole en un charco de sangre la camisa. El Teniente gritó:

—¡Aquí, del Rey!

Pero ya de la plaza se alzaba una enorme gritería, y sobre el cuerpo caído del Alcalde llovían más piedras, y comenzaban a relucir entre la gente los machetes. El Teniente se escapó aterrorizado; saltó la barda y se fue por las calles pidiendo auxilio y buscando a sus esbirros. Cuando éstos finalmente asomaron, la plaza estaba sola; en la fuente borbotaban retozonas las aguas llevadas en taujías desde el río que corría entre sabinos. Había un dulzor de paz bajo la vieja pochota. Tras un montón de piedras en desorden lucía como una banderola echada al viento, salpicada de lodo y teñida de sangre, la casaca nueva del Alcalde Mayor. Dos perros flacos y sarnosos comenzaban a husmear.

* * *

El mulato no llegó nunca a Ciudad Real. Tampoco llegaron sus mulas cargadas de maíz para el convento. Unos arrieros que subían por los desbarrancaderos de Chajá divisaron entre los roblares a una india que caminaba con los ojos arrancándosele de las órbitas. Al percatarse, la mujer corrió a esconderse, pero sus piernas agotadas no le respondieron; se apoyó contra el tronco de una encina, y lentamente se fue resbalando hasta quedar enrollada en un ovillo sobre la hojarasca.

—¡Es la Petrona Ch'al, de San Bartolo!, dijo, tratando de levantarla un arriero.

—¿Don'tá el negro?, preguntó otro, sacando un tecomate de posh y rociándole la cara.

Después de que por un rato le sobaron los brazos untados con alcohol, la mujer fue volviendo en sí, con los ojos clavados en la distancia, y sin poder hablar.

—¿Don'tá el negro?, insistieron los arrieros.

La mujer alzó una mano y la movió sin fuerza rumbo a la sombra del barranco. Un hombre se amarró una soga a la cintura y comenzó a bajar, desguindándose por los peñascos. De pronto se escuchó por el fondo el pesado aletear de zopilotes que, al saltar con las alas abiertas, mandaron a lo alto el hedor de la carne que empezaba a podrirse.

—¡Jálenme, cabrones! ¡Aquí apesta a diablos!, gritó el arriero desde la punta de la soga.

Hicieron alto en un claro poco más adelante, donde había una cabaña que usaban los viajeros para pasar la noche. La Petrona murmuraba para sí, ardiendo en calentura. Los arrieros le amarraron un trapo mojado en la cabeza. Por sobre la enramada soplaba la congoja del viento en el pinar. ¡Ya era la tierra fría! El negro no se cayó. Sobre las brasas de su fogata calentaban sus tostadas y su carne salada, que bajaban con un trago de posh. Las mulas no se caen en estos pasos. Y no están. Ni desbarrancadas. Los troncos de la hoguera lanzaban sus millares de marticuiles entre la oscuridad, como cohetes de fiesta. Le han de haber dado reata a la mujer. A él lo mataron y lo embrocaron en el peñascal.

Por entre las ramas de los robles jugaba la luna al escondedor con las nubes. Había un frío reconfortante que se metía entre los remiendos de los chamarros de lana. ¿Y la carga? La gente ya tiene hambre, con lo del chapulín. Poco a poco los troncos se fueron consumiendo. De vez en cuando el viento les rascaba las canas y aparecían brillando sus sonrisas de color naranja. De pronto se oyó un aullido en la espesura.

—Es coyote, comentó entre sueños un arriero.

—Ok'il, dicen los indios.

—¿Qué saben?, replicó bostezando el primero, y se volteó sobre su colchón de juncia fresca.

Ya nadie de ellos oyó la sabia queja del tecolote, que los indios llamaban turumpukuj. Solamente la escuchó el asustado ch'ulel de la Petrona y le sonrió, escapando entre los charcos de luz desde donde le hablaba con amor la luna llena.

* * *

Los comerciantes estaban regresando con los costales vacíos, o peor todavía, con la carga sin vender ni trocar. Entraban por todos los caminos con la cara agachada y con los ojos tristes o espantados.

—Es castigo de Dios, murmuraban las viejitas, corriendo enlutadas a las misas y a los rezos. ¡Desde que le hicieron esa gran maldad al señor obispo!

Ese domingo corrían afligidas a la iglesia de los predicadores que en todas las misas habían invitado a la gente a asistir al anatema después de la oración.

—¿Qué será eso del anatema, comadrita?, preguntó doña Narcisita Guillén, sin dejar de caminar apurada.

—¡Ay, quién sabe, comadrita!, le contestó doña Chusita Rovelo. ¡Pero quién quita que con eso se remedie lo del chapulín!

Llegaron a la iglesia al ritmo de las lentas campanadas que desde la oración habían seguido cayendo sobre el valle como doblando a muerto.

El gran templo, forrado de laminillas de oro en profusión de hojas y de flores, se encontraba casi totalmente a oscuras, a no ser por la luz del gran cirio pascual que en sus manos sostenía el padre prior, rodeado de diáconos y acólitos con pequeñas velas encendidas. Un diácono alzaba en ambas manos la cruz alta, cubierta por un velo negro; a su lado, otro, revestido de casulla morada, le ofrecía un acetre lleno de agua bendita; en frente, un acólito le presentaba para su lectura un gran pliego de papel grueso, escrito con la hermosa letra del secretario del obispo.

De repente cesó el tañer de las campanas. En el templo corrió por el corazón de todos los devotos un vientecillo frío, como de expectación. Varias señoras vieron cómo, con el último tañido, la flama del cirio rutiló, como si hubiera muerto, y luego se alzó otra vez, fija, viva, chisporroteante. Del presbiterio bajó una sombra que se llegó a las gradas del púlpito, sobre cuyas curvas doradas rebotaba la luz amarillenta que le llegaba desde abajo del arco toral. La sombra subió lentamente las gradas, y luego se escuchó entre el atónito silencio de la gente, que un fraile hablaba, como si sonara la tuba para el juicio final:

—A pesar de las excomuniones y censuras mandadas por la sagrada mitra, los dueños de las manos criminales que fijaron pasquines difamatorios contra el buen nombre de nuestro Padre y Pastor siguen libres, acumulando penas para su castigo eterno. La caridad de Su Excelencia ha decidido celebrar hoy estos anatemas, para ver de convencer a esas almas descarriadas de confesar su delito y volver al redil antes de su hora final.

Bajó el fraile paso a paso y fue a postrarse en cruz en el camino que dejaban en el centro de la iglesia las hileras de bancas, en cuyos reclinatorios la gente seguía de rodillas la extraña ceremonia celebrada en tinieblas.

Sonó entonces bajo el arco toral la voz del padre prior:

—Malditos sean los excomulgados y sus cómplices. Malditos sean de Dios y de su bendita Madre.

—Amén, dijeron acólitos y diáconos, apagando una candela.

—¡Amén!, respondieron en sus reclinatorios las mujeres, apenas abriendo la boca.

—Mendigando anden de puerta en puerta y no hallen quien bien les haga.

—Amén. Y apagaron otra vela.

—¡Amén!

—Huérfanos se vean sus hijos y sus viudas.

La gente ya no respondió, sólo vio con horror cómo se apagaba otra luz.

—El sol se les obscurezca de día y la luna de noche.

—Amén.

Los diáconos tomaron entonces las últimas tres ceras que quedaban encendidas y las hundieron en el acetre de agua, dejando el templo casi en total oscuridad. Entonces el prior inclinó el cirio pascual y dijo:

—Así como estas candelas mueren en esta agua, mueran las almas de los excomulgados y desciendan al infierno con el alma de Judas el apóstata.

—Amén, se oyó apenas sobre el chisporroteo del cirio que el padre prior hundió de una vez en el acetre, sepultando a toda la gente en las tinieblas.

Hubo en la iglesia un movimiento incierto y temeroso de personas. Por la puerta del costado comenzaron a salir las mujeres sosteniéndose del brazo de sus maridos. Entre las ramas de los alcanfores, don Antonio Moreno vio una ráfaga como de hojarasca levantada por el viento.

—¿No será chapulín?, le preguntó, sembrándole las uñas, doña Porfiria, su mujer.

—Callate, mujer, por Dios, respondió don Antonio con un hilo de voz.

Pero en su alma se helaron los jilotes que la milpa de su labor ya pintaba con sombras de promesa y con verdes de ilusión.

La noche había bajado sobre el valle. Desde las lajas de calles y banquetas se alzaba en su tiniebla el apurado traquetear de los pasos furtivos con que la gente volvía a su casa a ahuyentar en el sueño las inquietas pesadillas de un nuevo despertar.

✳ ✳ ✳

A la sombra del macizo de montañas donde imperaba el pino con el roble, el abeto y el nuculpat, se deslizaban las cañadas de suave clima donde los tzeltales habían hecho por siglos sus grandes milperías que les daban mazorcas gigantescas que cargaban como tercios de leña a sus espaldas, pero ese año, apenas tierno el verde de los sembradíos, habían bajado en extraño rumor de viento los oscuros nubarrones que se plantaban sobre ellos y en pocas horas dejaban el campo seco y se alzaban luego como al conjuro de una voz misteriosa que los mandaba al verdor de algún otro maizal.

—»Que cuiden los sembrados corriendo entre los surcos y espantando a los animales de día, y que enciendan hogueras de noche», leían los padres en la iglesia de Cancuc, volteando hojas y hojas de la carta cordillera del obispo, que pedía auxilios para Ciudad Real.

—Ya no se puede, tata pagre. Ya todo stá cansaro la gente, respondían los caciques.

—»Que vuelvan a sembrar», volvía el padre a leer.

—Ya cabó hasta la santa semillita del maíz, tata pagre.

Y el eco de sus voces cansadas se iba rodando entre valles y ríos hasta allá lejos, por donde el cerro se hacía selva, por donde un día fray Lorenzo había juntado gentes que creían en él, y había fundado pueblos dándoles los nombres antiguos de su lengua, Chilum, Tumbalhá, Yaxalum.

—Chapulín, decían persignándose los viajeros, aligerando el paso.

—Chapulín, murmuraban entre sollozos las mujeres, echándole cal a la olla en que hervían quizá su último nixtamal.

—¡Chapulín! ¡Chapulín por todas partes!, gritaba desesperado fray Damián, tratando de echar a escobazos de su cocina junto a la blanca iglesia de Cancuc, a los pequeños monstruos de ojos asustados que sacudían sus alas verdes en turbas de millones y que entonaban un zumbido sordo que entraba al corazón.

Los correos de Ciudad Real se cruzaban por los caminos llevando cordilleras aun a los pueblos más lejanos, y volvían con largas cartas llenas de lamentaciones, y con las mulas cargadas de costales vacíos.

«En este pueblo», escribía fray Ambrosio Pérez desde Chilum, «he realizado la inspección que mandan vuestras señorías, señor obispo y señor alcalde mayor, y he hallado que nadie tiene granos, ni ocultos ni subidos de precio. Los miserables yndios desangran sus fuerzas, pues días y noches los pasan en los montes tratando de defender sus sementeras; pero de los serenos y las fatigas contraen irremediables calenturas de que mueren, sin lograr levantar una cosecha...».

«Tumbalá se está quedando sin gente», escribía fray Jorge Solís. «El chapulín cunde cada día más; los yndios tienen miedo de salir de sus casas por el grande y espantable ruido que los animales hacen batiendo sus alas hasta cerca de los corrales de sus puercos y gallinas. ¿Cómo podrán auxiliar a Vs. Señorías, si ellos están comiendo raíces en el monte, de las que a veces les resultan dolores en la barriga que los matan? Muchos han huido a los cerros y no los hemos vuelto a ver. ¿Si será el juicio universal?».

«Sólo el cavo miliciano don Lorenzo de Vera logró suficiente cosecha de maíz», escribía desde Yaxalum fray Luis de la Roca. «Rebajados sus gastos y obedeciendo las órdenes de vuestras señorías, vendió en el pueblo diez sontes a diez mazorcas por medio. Unas cuantas familias se beneficiaron, pero no quedó para mandar nada a Ciudad Real. Ahora los yndios están sembrando dos o tres veces al año, que antes una siembra era suficiente para comer y guardar y vender. Los más han muerto. Los que viven se alimentan de una semilla del monte que en su lengua dicen ox».

Solamente en el pueblo de Cancuc y sus alrededores los indios habían logrado levantar alguna cosecha de maíz y frijol, pero, sin que los frailes supieran cómo, la habían ocultado en las cuevas de los cerros y se la repartían entre los jefes de familias a hurtadillas, en extrañas ceremonias celebradas a la luz de ocoteros en la oscuridad de la noche.

«Tienen granos, pero lo niegan», escribió a Ciudad Real, en respuesta a la cordillera conjunta del obispo y el alcalde fray Francisco de Leyba. «Cuando hacemos la inspección mandada por vuestras señorías, los hallamos tostando en sus comales las inmundas criaturas que han acabado con los maizales. Se las comen sazonadas con sal como si fuera delicioso manjar. Pero sabemos que han guardado cosechas en las cuevas».

De las calles de Ciudad Real había desaparecido la alegría. La gente caminaba por ellas con los ojos extraviados y amedrentados. Por el valle también había pasado oleada tras oleada del verde chapalear de los pequeños monstruos que lo arrasaban todo. De Teopisca todavía llegaba trigo, y de los valles de Huixtán; pero la mayoría ya no era de sangre española. Aunque algunos trataran de ocultarlo, en la sangre de casi todos corría mezclada, jugando a veces endiabladas jugarretas, la de aquellos hombres de ojos cafés y de altos pómulos que un día salieran de Yax, y que habían sido creados de la carne del maíz.

El siglo había dado vuelta sin que nadie quisiera festejarlo, ni siquiera notarlo. Y corría ya el año de mill y siete cientos y cuatro años.

Una mañana los hijos de don Pancho Suárez se sentaron en la banqueta frente a la puerta del Señor Alcalde. Hacía frío, y se sentía más con el hambre. Cuando el sol comenzó a calentar un poco, llegaron a sentarse junto a ellos los nietos de don Juan de Porras; y luego se sentaron en la banqueta de enfrente los sobrinos de la difunta doña Francisca de la Tovilla y los bisnietos de don Luis Alfonso de Mazariegos...Alto ya el sol, el alcalde abrió su ventana para gozar del aire diáfano de la mañana. Entonces vio a los hombres enchamarrados, sentados en el suelo sin hablar.

—¿Qué hacen allí todos esos indios?, preguntó, volviendo al interior de su mansión y buscando a su criado.

—Son ladinos, señor, le respondió comedido Juan Domínguez.

—¿Qué hacen, de todas maneras?

El nuevo alcalde, don Martín González de Vergara, igual que tantos otros que, como él, habían llegado desde lejanas tierras, no sabía nada de lo que pasaba, ni le importaba. El chapulín era una molestia, y se había convertido en un dolor de cabeza por la insistencia del obispo y sus frailes. Pero tener a los indios aquí, a la puerta de la casa es para provocar la náusea.

—¿Qué hacen?, volvió a preguntar, viendo que su criado se había quedado de una pieza.

—No hacen nada, señor, ni siquiera hablar con nadie. Sólo esperan que su merced salga a dar su paseo de la mañana.

—¿Ya ensillaste mi alazán?

—Ya, señor.

—Ténmelo junto a la puerta del zaguán. Saldré luego de tomar mi chocolate.

Para cuando salió, el sol se hallaba a medio cielo, mirando al valle desde un profundo, incomparable azul.

Por el azul de este cielo y por el fresco de estas campiñas sería yo capaz de no volver nunca a mi Almagro, exclamó el señor alcalde al salir.

—No tenemos maíz, fue el saludo con que lo recibieron los Porras con hosca mirada.

Iba a responder lleno de enfado, pero en eso le llegó la memoria de su antecesor don Manuel de Maysterra, y se sosegó. Desmontó y se metió entre la gente, como despreocupado.

—¿Qué puedo hacer yo?, preguntó.

—Ocupar nuestras mulas y nuestros caballos para mandar por él, sugirió Gaspar de Trexo.

—Sí, antes de que nos los comamos, rezongó enronquecido por la desesperación el joven Pedro, hijo de don Antonio Moreno.

—Hemos mandado cordilleras a todas partes, desde Yaxalum hasta Chicomuselo, para nada, respondió el señor alcalde.

—Lo busca su merced donde no lo hay. ¿Qué pueden darnos esos pueblos que se están muriendo de hambre?

—Hay lugares donde ya no hay cerdos ni gallinas. ¡Ni tulukes!, observó el arriero y comerciante don Juan Ballinas.

—¡Ni indios!, confirmó su vecino, don Luis Truxillo.

—Mande su merced por auxilio a Guatemala, a donde van a parar nuestros tributos, pidió Alfonso Mazariegos.

—O a la Nueva España, interrumpió emocionado Juan, el tataranieto de don Andrés de la Tovilla. Allá vive el virrey, que representa la majestad del rey, nuestro señor.

El alcalde mientras tanto se había echado a andar, seguido de toda aquella turba, rumbo a las Casas Consistoriales. La plaza estaba triste, silenciosa y vacía. Los caxones cerrados. Los puestos donde los indios vendían sal y verduras y huevos, y aun pollos y gallinas y jolotes, abandonados y llenos de la basura que arrastraba el viento.

—Que venga el secretario, ordenó don Martín.

A la puerta del Ayuntamiento esperó la gente ansiosa. No tardó mucho en salir el alcalde con grandes pliegos dirigidos a Su Alteza, el Señor Virrey, y a Su Excelencia, el Señor Presidente de la Audiencia de Guatemala.

—Mi secretario, anunció, se encargará de recoger entre vuestras mercedes los dineros y las bestias para mandar por el maíz y el frijol, que tanto necesitamos. ¡Habrá nuevamente paz y felicidad en nuestro valle!

Pidió que del Ayuntamiento se sacara una mesa y una silla; se sentó, y frente al pueblo, que ya estaba casi todo allí reunido, tomó la pluma y firmó los documentos, invocando como testigos a todos aquellos hijos de Ciudad Real que lo rodeaban ensimismados bajo el cielo de Jovel. Y tomada tan trascendental providencia, se sintió libre y ufano. Hasta pensó que se había convertido en un benefactor de toda aquella gente que lo miraba desde el fondo de sus ojos llenos de hambre. Montó ágilmente su alazán, y se echó a trotar rumbo a los bosques de pinos y de abetos que bordeaban las faldas del Huitepec, hacia el fondo del valle. En sus ojos brillaba una chispa juguetona que nadie, ni tal vez él mismo, fue capaz de notar. Un día, pocos años después, se le habría de borrar, cuando aquella misma gente, repuesta del espanto de los chapulines, le exigiera la cuenta de sus ahorros ganados a fuerza de bayunquear por los ásperos caminos de las montañas, y lo mandara amarrado a Guatemala por ladrón.

Pasaron los años, como pasan siempre.

Los indios volvieron a la plaza a llenarla de colores y de alegres sonidos. El chapulín había muerto de hambre, pues toda la gente había dejado de sembrar. Y volvieron entonces el anaranjado de las zanahorias y el verde de las lechugas y el café claro de los camotillos y hasta el zumbar enamorado de tuluk, el pavo.

Una tarde, mientras unos regresaban a sus pueblos por los senderos de los cerros, cargando sus candelas y su posh, por el viejo camino de San Juan bajaban a Ciudad Real otros viajeros. Adelante iba el hombre: sobre su cara tostada brillaban los ojos verdiazules de aquel que un día había mirado sus reflejos en las ondas del Ebro. Le llamaban Mikel en los parajes cerca de Chenalhó. En seguida marchaba, agachada bajo un tercio, la mujer. Después de muchos años, en sus ojos cafés todavía asomaba la frescura de cuando corría de puerta en puerta por los callejones del Cerrillo. En su pueblo le siguieron dando el mismo nombre que le diera una amiga en Ciudad Real: la Kante. Al fin correteaba alegremente, inocentemente, un niño de unos nueve años. Su madre había muerto trayéndolo al mundo camino de los montes, huyendo a media noche, con su traje de monja. Él nunca lo había sabido, pues su madre era la Kante.

Desde el cerro detrás de La Hormiga divisaron la ciudad. En uno que otro patio ardía bailando un ocotero. Colgado de la mocheta de alguna que otra puerta, se abría paso entre la noche un farol. Desde todos los charcos y lagunas se levantaba la arrítmica sinfonía de cien mil ranas dando la bienvenida al tiempo de aguas. Los viajeros se metieron, arrimados a las tapias, por el antiguo barrio de los mexicanos. Escurriendo sus sombras bajo las sombras de los grandes aleros, llegaron a la que un día fuera casa de doña Francisca de la Tovilla y que Miguel Quiroz de Miranda había comprado tantos años antes.

—Ta bien cerraro, suspiró la Kante.

Entre tantas casas que pasaron cerradas los años que duró la plaga, nadie se había vuelto a fijar en la gran casa del señor capitán. Con gran cuidado, Miguel comenzó a forcejear una laja de la banqueta que miraba hacia la antigua iglesia de San Sebastián. De repente cedió. Metió la mano y sí, allí estaba todavía, enmohecida por la humedad, aquella enorme llave que había guardado allí para el día en que volviera con la dulce Cayetana.

Se metieron, palpando las paredes, y se dejaron ir de bruces sobre los planchones del primer cuarto que encontraron con piso, arropados los tres en el chamarro de lana que sacó la Kante de su red.

Al primer sol se levantaron. Del patio les llegaba el olor de manzanas y duraznos podridos y el tufo de humedad. En medio de los rojos ladrillos del corredor caminaba la grama, aferrándose a veces al adobe en las paredes. Junto al pozo los rosales se habían vuelto cimarrones. Tomasito Quiroz salió corriendo, girando alderredor de las columnas de roble y empujando su risa por todos los rincones, donde había ecos de fantasmas y recuerdos de amor.

Miguel se puso a escarbar con la punta de un palo en los bordes de un ladrillo marcado con cruz. Lo alzó. Metió la mano, y arrancó una olla de barro. La embrocó en el piso y salieron rodando las monedas de oro que había guardado allí. El sol les dio de flanco y su brillo le dio en los ojos al capitán. El oro es lo único que brilla através de las penas, pensó. De pronto se paró, puso su bronca mano sobre el hombro de la Kante y le dijo con inusitada emoción:

—Tú y yo nos hemos de casar.

—¡Ay, don Mikel! ¡Mejor que me dé risa!

—Hoy mismo veré al padre.

—Vos sos caxlán, yo india, objetó la mujer al ver el gesto serio de su amigo.

—¿No he comido tu guaj? ¿No he bebido tu matz?

—Buscá una tu caxlana aquí en Jovel.

—La risa de mi hijo todavía tiene el eco de los riscos por donde fue contigo a buscar yuyo cuando no había maíz.

—No te va a casar el pagre con india, don Mikel.

La tomó el hombre de los brazos, le miró los ojos, y vio cómo rodaban por ellos los caudales del Ebro mezclados con la humilde corriente del río de Jovel.

—¡Tata!, gritó entonces desde la rama de un trueno Tomasito Quiroz.

Había en sus ojos café miel, grandes, limpios, despiertos, el destello de una alegre sonrisa.

—¡Hijo!, gritaron a un tiempo la Kante y don Miguel.

Corrieron a abrazarlo. Desde el vecino convento les llegó el aroma viejo de una rosa de Castilla que las monjas habían guardado entre los dorados cantos de un misal de fiesta. Y rieron los tres, mirando hacia donde el sol había llegado a mitad de su carrera, bañando el valle en arpegios de luz y de ilusión.

Rumores

Esa mañana, don Juan de la Tovilla se levantó temprano. Se metió a la cocina, donde las mujeres preparaban el chocolate, y extendió las manos para refregárselas mientras las calentaba por encima de un comal. Desde la caballeriza llegaban los ecos de las coces y las carreras de las mulas sacudiéndose la escarcha. Habían descargado la noche anterior su panela, su maíz y su frijol, después del largo y pesado viaje desde las llanuras de Copanaguastla y Zullatitlán. ¡Quién hubiera tenido todo esto hace dos o tres años, cuando todos estábamos sintiendo el aguijón del hambre! Bien dicen que Dios no lo da todo cabal.

—¿Cuándo vamos a regresar, patrón?, entró preguntando Gabriel Flores, el capataz de los arrieros.

—Sentate. Vamos a platicar.

—Como mande'sté, don Juan. Pero las mulas van a pelar del frío aquí en Ciudá Real.

—¿Ya estará el chocolate?, inquirió don Juan, como si no hiciera caso.

Les sirvieron a los dos allí mismo, al calor de los tenamastes, en grandes pocillos de barro de La Merced. De entre las espumas alzadas por el molinillo se levantaba el humo crespo con olor de lejanas selvas y recuerdos del mar.

—Quiero componer mi casa, Gabriel, dijo de pronto entre sorbos don Juan.

—¿Qué tiene de malo, patrón? ¡Ya la quisiéramos los pobres para dominguear!

—Quiero cambiar la madera de las puertas; quiero poner ventanas arriba, para mirar la plaza y la catedral. Quiero trastejar, para que resbale el agua pareja, que dé gusto mirar los chorros descolgándose de los aleros. Quiero renovar las esculturas del zaguán y de la esquina, y reponer el escudo de mi tatarabuelo, que dicen que lo trajo desde España, cuando llegó con don Diego, de otra Ciudá Real que ni sé dónde es.

—¿Quién don Diego, patrón?, preguntó interesado el capataz.

—¡Ah! Don Diego fue un amigo de papá…

Don Juan se quedó pensativo, mirando cómo bailoteaban las llamas sobre el fogón. En las copas de los truenos que bordeaban algunos de los caxones de la plaza cantaban las chinitas sus melólicas odas al amanecer. Por allí, bajo las cenizas de una hoguera, han de quedar los restos de un cuerno que él soñó para decir que aquí iba a ser nuestro lugar. ¡Don Diego! Los hombres como él se han ido siempre, y nos han mandado a los que ni siquiera entienden qué es vivir en el valle, en la íntima soledad que viste el alma de azul y el corazón de verde, que entra hasta las entrañas aun cuando uno no quisiera mirar.

—Él hizo la ciudad, como hija de su paz, dijo en un murmullo, con la vista pegada en las brasas del fogón.

—¿Quién, don Juan?

Don Juan sacudió la cabeza. Estoy ido otra vez. Se levantó del taburete en que había estado sentado. Tomó a Gabriel del brazo y se lo llevó al frío del corredor. Si éste quisiera comprender lo que quiero hacer. Si entrara en su corazón plantar aquí conmigo el recuerdo de aquellos hombres que de la Mar de Levante hasta la Mar del Sur trajeron los cuentos de sirenas que nunca vieron pero que guardaron en el fondo de su ilusión.

La neblina poblaba de brillantes cristales el amplio patio frente al corredor.

—¿Dónde vive tu mujer?, preguntó, deteniéndose don Juan.

—En Zullatitán.

—Mándale recado y bestias, que se venga a vivir aquí.

—¿Aquí, patrón?

—Aquí, en mi casa. Después te doy un solar para que levantes la tuya.

—¿Y quién se queda en la molienda?

Don Juan se había inclinado y seguía caminando, moviendo los labios, como si continuara hablando. Gabriel lo siguió, y poco a poco fue aprendiendo, entre palabras y gestos, a descifrar el enigma de sus recuerdos.

A los pocos días el capataz de arrieros salió rumbo a los montes, camino de Tenejapa, acompañado de una pequeña tropa de chamulas armados de hachas y machetes. Don Juan salió a despedirlos de madrugada, hasta más allá de la ermita de la Virgen mexicana, una blanca mancha sobre la solitaria colina.

—No te olvidés, Gabriel, recomendó el patrón: Quiero que corten toda la madera en luna llena. Que se quede una cuadrilla a cuidarla hasta que esté bien seca.

Las extravagancias de don Juan ya habían dejado de ser la comidilla de la gente en el valle, pues eran tantas.

—Lo trae de herencia, decían, tapándose la boca las señoras en las veladas de naipes y aun en los velorios.

—Dicen que guarda en cajones de cedro papeles mandados a engrudar por su tatarabuelo; y que en las noches se sienta a leer hasta que se le ponen vidriosos los ojos.

—¡Pobre la Elvirita de Jáuregui, esa santa mujer que lo tiene que aguantar!

—¡Dejalo, hermana!, interrumpía, jugándole en los ojos la sonrisa doña

Carmelita Guillén, que, al igual que su abuela, no faltaba nunca a las jugadas. ¡Muy su gusto! ¿Pero qué será ese entrar y salir de indios en su casa de la plaza?

—¡Ése es pues, que nadie sabe!, respondía consternada doña Elenita de Velasco.

Y por más que el runrún ya saltaba de sala en sala, nadie se imaginaba lo que estaba sucediendo, pues don Juan se levantaba de madrugada a recibir las cargas que los indios le bajaban de los cerros y hacía que pasaran directamente a un cuarto de la gran casa; les pagaba, cerraba con llave y les imponía silencio, bajo la amenaza de no comprarles más si se sabía lo que le vendían; y allí iba acumulando carga sobre carga de cal entera, quemada en las montañas al anochecer.

Mas una tarde, ya más de la oración, fueron entrando por la Calle de la Ermita las mulas de una larga recua arrastrando madera, trozas, tablas, reglas, morillos, que hacían un ruido acompasado sobre el empedrado de las calles. A pesar de la hora, o quizá por ella, por puertas y ventanas asomaron sus caras las mujeres, reconociendo de inmediato en la esbelta figura de Gabriel Flores al capataz de don Juan de la Tovilla; y a nadie le cupo duda acerca del destino de toda aquella tablazón.

Descargaron. El olor del bosque llenó de aroma de pinos y de robles y de nuculpat y ciprés los viejos corredores, donde habrían de pulular al día siguiente los carpinteros y los albañiles.

Alta ya la noche, don Juan se llevó a sus trabajadores a la cocina, sobre cuyos fogones danzaba la alegría del atol de granillo y de tostadas bañadas en manteca. Los indios se sentaron en cuclillas a comer y charlar, mientras el patrón soñaba, con las manos prensadas envolviendo su pocillo de chocolate. Del susurro incesante de los indios, las cocineras fueron hilando hebras que se trenzaron en las columnas de humo junto a sus tenamastes.

—¡Algo pasa en los cerros con los indios!, murmuró el viento de la madrugada, y su eco se arrastró con la escarcha de diciembre, envuelto en la fragancia de juncia de las Posadas, y se fue metiendo sutilmente, suavemente, por cocinas, por salas y pasillos...

—¡Algo pasa en los cerros con los indios!

Mientras tanto, se acercaba a su término aquel año del Señor de mill y siete cientos y once años.

* * *

La ciudad había crecido. Por sus calles enlajadas resonaban impetuosos los cascos herrados de los caballos del valle. Una que otra carreta rodaba pesadamente, asomando de los torcidos caminos que se abrían paso entre pinares, convergiendo desde los lejanos cañaverales de la tierra caliente. En la taberna, que tenía un enorme corral para recuas, se juntaban los arrieros que llegaban de Guatemala, o los que, quizá una vez al año, se aventuraban hasta esa apartada frontera desde la Puebla de los Angeles o de Veracruz o de San Juan Bautista, vendiendo las mercaderías que en las playas de la Nueva desembarcaban desde la Vieja España, cada vez más lejana y olvidada.

Por las tardes, embozado en su capa de fina lana, don Pedro Gutiérrez dejaba su casa de altos en la Calle de la Laguna, montaba su caballo y, seguido de su mozo de espuelas, trotaba garbosamente hacia la nueva fonda que las taberneras habían abierto a dos esquinas del Colegio Seminario. Se apeaba. Ya doña Chus lo esperaba con una jarra de vino en su mesa y un par de anafres bien quitados de humo.

—Aquí me entero mejor de lo que pasa, niña Jesús, que por todas las cartas que los tenientes me mandan de la provincia. Y con sus atenciones, me siento como en casa.

—Favor que nos hace su mercé, respondía, inclinándose, la tabernera, que en el Alcalde Mayor tenía un marchante gastador y satisfecho.

No tardaban en acercarse los capataces de las recuas y, una vez presentados sus respetos, se las arreglaban para compartir la plática de don Pedro y el buen vino que doña Chus le ponía a enfriar a la sombra de una higuera.

—¿Qué pasa en Ciudá Real, señor Alcalde?, le preguntó esa tarde, roja ya su cara por el vino y por el suave calor de los anafres don Francisco Fernández, dueño de una recua guatemalteca que cargaba añil.

—Aquí nunca pasa nada, respondió don Pedro. Uno que otro gritón trasnochador amanece en la Real Cárcel; al alba lo ponemos a barrer la plaza, si no quiere pagarle a un indio que lo haga en su lugar, y santas paces. Nuestro gusto mayor y nuestro entretenimiento es salir a mirar cuando llegan ustedes cascabeleando sus bestias, o salir a despedirlos cuando ya no nos dejan más que el recuerdo de sus cuentos.

—Pues no es eso lo que dice la gente en los caminos, su mercé. Y bien haría en enterarse de lo que hay en los pueblos.

—¿Y qué hay?, inquirió don Pedro, perdiendo por momentos el aplomo.

—Murmuraciones, señor, murmuraciones.

—¿Quién murmura de qué, don Francisco?, preguntó el alcalde, como no poniendo atención, mientras servía con mano ligeramente temblorosa más vino en los oscuros vasos de barro.

Se echó un trago largo, largo el comerciante; dejó su vaso sobre la mesa de pino; se rascó la cabeza, y estaba por comenzar uno de tantos cuentos de viajeros, cuando se acercó apurada doña Chus a cuchichearle a don Pedro en el oído. Los ojos del alcalde brillaron de furor, pues no había cosa que le molestara tanto como sentirse interrumpido en sus veladas con los arrieros que venían de lejos.

—¿Y es asunto que no pueda esperar, niña Jesús?

—El recadero dice que es de mucha urgencia.

—¡Ese cabrón!, exclamó don Pedro levantándose, y cruzó a zancadas por la fonda.

—¿Quién es ese cabrón, doña Chusita?, preguntó el arriero después de breve pausa.

—¡Ay, don Francisco!

—Dígamelo, su mercé. ¿Qué pierde?, insistió el guatemalteco, acariciando con sus burdas manos la espalda de la tabernera. ¿Quién es ese cabrón?

—El señor obispo, respondió casi en un suspiro doña Chus, y sin esperar más, corrió hacia su cocina.

El frío de la noche le llegó a don Pedro a los pulmones al abandonar el agradable calor de la taberna. Despachó a su mozo con su cabalgadura y se fue a pie, rezongando sus botas sobre el empedrado de las banquetas. Al llegar a la esquina de la plaza se le acercó un sereno con su farol encendido; con gran humildad se inclinó para entregarle un papel enrollado.

—Es queja de un mi compadre, le dijo; me la dio por si un día yo pudiera encontrar a Su Excelencia en estas calles, Señor, porque no se la reciben en el Ayuntamiento.

Don Pedro se siguió adelante, sin decir palabra. Por la dirección de sus toses el sereno supo que había entrado al palacio del obispo. Esto va para largo, pensó, y se sentó a velar junto a uno de los caxones. Al poco rato roncaba como un bendito.

El obispo esperaba en la sala de la antigua casa de don Francisco de Montejo. La luz de medio centenar de candelas realzaba sus ojeras de preocupación. Al entrar el alcalde, se levantó con la mano extendida, pero don Pedro fingió no verlo, y se colocó bajo una vela para leer, a modo de calmante, el papel que acababa de recibir y que iba dirigido a él en estas palabras:

«Ynosencio padilla natural del barrio de San Diego, postrado a las plantas de VSa. con el mayor rendim.to como a Superior y padre, ante Vsa paresco, y digo: Q. por qto ha tiempo de quatro años que le estoy Sirviendo de Pastor a mi Amo Don Joseph Velasco, el Niño; y hayandome disgustado en el Servicio, le he dicho a mi Amo por que no me esta a quenta ser Pastor, y que quiero salírme, y el nunca ha querido, menos que no le apronte sinquenta y tres pesos que me hase cargo, de ganado que se ha perdido, teniendo el la culpa pues nunca ha querido aser corral para que duerma el ganado por barias beses que le he dicho, pues de noche como podré guardarlo; y aun que ya me dio papel para buscar Amo, no quiere recevir el ganado para que estando en libertad lo busque, pues estando en la pastoría que diligencia podré haser; y demas deso, estar yo sirviendo Sin averle hecho a mi Mujer un trapo del tiempo que he servido, ni tener esperansa de aserle con estar asiendome Cargo mi Amo de ganado perdido sin Comerlo ni beverlo, ni tener yo la culpa. Por lo que suplico a VSa en meritos de justicia vea si es razon que pague lo que no he comido, que con la sentencia de VSa conformaré, que es ntro Padre, y

Superior y nosotros humildes hijos que sus plantas rendidos Besamos. Y no-sencio padilla».

Al terminar la lectura alzó los ojos y los abrió con gesto de gran sorpresa, luego se inclinó para acercarse a besar el anillo pastoral del obispo, que temblaba de rabia malamente ocultada.

—Pido perdón a vuestra excelencia, dijo entonces el alcalde, pero estando engolfado en la lectura, no me percaté de la llegada de su señoría. Se trata de un dolorosísimo asunto en el cual debemos tomar cartas nosotros.

—Deje su excelencia las naderías que ocupan nuestro tiempo en la ciudad todos los días, que ahora se nos echa encima algo que todavía no me arriesgo a tratar de comprender.

Sonó el prelado una campanilla de plata, y al instante asomó la cabeza un lego.

—Que pase el padre don Simón, ordenó el obispo.

Se quedaron callados, perdida la mirada de cada cual en su mundo, siguiendo absortos el parpadear silencioso de las candelas. Como una sombra más apareció la ascética figura del padre Simón Lara, recién llegado de Cancuc. En sus manos llevaba los restos de un hábito blanquinegro, igual que el suyo; al desdoblarlo frente a sus superiores se pudo ver que estaba desgarrado, sucio de lodo y embarrado de sangre.

El obispo y el alcalde se quedaron viendo. Desde los montes, alumbrados por enormes estrellas que anunciaban helada, resonó largo y triste el aullido de Ok'il, el Coyote. Los tres hombres movieron la cabeza, como si se la agitara en campanadas el eco de aquel gemido lastimero.

* * *

En un paraje aislado, sierra abajo, vivía un indio viejo, de mirada serena, como vuelta hacia adentro. Recio. Alto para su gente. Llena la cara de arrugas, pero vivos los ojos. Los jóvenes del rumbo pasaban a saludarlo y a dejarle algún bocado cada vez que bajaban de la plaza de Jovel. Él les daba posada junto a sus tenamastes, antes de que siguieran camino al amanecer, a Chilum, a Cancuc, a Tumbalá, a Yaxalum...

—Yo sentí la palabra, les decía, en cuclillas frente al fuego. ¡Jurakán! Es el viento que se retuerce como culebra y no se deja agarrar. Es el ch'ulel de nuestra gente. Cuando se suelta, arranca de los cerros hasta el más fuerte nuculpat. ¡Su nombre es Jurakán!

—Esa es palabra de los zotzil vinik, le respondían los muchachos, entre divertidos y asustados.

Antes de que saliera el sol, se echaban a cuestas sus redes, sujetadas a la frente por el mecapal; se quitaban el sombrero de paja, de anchas alas y de copa en pico; se inclinaban, y él les imponía la mano en medio del susurro del pinar. Los miraba perderse en las veredas del bosque; entonces soltaba aquella lágrima desesperada que le quemaba los viejos ojos desde atrás.

Cayendo el sol una tarde, asomó por un recodo, solo, un indio alto, fuerte, de ojos francos y duros. En un morral de ixtle llevaba un gran frasco de posh. Le llamaban Juan García en la plaza de Jovel. En los cerros y en los pueblos él era Xun Palam. Su nombre iba de boca en boca entre los tzeltales jóvenes. Palam era el antiguo Balam, el Tigre, el más ágil y más recio nagual que se pudiera encontrar en la montaña.

El indio viejo lo miró llegar entre los carrizos de su jacal. Sintió el rozar de su sombra bajo los aleros de palma, y lo llamó con los ojos al contemplarlo arqueándose para entrar.

—Ven, Hijo del Tigre, le murmuró, como si hablara el viento.

El indio joven se acercó, se arrodilló junto al viejo y se descubrió la cabeza, que el otro tocó en silencio, con infinita ternura, como si por fin fuera cayendo en su ch'ulel, gota a gota, la paz. Xun Palam abrió su morral, sacó el frasco y se echó un largo, largo trago; luego se lo entregó al anciano y se inclinó otra vez. Alzó el viejo la botella y se la llevó a la boca, con los ojos cerrados. Una oleada de fuego le bajó a las entrañas. En ese momento entró por las hendijas de los jules con su tibia luz la luna de los bosques.

—¡Hijo!, exclamó el viejo, como si hablara el viento.

—¡Jtata, padre mío!, hizo como en eco la voz de Xun Palam. ¡Jtata Romín Kuxkat!

Un telón de silencio se cerró entre los dos. De repente lo interrumpía el silbido de Xotch, la Lechuza, desde una cercana encina, o el lejano rugido de Balam. Entonces tomaban un trago de posh, y del uno saltaba al otro una chispa de luz.

—Trabajamos mucho y comemos poco, dijo al fin, sin ninguna inflexión, Xun Palam.

La luna había pasado la mitad de su carrera entre los cerros.

—Hablamos, continuó el indio joven; pero nadie escucha nuestra voz. En nuestro ch'ulel ya sólo suena la palabra de los padres de ropa negra y blanca.

Abrió entonces los ojos el Kuxkat. Su boca rozaba la hojarasca bajo un copudo roble. Sobre las aguas del valle inundado brillaban las ráfagas y rebotaban los truenos. Junto al recuerdo del Hijo de Turumpukuj se esforzaba por brotar, reventar y aflorar algo que ya nadie sabía. Su boca se abrió, y por primera vez en su vida quizá, le brilló una sonrisa bañada de luna.

—¡La palabra es Jurakán!, exclamó, como si hablara el viento.

Se tomó entre las manos las rodillas, pero poco a poco se fue inclinando hacia el piso, junto a los rescoldos.

—¡No te vayas, jtata!, gritó el joven Palam, con sonido de llanto.

Pero el indio viejo ya no se pudo levantar. Ciego de dolor, Palam le sobaba la espalda y le soplaba bocanadas de posh.

—¡No te vayas, jtata! ¡No te vayas!

—Ya sabes la palabra, dijo el viejo. Su recuerdo y su luz están en tu ch'ulel. ¡Mírate para adentro!, terminó el anciano en un débil rumor, como si platicara entre la fronda el viento.

* * *

—¿Pero qué es esto?, exclamó don Pedro Gutiérrez.

Nadie respondió nada, hasta que el padre Simón, girando la cabeza a los rincones de la sala, tomó la palabra como haciendo un gran esfuerzo.

—El padre Marcos desapareció hace varias semanas. Iba de Cancuc a Chilum a ayudar al padre Pedro en la fiesta de Todos los Santos. No hemos sabido nada de él.

—¿Y este hábito?, interrumpió el obispo.

—Lo encontraron unas indias en la cueva de La Gloria.

—¿Es el hábito de fray Marcos?

—Lo asaltó un animal en el camino y lo arrastró a su cueva, intervino el alcalde.

—Bien pudo ser, atajó el padre Simón.

—¿Pero no fue así?, insinuó, casi con dulzura el obispo.

Iba a responder el fraile, pero en ese instante por la puerta que daba al corredor entró como en chorros el penetrante aroma del chocolate, y tras él la Manuela, con una caldera humeante y una canastilla en que llevaba pocillos y pan de yema para los señores.

—¿Quién te pidió chocolate a estas horas?, regañó el prelado.

—¡Déjela, su excelencia!, interrumpió el alcalde. El chocolate es como el vino, señor: no tiene hora.

Diestramente la Manuela convirtió el gran escritorio de cedro en mesa de comedor; puso al centro el hábito ensangrentado de fray Marcos; a su derredor colocó pocillos y platos; destapó la cesta que llevaba cubierta con una servilleta de tela de San Bartolo y, sin decir una palabra se retiró. Cuando volvió a su cocina, sus compañeras de trabajo, como ella, tzeltales al servicio de los frailes desde hacía años, se encontraban de gran charla con el mozo del padre don Simón.

—Lo mataron, decía el Pegro.

—¿Pero quién?

—La gente. Le quemaron chile pa' que oliera el humo. Que se hogara. Pero no se hogó.

—¿Entóns cómo murió?, preguntó la Luz.

—Le rasparon su cuero y le echaron sal.

—¡Madre santísima!, exclamó la Manuela persignándose, sin saber bien de qué se hablaba.

—Y ni así moría, continuó el Pegro. Le tuvieron que reventar la cabeza de un hachazo.

Tomó un gran sorbo de atol. Se quedó callado un momento. Como nadie decía nada, él se sintió obligado a terminar.

—Le quitaron lo que llevaba pa' la iglesia de Chilum.

—¿Para qué?, preguntó entonces la Manuela, cayendo en la cuenta de lo que se trataba.

—Pa' seña.

—¿Seña de qué?

—Que no nos pasa nada si se mueren.

—¡Ay, Jesús!, exclamó la Manuela. ¡Y vos estás en eso?

—¡Manuela!, se oyó desde la gran sala.

Limpiándose las manos en el delantal, se fue de prisa a atender a las necesidades de su patrón, para volver en seguida diciendo:

—Que vas a compañar al Señor Alcalde, Pegro.

Se levantó el Pegro. Contra la luz de las velas de sebo se destacó en silueta su figura: Del maxtat asomaban las piernas morenas y robustas; sobre sus pies, calzados en sandalias de cuero crudo, se atirantaban los poderosos talones acostumbrados a llevar recados trotando por los cerros. Los pequeños ojos cafés brillaban tras las montañas de sus altos pómulos. En la frente le trazaba una raya sesgada el tupé de color negro. Levantó su sombrero adornado de listones, y se echó a andar sin decir una palabra. En la cocina el corazón de las mujeres se detuvo en una pausa de horror y admiración. ¡Cancuquero!, pensaron, sin mover un músculo. Del viejo nogal que recogía serenos en el patio del palacio, llegó el lamento de Turumpukuj, a quien los caxlanes llamaban tecolote, siguiendo el ejemplo lejano de la Nueva España.

El sol se levantó tarde y soñoliento esa mañana, arropado en un blanco chamarro de neblina.

—Parece que le doliera su culo, rezongaron las viejitas camino de la iglesia.

Mientras vendían juncia y tecolúmates para los nacimientos, las indias murmuraban el nombre de Juan García, que ya no asomaba con su carga por la plaza de Jovel. Las mandaderas de los caxlanes estiraban la oreja para atisbar el rumbo de aquellos cuchicheos. Pero los indios estaban levantando una muralla de misterio, y ellas volvían a sus cocinas sin tener nada que contar. Y las columnas de humo que de los fogones se alzaban atravesando los tejados, llevaban un temblor nervioso que helaba el corazón de mucha gente en Ciudad Real.

A medio día don Pedro Gutiérrez comenzó a llamar uno por uno a los señores más importantes del valle a su casa de altos en la Calle de la Laguna. La gente los miraba salir con la cara enrojecida y la cabeza inclinada. Curiosamente, en vez de volver a su casa, los hombres se trenzaban las manos tras la espalda y se iban a caminar por las calles, como en trance.

—Yo puedo comprar un par de caballos. Comprarlos, que no los tengo, le ofreció al Alcalde don Francisco de Bazeta, un comerciante en telas llegado al valle unos cuantos años antes desde La Coruña. Si eso puede servir. También tengo unos costales de pólvora que me compran los coheteros...

—Todo sirve, replicó don Pedro Gutiérrez.

—¿Pero ir yo? ¡Por mi madre...!

—Si no vamos nosotros, vendrán ellos, gritó don Pedro, reforzando sus palabras con un vigoroso golpe sobre el escritorio.

La gente vio a don Francisco de Bazeta caminar lentamente, con las manos trenzadas tras la espalda; lo vio vacilar a la puerta del convento de Señor Santo Domingo, y luego torcer rumbo a su casa por la Calle de la Manzana y entrar, sacudiendo la cabeza, mientras por encima del Huitepec se incendiaba la tarde en un baño de carmín. Unos cuantos días después cruzó la misma puerta, con un rollo de papel bajo el sobaco, el viejísimo escribano de ojos saltones y piel verduzca, don Lorenzo Guillén.

—¡Va a hacer su testamento!, murmuraron los cristales de la niebla en la mañana. Y el viento helado lo repitió con ecos de terror al ir muriendo el mes de enero de aquel año de gracia de mill y siete cientos y doce años.

* * *

En la casa de don Juan de la Tovilla frente a la plaza se trabajaba febrilmente: Albañiles, carpinteros, pintores, todos se afanaban por cumplirle sus deseos. Don Juan se quedaba mirando las obras y soñando en aquel día en que, contemplando la escultura en la esquina de la casa de su abuelo, había preguntado con candor de niño:

—¿Qué es eso?

—Es una sirena, le había dicho su nana. Es una mujer con cuerpo de pescado que vive en el mar.

Pero ya casi nadie recordaba el mar.

Al morir su padre, había vendido una recua de mulas y unas docenas de caballos de los que crecían en los potreros de San Nicolás, había arrancado del piso de la alcoba una olla de doblones que había dejado don Andrés y se había marchado a España a la ventura.

—¡Así ha sido siempre toda su raza!, murmuraban las mujeres. Se montan en su macho y ni quién los baje.

Más de un año después había vuelto, casado con doña Elvira de Jáuregui, con la cabeza llena de recuerdos, una maleta con dibujos de pueblos y ciudades, y las manos vacías. En sus recuerdos se apeñuscaban aquellas casas blancas, silenciosas, de altísimas ventanas, que había visto en Almagro, en Ciudad Real, en Criptana, y evocaba con ellos los cuentos de su abuelo don

Andrés que había muerto sentado frente al sol leyendo acerca de aquel héroe soñador que todos creían loco y que él consideraba su hermano de ilusión. Un día volverá a correr sangre en nuestras venas, me dijo. Sangre nueva, asoleada en las montañas.

—Buenos días Juan, le dijo alguien, palmeándole en el hombro.

—Buenos días, respondió don Juan, volviendo la mirada. ¡Ah! ¡Buenos días, hermano!, reaccionó reconociendo en el visitante a don Pedro Moreno.

—¡Qué bonita está quedando tu casa!

—Todavía falta mucho. ¿Ves esas ventanas allí arriba? Quiero que tengan balcones de madera torneada, pintados de negro sobre el fondo blanco de la pared. Cuando termine, quiero que se parezca a la casa donde conocí a mi mujer, allá en Almagro: Con su pozo en el centro del patio y unas escaleras anchas para subir a los corredores de los altos, y rincones por todos lados, donde mis bisnietos busquen lo que no se les haya perdido...

—¿No estás ya un poco viejo para tanta ilusión?

—Viejos los cerros, hermano, y reverdecen. Para el día de San Juan voy a hacer aquí una gran fiesta. ¡Y vos sos el primer invitado!

—Gracias, Juan. Aquí estaré. Pero decime, ¿no has oído lo que dicen que está haciendo el alcalde?

—¡Pendejadas! Vení, hermano.

Lo tomó del brazo y lo llevó por el lado del zaguán, a la calle del costado. Sobre el portón los albañiles habían levantado andamios y se les veía apurados tratando de construir algo sobre la mocheta.

—Allí va el escudo de mi familia, dijo don Juan.

—Pero lo veo que está liso. ¿Qué signos va a llevar?

—Ahí está pues que no lo sé, replicó don Juan, con mueca de resignación.

—¿Y así se va a quedar?

—Así, porque no le he de añadir algo que no sé. Pero le voy a adornar los lados con más sirenas, si los albañiles logran hacer que no se les caiga la mezcla.

—¿Por qué sirenas?

Se quedó callado por un momento don Juan. Luego, como haciendo un esfuerzo, se volvió de frente a su amigo y, jugándole en los ojos una antigua visión, le confesó:

—Para que no se nos olvide que llegamos del mar y que, aun encerrados en este cerco de montañas, podemos soñar en las grandes llanuras que están al otro lado, por donde soplan otros vientos y se escucha otra clase de cantar.

Don Pedro se había quedado agachado, pensando en las murmuraciones de la gente. Bien dicen que cuando el río suena, piedras lleva.

Volvió en sí de sus cavilaciones don Juan. Tomó a su amigo nuevamente del brazo y, poco a poco, se lo fue llevando entre andamios y escaleras hacia el interior de la casa. Allí, lejos del bullicio se detuvo para preguntar:

—¿Qué es eso del alcalde, Pedro?

—Enredos de la gente, nada más. ¿No te ha llamado?

—Dos veces. Pero no me gusta andar en argüendes de sinoficios.

—¡Fueras!

—Tal vez. Si me llama de nuevo.

—Yo ya fui.

—¿Y qué pasó?

—Quisiera yo invitarte a un trago de posh en mi casa. Ya invité a Luis Alfonso, a Pancho Suárez, a José Velasco...

—¿Y a Cristóbal?

—¿No te has dado cuenta que los Morales ya hace tiempo que se fueron de aquí?

—¿Y a Juan Porras?

—A él sí, y a otros amigos. Pero pocos. ¡Ah! Y te voy a mandar unos aldabones para tus puertas. Los heredé de quién sabe quién de mis tatarabuelos.

En el alma alegre a veces y a veces sombría de don Juan de la Tovilla entró un chorro de viento fresco. Al darle la mano a su amigo para despedirse, sintió que de todos los cerros bajaba en bocanadas aquella sangre nueva que su abuelo le había dicho que tendría que correr por sus venas y que ya está corriendo por las de todos mis amigos y también por las mías, con un hormigueo que no alcanzo a entender, pero que me hace hermano de las ramas y los troncos, y hasta del tecolote que vuela con la muerte.

En sus divagaciones, no se dio cuenta de que los peones de albañil se miraban nerviosos, como si se platicaran con los ojos lo que estaba pasando más allá del Zontehuitz. Y sus oídos, generalmente abiertos al canto del gorrión y hasta al dulcísimo aletear de la cigarra, no captaron la angustia con que sus bocas morenas repetían como en ritmo de magia el nombre de Juan García Palam a la hora del pozol.

En casa de don Pedro Moreno los amigos, todos arrebozados en chamarros de lana de la tierra, no le perdonaron la broma a don Juan de la Tovilla, que llegó luciendo hermosa capa española de alta gorguera de terciopelo.

—¿Podrá Su excelencia beber de nuestro posh, o mandamos a la taberna por una bota de vino?, preguntó, en medio de las carcajadas de todos, Luis Alfonso Mazariegos, el más joven de la camarilla de viejos.

—Sólo si va tu madre, respondió de buen humor Tovilla.

—Lástima que ya hace mucho que está en el cielo mi viejita.

—¿Dónde?, preguntó, con aire de inocencia don Pancho Suárez. ¿Después de tanto garrotazo que nos daba cuando éramos chiquitos?

—Eso sí, replicó Luis Alfonso. ¡Ella nunca perdonó a los ladrones!

En medio de las risas de todos entró doña Margarita, la dueña de la casa, con una gran bandeja de chicharrones frescos adornados con cuadritos de un chichol colorado que cultivaban los indios, pero que ya se llamaba tomate, según el nombre que le daban los mexicanos.

—Ni en juicio ni borrachos quiero que hablen mal de nadie aquí en mi casa.

—Ni lo mande Dios, niña Margarita, exclamó don Juan de la Tovilla, inclinándose galante y dibujando una amplia curva con su capa española.

—Y vos, Juan, ojos de cunculín, no creás que por loco te me vas a escapar.

Entre los gritos de la risa se retiró la señora, a quien todos querían y respetaban y cuya agilidad mental todos temían.

—Éste es posh de Comitlán, interrumpió entonces don Pedro Moreno. ¡Ojalá que lo quieran probar!

Les sirvió a todos en pocillos de barro, porque el vidrio, que de vez en cuando llegaban a vender los mulateros de la Nueva España, era frágil y caro, y se usaba para guardarlo de adorno en las grandes alhacenas de cedro, bajo llave.

—Brindemos por Ciudad Real y por don Pedro, exclamó Luis Alfonso Mazariegos.

Sintieron que les bajaba rozando las entrañas una llamita tibia que les envolvió la cabeza en un suave fuego como de encantadora modorra.

—¿Qué piensan de Cancuc y de Oxchuc?, preguntó de repente don Pedro Moreno.

Se quedaron atónitos ante lo inesperado de la pregunta.

—Ya salió otro Juan Tovilla, dijo como entre pugidos don Juan de la Tovilla.

—Hablo en serio, insistió don Pedro. Y estamos entre hermanos.

Como por obra de magia, los amigos sintieron que se había cerrado un círculo y que algo los había atado a ellos dentro de él.

—Son pueblos de indios, murmuró don Pancho Suárez, como tantos otros.

—¿Pero cómo es la gente?, insistió don Pedro.

—Igual que la gente en cualquier parte, intervino, destapándose la cara Juan de Porras.

—¿Serían Uds. capaces de abrir fuego contra esos pueblos?

—¡Ni lo mande Dios!, saltó don Pancho Suárez. Allá vive mi mamacita santa. Y quién sabe si no allá haya nacido mi abuela, que según decía mi abuelo, tenía sangre de oxchuquera.

Doña Margarita había entrado con un anafre y lo había colocado en el centro de la pequeña sala de altas paredes blancas. El posh comiteco había seguido circulando; los amigos acariciaban los pocillos con sus enormes manos de labradores o de bayunqueros hasta que entraba en calor, y entonces lo iban llevando a las concavidades de su mundo, a sorbos lentos, callados, empapados sus ojos en el rocío de los roblares por donde se retorcían los caminos en culebras infinitas por todas las montañas.

—En sus fiestas les vendemos nuestra mercancía, dijo, arrastrando las palabras don Francisco Trejo, nieto de la legendaria bayunquera doña Josefina Ballinas.

—Y les compramos maíz y frijol cuando no se dan nuestras cosechas, que es casi todos los años, agregó Luis Alfonso, suprimiendo a duras penas un bostezo.

—Si quisieran pasar a mi cocina, allí hay tamales y chocolate, entró a decir doña Margarita.

—Sólo si nos da su merced más posh después de que comamos, niña Margarita, sonó la voz zumbona de don Juan de la Tovilla.

Pero ya no hubo posh. Los amigos se fueron a sus casas meditando. En lo alto comenzaban a cerrarse las nubes anunciando el mes de mayo. ¡Había una paz tan dulce bajo el cielo de Jovel!

Las aguas se desataron a los pocos días. Los correntales dejaron hondas huellas en algunas calles. Pero el día de San Juan amaneció brillando el sol, y cuando el señor cura comenzó a recorrer salas y pasillos y hasta la cocina en la solemne bendición de la casa de don Juan de la Tovilla, había en el aire un olor agridulce de tierra mojada que contagiaba de alegría hasta el lánguido cantar de las chinitas después de un aguacero. Sin embargo, los amigos de don Juan, sentados a lo largo de las altas paredes de la sala recién blanqueada, se quedaban con la mirada fija en las vigas de roble o en las severas puertas de ciprés, o divisando las redondas columnas de nuculpat con que su amigo había cercado las orillas de su gran corredor.

—Ni la marimba de San Bartolo los alegra, murmuró una molendera en la cocina.

—¿Será miedo?, preguntó al aire la Martina, torteando al ritmo de los sones tierracalentanos.

—Estos hombres nunca han tenido miedo de nada ni de nadie, contestó la vieja Petrona, que de niña había sido pilmama de don Andrés.

—Dicen que aquí está el Juan Palam. Que le dieron posada ca don Pedro.

En ese momento se calló la marimba. En el eco de sus sones se quedaron prendidas las últimas palabras, hamaqueándose en el céfiro del anochecer. Como obedeciendo una orden, los más viejos entre los amigos de don Juan se levantaron. Al verlos, el anfitrión se les acercó. En el gesto de darles la mano los invitó a seguirlo, y se fueron tras de él al corral de las mulas donde ardían alegres fogatas junto a los pozos de la barbacoa.

—Que nos sirvan en el traspatio, mandó a avisar don Juan a las cocineras.

A la luz de la luna, luna de junio, turbia de vapor y de embelezos, se sentaron a comer de la carne que sacaban con palas de madera los recios brazos de los indios que habían nacido y se habían criado en el valle, compartiendo con los ladinos la humedad y el viento, el olor de montaña y la sangre y el pan.

—¿Es verdad, preguntó don Juan, lo del Palam?

—Es verdad, le contestó don Pedro.

—¿No lo sabe el alcalde?

—Nunca lo sabrá.

—¡Nunca!, pujaron los demás.

Se limpiaron las manos en la juncia, se embozaron en sus chamarros de lana, y salieron por la caballeriza en silencio, contemplando de soslayo aquella luna tierna, canteada, que amenazaba llenar el mundo de agua...

* * *

Los tres hombres se sentaron a la sombra de un añoso batsi–té. Xun Palam sacó de su morral un frasco de posh. Bebió un trago; lo pasó a sus compañeros. Cuando todos hubieron bebido, Juan García Palam preguntó, sembrando ansiosa la mirada en los ojos de los otros dos:

—¿Saben qué dice la palabra Jurakán?

—No dice nada, contestó Romín Teratol Xulem, el alférez de San Lorenzo en Zinacantán.

—No se oye en el pueblo, dijo mirando al suelo Juan López Vet, el Pasión de San Juan Chamula.

—¡Pero es palabra de ustedes!, casi gritó el tzeltal.

Los zotziles menearon la cabeza, como si no pudieran comprender. Xun Palam se levantó, bebió otro largo trago de su frasco y luego, sin ningún comentario, se lo dio a sus amigos y se echó a caminar rumbo a Jovel. Un tsajal–mut escondido entre las ramas le vio correr una lágrima cristalina sobre la adusta cara de color de tierra.

A grandes zancadas se fue por toda la serranía, hablándole a su gente como nunca le había hablado nadie en su lengua tzeltal. Una tarde se sentó junto a los olvidados tenamastes del difunto Romín Kuxkat. En cuclillas frente a él, sorbían tragos de posh sus amigos de Tenango, de Bachajón, de Tumbalá...

— Casi nadie ha oído eso de Jurakán, dijo, con la cara entristecida Lázaro Ximenes Chil.

—Los que han oído, interpuso Nicolás Vázquez Xtul, dicen que no les dice nada en su ch'ulel.

—Pero nadie quiere ya las fiestas de los padres, ni traerles su leña, ni cargarles su maíz, ni lavarles su ropa, ni acarrearles su agua, ni correr delante de sus mulas, dijo lentamente, como repitiendo una angustiada letanía, Agustín López P'ech.

—Pero todos quieren rezar en la iglesia. Que nos bendiga nuestros animalitos San Antoño, que nos mande agua San Isigro, que nos cuide en el monte La Virgen, continuó Lázaro.

—¡Allí está!, gritó interrumpiendo Xun Palam.

—¿Qué?, preguntaron los amigos a la vez, levantando la cabeza.

—Si tenemos nuestra Virgen de nosotros, ella nos puede bendecir sin los padres.

—Pero no tenemos, atajó Nicolás.

—Podemos tener, replicó, molesto de la interrupción Xun Palam. ¿Cómo se llama tu hija, Agustín?

—María. María Kantelaria; pero ya es casada.

—¡Tiene la misma cara que la Virgen en la Ermita de Jovel!, exclamó Xun Palam, con los ojos agrandados por la inspiración y los tragos de posh.

Los amigos comenzaron a comprender. Se agacharon junto a los rescoldos y se tomaron de las manos, y dejaron que Juan García Palam les hablara en el misterio del atardecer. Y Juan García Palam les habló con los ojos brillantes y en su voz escucharon como que entre los viejos jules del paraje se metiera el viento, un viento arremolinado, poderoso, que se los fue arrastrando en espirales por los cerros, cantándoles olvidadas canciones que repetían a sus hijos y a sus mujeres en los caminos, en los parajes, o en el verde maizal.

* * *

Doña Elenita de Velasco había heredado de su tatarabuela, doña Elvira Casillas, la devoción de asistir a la primera misa de todos los días en la catedral. Se arropaba bien, forrada de fustanes, se ponía su vestido largo de bolitas, y encima de todo se echaba el chal de seda fina que su abuelo había comprado de un mulatero de la Puebla de los Angeles que comerciaba en telas de la nao de China. Sus ojos, de un ligero color miel teñido con rayos de celeste claro, parecían siempre estar mirando a Dios en la felicidad eterna.

—¿Nunca tiene'ste penas, niña Elenita?, le preguntaba la Tomasita, vieja crianza de su casa.

Ella contestaba con una sonrisa, mientras le echaba una probadita a la comida que preparaba para los pobres y que mandaba al convento de las monjas para que allí se repartiera.

Pero ese día de julio, al salir por la puerta del perdón, se detuvo, mirando a todos lados, como si algo que flotara en el aire le afligiera su alma dulce y sencilla. De pronto sus ojos chocaron con los de doña Melchora Flores. Dándole la mano a la Tomasita para no caer, bajó rápidamente las gradas y se fue hacia la otra mujer con los brazos abiertos.

—¡Comadrita!, le dijo. ¡Cuánto gusto de verla! Ya tiene días que no está en la misa.

—Es que he estado en cama, con reumas.

—¿Por qué no me acompaña Ud., a la casa? Allí tengo un ungüento del que usaba mi abuela, hecho con hojas de alcanfor y manteca de cacao, que es de lo que no hay.

Caminando poco a poco se fueron a la casa de los Velasco. Atrás quedó la plaza, cada día más desierta porque los indios ya no estaban llegando como antes. Pasaron frente al zaguán de don Juan de la Tovilla, cuyas sirenas de mezcla brillaban a la luz de los primeros rayos del sol. La Tomasita quitó llave, y se metieron por entre las sombras de los alhelíes que perfumaban la vieja casa de cuatro corredores. Pasaron frente al oratorio y entraron a la sala, donde sus pasos resonaron sobre los planchones de ciprés.

—Metieras un brasero, Tomasa, ordenó la anciana. Siéntese usté, comadrita; no tardo en regresar.

Volvió al instante con un frasco de boca ancha. Al abrirlo, la estancia se llenó del olor inconfundible del alcanfor. Se lo entregó a la visita, pero al ver que se levantaba con ademán de despedirse, le rogó:

—¡No se vaya usted, que ya la Tomasa nos trae chocolate del recién molido!

Las dos se atisbaban con miradas ansiosas. Doña Elenita no pudo más, y bajando la voz a un cuchicheo que se perdía entre las vigas del tabanco, preguntó:

—¿No ha usté sabido de la Virgen de Cancuc?

—¡Ay, comadrita! ¡En cama he estado del gran cólico!

—¿Pero cólico por qué?

—¿Dónde va'sté a creer que la Reina de los Cielos se le aparezca a una india cancuquera?

—¿Y Juan Diego no era indio, comadrita?

—¡Ay, pero no es igual!

El sol traicionó la sombra de la Tomasita por la puerta de la sala; sin molestarse, doña Elenita le ordenó entrar y servir y retirarse.

—Pero ya sin espiar, le dijo en tono serio, que la Tomasa estaba acostumbrarda a desobedecer.

Estaban las mujeres por continuar su interrumpida conversación cuando resonaron por el zaguán los aldabonazos. Son de hombre. De hombre con pena.

—¡Tomasa!, gritó contrariada doña Elenita.

Pero ya la Tomasa volvía del zaguán con un papel en la mano.

—¡Lo bueno es que no sabe leer! Si no, sólo me diera el recado, sentenció la señora con un guiño forzado y desdoblando la misiva.

—¡Ay, Jesús, María y José!, exclamó en cuanto se dio cuenta del contenido. ¡Tomasa! ¿Dónde estás, mujer, por Dios? Saber dónde te escondés cuando más se te necesita. ¡Ah, pero discúlpeme, comadrita! Figúrese Ud. que el señor obispo me manda a llamar de urgencia, y aquí me tiene usté como pasmada. ¿Qué irá a pensar su excelencia? No lo tome Ud. a mal, comadritilla del alma, pero tengo que cambiarme estos trapos para no ir tan desfigurada al palacio.

—¡Por Dios Santo, comadrita!, respondió doña Melchora, ansiosa por retirarse. ¡Yo, cabeza sin sabor, que estoy aquí de metiche! ¡Cuánto ha me hubiera yo ido! ¡Que Dios la bendiga! ¡No vaya a ser nada malo!

Evitando la plaza, doña Elenita se fue por la Calle de la Taberna. Por entre las hendijas de las puertas entornadas espiaban las señoras, espantadas de que a esa hora de la mañana hubiera el obispo convocado a dos personas tan diferentes como doña Elenita de Velasco y don Pedro Gutiérrez, el alcalde mayor.

—Nadie quiere, decía el alcalde en el momento en que doña Elenita entró a la sala, del brazo del padre Simón Lara. ¡Nadie! A todos los he llamado, y no hay quien no tenga una excusa oportuna. ¡Ni el mismo don José Velasco!, casi gritó, exasperado, al ver entrar a la señora.

El obispo, que daba la espalda a la puerta, volvió la mirada y vio a los recién llegados. Se levantó presuroso y le dio a doña Elenita a besar su anillo pastoral; luego la levantó con muestras de respeto y le rogó tomar asiento en un sillón junto al suyo.

—Doña Elenita, dijo luego, casi con un suspiro: Tenemos dificultades muy serias en los pueblos de los indios. El señor alcalde, de acuerdo con nosotros y los señores padres de Santo Domingo, ha ingeniado una manera para volver a esos cristianos a la fe de la Santa Madre Iglesia y a la obediencia de nuestro señor, el Rey.

—¿Pero qué han hecho?, preguntó alarmada la viejecita.

—Ya convencieron a toda la gente de las apariciones de la Virgen a una india, intervino con calor el padre Simón. Ya hasta levantaron una ermita.

—Pero si aquí hace tiempo que tenemos la ermita de la Virgen que se le apareció a un indio, atajó, temblando por su atrevimiento doña Elenita.

—¡Ay, doña Elenita!, interrumpió el obispo, moviendo de un lado a otro la cabeza. No es igual. Esto es contra la Santa Madre Iglesia.

—Yo ya tuve que pasarme a Huixtlán, acudió fray Simón en apoyo de su superior, porque en Oxchuc y en Cancuc tengo miedo de vivir, sobre todo después de lo que le pasó al padre Marcos.

Se hizo una pausa opresiva. Doña Elenita inclinó la cabeza, como queriendo ocultar sus barruntos sobre aquel espantoso misterio que ya corría de sala en sala por toda la ciudad.

—¿Pero yo qué puedo hacer?, dijo al fin la viejecita, limpiándose una lágrima, pero rehusando hacerse partícipe del horrendo secreto que aquellos hombres parecían compartir.

—Doña Elena, intervino entonces el alcalde: Todos corremos peligro, no solamente los Padres de Santo Domingo. Necesitamos proteger a la ciudad y los intereses de la provincia; para eso he requerido la colaboración de los pudientes. Pero nadie ha respondido. Ni siquiera el hermano de usted, el señor síndico del ayuntamiento.

—¿Pero yo qué puedo hacer?, repitió la ancianita.

—¡Convencerlo!, gritó el alcalde, rematando con un golpe sobre sus piernas que resonó como un latigazo.

La sangre de cientos de años de Velascos subió como una llamarada por la arrugada cara de doña Elena.

—Señor, dijo, levantándose: A los hombres de este valle no les cambian la cabeza sus mujeres, mucho menos cuando ellas se vuelven mandaderas o correveydiles de fuereños.

Corrió hacia la puerta y se fue sin detenerse hasta la cocina, donde a una seña suya la siguió la Tomasita, y las dos viejas salieron apresuradas y sin decir palabra. La luz del medio día se había apagado con los negros crespones que habían subido al cielo desde lo alto de los cerros. Éstas son nubes de granizo. Ojalá que lo soporten nuestras tejas. Nunca pensé que fuéramos a salir corriendo de la casa del señor obispo. Ojalá que nadie nos mire que vamos como chuchas con la cola entre las piernas. Cuando pasaron frente a los corrales de don Juan de la Tovilla comenzaron a caer los goterones que el frío de la tarde convirtió en bolas de hielo, duras, macizas, que rebotaban y luego rodaban tranquilas sobre las lajas de las banquetas.

* * *

Por esos días vivía en Ciudad Real un viejo que se paseaba por las calles atraposado y descalzo. Cuando el frío apretaba, se echaba a la espalda los restos de un chamarro y caminaba más rápido, siempre hablando solo y diciendo cosas que la mayoría de la gente pensaba, pero que guardaba en los despeñaderos de su corazón. Le decían «El Loco». Algún día debió tener un nombre. Era el loco de turno, uno de tantos que habían adornado los andurriales del valle a lo largo del tiempo. Vivía en una casa abandonada, más allá de la blanca iglesita de Nuestra Señora de la Merced, una de las muchas casas que se habían quedado sin dueño en esos últimos tiempos en que una ingrata pobreza había ido rondando por la ciudad, y junto a las cuales nadie se atrevía a pasar después de la oración.

—Se oye cómo arrastran cadenas y cómo se quejan los dolientes y se miran luces verdes o azuladas que caminan solas sin despejar la oscuridad.

Pero El Loco vivía allí.

De pronto desaparecía. Lo veían por las calles de los pueblos sirviendo de cargador. O por los caminos, hablando entre las sombras. O en las posadas, derrumbado su cuerpo cansado sobre los ladrillos de algún corredor. Pero siempre volvía, como vuelven las aguas arrastradas por un ventarrón. Y con las aguas volvió él, a principios de agosto de aquel año de gracia de mill y setecientos y doce años. Lo vieron bajar por el camino real que serpenteaba por un lado del Cerro de la Ermita. Se aposentó en su vieja casa, calle derecha de la Cárcel Real, y esa misma tarde comenzaron sus caminatas acompañadas de fervorosos discursos que sólo él entendía. Al día siguiente, bien de mañana, apareció en sus rondas por la plaza, y de allí se encaminó a la iglesia del Convento de Monjas. Al pasar frente al colegio, se detuvo, alzó los ojos hacia los bastiones que sostenían los altos muros de la iglesia de San Francisco Javier y quiso meterse por el vecino portón, para cobijarse bajo los venerables arcos que los jesuitas habían hecho levantar; movió la cabeza, sin dejar de hablar, mucha ciencia y poco amor, y siguió adelante. Entonces descubrió al lado sur la gloria de la torre campanario, encuadrada en el azul del sol de la mañana. Allá se fue derecho; se paró bajo el arco que servía de paso a la puerta del convento, abrió los brazos, cerró los ojos y se puso a perorar aquel discurso sin pies ni cabeza que a nadie le interesaba escuchar.

—Cancuc se está llenando, decía, con su voz de bajo profundo. Cancuc se está llenando. No tarda en reventar. Y huele a sangre. A sangre de gusanos y de toros y culebras. ¡Cancuc se está llenando y tiene que reventar!

—Callate, loco apestoso, le dijo en medio de enigmáticas sonrisas la Chonita, crianza de las señoras monjas y medio alelada ella también. Comé tu comida y andate de aquí.

El Loco abrió los ojos y la miró. De las sombras perdidas de sus recuerdos asomaba una extraña dulzura que la Chonita comprendió. Le tomó una mano y se la apretó contra su pecho temblando de emoción. Luego se la soltó en atemorizado rechazo, como si hubiera sentido la presencia de algún fuego fatal; pero no pudo arrancarse de junto a él, y allí se estuvo hasta que el loco terminó de comer. Atraídas por la escena, se habían quedado allí algunas mujeres que caminaban a la plaza, y El Loco entonces se paró de nuevo con los ojos cerrados y los brazos en cruz.

—¡Cancuc se está llenando!, continuó, bajo el arco. Y sus palabras se treparon por la maraña de la torre y volaron por encima de los tejados con las campanadas del Angelus al dar el medio día.

Esa misma tarde por los caminos de la tierra caliente entraron a Ciudad Real extrañas recuas y más extraños grupos de gentes. De los lejanos campos de Nuestra Señora, la gran finca de más allá del río, llegaron altos mulatos, armados de escopetas, arreando una manada de caballos, que conducían ellos montados en ágiles yeguas acostumbradas a cabriolear tras el ganado en las montañas del sur. La gente los vio atravesar por la Calle de Comitlán y pasar a un lado de la plaza y dirigirse, como si supieran su camino, a la gran explanada más allá del Cerrillo, en las tierras del Convento de Señor Santo Domingo de Guzmán.

Oscureciendo ya, por el nuevo camino de Zinacantlán entró en abigarrada marcha un centenar de indios que nunca habían puesto sus plantas en el valle. Eran los descendientes de aquellos bravos soctones que habían detenido la marcha de don Luis Marín y que se habían enfrentado a los cañones del capitán

don Diego. Llegaban, sus machetes al hombro, conducidos por el padre Juan
Arias, que había bajado a reclutarlos en los cañaverales del Convento de Señor
Santo Domingo en la Chiapa de los Indios o de la Real Corona. Entonando una
alegre algazara cruzaron la ciudad y se fueron a echar en los corredores del convento dominico, mientras por el camino real del pueblo de Teopisca, espoleaban
sus cabalgaduras los emisarios del obispo y del alcalde con cartas para don Toribio de Cosío, Presidente de la Real Audiencia de Guatemala.

Al día siguiente fue domingo. En todas las misas de Santo Domingo y de
la catedral, los padres terminaron su sermón con la más extraña invitación.

—Al Angelus del medio día saldrá la Capitana de su ermita, anunció el
padre Simón. La llevaremos en rogativas por las calles, por una gran pena del
señor obispo.

Pero en Santo Domingo predicó el padre Juan Arias. Sus palabras fueron
al mismo tiempo más claras y más turbias.

—En tiempo de necesidad, anunció, recurrimos siempre a la Virgen de
la Caridad, nuestra patrona y capitana. Mañana saldrá como nuestra guía para
ir allá a donde los hombres de esta ciudad tienen miedo de llegar. ¡Qui potest
capere, capiat! ¡A buen entendedor, pocas razones!

Las mujeres salieron de las iglesias jesuseándose. Los hombres entorvaron
sus caras y, en vez de ir a almozar sus tamales de domingo, desaparecieron
por los caminos de sus labores. Poca gente esa noche se dio cuenta de los ocoteros encendidos junto a las caballerizas de don Luis Alfonso Mazariegos en
Corral de Piedra, y nadie, más que Turumpukuj, el Búho, pudo observar
entre los reflejos de su luz amarilla y temblorosa, los gestos simples y decididos con que los viejos de Ciudad Real saludaron su compromiso, sellándolo
con un trago de aquel posh fuerte y rasposo que seguían fabricando los nietos
de don Alexandro Bermudo en sus enramadas, camino de la Ermita.

Alto ya el sol el lunes, comenzaron a volar las campanadas de todas las
iglesias, pulsadas diestramente por los sacristanes, todos ellos indios al servicio de los frailes.

—¡Malditos! ¡Están doblando a muerto en vez de llamar a rogativas!, exclamó enfurecido el prior de Santo Domingo.

—¿Les mando recado para que cambien, padre prior?, preguntó el padre
Simón, ya vestido de diácono para acompañar la procesión.

—Ya no hay tiempo. La gente está reunida en la plazuela de la Caridad,
atajó el padre Juan Arias.

—¡Pues que con su pan se lo coman!, decidió el padre prior, y salieron
bajo palio, acompañados de ciriales y turiferarios.

Pero la ciudad estaba muerta. Ni un alma asomaba siquiera por las
puertas o por las ventanas. La gente congregada en la plazuela de la ermita
eran los otros frailes, los soctones de Chiapa de los Indios y los aguerridos mulatos de Nuestra Señora.

Pusieron a la Virgen en andas sobre los hombros de cuatro soctones y alzaron sobre ellos el palio y se inició la procesión rumbo a la plaza, en un silencio lúgubre solamente interrumpido por los espaciados tañidos con que los indios doblaban y doblaban. Torcieron hacia la Calle de la Ermita y allí los frailes vieron, con asombro, cómo junto a cada puerta invisibles manos habían clavado ramos de rosas, de alhelíes, de jazmines y hasta de riñoninas.

—¿Quién podrá comprender el alma de estos ladinos, mitad indios y mitad españoles?, murmuró, como si rezara el padre prior.

—Nadie, sintió que alguien susurró.

Pero como nadie iba cerca de él, sintió que un sudor frío le corrió por la espalda. Espantado, pidió que se hiciera una pausa para rezar una estación en alivio y descanso de todas las almas que fueran a llegar al purgatorio.

—¿Qué?, preguntó el padre Juan.

—Nada, musitó el prior avergonzado.

Dejaron las últimas calles y salieron de la ciudad. A lo lejos se divisaba, sobre el antiguo Peñol de la Horca, la blanca ermita de la Virgen Mexicana; para evitar la empinada cuesta, se fueron por un costado, y entonces entraron al camino de los pueblos, aquella franja coloraduzca entre pinares que iba a Huixtlán y Tenejapa, a Oxchuc, a Cancuc, y por donde salía el pan de Ciudad Real, junto con el posh las velas de cera y los trastos de barro... De repente el camino se cerró. De entre las sombras de los pinos brotaron como de un sueño los viejos de la ciudad, montados en soberbios alazanes. La marcha se detuvo. Lentamente uno de los viejos se apeó; dejó ceremoniosamente su chamarro sobre la montura y caminó unos pocos pasos. Allí, a corta distancia de las andas, se quitó el sombrero y levantándolo como si fuera una bandera, gritó con una voz tan fuerte que la recogió el eco de los montes:

—¡La Virgen no se va!

Los soctones levantaron sus machetes y los mulatos empuñaron sus escopetas; mas el padre prior se adelantó, pidiendo calma. Se detuvo frente a los viejos y gritó a su vez:

—¿Quién dice que no se va?

—¡Lo digo yo!, respondió con voz de trueno don Luis Alfonso Mazariegos, de pie a dos pasos de él.

—¡Lo digo yo!, contestaron los viejos montados en sus nerviosos alazanes.

—¡Lo digo yo!, contestaron desde el bosque las mujeres y los niños de Jovel, lanzando pétalos al aire.

El padre prior inclinó la cabeza. Con una seña mandó que los mulatos descargaran las andas. Don Fernando Monge, lugarteniente del Alcalde Mayor, espoleó su caballo y se puso al frente del extraño escuadrón, que siguió su marcha por el camino entre el pinar. En el claro del bosque, sobre una alfombra hecha de pétalos, se quedó mirando hacia el oriente, aquella dulce Virgen que tallara casi cien años antes, con ojos casi ciegos, Juan Morales. Los viejos desmontaron; sin palio, ni ciriales ni turiferarios, se fueron turnando para regresar en triunfo a su Patrona a la ciudad. Allí iban Luis Alfonso Mazariegos, y Pedro Moreno, Juan de la Tovilla, y José Velasco, Pancho Suárez, y Mariano Luna, Juan Porras, y Francisco Trejo, y Julián Trujillo… y tras de ellos coreaban antiguas canciones las mujeres de Jovel.

❉ ❉ ❉

A las fuerzas de los frailes y el gobierno las sitiaron en el pueblo de Huixtlán, según los rumores de los arrieros que todavía llegaban de la región. Para conmover a la gente, don Pedro Gutiérrez esparció el rumor de que los indios estaban preparando un incontenible asalto a Ciudad Real. Por sus calles comenzaron a llegar de las grandes fincas y de los otros conventos de la provincia alimentos, caballos, armas, gente.

—Pero necesitamos dinero, anunció furioso el Alcalde Mayor en una de las casi diarias reuniones que sostenía con el obispo y el prior de los dominicos.

—Nosotros estamos aportando hasta lo que no tenemos, cortó el prelado, siempre suspicaz cuando se trataba de sus fondos.

—Yo tengo una ocurrencia, intervino el padre prior, sin mucho entusiasmo.

—¡Lo que sea es bueno cuando hay necesidad!, gritó el alcalde.

—¿Por qué no pregonamos a subasta los bienes de don Francisco de Bazeta?, dijo el fraile.

—¿Qué tenemos que ver con don Francisco de Bazeta?, contestó desilusionado el obispo.

—¡Lo dejó casi todo a nuestro convento para misas y rezos!, observó triunfante el prior.

Para medio día ya se había corrido traslado y escriptos al albacea, don Francisco de Borja y Utrilla, hermano del difunto, para que pareciera en la oficina del señor provisor del obispado. Por la tarde, el pregonero comenzó a lanzar por todas las calles su llamado:

—¡Mañana gran subasta de bienes frente al cabildo! ¡Gran subasta mañana frente al cabildo!

—¡Oro!, gritaba tras él El Loco. ¡El oro compra sangre!

Pero la gente no le hacía ningún caso, deseosa de enterarse del pregón.

A la mañana siguiente, los pocos legos que todavía quedaban en el Convento de Santo Domingo arreglaron unas mesas frente a las Casas Consistoriales; allí expusieron, de modo que todos pudieran observarlos, todos los bienes que el comerciante gallego había testado. El pregonero se puso a llamar a voz en cuello, mientras la gente pasaba y pasaba admirando toda aquella riqueza:

—¡Listones de Flandes!

Las mujeres miraban con los ojos abrillantados por el sol de la mañana; sobre las mesas se contagiaban del engañoso azul de agosto las siete varas de paño de Castilla, las catorce varas de coleta de Hamburgo, las tres docenas de peines de marfil... Los hombres observaban de lejos, con los ojos entrecerrados.

—¡Botones de plata de martillo!, gritaba el pregonero.

—El oro compra sangre, comentaba como en eco El Loco.

—¡Callate, maldecido loco!

Las muchachas, chisporroteando al aire el delicado carmín de sus rostros montañeses, se apretaban las manos para no alargarlas hacia las bolas de hilo de oro, las libras de listón de Nápoles, o los multicolores huipiles de Verapaz, o los mantones que descargaba en Acapulco la legendaria Nao.

—¡Navajas de Toledo!, exclamaba con voz cansada y desalentada el pregonero.

—Hay unas cigarreras de plata preciosas, le murmuró a Lolita Pérez a su marido, que en ese momento, reclinado en un trueno de la plaza, fumaba un cigarrito de uña.

—¿Para qué, si mis cigarros los enrollo antecito de fumar?

El sol de medio día comenzó a rebotar de los platos de peltre, los candeleros de cobre, los bollos de hilo de plata falsa; no tardarían en asomar las nubes por los cerros. Al padre prior, que vigilaba ansioso, le comenzaron a preocupar los rollos de listón de España, las chupas de Bretaña, las docenas de varas de manta guatemalteca, los ceñidores de Ocozocuautla, que se arruinarían si llegara a lloverles.

—Sombreros de castor y de la tierra, anunciaba, ya sin ningún interés el pregonero.

Al comenzar a oscurecer, el padre prior ordenó que se levantara la subasta y que los bienes se trasladaran al Convento.

—Casi nadie compró nada, anunció en la reunión en casa del alcalde. En el cansado chasquido de su voz había preocupación y desconcierto. ¡Tenemos diez pesos y tres reales!

—¡Maldición!, exclamó don Pedro Gutiérrez. Ni para ellos mismos son buenos, voto a Satanás.

El obispo y el prior se agacharon avergonzados.

Por la madrugada se escuchó sobre las calles empedradas el tropel de caballos y el vocerío con que las últimas fuerzas del Alcalde salían rumbo a Huixtlán. Al frente iba don Pedro. A su derecha, milagrosamente escapado del asedio, cabalgaba, recogido en la montura su hábito blanquinegro, don Juan Arias, el bravo fraile cuyas arriesgadas salidas habían mantenido a raya a los atacantes cancuqueros.

—¿Qué quieren los indios?, le preguntó el alcalde, horas después de haber dejado el valle.

—Sangre, dijo el dominico, sin alzar la voz.

—¿Y qué tienen los ladinos de Ciudad Real? ¿Por qué no se han unido a nuestros esfuerzos?

—Un día lo llorarán, cuando sea tarde.

* * *

Tomás Quiroz se había convertido en un muchachón fuerte y trabajador. A sus dieciocho años, montado en una de las mejores mulas del valle, se le veía subir y bajar por las escarpadas pendientes de Chajá, conduciendo el negocio que ya su padre había puesto en sus manos. Llegando a San Bartolo, se instalaba en una casita en el barrio de La Pimienta y, mientras sus bestias descansaban en los cercanos potreros, él se dedicaba a observar el enorme trabajo con que las mujeres del lugar se industriaban para producir aquel jabón que por primera vez había llevado a Jovel Juanito de Valcárcel, de llorado recuerdo. Le encantaba asomarse a las galeras para ver cómo hacían pasar el agua de ceniza por los filtros de piedra para extraer la lejía; y allí se quedaba hasta que ponían a hervir esa lejía recién hecha mezclándola lentamente con unto de animales en grandes ollas de barro llevadas de Aguacatenango. Entonces se arremangaba la camisa y participaba él también en la durísima labor de palear aquella mezcla oscura, cada vez más consistente, de la que las mujeres tomaban pellas para hacerlas bolas con sus manos. Mientras las mujeres ponían a reposar su producto, él montaba su mula y enfilaba para los baños de El Carmen; entraba por el encajonado, chapaleando los cascos de su bestia sobre aquella agua tibia y vivificadora, y luego se tumbaba a la orilla de las pozas. Una semana después, acompañado de algún arriero totik, cargaba su patache y se echaba al camino por Mispía, y a los dos o tres días hacía su entrada a Ciudad Real. Desde lejos lo divisaban las muchachas del valle, montado en su mula y mirando hacia adelante con aquellos ojos color miel que parecían bailar pegados en el horizonte; llevaba el cabello negro expuesto al sol; su nariz recta apuntaba a la sonrisa que no estaba nunca muy lejos de sus labios.

—¡Llegó Tomás!, corría la voz por la ciudad.

Las mujeres se apresuraban a la casa cerca del convento de las monjas a buscar el jabón negro que hacía tan buena espuma y que dejaba las ropas y los cuerpos con suave olor a limpio. La Kante guardaba el dinero en un jarro, o guardaba en su memoria las deudas cuando lo daba fiado.

—¡Llegó Tomás!, comentaban los amigos, y no tardaban en cabalgar a su casa para salir con él a la ronda de las calles y para llegarse, al anochecer, a la ventana de alguna recatada amiga que contaba entre las sábanas las canciones que se le desgranaban al ritmo de una guitarra.

—¡Llegó Tomás!, murmuraban temblorosas las muchachas, que se hacían lenguas de aquel muchacho alegre y vivaracho, lleno de historias y gracejos, y cuyas ausencias parecían entristecer hasta el encantado paisaje de Jovel.

Pero ese mediodía de noviembre del año de gracia de mill y setecientos y doce años, Tomás entró de cara seria y de ojos preocupados.

—Al bajar del cerro, más allá de Las Cuevas, les contó a sus amigos en la taberna, vi un gran gentío que no me gustó nada.

—¿Indios?, preguntó sugiriendo Phelipe Mazariegos.

—No. Tienen muy buenos caballos y muchas armas. Hasta me pareció ver un cañón.

—¿Cuántos hombres?, preguntó Manuel Velasco.

—Muchos. Tal vez cerca de mil.

Esa noche nadie pudo dormir en Ciudad Real. De la taberna había volado a todas las casas el inquietante rumor. Cuando al alba sonaron las campanas para la primera misa, hombres y mujeres se dirigieron a las iglesias, seguros de que allí les despejarían sus dudas.

—Hoy a medio día, anunció el padre prior en Santo Domingo, entrará a la ciudad para honrarla y protegerla, don Thoribio de Cosío, Presidente de la Real Audiencia y Capitán General de Guatemala.

Efectivamente, al dar la primera campanada del Angelus, allá por la puente en el Barrio del Molino se escuchó el resonar de pífanos y tambores. La gente, asomada a sus puertas y ventanas, contempló asustada cómo avanzaban hacia la plaza los soldados guatemaltecos.

—¿Por qué no vamos a mirar de cerca?, le sugirió doña Elenita Velasco a su comadre Melchora.

—La curiosidá mató al gato, comadrita.

—¡Ah, pero murió sabiendo!, contestó doña Elena, paladeando el sabor antiguo y resobado de sus palabras.

Como ellas, muchas otras otras mujeres, vestidas con ropa de calle sin haberlo pensado, encontraron su camino para llegar a la plaza rebosante de soldados hasta en el pequeño atrio de la iglesita de San Nicolás.

En ese momento le hablaba al pueblo de Ciudad Real el Señor Presidente de la Audiencia; pero cada vez que algo decía, le contestaba como en eco la voz del Loco:

—¡Sangre que no has de beber, déjala correr!

—¡Agárrenme a ése!, gritó por fin enfurecido el Presidente.

—Y hoy por la tarde, concluyó don Thoribio, antes de ponerse el sol, se presentarán ante mí en esta plaza todos los jóvenes en edad para defender su provincia. ¡Es la leva!

Las mujeres volvieron a sus casas enfermas de tristeza, de miedo y de preocupación. Pero cuando unas horas más tarde comenzó a sonar el clarín en la plaza, todas se fueron hacia allá, como si un secreto lazo las amarrara ja-

lándolas con violencia. El sol se inclinaba ya para buscar su reposo detrás del
Huitepec; por entre los portales huía el silencio escurriéndose en pos de las
primeras sombras. Entonces se escuchó con resonancia de cañonazos el rechinar de unas herraduras por la calle de las monjas. Señoras y muchachas
volvieron hacia allá la mirada y, con la torre del arco sirviéndole de fondo, se
encontraron con la enigmática sonrisa de Tomás Quiroz, que avanzaba sin
detenerse.

—Éste sí tiene risas para todas las muchachas, le cuchicheó a su vecina la
Toyita Guillén.

—Sí, le respondió, tapándose la boca con el rebozo. Pero sólo tiene ojos
para la hija de don Juan Tovilla.

Tomás se apeó, ató su mula al horcón de la esquina; sin pedir permiso se
abrió paso entre la tropa y atravesó la plaza para ir a plantarse ante el Presidente de la Audiencia a un costado de la catedral.

—Yo soy Tomás Quiroz, anunció el joven con voz fuerte y segura. Vengo
a declarar los nombres de los hijos de Ciudad Real capaces de pelear en cualquier guerra.

Una oleada de horror corrió entre toda la gente, que por primera vez oía
pronunciar esa palabra en público. Pero no hubo tiempo para ningún comentario, pues Tomás prosiguió:

—Phelipe Mazariegos, Manuel Velasco, Antonio Moreno, Porfirio Martínez, Francisco Luna...

Las mujeres, pálidas de rabia, comenzaron a llorar ante la increíble
traición.

—Mateo Flores, siguió Tomás, José Ruiz, Juan González, Alejandro
Bermudo, Pedro Porras, Carlos Tovilla y otros cien. Pero nadie vendrá.

—¿Qué dijiste?, preguntó el Presidente, levantándose de golpe de su improvisado asiento.

—Que de nosotros nadie irá, repitió Tomás, mirando a los ojos a la gente
que bebía en los suyos las últimas lumbres del atardecer.

—¡Traidores! ¿Dónde están?, demandó el Presidente, en una voz que no
admitía evasivas.

—Allí están, su señoría, replicó Tomás, allí están en esos montes que nos
rodean. Mande su señoría por ellos, quién quita que sus soldados bajen con
un par de coyotes.

—¡Sangre que no has de beber, déjala correr!, gritaba en la vecina Cárcel
Real el Loco.

Las mujeres se habían ido acercando, atentas a las razones que los dos se
cruzaban. Detrás de ellas, los soldados observaban nerviosos.

—¡Pues por todos ellos, irás tú con nosotros!, exclamó el Presidente.

—Ni muerto, señor, respondió impávido Tomás.

El círculo de mujeres estaba cada vez más cerca, tratando de no perder
ni una palabra.

—¿Qué les pasa a Uds? ¿A qué le tienen miedo?, preguntó el Presidente, como si al hablarle a Tomás se dirigiera a toda la ciudad.

—A nada, respondió Tomás. Pero cuando el chapulín se comió nuestras sementeras, cuando empezamos a sacrificar nuestras bestias de carga para sobrevivir, ellos, los indios, se treparon a los riscos y nos trajeron yuyos y bellotas y raíces para comer. Nadie, señor Presidente, ni los cañones de sus soldados, hará que vayamos a sus pueblos a matarlos.

—¡Préndanlo por traidor!, gritó don Thoribio de Cosío.

Las mujeres corrieron hacia el presidente, para dar paso a los soldados; en su rápido movimiento envolvieron a Tomás y lo arrastraron hacia el atrio de San Nicolás. Los soldados, cuidadosos de no herir a las señoras, lo perdieron de vista en la oscuridad que ya había comenzado a bajar sobre el valle. Tomás saltó las tapias y corrió zigzagueando entre corrales. Por la Calle del Río se encontró con Carlos, su futuro cuñado, que lo esperaba con dos excelentes caballos de la labor de su padre, y juntos desparecieron en la serranía más allá del río.

—¡Se ha escapado!, le anunció al Presidente el capitán.

—¡Pues a montar y a buscarlo!, ordenó don Thoribio.

El trajín de la soldadesca ensillando, correteando, abriendo puertas a culatazos, sólo paró cuando la luna, huraña en esas noches, se mostró apenas como un delicado aro recortado en medio de la infinita oscuridad.

—Con esta luna no miramos ni las cabezas de nuestros caballos, señor Presidente, anunció el capitán Arévalo.

—Desensillen y descansen. En la madrugada tenemos que salir al frente. De regreso les daremos su merecido.

Cuando el valle quedó en silencio, el capitán Miguel Quiroz alzó desde abajo el planchón de roble que cubría la entrada de su túnel, aquel túnel que él y la Kante habían abierto hacía ya tantos años, para poder llegar hasta la celda de Cayetana. Las puertas de la casa estaban hechas pedazos, las camas levantadas, las mesas destrozadas; pero del patio llegaba, en el aire sutil de la cercana aurora, el olor del durazno y el membrillo y el aroma de las últimas rosas de la temporada.

* * *

Los jóvenes más jóvenes de Ciudad Real llenaban todos los días las aulas del Colegio de San Francisco Javier, que los Jesuitas habían abierto en la que fuera casa de don Juan de Valtierra. Bajo los recios arcos de los corredores se escuchaban sus risas y sus gritos a la hora del recreo, bajo la adusta vigilancia del hermano prefecto. A su edad, nada les preocupaba; ni siquiera las terribles amenazas de su maestro de gramática, el grave hermano Joaquín, a quien sus padres le habían dado permiso para usar la vara cuantas veces fuera menester.

Pero en esos días algo inusitado estaba sucediendo, como bien lo notó el hermano prefecto. En las esquinas del patio central, al lado de los altos muros de la iglesia, en los portales del edificio del fondo, por todas partes los jóvenes se reunían en grupitos en que se hablaba en voz baja y se gesticulaba con agitación. A la hora de la lección había paz en las aulas, pero se podía palpar que la mente de los educandos no estaba en las declinaciones latinas ni en los preceptos de la sana moral.

—Los muchachos están jugando apuestas, fue la queja del hermano Joaquín ante el padre rector.

—¿A qué apuestan, hermano?

—No lo sé, pero la cosa va en serio y está perturbando la atención en las lecciones.

—Uno de los nuestros tendrá que averiguarlo, decidió el padre rector con absoluta seriedad.

En su mundo de latines y retórica, los reverendos padres de la Compañía no se dieron cuenta de la conmoción que ocasionó en el pueblo la llegada de una pequeña recua procedente de Ocosingo en esos últimos días del mes de noviembre.

—Los guatemaltecos entraron a Cancuc a cañonazos, platicó en el mismo corral de su casa don Feliciano Ballinas. ¡De nada valieron las murallas de troncos!

—¿Y los indios?, preguntó su vecino don Pedro Moreno, que en cuanto supo de su llegada corrió a darle la bienvenida junto con don Andrés Solís.

—Huyeron. Se fueron a los montes.

—Pero si siguen rumbo a Tila no les va a servir de nada, opinó sin dejar de descargar el hijo de don Feliciano.

—¿Por qué decís eso, hermano?, preguntó don Andrés.

—¿No se sabe aquí? , intervino don Feliciano. ¿Lo del duque de Linares?

—Aquí ya no sabemos nada; no sabemos ni quién es ese señor, respondió don Pedro, prestando su mano para bajar la mercancía.

—Pues él es el virrey de la Nueva España, y mandó una fuerza que entró de San Juan Bautista por Moyos, y ya se posesionó de todos los pueblos más arriba de Ocosingo.

—Primera vez que de la Nueva España nos mandan algo, comentó don Pedro, como si meditara. ¡Soldados!

—¿Un su poquito de mistela, don Pedro?, ofreció acercándose doña Lucía de Ballinas. ¿Usté, compadre Andrés?

Saboreando su mistela de membrillo, los hombres continuaron su plática, mientras las mujeres de la casa comenzaban a destapar los garlitos llenos de queso añejo, queso de bola, queso fresco, queso de mantequilla...tan comunes en Ocosingo y tan buscados en Ciudad Real.

—¿Qué pasó con Juan García?, quiso saber don Pedro.

—No lo sé, respondió rascándose la cabeza don Feliciano. Me contaron que a muchos de los jefes los agarró el Presidente. A unos ya los colgaron en Oxchuc.

—¿Por Dios?

—¡Por Dios, don Pedro!

El hijo de don Feliciano arreó las mulas para llevarlas al potrero. En el retozo de su libertad fueron esparciendo por el valle los rumores de la sangre y el dolor con que las armas de don Thoribio habían llenado los senderos entre peñascales o bajo los pinares por donde habían querido los tzeltales rezarle a su Virgen de Cancuc.

En el colegio los muchachos continuaban casando sus apuestas, y los buenos jesuitas tratando de entender.

—¿Quién le va a que no lo agarran al Tomás?, insinuó Javier Martínez.

—¡Yo, un real!, respondió rápido Sebastián Ortega.

—¡Yo otro!, añadió Miguel González.

—Yo voy que sí lo agarran y lo cuelgan. Ahi va mi real, remató lentamente Manuel Flores. Y vámonos de aquí, que ahi viene el hermano Joaquín.

Bajo el arco frente al Convento de la Encarnación, se paraba El Loco, los brazos en cruz y los ojos cerrados.

—¡Abran paso, indios cabrones, que aquí les va fray Juan Arias!, gritaba, soltando una lúgubre carcajada.

—¡Callate, loco maldecido!, le susurraba la Chonita, pero luego se sentaba junto a él para darle de comer.

Las heladas arreciaron. Los campos amanecían emblanquecidos por la escarcha. En los apastes el agua se cuajaba. Por las calles los hombres caminaban enchamarrados. A la taberna llegaban cada vez menos mulateros, que al clima de la tierra fría le tenían pavor. En unas cuantas casas hicieron nacimientos. Tras las cumbres del cerro de la Ermita, los vigías que los viejos de Ciudad Real habían destacado, tiritaban adormilados. De pronto, en el frío de la tarde se escuchó en la lejanía el clarín que anunciaba a los soldados.

—¡Ya vienen bajando por el Cerro de las Piedrecitas!, corrió a avisar Jacinto, el mayor de los vigías.

Cuando asomó don Toribio por el camino de la Ermita, oyó que en la ciudad resonaban las campanas.

—¡Están doblando a muerto!, le comentó al Presidente el capitán.

—¿Ni las llamadas saben dar aquí?

—¡Ah, capitán!, le respondió don Pedro Gutiérrez, que volvía con ellos de la campaña militar. ¿Pero es usted pendejo?

De repente se detuvieron todos al ver que al fondo de la primera calle alguien caracoleaba alegremente su caballo.

—¡Que viva Ciudad Real!, gritó el jinete.

—¡Que viva!, contestaron a impulso los soldados.

De pronto el capitán Arévalo reconoció al muchacho.

—¡Maldito!, exclamó, y se lanzó a carrera abierta a perseguirlo.

Tras las puertas y ventanas entreabiertas, la gente contempló muriéndose de risa, la agilidad con que Tomás burlaba por calles y plazuelas la cansada cabalgadura del soldado, hasta que decidió perderse por los andurriales al otro lado del puente en el Barrio de los Mexicanos.

Sin embargo, nadie tuvo tiempo ni ganas para risas cuando al día siguiente amanecieron redoblando los tambores. Nadie quiso salir de su casa. Ni siquiera la niebla quiso alzar su misterio. Y en la plaza vacía, arrullada por el llanto sutil de las chinitas, don Thoribio José de Cosío y Campa, Presidente de la Real Audiencia y Capitán General de Guatemala, mandó a colgar de un trueno a Juan García, conocido entre los indios como Xun Palam. Entre los claros cristales de la bruma, los hombres y mujeres, los niños y los viejos del valle sintieron cómo el viento cantaba entre la fronda una nueva canción, tal vez emparentada con las antiguas voces de Castilla y de Yax. Atrancaron sus puertas, y nadie más los vio, hasta que un día la soldadesca se levantó en silencio y se echó a andar por el camino real.

—Un día se irán también los frailes, suspiró el aura.

—¿Qué dijiste?, preguntó doña Elenita.

Pero entonces se dio cuenta de que no había nadie cerca de ella. Sacudió la cabeza, y de sus ojos y sus labios resbaló una sonrisa.

Thank you for acquiring

Jovel

Serenata a la gente menuda

from the
Stockcero collection of Spanish and Latin American significant books of the past and present.

This book is one of a large and ever-expanding list of titles Stockcero regards as classics of Spanish and Latin American literature, history, economics, and cultural studies. A series of important books are being brought back into print with modern readers and students in mind, and thus including updated footnotes, prefaces, and bibliographies.

We invite you to look for more complete information on our website, **www.stockcero.com**, where you can view a list of titles currently available, as well as those in preparation. On this website, you may register to receive desk copies, view additional information about the books, and suggest titles you would like to see brought back into print. We are most eager to receive these suggestions, and if possible, to discuss them with you. Any comments you wish to make about Stockcero books would be most helpful.

The Stockcero website will also provide access to an increasing number of links to critical articles, libraries, databanks, bibliographies and other materials relating to the texts we are publishing.

By registering on our website, you will allow us to inform you of services and connections that will enhance your reading and teaching of an expanding list of important books.

You may additionally help us improve the way we serve your needs by registering your purchase at:
http://www.stockcero.com/bookregister.htm